宋本纂圖互注毛詩

第一册

漢 毛氏傳 漢 鄭玄箋 唐 陸德明釋文

宋刻本（佚名批校）

山東人民出版社·濟南

圖書在版編目（CIP）數據

宋本纂圖互注毛詩 /（漢）毛氏傳；（漢）鄭玄箋；（唐）陸德明釋文 .— 濟南：山東人民出版社，2024.3
（儒典）
ISBN 978-7-209-14350-9

Ⅰ．①宋… Ⅱ．①毛… ②鄭… ③陸… Ⅲ．①《詩經》-注釋 Ⅳ．① I222.2

中國國家版本館 CIP 數據核字（2024）第 036125 號

項目統籌：胡長青
責任編輯：劉嬌嬌
裝幀設計：武　斌
項目完成：文化藝術編輯室

宋本纂圖互注毛詩
〔漢〕毛氏傳　〔漢〕鄭玄箋　〔唐〕陸德明釋文

主管單位　山東出版傳媒股份有限公司
出版發行　山東人民出版社
出 版 人　胡長青
社　　址　濟南市市中區舜耕路517號
郵　　編　250003
電　　話　總編室（0531）82098914
　　　　　市場部（0531）82098027
網　　址　http://www.sd-book.com.cn
印　　裝　山東華立印務有限公司
經　　銷　新華書店

規　　格　16開（160mm×240mm）
印　　張　37
字　　數　296千字
版　　次　2024年3月第1版
印　　次　2024年3月第1次
ISBN　978-7-209-14350-9
定　　價　88.00圓（全二册）

《儒典》選刊工作團隊

學術顧問　杜澤遜　李振聚　徐　泳

項目統籌　胡長青

責任編輯　劉　晨　劉嬌嬌　張艷艷
呂士遠　趙　菲　劉一星

前言

中國是一個文明古國、文化大國，中華文化源遠流長，博大精深。在中國歷史上影響較大的是孔子創立的儒家思想，因此整理儒家經典、注解儒家經典，爲儒家經典的現代化闡釋提供权威、典范、精粹的典籍文本，是推進中華優秀傳統文化創造性轉化、創新性發展的奠基性工作和重要任務。

中國經學史是中國學術史的核心，歷史上創造的文本方面和經解方面的輝煌成果，大量失傳了。西漢是經學的第一個興盛期，除了當時非主流的《詩經》毛傳以外，其他經師的注釋後來全部失傳了。東漢的經解衹有鄭玄、何休等少數人的著作留存下來，其餘也大都失傳了。南北朝至隋朝興盛的義疏之學，其成果僅有皇侃《論語疏》幸存於日本。五代時期精心校刻的《九經》、北宋時期國子監重刻的《九經》以及校刻的單疏本，也全部失傳。南宋國子監刻的單疏本，我國僅存《周易正義》、《爾雅疏》、《春秋公羊疏》（三十卷殘存七卷）、《春秋穀梁疏》（十二卷殘存七卷），日本保存了《尚書正義》、《毛詩正義》、《禮記正義》（七十卷殘存八卷）、《周禮疏》（日本傳抄本）、《春秋公羊疏》（日本傳抄本）、《春秋正義》（日本傳抄本）。南宋兩浙東路茶鹽司刻八行本，我國保存下來的有《周禮疏》、《禮記正義》、《春秋左傳正義》（紹興府刻）、《論語注疏解經》（二十卷殘存十卷）、《孟子注疏解經》（存臺北『故宫』），日本保存有《周易注疏》《尚書正義》（凡兩部，其中一部被清楊守敬購歸）。南宋福建刻十行本，我國僅存《春秋穀梁注疏》、《春秋左傳注疏》（六十卷，一半在大陸，一半在臺灣），日本保存有《毛詩注疏》《春秋左傳注疏》。從這些情況可以看出，經書代表性的早期注釋和早期版本國内失傳嚴重，有的僅保存在東鄰日本。

鑒於這樣的現實，一百多年來我國學術界、出版界努力搜集影印了多種珍貴版本，但是在系統性、全面性和準確性方面都還存在一定的差距。例如唐代開成石經共十二部經典，石碑在明代嘉靖年間地震中受到損害，明代萬曆初年西安府學等學校師生曾把損失的文字補刻在另外的小石上，立於唐碑之旁。近年影印出版唐石經拓本多次，都是以唐代石刻與明代補刻割裂配補的裱本爲底本。由於明代補刻采用的是唐碑的字形，這種配補本難以區分唐刻與明代補刻，不便使用，亟需單獨影印唐碑拓本。

爲把幸存於世的、具有代表性的早期經解成果以及早期經典文本收集起來，系統地影印出版，我們規劃了《儒典》編纂出版項目。

《儒典》出版後受到文化學術界廣泛關注和好評，爲了滿足廣大讀者的需求，現陸續出版平裝單行本。共收録一百十一種元典，共計三百九十七册，收録底本大體可分爲八個系列：經注本（以開成石經、宋刊本爲主。開成石經僅有經文，無注，但它是用經注本删去注文形成的）、經注附釋文本、纂圖互注本、單疏本、八行本、十行本、宋元人經注系列、明清人經注系列。

《儒典》是王志民、杜澤遜先生主編的。本次出版單行本，特請杜澤遜、李振聚、徐泳先生幫助酌定選目。特此説明。

二〇二四年二月二十八日

目録

第一册

第二册

毛詩舉要圖

周南召南地在雍州之域岐山之陽於漢屬扶風美陽縣皆周之舊土文王受命後以賜二公爲采地邶鄘衛河内地本殷舊都周公其畿内爲三國也王國東都洛陽今之河南西京鄭今河南新成皐滎陽潁川之東高陽之地齊青州岱山之陰濰淄之野魏自高陵以東盡河東河内南有陳留晉冀州太行常山之西太原大岳之野陳古

十五國

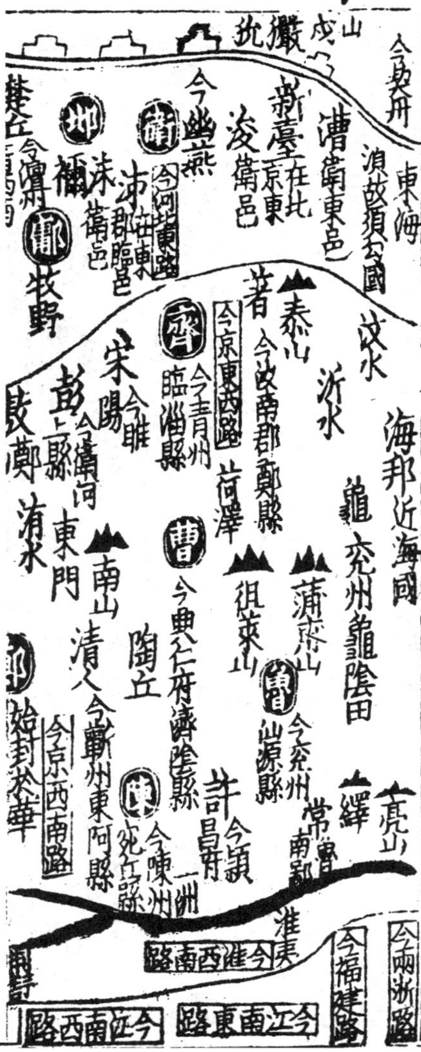

風地理圖

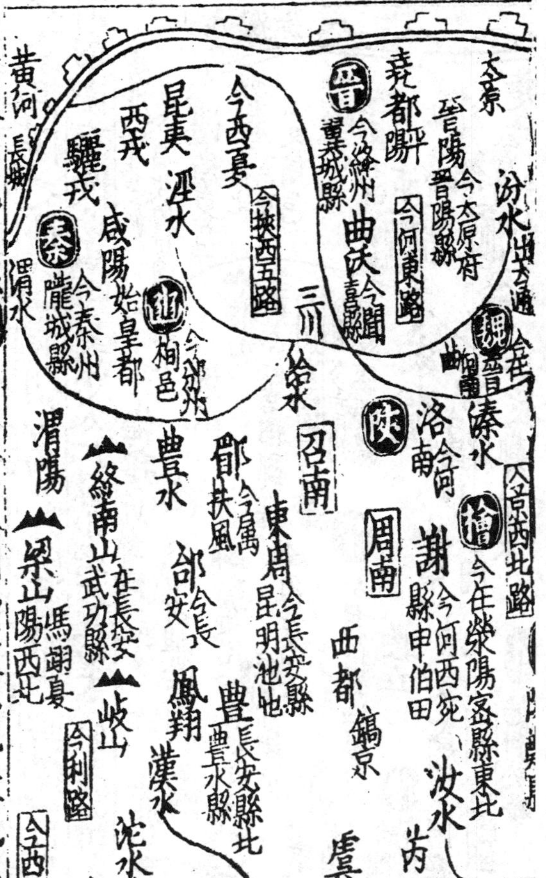

豫州之界今陳州宛丘縣【秦】自弘農故關而西京兆扶風馮翊北地上郡西河安定天水隴西西有巴蜀廣漢犍爲武都西北有金城武威張掖酒泉燉煌西南有牂柯越嶲及益州【檜】豫州外方之北滎波之南溱洧間今滎陽密縣東北【曹】兖州陶丘之北荷澤之野今興仁府濟陰縣也【豳】今之邠州栒邑【魯】兖州仙源縣禹貢徐州大野蒙羽之野

大東總

正義曰維天有漢漢天河也有其光而不足以有明睆佩璲者有名而無實也織女天之中也循天運而西終一日歷七辰而不能旋反何嘗有織乎牽牛河鼓也而不可以服大車之箱畢所以掩兔也畢之所象施於行列而非可以為用箕不可以簸而斗不可以挹箕惟合其舌斗惟揭柄而西此皆言星之衆見於天文而不可以有用喻當時之人有名無實大東之詩所以借是衆星以諷之也

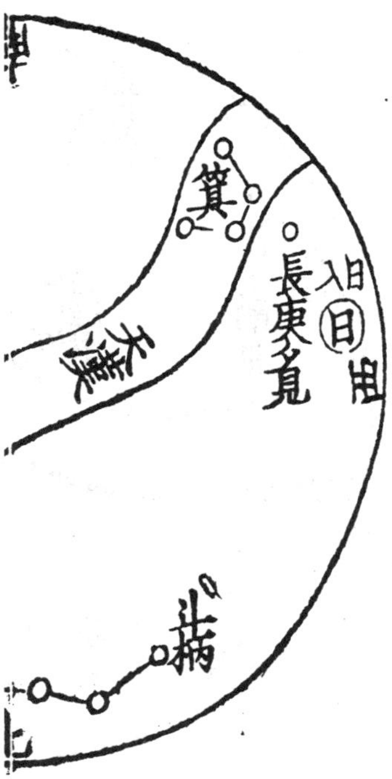

星之圖

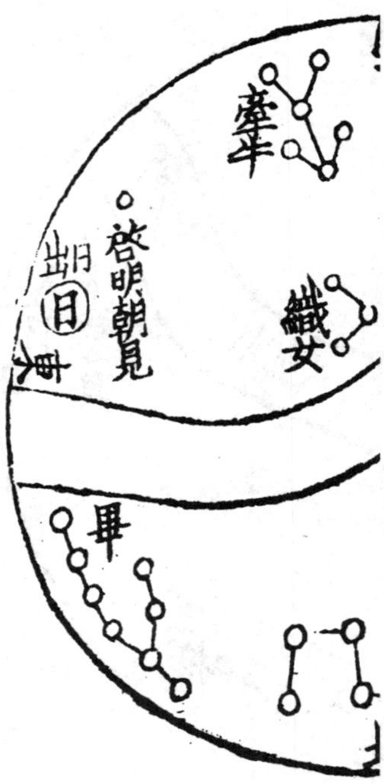

正義曰啓明者開導日之明故謂之啓明日既入之後有明星言其長能續日之明故謂之長庚孫炎以爲太白之一星或以爲一星出東西而異名按漢志云金水二星即太白辰星也與日相先後其近於日不過二舍在日之先則朝見於東方循日之後則夕見於西方啓明者辰星也位生於北而先於東啓明之謂也長庚者太白也位主於西長庚之謂也而朝夕迭見不可以執一論也

公劉度夕陽圖

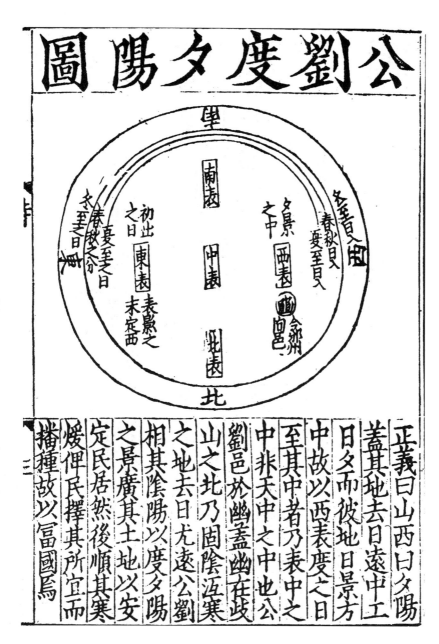

正義曰山西曰夕陽蓋其地去日遠中工日夕而彼地日景方中故以西表度之日至其中者乃表中之中非天中之中也公劉邑於幽蓋幽在岐山之北乃固陰沍寒之地去日尤遠公劉相其陰陽以度夕陽之景廣其土地以安定民居然後順其寒煖俾民擇其所宜而播種故以富國焉

楚丘定星中圖

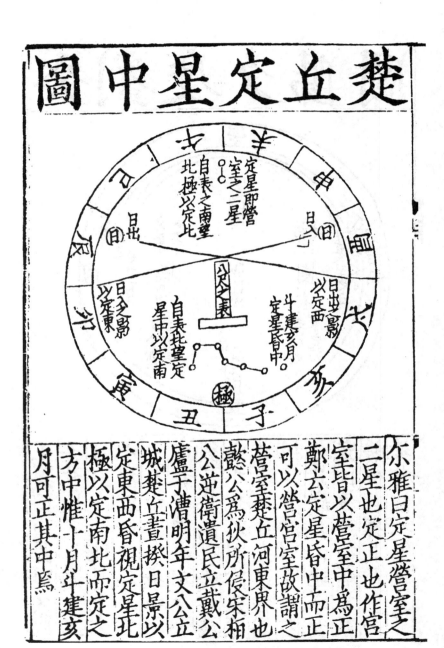

尔雅曰定星營室之二星也定正也作宫室皆以營室中爲正鄭玄定星昏中而正可以營宫室故謂之營室楚丘河東界也懿公爲狄所侵宋桓公逆衛遺民立戴公廬于漕明年文公立城楚丘晝揆日景以定東西昏視定星北極以定南北而定之方中惟十月斗建亥月可正其中焉

七月流火圖

左傳曰火中而寒暑乃退杜預曰心以季夏昏中而暑退季冬旦中而寒退季夏六月日在柳而没于酉則心星正在午之中七月日移於翼而没於酉則心乃西流於未故謂之流火鄭氏以爲大火蓋大火者辰次之謂也以大火而言則併氐房爲大火之次以星而言即心之三星也

三星在天圖

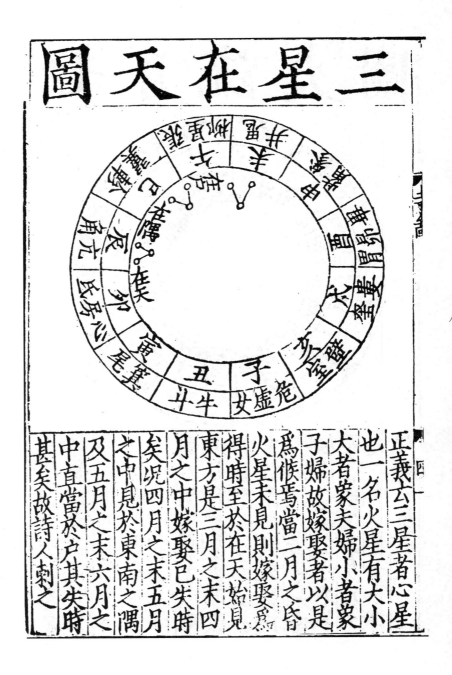

正義云三星者心星也一名火星有大小大者象夫婦小者象子婦故嫁娶者以是爲候焉當二月之昏火星未見則嫁娶爲得時至於在天始見東方是三月之末四月之中嫁娶已失時矣況四月之末五月之中見於東南之隅及五月之末六月之中直當於户其失時甚矣故詩人刺之

挈壺之圖

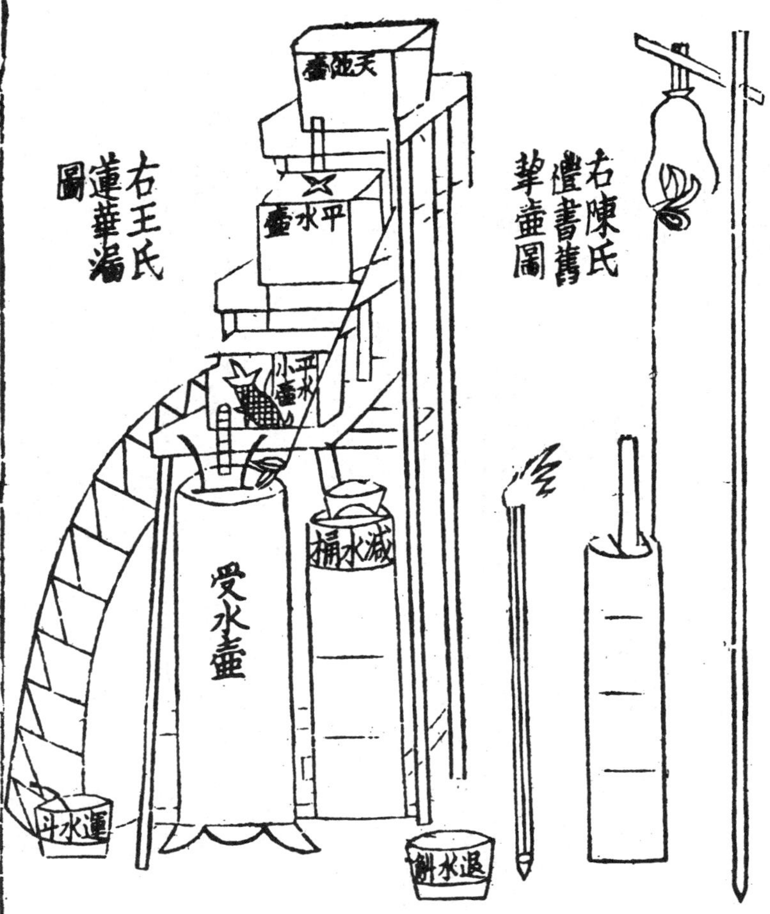

右王氏蓮華漏圖

右陳氏禮書舊挈壺圖

王普古今刻漏之法有二一曰浮漏曰稱漏先儒謂挈壺氏主挈壺水爲漏置箭壺內刻以爲節而浮之以記晝夜昏明之數蓋浮漏之作也尚矣近世稱漏設爲權衡以稱壺水且橫箭於衡而權加焉辰刻既至視衡適平則又徙權以俟其未至者然每刻輒徙不勝其煩若辰至乃徙則無以知刻況在夜而辰刻更籌難於並知殆不如浮漏之簡要明白其法先注水於受水壺中未窒其穴也浮箭於瓠然後窒之齊蓮心晝箭以爲所起之刻又定天池及平水壺自巳初下漏而測景焉至申初爲三辰得二十刻倍爲六辰得五十刻晝之於箭視其下尚可增十餘刻也乃於卯酉二時上水以試之今日午至來日午而漏與景合且數日皆然則箭可用矣如或有差當隨所差而損益之改晝辰刻又試如初必待其合也乃按官曆漏刻圖分晝夜之長短以定箭焉蓋引而伸之則爲箭環而周之則爲圖其實一也

太王胥宇圖

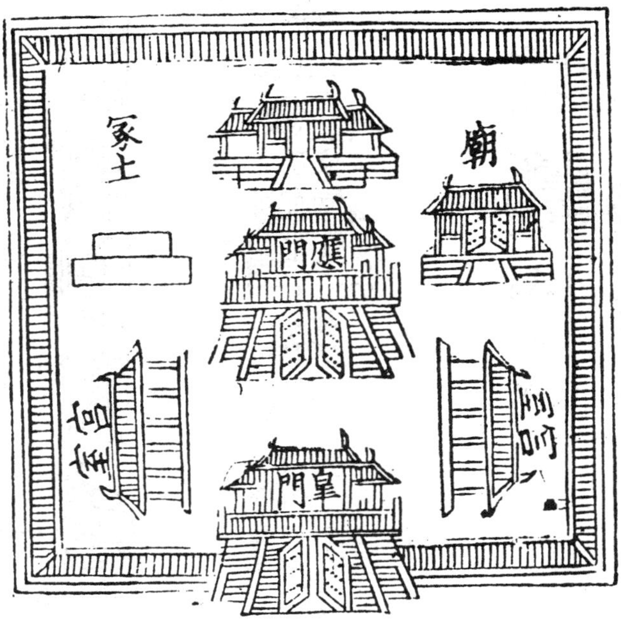

正義曰王之郭門曰皐門王之正門曰應門大王肇基未爲王而以皐應言之者美太王作郭門以致皐門作正門以致應門立冢土遂至作大社也當其胥宇作廟旣以尊祖又立冢土以爲社王立公卿室家之位宜乎百堵興而鼛鼓弗之勝矣

宣王考室圖

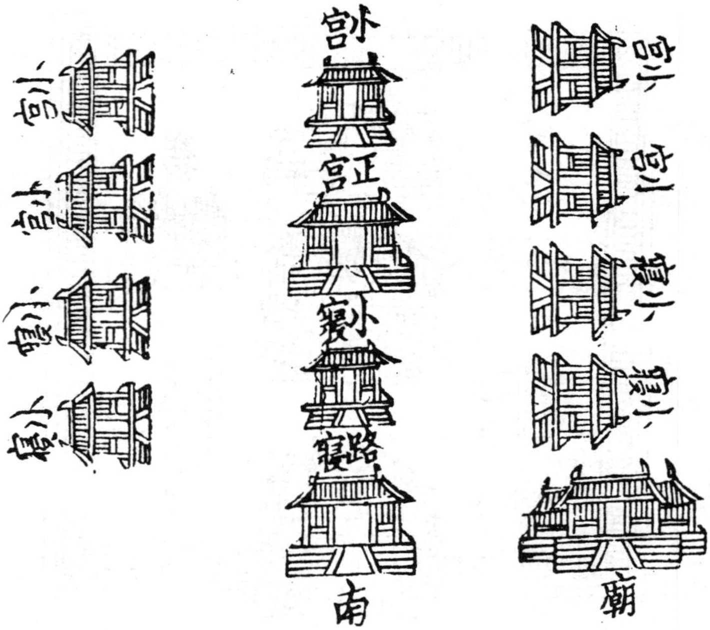

注云宣王於是築宮廟羣寢既成而釁之歌斯干之詩以落之先儒謂釁主於廟考主於室夫君子營宮室宗廟爲先旹宣王考室而不釁廟與盖落之爲言樂也釁亦可謂之樂考亦可謂之樂觀詩中謂似續妣祖君子攸躋雖不言釁而釁在其中矣

文武豐

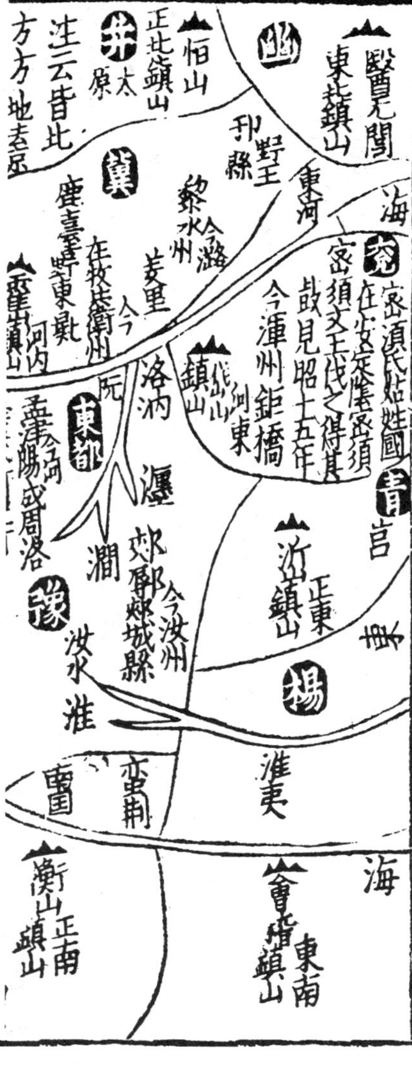

按經注后稷乃帝嚳之胄封於邰其後公劉立國於豳居沮漆之地古公亶父因止於岐下有子太伯虞仲季歷季歷生昌有聖德太伯虞仲知古公欲立季歷以及昌乃亡荆蠻其後昌立是爲西伯都於豐三分天下有其二以服事商又其後太子發立是爲武王九年觀兵于孟津十一年伐紂革商受命號曰周都鎬京至周公相成王以豐鎬偏處西方貢賦道里不均乃營洛邑至幽王有犬戎之患而平王遂東遷于洛邑自武王而下傳世凡三十七云

一三

鎬之圖

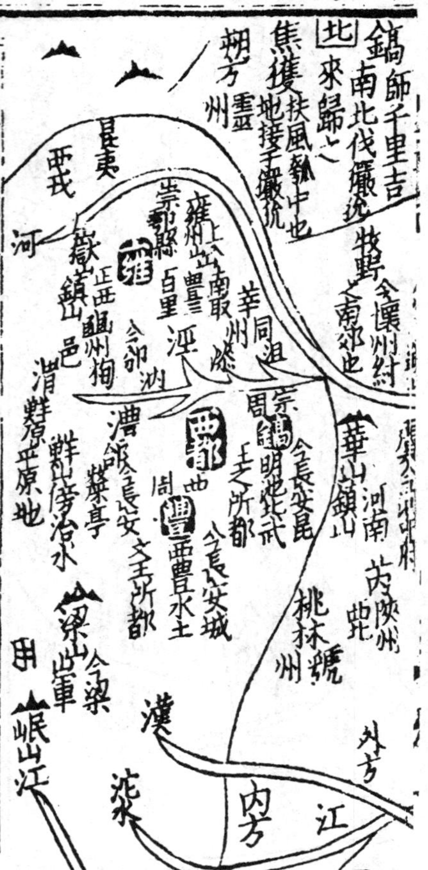

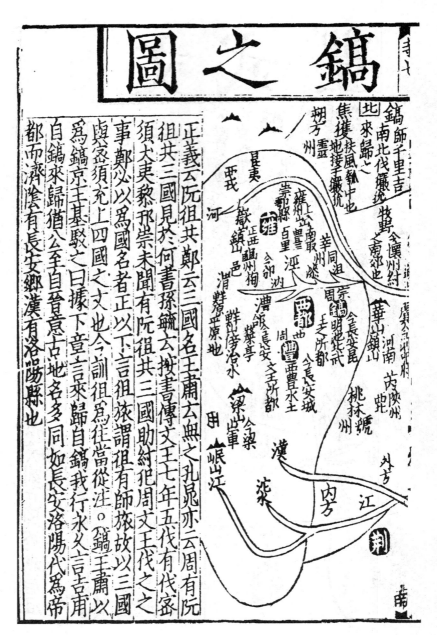

正義云阮徂共鄭云三國名王肅云無之孔晁亦云周有阮徂共三國見於何書孫毓云按書傳文王七年五伐有伐密須犬夷黎邘崇未聞有阮徂共三國助紂犯周文王伐之之事鄭必以爲國名者正以下言徂旅謂徂有師旅故以三國與密須充上四國之文也今訓徂爲往當從注○鎬王肅以爲鎬京王基駁之曰據下章言來歸自鎬我行永久言吉甫自鎬來歸猶今人至自晉意古地名多同如長安洛陽代爲帝都而濟陰有長安鄉漢有洛陽縣也

春籍田祈社稷圖

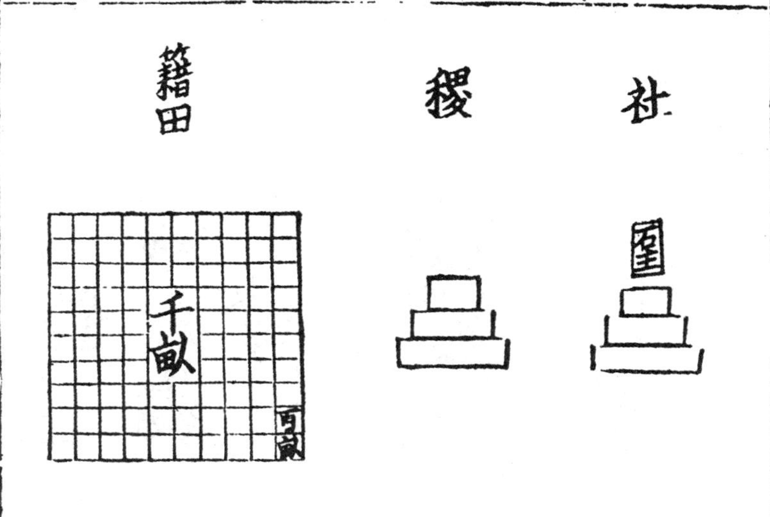

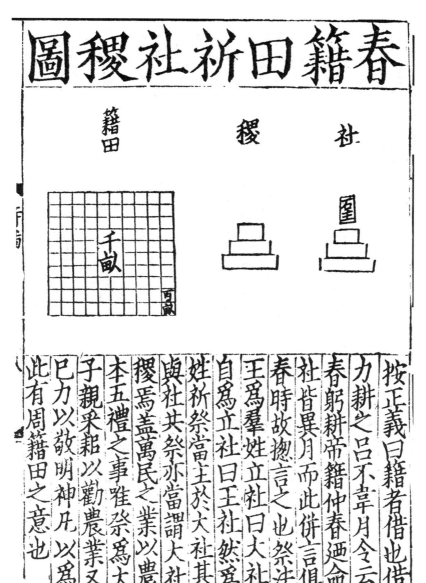

按正義曰籍者借也借民力耕之呂不韋月令云孟春躬耕帝籍仲春迺命民社皆異月而此併言俱在春時故揔言之也祭法云王爲羣姓立社曰大社王自爲立社曰王社然爲百姓祈祭當主於大社其稷與社共祭亦當謂大社社稷焉蓋萬民之業以農爲本五禮之事雖祭爲大天子親采耜以勸農業又用已力以敬明神凡以爲民此有周籍田之意也

巡守柴望告祭圖

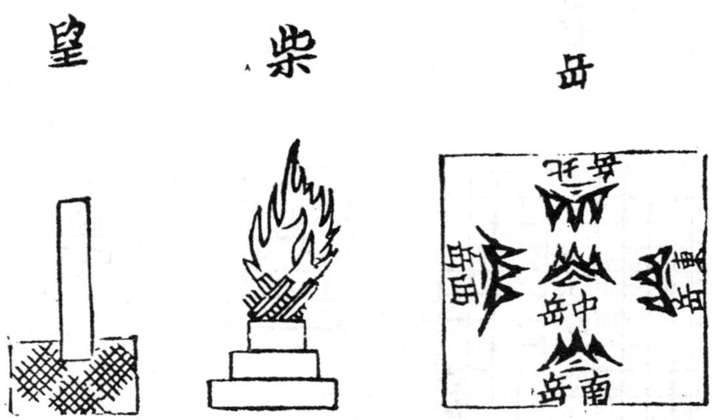

疏云武王既定天下而巡行其守土諸侯至于方岳之下乃作告至之祭爲柴望之禮柴祭昊天望祭山川而安祀百神乃王者盛事此詩乃樂章見天下同心頌之也按記天子適四方先柴又曰燔柴於泰壇祭天也郭璞云祭天積柴燒之望祭禮書云設於巡守之方非常祭也其位茆以辨之而植表於其中周禮所謂旁招以茆晉語所謂置茆蕝設表望是也

靈臺辟雍之圖

辟雍　　沼　　臺

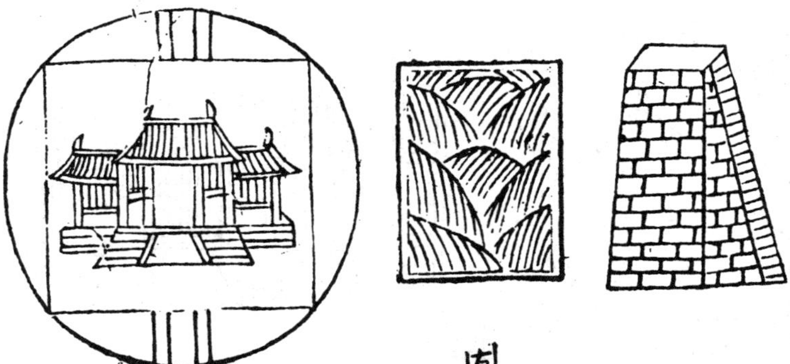

周

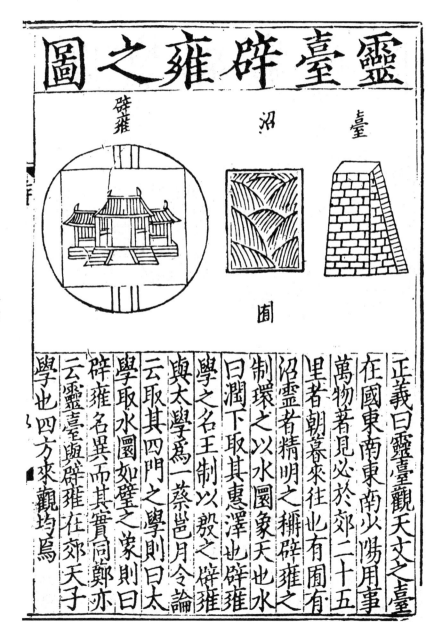

正義曰靈臺觀天文之臺在國東南東南以陽用事萬物著見必於郊二十五里者朝暮來往也有囿有沼靈者精明之稱辟雍之制環之以水圜象天也水曰潤下取其惠澤也辟雍學之名王制以殷之辟雍與太學爲一蔡邕月令論云取其四門之學則曰太學取水圜如璧之象則曰辟雍名異而其實同鄭亦云靈臺與辟雍在郊天子學也四方來觀均焉

閟宮路寢之圖

閟宮

路寢

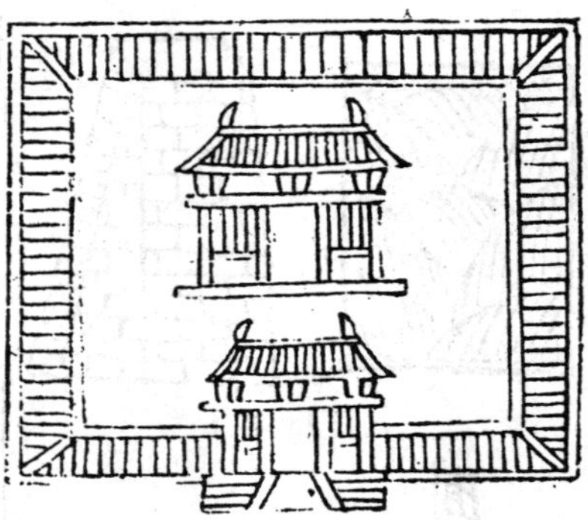

正義曰按祭法七廟五廟皆祭之而妣有不及立姜嫄廟爲非常而祭之又疎閉而無事故曰閟孟仲子曰是禖宮蓋以所生后稷故名姜嫄魯舊有是廟僖公從而新之故卒章曰新廟奕奕奚斯者監護其事故曰作路大也魯君之正寢僖公承衰乱之後寢廟廢壞能修周公伯禽之教姜嫄之廟旣新之則餘廟可知路寢旣治之則餘寢可知安得不頌之乎

我將明堂之圖

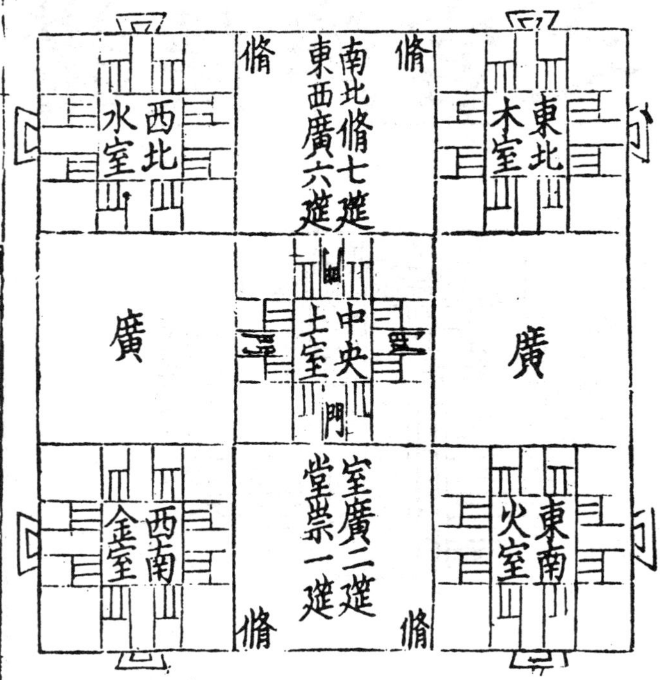

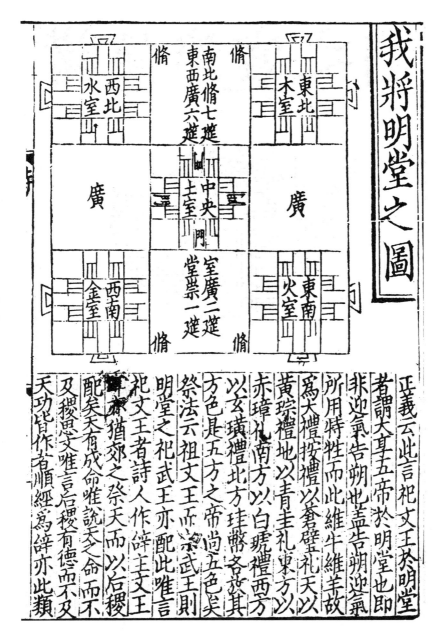

正義云此言祀文王於明堂者謂大享五帝於明堂也即非迎氣告朔也蓋告朔迎氣所用特牲而此維牛維羊故爲大禮按禮以蒼璧礼天以黄琮禮地以青圭礼東方以赤璋礼南方以白琥禮西方以玄璜禮北方珪幣各放其方色是五方之帝尚五色矣祭法云祖文王而宗武王則明堂之祀武王亦配此唯言祀文王者詩人作辭主文王耳亦猶郊之祭天而以后稷配矣天有成命唯説天之命而不及稷思文唯言后稷有德而不及天功皆作者順經爲辭亦此類

諸侯泮宮之圖

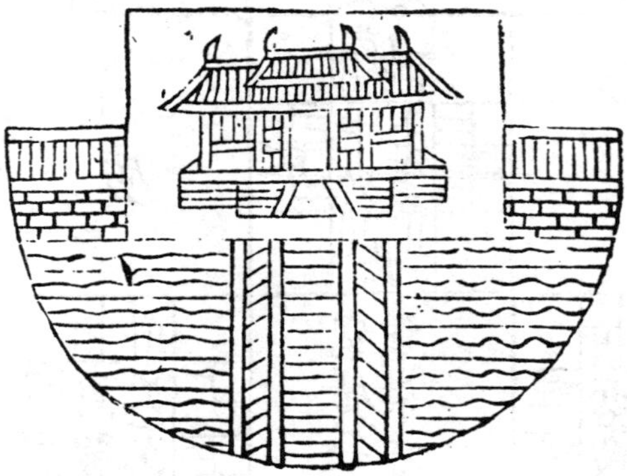

正義曰天子曰辟雍諸侯曰泮宮辟爲圓壁形築上引水使四方均得來觀則辟雍之內有館舍而外無墻院也泮之言半蓋東西門以南通水北亦有溝壍但水不通所以降殺於天子王制云諸侯止有泮宮一學魯之所立非獨泮宮明堂位曰米廩有虞氏之庠也序夏后氏之序也瞽宗殷學也頖宮周學也是魯得立四代之學僖公脩之示存古法其行礼之飲酒養老兵事之受成吉克當於周世之學在泮宮也化出於宮故言宮兼生於水故言水

兵器

旂

交龍之旂上有鈴声之和信公建此以祀祭南仲為將亦建之故央央然鮮明

旟

注云鳥隼曰旟州里建之謂州長之属也正義云有州旟黨旟鄰旟鄰旟

旐

龜蛇為旐郊野載之正義云野謂公邑大夫建者軍行亦設之以示殺代

旄

注云注旄於干首大夫旃也素絲為緌縫紕旌旗旒緌使相綴連軍將亦建焉

旌

析羽為旌素絲祝之祝作属謂素絲用連属於緌以為飾焉

十

禮書云革為之其背曰尾其尾設錫鉆金朱質而畫物繫繡章於後

戈

戈主於刺詳見礼圖

之圖

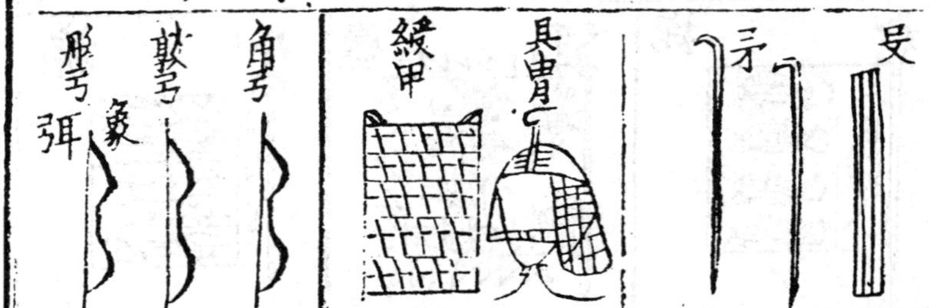

即殳也無刃主於擊礼書作八觚形夷矛酋矛五兵之最高者故曰重喬又以朱若爲英飾

胄者兜鍪也貝者水蟲甲狀如車渠有文以貝飾胄。綅綫也甲以朱綫綴之其鑽空受線欲宼小而不寬[illegible]

弓以六材獨言角者取善調也斲畫之弓王弧也彤弓赤色弓也弭弓弰也以象骨飾之

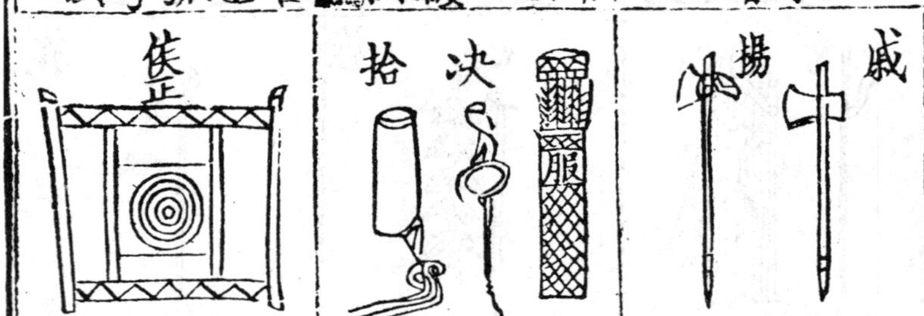

二者斧鉞別名傳謂戚爲斧揚爲鉞鉞大而斧小玉戚謂玉飾戚之柄黄鉞謂黄金飾其鉞

服盛矢器魚獸名其背皮班文可爲矢服決若包右拇指以鉤弦拾則韝左臂以防絆弦

正者侯之中心三分侯廣而正居其一畫五正之侯中朱次白次蒼黄而玄居外三正者損玄黄二正者但畫以朱綠

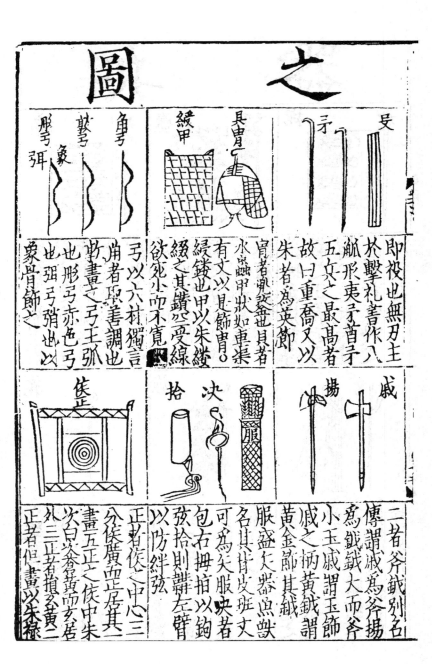

周元戎圖

周車白元戎甲士三人同載左持弓右持矛中御戈殳戟矛插於轄鳥章畫急疾之鳥張旃云隼是也幟与旗幟之幟同

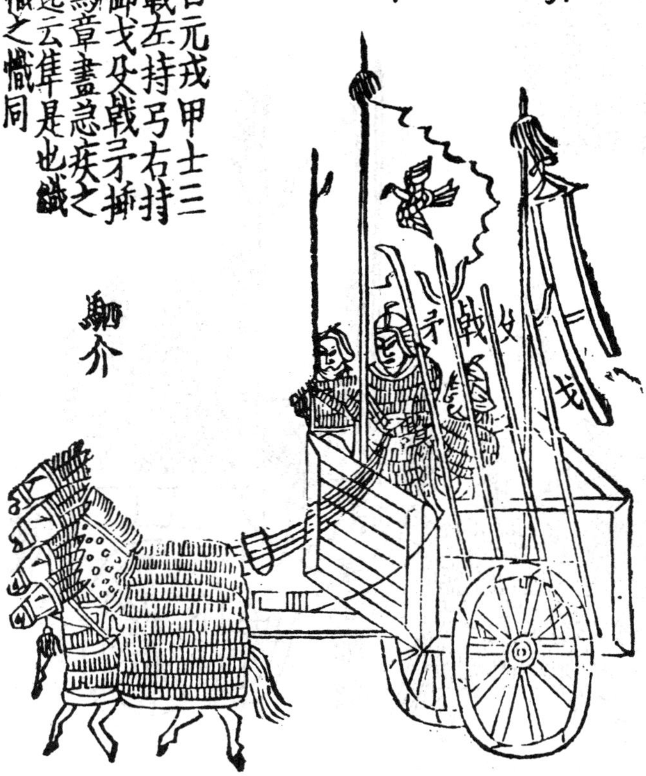

秦小戎圖

馬之腹白者爲騏
赤身黑鬣尾者爲駵
黃身黑喙者爲騧
青黑斑駁者爲騜

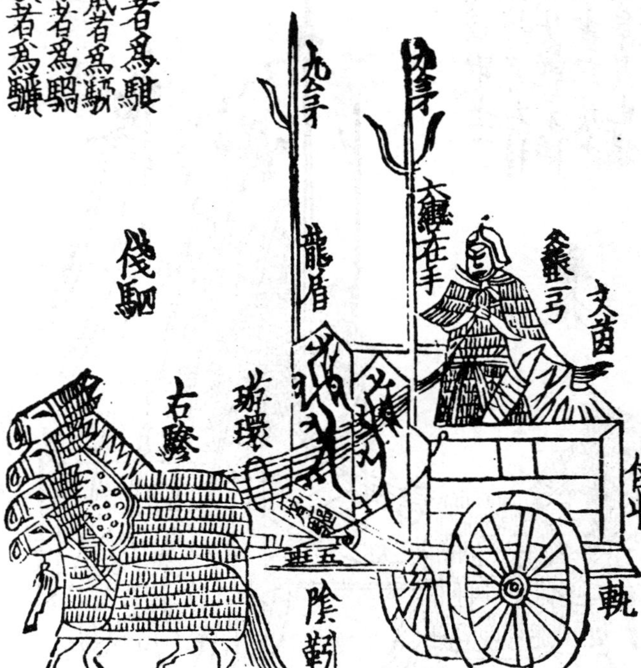

有瞽始

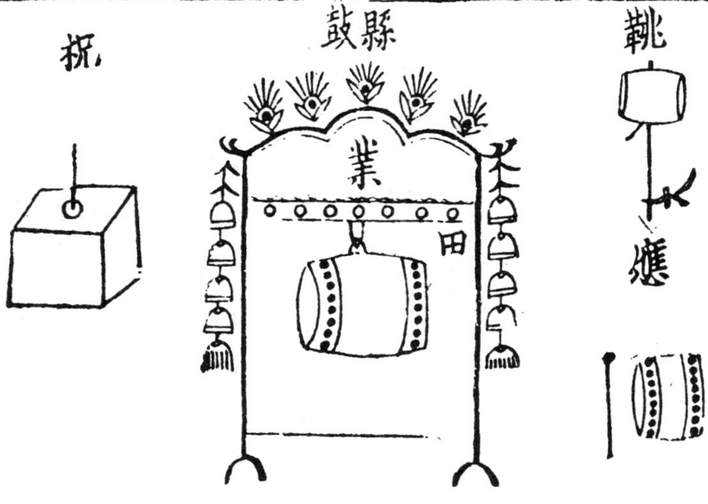

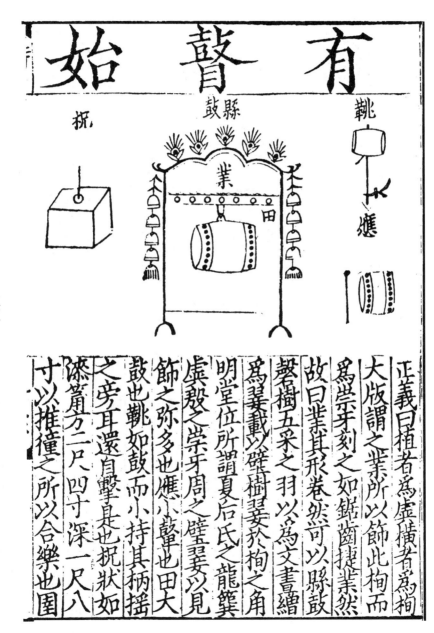

正義曰植者爲虡橫者爲栒大版謂之業所以飾此栒而爲崇牙刻之如鋸齒捷業然故曰業其形卷然可以縣鼓磬樹五采之羽以爲文畫繒爲翣戴以璧樹翣於栒之角明堂位所謂夏后氏之龍簨虡殷之崇牙周之璧翣以見飾之弥多也應小鼙也田大鼓也鞉如鼓而小持其柄搖之旁耳還自擊是也柷狀如漆筩方二尺四寸深一尺八寸以推撞之所以合樂也圉

作樂圖

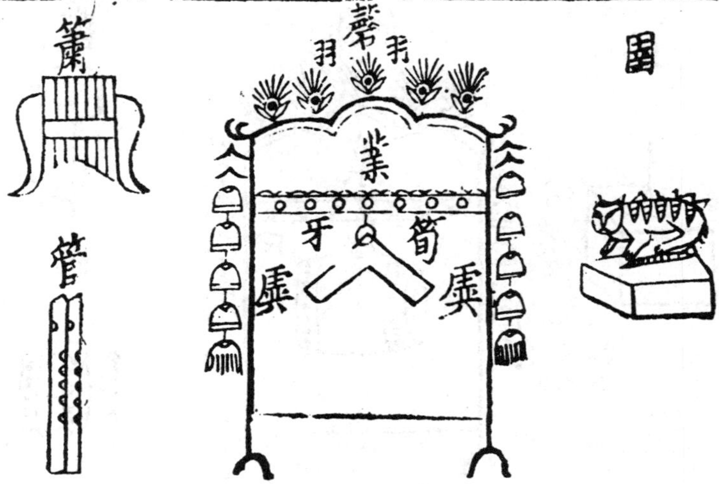

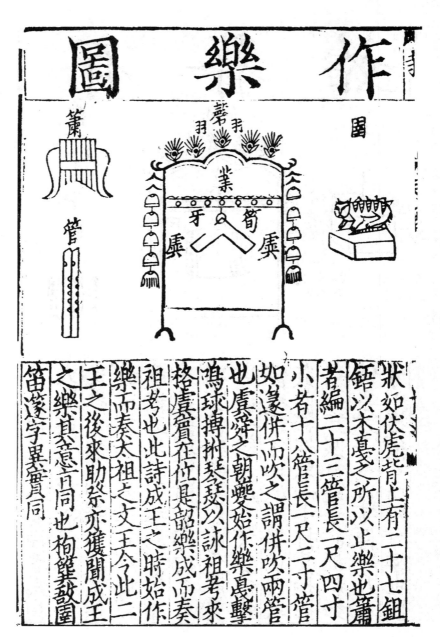

狀如伏虎背上有二十七鉏鋙以木戛之所以止樂也簫者編二十三管長一尺四寸小者十八管長一尺二寸管如篴併而吹之謂併吹兩管也虞舜之朝夔始作樂戛擊鳴球搏拊琴瑟以詠祖考來格虞賓在位是韶樂成而奏祖考也此詩成王之時始作樂而奏太祖之文王今此二王之後來助祭亦獲聞成王之樂其意亦同也栒簴鼓圉笛篴字異實同

絲衣繹

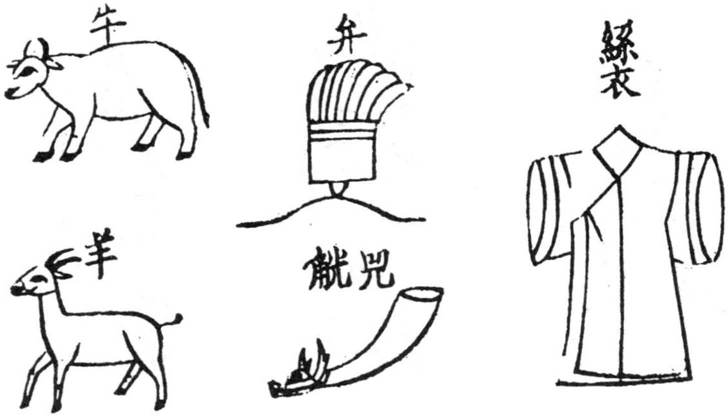

正義云繹謂正祭之明日尋繹而又祭也賓尸者以賓事所立之尸當祭之前使士行禮其服絲衣紑然而鮮潔所戴之弁俅然從廟堂而往國塾之基所以告濯具也視牲從羊及牛所以告充肥也舉大鼎以及圜弇上之小鼒鼎所以告絜也蓋正祭重也必使服冕之人如小宗伯眡滌濯逆齍省鑊告備于王是也此繹祭輕故使宗伯之屬士也

賓尸圖

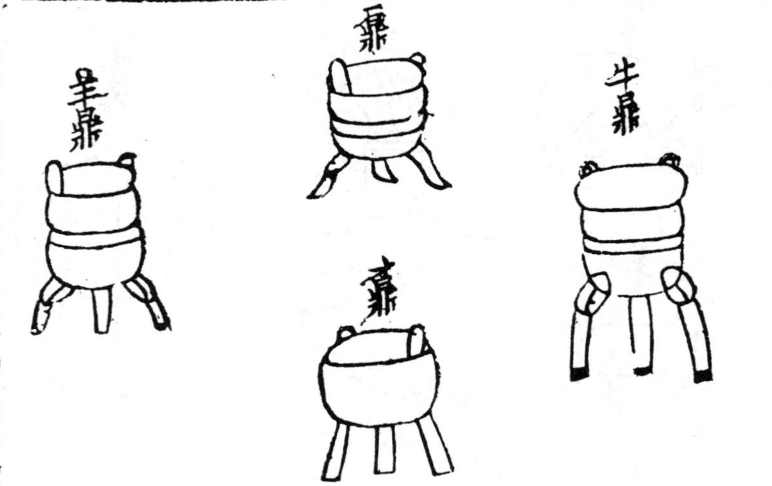

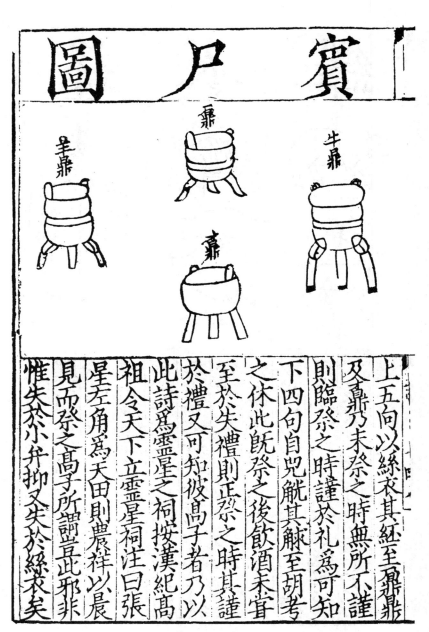

上五句以絲衣其紑至鼐鼎及鼒鼎乃未祭之時無所不謹則臨祭之時謹於礼爲可知下四句自兕觥其觩至胡考之休此既祭之後飲酒未嘗至於失禮則正祭之時其謹於禮又可知彼高子者乃以此詩爲靈星之祠按漢紀高祖令天下立靈星祠注曰張星左角爲天田則農祥以晨見而祭之高子所謂豈此邪非惟失於小弁抑又失於絲衣矣

朝服

大球

小球

黼

球注云玉也正義云小球小玉尺二寸圭大球大玉搢珽長三尺者考工記玉人云大圭杼上終葵首天子服之鎮圭尺有二寸天子守之是也詳見禮圖

絺冕采瑕注云白與黑謂之黼疏云此黼宜絺冕之裳禮希冕粉米一章

玄衮

毳衣

黻衣

玄衣而飾以卷龍故謂之衮乃上公一命之服也其衣五章記作卷同

疏云毳衣大夫服也衣三章宗彝藻粉米裳刺黼黻色如茭草又如赤玉色

黼終南注云黑與青謂之黻皆在裳其衣無章故言黻衣與繡裳異文

之圖

繡裳

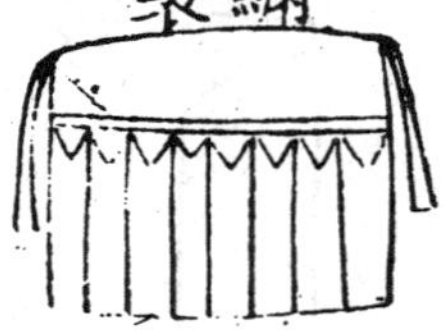

素襮

緇衣

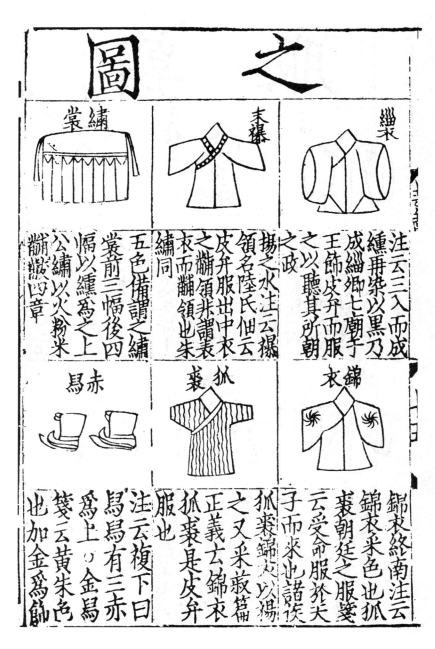

注云三入而成纁再染以黑乃成緇卿士朝于王飾皮弁而服之以聽其所朝之政

揚之水注云襮領名陸氏佃云皮弁服出中衣之黼領非謂表衣而黼領也朱繡同

五色備謂之繡裳前三幅後四幅以纁爲之上公繡以火粉米黼黻四章

赤舃

狐裘

錦衣

錦衣終南注云錦衣采色也狐裘朝廷之服箋云受命服於天子而來也諸侯

狐裘錦衣以裼之又采菽篇正義云錦衣狐裘是皮弁服也

注云複下曰舃舃有三赤爲上○金舃箋云黃朱色也加金爲飾

后夫人婦

翟衣

展衣

綠衣

箋云人君象服則舜所謂觀古人之象日月星辰之屬后象服謂揄翟闕翟摧之象也

疏云六服展衣色從下推之則闕翟赤翟青禕衣玄可知此見君及賓客服取其絕質

箋云當作褖夫人祭服而下則鞠衣展衣褖衣次之其色黑皆素紗爲裏今反用黃失矣

翟茀

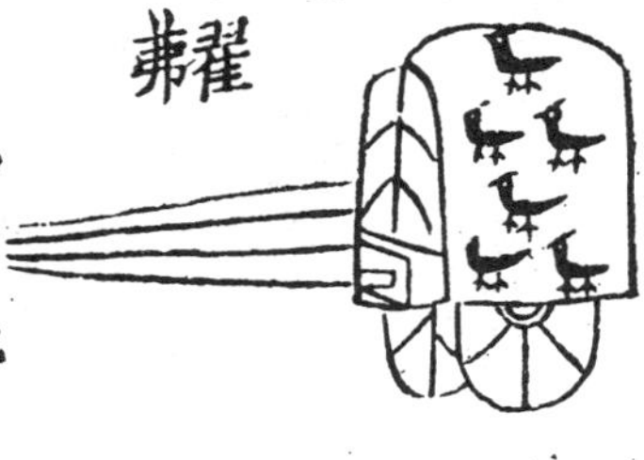

四馬拽

一人執鞭向翟茀

錦衣

注云翟蔽車也正義云夫人乘車不露車之前後設障以自隱蔽謂之茀因以翟羽爲之飾故曰翟茀蓋厭翟也謂次其羽使相迫也王姬車同

注云庶人之妻嫁服也上加襌縠爲以文大著蒙之以禦風塵箋云耿火襌也

人服之圖

副笄六珈

禮家

正義云副以覆首爲飾祭服有衡笄垂于副旁以懸瑱既笄而加此六飾故謂之珈如漢步摇也

縞衣

縞細繒也箋云作者之妻服戰國策云强弩之餘不能穿魯縞縞是薄繒也不染故白

帨

注云拭物之巾婦事舅姑左佩紛帨故曰佩巾威儀貴乎舒遲或奔走失節則動佩巾也

玉瑱

象揥

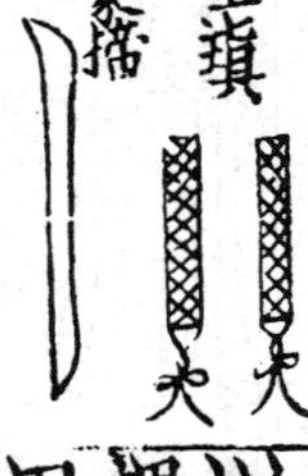

注云瑱當耳者以玉爲之○揥謂以象骨搔首因以爲飾故云所以摘髮也

巾

襜

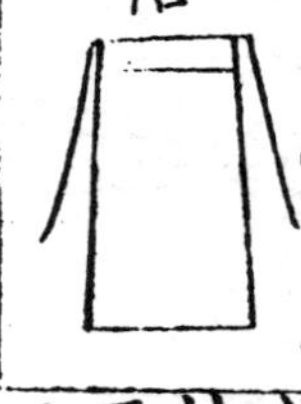

注云女人蒼母色衣巾○衽掩當際也爾雅云執衽曰袺扱衽曰襭禮書云有事則扱執之○襜衣蔽前也

禮書

縭

禮書云婦人褘謂之縭郭璞曰縭香纓也注曰婦人之褘謂母送女自結其衣之縭九種十種其威儀多也

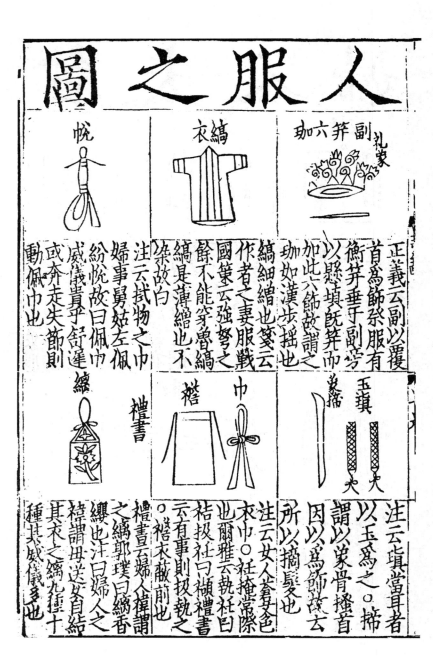

冠冕弁圖

冔

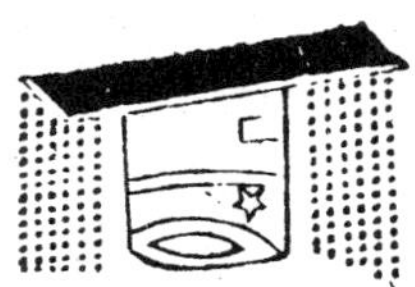

記夏后氏冠殷曰冔周曰冕冔殷冠也注謂服黼衣而冔冠也陸氏曰冔大也今依其圖

緇布冠

注云太古冠布謂以緇布爲冠撮持其髮冠制小則其儉節可知也

瑱

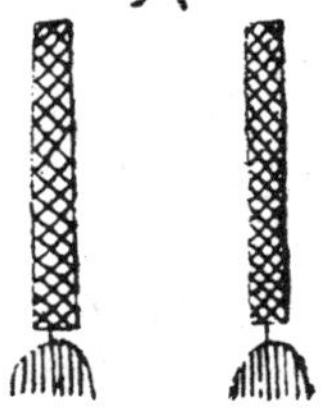

正義曰記既夕注云瑱塞耳也充耳是已以玉爲之飾其色或黄或青紞所以貫玉者

弁

注云會縫中也皮弁縫中每貫結五采玉十二以爲飾謂之綦其弁頍然高異乎冕之俯也

笄

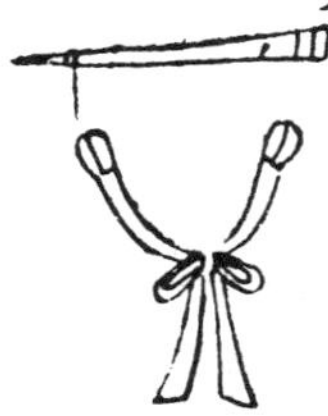

冠緌

笄今之簪導也以紘繫笄順頤而下結之曰纓垂其餘於前謂之緌

臺笠

注云臺所以禦暑笠所以禦雨謂以夫須皮爲笠疏云因可以禦雨故分爲二其實一也

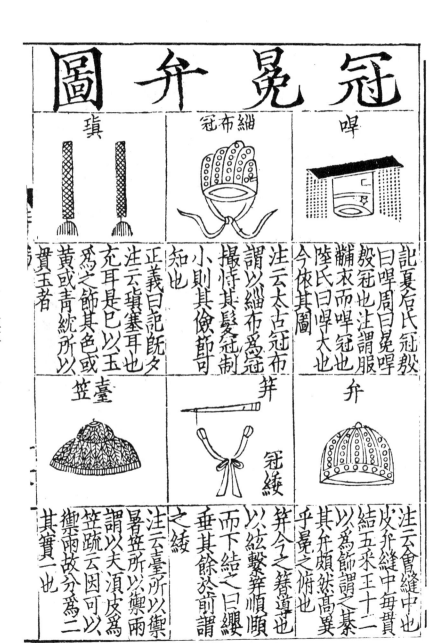

帶佩芾圖

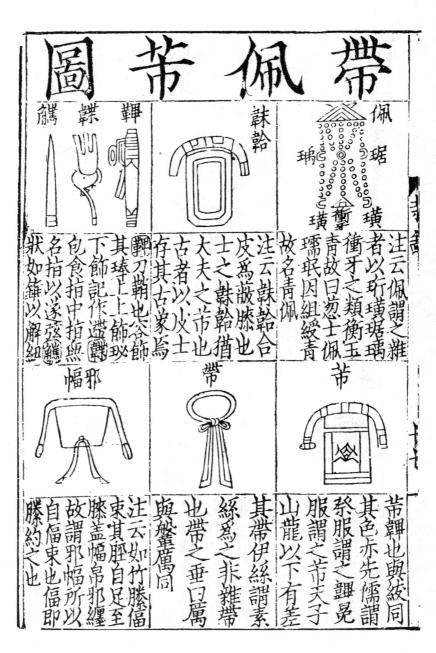

注云佩謂之雜者以珩璜琚瑀衝牙之類衡玉青故曰葱士佩瓀珉因組綬青故名青佩

注云韎韐合皮爲蔽膝也士之韎韐猶大夫之芾也古者以及士存其古象焉

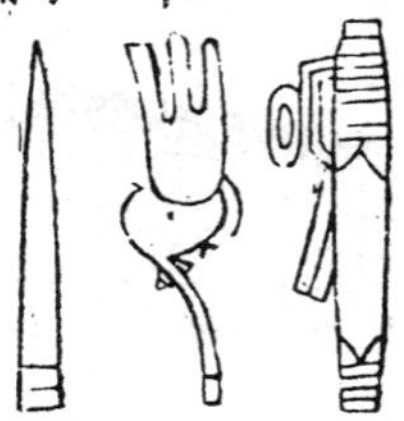

鞞刀鞘也谷飾其琫上上飾珌下飾記作遰

韘包食指中指無名指以遂弦

觿狀如錐以解紐

芾韠也與紱同其色赤先儒謂祭服謂之韠冕服謂之芾天子山龍以下有差

其帶伊絲謂素絲爲之非雜帶也帶之垂曰厲與鞶厲同

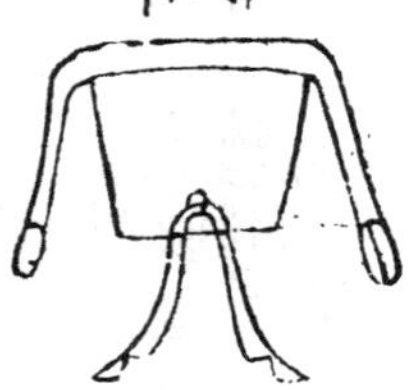

注云如竹膝偪束其脛自足至膝盖幅帛邪纏故謂邪幅所以自偪束也偪即滕約之也

衣裘帶

絲衣

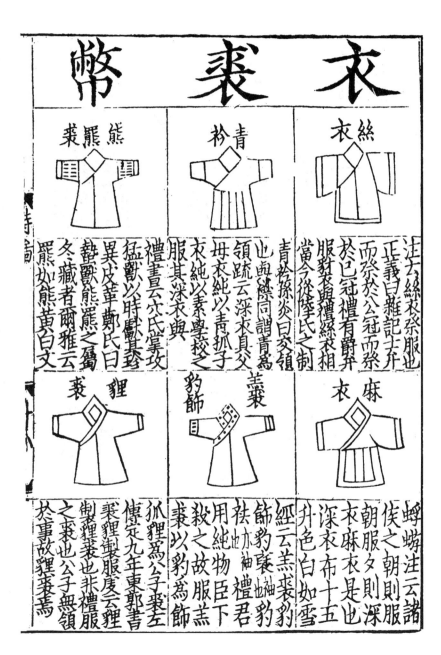

注云絲衣祭服也正義曰雜記士弁而祭於公冠而祭於已冠禮有爵弁服純衣與禮絲衣相當今從陸氏之制

青衿

青衿孫炎曰衿領也與襟同謂青爲領疏云深衣具父母衣純以青孤子衣純以素學校之服其深衣與

熊羆裘

禮書曰穴氏掌攻猛獸以時獻其珍異皮革鄭氏曰蟄獸熊羆之屬冬藏者爾雅云羆如熊黃白文

麻衣

蜉蝣注云諸侯之朝朝則服朝服夕則深衣麻衣是也深衣布十五升色白如雪

羔裘豹飾

經云羔裘豹飾豹褎袖也豹袪亦袖也禮君用純物臣下殺之故服羔裘以豹爲飾

狸裘

狐狸爲公子裘左傳定九年東郭書裘狸製裘服虔云狸製裘狸裘也非禮服之裘也公子無領於事故狸裘焉

帛之圖

琥 幣 璜

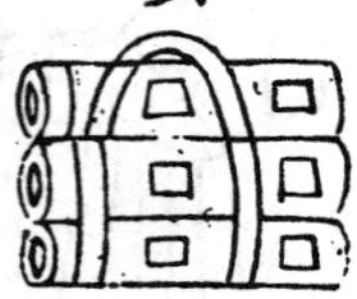

帛

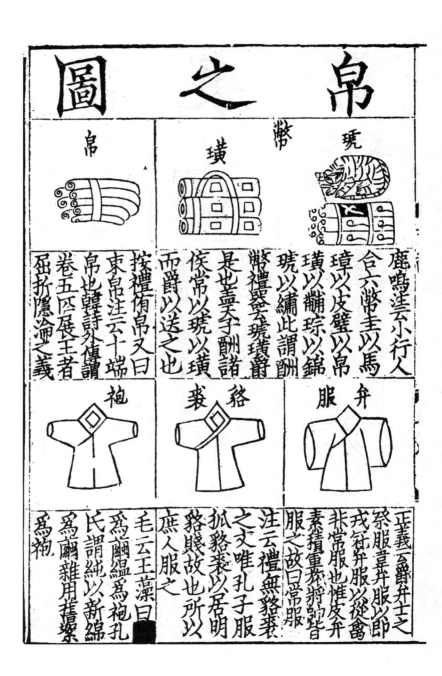

鹿鳴注云小行人合六幣圭以馬璋以皮璧以帛璜以黼琮以錦琥以繡此謂酬幣禮器云琥璜爵是也蓋天子酬諸侯常以琥以璜而爵以送之也

按禮侑帛又曰束帛注云十端帛也韓詩外傳謂卷五匹展王者屈折隱淪之義

弁服

貉裘

袍

正義云爵弁士之祭服韋弁服以即戎冠弁服以從禽非常服也惟皮弁素積熏裘將命皆服之故曰常服

注云禮無貉裘之文唯孔子服狐貉裘以居明貉賤故也所以庶人服之

毛云王藻曰■爲繭縕爲袍孔氏謂純以新綿爲繭雜用舊絮爲袍

祭器

房俎

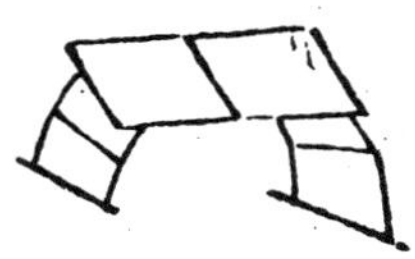

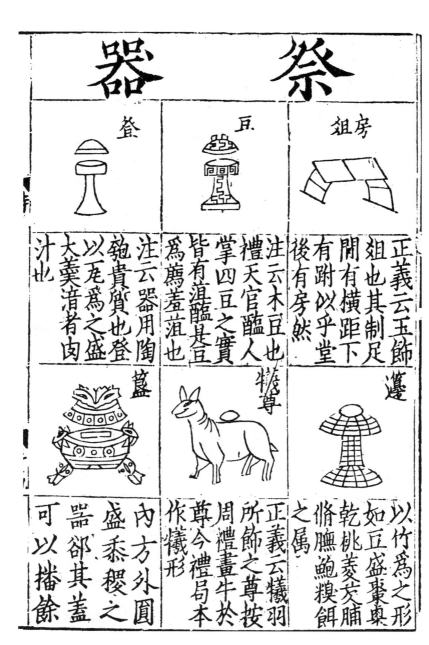

正義云玉飾俎也其制足間有橫距下有跗似乎堂後有房然

豆

注云木豆也禮天官醢人掌四豆之實皆有菹醢是豆爲薦羞菹也

登

注云器用陶匏貴質也登以瓦爲之盛大羹湆者肉汁也

籩

以竹爲之形如豆盛棗栗乾桃菱芡脯脩膴鮑糗餌之屬

犧尊

正義云犧羽所飾之尊按周禮畫牛於尊今禮局本作犧形

簠

內方外圓盛黍稷之器郤其蓋可以播餘

之圖

秬

黑黍曰秬鬱草卣也以秬黍釀酒築（百二十葉曰築）鬱金之草而煮之芬香條暢故曰鬱

鬱

鬯亦曰黃流謂金色酒在器流動焉按禮書云鬱草十一花狀如紅藍

璋

半圭曰璋王祼以圭瓚諸侯亞祼以璋瓚助之

卣

經曰秬鬯一卣禮書云卣中尊鬯未祼也實卣其將祼則實彝矣

瓚

瓚如槃其柄用圭按禮祼始獻酌以降神九命然後賜秬鬯圭瓚以祭祖廟

爵

一升曰爵上有兩柱取飲不盡之義三足如戈形戒其過則傷也

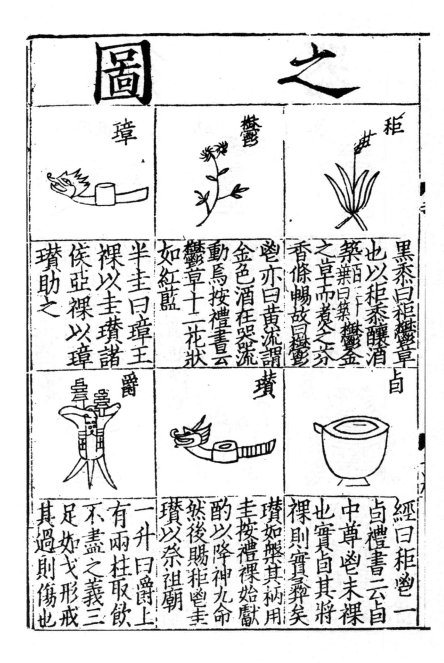

樂舞

縣鼓

鏞

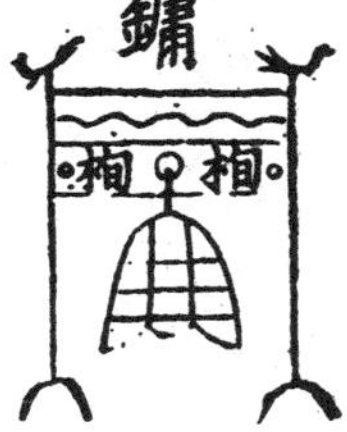

置鼓

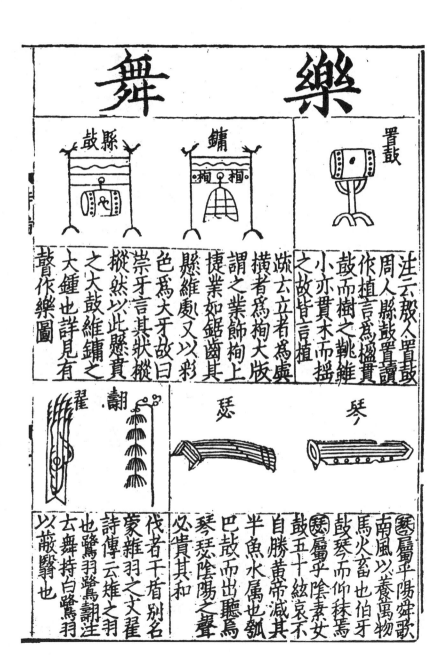

注云殷人置鼓周人縣鼓置讀作植言爲楹貫鼓而樹之鞉雖小亦貫木而揺之故皆言植

疏云立者爲虡横者爲栒大版謂之業飾栒上捷業如鋸齒其縣維虡又以彩色爲大牙故曰崇牙言其狀樅樅然以此懸貫之大鼓維鏞之大鍾也詳見有瞽作樂圖

翟

翿

瑟

琴

琴屬乎陽舜歌南風以養萬物馬火畜也伯牙鼓琴而仰秣焉瑟屬乎陰素女鼓五十絃哀不自勝黄帝減其半魚水屬也瓠巴鼓而出聽焉琴瑟陰陽之聲必貴其和

伐者干盾别名蒙雜羽之文翟詩傳云雉之羽也鷺羽鷺翿注云舞持白鷺羽以蔽翳也

器圖

万舞 礼象

南舞 禮書

籥舞 禮象

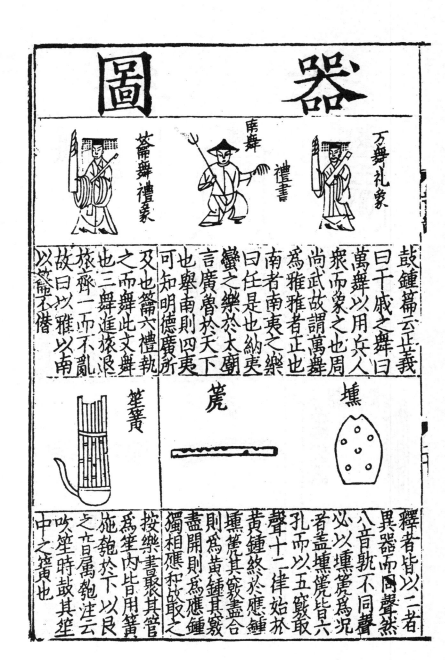

鼓鍾篇云正義曰干戚之舞曰萬舞以用兵人衆而象之也周尚武故謂萬舞爲雅雅者正也南者南夷之樂曰任是也納夷蠻之樂於太廟言廣魯於天下也舉南則四夷可知明德廣所及也籥六禮執之而舞此文舞也三舞進旅退旅齊一而不亂故曰以雅以南以籥不僭

壎

篪

笙簧

釋者皆以二者異器而同聲然八音孰不同聲必以壎篪爲況者盖壎篪皆六孔而以五竅最聲十二律始於黄鍾終於應鍾壎篪其竅盡合則爲黄鍾其竅盡開則爲應鍾獨相應和故取之

按樂書聚其管爲笙内皆用簧施匏於下以艮之音屬匏注云吹笙時鼓其笙中之簧也

器物

楅衡

注云木横牛角防其觝人或謂鼷鼠食郊牛角則不成牲楅衡恐角傷也

鬵

說文曰鼎属李解云上大下小曰鬵以之烹魚孫炎曰甑恐非

罍

斗

罍以盛酒取雲靁有節或以金飾之斗正義曰柄長三尺陳祥道云從大器挹之尊故用此

鸞刀

匕

注云鸞即鈴也刀環有鈴其声中節以是貴之○匕出肉於鼎而升諸俎以棘為之取赤心也

鬴

釜

注云有足曰鬴無足曰釜可用煮蘋藻以供祭

斝

匏

〔斝〕有耳記曰殷以斝〔匏〕鄭注周礼云取甘匏割去抵為尊而酌之

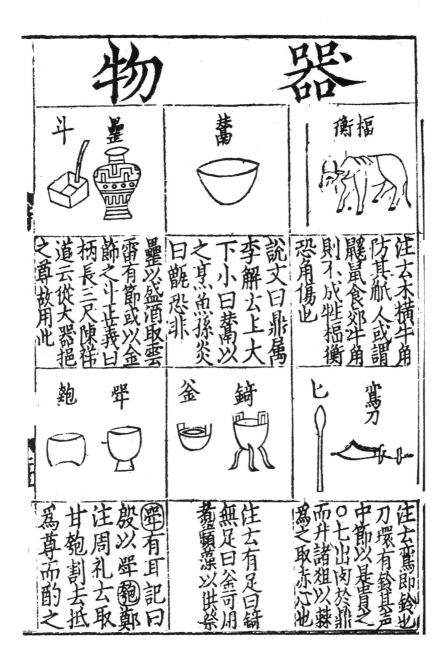

之圖

壺

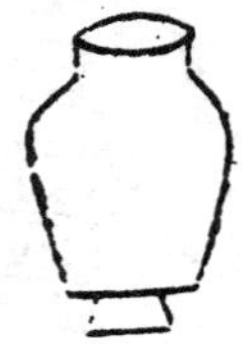

礼書云卿大夫方壺取其近尊而屈士旅圜壺取其遠尊而伸此盛酒特取名於匏壺之義

筐

筥

方曰筐圓曰筥注云筐屬篚可以行幣帛及盛物筥其制圓而長但可以寘物而已

几

注云几者所以安身故加諸老者而少者不及焉

缶

瓦器也樂或用之藺相如使秦王鼓缶是也又飲器易用缶是也又爲汲器左氏具綆缶

篚

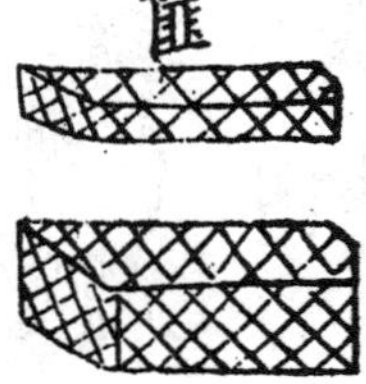

篚竹器也礼圖云長三尺廣一尺深六寸足高三寸盛幣帛爵觶之類

筵

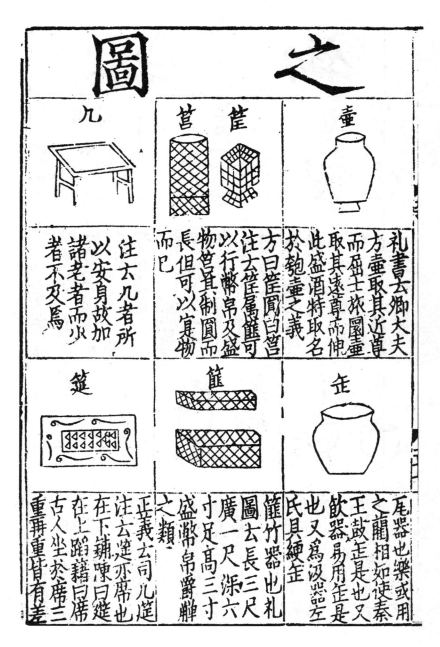

正義云司几筵注云筵亦席也在下鋪陳曰筵在上蹈藉曰席古人坐於席三重再重皆有差

四詩傳

魯詩

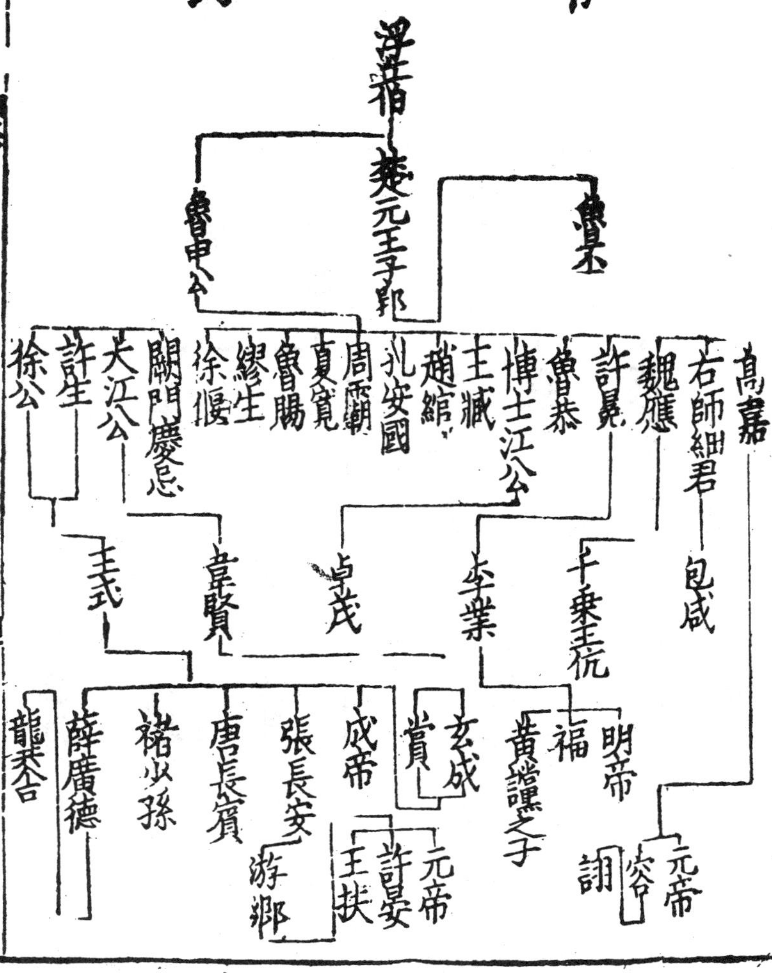
浮丘伯
楚元王子郢
魯申公
魯丕
高嘉
右師細君
魏應
許晃
魯恭
博士江公
王臧
趙綰
孔安國
周霸
夏寬
魯賜
繆生
徐偃
闕門慶忌
大江公
許生
徐公
包咸
千乘王伉
李業
卓茂
韋賢
王式
元帝
容
詡
明帝
福
黃讜之子
玄成
賞
元帝
許晏
王扶
成帝
張長安
游卿
唐長賓
褚少孫
薛廣德
龔舍

授圖上

齊詩

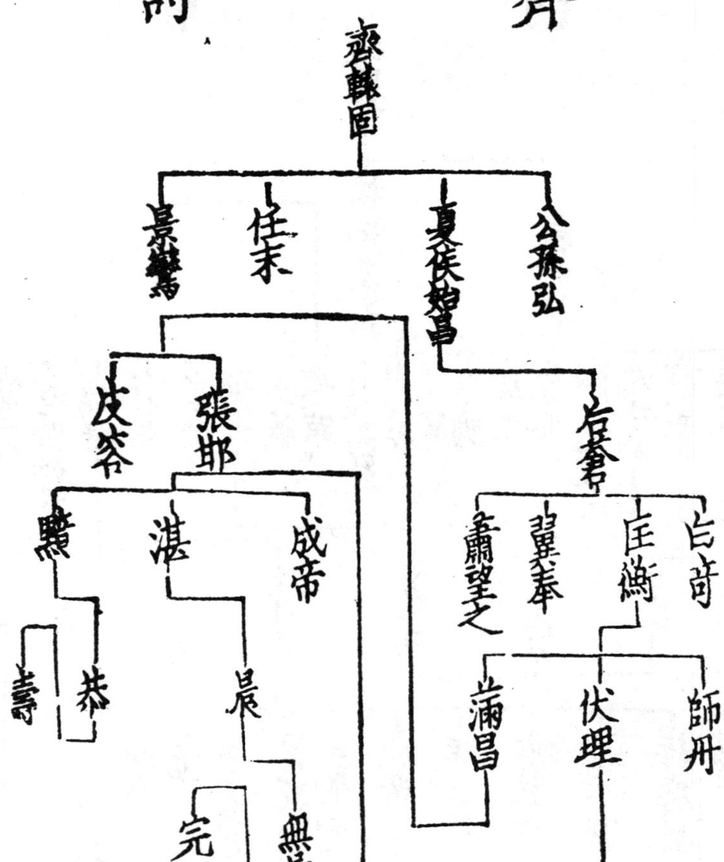

四詩傳

韓詩

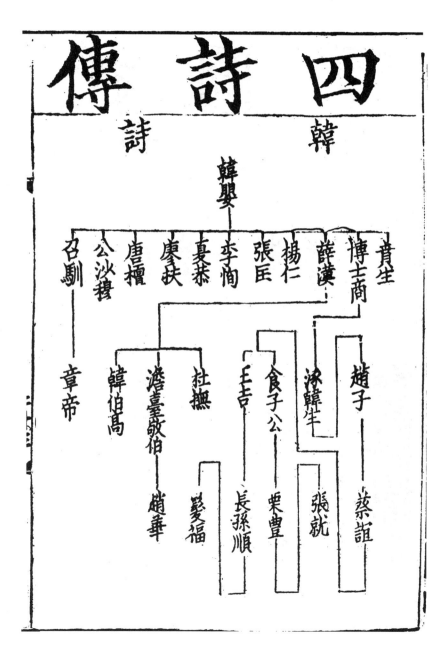

- 韓嬰
  - 賁生
  - 博士商
    - 涿韓生
      - 趙子
        - 蔡誼
          - 食子公
            - 栗豐
              - 張就
          - 王吉
            - 長孫順
              - 髮福
  - 薛漢
    - 杜撫
    - 澹臺敬伯
      - 趙曄
    - 韓伯高
  - 楊仁
  - 張匡
  - 李恂
  - 夏恭
  - 廖扶
  - 唐檀
  - 公沙穆
  - 召馴
    - 章帝

授圖下

毛詩

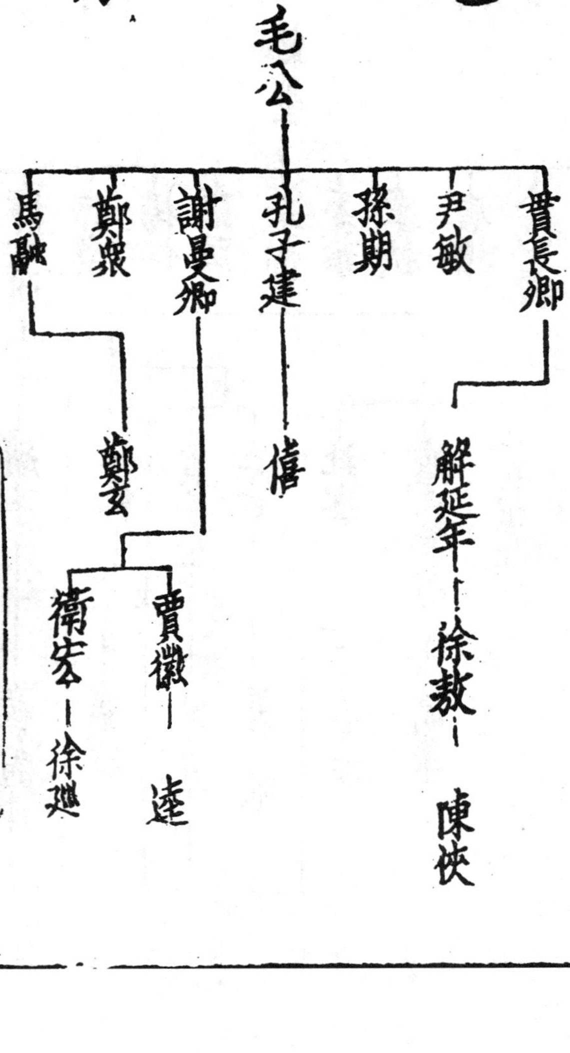

毛詩圖終

毛詩篇目

一卷　周南關雎第一　十一篇　國風

關雎 后妃之德　葛覃 后妃之本　卷耳 后妃之志　樛木 后妃逮下

螽斯 后妃子孫衆多　桃夭 后妃之所致　兔罝 后妃之化　芣苢 后妃之美

漢廣 德廣所及也　汝墳 道化行　麟之趾 關雎之應

召南鵲巢第二　十四篇　國風

鵲巢 夫人之德　采蘩 夫人不失職　草蟲 大夫妻禮自防　采蘋 大夫妻循法度

甘棠 美召伯　行露 召伯聽訟　羔羊 鵲巢之功致　殷其靁 勸以義

摽有梅 男女及時　小星 惠及下　江有汜 美媵　野有死麕 惡無禮也

何彼襛矣 美王姬　騶虞 鵲巢之應

二卷　邶柏舟第三　十九篇　國風

柏舟 言仁而不遇　緑衣 衛莊姜傷已　燕燕 衛莊姜送歸妾　日月 衛莊姜傷已

終風衛莊姜傷已　擊鼓怨州吁　凱風美孝子　雄雉刺衛宣公

匏有苦葉刺衛宣公　谷風刺夫婦失道　式微黎侯寓于衛其臣勸以歸　旄丘責衛伯

簡兮刺不用賢　泉水衛女思歸　北門刺仕不得志　北風刺虐

靜女刺時　新臺刺衛宣公　二子乘舟思伋壽

三四

鄘柏舟第四　十篇　國風

柏舟共姜自誓　牆有茨衛人刺其上　君子偕老刺衛夫人　桑中刺奔

鶉之奔奔刺衛宣姜　定之方中美衛文公　蝃蝀止奔　相鼠刺無禮

干旄美好善　載馳許穆夫人作

衛淇奧第五　十篇　國風

淇奧美武公之德　考槃刺莊公　碩人閔莊姜　氓刺時

竹竿衛女思衛　芄蘭刺惠公　河廣宋襄公母歸于衛　伯兮刺時

有狐刺時　木瓜美齊桓公

王黍離第六　十篇　國風

四卷　黍離 閔宗周　君子于役 刺平王　君子陽陽 閔周　揚之水 刺平王

中谷有蓷 閔周　兔爰 閔周　葛藟 王族刺平王　采葛 懼讒

大車 刺周大夫　丘中有麻 思賢

鄭緇衣第七　二十一篇　國風

緇衣 美武公　將仲子 刺莊公　叔于田 刺莊公　大叔于田 刺莊公

清人 刺文公　羔裘 刺朝　遵大路 思君子　女曰雞鳴 刺不說德

有女同車 刺忽　山有扶蘇 刺忽　蘀兮 刺忽　狡童 刺忽

褰裳 思見正　丰 刺亂　東門之墠 刺亂　風雨 思君子　子衿 刺學校廢

揚之水 閔無臣　出其東門 閔亂　野有蔓草 思遇時　溱洧 刺亂

五卷　齊雞鳴第八　十一篇　國風

雞鳴 思賢妃　還 刺荒　著 刺時　東方之日 刺衰

東方未明刺無節　南山刺襄公　甫田大夫刺襄公　盧令刺荒
敝笱刺文姜　載驅齊人刺襄公　猗嗟刺魯莊公

魏葛屨第九　七篇　國風

葛屨刺褊　汾沮洳刺儉　園有桃刺時　陟岵孝子行役思念父母
十畝之間刺時　伐檀刺貪　碩鼠刺重斂

唐蟋蟀第十　十二篇　國風

蟋蟀刺晉僖公　山有樞刺晉昭公　揚之水刺晉昭公　椒聊刺晉昭公
綢繆刺晉亂　杕杜刺時　羔裘刺時　鴇羽刺時
無衣美晉武公　有杕之杜刺晉武公　葛生刺晉獻公　采苓刺晉獻公

秦車鄰第十一　七篇　國風

車鄰美秦仲　駟驖美襄公　小戎美襄公　蒹葭刺襄公
終南戒襄公　黃鳥哀三良　晨風刺康公　無衣刺用兵

渭陽 康公念母　權輿 刺康公

十一卷

陳宛丘第十二 十篇　國風

宛丘 刺幽公　東門之枌 疾亂　衡門 誘僖公　東門之池 刺時

東門之楊 刺時　墓門 刺陳佗　防有鵲巢 憂讒賊　月出 刺好色

株林 刺靈公　澤陂 刺時

檜羔裘第十三 四篇　國風

羔裘 大夫以道去君　素冠 刺不能三年　隰有萇楚 疾恣　匪風 思周道

曹蜉蝣第十四 四篇　國風

蜉蝣 刺奢　候人 刺近小人　鳲鳩 刺不壹　下泉 思治

八卷

豳七月第十五 七篇　國風

七月 周公陳王業　鴟鴞 周公救亂　東山 周公東征　破斧 美周公

伐柯 美周公　九罭 美周公　狼跋 美周公

鹿鳴之什第十六　小雅　八十篇

九卷

鹿鳴 燕群臣嘉賓　四牡 勞使臣之來　皇皇者華 君遣使臣　常棣 燕兄弟

伐木 燕朋友故舊　天保 下報上　采薇 遣戍役　出車 勞還率

杕杜 勞還役　魚麗 美能備礼　南陔 孝子相戒以養　白華 孝子絜白

華黍 時和歲豐宜黍稷

南有嘉魚第十七　小雅

十卷

南有嘉魚 樂与賢　南山有臺 樂得賢　由庚 万物得由其道　崇丘 万物得極其高大

由儀 万物之生各得其宜　蓼蕭 澤及四海　湛露 天子燕諸侯　彤弓 天子錫有功諸侯

菁菁者莪 樂育材　六月 宣王北伐　采芑 宣王南征　車攻 宣王復古

吉日 美宣王田

鴻鴈之什第十八　小雅

十一卷

鴻鴈 美宣王　庭燎 美宣王　沔水 規宣王　鶴鳴 誨宣王

祈父刺宣王　白駒大夫刺宣王　黄鳥刺宣王　我行其野刺宣王

斯干宣王考室　無羊宣王考牧

十二卷　節南山之什第十九　小雅

節南山家父刺幽王　正月大夫刺幽王　十月之交大夫刺幽王　雨無正大夫刺幽王

小旻大夫刺幽王　小宛大夫刺幽王　小弁刺幽王　巧言刺幽王

何人斯蘇公刺暴公　巷伯刺幽王

十三卷　谷風之什第二十　小雅

谷風刺幽王　蓼莪刺幽王　大東刺乱　四月大夫刺幽王

北山大夫刺幽王　無將大車大夫悔將小人　小明大夫悔仕於乱世

鼓鍾刺幽王　楚茨刺幽王　信南山刺幽王

十四卷　甫田之什第二十一　小雅

甫田刺幽王　大田刺幽王　瞻彼洛矣刺幽王　裳裳者華刺幽王

桑扈 刺幽王　鴛鴦 刺幽王　頍弁 諸公刺幽王　車舝 大夫刺幽王
青蠅 大夫刺幽王　賓之初筵 衛武公刺時

十五卷 魚藻之什第二十二　小雅

魚藻 刺幽王　采菽 刺幽王　角弓 父兄刺幽王　菀柳 刺幽王
都人士 刺衣服無常　采綠 刺怨曠　黍苗 刺幽王　隰桑 刺幽王
白華 周人刺幽王　緜蠻 微臣刺亂　瓠葉 大夫刺幽王　漸漸之石 下國刺幽王
苕之華 大夫閔時　何草不黃 下國刺幽王

十六卷 文王之什第二十三　大雅

文王 文王受命作周　大明 文王有明德故天復命武王　緜 文王之興本由大王
棫樸 文王能官人　旱麓 受祖　思齊 文王所以聖　皇矣 美周
靈臺 民始附　下武 繼文　文王有聲 繼伐

十七卷 生民之什第二十四　大雅

韓奕 尹吉甫美宣王

生民 尊祖　行葦 忠厚　既醉 太平　鳧鷖 守成

假樂 嘉成王　公劉 召康公戒成王　泂酌 召康公戒成王　卷阿 召康公戒成王

民勞 召穆公刺厲王　板 凡伯刺厲王

十八卷　蕩之什第二十五　大雅

蕩 召穆公傷周室大壞　抑 衛武公刺厲王亦以自警　桑柔 芮伯刺厲王　雲漢 仍叔美宣王

崧高 尹吉甫美宣王　烝民 尹吉甫美宣王　江漢 尹吉甫美宣王　常武 召穆公美宣王

瞻卬 凡伯刺幽王大壞　召旻 凡伯刺幽王大壞

十九卷　清廟之什第二十六　周頌三十一篇

清廟 祀文王　維天之命 太平告文王　維清 奏象舞

烈文 成王即政諸侯助祭　天作 祀先王先公　昊天有成命 郊祀天地

我將 祀文王於明堂　時邁 巡守告祭柴望　執競 祀武王　思文 后稷配天

臣工之什第二十七　周頌

臣工（諸侯助祭遣於廟） 噫嘻（春夏祈穀于上帝） 振鷺（二王後來助祭） 豐年（秋冬報）
有瞽（始作樂而合乎祖） 潛（季冬薦魚春獻鮪） 雝（禘大祖） 載見（諸侯始見武王廟）
有客（微子來見祖廟） 武（奏大武）

閔予小子之什第二十八　周頌

閔予小子（嗣王朝於廟） 訪落（嗣王謀於廟） 敬之（群臣進戒嗣王） 小毖（嗣王求助）
載芟（春籍田而祈社稷） 良耜（秋報社稷） 絲衣（繹賓尸） 酌（告成大武）
桓（講武類禡） 賚（大封於廟） 般（巡守祀四岳河海）

二十卷

駉第二十九　魯頌四篇

駉（頌僖公） 有駜（頌僖公君臣有道） 泮水（頌僖公能脩泮宮） 閟宮（頌僖公能復周公宇）

那第三十　商頌五篇

那（祀成湯） 烈祖（祀中宗） 玄鳥（祀高宗） 長發（大禘）
殷武（祀高宗）

○毛詩篇目終

鄭氏詩譜曰文王作邑於豐乃命岐邦周召之地為周公旦召公奭之采地 周公封魯死謚曰文公召公封燕死謚曰康公

程氏曰學詩而不求序猶欲入室而不由戶也

或問詩如何學曰只於大序中求

又曰國史得詩必載其事然後其義可知今小序之首是也其下則說詩者之辭也

又曰詩小序要之皆得大意只後之觀詩者亦添入

纂圖互註毛詩卷第一

周南關雎詁訓傳第一

陸德明音義曰周南周者代名其地在禹貢雍州之域岐山之陽於漢屬扶風美陽縣南者言周之德化自岐陽而先被南方故序云化自北而南也漢廣序又云文王之道被于南國是也○關雎七胥反依字且邊隹且音子餘反旁或作鳥故訓舊本多作故今或作詁音古又音故傳音直戀反案詁故皆是古義所以兩行然前儒多作詁解而章句有故言郭景純注爾雅則作釋詁樊孫等爾雅本皆為釋故今宜隨本不煩改字

互註 左襄公二十九年吳公子札來聘請觀於周樂使工為之歌周南召南曰美哉始基之矣猶未也然勤而不怨矣

毛詩國風

毛詩詩是此書之名毛者傳詩人姓既有齊魯韓三家故題姓以別之或云小毛公加毛詩二字又云河間獻王所加故大題其下案馬融盧植鄭玄注三禮並大題在下班固漢書陳壽三國志題亦然國風國者總謂十五國風者諸侯之詩從關雎至騶虞二十五篇謂之正風

鄭氏箋

鄭氏箋本亦作牋同薦年反字林云箋表也識也案鄭云藝論云注詩宗毛為主毛義若隱略則更表明如有不同即下己意使可識別也然此題非毛公馬鄭王肅等題相傳云是雷次宗題承用既久未敢為異又案周續之與雷次宗同受慧遠法師詩義而續之釋題已如此又恐非雷之題也疑未敢明之

程氏曰天下之治正家為先天下之家正則天下治矣二南正家之道也陳后妃夫人大夫妻之德推之士庶人之家一也故使邦國至於鄉黨皆用之自朝廷至於委巷莫不謳吟諷誦所以風天下為此詩者其周公乎

關雎后妃之德也風之始也所以風天下而正夫婦也故用之鄉人焉用之邦國焉風風也教也風以動之教以化之詩者志之所之也在心為志發言為詩情動於中而形於言言之不足故嗟歎之嗟歎之不足故永歌之永歌之不足不知手之舞之足之蹈之也【重意】記樂記故歌之為言也長言之也說之故言之言之不足故長言之長言之不足故嗟歎之嗟歎之不足故不知手之舞之足之蹈之也情發於聲聲成文謂之音發猶見也聲謂宮商角徵羽也聲成文者宮商上下相應。關雎舊解云三百十一篇詩並是作者自為名后妃芳非反爾雅云妃媲也對也左傳云嘉耦曰妃禮記云天子之妃曰后之德也舊說云起此至用之邦國焉名關雎序謂之小序自風風也訖末名為大序沈重云案鄭詩譜意大序是子夏作小序是子夏毛公合作卜商意有不盡毛更足成之或云小序是東海衛敬仲所作今謂此序止是關雎之序總論詩之綱領無大小之異解見詩義序並是鄭注所以無箋云者以無所疑亂故也風之始此風謂十五國風風是諸侯政教也下云所以風天下論語云君子之德風並是此義所以與如字徐福鳳反今不用風風也並如字徐上如字下福鳳反崔靈恩集注本下即作諷字劉氏云動物曰風託音曰諷崔云用風

朱氏曰主於文詞而託之以諫雖優游不迫而感人實深

感物則謂之諷沈云上風是國風即詩之六義也下風即是風伯鼓動之風君上風教能鼓動萬物如風之偃草也今從沈說風以動之如字沈福鳳反云謂自下刺上感動之名變風也今不用嗟遵斜反咨嗟也歎本亦作嘆湯贊反歎息也蹈徒到反動足履地也猶見賢遍反黹陟里反上時掌反應應對之應下注同

治世之音安以樂其政和亂世之音怨以怒其政乖亡國之音哀以思其民困【互註】記樂記音者生於人心者也情動於中故形於詩聲成文謂之音治世之音安以樂其政和亂世之音怨以怒其政乖亡國之音哀以思其民困聲音之道與政通矣

故正得失動天地感鬼神莫近於詩先王以是經夫婦成孝敬厚人倫美教化移風俗故詩有六義焉一曰風二曰賦三曰比四曰興五曰雅六曰頌【互註】禮春官太師教六詩曰風曰賦曰比曰興曰雅曰頌注風言聖賢治道之遺化也賦之言鋪直鋪陳今之政教善惡比見今之失不敢斥言取比類以言之興見今之美嫌於媚諛取善事以喻勸之雅正也言今之正者以為後世法頌之言誦也容也誦今之德廣以美之

上以風化下下以風刺上主文而譎諫言之者無罪聞之者足以戒故曰風風化風刺皆謂譬喻不斥言也主文與樂之宮商相應也譎諫詠歌

孔氏曰國之史官
程氏曰國史得詩
於采詩之官故知
其得失之迹

王氏曰風之本出於
人君一人之躬行而其
末見於一國之事

史記孔子世家曰
關雎之亂以為風
始鹿鳴為小雅始
文王為大雅始清
廟為頌始

依違不直諫。治直吏反之音絕句樂音洛絕句其政和一讀安字上屬以樂其政和為一句下倣此思息吏反正得失周云正齊人之得失也本又作政謂政教也兩通近如字沈音附近之近厚音后本或作淳非比必履反興虛應反沈許甑反頌音訟下以風福鳳反注風刺同刺本又作刺七賜反譎古穴反詠也故曰風福鳳反又如字至于王道衰禮義廢政教失國異政家殊俗而變風變雅作矣國史明乎得失之迹傷人倫之廢哀刑政之苛吟詠情性以風其上達於事變而懷其舊俗者也故變風發乎情止乎禮義發乎情民之性也止乎禮義先王之澤也是以一國之事繫一人之本謂之風言天下之事形四方之風謂之雅雅者正也言王政之所由廢興也政有小大故有小雅焉有大雅焉頌者美盛德之形容以其成功告於神明者也是謂四始詩之至也始者王道興衰之所由。苛本亦作荷音何苛虐也吟疑今反歌聲曰詠風其上福鳳反告古毒反然則關雎麟趾之化王者之風故繫之程氏曰關雎之義樂得淑女以為后妃配君子也其所憂思在於進賢淑非說於色也哀窈窕思之切也切於思賢才而不在於淫色無傷害之心也後人以為后妃樂得淑女以配君子配惟后妃可稱后妃自是配更何別求淑女以為配淫其色乃男子之事自是關雎之義如此非謂后妃也

楊氏曰詩全要体會何謂体會且如關雎之詩詩人以興后妃之德蓋如此也須當知雎鳩為摯而有別之禽又知關關之声為和又知河之洲為幽閑遠人之地則后妃之德可以意曉矣是之謂

周公南言化自北而南也鵲巢騶虞之德諸侯之風也先王之所以教故繫之召公自從也從北而南謂其化從岐周被江漢之域也先王斥太王王季○鵲七略反巢士交反騶本亦作騶側留反召本亦作邵同上照反後召南召公皆同岐其宜反山名或音祁被皮寄反大王音泰周南召南正始之道王化之基是以關雎樂得淑女以配君子憂在進賢不淫其色哀窈窕思賢才而無傷善之心焉是關雎之義也哀蓋字之誤也當為衷衷謂中心恕之無傷善之心謂好逑也○淑常六反善也哀前儒並如字論語云哀而不傷是也鄭氏改作衷竹隆反窈烏了反窕徒了反毛云窈窕幽閑也王肅云善心曰窈善容曰窕恕音庶本又作念好呼報反逑音求重言以配君子二本亭東門之池車舝各一

○關關雎鳩在河之洲興也關關和聲也雎鳩王雎也鳥摯而有別水中可居者曰洲后妃說樂君子之德無不和諧又不淫其色慎固幽深若關雎之有別焉然後可以風化天下夫婦有別則父子親父子親則君臣敬君臣敬則朝廷正朝廷正則王化成箋云摯之言至也謂王雎之鳥雌雄情意至然而有別○雎七胥反鳩九尤反鳥之有至別者洲音州興虛應反沈許甑反案興是譬喻之名意有不盡故題曰興他皆放此摯本亦作鷙音至別彼竭反下同說音悅樂音洛諧戶皆反朝直遙反廷徒佞反窈窕

詩一　三

体會

東萊曰關雎具風比興三義一篇皆言后妃之德以風動天下首章以雎鳩起興後二章皆以荇菜起興至於雎鳩之和靜荇菜之柔順則又取以為比也風之義易見惟興與比相近而難辨

程氏曰荇菜以興后妃之柔順

孔氏曰參差然不齊

程氏曰左右皆隨水之貌

朱氏曰左右流之求之無方也服猶懷也

王氏曰悠者思之長也

蘇氏曰求得而采采得而芼先後之叙也

淑女君子好逑窈窕幽閑也淑善逑匹也言后妃有關雎之德是幽閒貞專之善女宜為君子之好匹箋云怨耦曰仇言后妃之德和諧則幽閒處深宮貞專之善女能為君子和好衆妾之怨者言皆化后妃之德不嫉妬謂三夫人以下。好毛如字鄭呼報反兔罝詩放此逑音求毛云匹也本亦作仇音同鄭云怨耦曰仇閒音閑下同耦五口反能為于偽反嫉音疾徐音自後皆同妬丁路反以色曰妬○參差荇菜左右流之荇接余也流求也后妃有關雎之德乃能共荇菜備庶物以事宗廟也箋云左右助也言后妃將共荇菜之葅必有助而求之者言三夫人九嬪以下皆樂后妃之事。參初金反差初宜反又初佳反荇衡猛反本亦作莕沈有並反左右王申毛如字鄭上音佐下音佑接余音餘本或作菨荼非共音恭本或作供下共荇菜並同葅阻魚反字又作菹嬪鼻申反內官名樂音洛又音岳窈窕淑女寤寐求之寤覺寐寢也箋云言后妃覺寐則常求此賢女欲與之共己職也。寤五路反寐莫利反覺音教求之不得寤寐思服服思之也箋云服事也求賢女而不得覺寐則思己職事當誰與共之乎悠哉悠哉輾轉反側悠思也箋云思之哉思之哉言己誠思之卧而不周曰輾悠音由輾本亦作展哲善反呂忱從車展鄭云不周曰輾注本或作卧而不周者剩二字也【重意】寤寐思服輾轉反側澤陂寤寐無為輾轉伏枕○參差荇菜左右采之箋云言后妃既得荇菜必有助而采之者窈窕淑女琴瑟友之宜以琴瑟友樂也箋云同志為兼菜君妃之德坤德也關關雎鳩在河之洲擬諸形容者也窈窕淑女君子好逑咏嘆貞王者之良匹也唯天下至至静為能配天下之至健也鐘鼓有時而奏琴瑟無時而不在側若朋友然故曰友

康蕃曰關雎后妃之德也而所以成德者必有本也葛覃本葛覃所陳是也後之講師徒見序稱后妃之本而不知所謂乃為在父母家志在女功之說以附益之殊不知是詩皆述既為后妃之事貴而勤儉乃為可稱若在室而服女功固其常耳不必詠歌也

友言賢女之助后妃其行菜其情意乃與琴瑟之志同其行菜之時樂必作參差荇菜左右芼之芼擇也箋云后妃既得荇菜必有助而擇之者。芼毛報反窈窕淑女鍾鼓樂之德盛者宜有鍾鼓之樂箋云琴瑟在堂鍾鼓在庭言共荇菜之時上下之樂皆作盛其礼也。樂之音洛又音岳或云協韻宜五教反

關雎五章章四句故言三章一章章四句二章章八句五章是鄭所分故言以下是毛公本意後放此

葛覃后妃之本也后妃在父母家則志在於女功之事躬儉節用服澣濯之衣尊敬師傅則可以歸安父母化天下以婦道也躬儉節用由於師傅之教而後言尊敬師傅者欲見其性亦自然可以歸安父母言嫁而得意猶不忘孝。覃本亦作蕈徒南反延也澣本又作浣戶管反濯直角反専夫附反見賢遍反

。葛之覃兮施于中谷維葉萋萋興也覃延也葛所以為絺綌女功之事煩辱者施移也中谷谷中也萋萋茂盛貌箋云葛者婦人之所有事也此因葛之性以興焉興者葛延蔓于谷中喻女在父母之家形躰浸浸日長大也葉萋萋然喻其容色美盛。施毛以豉反鄭如字下同萋妻兮反蔓音萬浸子鳩反長丁丈反黄鳥于飛集于灌木其

孔氏曰施言引蔓移去其根也
歐陽氏曰后妃見葛生鳥鳴因時感事樂女功之將作故其次章遂言葛已成就刈濩而為絺綌也
張氏曰秋時也
蘇氏曰言辭也春秋傳曰言歸于好
張氏曰言告言歸猶曰告曰歸也
朱菖傳曰薄辭也
王氏曰治汙曰汙
朱氏曰何者當澣而何者可以未澣乎我將歸寧於父母矣歸寧者歸而問安之義

鳴喈喈黄鳥摶黍也灌木藂木也喈喈和声之遠聞也箋云葛延蔓之時則摶黍飛鳴亦因以興焉飛集藂木興女有嫁于君子之道和聲之遠聞興女有才美之稱達於遠方○灌古亂反喈音皆摶黍徒端反鳥名也叢最才公反俗作藂一本作最作外反聞音問又如字下同稱尺證反

○葛之覃兮施于中谷維葉莫莫莫莫成就之貌箋云成就者其可采用之時○莫美博反

是刈是濩為絺為綌服之無斁濩煑之也精曰絺麤曰綌斁厭也古者王后織玄紞公侯夫人紘綖卿之內子大帶大夫命婦成祭服士妻朝服庶人以下各衣其夫箋云服整也女在父母之家未知將所適故習之以絺綌煩辱之事乃能整治之無厭倦是其性貞專○艾本亦作刈魚廢反韓詩云刈取也濩胡郭反韓詩云濩瀹也音毛灼反絺恥知反葛之精者曰絺綌去逆反斁本亦作斁音亦厭於豔反本亦作猒紞都覽反紞織五采如縧狀用懸瑱也紘獲耕反纓之無緌者從下仰屬於冠綖音延冕上覆也朝直遥反下同庶士謂庶人在官者本或作庶人衣於既反

○言告師氏言告言歸言我也師女師也古者女師教以婦德婦言婦容婦功祖廟未毀教于公宮三月祖廟既毀教于宗室婦人謂嫁曰歸箋云我告師氏者我見教告于女師也教告我以適人之道重言我者尊重師教也公宮宗室於族人皆為貴○謂嫁曰歸本亦無曰字出依公羊傳文重言直用反

薄汙我私薄澣我衣汙煩也私燕服也婦人有副褘盛飾以朝事舅姑接見于宗廟進見于君子其餘則私也箋云煩煩撋之用功深澣

歐陽氏曰婦人無外事求賢審官非后妃之職蓋后妃諷其君子撥養臣下慰其勞苦而接以恩意其宮中相語者如是而已非私謁之言也

張氏詩曰閨閫誠難與國防默嗟徒御困高岡觥罍欲解痛瘏恨采耳元因備酒漿

張氏曰枲耳釀酒所須也

朱氏曰采采非一采也

謂澣之耳衣謂褘衣以下至褖衣○汙音烏副芳字婦人首飾之上褘音揮王后六服一曰褘衣搜見賢遍反下凡於君子同擲諸說之音而專反徇治紭重音首而紲反所孝緒字略云須闕猶棲挼也挼音奴禾反搓音素禾反褖吐亂反六服之最下者害澣害否歸寧父母害何也私服宜澣公服宜否寧安也父母在則有時歸寧耳箋云我之衣服今者何所當見澣乎何所當否乎言常自絜清以事君子○害戶葛反下同否方九反清如字沈音淨

葛覃三章章六句

卷耳后妃之志也又當輔佐君子求賢審官知臣下之勤勞內有進賢之志而無險詖私謁之心朝夕思念至於憂勤也謁請也○卷耳眷勉反苓耳也廣雅云枲耳也郭云亦曰胡枲江南呼常枲草木疏云幽州人謂之爵耳詖彼寄反妄加人以罪也崔云險詖不正也苓音零○采采卷耳不盈頃筐憂者之興也采采事采之也卷耳苓耳也頃筐畚屬易盈之器也箋云器之易盈而不盈者志在輔佐君子憂思深也○頃音傾筐起狂反韓詩云頃筐欹筐也畚音本何休云草器也說文同易以豉反下同思息吏反下憂思同【重意】不盈頃筐摽有梅頃筐墍之嗟我懷人寘彼周行懷思寘置行列也思君子官賢人置周之列位箋云周之列位謂朝廷臣也○寘之豉反行戶康反

卷耳據本草即蒼耳、

呂氏曰酒醴婦人之職臣下之勤勞君必有以勞之因采卷耳而有所感念及酒醴之用以勞人賢者不當使之遠行從役此章首言嗟我懷人寘彼周行周道也太東詩曰佻佻公子行彼周行行亦道也、東萊曰毛氏以周行為周之列位首左氏以來其傳舊矣然以經解經則不若呂氏之說也。行役之懷傷未易解也我姑且酌酒以勞之維以少寬其思使不永懷不永傷而已

朱氏曰極道勤勞嗟嘆之狀諷其君子當厚其恩意無窮已之辭也

注下同朝直遥反○陟彼崔嵬我馬虺隤陟升也崔嵬土山之戴石者虺隤病也箋云我我使臣也臣以兵役之事行出離其列位身勤勞於山險而馬又病君子宜知其然○崔徂回反嵬五回反虺呼回反徐呼懷反說文作瘣隤徒回反徐徒壞反爾雅同孫炎云馬退不能升之病也說文作頹使色吏反下同離力智反我姑酌彼金罍維以不永懷姑且也人君黃金罍罍永長也箋云我我君也臣出使民功成而反君且當設饗燕之禮與之飲酒以勞之我則以是不復長憂思也言且者君賞功臣或多於此○姑如字說文作夃音同云秦以市買多得為夃罍盧回反酒罇也韓詩云天子以玉飾諸侯大夫皆以黃金飾士以梓禮記云夏曰山罍其形似壺容一斛刻而畫之為雲雷之形勞力到反又復扶富反○陟彼高岡我馬玄黃我姑酌彼兕觥維以不永傷山脊曰岡玄馬病則黃兕觥角爵也傷思也箋云此章為意不盡申殷勤也觥罰爵也饗燕所以有之者禮自立司正之後旅酬必有醉而失禮者罰之亦所以為樂○岡古康反兕徐履反爾雅云兕似牛觵古横反以兕角為之字又作觥韓詩云容五升禮圖云容七升為意于偽反殷勤並如字殽本又作並加心非也樂音洛○陟彼砠矣我馬瘏矣我僕痡矣云何吁矣石山戴土曰砠瘏病也痡亦病也吁憂也箋云此章言臣既勤勞於外僕馬皆病而今云何乎其亦憂矣深閔之辭○砠本亦作岨同七餘反瘏音塗本又作屠非痡音敷又普烏反本又作鋪同吁香于反痡病

卷耳 二 巳 五

六六

榮陽呂南有樛木葛藟纍之但取其下曲則葛藟得纍之而不取其木亦得以自蔽也如呦呦鹿鳴食野之苹但取其食則相呼非取其羣居則環其角外向也

呂氏曰荒芘覆也

也一本作痛亦病也者非

卷耳四章章四句

樛木后妃逮下也言能逮下而無嫉妬之心焉后妃能和諧衆妾不嫉妬其容貌恒以善言逮下而安之。樛居虯反木下曲曰樛字林九糾反馬融韓詩本並作朻音同字林卜周反說文以朻爲木高逮徒戴反又徒帝反之心焉崔集注本此序有鄭注無。南有樛木葛藟纍之興也南南土也木下曲曰樛南土之葛藟茂盛箋云木枝以下垂之故故葛也藟也得纍而蔓之而上下俱盛興者喻后妃能以意下逮衆妾使得其次序則衆妾上附事之而禮義亦俱盛南土謂荊揚之域。藟本亦作櫐力軌反似葛之草也草木疏云一名巨荒似燕薁亦連蔓葉似艾白色其子赤亦可食櫐力追反纏緜也本又作虆上附時掌反【重言】南有樛木二本並詩嘉魚【重意】漢廣南有喬木樂只君子福履綏之履祿綏安也箋云妃妾以禮義相與和又能以禮樂樂其君子使爲福祿所安。只之氏反猶是也綏之音雖樂樂上音岳下音洛。【重言】樂只君子十九本詩二南山有臺十采菽六。南有樛木葛藟荒之樂只君子福履將之荒奄將大也箋云此章申殷勤之意將猶扶助也。南有樛木葛藟縈之樂只君子福履成之縈旋也成

朱氏曰螽斯聚處和一而卵育蕃多故以為不妬忌而子孫衆多之比非必知其不妬忌也或曰古人精察物理固有以知其不妬忌也

孔氏曰螽斯陸璣疏曰蝗類也七月斯螽文雖顛倒其實一也

蘇氏曰螽斯一生八十一子

陳氏曰言羽者螽斯羽蟲也無羊之詩羊言角牛言耳狀物多如此 宜爾者歸其所自於后妃也

杜氏左傳註曰振振盛也

王氏曰薨薨言其飛之衆

朱氏曰繩繩不絶貌

就也○樛本又作朻烏鳩反說文作樛

樛木三章章四句

螽斯后妃子孫衆多也言若螽斯不妬忌則子孫衆多也忌有所諱惡於人○螽音終爾雅作蜙蝑音同惡烏路反○重言不妬忌三本詩桃夭○螽斯羽詵詵兮螽斯蚣蝑也詵詵衆多也箋云凡物有陰陽情慾者無不妬忌維蚣蝑不耳各得受氣而生子故能詵詵然衆多后妃之德能如是則宜然○詵所巾反說文作㚖音同蚣粟谷反字林作蜙先凶反郭璞先工反許慎思呂反蝑粟居反許慎呂忱並先呂反郭璞才與反案一名斯螽七月詩斯螽動股是也揚雄許慎皆云春黍草木疏云幽州謂之春箕蝗類也長而青長股股鳴者也郭璞注方言云江東呼為蚱蜢蚱音竹帛反蜢音猛慾音欲諸詩之音諭不日本或作不然宜爾子孫振振兮振振仁厚也箋云后妃之德寬容不嫉妬則宜女之子孫使其無不仁厚○振音真女音汝○螽斯羽薨薨兮宜爾子孫繩繩兮薨薨衆多也繩繩戒愼也○薨呼弘反○重意宜爾子孫繩繩兮抑子孫繩繩○螽斯羽揖揖兮宜爾子孫蟄蟄兮揖揖會聚也蟄蟄和集也○揖子入側立二反蟄尺十反徐又直立反

樛木 螽斯 一〇六

呂氏曰螽斯始化其羽詵詵然比次而起已化則齊飛薨薨然有聲既飛復歛羽揖揖然而聚歷言衆多之狀其變如此也

東萊曰桃之夭夭灼灼其華因時物以發興且以比其華色也既詠其華又詠其實又詠其葉非有他義蓋餘興未已而反覆歌詠之爾
李氏曰婦人謂嫁曰歸宜其室家則室家皆得其宜也

螽斯三章章四句

桃夭后妃之所致也不妬忌則男女以正婚姻以時國無鰥民也老而無妻曰鰥○桃夭於驕反桃木名說文作枖一云木少盛皃鰥本亦作鱞古頑反○重言不妬忌一文見前詩

○桃之夭夭灼灼其華興也桃有華之盛者夭夭其少壯也灼灼華之盛也箋云興者喻時婦人皆得以年盛時行也○少詩照反之子于歸宜其室家之子嫁子也于往也宜以有室家無踰時者箋云宜者謂男女年時俱當○當丁浪反

○桃之夭夭有蕡其實蕡實貌非但有華色又有婦德○蕡浮雲反之子于歸宜其家室家室猶室家也

○桃之夭夭其葉蓁蓁蓁蓁至盛貌有色有德形體至盛也○蓁側巾反之子于歸宜其家人一家之人盡以為宜箋云家人猶室家也○盡津忍反或如字他皆放此○重意常棣宜爾家室

互注記大學詩云桃之夭夭其葉蓁蓁之子于歸宜其家人宜其家人而后可以教國人詩云宜兄宜弟宜兄宜弟而后可以教國人

桃夭三章章四句

兔罝后妃之化也關雎之化行則莫不好德賢人衆多

朱氏曰言聞此椓杙之声而視其人則甚武而可以為國扞城也田野之人皆有可用之才足以見賢人之衆多矣此文王時周人之詩極其尊稱不過曰公侯而已亦文王未嘗稱王之一驗也凡雅頌稱王者皆追王後所作也

朱氏曰好仇善匹也非特扞城而已腹心同心同德之謂也非特好仇而已

也○兔罝兔又作菟他故反罝音子斜反說文子余反好呼報反○重言關雎之化行一本詩麟趾○肅肅兔罝椓之丁丁肅肅敬也兔罝兔罟也丁丁椓杙聲也箋云罝兔之人鄙賤之事猶能恭敬則是賢者衆多也○椓陟角反丁陟耕反罟音古罔也杙本又作弋羊職反郭羊北反爾雅云樴謂之杙李巡云一云橛也樴音特橛音其月反赳赳武夫公侯干城赳赳武貌干扞也箋云干也城也皆以禦難也此罝兔之人賢者也有武力可任為將帥之德諸侯可任以國守扞城其民折衝禦難於未然○赳居黝反小雅一云勇也干如字孫炎注云干楯所以自蔽扞也舊戶旦反沈音幹扞戶旦反禦魚呂反難乃旦反下同任音壬將子匠反帥色類反沈所愧反可任而鴆反後不音者放此守手又反折之設反衝昌容反○肅肅兔罝施于中逵逵九達之道○施如字逵求龜反杜預注左傳云逵方九軌赳赳武夫公侯好仇箋云怨耦曰仇此罝兔之人敵國有來侵伐者可使和好之亦言賢也○肅肅兔罝施于中林中林林中○施如字沈以豉反赳赳武夫公侯腹心可以制斷公侯之腹心箋云此罝兔之人於行攻伐可用為策謀之臣使之慮事亦言賢也○斷丁亂反

兔罝三章章四句

芣苢后妃之美也和平則婦人樂有子矣天下和政教平也○芣苢

程氏曰螽斯唯言不妒忌若芣苢則更和平婦人樂有子謂妾御皆無所恐懼而樂有子矣

朱氏曰捋取其子也袺以衣貯之而執其衽也襭以衣貯之而扱其衽於帶間也

孔氏曰傳先言思辭然後始言漢上游女疑經休息之字作休思也詩之大體韻在辭上疑休求為韻二字俱作思

程氏曰人之休於木下

音浮苢本亦作苡音以韓詩云直曰車前瞿曰芣苢郭璞云江東呼爲蝦蟇衣草木疏云幽州人謂之牛舌又名當道其子治婦人生難本草云一名牛遺一名勝舃山海經及周書王會皆云芣苢木也實似李食之宜子出於西戎衛氏傳及許愼並同此王肅亦同王基已有駁難也○舃音昔○采采芣苢，薄言采之。采采非一辭也芣苢馬舃馬舃車前也宜懷任焉薄辭也采取也箋云薄言我薄也采采芣苢，薄言有之。有藏之也○采采芣苢，薄言掇之。掇拾也○掇都奪反一音知劣反拾音十采采芣苢，薄言捋之。捋取也○捋力活反○采采芣苢，薄言袺之。袺執衽也○袺音結衽入鴆反又而鴆反衣際也采采芣苢，薄言襭之。扱衽曰襭○襭户結反一本作擷同扱初洽反

芣苢三章，章四句。

漢廣，德廣所及也。文王之道被于南國，美化行乎江漢之域，無思犯禮，求而不可得也。紂時淫風徧於天下維江漢之域先受文王之教化○漢廣漢水名也尚書云嶓冢導漾東流為漢被皮義反紂直九反殷王也徧邊見反○【重意】美化行乎江漢之域故被文王之化行乎汝墳之國○無思犯禮麟趾無犯非禮野有死麕惡無禮也相鼠刺無禮也桑扈動無禮文焉劉兼詩上棄禮而不能行○

以攀枝跛倚喬木
不可攀也興女有
高潔之行女之游者
謂曠僻獨行何動
之地異乎閨門之內姆
傅之側也
朱氏曰其幽閑貞靜
之女見者自無狎暱
之心決知其不可求也。
郭璞曰小筏曰泭。
歐陽氏曰既知不可
得乃云子之既出遊
而歸我則願秣其
馬此悅慕之辭猶古
人言雖為執鞭猶
欣慕焉者是也

孔氏曰蔞蔞蒿也江東
用羹魚也其葉似艾
白色長數寸

南有喬木不可休息漢有游女不可求思興也南方之木美喬高上竦也思辭也漢上游女無求思者箋云不可者本有可道也木以高其枝葉之故故人不得就而止息也興者喻賢女雖出游流水之上人無欲求犯禮者亦由貞絜使之然○喬本亦作橋渠驕反徐又紀橋反休息並如字古本皆爾本或作休思此以意改爾竦粟勇反流水本或作漢水

漢之廣矣不可泳思江之永矣不可方思潛行爲泳永長方泭也箋云漢也江也其欲渡之者必有潛行乘泭之道今以廣長之故故不可也又喻女之貞絜犯禮而往將不至也○泳音詠泭芳于反本亦作柎又作桴或作柎並同沈旋音附方言云泭謂之簰簰謂之筏筏秦晉之通語也孫炎注爾雅云方木置水爲柎栰也郭璞云水中簰筏也又云木曰簰竹曰筏小筏曰泭簰音皮佳反栰筏同音伐樊光爾雅本作柎○

翹翹錯薪言刈其楚翹翹薪貌錯雜也箋云楚雜薪之中尤翹翹者我欲刈取之以喻衆女皆貞絜我又欲取其尤高絜者○翹祁遥反沈其堯反尤高絜者一本無絜字之子于歸言秣其馬秣養也六尺以上曰馬箋云之子是子也謙不敢斥其適己於是子之嫁我願秣其馬致禮餼示有意焉○秣莫葛反說文云食馬穀也上時掌反下文同餼許氣反牲腥曰餼○重言之子于歸十二本詩一二見桃夭一二鵲巢一二燕燕三東山一漢之廣矣不可泳思江之永矣不可方思○翹翹錯薪言刈其蔞蔞草中之翹翹

詩一 巴八

七二

爾雅曰汝為濆又曰汝有濆董氏曰謂大水溢出別為小水故知墳當作濆郭璞引遵彼汝濆以證爾雅晉世詩本猶為濆也。程氏曰君子從役於外婦人為樵薪之事自勉之意伐肄見踰年矣言將見君子不遠棄我也

然○蔞力俱反馬云蔞蒿也郭云似艾音力侯反之子于歸言秣其駒五尺以上曰駒漢之廣矣不可泳思江之永矣不可方思

漢廣三章章八句

汝墳道化行也文王之化行乎汝墳之國婦人能閔其君子猶勉之以正也言此婦人被文王之化厚事其君子○汝墳符云反常武傳云墳涯也能閔密謹反傷念也一本無婦人二字被皮義反○【重意】文王之化行乎汝墳之國漢廣美化行乎江漢之域

○遵彼汝墳伐其條枚遵循也汝水名也墳大防也枝曰條幹曰枚箋云伐薪於汝水之側非婦人之事以言己之君子賢者而處勤勞之職亦非其事○枚妹廻反幹也未見君子惄如調飢惄飢意也調朝也箋云惄思也未見君子之時如朝飢之思食○惄本又作惄乃歷反韓詩作愵音同調張留反又作輖音同○【重言】未見君子十一一本詩一草蟲三車鄰一晨風三出車一頍弁二

○遵彼汝墳伐其條肄肄餘也斬而復生曰肄○肄以自反沈云徐音以世反非復扶富反既見君子不我遐棄既已遐遠也箋云已見君子君子反也于己反得見之知其不遠棄我而死亡於思則愈故下章而勉之○思如字又息嗣反○【重言】既見君子二十二一本詩一風雨三揚之水車

鄭氏曰王室如燬畏王室之酷烈是時紂存

王氏曰父母指文王也

程氏曰自衰世公子以下序之誤也麟趾之時麟趾不成辭言之時謬矣

鄭氏曰衰世謂當文王與紂之時公子皆信厚古太平致麟之時不能過也

鄭志鄭玄門人所集

鄭各二出車一蓼蕭青。義名四頍弁二隰桑三。**魴魚赬尾王室如燬** 赬赤也魚勞則尾赤燬火也箋云君子仕於亂世其顏色瘦病如魚勞則尾赤所以然者畏王室之酷烈是時紂存。魴符方反魚名赬勑貞反說文作䞓又作赬並同燬音毁齊人謂火曰燬郭璞又音貨字書作焜音毁說文同一音火尾反或云楚人名曰燥齊人曰燬吳人曰焜此方俗訛語也瘦色救反酷苦毒反 **雖則如燬父母孔邇** 孔甚邇近也箋云辟此勤勞之處或時得罪父母甚近當念之以免於害不能爲疏遠者計也。辟此一本作辭此處昌慮反爲疏于僞反疏亦作疎

汝墳三章章四句

麟之趾關雎之應也關雎之化行則天下無犯非禮雖衰世之公子皆信厚如麟趾之時也 關雎之時以麟爲應後世雖衰猶存關雎之化者君之宗族猶尚振振然有以麟應之時無以過也。麟之趾呂辛反瑞獸也草木疏云麕身牛尾馬足黃色員蹄一角角端有肉音中鍾呂行中規矩王者至仁則出服虔注左傳云視明礼脩則麒麟至麕音俱倫反字本或作麇一云麟止無之字止本亦作趾兩徧之應應對之應應序注及下傳應禮同。〔重言〕關雎之化行二本詩兔罝。〔重意〕關雎之應也關雎之化行騶虞鵲巢之應也鵲巢之化行。無犯非禮見漢廣。**麟之趾振振公子** 興也趾足也麟信而應礼以足至者也振振信

楊氏曰鵲巢言夫人之德猶關雎之言后妃也蓋自天子至於諸侯大夫刑于家邦無二道也以關雎爲文王之妃則鵲巢夫人亦必有主名者若謂皆文王之詩則文王繼世之君非積行累功以致爵位者文王一人之身而有聖賢之異無是道也然則二南之詩周公之以風天下無可

厚也箋云公興若喻今公子亦信厚與禮相應有以似於麟○振音真相應音鷹當也于嗟麟兮于嗟歎辭○麟之定，振振公姓。定題也公姓公同姓○定都佞反字書作顁音同題徒兮反郭璞注爾雅顁題也本作顛誤于嗟麟兮。○麟之角，振振公族。麟角所以表其德也公族公同祖也箋云麟角之末有肉示有武而不用○示有武一本示作象于嗟麟兮。

麟之趾三章，章三句

周南之國十一篇，三十六章，百五十九句

召南鵲巢詁訓傳第二召地名也在岐山之陽扶風雍縣南有召亭案周召皆周之舊土文王受命後以賜二公爲采地二南之風皆文王未受命之詩也周南十一篇是先王之所以教聖人之深迹故繫之公旦召南十四篇是先王之教化文王所行之淺迹故繫之君奭【互注】左襄二十九年吳公子札來聘請觀於周樂使工爲之歌周南召南曰美哉始基之矣猶未也然勤而不怨

毛詩國風　鄭氏箋

鵲巢，夫人之德也。國君積行累功以致爵位，夫人起家而居有之，德如鳲鳩，乃可以配焉。起家而居有之謂嫁於諸侯也夫人有均壹之

疑者
滎陽公曰維鵲有巢
維鳩居之但取鳩之不
自爲巢而居鵲之成
巢非取鵲之强而不
淫知歲之所在亦非取
鳩有均養之德也

孔氏曰車有兩輪故
稱兩

德如鳲鳩然而後可配國君。鵲七略反字林作䧿行下孟反下
任同尸鳩本又作鳲音同爾雅云鳲鳩鴶鵴也郭璞云今布穀也
江東呼穫穀音木疏云一名擊穀案鳲鳩有均一之德飲其子旦
從上而下暮從下而上平均如一揚雄云戴勝也。重意夫人之
德也關雎后妃之德也。
德如鳲鳩羔羊德如羔羊。
○維鵲有巢維鳩居之
興也鳩鳲
鳩秸鞠也鳲
鳩不自爲巢居鵲之成巢箋云鵲之作巢冬至架之至春乃成
猶國君積行累功故以興焉興者鳲鳩因鵲成巢而居有之而有
均一之德猶國君夫人來嫁居君子之室德亦然室燕寢也。○結
古八反又音吉爾雅作鴶鞠音菊爾雅作鵴架音嫁俗本或作加
功
之子于歸百兩御之
百兩百乘也諸侯之子嫁於諸侯送
御皆百乘箋云之子是子也御迎也
是如鳲鳩之子其往嫁也家人送之良人迎之車皆百乘象有百
宮之盛。○御五嫁反本亦作訝又作迓同王肅魚據反云侍也乘
繩證反下同送御五嫁反一本作迎
○重言之子于歸本詩三篇附漢廣
○維鵲有巢維鳩方之
方有之也。○方有
之也一本無之字
之子于歸百兩將之
將送也。○將如
字又七羊反
○維
鵲有巢維鳩盈之
盈滿也箋云滿者言衆媵姪娣之多。○媵
音孕又繩證反國君夫人有左右媵姪待
結反字林丈一反女曰姪謂吾
姑者吾謂之姪。娣徒帝反女弟也
之子于歸百兩成之
能成
百兩
之禮也箋云是子有鳲鳩之德宜
配國君故以百兩之禮送迎成之

鵲巢　一卷十

七六

楊氏曰夫人爲宗廟社稷主以共祭祀爲職

劉氏曰尊祭祀故直謂之事春秋有事于大廟大事于大廟是也

孔氏曰被者少牢云主婦被裼此周禮所謂次也次第髮長短爲之所謂髲髢也

朱氏曰祭義曰及祭之後陶陶遂遂如

鵲巢三章章四句

采蘩夫人不失職也夫人可以奉祭祀則不失職矣奉祭祀者采蘩之事也不失職者夙夜在公也○蘩音煩本亦作繁孫炎云白蒿○**于以采蘩于沼于沚**蘩皤蒿也于於沼池沚渚也公侯夫人執蘩菜以助祭神饗德與信不求備焉沼沚谿澗之草猶可以薦王后則荇菜也箋云于以猶言往以也執蘩菜者以豆薦蘩菹○沼之紹反沚音止皤薄波反白也蒿好羔反谿苦兮反杜預云澗也**于以用之公侯之事**之事祭事也箋云言夫人於君祭祀而薦此豆也

古注 左文三年君子是以知秦穆公之爲君也舉人之周也與人之一也詩曰于以采蘩于沼于沚于以用之公侯之事秦穆有焉○

于以采蘩于澗之中山夾水曰澗○澗古晏反夾古洽反一音古協反**于以用之公侯之宮**宮廟也○**被之僮僮夙夜在公**被首飾也僮僮竦敬也夙早也箋云公公事也早夜在事謂視濯溉饎爨之事禮記主婦髲髢○被皮寄反注及下同僮音同蚤音早本多作早下同濯直角反溉古愛反饎昌志反酒食也爨七亂反髲皮寄反鄭音髮髲易本亦髢徒帝反劉昌宗吐歷反沈湯帝反鄭注少牢禮云古者或剔賤者刑人之髮以被婦人之紒因以名爲春秋以爲呂姜髢是也紒音計○

重言 夙夜在公五本詩一小星一有駜二

被之祁祁薄言還歸祁祁

將復入然不欲遽去愛敬之無已也

王氏曰夫婦之際或至於褻而不終若無禮以自防故也
朱氏曰召南之大夫行役在外其妻獨居見此二物以類相從似有陰陽之性因感時物之變而思其君子恐不得保其全而見之也

寄遲也去事有儀也箋云言我也祭事畢夫人釋祭服而去髲髢其威儀祁祁然而安舒無罷倦之失我還歸者自廟反其燕寢○祁巨私反罷音皮本或作疲〔互注〕記射義其射士以采蘩爲節采蘩者樂不失職也○左隱三年風有采蘩采蘋昭忠信也○禮夏官射人士樂以采蘩五節二正

采蘩三章章四句

草蟲大夫妻能以禮自防也○蟲直忠反本或作虫非也虫音許鬼反草木疏云一名負蠜大小長短如蝗而青也○〔重言〕以禮自防二本詩一淇奧一

○喓喓草蟲趯趯阜螽興也喓喓聲也草蟲常羊也趯趯躍也阜螽蠜也卿大夫之妻待禮而行隨從君子箋云草蟲鳴阜螽躍而從之異種同類猶男女嘉時以禮相求呼○喓於遙反趯託歷反阜音婦螽音終李巡云蝗子也草木疏云今人謂蝗子爲阜螽躍音藥蠜音煩又音負種章勇反未見君子憂心忡忡忡忡猶衝衝也婦人雖適人有歸宗之義箋云未見君子者謂在塗時也在塗而憂憂不當君子無以寧父母故心衝衝然是其不自絕於其族之情○忡敕中反當丁浪反下同○〔重言〕未見君子十一餘附彼篇亦既見止亦既覯止我心則降止辭也覯遇降下也箋云既見謂已同牢而食也既見謂已昏也始者憂於不當今君子待已以禮庶自此可以寧父母故心下也易曰男女覯精萬物化生○覯古豆反降戶江反○〔重言〕我心

朱氏曰非必大夫妻親出采蕨蓋言今其時矣

歐陽氏曰婦人見時物之變新感其君子

王氏曰自所薦之物所采之處所用之器所奠之地皆有常而不敢變此所謂能循法度

劉氏曰季女者大夫之妻也

則降二本詩出車我心傷悲五本詩四牡素冠采薇杕杜各一○陟彼南山言采其蕨南山周南山也蕨鼈也箋云言我也我采者在塗而見采鼈采者得其所欲得猶已今之行者欲得禮以自喻也○蕨居月反草木疏云周秦曰蕨齊魯曰鼈鼈卑滅反本又作鼈俗云初生似鼈腳故名焉未見君子憂心惙惙惙惙憂也○惙張劣反亦既見止亦既覯止我心則說說服也○說音悅注同○陟彼南山言采其薇薇菜也○薇音微草也亦可食未見君子我心傷悲嫁女之家不息火三日思相離也箋云維以父母思己故己亦傷悲○離力智反亦既見止亦既覯止我心則夷夷平也

草蟲三章章七句

采蘋大夫妻能循法度也能循法度則可以承先祖共祭祀矣女子十年不出姆教婉娩聽從執麻枲治絲繭織紝組紃學女事以共衣服觀於祭祀納酒漿籩豆菹醢禮相助奠十有五而笄二十而嫁此言能循法度者今既嫁為大夫妻能循其為女之時所學所觀之事以為法度○蘋符申反韓詩云沈者曰蘋浮者曰藻共音恭本或作供注同姆莫豆反字林亡甫反云女師也鄭云婦人五十無子出不復嫁以婦道教人若今時

朱氏曰室前東戶西牖牖下則室中西南隅所謂奧也
東萊曰采之盛之湘之奠之所爲者非一端所歷者非一所矣煩而不厭久而不懈循其序而有常積其誠而益厚然後祭事成焉季女之少若未足以勝此而實尸此者以其有齊敬之心也大夫之妻未必果少特言苟持敬則雖少女猶足以當大事云爾采蘩以戒言舉其綱也采蘋以法度言詳其目也尊卑之辨也

乳母也婉怨遠反娩音晚枲絲似反繭古顯反本亦作繭紝女金反何如鴆反繒帛之屬組音祖紃也紃音旬絛也將子詳反醢音海相息亮反笄古兮反。○于以采蘋南澗之濱于以采藻于彼行潦蘋大蓱也濱厓也藻聚藻也行潦流潦也箋云古者婦人先嫁三月祖廟未毀教于公宮祖廟既毀教于宗室教以婦德婦言婦容婦功教成之祭牲用魚芼用蘋藻所以成婦順也此祭祭女所出祖也法度莫大於四教是又祭以成之故舉以言焉蘋之言賓也藻之言澡也婦人之行尚柔順自絜清故取名以爲戒○濱音賓涯也藻音早水菜也潦音老蓱本又作萍薄經反一本作苹音平涯本亦作厓五佳反先蘇遍反芼莫報反洗音毛澡音早行下孟反清如字又音淨。○于以盛之維筐及筥于以湘之維錡及釜方曰筐圓曰筥湘亨也錡釜屬有足曰錡無足曰釜箋云亨蘋藻者於魚湆之中是鉶羹之芼○盛音成筐音匡筥居呂反湘息良反錡其綺反又三足釜也玉篇宜綺反釜符甫反亨本又作烹同普更反煮也湆去急反汁也鉶本或作鉶音形鄭云三足兩耳有蓋和羹之器羹音庚劉昌宗音[illegible]音衡○重意維筐及筥良耜載筐及筥。○于以奠之宗室牖下奠置也宗室大宗之廟也大夫士祭於宗廟奠於牖下箋云牖下戶牖間之前祭不於室中者凡昏事於女禮設几筵於戶外此其義也與宗子主此祭維君使有司爲之○牖音酉下如字協韻則音戶後皆放此與音餘誰其尸之有齊季女尸主齊敬季少也蘋藻薄物也澗潦至質也筐筥錡釜陋

采蘋　一卷十二

范氏曰蔽芾盛也
呂氏曰蔽芾蓋世所謂
達結字
鄭氏曰茇草舍也　朱氏
曰止於其下以自蔽猶草
舍爾非真作舍也
王氏曰召伯觀省風俗
或茇於甘棠之下以受

器也少女微主也古之將嫁女者必先禮之於宗室牲用魚芼之以蘋藻○箋云主設羹者季女則非禮也女將行父禮之而俟迎者蓋母薦之無祭事也祭禮主婦設羹教成之祭更使季女者成其婦禮也季女不主魚魚俎實男子設之其粢盛蓋以黍稷○齊本亦作齋同側皆反少詩照反下同迎宜敬反俎側所反盛音資本或作粢【互注】左隱三年風有采蘩采蘋昭忠信也○記射義其射卿大夫以采蘋為節采蘋者樂循法也○禮夏官射人孤卿大夫樂以采蘋五節二正

采蘋三章章四句

甘棠美召伯也召伯之教明於南國召伯姬姓名奭食采於召作上公為二伯後封于燕此美其為伯之功故言伯云○甘棠草木疏云今棠梨召時照反奭音釋召康公名也燕世家云與周同姓孔安國及鄭皆宜云爾皇甫謐云文王之庶子案左傳富辰言文之昭十六國無燕也未知士安之言何所憑據燕烏賢反國名在周礼幽州之域今涿郡薊縣是也

○蔽芾甘棠勿翦勿伐召伯所茇蔽芾小貌甘棠杜也翦去伐擊也○箋云茇草舍也召伯聽男女之訟不重煩勞百姓止舍小棠之下而聽斷焉國人被其德說其化思其人敬其樹○蔽必袂反徐方四反又方計反沈又音必芾非貴反徐方蓋反翦子踐反韓詩作剗初簡反茇蒲曷反徐又扶蓋反說文作废去羌呂反斷丁亂反被皮寄反說音悅

○蔽芾甘棠勿翦勿敗召伯所憩憩息也○敗必邁反又如字憩

杜氏左傳注曰豈不欲早暮而行懼多露之濡己以喻違禮而行必有汙辱

本又作揭起列反徐許罽反○蔽芾甘棠勿翦勿拜召伯所說說舍也箋云拜之言拔也○說本或作稅又作脫同始銳反舍也拔蒲八反互注左定公九年鄭駟顓殺鄧析而用其竹刑君子謂子然於是不忠詩云蔽芾甘棠勿翦勿伐召伯所茇思其人猶愛其樹況用其道而不恤其人乎○襄十四年武子之德在民如周人之思召公愛其甘棠況其人乎

甘棠三章章三句

行露召伯聽訟也衰亂之俗微貞信之教興彊暴之男不能侵陵貞女也衰亂之俗微貞信之教興者此殷之末世周之盛德當文王與紂之時○厭浥行露豈不夙夜謂行多露興也厭浥濕意也行道也豈不言有是也箋云夙早也厭浥然濕道中始有露謂二月中嫁娶時也言我豈不知當早夜成昏禮與謂道中之露大多故不行耳今彊暴之男以此多露之時禮不足而彊來不度時之可否故云然周禮仲春之月令會男女之無夫家者行事必以昏昕○厭於葉反徐於十反又於立反沈又於占反浥本又作邑同於及反又於劫反莫本又作暮同忙故反又亡博反小星詩同與音餘大音泰舊吐賀反彊其良反下強要同沈其常反度待洛反否方九反令力政反後不音者放此昏昕許巾反全禮用昕親迎用昏互注左僖公二十年楚鬭穀於

楊氏曰牙壯齒也鼠無壯齒
陸氏曰雀有咮而無角鼠有齒而無牙
六書曰齒當唇牙當車齒相直也牙相入也

菟帥師伐隨取成而還君子曰隨之見伐不量力也詩曰豈不夙夜謂行多露注云是亦量宜相時而動之義○誰謂雀無角何以穿我屋誰謂女無家何以速我獄不思物變而推其類雀之穿屋似有角者速召獄埆也箋云女汝以彊暴之男變異也人皆謂雀之穿屋似有角彊暴之男召我而獄似有室家之道於我也物有似而不同雀之穿屋不以角乃以咮今彊暴之男召我而獄不以室家之道於我乃以侵陵物與事有似而非者士師所當審也○穿本亦作穿音川女音汝下皆同獄音玉埆音角又户角反盧植云相質觳爭訟者也崔云埆者埆正之義一云獄名咮本亦作噣郭張救反何都豆反鳥口也雖速我獄室家不足昏禮純帛不過五兩箋云幣可備也室家不足謂媒妁之言不和六禮之來彊委之○紂帛側基反依字係旁才後人遂以才爲屯因作純字兩音自詠媒音梅謀也妁時酌反又音酌廣雅云妁酌也○誰謂鼠無牙何以穿我墉誰謂女無家何以速我訟墉牆也視牆之穿推其類可謂鼠有牙○墉音容訟如字徐取韻音才容反雖速我訟亦不女從不從終不棄禮而隨此彊暴之男

行露三章一章三句二章章六句

羔羊鵲巢之功致也召南之國化文王之政在位皆節

范氏曰：退食者，退而食於家也。

六書曰：爾雅曰緎縫也，孫炎曰縫之界緎也。按詩末章云羔羊之縫，則此不得為縫矣。紽、緎、總皆已五絲，疑皆絲之量數爾，今無所考。

儉正直，德如羔羊也。鵲巢之君積功累行以致此羔羊之化，在位卿大夫競相切化，皆如此羔羊之人。○行，下孟反。○重言召南之國二，本中詩摽有梅。○羔羊之皮，素絲五紽。小曰羔，大曰羊。素，白也。紽，數也。古者素絲以英裘，不失其制。大夫羔裘以居。○紽，本又作他，同，徒何反。紽，數也。本或作紽數，所具反，後不音者同。英，沈音映，又如字。退食自公，委蛇委蛇。公，公門也。委蛇，行可從迹也。箋云：退食，謂減膳也。自，從也。從於公，謂正直順於事也。委蛇委蛇，曲自得之貌。節儉而順，心志定，故可自得也。○委，於危反。蛇，本又作虵，同，音移。讀此兩句當云委蛇委蛇，沈讀作委委蛇蛇。韓詩作逶迤，云公正貌。行，下孟反。崔如字。從迹，足容反，字亦作蹤，迹又作跡。五注左襄公七年詩曰：退食自公，委蛇委蛇，謂從者也。衡而委蛇必折。○羔羊之革，素絲五緎。革，猶皮也。緎，縫也。○緎，徐音域，又于域反。孫炎云：緎，縫之界域。緎縫，爾雅云：緎，羔裘之縫也。音符用反。一本作緎，猶縫也，則皆是曰符龍反。委蛇委蛇，自公退食。箋云：自公退食，猶退食自公。○羔羊之縫，素絲五總。縫，言縫殺之大小得其制。總，數也。○縫，符龍反，注同。縫殺之字又符用反。總，子公反。殺，所界反，又所例反。委蛇委蛇，退食自公。

羔羊三章，章四句。

殷其靁，勸以義也。召南之大夫遠行從政，不遑寧處，其張氏曰：如鸛鳴婦嘆之義，將風雨則思念行者也。
朱氏曰：何斯，斯此人也；違斯，斯此所也。歸哉歸哉，冀其畢事而還歸也。閔之深而無怨辭，所謂勸以義也。
呂氏曰：振振君子，歸哉歸哉，勸以義也。再言歸哉者，欲慎其歸以復命也。遠行役，役不辱君命，然後可以言歸。

室家能閔其勤勞，勸以義也。召南大夫召伯之屬遠行，謂使出邦畿。○殷音隱，下同。靁亦作雷，力回反。勸以義也，本或無以字，下句。或有遑，本或作偟，音黃，暇也。使，所吏反。○殷其靁，在南山之陽。殷，靁聲也。山南曰陽。靁出地奮，震驚百里。山出雲雨，以潤天下。箋云：靁以喻號令於南山之陽，又喻其在外也。召南大夫以王命施號令於四方，猶靁殷殷然發聲於山之陽。何斯違斯，莫敢或遑？何，此君子也。斯，此。違，去。遑，暇也。箋云：何乎此君子，適居此，復去此，轉行遠，從事於王所命之方，無敢或閒暇時，閔其勤勞。○復，符福反。閒音閑。振振君子，振振，信厚也。箋云：大夫信厚之君子，為君使，功未成，歸哉歸哉，勸以為臣之義，未得歸也。○振音真。為君，于偽反，或如字。使，所吏反，或如字。○歸哉歸哉。重言 振振君子歸哉歸哉三並本詩。○殷其靁，在南山之側。亦在其陰與左右也。何斯違斯，莫敢遑息？息，止也。振振君子，歸哉歸哉。○殷其靁，在南山之下。或在其下。箋云：不謂山足。何斯違斯，莫或遑處？處，居也。○處，尺煮反。振振君子，歸哉歸哉。

殷其靁三章，章六句。

摽有梅，男女及時也。召南之國，被文王之化，男女得以

朱氏曰吉卜而得吉也
歐陽氏曰與物之盛時不可久惜其盛年難久而懼過時也
王氏曰不暇吉日之擇也迨今可以成昏矣
歐陽氏曰謂者相語也遣媒妁相語以求之也
王氏曰謂者以言趣之也

及時也。○摽婢小反徐符表反梅木名也韓詩作楳說文楳亦梅字男女及時也本或作得以及時者從下而誤彼皮寄反。重言召南之國二羔羊本詩。被文王之化三本詩野有死麕騶虞○摽有梅其實七兮興也摽落也盛極則隋落者梅也尚在樹者七箋云興者梅實尚餘七未落喻始衰也謂女二十春盛而不嫁至夏則衰○隋追遏反又徒火反求我庶士迨其吉兮吉善也箋云我我當嫁者庶衆迨及也求女之當嫁者之衆士宜及其善時善時謂年二十雖夏未大衰○迨音待韓詩云願也○摽有梅其實三兮在者三也箋云此夏之鄉晚梅之隋落差多在者餘三耳○鄉本亦作鄉又作向同許亮反差初賣反求我庶士迨其今兮今急辭也○摽有梅頃筐墍之墍取也箋云頃筐取之謂夏已晚頃筐取之於地○頃音傾墍許器反○重言頃筐墍之卷耳不盈頃筐求我庶士迨其謂之不待備禮也三十之男二十之女禮未備則不待禮會而行之者所以蕃育民人也箋云謂勤也女年二十而無嫁端則有勤望之憂不待禮會而行之者謂明年仲春不待以禮會之也時禮雖不備相奔不禁○蕃音煩禁居鴆反一音金

摽有梅三章章四句

小星惠及下也夫人無妬忌之行惠及賤妾進御於君

孔氏曰心實三星五是噣
釋天文云咮謂之柳則咮
者柳星也以其為鳥星之
口故謂之咮
朱氏曰命所賦之分也衆
妾進御於君不敢當夕
見星而往見星而還故
因其所見以起興
孔氏曰衆妾自知己賤
不敢同於夫人
六書曰昴丣力求切力久切
詩云嘒彼小星維參與
丣肅肅宵征抱衾與
裯寔命不猶丣與裯
合韻天官書曰丣六星
陸氏音卯非也　虞書
曰日短星昴莫飽切孔
安國曰白虎之中星也天
官書曰昴曰旄頭胡星
也

董氏曰江汜嫡沱汜媵
今詩序乃言江沱之
間是失詩人旨也

知其命有貴賤能盡其心矣以色曰妬以行曰忌命謂礼命貴賤○行下孟反注同盡津忍反後放此○重意夫人無妬忌之行參不而無嫉妬之心焉

○嘒彼小星三五在東嘒微貌小星衆無名者三心五噣四時更見箋云衆無名之星隨心噣在天猶諸妾隨夫人以次序進御於君也心在東方三月時也噣在東方正月時也如是終歲列宿更見○嘒呼惠反噣張救反又都豆反爾雅云噣謂之柳更音庚下同見賢遍反下同宿音秀

肅肅宵征夙夜在公寔命不同肅肅疾貌宵夜征行寔是也命不得同於列位也箋云夙早也謂諸妾肅肅然夜行或早或夜在於君所以次序進御者是其礼命之數不同也凡妾御於君不當夕○寔時職反韓詩作實云有也

○嘒彼小星維參與昴參伐也昴留也箋云此言衆無名之星亦隨伐留在天○參所林反星名也一名伐昴音卯徐又音茅一名留二星皆西方宿也留如字又音柳下同

肅肅宵征抱衾與裯寔命不猶衾被也裯襌被也猶若也箋云裯牀帳也諸妾夜行抱被與牀帳待進御之次序不若亦言尊卑異也○衾起金反裯直留反徐云鄭音直俱反帳張亮反

小星二章章五句

江有汜美媵也勤而無怨嫡能悔過也文王之時江沱

丁度集韻昴丣力求反

孔氏曰嫡謂妻也媵謂妾也古者女嫁必姪娣從謂之媵士昏禮云雖無娣媵先是士有姪娣但不必備耳
程氏曰其嫡不使備嬪妾之數以侍君也汜水之分渚水之岐沱水之別當使媵妾均承其澤
范氏曰以之為言用也
程氏曰處得其所處也
東萊曰以如不使大臣怨乎不以之以與如暴虎馮河吾不與也之與過如過從之過不我過言不我顧也一章曰其後也悔二章曰其後也處三章曰其嘯也歌始則悔悟中則相安終則相歡言之序也
董氏曰汜石經作涏說文引詩作涏蓋古為涏後世譌也

之間有嫡不以其媵備數媵遇勞而無怨嫡亦自悔也勤者以己宜媵而不得心望之○汜音祀江水名媵音孕又繩證反○古者諸侯娶夫人則同姓二國媵之嫡都狄反正夫人也下同沱徒何反江水之別也篇內同【重言】文王之時二本詩采微○江有汜興也決復入為汜箋云興者喻江水大汜水小然而並流以嫡媵宜俱行○決古穴反又音穴復扶富反並白猛反又步頂反之子歸不我以不我以其後也悔嫡能自悔也箋云之子是子也是子謂嫡也婦人謂嫁曰歸以猶與也【重言】之子歸二並本詩○江有渚渚小洲也水岐成渚箋云江水流而渚留是嫡與己異心使己獨留不行○渚諸呂反韓詩云一溢一否曰渚渚小洲也本或無此注水岐如字何音其宜反又音祇之子歸不我與不我與其後也處處止也箋云嫡悔過自止○江有沱沱江之別名箋云岷山道江東別為沱○岷本又作崏武巾反山名在蜀道徒報反本亦作導下篇注同之子歸不我過不我過其嘯也歌箋云嘯蹙口而出聲嫡有所思而為之既覺自悔而歌歌者言其悔過以自解說也○過音戈下文同嘯蕭叫反沈蕭妙反蹙子六反本亦作蹴解佳賣反又閑買反說始拙反又音悅

江有汜三章章五句

王氏曰野有死麕白茅包之者禮之薄也而猶愈於無禮
東萊曰以樸樕為禮意其若致薪芻之饋之類
孔氏曰內則婦事舅姑佩紛帨注云帨拭物之巾
東萊曰此詩三章皆言貞女惡無禮而拒之其辭初猶緩而後益切曰有女懷春吉士誘之言非不懷婚姻以待吉士以禮道之雖拒無禮其辭猶巽也曰有女如玉則正言其貞潔不可犯矣其辭漸切也至於其末見侵益迫拒之益切矣毛鄭以誘為道儀禮射禮亦先有誘射皆謂以禮道之古人固有此訓詁也歐陽氏誤以誘為挑誘之誘遂謂彼女懷

野有死麕惡無禮也天下大亂彊暴相陵遂成淫風被文王之化雖當亂世猶惡無禮也無禮者為不由媒妁鴈幣不至刦脅以成昏謂紂之世。麕本亦作麏又作麇俱倫反麏獸名也草木疏云麏麞也青州人謂之麏惡烏路反下同被皮寄反刦脅上居業反下許業反。【重意】惡無禮也前見漢廣。【重言】被文王之化一一摽有梅野有死麕騶虞各一

○野有死麕白茅包之郊外曰野包裹也凶荒則殺禮猶有以將之野有死麕羣田之獲而分其肉白茅取其絜清也箋云亂世之民貧而彊暴之男多行無禮故貞女之情欲令人以白茅裹束野中田者所分麕肉為禮而來。包逋茅反裹音果殺所戒反徐所例反清如字洗音淨令力呈反有女懷春吉士誘之懷思也春不暇待秋也誘道也箋云有貞女思仲春以禮與男會吉士使媒人道成之疾時無禮而言然誘音酉

○林有樸樕野有死鹿白茅純束樸樕小木也野有死鹿廣物也純束猶包之也箋云樸樕之中及野有死鹿皆可以白茅裹束以為禮廣可用之物非獨麕也。純讀如屯樸蒲木反又音僕樕音速純徒本反沈云鄭徒尊反依舊徒本反沈徒尊反云屯聚也有女如玉德如玉也箋云如玉者取其堅而絜白

○舒而脫脫兮舒徐也脫脫舒遲也箋云貞女欲吉士以禮來脫脫然舒也又疾時無禮彊暴之男相刦脅。脫勑外反注同無感我帨兮感動也帨佩巾也箋云奔走失節動其佩飾。感如

麋

春吉士遂誘而汙以非礼殊不知是詩方惡無礼豈有為挑誘之汙行而尚名之吉士者乎

東氏曰何彼曷不皆設問之辭也襛盛也言何彼戎戎而盛乎唐棣之華也豈不肅雝乎王姬之車也

張氏曰唐棣之華華如桃李皆言王姬之盛美

釋文曰釋名云車聲如居今尺奢反韋昭曰古皆音尺奢反從漢以來始有居音

字又胡坎反帨始鋭反沈始悦反無使尨也吠尨狗也非礼相陵則狗吠○尨美邦反吠符廢反

野有死麕三章章四句一章章三句

何彼襛矣美王姬也雖則王姬亦下嫁於諸侯車服不繫其夫下王后一等猶執婦道以成肅雝之德也下王后一等謂車乘厭翟勒面繢總服則褕翟○襛如容反韓詩作茙茙音戎說文云衣厚貌王姬音基王姬武王女姬周姓也杜預云王姬以上為尊雖王姬一本作雖則王姬車音居他皆放此釋名云古者曰車聲如居所以居人也今曰車音尺奢反一云舍也韋昭曰古皆音尺奢反從漢以來始有居音繫本或作繼下王后遐嫁反注同厭於葉反翟徒歷反厭翟王后五路之第二者也翟雉也以其羽相迫故曰厭也繪本又作繢戶妹反畫文也總依孔反褕翟音遥翟或作狄下王后六服之第二也○何彼襛矣

唐棣之華興也襛猶戎戎也唐棣移也箋云何乎彼戎戎者乃移之華興者喻王姬顏色之美盛○棣徒帝反字林大内反華如字移音移一音是支反郭璞云今白移也似白楊江東呼夫移○【重言】唐棣之華一本詩唐棣曷不肅雝王姬之車肅敬雝和箋云曷何之往也何不敬和乎王姬往乘車也言其嫁時始乘車則已敬和○車協韻尺奢反又音居下同或云古讀華為敷與居為韻後放此○何彼襛矣華如桃李平王之

孔氏曰文者謚之正名也稱之則隨德不一以德能平正天下故稱平王

張氏曰言釣如何必以絲緡夫婦相接如何必以禮也

孔氏曰五豝止一發中則殺一而已仁心之至不忍盡殺故也

東萊曰彼茁者葭彼茁者蓬記蒐田之時蓋曹子桓所謂勾芒司節和風扇物草淺獸肥之時也一發五豝一發五縱獸之多而取之鮮也反三隅而觀之則天壤之間和氣充塞庶類蕃殖交於方

孫齊侯之子平正也武王女文王孫適齊侯之子箋云華如桃李者興王姬與齊侯之子顏色俱盛正王者德能正天下之王○其釣維何維絲伊緡齊侯之子平王之孫伊維緡綸也箋云釣者以此有求於彼何以爲之乎以絲爲之綸則是善釣也以言王姬與齊侯之子以善道相求○緡亡貧反綸音倫繩也○重言其釣維何二本詩采綠

何彼襛矣三章章四句

騶虞鵲巢之應也鵲巢之化行人倫既正朝廷既治天下純被文王之化則庶類蕃殖蒐田以時仁如騶虞則王道成也應者應德自遠而至○騶側留反周書王會草木疏並同又云尾長於身不履生草尚書大傳云尾倍於身應應對之應注皆同朝直遥反治直吏反被皮寄反蕃音煩多也蒐所留反春獵爲蒐田獵也杜預云蒐索擇取不孕者也穀梁傳云四時之田春曰田夏曰苗秋曰蒐冬曰狩○重言被文王之化二摽有梅野有死麕本詩○重意前見麟趾○彼茁者葭茁出也葭蘆也箋云記蘆始出者著春田之早晚○茁側劣反側刮二反葭音加蘆音盧草也著張慮反後不音者放此壹發五豝豕牝曰豝虞人翼五豝以待公之發箋云君射一發而翼五豝者戰禽獸之命必戰之者仁心之至

物有道而恩足以及禽獸者皆可見矣化育之仁其可以形容于嗟乎騶虞非騶虞自然不勉之仁殆不足以當之也
爾雅曰豕生三豵二師一特豬生子常多故別其少者之名

○發如字徐音廢豝百加反牝頻忍反徐扶死反射食亦反**于嗟乎騶虞**騶虞義獸也白虎黑文不食生物有至信之德則應之箋云于嗟者美之也○**彼茁者蓬**蓬草名也○蓬蒲東反**壹發五豵**一歲曰豵箋云豕生三[redacted]曰豵○豵子公反徐又在容反字又作豵同**于嗟乎騶虞**疏記射義其節天子以騶虞為節騶虞者樂官備也

騶虞二章章三句

召南之國十四篇四十章百七十七句

纂圖互註毛詩卷第一

張氏曰不遇非不達也
不受其志也
孔氏曰頃公貞伯子
當夷王時
東萊曰汎彼柏舟亦
汎其流如舟之汎汎
無所倚薄也

互註毛詩卷第二

邶柏舟詁訓傳第三陸曰鄭云邶鄘衛者殷紂畿內地名屬古冀州自紂城而北曰邶南曰鄘東曰衛衛在汲郡朝歌縣時康叔正封于衛其末子孫稍并兼彼二國混其地而名之作者各有所傷從其本國而異之故有邶鄘衛之詩王肅同從此訖豳七月十二國並變風也○邶蒲對反本又作鄁字林方代反柏音百字又作栢【互註】左襄公二十九年吳公子札來聘為之歌邶鄘衛曰美哉淵乎憂而不困者也

毛詩國風　鄭氏箋

柏舟言仁而不遇也衛頃公之時仁人不遇小人在側不遇者君不受已之志也君近小人則賢者見侵害○柏木名頃音傾近附近之近【重意】言仁而不遇也此門言衛之忠臣不得其志爾○汎彼柏舟亦汎其流興也汎汎流貌柏木所以宜為舟也亦汎汎其流不以濟度也箋云舟載渡物者今不用而與物汎汎然俱流水中興者喻仁人之不見用而與羣小人並列亦猶是也○汎敷劔反汎流貌本或作汎汎流貌者此從王肅注加【重言】汎彼柏舟二本詩一鄘柏舟三耿耿不寐如有隱憂耿耿猶儆儆也隱痛也箋云仁人既不遇憂在見侵害○耿古幸反儆音景微我無酒以敖以遊非我無酒可以敖遊

朱氏曰鑒能度物而我不能但以兄弟宜可據依而不知其不可也故或往愬焉而反逢其怒耳

歐陽氏曰其意謂石席可轉卷我心匪石席故不可轉卷也

呂氏曰以威儀爲可簡則無禮故不敢廢其度也

東萊曰不可選也言威儀閑習自有常度不可選擇以避禍也

歐陽氏曰愠于群小羣小愠仁人也

忘憂也○敖本亦作遨五羔反○我心匪鑒不可以茹鑒所以察形也茹度也箋云鑒之察形但知方圓白黑不能度其眞偽我心非如是鑒我於衆人之善惡外内心度知之○監本又作鑒甲暫反鏡也茹如預反徐音如庶反度待洛反下同亦有兄弟不可以據據依也箋云兄弟至親當相據依言亦有不相據依以爲是者希耳責之以兄弟之道謂同姓臣也薄言往愬逢彼之怒彼彼兄弟○愬蘇路反怒協韻乃路反○我心匪石不可轉也我心匪席不可卷也石雖堅尚可轉席雖平尚可卷箋云言己心志堅平過於石席○卷眷勉反注同威儀棣棣不可選也君子望之儼然可畏禮容俯仰各有威儀耳棣棣富而閑習也物有其容不可數也箋云稱己威儀如此者言己德備而不遇所以慍也○棣本或作逮同徒帝反又音代選雪兗反選也儼魚撿反本或作嚴音同數色主反【互註】左襄公三十一年有威而可畏謂之威有儀而可象謂之儀其臣畏而愛之則而象之故能有其國家令聞長世臣有臣之威儀其下畏而愛之故能守其官職保族宜家順是以下皆如是是以上下能相固也衛詩曰威儀棣棣不可選也言君臣上下父子兄弟内外小大皆有威儀也○憂心悄悄慍于羣小慍怒也悄悄憂貌箋云羣小衆小人在君側者○悄七小反慍紆運反【重言】憂心悄悄又出出車覯閔既多受侮不少閔病也○覯古豆反本或作覯侮音武閔[illegible]反又音愍靜言思

柏舟

王氏曰國乱而君昏則小人衆而君子獨君子憂而小人樂君子之憂者憂其國而已憂其國則與小人異趣其爲小人所慍固其理也故曰憂心悄悄慍于羣小小人得志則爲讒誣以病君子君子既病矣則又從而侮之故曰覯閔既多受侮不少其曰既多不少者以著小人之衆也

孔氏曰居諸者語助也
歐陽氏曰日居月諸
胡迭而微者謂仁人
傷衛日往月來而漸
微爾猶言日朘月
削也
范氏曰如匪澣衣者
中垢而不濯也不能
奮飛者鬱陶無所
發也

之寤辟有摽静安也辟拊心也摽拊心貌箋云言我也○辟本又作擘避亦反摽符小反拊音撫【重言】静言思之二下本詩二氓詩一○日居月諸胡迭而微箋云日君象也月臣象也微謂虧傷也君道當常明如日而月有虧盈今君失道而任小人大臣專次則日如月然○迭待結反韓詩作戜音同云戜常也【重言】日居月諸五又日月心之憂矣如匪澣衣如衣之不澣矣箋云衣之不澣則憒辱無照察○澣戶管反憒古對反【重言】心之憂矣十四本詩一綠衣二有狐三園有桃二蜉蝣二沔水一正月一小弁五小明二苕之華一瞻卬一静言思之不能奮飛不能如鳥奮翼而飛去箋云臣不遇於君猶不忍去厚之至也

栢舟五章章六句

孔氏曰間色之綠不當
爲衣猶妾不宜嬖寵
正色之黃反爲裏猶
夫人反見疏而微也
張氏曰綠衣之憂變言
嫡妾之亂其弊將至
於不可勝言者憂在
宗國也夫豈特爲一
身之私哉

綠衣衛莊姜傷己也妾上僭夫人失位而作是詩也綠當爲褖故作褖褖轉作綠字之誤也莊姜莊公夫人齊女姓姜氏妾上僭者謂公子州吁之母母嬖而州吁驕○綠毛如字綠東方之間色也鄭改作褖吐亂反篇內各同妾上時掌反注上僭皆同僭子念反吁況于反嬖補計反謚法云賤而得愛曰嬖嬖卑也媟也

○綠兮衣兮綠衣黃裏興也綠間色黃正色箋云褖兮衣兮者言褖衣自有禮制也諸侯夫人祭服之下鞠衣爲上展衣次之褖衣次之次之者衆妾亦以貴賤之等服之鞠衣黃展衣白褖衣黑皆以素紗爲裏今褖衣反以黃爲

孔氏曰間色爲衣而在上正色之黄反爲裳而處下

曾氏曰亡失也不須訓爲忘

程氏曰綠衣衛莊姜傷己無德以致之行有不得反求諸己而已矣絲之綠由女之染治以成言有所自也絺綌所以來風也。

范氏曰致其序則在我也故思古之人能使尊卑有分而無過也。思古人而獲我心自知其不及也

裏非其礼制也故以喻妾上僭○裏音里間間厠之間厠居六反言如菊花之色也又去六反言如麴塵之色王后之服四曰鞠衣色黄也展知彥反字亦作襢音同王后之服五曰襢衣毛氏馬融皆云色赤鄭云色白縐音沙心之憂矣曷維其已憂雖欲自止何時能止也心之憂矣二十四附見前篇【重言】○綠兮衣兮綠衣黄裳上曰衣下曰裳箋云婦人之服不殊衣裳上下同色今衣黑而裳黄喻亂嫡妾之禮○嫡本亦作適同丁歷反心之憂矣曷維其亡箋云亡之言忘也○綠兮絲兮女所治兮綠末也絲本也箋云女女妾上僭者先染絲後制衣皆女之所治爲也而女反亂之亦喻亂嫡妾之禮責以本末之行礼大夫以上衣織故本於絲也○女崔云毛如字鄭音汝行下孟反下同以上時掌反衣織於既反下肯志我思古人俾無訧兮俾使訧過也箋云古人謂制礼者我思此人定尊卑使人無過差之行心善之也○俾卑爾反沈必履反又必二反訧音尤本或作尤差初賣反又初佳反【重言】我思古人二並本篇○綠兮絺兮淒其以風淒寒風也箋云絺綌所以當暑今以待寒喻其失所也○淒七西反我思古人實獲我心古之君子實得我之心也箋云古之聖人制礼者使夫婦有道妻妾貴賤各有次序

綠衣四章章四句

張氏曰燕燕以興己與戴嬀嫡妾相與之善歎獨言泣涕之情者蓋家國之事有不可勝悲者

朱氏曰只助語○李氏曰塞實也○朱氏曰溫和也○朱氏曰終溫且惠始終如一也

楊氏曰州吁之暴完之死戴嬀之去皆夫人失位不見答於先君所致也而戴嬀猶以先君之思勉其夫人可謂終溫且惠矣

燕燕衛莊姜送歸妾也莊姜無子陳女戴嬀生子名完莊姜以爲己子莊公薨完立而州吁殺之戴嬀於是大歸莊姜遠送之于野作詩見己志○燕於見反戴嬀居危反戴謚也嬀陳姓也完字又作皃俗音丸即衛桓公也殺如字又申志反見賢遍反

○燕燕于飛差池其羽燕燕鳦也燕之于飛必差池其羽箋云差池其羽謂張舒其翼以興戴嬀將歸顧視其衣服○差楚佳反又楚宜反池如字鳦音乙本又作乙郭烏拔反【重言】燕燕于飛二並本詩

之子于歸遠送于野之子去者也歸歸宗也遠送過禮于於也郊外曰野箋云婦人之禮送迎不出門今我送是子乃至于野者舒己憤盡己情○野如字協韻羊汝反沈云協句宜音時預反後放此憤符粉反【重言】之子于歸十二附見桃夭

瞻望弗及泣涕如雨瞻視也○涕他礼反徐又音

○燕燕于飛頡之頏之飛而上曰頡飛而下曰頏箋云頡頏興戴嬀將歸出入前却○頡户結反頏户郎反上時掌反篇内皆同

之子于歸遠送于將之將行也箋云將亦送也

瞻望弗及佇立以泣佇立久立也○佇直呂反

○燕燕于飛下上其音飛而上曰上音飛而下曰下音箋云下上其音興戴嬀將歸言語感激聲有小大○激經歷反【重言】下上其音二本詩一雄雉一

之子于歸遠送于南陳在衛南○南如字沈云協句宜乃林反今謂古人韻緩不煩改字

瞻望弗及實勞我心實是也本亦作

朱氏曰上四句莊姜美戴嬀下二句因使之以先君之故而有以勗己蓋稱其美以求教戒之辭

張氏曰綠衣方妾上僭之時故反己以自責而已至日月之作則在州吁弑嫡之後於是始推原其致禍之本以爲由己不見荅於先君之所致亦猶孟子所謂過夫而不怨是愈疏也

范氏曰言莊公不以古道處我故至此困窮也

寔【重言】寔勞我心三本篇雄雉白華各一○仲氏任只其心塞淵仲戴嬀字也任大塞瘞淵深也箋云任者以恩相親信也周禮六行孝友睦婣任恤○任入林反沈云鄭而鴆反塞瘞於例反崔集注本作實行下孟反下篇同終溫且惠淑慎其身惠順也箋云溫謂顏色和也淑善也先君之思以勗寡人勗勉也箋云戴嬀思先君莊公之故故將歸猶勸勉寡人以禮義寡人莊姜自謂也○勗凶玉反徐又況目反

燕燕四章章六句

日月衛莊姜傷己也遭州吁之難傷己不見荅於先君以至困窮之詩也難乃旦反以至困窮之詩也舊本皆爾俗本或作以至困窮而作是詩也誤○日居月諸照臨下土日乎月乎照臨之也箋云日月喻國君與夫人也當同德齊意以治國者常道也【重言】日居月諸五本詩四邶柏舟一照臨下土二本詩一小明一乃如之人兮逝不古處逝逮古故也箋云之人是人也謂莊公也其所以接及我者不以故處甚違其初時○處昌慮反又昌呂反胡能有定寧不我顧胡何定止也箋云寧猶曾也君之行如是何能有所定乎曾不顧念我之言是其所以不能定完也○顧本又作顧如字徐音古此亦協韻也後放此○日居月諸下土是冒冒覆也箋云覆猶照臨也乃如

張氏曰以禮事莊公而以恩荅已寧不我報是也

朱氏曰德音美其辭無良醜其實也

王氏曰人窮則反本疾痛慘怛未嘗不呼父母者

朱氏曰不述猶曰不可稱述也

楊氏曰見侮慢而不能正則悼之而已其莫往莫來則又思之可謂極婦道矣

之人兮逝不相好不及我以相好箋云其所以接及我者不以相接之恩情甚於已薄也好呼報反注同王啀申毛如字胡能有定寧不我報盡婦道而不得報○日居月諸出自東方日始月盛皆出東方箋云自從也言夫人當盛之時與君同位乃如之人兮德音無良音聲良善也箋云無善恩意之聲語於我也○語魚據反胡能有定俾也可忘箋云俾使也君之行如此何能有所定使是無良可忘也○日居月諸東方自出父兮母兮畜我不卒箋云畜養卒終也父兮母兮者言已尊之如父又親之如母乃反養遇我不終也胡能有定報我不述述循也箋云不循不循禮也○述本亦作術

日月四章章六句

終風衛莊姜傷已也遭州吁之暴見侮慢而不能正也正猶止也○終風且暴顧我則笑興也終日風爲終風暴疾也笑侮之也箋云既竟日風矣而又暴疾興者喻州吁之爲不善如終風之無休止而其間又有甚惡其在莊姜之旁視莊姜則反笑之是無敬心之甚○終風韓詩云西風也謔浪笑敖言戲謔不敬○謔許約反浪力葬反韓詩云起也笑本又作咲俗字也悉妙反敖五報反中

朱氏曰終風且霾比州吁之暴益甚
蘇氏曰州吁往來皆不可常
王氏曰曀則不見日矣又曰不日有曀者言不旋日而又曀也
蘇氏曰古有又通

東萊曰驟雨迅雷其止可待至於曀曀之陰虺虺之雷則殊未有開霽之期也願言則嚏汝念我則我嚏矣母子之間感通本無間也願言則懷汝念我則我懷矣母子之間恩意本易復也

心是悼箋云悼者傷其如是然○終風且霾霾雨土也○霾亡皆反徐又莫戒反雨于付反風而雨土爲霾惠然肯來言時有順心也箋云肯可也有順心然後可以來至我旁不欲見其戲謔○肯來如字古協思韻多音黎他皆放此莫往莫來悠悠我思人無子道以來事已已亦不得以母道往加之箋云我思其如是心悠悠然○我思如字【重言】悠悠我思四本篇雄雉子衿渭陽各一○終風且曀

不日有曀陰而風曰曀箋云有又也既竟日風且復曀不見日矣而又曀者喻州吁闇亂甚也○曀於計反復扶富反寤言不寐願言則嚏嚏跲也箋云言我願思也嚏讀當爲不敢嚏咳之嚏我其憂悼而不能寐女思我心如是我則嚏也今俗人嚏云人道我此古之遺語也○嚏本又作疐又作嚔疐舊竹利反又丁四反又豬吏反或竹季反劫也鄭作疐音都麗反劫也居業反本又作跲音同又渠業反又孫毓同崔云毛訓疐爲㰦今俗人云欠欠㰦㰦是也不作劫字人體倦則伸志倦則㰦〻案音口據反又玉篇云㰦欠張口也咳開愛反○曀曀其陰如常陰曀曀然虺虺其靁暴若震靁之聲虺虺然寤言不寐願言則懷懷傷也箋云懷安也女思我心如是我則安也○女音汝以下同後可以意求求之疑者更出虺虛鬼反

終風四章章四句

朱氏曰按左傳州吁與宋陳伐鄭圍其東門五日而還出師不為久而衛人之怨如此身犯大逆衆叛親離莫肯為之用耳

曾氏曰其興師動衆非出於不得已也人所甚憚者州吁之所最樂國人怨之正以其踴躍耳

李氏曰土國城漕非不勞苦而獨處於境內今我之在外死亡未可知雖欲為土國城漕之人不可得也

東萊曰從孫子仲平陳與宋言所從者乃孫子仲也則輕其帥可知矣

左傳杜氏注曰陳今陳國陳縣宋今梁國睢陽縣

歐陽氏曰王肅以下三章衛人從軍者

擊鼓怨州吁也衛州吁用兵暴亂使公孫文仲將而平陳與宋國人怨其勇而無禮也將者將兵以伐鄭也平成也將伐鄭先告陳與宋以成其伐事春秋傳曰宋殤公之即位也公子馮出奔鄭鄭人欲納之及衛州吁立將脩先君之怨於鄭而求寵於諸侯以和其民使告於宋曰君若伐鄭以除君害君為主敝邑以賦与陳蔡從則衛國之願也宋人許之於是陳蔡方睦於衛故宋公陳侯蔡人衛人伐鄭是也伐鄭在魯隱四年。將子亮反注將者同殤音傷馮本亦作憑同皮冰反蔡從才用反下陳蔡從同。擊鼓其鏜踊躍用兵鏜然擊鼓聲也使衆皆踴躍用兵也箋云此用兵謂治兵時。鏜吐當反土國城漕我獨南行漕衛邑也箋云此言衆民皆勞苦也或役土功於國或脩理漕城而我獨見使從軍南行伐鄭是尤勞苦之甚。漕音曹。從孫子仲平陳與宋孫子仲謂公孫文仲也平陳於宋箋云子仲字也平陳於宋謂使告宋曰君為主敝邑以賦与陳蔡從不我以歸憂心有忡憂心忡忡然箋云以猶與也与我南行不與我歸期兵凶事懼不得歸豫憂之。忡勑忠反。爰居爰處爰喪其馬有不還者有亡其馬者箋云爰於也不還謂死也傷也病也今於何居乎於何處乎於何喪其馬乎。喪息浪反注同重言爰居爰處一本篇斯干各一于以求之于林之下山木曰林箋云于於也求不還者及亡其馬者當於山林之下軍行必依與其室家訣別之辭士卒將行與其室家訣別云我之是行未有歸期亦未知於何所居處於何所求其馬君求我與馬當於林下求之蓋為必敗之計也○曾氏曰非獨爰居爰處以下三章為從軍者訣別之辭一篇之意皆如此朱氏曰成說成其約誓之言○孔氏曰王肅云言國人室家之志欲相與從生至死契闊勤苦而不相離相與俱老東萊曰于嗟闊兮承上章死生契闊之文而足成其義言始欲死生勤苦共之今乃不得相依以生也洵當從毛傳言遠去而不得伸其志也

山林求其故處近得之處昌慮反近附近之近。○死生契闊與子成說契闊勤苦也說數也箋云從軍之士與其伍約死也生也相與處勤苦之中我與子成相說愛之恩志在相存救也○契本亦作挈同苦結反闊苦活反韓詩云約束也說音悅數色主反執子之手與子偕老偕俱也箋云執其手與之約誓示信也言俱老者庶幾俱免於難○偕音皆與之約如字又於妙反下皆同一本作與之約誓難乃旦反【重言】與子偕老一本詩女曰雞鳴各一○于嗟闊兮不我活兮不與我生活也箋云州吁阻兵無衆安忍無親衆叛親離軍士棄其約離散相遠故吁嗟歎之闊兮女不與我相救活傷之○遠于萬反于嗟洵兮不我信兮洵遠信極也箋云歎其棄約不與我相親信亦傷之○洵呼縣反本或作詢誤也詢音荀韓詩作夐夐亦遠也信毛音申案信卽古伸字也鄭如字

擊鼓五章章四句

凱風美孝子也衛之淫風流行雖有七子之母猶不能安其室故美七子能盡其孝道以慰其母心而成其志爾○不安其室欲去嫁也成其志者成言孝子自責之意○凱開在反○凱風自南吹彼棘心興也南風謂之凱風樂夏之長養棘難長養者箋云興者以凱風喻寬仁之母棘猶七子也○棘居力反俗作棘樂音洛或五音岳長丁

擊鼓　凱風　二卷　五

朱氏曰棘可以為薪則成就矣然非美材喻子之壯大而無善也
劉氏曰自言七子之中有一令善之人則母亦不舍之而去也
陳氏曰寒泉在浚之邑下邑之人賴之以生養今子七人反不能養一母使母勞苦求嫁也。朱氏曰母欲嫁者本為淫風流行而七子乃以勞苦為說可謂幾諫矣
蘇氏曰鳥猶能好其音以說人而我獨不能說吾母哉
朱氏曰此詩皆女怨之辭泄泄飛之緩也阻隔也
曾氏曰雄雉以喻其夫雄雉于飛雌懷安而不從之今之阻隔蓋

丈反下皆同重言凱風自南二並本詩棘心夭夭母氏劬勞。夭夭盛貌劬勞病苦也箋云夭夭以
喻七子少長母養之病苦也。夭於驕反劬其俱反少詩照反。凱風自南吹彼棘薪。棘薪其成
就者母氏聖善。我無令人。聖叡也箋云叡作聖令善也母乃有叡知之善德我七子無善人能報之
者故母不安我室欲去嫁也。叡悅歲反下同知音智本亦作智。爰有寒泉在浚之下。浚衛
邑也在浚之下言有益於浚箋云爰曰也曰有寒泉在浚之下浸潤之使浚之民逸樂以興七子不能如也。浚音峻浸子鴆反樂
音洛有子七人母氏勞苦。睍睆黃鳥載好其音。睍睆好貌箋云睍睆以興顏色說也好其音者興其辭令順也以言七子不能如也。睍胡顯反睆華板反說音悅下篇注同有子七
人莫慰母心。慰安也

凱風四章章四句

雄雉爾雅云飛曰雊雉刺衛宣公也淫亂不恤國事軍旅數起大夫久役男女怨曠國人患之而作是詩。淫亂者荒放於妻妾烝於夷姜之等國人久處役之事故男多曠女多怨也男曠而苦其事女怨而望其君子。刺俗作刾七賜反詩內多此音更不重出恤本

自遺也大夫行役婦人
本無可從之理其言如
此乃怨思之切耳
范氏曰展矣君子久從
而不得歸者也此婦人
之閔其夫也
朱氏曰悠悠長也
程氏曰日月取其迭往
迭來之意又日月陰陽
相配而不相見又旦暮
所見動人情思抱包意
其間
張氏曰不忮不求是大
夫妻言其夫也
東萊曰婦人思其君
子之切而知其未得歸
也於是復自解曰凡百
君子我婦人不知孰
爲德行但不忮害不
貪求則何所用而不
善雖久處軍旅之間
固未害也

亦作卹數色角反沴烝之升反[重言]刺衛宣公也三本詩拖有苦巢新臺各一○雄雉于飛泄泄其羽興也雄雉見雌雄飛而鼓其翼泄泄然箋云興者喻宣公整其衣服而起奮訊其形皃志在婦人而已不恤國之政事○泄移世反訊音信又音峻字又作迅同我之懷矣自詒伊阻詒遺伊維阻難也箋云懷安也伊當作緊緊猶是也君之行如是我安其朝而不去今從軍旅久役不得歸此自遺以是患難○貽本亦作詒以之反遺維季反沈羊類反難乃旦反下同緊烏兮反行下孟反下君之行同朝直遥反○雄雉于飛下上其音箋云下上其音興宣公小大其聲怡悅婦人○上時掌反[重][首]下上其音二本詩燕燕各一展矣君子實勞我心展誠也箋云誠矣君子愬於君子也君之行如是實使我心勞矣君若不然則我無軍役之事○瞻彼日月悠悠我思瞻視也箋云視日月之行迭往迭來今君子獨久行役而不來使我心悠悠然思之女怨之辭○女怨如字下女怨同[重言]悠悠我思四本詩終風子衿渭陽道之云遠曷云能來箋云曷何也何時能來望之也[重言]道之云遠二本詩綿蠻○百爾君子不知德行箋云爾女也女衆君子我不知人之德行何如者可謂爲德行而君或有所留女怨故問此焉○行下孟反下注皆同不忮不求何用不臧忮害臧善也箋云我君子之行不忮害不求備於一人其行何用爲不善而君獨遠使之在外不得來歸亦女怨之辭○忮之豉反字書

邶風　雄雉　二巳　六

孔氏曰叔向曰苦匏不材於人供濟而已韋昭注云不材於人言不可食佩匏可以渡水也朱氏曰匏尚有葉是未有霜而成實之時濟渡之處又有深涉未可以渡也○范氏曰深則厲淺則揭宜斟酌也宣公夫人不顧礼義猶不度水之深淺而欲濟也六書曰少儀曰在車則少軌鑾又受轡祭少又軌范康成曰大馭祭兩軹祭軌軹與軌同謂轄頭也軌與范同轂前也按軌九聲於

云很也韋昭音洎臧子郎反

雄雉四章章四句

匏有苦葉刺衛宣公也公與夫人並爲淫亂重言夫人謂夷姜刺衛宣公也三本詩雄雉新臺○匏有苦葉濟有深涉興也匏謂之瓠瓠葉苦不可食也濟渡也由膝以上爲涉箋云瓠葉苦而渡處深謂八月之時陰陽交會始可以爲昏禮納采問名○匏音薄交反瓠户故反上時掌反下皆同處昌慮反深則厲淺則揭以衣涉水爲厲謂由帶以上也揭褰衣也遭時制宜如遇水深則厲淺則揭矣男女之際安可以無禮義將無以自濟也箋云既以深淺記時因以水深淺喻男女之才性賢與不肖及長幼也各順其人之宜爲之求妃耦○厲力滯反韓詩云至心曰厲說文作砅云履石渡水也音力智反又音例揭苦例反褰衣渡水也揭揭衣並苦例反下同一云下揭字音起列反一本作揭褰衣長張丈反爲之于僞反求妃音配本亦作配下同○有瀰濟盈有鷕雉鳴瀰深水也盈滿也深水人之所難也鷕雌雉聲也衛夫人有淫泆之志授人以色假人以辭不顧禮義之難至使宣公有淫昏之行箋云有瀰濟盈謂過於厲喻犯禮深也○瀰彌爾反鷕以小反沈耀皎反雌雉聲或一音户了反說文以水反字林于水反難乃旦反下同泆音逸行下孟反濟盈不濡軌雉鳴求其牡濡漬也由輈以

詩軌與牡叶朱文公已
具及其音但以軌為車轍
則有瀰濟盈不應不
能不濡轍此毛氏之所
以興誅其說而陸氏又欲
與就其音也其實軌乃
轂當牙中埶於轂者也
轉頭之說近之而非也軌
正當八尺之中若轊在轂
末不止於八尺矣八尺為
軌輿廣六尺六寸兩旁
各餘七寸以容轂也○
歐陽氏曰毛鄭謂走曰
牝牡害牝雞無晨豈
為走獸乎古語通用濟
盈無不濡之理而涉者
貪於必進自謂不濡又
興宣公貪於淫欲自
蹈罪惡而不自知也雉
鳴求其牡者又興夫人
不顧禮義而從宣公
如禽鳥之相求惟知雌
雄為匹而無親疏父子
之別
王氏曰古之於婚姻其求
之不暴而節之以理雖庶
士亦然而況於人君乎

上爲䖍違禮義不由其道猶雉鳴而求其牡矣飛曰雌雄走曰牝牡
陵云渡深水者必濡其軌言不濡者喻夫人犯禮而不自知雉鳴
反求其牡喻夫人所求非所求。濡而朱反軌舊龜美反謂車轊
頭也依傳意宜音犯案說文云軓車轍也從車九聲龜美反軌車
軾前也從車𠃊聲音犯車轊頭所謂軹也相
亂故具論之牡茂后反轊竹留反車轊也
。雝雝鳴鴈旭日始旦雝雝鴈聲和也納采用鴈旭日始出謂大昕之時箋云鴈若隨陽而處似婦人從夫故昏禮用鴈自納采至請期用
昕親迎用昏。旭許玉反徐又許袁反說文讀若好字
𣏟呼老反昕許巾反請音情反七井反下同迎魚敬反
士如歸妻迨冰未泮迨及泮散也箋云歸妻使之來歸於已謂請期也冰未散正月中以前也二月可以昏矣。迨音待
泮普半反。招招舟子人涉卬否招招號召之貌舟子舟人主濟渡者卬我也箋云舟人之子號
召當渡者猶媒人之會男女無夫家者使之為妃匹人皆從之而
渡我獨否。招照遙反王逸云以手曰招以言曰召韓詩云招招
聲也卬五郎反我也本或作仰音同號户羔反人涉卬否卬須我友人皆涉我友未至我獨待之而
不涉以言室家之道非得所適
貞女不行非得禮義昏姻不成

匏有苦葉四章章四句

谷風刺夫婦失道也衛人化其上淫於新昏而棄其舊

朱氏曰皆述逐婦之辭也宣姜有寵而夷姜縊是以其民化之而谷風之詩作所謂一國之事繫一人之本者如此

程氏曰陰陽交和則
感陰而成雨夫婦之道
當黽勉和同不宜有
怨怒也蓋和則夫婦
之道成而室家正如
陰陽和而成雨也
夫婦之道貴其有終
德音好音也當期好
音無違至於偕老
程氏曰我行道而遲遲
者中心念其有違者也。
呂氏曰今故夫之送我乃
不遠而甚近。陳氏曰
婦人從一而終今雖見
棄猶有望其夫之情。
孔氏曰言人誰謂荼
苦若之荼即其甘如
薺又言安愛汝之新
昏其恩如兄弟也
東萊曰韓愈譴瘧
鬼詩云白石爲門畿
蓋以畿爲門閫也畿
必有所據可以證

室夫婦離絕國俗傷敗焉新昏者新所與爲昏禮。谷古木反。習習谷風
以陰以雨興也習習和舒貌東風謂之谷風陰陽和而谷風至夫婦和則室家成室家成而繼嗣生黽勉
同心不宜有怒言黽勉者思與君子同心也箋云所以黽勉者以爲見譴怒者非夫婦之宜。黽勉本亦作僶
莫伊反黽勉猶勉勉也譴遣戰反采葑采菲無以下體葑須也菲芴也下體根莖也箋云此二菜
者蔓菁與葍之類也皆上下可食然而其根有美時有惡時采之者不可以根惡時并棄其葉喻夫婦以禮義合顏色相親亦不可
以顏色衰棄其相與之禮。葑孚容反徐音豐字書作蘴孚容反草木疏云蕪菁也郭璞云今菘菜也案江南有菘江北有蔓菁相
似而異菘音嵩菲妃鬼反芴音勿爾雅云菲芴又云菲息菜郭以菲芴爲土瓜解息菜云似蕪菁華紫赤色可食莖河耕反蔓音萬
本又作蕪音無菁音精又子零反葍音福本又作䔰音富爾雅葍䔰郭云大葉白華根如指色白可食并御政反又如字德音
莫違及爾同死箋云莫無及與也夫婦之言無相違者則可與女長相與處至死顏色斯須之有。行
道遲遲中心有違遲遲舒行貌違離也箋云違徘徊也行於道路之人至將離別尚舒行其心徘徊然
喻君子於己不能如也。違如字韓詩云違很也【重言】行道遲遲又采薇不遠伊邇薄送我畿
畿門內也箋云邇近也言君子與己訣別不能遠維近耳送我裁於門內無恩之甚。畿音祈訣音決本或作訣裁於門內一本作

明毛氏之說
程氏曰涇濁而渭清今涇反以渭為濁湜湜清貌視於淺處則見清彼以為濁而其沚自湜湜以言其感而不能正也。范氏曰胡不視之湜湜其沚謂未嘗變也
歐陽氏曰禁其新昏毋逝我梁毋發我笱言棄妻將去猶顧惜其家之物既而嘆曰我身不容安得卹後事乎。朱氏曰知其不能禁而絕意之辭也
六書曰方說文曰并船也方象兩舟省總頭形 故又有加舟為舫
朱氏曰浮水曰游
說文曰匍手行也匐伏地也
程氏曰就其深矣以下陳其躬所為治家勤勞之事隨事盡其心力而為之深則方
黨莫不盡其道。張氏曰皆婦人曲徇其夫之言

裁至於門又一本作裁至於門内**誰謂荼苦其甘如薺**荼苦菜也箋云荼誠苦矣而君子於己之苦毒又甚於荼比方之荼則甘如薺。荼音徒薺齊禮反**宴爾新昏如兄如弟**宴安也。宴本又作燕徐於顯反又烟見反。**涇以渭濁湜湜其沚**涇渭相入而清濁異箋云小渚曰沚涇水以有渭故見渭濁湜湜正貌喻君子得新昏故謂已惡也已之持正守初如沚然不動搖此絕去所經見因取以自喻焉。涇音經濁水出渭音謂清水也湜音殖說文云水清見底沚音止故見渭濁舊本如此一本渭作謂後人改耳搖餘招反又餘照反**宴爾新昏不我屑以**屑絜也箋云以用也言君子不復絜用我當室家。屑素節反復扶富反**毋逝我梁毋發我笱**逝之也梁魚梁笱所以捕魚也箋云毋者喻禁新昏也女毋之我家取我為室家之道。笱古口反捕魚器韓詩云發亂也捕音步【重言】毋逝我梁毋發我笱我躬不閱遑恤我後二本詩小弁各一**我躬不閱遑恤我後**閱容也箋云我身尚不能自容何暇憂我後所生子孫也。閱音悅【互注】左襄公二十五年衛獻公自夷儀使與甯喜言甯喜言許之大叔文子聞之曰嗚呼詩所謂我躬不閱遑恤我後者甯子可謂不恤其後矣。**就其深矣方之舟之就其淺矣泳之游之**舟船也箋云方泭也潛行為泳言深淺者喻君子之家事無難易吾皆為之。泳音詠泭音孚易夷豉反下同**何有何亡黽勉求之**

雄雉 匏有 二卷

舟淺則游泳不計其有與亡也猶勉求為之且不特如是治其家又周睦其鄰里鄉

一〇八

董氏曰孫毓王肅詩並作能不我慉說文亦然

朱氏曰承上章言我於女家勤勞如此女既不我養而反以我爲仇讎○程氏曰惟其心既阻絶我之善故雖勤勞如是而不見取如賈之不售

張氏曰昔育恐育鞫而下言昔者相與爲生理惟恐其窮以及于顛覆今既生既育矣乃反比我於毒而棄之乎

程氏曰肄習也詒我以武暴之怒怒習而爲常矣

有謂富也亡謂貧也箋云君子何所有乎何所亡乎吾其黽勉勤力爲求之有求多亡求有○爲于僞反凡民有喪匍匐救之箋云匍匐言盡力也凡於民有凶禍之事鄰里尚盡力往救之况我於君子家之事難易乎固當黽勉以疏喻親也○匍音蒲又音扶匐蒲北反一音服互注記孔子閒居凡民有喪匍匐救之服之後也詳見周頌昊天有成命詩○不我能慉反以我爲讎慉養也箋云慉驕也君子不能以恩驕樂我反憎惡我○慉許六反毛興也說文起也樂音路惡烏路反下皆同既阻我德賈用不售阻難也箋云既難却我隱蔽我之善我修婦道而事之覬其察己猶見疏外如賣物之不售○賈音古市也售市救反難乃旦反下難卻同一音如字覬音冀昔育恐育鞫及爾顛覆育長鞫窮也箋云昔育育稚也及與也昔幼稚之時恐至長老窮匱故與女顛覆盡力於衆事難易无所易○鞫本亦作鞠居六反覆芳服反注同長張丈反下皆同稚本亦作穉直吏反匱求位反乏也辟音避本亦作避既生既育比予于毒箋云生謂財業也育謂長老也于於也既有財業矣又既長老矣其視我如毒螫言惡己甚也○螫失石反何呼洛反○我有旨蓄亦以御冬旨美御禦也箋云蓄聚美菜者以禦冬月乏无時也○蓄本亦作畜勅六反御魚據反下同禦也徐魚呂反一本下句即作禦字宴爾新昏以我御窮箋云君子亦但以我御窮苦之時至於富貴則棄我如旨蓄有洸有潰既詒

朱氏曰君子棄絕之曾不念我之來息時也追言其始見君子之時接禮之厚怨之深也

我肄洸洸武也潰潰怒也肄勞也箋云詒遺也君子洸洸然潰潰然無溫潤之色而盡遣我以勞苦之事欲窮困我○洸音光潰戶對反韓詩云潰潰不善之貌詒音怡肄以世反徐以自反亦作勩以世反[illegible]唯季反下同不念昔者伊余來墍墍息也箋云君子忘舊不念往昔年稚我始來之時安息我○墍許器反

谷風六章章八句

范氏曰諸侯失國而寄於他國之邑微莫甚焉郭璞注云言至微也

式微黎侯寓于衛其臣勸以歸也寓寄也黎侯為狄人所逐棄其國而寄于衛衛處之以二邑因安之可以歸而不歸故其臣勸之○黎力兮反國名杜預云在上黨壺關縣寓于音遇于又作乎

王氏曰中露露中也言有霑濡之辱而無所芘覆泥中言有陷溺之難而不見拯救也

○式微式微胡不歸式用也箋云式微式微者微乎微者也君何不歸乎禁君留止於此之辭式發聲也微君之故胡為乎中露微無也中露衛邑也箋云我若無君何為處此乎臣又極諫之辭○式微式微胡不歸微君之躬胡為乎泥中泥中衛邑也

式微二章章四句

朱氏曰黎之臣子以屬於衛登旄丘之上而見其葛節之疎闊因託以起興曰旄丘之葛何其節之闊也衛之君臣何其多日而不見救也

旄丘責衛伯也狄人迫逐黎侯黎侯寓于衛衛不能修方伯連率之職黎之臣子以責於衛也衛康叔之封爵稱侯今曰伯者時為

朱氏曰此詩本責衛君而但斥其臣可見優柔而不迫矣

東萊曰葛始生其節蹙而密既長其節闊而疎黎人見葛之長感歲時之久而衛猶未見救爾
朱氏曰處安處也與與國也以他故也因上章何多日也而言何其安處而不來意必有與國相俟而俱來耳又言何其久而不來意其或有事故而不得來詩之曲盡人情如此
東萊曰蒙戎狐裘之貌晉士蔿曰狐裘蒙茸黎侯所寓在衛東羈旅之久見衛之大夫過者甚多縱莫有動心者故歎而言曰非衛大夫之車不來東也特無與我同患難者耳
王氏曰瑣細尾末也黎侯之臣子流離失職

州伯也周之制使伯佐牧春秋傳曰五侯九伯侯爲牧也○旄丘音毛丘或作北字前高後下曰旄丘字林作嵍丘一云嵍丘也亡周反又音毛山部又自嵍字亦云嵍丘亡付反又音旄率所類反礼記云二十國以爲連連有率作牧州牧之牧

○旄丘之葛兮何誕之節兮興也前高後下曰旄丘諸侯以國相連屬憂患相及如葛之蔓延相連及也誕闊也箋云土氣緩則葛生闊節興者喻時衛伯不恤其職故其臣於君事亦疏廢也○蔓音萬延以戰反又音延叔兮伯兮何多日也日月以逝而不我憂箋云叔伯字也呼衛之諸臣叔與伯與女期迎我君而復之可來而不來女日數何其多也先叔後伯臣之命不以齒○數所主反

重言 叔兮伯兮七見今詩二蘀兮一丰詩二

○何其處也必有與也言與仁義也箋云我君何以處於此乎必以衛有仁義之道故也責衛今不行仁義何其久也必有以也必以有功德箋云我君何以久留於此乎必以衛有功德故也又責衛今不務功德也

○狐裘蒙戎匪車不東大夫狐蒼裘蒙戎以言亂也不東言不來東也箋云刺衛諸臣形貌蒙戎然但爲昏亂之行女非有戎車乎何不來東迎我君而復之黎國在衛西今所寓在衛東○蒙如字徐武邦反戎如字徐而容反蒙戎亂貌案徐此音是依左傳讀作尨茸字行下孟反下同

互注 左傳五年士蔿爲賦曰狐裘尨茸一國三公吾誰適從

叔兮伯兮靡所與同無救患恤同也箋云衛之諸臣行如是不與諸伯之臣同言其非之特甚

○瑣兮尾兮流離之子

故瑣尾也
朱氏曰言黎之君臣流離瑣尾若此其可憐也而衛之諸臣顏色褎然如塞耳而無聞何哉

瑣尾少好之貌流離鳥也少好長醜始而愉樂終以微弱箋云衛之諸臣初有小善終無成功似流離也○瑣依字作璅素果反流音留本又作鶹離如字爾雅云鳥少美而長醜為鶹鷅草木疏云梟也關西謂之流離大則食其母少詩照反下同長張丈反愉以朱反樂音洛

叔兮伯兮褎如充耳褎盛服也充耳盛飾也大夫褎然有尊盛之服而不能稱也箋云充耳塞耳也言衛之諸臣顏色褎然如見塞耳無聞知也人之耳聾恒多笑而已○褎本亦作裒由救反又在秀反笑貌稱尺證反聾鹿工反

旄丘四章章四句

蘇氏曰方且萬舞而擇人。王氏曰日之方中至明而易見之時在前上處至近而易察之地於是焉不能察而用所以刺也

孔氏曰賢者容貌美大俁俁然在公庭親為萬舞是大失其所也

東萊曰萬舞二舞之總名也干舞者武舞之別名也籥舞者文舞之別名也

簡兮刺不用賢也衛之賢者仕於伶官皆可以承事王者也伶官樂官也伶氏世掌樂官而善焉故後世多號樂官為伶官○簡居限反字從竹或作蕳是草名非也伶音零字從水亦作泠[illegible]刺不用賢也君子樂使賢者退而窮處

○簡兮簡兮方將萬舞簡大也方四方也將行也以干羽為萬舞用之宗廟山川故言於四方箋云簡擇將且也擇兮擇兮者為且祭祀當萬舞也萬舞干舞也○為于偽反

日之方中在前上處教國子弟以日中為期箋云在前上處者在前列上頭也周禮大胥掌學士之版以待致諸子春入學舍采合舞○胥思徐反版音板舍音捨下篇舍奠同采音菜

○碩人俁俁公庭萬舞碩人大德也俁俁容貌大也萬舞非但在四方親在宗廟公庭○俁疑矩反韓詩作扈扈云美貌

○有

文舞又謂之羽舞春秋書萬入去籥言文武二舞俱入以仲遂之喪於二舞之中去其有聲者故去籥焉 文舞舞羽吹籥
鄭據公羊乃以萬舞為武舞與籥舞對言之失經意矣

程氏曰：此章言其才藝之美。有力如虎，才武也；執轡如組，藝也。言其才藝如此，非在公庭見之也。

孔氏曰：御者執轡於此，使馬騁於彼；織組者總紕於此，而成文於彼。

東萊曰：西方，指西周也。《晉語》齊姜氏引《西方之書》，韋昭以爲周，亦西周也。周既東遷而衰，每思其全盛之時文獻之美也。作詩者嘆碩人之賢，謂山則有榛，隰則有苓，唯西周然後有此等人物也。云誰之思？西方美人，見碩人而慨然有懷西周之賢士大夫也。彼美人兮，西方之人兮，指碩人也。嘆美其真西周之人，而非今世之人也。

力如虎，執轡如組。組，織組也。武力比於虎，可以御亂；御衆有文章，言能治衆，動於近，成於遠也。箋云：碩人有御亂御衆之德，可任爲王臣。○轡，悲位反。組音祖。任音壬。【重言】執轡如組，二本詩，大叔于田各一。左手執籥，右手秉翟。籥，六孔。翟，翟羽也。箋云：碩人多才多藝，又能籥舞，言文武道備。○籥，餘若反，以竹爲之，長三尺，執之以舞。鄭注《禮》云三孔，郭璞同，云形似笛而小。《廣雅》云七孔。翟，亭歷反。赫如渥赭，公言錫爵。赫，赤貌。渥，厚漬也。祭有畀煇胞翟閽寺者，惠下之道，見惠不過一散。箋云：碩人容色赫然，如厚傅丹，君徒賜其一爵而已，不知其賢而進用之。散受五升。○赫，虛格反。渥，於角反。赭音者，丹也。畀，必寐反，與也。煇字亦作韗，暄願反，劉昌宗音運，甲吏之賤者。炮，步交反，肉吏之賤者。翟，翟樂吏之賤者。閽音昏，守門之賤者。散，素但反，酒爵也，容五升。傅音付。○山有榛，隰有苓。榛，木名。下濕曰隰。苓，大苦。箋云：榛也，苓也，生各得其所，以言碩人處非其位。○榛，本亦作蓁，同，側巾反，子可食。苓音零，本草云：甘草。云誰之思？西方美人。箋云：我誰思乎？思周室之賢者，以其宜薦碩人，與在王位。○與音預，或如字。【重言】云誰之思，四本詩，桑中三。彼美人兮，西方之人兮。乃宜在王室。箋云：彼美人，謂碩人也。

簡兮三章，章六句。

泉水，衛女思歸也。嫁於諸侯，父母終，思歸寧而不得，故朱氏曰言毖然之泉水則亦流于淇矣我之有懷于衛則亦無日而不思矣是以即諸姬而與之謀為歸衛之計。東萊曰諸姬非必俱嫁於此國蓋有所思而欲與親者謀乃人情之常亦非必真得相見也

王氏曰泲禰蓋父母之國地名欲歸則又思嫁時出宿飲餞相與訣而之夫家。朱氏曰追言其始嫁時已遠其父母兄弟矣況今父母既沒而復可歸哉。杜預左傳注衛女思歸而不得故稱致問於姑姊

孔氏曰車不駕則脫其舝將行設之 朱氏曰脂以脂膏塗其舝使滑澤也舝車軸也

作是詩以自見也以自見者見己志也國君夫人父母在則歸寧沒則使大夫寧於兄弟衛女之思歸雖非禮思之至也○見賢遍反上同思之至也一本思作恩 【重言】 衛女思歸也二本詩竹竿

○毖彼泉水亦流于淇興也泉水始出毖然流也淇水名也箋云泉水流而入淇猶婦人出嫁於異國○毖悲位反韓詩作祕說文作䀣云直視也淇音其 有懷于衛靡日不思箋云懷至靡無也以言我有所至念於衛無日不思也所至念者謂諸姬諸姑伯姊 孌彼諸姬聊與之謀孌好貌諸姬同姓之女聊願也箋云聊且略之辭諸姬者未嫁之女我且欲略與之謀婦人之禮觀其志意親親之恩也○孌力轉反下篇同

○出宿于泲飲餞于禰泲地名祖而舍軷飲酒於其側曰餞重始有事於道也禰地名箋云泲禰者所嫁國適衛之道所經故思宿餞○泲子禮反餞音踐徐又才箭反送行飲酒也禰乃禮反地名韓詩作坭音同軷蒲末反道祭也 女子有行遠父母兄弟箋云行道也婦人有出嫁之道遠於親親故禮緣人情使得歸寧○遠于萬反注同 【重言】 女子有行遠父母兄弟二本詩蝃蝀各一 問我諸姑遂及伯姊父之姊妹稱姑先生曰姊箋云寧則又問姑及姊親其類也先姑後姊尊姑也

○出宿于干飲餞于言干言所適國郊也箋云干言猶泲禰未聞遠近同異 載脂載舝還車言邁脂舝其車以還我行也箋云言還車者嫁時乘來今思乘以歸○舝胡瞎反車軸頭金也還音旋

朱氏曰干言地名適衛所經之地也

東萊曰還車猶言回轅不必云嫁時所乘之車也不瑕有害謂歸衛不爲過差有害自恕之辭也

朱氏曰悠悠思之長也

張氏曰出自北門是游息偶出北門因有此言也

李氏曰窶貧也兼言之以見其貧之甚也

此字例同音更不重出

遄臻于衛不瑕有害遄疾臻至瑕遠也箋云瑕猶過也害何也我還車疾於衛而返於行無過差有何不可而止我○遄市專反瑕音遐害毛如字鄭音曷行下孟反差初佳反又初加反卷末注同【重言】不瑕有害二本詩二子乘舟各一

○我思肥泉茲之永歎所出同所歸異爲肥泉箋云茲此也自衛而來所渡水故思此而長歎○肥字或作淝音同

思須與漕我心悠悠須漕衛邑也箋云自衛而來所經邑故又思之○漕音曹

駕言出遊以寫我憂寫除也箋云既不得歸寧且欲乘車出遊以除我憂【重言】駕言出遊以寫我憂二本詩竹竿各一

泉水四章章六句

北門刺仕不得志也言衛之忠臣不得其志爾不得其志者君不知己志而遇困苦【重意】言衛之忠臣不得其志爾柏舟詩言仁而不遇也

○出自北門憂心殷殷興也北門背明鄉陰箋云自從也興者喻己仕於闇君猶行而出北門心爲之憂殷殷然○殷本又作慇同於巾反沈於文反又音隱爾雅云慇憂也背蒲對反鄉本又作嚮同許亮反爲于僞反

終窶且貧莫知我艱窶者無禮也貧者困於財箋云艱難也君於己祿薄終不足以爲禮又近困於財無知己以此爲難者言君既然矣諸臣亦如之○窶其矩反無禮也爾

蘇氏曰政事國之政事

朱氏曰王事既適我矣政事又一埤益我其勞如此而窶貧又甚室人無以自安而交徧讁我則其困於內外極矣

張氏曰詩怨則怨矣然歸之於命曰已焉天實爲之謂之何哉

程氏曰序謂百姓不親相攜持而去乃述當時之事然考詩之辭乃君子見幾而作相招與及於禍患者也君子全身遠害唯恐去之不速故其辭迫切其虛其邪既亟只且是也

雅云窶貧也案謂貧無可爲禮已焉哉天實爲之謂之何哉箋云謂勤也詩人事君無二志故自決歸之於天我勤身以事君何哉忠之至○王事適我政事一埤益我適之埤厚也箋云國有王命役使之事則不以之彼彼必來之我有賦稅之事則減彼一而以益我言君政偏已兼其苦○埤避支反偏音篇我入自外室人交徧讁我讁責也箋云我從外而入在室之人更迭徧來責我使已去也言室人亦不知已志○徧古遍字注及下同凡徧字從彳偏字從人後皆放此讁直革反王篇知革反更音庚迭待結反已焉哉天實爲之謂之何哉○王事敦我政事一埤遺我敦厚遺加也箋云敦猶投擲也○敦毛如字韓詩云敦迫鄭都回反投擲也遺唯季反擿呈繹反與擲同本或作擲非我入自外室人交徧摧我摧沮也箋云摧者刺譏之言○摧徂回反或作催音同韓詩作誰音千隹子隹二反就也沮在呂反何音阻已焉哉天實爲之謂之何哉

北門三章章七句

北風刺虐也衛國並爲威虐百姓不親莫不相攜持而去焉○攜戶圭反●北風其涼雨雪其雱興也北風寒涼之風雱盛貌箋云寒涼之

蘇氏曰北風而又雨雪其虐甚矣

朱氏曰言衛之君臣威虐已甚將與其所好去而避之

程氏曰虛寬皃徐緩皃雍容之狀只且辭也言尚可寬容徐緩乎既急迫哉

同車亦偕行耳莫赤者匪狐乎莫黑者匪烏乎以其色則知其物矣豈難辨哉觀其爲政之道則知暴虐禍難將及於人矣

呂氏曰古之人君夫人媵妾散處後宫城隅者後宫幽閑之地也女有靜德又處於幽閑而待進御此有道之君所好也

風病害萬物興者喻君政教酷暴使民散亂。○涼音良雨于付反又如字下同雱普康反酷苦毒反惠而好我攜手同行惠愛行道也箋云性仁愛而又好我者與我相攜持同道而去疾時政也。○好呼報反下及注同行音衡其虛其邪既亟只且虛虛也亟急也箋云邪讀如徐言今在位之人其故威儀虛徐寬仁者今皆以爲急刻之行矣所以當去以此也。○邪音餘又音徐爾雅作徐下同亟紀力反下同只音紙且子餘反下同虛虛一本作虛徐行下孟反。○

北風其喈雨雪其霏喈疾貌霏甚貌。○喈音皆霏芳非反惠而好我攜手同歸歸有德也其虛其邪既亟只且。○莫赤匪狐莫黑匪烏狐赤烏黑莫能別也箋云赤則狐也黑則烏也猶今君臣相承爲惡如一。○別彼竭反惠而好我攜手同車攜手就車其虛其邪既亟只且

北風三章章六句

靜女刺時也衛君無道夫人無德以君及夫人無道德故陳靜女遺我以彤管之法德如是可以易之爲人君之配。○遺唯季反下同【重言】刺時也十三本詩氓伯兮有狐菁園有桃十畝之間唐杕杕杜唐羔裘鴇羽東門之池東門之楊澤陂。○靜女其姝俟我於城隅靜貞靜也女德貞靜而有法度乃可說也

張氏曰後宮西北盛城隅俟我幽閑念彼姝。東萊曰横渠謂後宮西北乃城隅必有所據

張氏曰牧歸荑牧牧地也不耕種之地則多草木根芽如甸人供果蓏之屬因以贈夫人也歸荑以備薦俎供豆實

東萊曰此詩刺衛君無道夫人無德故述古者賢君賢妃之相與一章言賢妃有德有容事其君子逡巡待唱於後宮幽閑之地蓋靜之至也愛而不見則搔首踟躕猶關雎求之不得寤寐思服蓋思之切也二章言賢妃貽以彤管女史之法彤管之美與其容色之美皆可悅懌則所悅者不專以其色也三章之義雖通横渠之說差近大過九二枯楊生稊鄭康成易作荑然則所謂荑者凡草木根芽皆是非獨茅也田官獻新物於君所歸之荑信芳美而且異於常乃用之以答彤管之贈蓋所以贈之者非其女色之為美亦惟德美之人是貽耳

姝美色也俟待也城隅以言高而不可踰箋云女德貞靜然後可畜美色然後可安又能服從待禮而動自防如城隅故可愛也。姝赤朱反說文作㚴云好也說音悅篇末注同**愛而不見搔首踟躕**言志往而行正箋云志往謂踟躕行正謂愛之而不往見。搔蘇刀反踟直知反躕直誅反。**靜女其孌貽我彤管**既有靜德又有美色又能遺我以古人之法可以配人君也古者后夫人必有女史彤管之法史不記過其罪殺之后妃羣妾以禮御於君所女史書其日月授之以環以進退之生子月辰則以金環退之當御者以銀環進之著于左手既御著于右手事無小大記以成法箋云彤管筆赤管也。貽本又作詒音怡遺也下同下句協韻亦音以志反彤徒冬反彤赤也管筆管者知略反又直略反下同

互注 見召南甘棠篇

彤管有煒說懌女美煒赤貌彤管以赤心正人也箋云說懌當作說釋赤管煒煒然女史以之說釋妃妾之德美之。煒于鬼反說懌說本又作悅毛王上音悅下音亦鄭說音始悅反懌作釋始亦反。**自牧歸荑洵美且異**牧田官也荑茅之始生也本之於美取其有始有終箋云洵信也茅潔白之物也自牧田歸荑其信美而異者可以供祭祀猶貞女在窈窕之處媒氏達之可以配人君。牧州牧之牧徐音目荑徒兮反洵本亦作詢音荀共音恭窈烏了反窕徒了反處昌慮反**匪女之為美美人之貽**非為其徒說美色而已美其人能遺我法則箋云遺我者遺我以賢妃也。為于偽反注同或如字

孔氏曰此詩伋妻蓋自齊始來未至於衛而公於河上爲新臺待其至

劉氏曰泚者水中臺影鮮明之貌

朱氏曰不鮮言其不知醜之多也

蘇氏曰不殄猶言病而不死者也

東萊曰籧篨戚施蓋國人惡宣公而以惡疾指之不能俯者籧篨之疾證不能仰者戚施之疾證非於此取義也

靜女三章章四句

新臺刺衛宣公也納伋之妻作新臺于河上而要之國人惡之而作是詩也伋宣公之世子新臺脩舊曰新爾雅云四方而高曰臺孔安國云土高曰臺○伋音急宣公世子名要於遥反惡烏路反〔重〕〔宣〕刺衛宣公也三本詩匏有苦葉雄雉各一○新臺有泚河水瀰瀰泚鮮明貌瀰瀰盛貌水所以絜汙穢反于河上而爲淫昏之行○泚音此徐又七禮反鮮明貌說文作玼云新色鮮也瀰莫爾反徐又莫啓反水盛也說文云水滿也汙音烏行下孟反篇注同燕婉之求籧篨不鮮燕安婉順也籧篨不能俯者箋云鮮善也伋之妻齊女來嫁於衛其心本求燕婉之人謂伋也反得籧篨不善謂宣公也籧篨口柔常觀人顏色而爲之辭故不能俯也○燕於典反又於見反安也婉於阮反徐於管反籧音渠篨音儲鮮斯踐反王少也依鄭又音仙○新臺有洒河水浼浼洒高峻也浼平地也○洒七罪反韓詩作漼音同云鮮貌浼每罪反韓詩作浘浘音尾云盛貌燕婉之求籧篨不殄殄絶也箋云殄當作腆腆善也○殄毛徒典反鄭改作腆吐典反○魚網之設鴻則離之言所得非所求也箋云設魚網者宜得魚鴻乃鳥也反離焉猶齊女以禮來求世子而得宣公燕婉之求得此戚施戚施不能仰者箋云戚施面柔下人

六書曰籧篨織竹如席規以爲囷貯穀粟或以取魚與擁腫不能俯者似之故因以名

國疾

十四

孔氏曰汎汎然見其影之去。朱氏曰景影字通景古字也蘇氏曰自衛適齊必涉河國人傷其往而不返汎汎然徒見其景欲救之而不可得是以思之養養然

王氏曰死非其所不得為無瑕陷父於不義不得為無害雖然其心豈有他哉故詩人怨之曰不瑕有害唯其能不瑕有害也是以怨之云爾

以色故不能仰也。戚千歷反下遐嫁反 新臺三章章四句

二子乘舟思伋壽也衛宣公之二子爭相為死國人傷而思之作是詩也。爲于偽反

○二子乘舟汎汎其景二子伋壽也宣子爲伋取於齊女而美公奪之生壽及朔朔與其母愬伋於公公令伋之齊使賊先待於隘而殺之壽知之以告伋使去之伋曰君命也不可以逃壽竊其節而先往賊殺之伋至曰君命殺我壽有何罪賊又殺之國人傷其涉危遂往如乘舟而無所薄汎汎然迅疾而不礙也。汎芳劍反景如字或音影愬蘇路反令力征反隘於賣反駃疾所吏反本或無駃字一本作汎疾 願言思子中心養養願每也養養然憂不知所定箋云願念也念我思此二子心爲之憂養養然。

二子乘舟汎汎其逝逝往 願言思子不瑕有害言二子之不遠害箋云瑕猶過也我念思此二子之事於行無過差有何不可而不去也。害毛如字鄭音曷何也遠于萬反 重言 不瑕有害二木詩泉水

二子乘舟二章章四句

邶國十九篇七十一章三百六十三句

纂圖互註毛詩卷第二

孔氏曰髦者用髮為之象幼時鬌其制未聞
呂氏曰儀以夫為法也猶夫曰皇辟辟亦法也
朱氏曰告其母而質之於天曰柯其不信我也

纂圖互註毛詩卷之三

鄘柏舟詁訓傳第四 ○陸曰鄘音容鄭云紂都以南曰鄘王云王城以西曰鄘也【互註】左襄二十九年吳公子札來聘請觀於周樂使工為之歌邶鄘衛曰美哉淵乎憂而不困者也

毛詩國風　鄭氏箋

柏舟共姜自誓也衛世子共伯蚤死其妻守義父母欲奪而嫁之誓而弗許故作是詩以絕之○共伯僖侯之世子○共音恭下同姜居羊反共姜共伯之妻也婦人從夫謚姜姓也蚤音早僖許其反史記作釐釐曹大家音僖○汎彼柏舟在彼中河興也中河河中箋云舟在河中猶婦人之在夫家是其常處○汎芳劍反處昌慮反【重言】汎彼柏舟二本詩一邶柏舟一髧彼兩髦實維我儀髧兩髦之貌髦者髮至眉子事父母之飾儀匹也箋云兩髦之人謂共伯也實是我之匹故我不嫁也禮世子昧爽而朝亦櫛纚笄總拂髦冠緌纓○髧本又作忱徒坎反髦音毛說文作髳音同禮子生三月翦髮為鬌長大作髦以象之鬌音丁果反昧莫背反朝直遙反櫛側乙反纚色蟹反又色綺反總子孔反緌汝誰反之死矢靡它矢誓靡無之也至己之死信無它心○它音他下母也天只不諒人只諒信也母也天

前漢梁王共傳聽閭中冓之言注應劭曰中冓材構在堂之中也顔師古曰構謂舍之交積材木也

范氏曰埽之則傷墻道之則傷君必不得已而道之則不可復詳必不得已而詳之則不可復讀詩人之意本不欲道疾之而不能不道既道而復以爲恥又悔而相戒也

朱氏曰讀誦言也

也尚不信我天謂父也○只音紙亮本亦作諒力尚反○[illegible]毋也天只不諒人只一本詩○汎彼柏舟在彼河側髧彼兩髦實維我特特匹也○特如字韓詩作直云相當值也之死矢靡慝慝邪也○慝他得反邪似嗟反毋也天只不諒人只

柏舟二章章七句

墻有茨衛人刺其上也公子頑通乎君母國人疾之而不可道也宣公卒惠公幼其庶兄頑烝於惠公之母生子五人齊子戴公文公宋桓夫人許穆夫人○墻在良反茨徐資反頑五鰥反宣公庶子昭伯名也烝之升反載馳序注同○墻有茨不可埽也興也墻所以防非常茨蒺藜也欲埽去之反傷墻也箋云國君以禮防制一國今其宮內有淫昏之行者猶墻之生蒺藜○蒺音疾藜音梨去起呂反下同行下孟反中冓之言不可道也中冓內冓也箋云內冓之言謂宮中所冓成頑與夫人淫昏之語○冓本又作篝古候反韓詩云中冓中夜謂淫僻之言也所可道也言之醜也於君醜也○墻有茨不可襄也襄除也中冓之言不可詳也詳審也○詳如字韓詩作揚揚猶道也所可詳也言之長也長惡長也○墻有茨不可束

孔氏曰珈之言加由副既
笄而加此飾故謂之珈六
珈必飾之有六但不可知

朱氏曰委委佗佗
雍容自得之貌
孔氏曰寫美行步有
儀其舉動之貌如
山如河

也束而去之中冓之言不可讀也讀抽也箋云抽猶出也所可讀也言
之辱也辱辱君也
牆有茨三章章六句
君子偕老刺衛夫人也夫人淫亂失事君子之道故陳
人君之德服飾之盛宜與君子偕老也夫人宣公夫人惠公之母也人君小
君也或者小字誤作人耳○偕音皆○君子偕老副笄六珈能與君子俱老乃宜居尊位服盛服
也副者后夫人之首飾編髮爲之笄衡笄也珈笄飾之最盛者所以別尊卑箋云珈之言加也副既笄而加飾如今步搖上飾古之
制所有未聞○副芳富反珈音加編蒲典反或必仙反別彼列反搖餘照反委委佗佗如山如河
委委者行可委曲蹤迹也佗佗者德平易也山無不容河無不潤○委於危反注同佗待河反注同韓詩云德之美貌行下孟反舊
如字委曲如字易以豉反象服是宜象服尊者所以爲飾箋云象服者謂揄翟闕翟也人君之象服則舜所云予欲
觀古人之象日月星辰之屬○揄音遙字又作褕狄本亦作翟王后第一服曰褕狄觀古亂反又音官子之不淑
云如之何有子若是何謂不善乎箋云子乃服飾如是而爲不善之行於禮當如之何深疾之○行下孟反又下同

孔氏曰說文云髲益髮也言婦人髮少聚他人髮益之
不屑髢者不用他人之髮爲髲以爲絜也
孔氏曰以象骨搔首因以爲飾名之揥
朱氏曰胡然而天胡然而帝言其服飾容皃之美見者驚猶見神也
王氏曰暑服則加紲袢焉所以自斂飭也
東萊曰一章之末云子之不淑云如之何責之也二章之末云胡然而天也胡然而帝也問之也汝盍自省容服尊嚴胡然如天乎胡然如帝乎

○玼兮玼兮其之翟也玼鮮盛貌褕翟闕翟羽飾衣也箋云侯伯夫人之服自褕翟而下如王后焉○玼音此又且禮反說文云新色鮮也字林云鮮也音同玉篇且禮反又云鮮明貌沈云毛及呂忱並作玼解王肅云顏色衣服鮮明貌本或作瑳此是後文瑳兮王肅注好美衣服絜白之貌若與此同不容重出今檢王肅本後不釋不知沈所言然舊本皆前作玼後作瑳字鮮音仙鬒髮如雲不屑髢也鬒黑髮也如雲言美長也屑絜也箋云髢髲也不絜者不用髲爲善○鬒真忍反說文云髮稠也服虔注左傳云髮美爲鬒屑蘇節反髢徒帝反髲皮寄反玉之瑱也象之揥也瑱塞耳也揥所以摘髮也○瑱吐殿反充耳也揥勑帝反摘也摘他狄反本亦作擿音同本又作擿又作擿並非擿音丁革反擿直戟反揚且之皙也揚眉上廣皙白皙○且七也反徐子餘反下同皙星歷反胡然而天也胡然而帝也尊之如天審諦如帝箋云胡何也帝五帝也何由然女見尊敬如天帝乎非由衣服之盛顏色之莊與反爲淫昏之行諦音帝莊如字本又作壯側亮反與音餘○瑳兮瑳兮其之展也蒙彼縐絺是紲袢也禮有展衣者以丹縠爲衣蒙覆也絺之靡者爲縐是當暑袢延之服也箋云后妃六服之次展衣宜白縐絺絺之蹙蹙者展衣夏則裏衣縐絺此以禮見於君及賓客之盛服也展衣字或作襢禮記作襢衣○瑳七我反說文云玉色鮮白展陟戰反注展衣同沈張彥反縐側救反靡亡皮反絺恥知反紲息列反袢符袁反縠戶木反延以戰

三章之末云展如之人兮邦之媛也惜之也辭益婉而意益深矣

蘇氏曰姜弋庸皆
著姓也
劉氏曰采唐采麥采
葑者欲適幽遠行
其淫乱不敢正名而
託之以采唐也

反又如字䵩子六反衣於既反之也下裹衣同裹如字舊音吏見賢遍反於君子一曰無子字襢陟戰反子之清揚
揚且之顏也清視清明也揚揚而頭角豐滿[redacted]展如之人兮邦之媛也展誠
也美女為媛箋云媛者邦人所依倚以為媛助也疾宣姜有此盛服而以淫昏亂國故云然○媛于眷反韓詩作援援取也倚於綺
反
君子偕老三章一章七句一章九句一章八
句

桑中刺奔也衛之公室淫亂男女相奔至于世族在位
相竊妻妾期於幽遠政散民流而不可止衛之公室淫亂謂宣惠之世男
女相奔不待媒氏以禮會之也世族在位取姜氏弋氏庸氏者也竊盜也幽遠謂桑中之野○竊千節反弋羊職反○爰采
唐矣沬之鄉矣爰於也唐蒙菜名沬衛邑箋云於何采唐必沬之鄉猶言欲為淫亂者必之衛之都惡衛為淫
亂之主○沬音妹惡烏路反云誰之思美孟姜矣姜姓也言世族在位有是惡行箋云淫亂之人
誰思乎乃思美孟姜孟姜列國之長女而思與淫亂疾世族在位有是惡行也○行下孟反箋同列國之女一本作列國之長女長
音丁丈反重言云誰之思四本詩三篇兮期我乎桑中要我乎上宮送我乎

曰我以為兄者以公子頑是惠公之兄也
孔氏曰夫人亦得曰君左傳並稱姜曰君其出乎是也

淇之上矣桑中上宮所期之地淇水名也箋云此思孟姜之愛厚已也與我期於桑中而要見我於上宮其送我則於淇水之上○要於遙反注下同淇音其衛水○爰采麥矣沬之北矣云誰之思美孟弋矣弋姓期我乎桑中要我乎上宮送我乎淇之上矣○爰采葑矣沬之東矣箋云葑蔓菁○葑孚容反菁音精又子形反云誰之思美孟庸矣庸姓也期我乎桑中要我乎上宮送我乎淇之上矣

桑中三章章七句

鶉之奔奔刺衛宣姜也衛人以為宣姜鶉鵲之不若也刺宣姜者刺其與公子頑為淫亂行不如禽鳥○鶉音純鶉鶉鳥鵲鳥南反行下孟反下皆同○鶉之奔奔鵲之彊彊鶉則奔奔鵲則彊彊然箋云奔奔彊彊言其居有常匹飛則相隨之貌刺宣姜與頑非匹偶○彊音姜韓詩云奔奔彊彊乘匹之貌人之無良我以為兄良善也兄謂君之兄箋云人之行無一善者我君反以為兄君謂惠公○鵲之彊彊鶉之奔奔人之無良我以為君君國

爾雅曰營室謂之定孫炎曰定正也天下作宮室者皆以營室中爲正也

劉氏曰建亥之月定星方中北與極星相直景之可以正地勢

范氏曰椅桐可以爲琴瑟則榛栗之爲女贄梓漆之供器用可知是詩美其新造而

小君箋云小君謂宣姜【互注】記表記子曰唯天子受命于天士受命於君故君命順則臣有順命君命逆則臣有逆命詩曰鶉之彊彊鶉之奔奔人之無良我以爲君

鶉之奔奔二章章四句

定之方中美衛文公也衛爲狄所滅東徙渡河野處漕邑齊桓公攘戎狄而封之文公徙居楚丘始建城市而營宮室得其時制百姓說之國家殷富焉

春秋閔公二年冬狄人入衛衛懿公及狄人戰于熒澤而敗宋桓公逆衛之遺民渡河立戴公以廬於漕戴公立一年而卒僖公二年齊桓公城楚丘而封衛於是文公立而建國焉○定丁佞反下同定星名爾雅云營室謂之定孫炎云定正也衛爲狄所滅一本作狄人本或作衛懿公爲狄所滅非也漕音曹攘如羊反說音悅熒回丁反廬力居反

○定之方中作于楚宮

定營室也方中昏正四方楚宮楚丘之宮也仲梁子曰初立楚宮也箋云楚宮謂宗廟也定星昏中而正於是可以營制宮室故謂之營室定昏中而正謂小雪時其體與東壁連正四方○辟音壁

揆之以日作于楚室

揆度也度日出日入以知東西南視定北準極以正南北室猶宮也箋云楚室居室也君子將營宮室宗廟爲先廐庫爲次居室爲後○揆葵癸反度待

志於永[illegible]久

王氏曰虛左氏所謂有莘之虛是也朱氏曰虛故城也東萊曰升彼虛矣以領略其大勢降觀于桑以細察其土宜劉氏曰建國之初憂民之不得其所不敢遑寧曰終然允臧者喜其果遂於志願也蘇氏曰見星而駕朱氏曰詩人因言非獨此人操心誠實而淵深其所畜之騋牝亦三千矣王氏曰言國君之富者宜以馬也○朱氏曰記曰問國君之富數馬以對

洛反下同視字又作眡音同觀居又反**樹之榛栗椅桐梓漆爰伐琴瑟**椅梓屬箋云爰曰也樹此六木於宮者其曰長大可伐以爲琴瑟言豫備也○榛側巾反椅於宜反草木疏云梓實桐皮曰椅也梓音子漆音七長丁丈反**○升彼虛矣以望楚矣望楚與堂景山與京**虛漕虛也楚丘有堂邑者景山大山京高丘也箋云自河以東夾於濟水文公將徙登漕之虛以望楚丘觀其旁邑及其丘山審其高下所依倚乃後建國焉愼之至也○虛起居反本或作墟夾居洽反濟節礼反倚於綺反**降觀于桑**地勢宜蠶可以居民**卜云其吉終然允臧**龜曰卜允信臧善也建國必卜之故建邦能命龜田能施命作器能銘使能造命升高能賦師旅能誓山川能說喪紀能誄祭祀能語君子能此九者可謂有德音可以爲大夫○使所吏反能說如字鄭志問曰山川能說何謂也答曰兩讀或言說說者說其形勢也或曰述述者述其故事也述讀如遂事不諫之遂讄本又作讄又作誄皆力水反說文云讄禱也累功德以求福也誄謚也爲號人天一本無號字**○靈雨既零命彼倌人星言夙駕說于桑田**零落也倌人主駕者箋云靈善也星雨止星見夙早也文公於雨下命主駕者雨止爲我晨早駕欲往爲辭說于桑田教民稼穡務農急也○倌音官徐古患反說文云小臣也星言韓詩云星精也說毛始銳反舍也鄭如字說說見賢遍反爲于僞反**匪直也人秉心塞淵**秉操也箋云塞

李氏曰靈雨言好雨也

程氏曰蝃蝀陰陽氣之交映日而見故朝西而莫東在東者陰方之氣就交於陽也夫陽唱陰和男行女隨乃理之正今陰來交陽人所醜惡故莫敢指之　今世俗不以手指者因詩之言女子之奔猶蝃蝀之東人所醜也　朝隮于西乃陽方之氣來交於陰則理之順○范氏曰是陽為唱

充實也淵深也騋牝三千、馬七尺以上曰騋騋馬與牝馬也箋
○操七刀反　云國馬之制天子十有二閑馬六種
三千四百五十六匹邦國六閑馬四種千二百九十六匹衛之先
君兼邶鄘而有之而馬數過禮制今文公滅而復興徙而能富馬
有三千雖非礼制國人美之○騋牝上音來馬六尺以上也下頻
忍反徐扶死反上時掌反種章勇反下同過礼一本作過礼制復
符富
反

定之方中三章章七句

蝃蝀、止奔也衛文公能以道化其民淫奔之恥國人不
齒也不齒不與相長稚○蝃蝀上丁計反
下都動反爾雅作螮蝀音同長丁丈反○蝃蝀在東莫
之敢指蝃蝀虹也夫婦過禮則虹氣盛君子見戒而懼諱之莫
之敢指箋云虹天氣之戒尚無敢指者況淫奔之女誰
敢視之○虹
音洪一音絳女子有行遠父母兄弟、箋云行道也婦人生
而有適人之道何憂
於不嫁而為淫奔之過乎惡之甚○遠于萬反下同惡烏路反下
惡之皆同重言女子有行遠父母兄弟一本詩一又泉水詩一
○朝隮于西崇朝其雨、隮升崇終也從旦至食時為終朝箋
云朝有升氣於西方終其朝則雨氣
應自然以言婦人生而有適人之道亦性自然○隮子
西反徐又子細反鄭注周礼云隮虹隮隮讀之隮女子有行

而陰從之也故崇朝其雨也陰陽之相應也女子有行遠兄弟父母亦猶是矣
女子以不自失為信所謂貞信之教違背其父母可謂無信矣
命正理也
王氏曰男女之欲性也有命焉君子不謂性也今也從欲而不知命有所制此之謂不知命也
陳氏曰鼠卑汙可惡之物猶有皮齒体以全其形今汝在位反無禮儀而不如鼠
山陰陸氏曰今一種鼠見人則交其前兩足而拱謂之禮鼠亦或謂之拱鼠

遠兄弟父母。【重言】一○乃如之人也，懷昏姻也。乃如是淫奔之人也。箋云：懷，思也。乃如是之人思昏姻之事乎？言其淫奔之過惡之大。大無信也，不知命也。不待命也。箋云：淫奔之女，大無貞絜之信，又不知昬姻當待父母之命，惡之也。○大音泰，注同。

蝃蝀三章，章四句。

相鼠，刺無禮也。衛文公能正其羣臣，而刺在位承先君之化無禮儀也。○相，息亮反，篇內同。

○相鼠有皮，人而無儀。相，視也。無禮儀者，雖居尊位，猶為闇昧之行。箋云：儀，威儀也。視鼠有皮，雖處高顯之處，偷食苟得，不知廉恥，亦與人無威儀者同。○行，下孟反。處，昌慮反。人而無儀，不死何為。箋云：人以有威儀為貴，今反無之，傷化敗俗，不如其死無所害也。

○相鼠有齒，人而無止。止，所止息也。箋云：止，容止。孝經曰：容止可觀。○止，韓詩：止，節。無禮節也。人而無止，不死何俟。俟，待也。

○相鼠有體，體，支體也。人而無禮，胡不遄死。遄，速也。○遄，市專反。【互註】禮記禮運：夫禮，先王以承天之道，以治人之情，故失之者死，得之者生。詩曰：相鼠有體，人而無禮；人而無禮，胡不遄死。

定之方中 蝃蝀 相鼠 三[illegible]

朱氏曰孑孑特出之貌。孔氏曰子去首有旄有羽旌者牛尾也羽自[redacted]種之羽也其下有旒縿

程氏曰謂卿大夫建旟而來說浚之郊礼下賢者

王氏曰素絲為組所以帶馬

程氏曰謂乘馬行礼於賢者

朱氏曰此設為賢者之言言衛之卿大夫建此干旄欲有所咨問於我我將何以畀之爭言不知所以副其意者彼姝者子言其德之美猶衛之臣子

程氏曰馬四至於五六馬之益多見其礼之

相鼠三章章四句

干旄，美好善也。衛文公臣子多好善，賢者樂告以善道也。樂賢者時處士也。○旄音毛。好，呼報反，篇內同。

○孑孑干旄，在浚之郊。孑孑，干旄之貌。注旄於干首，大夫之旃也。浚，衛邑。古者臣有大功，世其官邑。郊外曰野。箋云：周禮孤卿建旃，大夫建物，首皆注旄焉。時有建此旄來至浚之郊，卿大夫好善也。○孑孑，居熱反，又居列反。浚，蘇俊反。旃，之然反。通帛為旃。素絲紕之，良馬四之。紕所以織組也。總紕於此，成文於彼，願以素絲紕組之法御四馬也。箋云：素絲者，以為縷，以縫紕旌旗之旒縿，或以維持之。浚郊之賢者既識卿大夫建旄而來，又識其乘善馬。四之者，見之數也。○紕，毛符至反，鄭毗移反。組音祖。旒音留。縿，所銜反，何沈相沾反。彼姝者子，何以畀之？姝，順貌。畀，予也。箋云：時賢者既說此卿大夫有忠順之德，又欲以善道與之，心誠愛厚之至。○姝，亦朱反。畀，必寐反，與也，注予同。說音悅。【重言】彼姝者子五 本詩三 東方之日二

○孑孑干旟，在浚之都。鳥隼曰旟。下邑曰都。箋云：周禮州里建旟，謂州長之屬。○旟音餘。隼，荀尹反。長，張丈反。素絲組之，良馬五之。總以素絲而成組也。驂馬五轡。箋云：以素絲縷縫組於旌旗以為之飾。五之者，亦為五見之也。○總，子孔反。驂，七南反。彼姝者子，何以予之？○孑孑干旌，在浚之城。

益加也郊都城好賢益篤則賢者益至不好賢則士益遠遯也

范氏曰先王制禮父母没則不得歸寧者義也雖國滅君死不得往赴焉義重於亡故也

朱氏曰夫人父母不在當使大夫寧其兄弟夫人欲自歸唁其兄弟而託以不欲勞其大夫以跋涉也

析羽爲旌城都城也○析星歷反素絲祝之良馬六之祝織也四馬六轡箋云祝當作屬屬著也六之者亦謂六見之也○祝毛之六反鄭之蜀反著直畧反沈知畧反彼姝者子何以告之互

註見召南甘棠篇

干旄三章章六句

載馳許穆夫人作也閔其宗國顛覆自傷不能救也衛懿公爲狄人所滅國人分散露於漕邑許穆夫人閔衛之亡傷許之小力不能救思歸唁其兄又義不得故賦是詩也滅者懿公死也君死於位曰滅露於漕邑者謂戴公也懿公死國人分散宋桓公迎衛之遺民渡河處之於漕邑而立戴公焉戴公與許穆夫人俱公子頑烝於宣姜所生也男子先生曰兄○閔一本作愍密謹反唁音彥弔失國曰唁互

註左傳閔二年冬十二月狄人伐衛戰于熒澤衛師敗績遂滅衛許穆夫人賦載馳○載馳載驅歸唁衛侯載辭也弔失國曰唁箋云載之言則也衛侯戴公也○驅字亦作駈如字協韻亦音丘驅馬悠悠言至于漕悠悠遠貌漕衛東邑箋云夫人願御者驅馬悠悠乎我欲至于漕大夫跋涉我心

東萊曰：許人既不以我歸衛，則我亦不能旋反於衛矣。為許人者盡亦視爾父子兄弟之間有異道，不臧其心如之何，則我之思不遠矣。不閟謂曉然易見，初不閟也。女子善懷亦各有行，言女子雖多懷思，然今之所以迫切者亦各有道，他人不知則以為女子情性之常而尤之也。眾稚且狂，非真指許人以為稺狂，蓋言我所憂慮如此之迫切，彼方尤我之歸，意者眾人其幼稺乎，其狂惑乎。

朱氏曰：控，持而告之也。言我將行其野，涉芃芃之麥而控告于大邦，然未知其將何所因而何所至乎。雖大夫君子為我思所以處

則憂。草行曰跋，水行曰涉。箋云：跋涉者，衛大夫來告難於許時。○跋，蒲末反。韓詩云：不由蹊遂而涉曰跋。涉難，乃旦反。

○既不我嘉，不能旋反。不能旋反我思也。箋云：既，盡；嘉，善也。言許人盡不善我欲歸唁兄。視爾不臧，我思不遠。不能遠衛也。箋云：爾，女；女，許人也。臧，善也。視女不施善道救衛。○臧，子郎反。遠，于萬反，注同。協句如字。

○既不我嘉，不能旋濟。濟，止也。視爾不臧，我思不閟。閟，閉也。○閟，悲位反，徐又方冀反。

○陟彼阿丘，言采其蝱。偏高曰阿丘。蝱，貝母也。升至偏高之丘采其蝱者，將以療疾。箋云：升丘采貝母，猶婦人之適異國，欲得力助安宗國也。○蝱音盲，藥名也。療，力照反。女子善懷，亦各有行。行，道也。箋云：善猶多也。懷，思也。女子之多思者有道，猶升丘采蝱也。許人尤之，眾稺且狂。尤，過也。是乃眾幼稺且狂，進取一槩之義。箋云：許人，許大夫也。過之者，過夫人之欲歸唁其兄。○尤，本亦作訧，音同。稺，本亦又作稚，直吏反。槩，古愛反。

○我行其野，芃芃其麥。願行衛之野，麥芃芃然方盛長。箋云：麥芃芃者，言未收刈，民將困也。○芃，薄紅反，徐又符雄反。長，張丈反。【重言】我行其野，四。本詩一，小雅三。控于大邦，誰因誰極。控，引；極，至也。箋云：今衛侯之欲求援引之力助於大國之諸侯，亦誰因乎？由誰至乎？閔之，故欲歸問之。○控，苦貢反。引，夷忍反，又夷刃反。援，于眷反，又音袁。遠，于萬反。

大夫君子，無我有尤。箋云：君子，國中

王氏曰：采蝱所以療鬱結之疾。

比者百方思不如使我得自盡其心之爲愈也

賢者無我有尤無過我也百爾所思不如我所之不如我所思之篤厚也箋云爾女女衆大夫君子也

載馳五章一章六句二章章四句一章六句

一章八句

鄘國十篇三十章百七十六句

衛淇奧詁訓傳第五鄭王俱云紂都之東也

毛詩國風　鄭氏箋

【左證】左襄二十九年吳公子札來聘請觀於周樂使工爲之歌邶鄘衛曰美哉淵乎憂而不困者也

劉氏曰奧謂水涯彎曲之地　朱氏曰漢書所謂淇園之竹是也

淇奧美武公之德也有文章又能聽其規諫以禮自防、故能入相于周美而作是詩也○淇奧上音其下音於六反一音烏報反淇水名奧隈也草木疏云奧亦水名相息亮反

【重言】以禮自防二本詩一章重詩一

○瞻彼淇奧綠竹猗猗興也奧隈也綠王芻也竹萹竹也猗猗美盛貌武公質美德盛有康叔之餘烈○綠竹並如字爾雅作菉音同韓詩竹作薄音徒沃反云薄篇筑也石經同猗於宜反隈烏迴反孫炎云水曲中也芻初俱反郭璞云今呼白腳莎莎音蘇禾反一云即菉蓐草也蓐音辱篇竹本亦作扁匹善反又音篇郭四珍反一音布典反竹如字又敕六反韓詩作筑音同郭云似小藜赤莖節好生道旁可食

載馳　淇奧　三卷七

一三四

王氏曰考功記曰且其匪色必似鳴矣匪者有文章之謂也

程氏曰赫兮咺兮成德輝著乎外也首章言其德美文章由善學自治而然

程氏曰二章言其威儀之美服飾之盛

又綠蓋草木疏云有草似竹高五六尺淇水側人謂之菉竹也之烈一木作之餘烈【重言】瞻彼淇奧三章並見本詩 有匪君子如切如磋如琢如磨 匪文章貌治骨曰切象曰磋玉曰琢石曰磨道其學而成也聽其規諫以自脩如玉石之見琢磨也○匪本又作斐同芳尾反下同韓詩作邲美貌也磋七何反琢陟角反磨本又作摩莫何反【重言】有匪君子五並本詩 瑟兮僩兮赫兮咺兮 瑟矜莊貌僩寬大也赫有明德赫赫然咺威儀容止宣著也○僩下板反韓詩云美貌說文云武貌赫呼白反咺況晚反韓詩作宣宣顯也【重言】瑟兮僩兮赫兮咺兮有匪君子終不可諼兮二並本詩 有匪君子終不可諼兮 諼忘也○諼況元反又況遠反【互註】記大學如切如磋者道學也如琢如磨者自脩也瑟兮僩兮者恂慄也赫兮咺兮者威儀也有斐君子終不可諠兮者道盛德至善民之不能忘也

○瞻彼淇奧綠竹青青 青青茂盛貌○青子丁反本或作菁音同 有匪君子充耳琇瑩會弁如星 充耳謂之瑱琇瑩美石也天子玉瑱諸侯以石弁皮弁所以會髮會云會謂弁之縫中飾之以玉皪皪而處狀似星也天子之朝服皮弁以日視朝○琇音秀說文音誘說文作琇云石之次玉者弋久反瑩音榮徐又音營又烏定反會古外反注同鄭注周禮則如字說文作𩏂弁皮變反瑱天見反縫符用反皪本又作皪音歷又音洛朝直遥反下及下篇同 瑟兮僩兮赫兮咺兮有匪君子終不可諼兮○

程氏曰如簀言其盛密比如簀

呂和叔曰古者車箱長四尺四寸三分前一後二横一木下去車床三尺三寸謂之式又於式上二尺二寸横一木謂之較去車床九五尺五寸古人立乘若平常則憑較若應有敬則落手隱下式而頭得俯

孔氏曰莊公、武公子

程氏曰知天下決然不可復爲如此退處至於其心寤寐間不忘君

楊氏曰矢如臯陶矢厥謨之自陳不能忘其君

楊氏曰自陳不得過君朝

瞻彼淇奧綠竹如簀簀積也簀音責○有匪君子如金如錫如圭如璧金錫鍊而精圭璧性有質箋云圭璧亦琢磨四者亦道其學之成也寬兮綽兮猗重較兮寬能容衆綽緩也重較卿士之車箋云綽兮謂仁於施舍○綽昌若反猗於綺反依也重直恭反注同較古岳反車不傍上出軾也施如字又詩䜴反又式氏反善戲謔兮不爲虐兮寬緩弘大雖則戲謔不爲虐矣箋云君子之德有張有弛故不常矜莊而時戲謔○謔杏略反弛本亦作施同式氏反

淇奧三章章九句

考槃刺莊公也不能繼先公之業使賢者退而窮處窮猶終也○槃薄寒反鄭意簡兮刺不用賢也有材之士而不用賢以自輔焉○考槃在澗碩人之寬考成槃樂也山夾水曰澗箋云碩大也有窮處成樂在於此澗者形貌大人而寬然有虛乏之色○澗古晏反韓詩作干云墝埆之處也樂音洛下同夾古洽反獨寐寤言永矢弗諼箋云寤覺永長矢誓諼忘也在澗獨寐覺而獨言長自誓以不忘君之惡志在窮處故云然○覺交孝反又如字○考槃在阿碩人之薖曲陵曰阿薖寬大貌箋云薖飢意○薖苦禾反韓詩作過過美貌獨寐寤歌永矢弗過箋云弗過

程氏曰善戲謔言其樂易而以禮自防節不至於過是不爲虐也

蘇氏曰軸盤桓不行從容自廣之謂也
楊氏曰自陳不得吉君以善

白虎通伯子男臣子於其國中褒其君爲公詩云覃公維私覃子也
王氏曰言族類之貴

者不復入君之朝也○過古禾反○考槃在陸碩人之軸軸進
洼同崔古卧反復符又反下同也箋云軸病也軸獨寐寤宿永[redacted]弗告無所告語也箋云不復告君以善道
毛音迪鄭直六反○語魚據反矢

考槃三章章四句

碩人閔莊姜也莊公惑於嬖妾使驕上僭莊姜賢而不荅終以無子國人閔而憂之○嬖補惠反上時掌反僭作念反重意繆衣安上僭互註
左氏隱三年衛莊公娶于齊東宮得臣之妹曰莊姜美而無子衛人所爲賦碩人也
○碩人其頎衣錦褧衣頎長貌錦文衣也夫人德盛而尊嫁則錦衣加褧襜箋云頎大也言莊姜儀表長麗俊好頎頎然褧襌也國君夫人翟衣而嫁今衣錦者在塗之所服也尚之以襌衣爲其文之大著○頎其機反衣錦於既反注夫人衣翟今衣錦同褧苦迥反徐又孔穎反説文作䋢枲屬也襜昌占反或本又作蔽古外反下同襌音丹爲于僞反大音泰下六字同舊音勑賀反重言衣錦褧衣四本詩一半詩三
齊侯之子衛侯之妻東宮之妹邢侯之姨譚公維私東宮齊大子也女子後生曰妹妻之姊妹曰姨姊妹之夫曰私箋云陳此者言莊姜容貌既美兄弟皆正大○邢音形姬姓國譚徒

詩三

朱氏曰茅之始生曰荑脂之凝者曰膏

朱氏曰瓠犀瓠中之子也言其方正潔白而比次整齊也

蛾蠶蛾也其眉細而長

朱氏曰四牡車之四馬

孔氏曰婦人乘車不露見車之前後設障以自隱蔽謂之茀因以翟羽為之飾蓋厭翟也次其羽使相厭也

朱氏曰言莊姜自齊來嫁舍止近郊乘是車馬之盛以入君之朝國人樂得以為莊公之配故謂諸大夫朝於君者宜早退無使君勞於政事而不得與夫人相親也

南反國名重言齊侯之子三本詩一何彼禯矣詩二○手如柔荑如荑之新生○荑徒奚反膚如凝脂如脂之凝領如蝤蠐領頸也蝤蠐蝎虫也○蝤似脩反徐音曹蠐本亦作蠐又作齊同音齊沈又音子兮反爾雅云蟦蠐螬蝤蠐蝎蝎郭云蠐螬在糞土中蝎在木中蝎桑蠹是也蟦音肥分反螬音曹蛣蝎也音曷或音葛齒如瓠犀瓠犀瓠瓣○瓠戶故反犀音西瓣補遍反又補莧反沈又蒲莧反螓首蛾眉螓首顙廣而方箋云螓謂蜻蜻也○螓音秦蛾我波反顙蘇黨反蜻郭徐子盈反沈又慈性反方頭有文王肅云如蟬而小巧笑倩兮倩好口輔○倩本亦作倩七薦反韓詩云蒼白色美目盼兮盼白黑分箋云此章說莊姜容貌之美所宜親幸○盼敷莧反徐又普莧反韓詩云黑色也字林云美目也匹間反又匹莧反○碩人敖敖說于農郊敖敖長貌農郊近郊箋云敖敖猶頎頎也說當作襚禮春秋之襚讀皆宜同衣服曰襚今俗語然此言莊姜始來更正衣服于衛近郊○敖五刀反說本或作稅毛始銳反舍也鄭作襚音遂四牡有驕朱幩鑣鑣翟茀以朝驕壯貌幩飾也人君以朱纏鑣扇汗且以為飾鑣鑣盛貌翟翟車也夫人以翟羽飾車茀蔽也箋云此又言莊姜自近郊既正衣服乘是車馬以入君之朝皆用嫡夫人之正禮今而不答○驕起橋反幩孚云反又符云反說文云馬纏鑣扇汗也鑣表驕反馬銜外鐵也一名扇汗又曰排沫爾雅云鑣謂之钀钀音魚烈反沬音末茀音弗朝直遥反注同適丁歷反本亦作嫡大夫夙

王藻曰君日出而視朝
退適路寢聽政使人
視大夫大夫退然後
適小寢釋服

孔氏曰河在齊西北流

朱氏曰濊濊罟入水声
也

董氏曰庶士其媵臣
也

東萊曰美反正刺淫
泆此兩語煩贅見奔
而悔乃人情之常何
美之有

退無使君勞。大夫未退君聽朝於路寢夫人聽内事於正寢大夫退然後罷箋云莊姜始來時衛諸大夫朝夕者皆早退無使君之勞倦者以君夫人新爲妃耦宜親親之故也○夙退韓詩退罷也案禮記云朝廷曰退妃音配○河水洋洋北流活活施罛濊濊鱣鮪發發葭菼揭揭庶姜孽孽庶士有朅洋洋盛大也活活流也罛魚罟濊施之水中鱣鯉也鮪鮥也發發盛貌葭蘆菼薍也揭揭長也孽孽盛飾庶士齊大夫送女者朅武壯貌箋云庶姜謂姪娣此章言齊地廣饒士女佼好禮儀之備而君何爲不荅夫人○洋音羊徐又音祥活古闊反又如字罛音孤濊呼活反馬云大魚網目大鱗也韓詩云流貌說文云㵒流也鱣陟連反大魚口在頷下長二三丈江南呼黃魚與鯉全異鮪于軌反似鱣大者名王鮪小者曰叔鮪沈云江淮間曰叔伊洛曰鮪海濱曰鮥發補末反馬云魚著網尾發發然韓詩作鱍葭音加菼他覽反玉篇通敢反揭其謁反徐居謁反孽魚竭反徐五竭反韓詩作钀牛遏反長貌朅欺列反徐起渴反韓詩作桀云健也罛音孤罟音古鮥音洛蘆音盧薍五患反江東呼之烏蓲蓲音丘

碩人四章章七句

氓刺時也宣公之時禮義消亡淫風大行男女無别遂相奔誘華落色衰復相棄背或乃困而自悔喪其妃耦

朱氏曰蚩蚩無知之貌
東萊曰氓假貿絲而来即我謀本謀挈是女而歸也及氓之歸是女乃遲遲未行送之於野謂之曰匪我愆期也子無良謀以往来道達故我行計未成耳
蘇氏曰復関氓之所在也
李氏曰不見復関泣涕漣漣言其未見也其憂如此既見復関載笑載言言其既見也其喜如此
歐陽氏曰子初未即我謀我既許子而爾乃決以卜筮於是我從子而往爾

故序其事以風焉美反正刺淫泆也。○氓莫耕反民也韓詩云美貌㛰彼列反華戸花反或音花復扶又反皆音佩喪息浪反妃音配風福鳳反泆音逸【重言】刺時也十二餘附靜女詩末喪其妃耦二本詩有孤各一【重意】大車礼義陵遲甫田無禮義而求大功載驅無禮義

○氓之蚩蚩抱布貿絲。氓民也蚩蚩敦厚之貌布幣也箋云幣者所以貿買物也季春始蠶孟夏賣絲○蚩尺之反貿莫豆反

匪來貿絲來即我謀。箋云匪非即就也此民非來買絲但來就我欲与我謀爲室家也

送子涉淇至于頓丘。丘一成爲頓丘箋云子者男子之通稱言民誘己己乃送之涉淇水至此頓丘定室家之謀且爲會期○頓都寸反稱尺證反

匪我愆期子無良媒。愆過也箋云良善也非我心欲過子之期子無善媒來告期時○愆起虔反字又作諐

將子無怒秋以爲期。將願也箋云將請也民欲爲近期故語之曰請子無怒秋以与子爲期○將七羊反語魚據反

○乘彼垝垣以望復關。垝毀也復關君子所近也箋云前既与民以秋爲期期至故登毀垣鄉其所近而望之猶有廉恥之心故因復關以託號民云此時始秋也○垝俱毀反垣音袁所近附近之近鄉許亮反本又作嚮

不見復關泣涕漣漣。言其有一心乎君子故能自悔箋云用心專者怨必深○漣音連泣貌

既見復關載笑載言。箋云則笑則言喜之甚

爾卜爾筮

衛·氓　三卷十

朱氏曰沃若潤澤皃。
歐陽氏曰桑之沃若喻男情意盛時可愛至黃而隕又諭男意易得衰落。
朱氏曰女之耽猶可說而女之耽不可說者婦人深自媿悔之辭主言婦人惟以貞信爲節一失其正則餘無可觀爾非眞以士之耽爲可說而恕之也

張氏曰自我往爾男子之家三歲之後貧於衣食
朱氏曰淇水漸其車之帷裳言見棄而歸也女未嘗差其所守而士者自貳其

體無咎言龜曰卜蓍曰筮躰兆卦之躰箋云爾女也復關既見此婦人告之曰我卜女筮女宜爲室家矣兆卦之繇無凶咎之辭言其皆吉又誘定之○筮市制反躰如字卦兆之繇也韓詩作履履幸也咎其久反蓍音尸繇直又反卦兆之辭也

以爾車來以我賄遷賄財遷徙也箋云女女復關也信其卜筮皆吉故答之曰徑以女車來迎我我以所有財賄徙就女也○賄呼罪反徑經定反

○桑之未落其葉沃若于嗟鳩兮無食桑葚于嗟女兮無與士耽桑女功之所起沃若猶沃沃然鳩鶻鳩也食桑葚過則醉而傷其性耽樂也女與士耽則傷禮義箋云桑之未落謂其時仲秋也於是時國之賢者刺此婦人見誘故于嗟而戒之鳩以非時食葚猶女子嫁不以禮耽非禮之樂○沃如字徐於縛反葚本又作椹音甚桑實也耽都南反鶻音骨樂音洛下同

士之耽兮猶可說也女之耽兮不可說也箋云說解也士有百行可以功過相除至於婦人無外事維以貞信爲節○行下孟反

○桑之落矣其黃而隕自我徂爾三歲食貧淇水湯湯漸車帷裳隕隋也湯湯水盛貌帷裳婦人之車也箋云桑之落矣謂其時季秋也復關以此時車來迎己徂往也我自是往之女家女家乏穀食已三歲貧矣言此者明己之悔不以女今貧故也幃裳童容也我乃渡深水至漸車童容猶冒此難而往又明己專心於女○隕韻謹反湯音傷漸子廉反注同漬也濕也帷位悲反

行盖由其心無所至極而二三其德故也。

朱氏曰言我三歲為婦盡心竭力不以室家之勞為勞早起夜卧無有一朝不然者與爾始相與謀約之言既已遂矣而爾遽以暴戾加己

朱氏曰然亦何所歸咎哉但静而思之躬自痛悼而已盖淫奔從人不為兄弟所齒故也

朱氏曰及與也

蘇氏曰始也將與女偕老今老而反使我怨淇猶有岸隰猶有畔何安心之不可知也

隋字又作嶞唐果反冐音墨靡乃旦反女也不爽士貳其行爽差也箋云我心於女故無差貳而復關之行有二意○行下孟反注同士也罔極二三其德極中也重言二三其德二本詩白華各一○三歲為婦靡室勞矣箋云靡無也無居室之勞言不以婦事見困苦有舅姑曰婦夙興夜寐靡有朝矣箋云無有朝者常早起夜卧非一朝然言已亦不解隋○解音懈重言夙興夜寐三本詩小宛抑詩各一言既遂矣至于暴矣箋云言我也遂猶久也我既久矣謂三歲之後見遇浸薄乃至見酷暴○浸子鴆反兄弟不知咥其笑矣咥咥然笑箋云兄弟在家不知我之見酷暴若其知之則咥咥然笑我○咥許意反又音熙笑也又音許四反說文云大笑也虛記反又大結反靜言思之躬自悼矣悼傷也箋云靜安躬身也我安思君子之遇已無終則身自哀傷○及爾偕老老使我怨箋云及與也我欲與女俱至於老老乎女反薄我使我怨也淇則有岸隰則有泮泮陂也箋云泮讀為畔畔厓也言淇與隰皆有厓岸以自拱持今君子放恣心意曾無所拘制○泮音判陂本亦作陂此皮反澤陂詩傳云障也呂忱北髮反云陂阪也亦所以為隰之限域也本或作破字未詳觀王述意似作破拱俱勇反本又作共音同總角之宴言笑晏晏信誓旦旦總角結髮也晏晏和柔也信誓旦旦然箋云我為童女未笄結髮晏然之

氓 三卷十一

朱氏曰我總角之時與爾宴樂言笑成此信誓曾不思反復以至於此也旣不思其反復而至此矣則亦如之何哉亦已而已矣 左傳曰思其終也思其復也思其反之謂也

歐陽氏曰衛女之思歸者述其國俗之樂云有籊籊然執竿以釣于淇者我在家時常出而見之

朱氏曰我豈不思衛乎遠而不可至爾

李氏曰言舊時游泳二水之間其樂如此今也嫁於異國而不得見也故曰女子有行遠父母兄弟

歐陽氏曰思衛女之在其國者巧笑佩

時女與我言笑晏晏然而和柔我其以信相誓旦旦耳言其懇惻歎誠○宴如字本或作𡖁者非旦說文作悬悬懇起很反惻本亦作恩楚力反 不思其反 箋云反復也今老而使我怨曾不復念其前言 反是不思亦已焉哉 箋云已焉哉謂此不可奈何死生自決之辭 互註 記表記君子與其有諾責也寧有已怨國風曰言笑晏晏信誓旦旦不思其反反是不思亦已焉哉

氓六章章十句

竹竿衛女思歸也適異國而不見荅思而能以禮者也 重言 衛女思歸也 二本詩泉水各一 ○籊籊竹竿以釣于淇 興也籊籊長而殺也釣以得魚如婦人待禮以成爲家室○籊他歷反釣音弔殺色界反 豈不爾思遠莫致之 箋云我豈不思與君子爲室家乎君子疏遠已已無由致此道○遠如字又于万反 重言 豈不爾思 七本詩一大車二東門之墠一檜羔裘三 ○泉源在左淇水在右 泉源小水之源淇水大水也 箋云小水有流入大水之道猶婦人有嫁於君子之禮今水相與爲左右而已亦以喻已不見荅 女子有行遠兄弟父母 箋云行道也女子有道當嫁耳不以不荅而違婦禮○遠于万反 重言 女子有行遠兄弟父母 二本詩蝃蝀各一 ○淇水在右泉源在

玉盛儀閑暇樂然於二水之上念己有所不如也
淇水滺滺然有乘舟而遊者亦可樂也
朱氏曰駕言出遊以寫我憂與泉水之卒章同意

朱氏曰支枝同
孔氏曰觿皃如錐以象骨爲之可以解結○
朱氏曰雖則佩觿然與成人之德但能傲然不我知而已言驕而無禮無所能也容兮遂兮舒緩放肆之皃悸帶下垂之皃

左。巧笑之瑳，佩玉之儺。瑳，巧笑貌。儺，行有節度。箋云：已雖不見荅，猶不意君子美其容貌與禮儀也。○瑳，七可反，沈又七何反。儺，乃可反，說文云：行有節也。惡，烏路反。○淇水滺滺，檜楫松舟。滺滺，流貌。檜，栢葉松身。楫，所以櫂舟也。舟楫相配，得水而行；男女相配，得禮而備。箋云：此傷已今不得夫婦之禮。○滺，本亦作滺，音由。檜，古活反，又古會反，木名。楫，本又作檝，子葉反，徐音集。方言云：楫謂之橈，或謂之櫂。釋名云：楫，捷也，撥水舟行捷疾也。橈，音饒。櫂，直教反。駕言出遊，以寫我憂。出遊思鄉衛之道。箋云：適異國而不見荅，其除此憂，維有歸耳。○鄉，本又作嚮，同，許亮反。【重言】駕言出遊，以寫我憂，二。一本詩泉水各一。

竹竿四章，章四句。

芄蘭，刺惠公也。驕而無禮，大夫刺之。惠公以幼童即位，自謂有才能而驕慢於大臣，但習威儀，不知爲政以禮。○芄音丸，本亦作丸。芄蘭，草名。【重言】驕而無禮，一本詩野有死麕各一。

○芄蘭之支，興也。芄蘭，草也。君子之德當柔潤溫良。箋云：芄蘭柔弱，恒蔓延於地，有所依緣則起。興者，喻幼稚之君任用大臣，乃能成其政。○恒蔓於地，蔓音萬，本或作蔓延於地者，後人輒加耳。童子佩觿。觿，所以解結，成人之佩也。人君治成人之事，雖童子，猶佩觿，早成其德也。○佩，蒲對反，依字從人，或玉傍作者非。觿，許規反，解結之器。雖則佩觿，能不

朱氏曰芄蘭之葉如佩韘之狀　毛氏曰韘玦也孔氏曰玦決也挾矢時著右手巨指以鉤弦用象骨爲之

孔氏曰夫人爲先君所出其子承父之重與祖爲一體母出與廟絶不可以私反故義不得也

范氏曰衛有婦人之詩自莊姜至於襄公之母六人焉皆止於禮義而不敢過也

我知不自謂無知以驕慢人也箋云此幼穉之君雖佩觿與其才能實不如我衆臣之所知爲也惠公自謂有才能而驕慢所以見刺○與音餘下佩韘與同容兮遂兮垂帶悸兮容儀可觀佩玉遂遂然垂其紳帶悸悸然有節度箋云容容刀也遂瑞也言惠公佩容刀与瑞及垂紳帶三尺則悸悸然行止有節度然其德不稱服○悸其季反韓詩作萃垂貌紳音身稱尺證反○芄蘭之葉箋云葉猶支也童子佩韘韘玦也能射御則佩韘箋云韘之言沓所以彄沓手指○韘失涉反玦本又作決古穴反沓徒合反彄苦侯反雖則佩韘能不我甲甲狎也箋云此君雖佩韘與其才能實不如我衆臣之所狎習○甲如字爾雅同徐胡甲反韓詩作狎狎户甲反容兮遂兮垂帶悸兮

芄蘭二章章六句

河廣宋襄公母歸于衛思而不止故作是詩也宋桓公夫人衛文公之妹生襄公而出襄公即位夫人思宋義不可往故作詩以自止○誰謂河廣一葦杭之杭渡也箋云誰謂河水廣與一葦加之則可以渡之喻狹也今我之不渡直自不往耳非爲其廣○葦韋鬼反杭户郎反與音餘下遠與同狹音洽爲于僞反誰謂宋遠跂予望之箋云予我也誰謂宋國遠與我跂足則可以望見之亦喻近也今我之不往直以義不往耳非爲其遠○跂丘豉反○誰謂河廣曾不容刀箋云不容

東萊曰為王前驅特詩中之一語非大義也
朱氏曰婦人自言其君子之才之美如是今乃執殳而為王前驅也
朱氏曰蓬草也首如飛蓬髮亂也
東萊曰膏所以膏首面沐蓋潘也左氏傳遺之潘沐杜預注云潘米汁可以沐頭
朱氏曰其者冀其將然之辭也
朱氏曰望其君子之歸而不歸也是以不堪憂思之苦而甘心於首疾也

刀亦喻狹小船曰刀○刀如字字書作舠說文作𦨴並音刀

誰謂宋遠曾不崇朝箋云崇終也行不終朝亦喻近

河廣二章章四句

伯兮刺時也言君子行役為王前驅過時而不反焉衛宣公之時蔡人衛人陳人從王伐鄭伯也為王前驅久故家人思之○為于偽反以此字注下為王並同從王伐鄭讀者或連下伯也為句者非重言君子行役二本詩君子于役各一

○伯兮朅兮邦之桀兮伯州伯也朅武貌桀特立也箋云伯君子字也桀英桀言賢也○朅丘列反桀其列反伯也執殳為王前驅殳長丈二而無刃箋云兵車六等軫也戈也人也殳也車戟也酋矛也皆以四尺為差○殳市朱反長如字又直亮反軫本亦作軫之忍反酋在由反發声又音謀

○自伯之東首如飛蓬婦人夫不在無容飾豈無膏沐誰適為容適主也○適都歷反注同為于偽反或如字

○其雨其雨杲杲出日杲杲然日復出矣箋云人言其雨其雨而杲杲然日復出猶我言伯且來伯且來則復不來○杲古老反出如字沈推類反復扶又反下同願言思伯甘心首疾甘猒也箋云願念也我念思伯心不能已如人心嗜欲所貪口味不能絕也我憂思以生首疾○猒於豔反下同嗜市志反憂思息嗣反

○焉得諼草言樹之背

朱氏曰思得草之美者玩以忘憂然豈有是哉則不思之不已而心痗焉爾心痗則其病益深非特首疾而已也

朱氏曰綏綏獨行求匹之貌
范氏曰狐獨行於水梁失其所也

李氏曰無服言其衣服之不備也

諼草令人忘憂背北堂也箋云憂以生疾恐將危身欲忘之○焉於虔反諼本又作萱況爰反說文作藼云令人忘憂也或作蘐背音佩沈又如字令力呈反忘亡向反又如字

願言思伯使我心痗痗病也○痗音每又音悔

伯兮四章章四句

有狐刺時也衛之男女失時喪其妃耦焉古者國有凶荒則殺禮而多昏會男女之無夫家者所以育人民也育生長也○狐音胡喪息浪反下注同妃音配下注同殺所戒反又所例反所以育人民也本或作蕃育者非長張丈反重言刺時也十二餘時靜女詩○喪其妃耦二本詩氓詩各

○有狐綏綏在彼淇梁興也綏綏四行貌石絕水曰梁○綏音雖心之憂矣之子無裳之子無室家者在下曰裳所以配衣也箋云之子是子也時婦人喪其妃耦寡而憂是子無裳無為作裳者欲與為家室○無為于偽反○有狐綏綏在彼淇厲厲深可厲之旁○厲力滯反心之憂矣之子無帶帶所以申束衣○有狐綏綏在彼淇側心之憂矣之子無服言無室家若人無衣服

有狐三章章四句

徐氏曰瓜[redacted]有瓜[redacted]瓞桃有羊桃李有雀李此皆枝蔓也故言木瓜木桃木李以別之也
朱氏曰投我以木瓜而報之以瓊琚報之厚矣而猶曰非敢以爲報姑欲長以爲好而不忘爾蓋報人之施而曰如是報之足矣則報者之情倦而施者之德忘惟其歉然常若無物可以報之則報者之情施者之德兩無窮也

木瓜美齊桓公也衛國有狄人之敗出處于漕齊桓公救而封之遺之車馬器服焉衛人思之欲厚報之而作是詩也 ○瓜古花反遺唯季反下注同 ○投我以木瓜報之以瓊琚木瓜楙木也可食之木瓊玉之美者琚佩玉名○瓊求營反說文云赤玉也琚音居徐又音渠楙音茂字亦作茂爾雅云楙木瓜也匪報也永以爲好也箋云匪非也我非敢以瓊琚爲報木瓜之惠欲令齊長以爲玩好結已國之恩也○爲好呼報反篇內同【重言】求以爲好也三並本詩 ○投我以木桃報之以瓊瑤瓊瑤美玉○瑤音遙說文云美石【意】抑詩投我以桃【重】匪報也求以爲好也○投我以木李報之以瓊玖瓊玖玉名○玖音久書云玉黑色匪報也永以爲好也孔子曰吾於木瓜見苞苴之禮行箋云以果實相遺者必苞苴之尚書曰厥包橘柚○苴子餘反橘均栗反柚餘救反

木瓜三章章四句

衛國十篇三十四章二百三句

互註毛詩卷之三

鄭氏曰始武王作邑於鎬京謂之宗周是為西都成王在豐欲宅洛邑使召公先相宅既成謂之王城是為東都今河南是也召公既相宅周公往營成周今洛陽是也成王居洛邑遷殷頑民於成周復還歸處西都至十一世幽王嬖褒姒生伯服廢申后太子宜臼奔申申侯與犬戎攻宗周殺幽王于戲晉文侯鄭武公迎宜臼于申而立之是為平王以乱故徙居東都王城

孔氏曰離離垂也搖搖是心憂無所附著之意。

李氏曰周大夫呼天而愬曰致此者何人

互註毛詩卷第四

王黍離詁訓傳第六 ○陸曰王國者周室東都王城畿内之地在豫州今之洛陽是也幽王滅平王東遷政遂微弱詩不能復雅下列稱風以王當國猶春秋稱王人

毛詩國風　鄭氏箋

黍離閔宗周也周大夫行役至于宗周過故宗廟宮室盡爲禾黍閔周室之顛覆彷徨不忍去而作是詩也宗周鎬京也謂之西周周王城也謂之東周幽王之乱而宗周滅平王東遷政遂微弱下列於諸侯其詩不能復雅而同於國風焉○離如字說文作䅻過古卧反又古禾反覆芳服反彷蒲皇反徨音皇鎬胡老反復扶又反而同於國風焉崔集注本此下更有猶尊之故稱王也今詩皆無

○彼黍離離彼稷之苗彼彼宗廟宮室箋云宗廟宮室毀壞而其地尺爲禾黍我以黍離離時至稷則尚苗行邁靡靡中心搖搖邁行也靡靡猶遲遲也搖搖憂无所愬箋云行道也道行猶行道也○搖音遙愬蘇路反知我者謂我心憂箋云知我者知我之情不知我者謂我何求箋云謂我何求怪我久留不去悠悠蒼天此何人哉悠悠遠意蒼天以天躰言之尊而君之則稱皇天元氣廣大則稱昊天仁覆閔下則稱旻天自上降監則稱上天據遠視之蒼蒼然則稱蒼天

哉蓋含蓄其辭不欲指斥其人也
劉氏曰人之情於憂樂之事初遇之則其心变焉次遇之則心微变三遇之則其心常矣此常人之情也至於君子忠厚之情則不然其行役往來故非一見也初見稷之苗矣又見稷之穗矣又見稷之實矣而所感之心始終如一不少变而愈深此則詩人之意也

東萊曰攷經文不見思其危難以風之意
朱氏曰君子之行役不知其反還之期且今亦何所至哉雞則棲于塒矣日則夕矣羊牛則下來矣

箋云遠乎蒼天仰愬欲其察已言也此亡國之君何等人哉疾之甚○蒼天本亦作倉采郎反尔雅云春爲蒼天莊子云天之蒼蒼其正色邪昊胡老反夏爲昊天旻密巾反閔也秋爲旻天○彼黍離離彼稷之穗穗秀也詩人自黍離離見稷之穗故歷道其所更見○穗音遂更音庚行邁靡靡中心如醉醉於憂也[重意]晨風憂心如醉知我者謂我心憂不知我者謂我何求悠悠蒼天此何人哉○彼黍離離彼稷之實自黍離離見稷之實行邁靡靡中心如噎噎憂不能息也○噎於結反知我者謂我心憂不知我者謂我何求悠悠蒼天此何人哉

黍離三章章十句

君子于役刺平王也君子行役無期度大夫思其危難以風焉○難乃旦反下注同風福鳳反[重意]君子行役無期度伯兮君子行役過時而不反焉○君子于役不知其期曷至哉箋云曷何也君子往行役我不知其反期何時當來至哉思之甚○曷寒末反雞棲于塒日之夕矣羊牛下來鑿牆而棲曰塒箋云雞之將棲日則夕矣牛羊從下

朱氏曰君子■行役之久不可計以日月而又不知其何時可以來會也亦庶幾其免於飢渴而已矣

程氏曰陽陽自得陶陶自樂之狀皆不任憂責全身自樂而已君子居亂世如是
蘇氏曰君子以賤為樂則其貴者不可居也雖有貴位而君子不居則周不可輔矣此所以為閔周也

牧地而來言畜產出入尚使有期節至于行役者乃不反也○棲音西塒如字本亦作時音同尔雅同下至箇柵持埋反鑿牆以棲雞鑿在各反畜許又反君子于役如之何勿思箋云行役多危難我誠思之○君子于役不日不月曷其有佸佸會也箋云行役反無日月何時而有來會期○佸户括反說文口活反韓詩至也雞棲于桀日之夕矣羊牛下括雞棲于杙為桀括至也○括古活反弋本亦作杙羊職反或音羊特反君子于役苟無飢渴箋云苟且也且得无飢渴憂其飢渴也

君子于役二章章八句

君子陽陽閔周也君子遭亂相招為祿仕全身遠害而已祿仕者苟得祿而已不求道行○遠于萬反【重言】閔周也三本詩見爰中谷有蓷各○君子陽陽左執簧右招我由房陽陽無所用其心也簧笙也由用也國君有房中之樂箋云由從也君子祿仕在樂官左手持笙右手招我欲使我從之於房中俱在樂官也我者君子之友自謂也時在位有官職也○簧音皇其樂只且箋云君子遭亂道不行其且樂此而已○樂音洛注且樂和樂及下章同且子徐反又作徂且七也反○君子陶陶左執翿右招我由敖陶陶和樂貌翿纛也翳也箋云陶陶猶陽陽也翳舞者所持謂羽舞也君

孔氏曰翿舞者所持纛翳也鄭氏曰敖者燕舞之位

程氏曰諸侯有患天子命保衛之亦宜也平王獨思其母家爾非有王者保天下之心人怨宜也況天子當使方伯鄰國共保助之○朱氏曰又況幽王之禍申侯實爲之則平王所與不共戴天讎也乃不能討而反戍焉愛母忘父其悖理也亦甚矣民之怨也豈不亦以此歟○歐陽氏曰揚之水不流束薪猶東周政衰不能召發諸侯獨使周人遠戍久而不得代目彼其之子周人謂他■諸侯國人之當戍者也

朱氏曰思之哉思之哉何月而得遄歸也

子左手持翿右手招我欲使我從之於燕舞之位亦俱在樂官也○陶音遥翿徒刀反敖五刀反遊也纛徒報反沈徒老反俗作纛翳於計反燕本又作宴於見反**其樂只且**

君子陽陽二章章四句

揚之水刺平王也不撫其民而遠屯戍于母家周人怨思焉怨平王恩澤不行於民而久令屯戍不得歸思其鄉里之處者言周人者時諸侯亦有使人戍焉平王母家申國在陳鄭之南迫近彊楚王室微弱而數見侵伐王是以戍之○揚如字或作揚木之字非屯徒門反戍束遇反守也韓詩云舍思如字沈息嗣反令力呈反近附近之近或如字數音朔重言揚之水三篇王風鄭風唐風

○揚之水不流束薪興也揚激揚也箋云激揚之水至湍迅而不能流移束薪興者喻平王政教煩急而恩澤之令不行于下民○薪音新激經歷反湍吐端反迅音信又蘇峻反重言揚之水不流束薪揚之水不流束楚二本詩一數揚之水**彼其之子不與我戍申**戍守也申姜姓之國平王之舅箋云之子是子也彼其是子獨處鄉里不與我來守申是思之言也其或作記或作已讀聲相似其音記詩內皆放此或作已亦同**懷哉懷哉曷月予還歸哉**箋云懷安也思鄉里處者故曰今亦安不哉安不哉何月得我還歸見之哉思之甚**○揚之水不流束楚**楚木也

孔氏曰言甫許者以其俱為姜姓既重章以変文因借甫許以言申其寄不戍甫許也

范氏曰世治則室家相保者上之所養也世亂則男女相棄者上之所殘也其使之也勤其取之也厚則夫婦日以衰薄而凶年不免於離散矣

程氏曰蓷谷中所生之物恃陰潤而後能生故暵則乾矣夫婦樂歲則能相保凶年則至相棄也

彼其之子不與我戍甫甫諸姜也【重言】彼其之子十四本詩三鄭羔裘二汾沮洳三椒聊二候人三懷哉懷哉曷月予還歸哉○揚之水不流束蒲蒲草也箋云蒲蒲柳○蒲如字孫毓云蒲草之声不与戍許相協箋義為長今則二蒲之音未詳其異耳彼其之子不與我戍許許諸姜也懷哉懷哉曷月予還歸哉

揚之水三章章六句

中谷有蓷閔周也夫婦日以衰薄凶年饑饉室家相棄爾○蓷吐雷反韓詩云茺蔚也廣雅又名益母饑本或作飢居疑反穀不熟曰饑饉音覲蔬不熟曰饉【重言】閔周也三本詩君子陽陽兔爰

○中谷有蓷暵其乾矣興也蓷鵻也暵菸貌陸草生於谷中傷於水箋云興者喻人居平安之世猶鵻之生於陸自然也遇衰乱凶年猶鵻之生谷中得水則病將死○暵呼但反徐音漢説文云水濡而乾也字作䳚又作灘皆他安反鵻音隹爾雅又作萑音同菸於據反向音於説文云鬱也廣雅云臰也有女仳離嘅其嘆矣仳別也箋云有女遇凶年而見棄与其君子別離嘅然而嘆傷己見棄其恩薄○仳匹百反徐符鄙反又敷姊反字林父几扶罪二反嘅口愛反嘆本亦作歎吐丹反協韻也嘅其嘆矣遇人之艱難矣艱亦難也箋云所以嘅然

陳氏曰脩長茂者也長茂者為所暵
程氏曰歗長吟也悲恨深於歎矣
董氏曰古之傷死者之辭曰如何不淑
蘇氏曰及其甚也則雖生於濕者亦不免也

朱氏曰為此詩者盖及見西周之盛故曰方我生之初天下尚無事及我生之後而逢時之多難如此

而嘆者自傷遇君子之窮厄○中谷有蓷暵其脩矣脩且乾也○脩如字本或作蓨音同有女仳離條其歗矣條條然歗也○歗籀文嘯字本又作嘯條其歗矣遇人之不淑矣箋云淑善也君子於己不善也○中谷有蓷暵其濕矣鵻遇水則濕箋云鵻之傷於水始則濕中而脩久而乾有似君子於己之恩徒用凶年深淺為厚薄○徒如字徒空也沈云當作從有女仳離啜其泣矣啜泣貌○啜張劣反啜其泣矣何嗟及矣箋云及与也泣者傷其君子棄己嗟乎將復何与為室家乎此其有餘厚於君子也○復扶又反

中谷有蓷三章章六句

兔爰閔周也桓王失信諸侯背叛搆怨連禍王師傷敗君子不樂其生焉不樂其生者寐不欲覺之謂也○背音佩樂沈音岳又音洛注同覺古孝反又如字下同重言閔周也三本詩君子陽陽中谷有蓷○有兔爰爰雉離于羅興也爰爰緩意鳥網為羅言為政有緩有急用心之不均箋云有緩者有所聽縱也有急者有所躁蹙也○躁七刀反本亦作懆沈七感反今作躁与鄭本異与箋義合○蹙子六反本亦作戚七歷反我生之初尚無為尚无成人為也箋云尚庶幾也言我幼稚

東萊曰孟子曰雉兔者往焉蓋采捕於野者多得雉兔因以名之此詩亦因所見而爲比也兔之大以比諸侯雉之小周人以自比也言諸侯之背叛者恣睢自如而周人反受其禍也

孔氏曰下傳罿罬爲罦一也釋器云繴謂之罿罿罬也罬謂之罦罦覆車也 郭璞云今之翻車也

之時庶幾於無所爲謂軍役之事也**我生之後逢此百罹尚寐無吪**罹憂吪動也箋云我長大之後乃遇此軍役之多憂今但庶幾於寐不欲見動无所樂生之甚○罹本又作離力知反吪本亦作譌五戈反長張丈反大音代賀反○**有兔爰爰雉離于罦**罦覆車也○罦音俘郭云今之翻車大網也覆芳服反車赤奢反**我生之初尚無造**造爲也**我生之後逢此百憂尚寐無覺**○**有兔爰爰雉離于罿**罿罬也○罿昌鍾反韓詩云施羅于車上曰罿字林上凶反罬張劣反郭涂妻雪妻又二反尓雅云罬謂之罦罦覆車也**我生之初尚無庸**庸用也箋云庸勞也**我生之後逢此百凶尚寐無聰**聰聞也箋云百凶者王構怨連禍之凶

兔爰三章章七句

左傳曰葛藟猶能庇其本根 朱氏曰葛藟其支蔓聯屬自有宗族之義

胡氏曰葛也藟也必生於山谷丘野之地延蔓根草木條枝之上不生於河滸水涯生不得

葛藟王族刺平王也周室道衰棄其九族焉九族者據己上至高祖下及玄孫之親○藟力軌反葛藟似葛廣雅云藟藤也刺桓王本亦作刺平王按詩譜是平王詩皇甫士安以爲桓王之詩崔集注本亦作柏王○**緜緜葛藟在河之滸**興也緜緜長不絕之貌水厓曰滸箋云葛也藟也生於河之厓得其潤澤以長大而不絕興者喻王之同姓得王之恩施以生長其子孫○滸呼五反長張丈反下同厓本亦作涯魚皆反施始豉

其地則失物之性也○

王氏曰謂他人父謂他人母謂他人昆所謂不愛其親而愛他人○

李氏曰王既以他人爲父亦無爾我之意我九族也

李氏曰不與我相聞知也

東莱曰毛氏所謂事雖小盡通三章言之葛之為絺綌蕭之共祭祀艾之療疾特訓釋三物見采之由不於此取義也鄭氏所箋失傳意矣

闵下同【重意】旱麓莫二葛藟終遠兄弟謂他人父兄弟之道已相遠矣箋云兄弟猶言族親也王寡於恩施今已遠棄族親矣是我謂他人爲已父族人尚親親之辭○遠于万反又如字注下皆同謂他人父亦莫我顧箋云謂他人爲己父无恩於我亦無顧眷我之意○縣縣葛藟在河之涘涘厓也○涘音俟涯也終遠兄弟謂他人母王又无母恩謂他人母亦莫我有箋云有識有也○縣縣葛藟在河之漘漘水嫌也○漘順春反尔雅云夷上洒下水漘旁從水郭云涯上平坦而下水深爲漘不發声也嫌魚檢反何音檢尔雅云重甗隒郭云形似累兩重甑上大下小李巡云隒阪也詩本又作水旁兼者字書音吕括理滦二反廣雅云溓清也与此義爭終遠兄弟謂他人昆昆兄也謂他人昆亦莫我聞箋云不与我相聞命也

葛藟三章章六句

采葛懼讒也桓王之時政事不明臣无大小使出者則爲讒人所毀故懼之○使所吏反下並同○彼采葛兮一日不見如三月兮興也葛所以爲絺綌也事雖小一日不見於君憂懼於讒矣箋云興者以采葛喻臣以小事使出【重言】一日不見如三月兮二本詩子衿各一○彼采蕭兮一日不見如

葛藟　采葛　四巳四

東萊曰此詩所謂陳古其猶在於文武成康之後歟蓋唯能止其奔未能革其心與行露之詩異矣亦僅勝於東遷之時而已

朱氏曰民之欲相奔者畏其大夫自以終身不得如其志也故曰生不得相奔以同室庶幾死得合葬以同穴而已謂予不信有如皦日約誓之辭也

三秋兮。蕭所以共祭祀箋云彼采蕭者喻臣以大事使出。共音恭　彼采艾兮，一日不見，如三歲兮。艾所以療疾箋云彼采艾者喻臣以急事使出。艾五蓋反

采葛三章章三句

大車刺周大夫也禮義陵遲男女淫奔故陳古以刺今大夫不能聽男女之訟焉。大車檻檻，毳衣如菼。大車大夫之車檻檻車行声也毳衣大夫之服菼騅也蘆之初生者也天子大夫四命其出封五命如子男之服乘其大車檻檻然服毳冕以決訟箋云菼乱也古者天子大夫服毳冕以巡行邦国而決男女之訟則是子男入爲大夫者毳衣之屬衣繢而裳繡皆有五色焉其青者如騅。檻胡覽反毳尺銳反冕名菼吐敢反騅本亦作萑音佳蘆力吳反亂五患反行下孟反繢胡妹反　豈不爾思，畏子不敢。畏子大夫之政終不敢箋云此二句者古之欲淫奔者之辭我豈不思与女以爲无礼与畏子大夫來聽訟將罪我故不敢也子者稱所尊敬之辭。礼与音餘。【重言】豈不尔思七本詩二餘並附竹竿詩。　大車啍啍，毳衣如璊。啍啍重遲之皃璊赬也。啍他敦反徐又徒孫反璊音門說文作𤣝云以毛毳為罽也解此璊云玉赬色也禾之赤苗謂之穈璊玉色如之赬勑貞反赤也　豈不爾思，畏子不奔。穀則異

一五七

蘇氏曰子嗟隱居丘陵之間而食麻麥果實以爲生者民思其賢而庶其肯徐來以從我

蘇氏曰庶幾肯來從我食也

朱氏曰貽我佩玖冀其有以贈己也

室死則同穴謂予不信有如皦日皦白也生在於室則內外異死則神合同爲一也箋云穴謂冢壙中也此章言古之大夫聽訟之政非但不敢淫奔乃使夫婦之礼有別今之大夫不能然反謂我言不信我言之信如白日也刺其闇於古礼○皦本又作皎古了反壙苦晃反別彼列反

大車三章章四句

丘中有麻思賢也莊王不明賢人放逐國人思之而作是詩也思之者思其來已得見之○丘中有麻彼留子嗟留大夫氏子嗟字也丘中墝埆之處盡有麻麥草木乃彼子嗟之所治箋云子嗟放逐於朝去治卑賤之職而有功所在則治理所以爲賢○墝本亦作墽苦交反埆苦角反又音确本亦作遶此從孫義而說耳處昌慮反朝直遙反治直吏反彼留子嗟將其來施施施難進之意箋云施施舒行伺間獨來見已之皃○將王申如字鄭七良反下同施如字伺音司間音閑又如字○丘中有麥彼留子國子國子嗟父箋云言子國使丘中有麥著其世賢彼留子國將其來食子國復來我乃得食箋云言其將來食庶其親已已得厚待之○食如字一云鄭音嗣復扶又反○丘中有李彼留之子箋云丘中而有李又留氏之子所治彼留之子貽我

東萊曰此詩武公入仕于周而周人美之也若鄭人所作何為三章皆言適子之館乎好賢如緇衣所謂賢即謂武公父子也後之講師習其讀而不知其義誤以為稱武公之好賢遂曰明

佩玖　玖石次玉者言能遺我美寶箋云留氏之子於思者則明友之子庶其敬己而遺己也○貽音怡玖音久說文紀反反云石之次玉黑色者遺唯季反下同

丘中有麻三章章四句

王國十篇二十八章百六十二句

鄭緇衣詁訓傳第七　○陸曰鄭者國名周宣王母弟桓公友所封也其地詩譜云宗周圻內咸林之地今京兆鄭縣是其都也漢書地理志云京兆鄭縣周宣王弟鄭桓公邑是也至桓公之子武公滑突隨平王東遷遂滅虢鄶而居之即史伯所云十邑之地右洛左濟前華後河食溱洧焉今河南新鄭是也在滎陽宛陵縣西南

毛詩國風　　鄭氏箋

緇衣美武公也父子並為周司徒善於其職國人宜之故美其德以明有國善善之功焉　父謂武公父桓公也司徒之職掌十二教善善者治之有功也鄭國之人皆謂桓公武公居司徒之官正得其宜○緇側基反○

緇衣之宜兮敝予又改為兮　緇黑色卿士聽朝之正服也改更也有德君子宜世居卿士之位焉箋云緇衣者居私朝之服也天子之朝服

有國善善之功失其旨矣
程氏曰宜言稱也
朱氏曰言子之服緇衣也甚宜其或敝也則吾願為子更為之
范氏曰適子之館兮親之也還予授子之粲兮又授之以飲食也既親之又授之以飲食此好賢之至也

蘇氏曰莊公欲必致叔于死叔之未叛鄭也有罪而未至于死是以諫而不聽諫而不聽非愛之也未得所以殺之也毛氏不知其說其敘此詩以為不勝其母以害其弟弟叔失道而公弗禁祭仲諫而公弗聽小不忍以致大亂莊公豈不忍者哉

皮弁服也○敝本又作弊符世反朝直遙反下同。適子之館兮，還予授子之粲兮。適之館舍粲餐也諸侯入為天子卿士受采祿箋云卿士所之之館在天子之宮如今之諸廬也自館還在采地之都我則設餐以授之愛之欲飲食之○館古亂反粲七旦反飧也飧蘇尊反廬力於反飲於鴆反食音嗣

○緇衣之好兮，敝予又改造兮。好猶宜也箋云造為也

適子之館兮，還予授子之粲兮。

○緇衣之蓆兮，敝予又改作兮。蓆大也箋云作為也○蓆音席韓詩云儲也說文云廣多

適子之館兮，還予授子之粲兮。

【互註】記緇衣子曰好賢如緇衣惡惡如巷伯則爵不瀆而民作愿刑不試而民咸服

緇衣三章章四句

將仲子，刺莊公也。不勝其母以害其弟。弟叔失道而公弗制，祭仲諫而公弗聽，小不忍以致大亂焉。莊公之母謂武姜生莊公及弟叔段段好勇而無禮公不早為之所而使驕慢○將七羊反下及注皆同勝音升祭側界反後放此聽吐丁反好呼報反

【重言】刺莊公也三本詩叔于田大叔于田

○將仲子兮，無踰我里，無折我樹杞

緇衣　將仲子

一六〇

李氏曰無踰我里言無與我家事也朱氏曰雖知汝之言誠可懷思而父母之言亦豈可不畏哉東萊曰將仲子兮無踰我里無折我樹杞辭雖拒仲而意則與之如侍公儀祖告昭公以去季氏之謀公執予以懼之之類豈敢愛之畏我父母則於段非有所不忍也仲可懷也父母之言亦可畏也則拳拳於叔而不得已於姜氏者可見矣畏我諸兄畏人之多言特迫於宗族國人之議論非愛段也具文見意而莊公之情得矣

歐陽氏曰國人愛之以謂叔出于田則所之巷

將請也仲子祭仲也踰越里居也二十五家爲里杞木名也折言傷害也箋云祭仲驟諫莊公不能用其言故言請固拒之無踰我里喻言無干我親戚也無折我樹杞喻言無傷害我兄弟也仲初諫曰君將與之臣請事之君若不與臣請除之○折之舌反下同杞音起驟仕救反服虔云數也君若與之一本若作將豈敢愛之畏我父母箋云段將爲害我豈敢愛之而不誅與以父母之故故不爲也○段將山一將字如字與音餘仲可懷也父母之言亦可畏也箋云懷私曰懷言仲子之言可私懷也我迫於父母有言不得從也○將仲子兮無踰我牆無折我樹桑牆垣也桑木之衆也○垣音袁豈敢愛之畏我諸兄諸兄公族仲可懷也諸兄之言亦可畏也○將仲子兮無踰我園無折我樹檀園所以樹木也檀彊韌之木○檀徒丹反木名彊其良反一音居良反韌本亦作刃同而眞反依字木旁作刃今此假借也沈云系旁作刃爲是案系旁刃音女巾反離騷云紉秋蘭以爲佩是也豈敢愛之畏人之多言仲可懷也人之多言亦可畏也

將仲子三章章八句

叔于田刺莊公也叔處于京繕甲治兵以出于田國人

若無人矣非實無人雖有而不如叔之美且仁也。呂氏曰國人稱之如是者亦不義而得衆也以得衆心為仁以飲酒為好以善服馬為武

歐陽氏曰叔出則巷無可飲酒之人矣巷無能服馬之人矣

蘇氏曰二詩皆叔于田故此加大以別之非謂段為大叔也然不知者又加大于首章失之矣

孔氏曰織組者總紕於此成文於彼御者執轡於手馬騁於道如織組之為

朱氏曰烈熾盛皃

陳氏曰爾雅火田曰狩田不用火也

說而歸之（繕之言善也甲鎧也。繕市戰反善也說音悅鎧苦愛反）。叔于田巷無居人（叔大叔段也田取禽也巷里塗也箋云叔往田國人注心于叔似如無人處。巷學絳反大音泰後大叔皆放此）豈無居人不如叔也洵美且仁（箋云洵信也言叔信美好而又仁。洵蘇遵反）。叔于狩巷無飲酒（冬獵曰狩箋云飲酒謂燕飲也。狩手又反獵力輒反）豈無飲酒不如叔也洵美且好。叔適野巷無服馬（箋云適之也郊外曰野服馬猶乘馬也）豈無服馬不如叔也洵美且武（箋云武有武節）

叔于田三章章五句

大叔于田刺莊公也叔多才而好勇不義而得衆也（而勇本或作而好勇好衍字【重言】刺莊公也三。並附將仲子詩）。大叔于田乘乘馬（叔之從公田也叔于田本或作大叔于田者誤。乘乘上如字下繩證反後句倣此）執轡如組兩驂如舞（驂之與服和諧中節箋云如組者如織組之為也在旁曰驂。組音祖中竹仲反【重言】執轡如組重見簡兮）叔在藪火烈具舉（藪澤禽之府也烈列具俱也箋云列人持火俱舉言衆同心。藪素口反韓詩云禽獸居之曰藪）襢裼暴虎

以春秋考之太叔段京城太叔即共叔段並隱元共叔同莊十六年

朱氏曰國人謂之曰請叔無習此事恐其或傷女也言其得衆如此。釋文曰叔于田作大叔于田者誤
蔡氏曰抑發語之辭
東萊曰執鶻馬將擊必匿其形二詩所載段之輕淺如此宜其為莊公之所易也詩人乃若真愛其不能制者豈其未得莊公之情也哉真愛之云者兄弟之心也欲止其惡者也涕泣而道之者也嘉易之云者仇敵之心也欲養其惡者也談笑而道之者也詩人真以兄弟之心為莊公真愛耳豈知其他哉

于公所襢裼肉袒也暴虎空手以搏之箋云獻于公所進於君也。襢本又作袒音但裼素歷反搏音博將叔無狃戒其傷女狃習也箋云狃復也請叔無復者愛也。將七羊反請也狃音女九反復扶又反下同。叔于田乘乘黃四馬皆黃兩服上襄兩驂鴈行箋云兩服中央夾轅者襄駕也上駕者言為衆馬之最良也鴈行者言與中服相次序。上襄並如字行戶郎反夾古洽反叔在藪火烈具揚揚光也叔善射忌又良御忌忌辭也箋云良亦善也忌讀如彼己之子之己。忌註作己同音記下皆同抑磬控忌抑縱送忌騁馬曰磬止馬曰控發矢曰縱從禽曰送。磬苦定反控口貢反騁勑領反。叔于田乘乘鴇驪白雜毛曰鴇。鴇音保依字作䳰驪力馳反兩服齊首馬首齊也兩驂如手進止如御者之手箋云如人左右手之相佐助也叔在藪火烈具阜阜盛也叔馬慢忌叔發罕忌慢遲罕希也箋云田事且畢則其馬行遲發矢希。慢本又作漫莫晏反抑釋掤忌抑鬯弓忌掤所以覆矢鬯弓弢弓箋云射者蓋矢弢弓言田事畢。掤音冰所以覆矢也馬云櫝丸蓋也杜預云櫝丸箭筩也鬯敕亮反弢吐刀反

大叔于田三章章十句

孔氏曰四馬被甲馳驅旁旁然不息
酋矛常有四尺夷矛三尋長短不同其飾相累又云一矛而有二備折壞
朱氏曰翱翔無事之皃

清人刺文公也高克好利而不顧其君文公惡而欲遠之不能使高克將兵而禦狄于竟陳其師旅翱翔河上久而不召衆散而歸高克奔陳公子素惡高克進之不以禮文公退之不以道危國亡師之本故作是詩也好利不顧其君注心於利也禦狄于竟時狄侵衛○克一本作尅好呼報反注同惡烏路反下同遠于万反將子亮反禦魚呂反注同翱五羔反【疏】左閔二年鄭人惡高克使帥師次于河上久而弗召師潰而歸高克奔陳鄭人爲之賦清人

○清人在彭駟介旁旁清邑也彭衛之河上鄭之郊也介甲也箋云清者高克所帥衆之邑也駟四馬也○介音界旁補彭反王云彊也駟四馬也一本駟介四馬也二矛重英河上乎翱翔重英矛有英飾也箋云二矛酋矛夷矛也各有畫飾○二矛莫侯反方言云矛吳揚江淮南楚五湖之間謂之鍦鍦音蛇或謂之鋋鋋音蟬或謂之鏦鏦音錯江反其柄謂之矜矜郭音巨巾反重直龍反注下同英如字沐於耕反酋在由反○清人在消駟介麃麃消河上地也麃麃武貌○麃表驕反二矛重喬河上乎逍遙重喬累荷也箋云喬矛矜近上及室題所以縣毛羽○喬毛音橋鄭居橋反雉名韓詩作鷮逍本又作消遙本又作搖荷舊音何謂刻矛頭爲荷葉相重累也沈胡可反

說文曰詩曰左旋右搯土刀反搯者拔兵刃以習擊刺

歐陽氏曰洵信也

釋文曰韓詩曰侯美也

朱氏曰其語助也

程氏曰三英者若素絲五紽之類蓋衣服

謂兩矛之飾相負荷也矜字又作矝同巨巾反沈又巨陵反近附近之近題旨啼題頭也室劒削名也方言云劒削自河而北燕趙之間謂之室此言室謂矛頭受刃處也削音笑縣音玄○**清人在軸駟介陶陶**軸河上地也陶陶驅馳之貌○軸音逐地名陶徒報反**左旋右抽中軍作好**左旋講兵右抽抽矢以射居軍中爲容好箋云左左人謂御者右車右也中軍謂將也高克之爲將久不得歸日使其御者習旋車車右抽刃自居中央爲軍之容好而已兵車之法將居鼓下故御者在左○抽勑由反說文作搯他牢反云抽刃以習擊刺也好呼報反注同將子亮反下同

清人三章章四句

羔裘刺朝也言古之君子以風其朝焉言猶道也鄭自莊公而賢者陵遲朝無忠正之臣故刺之○裘字或作求朝直遙反下及注同風福鳳反【重言】羔裘三篇鄭風唐風檜風○**羔裘如濡洵直且侯**如儒潤澤也洵均侯君也箋云緇衣羔裘諸侯之朝服也言古朝廷之臣皆忠直且君也君者言正其衣冠尊其瞻視儼然人望而畏之○儒音儒洵徐音荀又音旬侯韓詩云侯美也**彼其之子舍命不渝**渝變也箋云舍猶處也之子是子也是子處命不變謂守死善道見危授命之等○舍音赦王云受也沈書者反渝以朱反【重言】彼其之子十四本詩三餘附前卷揚之水詩○**羔裘豹飾孔武有力**豹飾緣以豹皮也孔甚也○緣

制度之節然亦未詳其制也
范氏曰羔羊曰素絲五紽五緎五總皆所以英裘是之謂三英
朱氏曰君子去其國國人思而望之於其循大路而去也攬持其袪以留之[redacted]曰子無惡我而不留故舊亦可以遽絕也
東萊曰不寁故也不寁好也詩人豈徒勉君子遲遲其行也感於事變而懷其舊者亦深矣

恀絹反彼其之子邦之司直司主也○羔裘晏兮三英粲兮晏鮮盛貌三英三德也箋云三德剛克柔克正直也粲衆意○晏於諫反粲采旦反彼其之子邦之彥兮彥士之美稱○稱尺證反 互注 見下野有蔓草篇

羔裘三章章四句

遵大路思君子也莊公失道君子去之國人思望焉 重言 思君子也二本詩風兩

○遵大路兮摻執子之袪兮遵循路道摻擥袪袂也箋云思望君子於道中見之則欲擥持其袂而留之○摻所覽反徐所斬反袪起居反又起據反袂也擥音覽袂面世反無我惡兮不寁故也寁速也箋云子無惡我擥持子之袂我乃以莊公不速於先君之道使我然○惡烏路反注同寁市坎反故也一本作故兮後好也亦尔○遵大路兮摻執子之手兮箋云言執手者思望之甚無我䰯兮不寁好也䰯棄也箋云䰯亦惡也好猶善也子無惡我我乃以莊公不速於善道使我然○䰯本亦作𩴾又作𩴳市由反或云鄭音爲醜好如字鄭云善也或呼報反

遵大路二章章四句

羔裘 遵大路 四巳九

一六六

東萊曰昧晦也旦明也昧旦天欲旦晦明未辨之時也列子曰將旦昧爽之交日夕昏明之際

蘇氏曰明星啓明也

朱氏曰女曰雞鳴以警其夫而士曰昧旦言不止於雞鳴矣婦又語其夫曰若是則子可以起而視之意者明星已爛然矣如是則可以翺翔而往弋取鳧鴈而歸也

蘇氏曰加中也史記曰以弱弓微繳加諸鳧鴈之上

朱氏曰射者男子之事而中饋者婦人之職也婦人謂其夫既得其鳧鴈以歸則我當與子和其滋味之所宜以之飲酒相樂期於偕老而其琴瑟之在御者亦莫不安

女曰雞鳴刺不說德也陳古義以刺今不說德而好色也德謂士大夫賓客有德者○說音悅下同將呼報反○女曰雞鳴士曰昧旦箋云此夫婦相警覺以夙興言不留色也○昧音妹警音景子興視夜明星有爛言小星已不見也箋云明星尚爛爛然早於別色時○爛力旦反見賢遍反又如字蚤音早本亦作早別色彼列反將翺將翔弋鳧與鴈閒於政事則翺翔習射箋云弋繳射也言無事則往弋射鳧鴈以待賓客爲燕具○弋羊職反鳧音符閒音閑繳音灼本亦作繳重言將翺將翔三本詩二有女同車二○弋言加之與子宜之宜肴也箋云言我也子謂賓客也所弋之鳧鴈我以爲加豆之實與君子共肴也○肴音交本亦作肴宜言飲酒與子偕老箋云宜乎我以燕樂賓客而飲酒與之俱至老親愛之言也○偕音皆樂音洛下同重言與子偕老二一本詩擊鼓琴瑟在御莫不靜好君子無故不徹琴瑟賓主和樂無不安好○知子之來之雜佩以贈之雜佩者珩璜琚瑀衝牙之類箋云贈送也我若知子之必來我則豫儲雜佩去則以送之也與異國賓客燕時雖無此物猶言之以致其厚意其若有之固將行之士大夫以君命出使主國之臣以燕禮樂之助君之歡○珩音衡佩上玉也璜音黃半璧曰璜琚音居佩玉名瑀音禹石次玉也衝昌容反狀如牙儲直居反使所吏反知子之順之雜佩以

静而和好言其和樂而不淫也 蘇氏曰苟子有所招來而與之友若吾將為子雜佩以贈之 張氏曰言婦人之好德甚於男子

王氏曰古之人於玉比德焉於瓊琚言德之容於將將言德之音言所宜各以其類也

問之。問遺也箋云順謂与已和順○遺尹季反 知子之好之。雜佩以報之。箋云好謂与已同好○好呼報反注同

女曰雞鳴三章章六句

有女同車刺忽也鄭人刺忽之不昏于齊大子忽甞有功于齊齊侯請妻之齊女賢而不取卒以無大國之助至於見逐故國人刺之。忽鄭莊公世子祭仲逐之而立突○大子音泰妻七計反以女適人曰妻取如字又促句反下注同 互註 左傳桓公六年齊侯欲以文姜妻鄭太子忽太子忽辭人問其故太子曰人各有耦齊大非吾耦也詩云自求多福在我而已大國何為 ○有女同車。顏如舜華。親迎同車也舜木槿也箋云鄭人刺忽不取齊女親迎与之同車故稱同車之禮齊女之美○同車讀与句同彼禮矣詩同舜尸順反華讀亦与召南同下篇放此迎魚敬反下同槿音謹 將翺將翔。佩玉瓊琚。佩有琚瑀所以納間 彼美孟姜。洵美且都。孟姜齊之長女都閑也箋云洵信也言孟姜信美好且閑習婦禮○洵恤旬反 ○有女同行。顏如舜英。行行道也英猶華也箋云女始乘車婿御輪三周御者代婿○婿音細字書作揖 將翺將翔

劉氏曰謂齊侯請妻之音鄭人懷之不能忘也

東萊曰山宜有扶蘇者也隰宜有荷華者也朝宜有賢俊者也今觀昭公之朝者不見子都乃見狂且焉則昭公所美非美可知矣

蘇氏曰上聲無枝曰橋

董氏曰子充不見於書疑亦以美著也

佩玉將將將將鳴玉而後行。將將七羊反玉佩聲彼美孟姜德音不忘箋云不忘者後出傳道其德也。傳直專反【互注】見下野有蔓草篇

有女同車二章章六句

山有扶蘇刺忽也所美非美然言忽所美之人實非美人○蘇如字徐又音疎【重言】刺忽也四本詩有女同車擇乎狡童各一○山有扶蘇隰有荷華興也扶蘇扶胥小木也荷華扶渠也其華菡萏言高下大小各得其宜也箋云興者扶胥之木生于山喻忽置不正之人于上位也荷華生于隰喻忽置有美德者于下位此言其用臣顛倒失其所也。胥音疎又相如反菡本又作歒又作莟戶感反萏本又作欿又作萏度感反菡萏荷華也未開曰菡萏已發曰芙蕖眞本亦作顛都田反倒都老反不見子都乃見狂且子都世之美好者也狂狂人也且辭也箋云人之好美色不往覩子都乃反往覩狂醜之人以興忽好善不任用賢者反任用小人其意同。狂求匡反且子餘反往同好美色呼報反下同睹都杜反本亦作覩。○山有橋松隰有游龍松木也龍紅草也箋云游龍猶放縱也橋松在山上喻忽無恩澤於大臣也紅草放縱枝葉於隰中喻忽聽恣小臣此又言養臣顛倒失其所也。橋本亦作喬毛作橋其驕反王云高也鄭作槁苦老反枯槁也不見子充乃見狡童子充良人也狡

蘇氏曰木槁則其蘀懼風風至而隕矣陳氏曰風其吹女者吹蘀槁也東萊曰昭公微弱孤危其羣臣相謂國勢如槁葉之待衝風難將及矣伯乎叔乎盍各自謀爾倡我則我其和汝要汝矣要謂要結也

程氏曰春秋書忽止曰鄭忽蓋不以忽為君故也不以為君故詩人目之為狡童

童昭公也箋云人之好忠良之人不往覿子充乃反往覿狡童狡童有貌而無實。狡古卯反

山有扶蘇二章章四句

蘀兮刺忽也君弱臣強不倡而和也不倡而和君臣各失其禮不相倡和。蘀他洛反倡昌亮反本又作唱注下同和胡卧反注下同【重言】刺忽也見前篇。蘀兮蘀兮風其吹女興也蘀槁也人臣待君倡而後和箋云槁謂不槁也木葉槁待風乃落興者風喻號令也喻君有政教臣乃行之言此者刺公不然。槁苦老反叔兮伯兮倡予和女叔伯言羣臣長幼也君倡臣和也箋云叔伯羣臣相謂也羣臣无其君而行自以強弱相服女倡矣我則將和之言此者刺其自專也叔伯兄弟之稱。長張丈反稱尺證反。蘀兮蘀兮風其漂女漂猶吹也。漂匹遙反本亦作飄叔兮伯兮倡予要女要成也。要於遙反注同【互注】見下野有蔓草篇

蘀兮二章章四句

狡童刺忽也不能與賢人圖事權臣擅命也權臣擅命祭仲專也。擅市戰反彼狡童兮不與我言兮昭公有壯狡之志箋云不與我言者賢者欲與忽圖

范氏曰不與我言不與我食則棄賢可知也然賢人豈以君之不知而遽興以忘之哉亦盡其忠愛以憂之而已

說文曰溱作潧云潧水出鄭
歐陽氏曰彼大國有惠然思念我鄭國之亂欲來爲我討正之者非道遠而難至但褰其裳涉溱水而來則至矣子不我思豈無他人者但言諸侯衆矣爾不我思則當有他國思我者爾

國之政事而忽不能受之故云然 維子之故使我不能餐兮 憂懼不遑餐也○餐七丹反遑音皇暇也○彼狡童兮不與我食兮 不與賢人共食祿 維子之故使我不能息兮 憂不能息也

狡童二章章四句

褰裳思見正也狂童恣行國人思大國之正己也 狂童恣行謂突與忽爭國更出更入而無大國正之○褰起連反本或作騫非說文云褰袴也恣資利反行下孟反狂下同更音庚○子惠思我褰裳涉溱 惠愛也溱水名也箋云子者斥大國之正卿子若愛而思我我國有突簒國之事而可征而正之我則揭衣度溱水往告難也○溱側巾反簒初患反揭起例反又起列反難乃旦反 子不我思豈無他人 箋云言他人者先鄉齊晉宋衛後之荆楚○鄉香亮反本亦作向【重言】豈無他人五本詩一杕杜二羔裘二 狂童之狂也且 狂行童昏所化也箋云狂童之人日爲狂行故使我言此也○且子餘反下同○子惠思我褰裳涉洧 洧水名也洧于軌反○子不我思豈無他士 士事也箋云他士猶他人也大國之卿當天子之上士 狂童之狂也且【互注】見下野有蔓草篇

孔氏曰男親迎而女不從後乃追悔此陳其辭也
程氏曰將迎也言男俟我於堂非不有礼但女未將迎也

孔氏曰婦人之服不殊裳而經衣裳異文者以詩須韻句故別言之耳其實婦人之服衣裳連俱用錦皆有褧故互言之

褰裳二章章五句

丰刺亂也昏姻之道缺陽倡而陰不和男行而女不隨昏姻之道謂嫁取之禮。○丰芳凶反面貌豐滿也方言作妦缺丘悅反倡昌亮反和胡卧反【重言】刺亂也四本詩東門之墠溱洧大東

○子之丰兮俟我乎巷兮丰豐滿也巷門外也箋云子謂親迎者我我將嫁者有親迎我者面貌丰丰然豐滿善人也出門而待我於巷中。○迎魚敬反下親迎同悔予不送兮時有違而不至者箋云悔乎我不送是子而去也時不送則爲異人之色後不得耦而思之。○爲于僞反

○子之昌兮俟我乎堂兮昌盛壯貌箋云堂當爲棖棖門梱上木近邊者。○堂並如字門堂也鄭改作棖直庚反梱本亦作閫苦本反近附近之近悔予不將兮將行也箋云將亦送也

○衣錦褧衣裳錦褧裳衣錦褧裳嫁者之服箋云褧襌也蓋以襌縠爲之中衣裳用錦而上加襌縠焉爲其文之大著也庶人之妻嫁服也士妻紂衣纁袡。○衣錦如字或一音於記反下章放此褧衣苦迥反下如字襌音丹縠戶木反爲其于僞反大音泰舊勑賀反紂側基反本或作純又作緇並同纁許云反袡如鹽反【重言】衣錦褧衣二本詩二碩人詩一叔兮伯兮駕予與行叔伯迎已者箋云言此者以前之悔今則叔也伯也來迎已者從之志又易也。○易以豉反【重言】叔兮伯兮七本詩旄丘三蘀兮二

○裳

交韻　褰裳　丰　四卷十二

朱氏曰門之旁有墠墠之外有坂坂之上有草誌其所欲奔之處也其室則近其人甚遠者思之切欲奔而未得間之辭

朱氏曰門之旁有栗栗之下有成行列之室家亦誌其處也豈不爾思子不我即俟其就子而俱往耳

錦褧裳衣錦褧衣叔兮伯兮駕予與歸

丰四章二章章三句二章章四句

東門之墠刺亂也男女有不待禮而相奔者也墠音善依字當作墠此亭[?]無注而崔集注本有鄭注云時亂故不得待禮而行。東門之墠茹藘在阪東門城東門也墠除地町町者茹藘茅蒐也男女之際近而易則如東門之墠遠而難則茹藘在阪箋云城東門之外有墠墠邊有阪茅蒐生焉茅蒐之爲難淺矣易越而出此女欲奔男之辭。茹音如後篇同藘力於反茹藘茅蒐蒨草也後篇同阪音反又符板反町吐鼎反又徒令反茅貌交反又音妹蒐所留反爲難乃旦反易以豉反下同其室則邇其人甚遠迩近也得禮則近不得禮則遠箋云其室則近謂所欲奔男之家望其來迎已而不來則爲遠。東門之栗有踐家室栗行上栗也踐淺也箋云栗而在淺家室之內言易竊取栗人所啗食而甘耆故女以自喻也。行上並如字行道也左傳云斬行栗啗待覽反本又作啖亦作噉並同耆常志反豈不爾思子不我即即就也箋云我豈不思望女乎女不就迎我而俱去耳豈不爾思七本詩一竹竿一檜羔裘三大車二重言

東門之墠二章章四句

朱氏曰我得見此人則我心之所思豈不坦然而平哉瀟瀟風雨聲

范氏曰如晦又甚於瀟瀟而雞鳴不已此所以為不改其度

程氏曰世乱學校不脩學者棄業賢者念之而悲傷故曰悠悠我心縱我不可以反求於汝謂往教稍暇也子寧不思其所學而繼其音問遂爾棄絕於善道乎

風雨，思君子也。亂世則思君子不改其度焉。【重言】思君子也一本詩遵大路

○風雨淒淒、雞鳴喈喈、興也。風且雨淒淒然，雞猶守時而鳴喈喈然。箋云：興者喻君子雖居亂世，不變改其節度。○淒七西反。喈音皆。既見君子、云胡不夷、胡，何。夷，說也。箋云：思而見之，云何而心不說。○說音悅，下同。【重言】既見君子二十二，大全詩二，餘並附淇澳詩。

○風雨瀟瀟、雞鳴膠膠、瀟瀟，暴疾也。膠膠，猶喈喈也。○瀟音蕭。膠音交。既見君子、云胡不瘳、瘳，愈也。○瘳勑留反。

○風雨如晦、雞鳴不已、晦，昏也。箋云：已，止也。雞不為如晦而止不鳴。○不為，于偽反。既見君子、云胡不喜。【五注】見下野有蔓草篇。

風雨三章，章四句。

子衿，刺學校廢也。亂世則學校不脩焉。鄭國謂學為校，言可以校正道藝。○衿音金，本亦作襟，徐音琴。世亂，本或以世字在下者誤。校，力孝反，注及下注同。左傳云鄭人遊於鄉校是也。公孫弘云夏曰校。沈音教。校音教。

○青青子衿、悠悠我心、青衿，青領也。學子之所服。箋云：學子而俱在學校之中，已留彼去，故隨而思之耳。禮：父母在，衣純以青。○青如字。學子以青為衣領緣衿也。或作青，音菁。純，章允反，又之閏反。【重言】悠悠我心四本

程氏曰：挑，輕躍；達，放恣。

孔氏曰：釋宮云：觀謂之闕。孫炎曰：宮門雙闕。此言在城闕兮，謂城之上別有高闕，非宮闕也。

程氏曰：賢者念之，一日不見如三月之久也。蓋士之於學，不可一日忘廢，一日忘之，則其志荒矣，放僻邪侈之心勝之矣。

范氏曰：揚之水不流束楚，弱也。終鮮兄弟，唯予與女，無親也。無信人之言，人實迋女，小人衆也。

詩終風、雝雝、嚶鳴各一

縱我不往，子寧不嗣音。嗣，習也。古者教以詩樂，誦之歌之，弦之舞之。箋云：嗣，續也。女曾不傳聲問我，以恩責其忘已。○嗣，如字，韓詩作詒。詒，寄也，曾不寄問也。傳聲，直專反。

○**青青子佩，悠悠我思。**佩，佩玉也。士佩瓀珉而青組綬。○瓀，本又作礝，如兖反。珉，亡巾反。組音祖。綬音受。

縱我不往，子寧不來。不來者，言不一來也。

○**挑兮達兮，在城闕兮。**挑達，往來相見貌。乘城而見闕。箋云：國亂，人廢學業，但好登高見於城闕，以候望為樂。○挑，他羔反，又勑彫反，說文作㳡。達，他末反，說文云：達，不相遇也。好，呼報反。樂音洛。

一日不見，如三月兮。言禮樂不可一日而廢。箋云：君子之學，以文會友，以友輔仁，獨學而無友，則孤陋而寡聞，故思之甚。【重言】一日不見如三月兮二　本詩采葛各一

子衿三章，章四句

揚之水，閔無臣也。君子閔忽之無忠臣良士，終以死亡而作是詩也。【重言】揚之水三篇　王風　鄭風　唐風

○**揚之水，不流束楚。**揚，激揚也。激揚之水，可謂不能流漂束楚乎。箋云：激揚之水，喻忽政教亂促，不能行於臣下。○漂，匹妙反。【重言】揚之水不流束楚　揚之水不流束薪　本詩王風各一

終鮮兄弟，維予與女。箋云：鮮，寡也。忽兄弟爭國，親戚相疑，後竟

東萊曰其臣大抵懷二心而外市僅有一二人實心向之者乃暗於情偽不知所倚故提耳而告之也

曾氏曰氓以華落色衰而相棄背谷風以淫於新昏而棄舊室出其東門則不然夫婦之情未嘗衰薄特以兵革不息室家不保視其去而不能留此所以爲閔亂

范氏曰今女之委棄者雖多視之而不得救者非我思慮之所能及也縞衣綦巾聊樂我員思保其室家以相樂也

陳氏曰門之外有副城闉曲以障門者謂之闉

寡於兄弟之恩獨我與女有耳作此詩者同姓臣也。鮮息淺反注下同無信人之言人實迋女迋誑也。迋求往反徐又居望反誑九況反。揚之水不流束薪終鮮兄弟維予二人二人同心也箋云二人者我身與女忽無信人之言人實不信

揚之水二章章六句

出其東門閔亂也公子五爭兵革不息男女相棄民人思保其室家焉公子五爭者謂突再也忽子亹子儀各一也爭爭鬬之爭注同亹亡匪反又音尾莊公子。出其東門有女如雲如雲衆多也箋云有女謂諸見棄者如雲者如雲從風東西南北心無有定雖則如雲匪我思存思不存乎相救急箋云匪非也此如雲者皆非我思所存也。思如字注及下同沈自嗣反毛音如字鄭息嗣反縞衣綦巾聊樂我員縞衣白色男服也綦巾蒼艾色女服也願室家得相樂也箋云縞衣綦巾所爲作者之妻服也時亦棄之迫兵革之難不能相畜心不忍絕故言且留樂我員此思保其室家窮困不得有其妻而以衣巾言之恩不忍斥之綦綦文也。縞古老反又古報反綦巨基反樂音洛注並同一音岳或云婁留樂又音岳員音云本亦作云韓詩作魂魂神也爲于僞反難乃旦反。出其闉闍有女如荼

孔氏曰云員古今字助語辭也

孔氏曰言荼英荼者英是白貌吳王夫差黄池之會言白常白旗素甲白羽之矰望之如荼韋昭云茅荼秀亦以白色爲如荼

東萊曰君之澤不下流蓋講師見零露之語從而附益之

朱氏曰野有蔓草則零露漙矣有美一人則清揚婉矣邂逅相遇則得以適我願矣

闉曲城也闍城臺也荼英荼也言皆喪服也箋云闍讀當如彼都人士之都謂國外曲城之中市里也荼茅秀物之輕者飛行無常。○闉音因闍鄭音都孫炎云積土如水渚所以望氣祥也徐止奢反又音蛇荼音徒秀本或作莠音同劉昌宗周禮作莠音酉

雖則如荼，匪我思且。箋云匪我思且猶非我思存也。○且音徂爾雅云存也舊子徐反

縞衣茹藘，聊可與娛。茹藘茅蒐之染女服也娛樂也箋云茅蒐染巾也聊可與娛且可留與我爲樂心欲留之言也。○娛本亦作虞

出其東門二章章六句

野有蔓草，思遇時也。君之澤不下流，民窮於兵革，男女失時，思不期而會焉。不期而會謂不相與期而自俱會。○蔓音萬

野有蔓草，零露漙兮。興也野四郊之外蔓延也漙漙然盛多也箋云零落也蔓草而有露謂仲春之時草始生霜爲露也周禮仲春之月令會男女之無夫家者。○漙本亦作團徒端反

有美一人，清揚婉兮。邂逅相遇，適我願兮。清揚眉目之間婉然美也邂逅不期而會適其時願。○婉於阮反邂户懈反遘本亦作逅胡豆反。

野有蔓草，零露瀼瀼。瀼瀼盛貌。○瀼如羊反徐又乃剛反

有美一人，婉如清

歐陽氏曰男女婚娶失時邂逅相遇於草野之間

范氏曰樂之淫者曰鄭衛如有王者必放鄭聲然則亂關雎者莫如鄭衛故鄭詩終於亂之極者焉

毛氏曰蕑蘭也。東萊曰蘭即今之蘭勺藥即今之勺藥陸璣必指為他物蓋泥於香草之言必欲求香於柯葉置其花而不論耳

揚邂逅相遇與子皆臧臧善也【重言】有美一人五本詩一一罾陂二清揚婉兮二本詩猗嗟各一

【互注】左昭十五年夏四月鄭六卿餞宣子於郊宣子曰二三君子請皆賦起亦以知鄭志子齹賦野有蔓草子產賦鄭之羔裘子太叔賦褰裳子游賦風雨子旗賦有女同車子柳賦蘀兮宣子賦我將

野有蔓草二章章六句

溱洧刺亂也兵革不息男女相棄淫風大行莫之能救焉救猶止也亂者士與女合會溱洧之上。溱側巾反下于軌反說文溱作潧云潧水出鄭溱水出桂陽也【重言】刺亂也四本詩丰東門之墠大東。

溱與洧方渙渙兮溱洧鄭兩水名渙渙春水盛也箋云仲春之時冰已釋水則渙渙然。渙呼亂反韓詩作洹洹音丸說文作汍汍音父弓反

士與女方秉蕑兮蕑蘭也箋云男女相棄各無匹偶感春氣並出託采芬香之草而爲淫泆之行。蕑古顏反字從艸韓詩云蓮也若作竹下是簡策之字耳泆音逸行下孟反

女曰觀乎士曰既且箋云女曰觀乎欲與士觀於寬閒之處既已也士曰已觀矣未從之也。且音徂往也徐子胥反下章放此閒音閑處昌慮反

且往觀乎洧之外洵訏且樂訏大也箋云洵信也女情急故勸男使往觀於洧之外言其土地信寬大又樂也於是男則往也。洵息旬反韓詩作恂訏況于反韓詩

陳氏曰勺藥者溱洧之地有之詩人藉物有所因也朱氏曰士與女既相與戲謔又以勺藥爲贈所以結恩情之厚也

作訏訏云恂訏樂貌也樂音洛注下同維士與女伊其相謔贈之以勺藥勺藥香草箋云伊因也士與女往觀因相與戲謔行夫婦之事其別則送女以勺藥結恩情也○謔許畧反勺藥時灼反韓詩云離草也言將離別贈此草也○溱與洧瀏其清矣瀏深貌○瀏音留說文流清也力尤反士與女殷其盈矣殷衆也女曰觀乎士曰既且且往觀乎洧之外洵訏且樂維士與女伊其將謔贈之以勺藥箋云將大也

溱洧二章章十二句

鄭國二十一篇五十三章二百八十三句

互註毛詩卷第

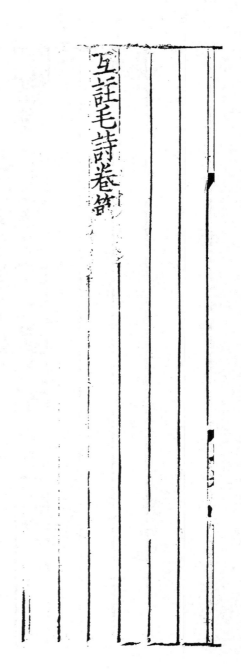

孔氏曰陳賢妃貞女以警戒其夫之辭曰雞既鳴矣朝既已盈滿矣欲令君起也又言非雞實鳴乃是蒼蠅之声夫人之在君所心常恐晚故以蠅声為雞鳴

蘇氏曰予豈不欲與子同夢歟然羣臣之會於朝者亦欲退朝而歸治其家事是以為之早作

曾氏曰無庶予子憎

互註毛詩卷第五

齊雞鳴詁訓傳第八 陸曰齊者太公呂望所封之國也其地少昊爽鳩氏之虛在禹貢青州岱山之陰濰淄之野都營丘之側禮記云太公封於營丘是也

毛詩國風　鄭氏箋

雞鳴思賢妃也哀公荒淫怠慢故陳賢妃貞女夙夜警戒相成之道焉 ○妃芳非反慢武諫反警居領反本又作儆音同

○雞既鳴矣朝既盈矣 雞鳴而夫人作朝盈而君作箋云雞鳴朝盈夫人也君也可以起之常禮○朝直遥反注下皆同 匪雞則鳴蒼蠅之聲 蒼蠅之聲有似遠雞之鳴箋云夫人以蠅声為雞鳴則起早於常禮敬也○蠅餘仍反

○東方明矣朝既昌矣 東方明則夫人纚笄而朝朝已昌盛則君聽朝箋云東方明朝既昌亦夫人也君也可以朝之常禮君日出而視朝○纚色蠏反何霜綺反 匪東方則明月出之光 見月出之光以為東方明箋云夫人以月光為東方明則朝亦敬也

○蟲飛薨薨甘與子同夢 古之夫人配其君子亦不忘其敬箋云蟲飛薨薨東方且明之時我猶樂與子臥而同夢言親愛之无已○薨呼弘反妃音配本亦作配樂音岳又五教反 會且歸矣無庶予子憎 會會於朝也卿大夫朝會君朝聽政夕歸治其家事无庶予子憎以无見惡於

廢無憎予與子也

范氏曰表記曰上之所好惡不可不慎也是民之表也哀公荒淫而國人以習於田獵爲賢閑於馳逐爲好安於所習而不自知其非道民之道可不慎哉

王氏曰並驅則遭我又非一人而已

董氏曰旋茂昌崔靈恩集註以三者皆地名也

夫人箋云薨衆也蟲飛薨薨所以當起者卿大夫朝者且罷歸故也无使衆臣以我故憎惡於子戒之也○且七也反朝直遙反會此一朝如字一音張遙反惡烏路反下同於夫音符或依字讀者非

雞鳴三章章四句

還刺荒也哀公好田獵從禽獸而無厭國人化之遂成風俗習於田獵謂之賢閑於馳逐謂之好焉荒謂政事廢亂○還音旋韓詩作嫙嫙好貌好呼報反厭於豔反又於占反本或作饜饜音同止也好音高縞一反○【重言】刺荒也一本詩盧令

子之還兮遭我乎峱之閒兮還便捷之貌峱山名箋云子也我也皆士大夫也俱出田獵而相遭也○峱乃刀反說文云峱山在齊崔集注本作嶩便婢面本亦作便旋

並驅從兩肩兮揖我謂我儇兮從逐也獸三歲曰肩儇利也箋云並併也子也我也併驅而逐二獸子則揖耦我謂我儇譽之也譽之者以報前言還也○驅本又作駈出具反並如字下同肩如字說文云三歲豕肩相及者本亦作豜音同又音牽揖一入反儇許全反韓詩作嬛音權好貌併步頂反下文同譽音餘下同

○子之茂兮遭我乎峱之道兮茂美也

並驅從兩牡兮揖我謂我好兮箋云譽之言好者以報前言茂也○牡茂后反依字古卯反本又作牧○子之昌

雞鳴 還 五已一

爾雅曰狼牡貛（呼丸反）牝狼

孔氏曰爾雅云門屏之間謂之宁著與宁音義同

張氏曰俟我言夫之俟我也著夫家之著也如是則不親迎也於庭於著於堂者必不是親迎只俟於堂於庭方著而已

孔氏曰於著於庭於堂止是有先後不宜予卷異人

東萊曰昬礼壻往婦家親迎既奠鴈御輪壻乃先往俟于門外婦至壻揖婦以[illegible]

兮遭我乎峱之陽兮（昌盛也箋云昌佼好貌）並驅從兩狼兮揖我謂我臧兮（狼獸名臧善也）

還三章章四句

著刺時也時不親迎也（時不親迎故陳親迎之礼以刺之○著直居反又直畧反又音於詩內協句宜音直據反迎魚敬反注同○刺時也十二篇附箋女）

俟我於著乎而充耳以素乎而（俟待也門屏之間曰著素象瑱箋云我嫁者自謂也待我於著謂從君子而出至於著君子揖之時也我視君子則以素為充耳謂所以縣瑱者或名為紞織之人君五色臣則三色而已此言素者目所先見而云○瑱吐遍反縣音玄下同紞都覽反）尚之以瓊華乎而（瓊華美石士之服也箋云尚猶飾也飾之以瓊華者謂縣紞之末所謂瑱也人君以玉為之瓊華石色似瓊也○）

俟我於庭乎而充耳以青乎而（青青玉箋云待我於庭謂揖我於庭時青紞之青）尚之以瓊瑩乎而（瓊瑩石似玉卿大夫之服也箋云石色似瓊似瑩玉也○瑩音榮又音營○）

俟我於堂乎而充耳以黃乎而（黃黃玉箋云黃紞之黃）尚之以瓊英乎而（瓊英美石似玉者人君之服也箋云瓊英猶瓊華也）

入故於著於庭於堂每節皆俟之也

程氏曰日月明照則物無隱蔽姦慝莫容如朝廷明於上也今君不明故有淫奔之行詩人以東方之日刺其當明而昏也 歐陽氏曰在我室兮履我即兮相邀以奔之辭也 朱氏曰履隨也發行去也謂隨我而行去也

東萊曰號令不時此一語贊盡見詩中有自公令之之文而妄附益之爾

著三章章三句

東方之日刺衰也君臣失道男女淫奔不能以禮化也

刺衰色追反本或作刺襄公非也南山已下始是襄公之詩

○東方之日兮彼姝者子在我室兮

興也日出東方人君明盛无不照察也姝者初昏之貌箋云言東方之日者愬之乎耳有姝姝美好之子來在我室欲與我爲室家我无如之何也日在東方其明未融興者喻君不明。○姝赤朱反 重言 彼姝者子五本詩二子疑三

在我室兮履我即兮

履禮也箋云即就也在我室者以禮來我則就之與之去也言今者之子不以禮來也○

東方之日兮彼姝者子在我闥兮

月盛於東方君明於上若日也臣察於下若月也闥門內也箋云月以興臣月在東方亦言不明。○闥他達反韓詩云門屏之間曰闥

在我闥兮履我發兮

發行也箋云以禮來則我行而與之去

東方之日二章章五句

東方未明刺無節也朝廷興居無節號令不時挈壺氏不能掌其職焉

號令猶召呼也挈壺氏掌漏刻者。○朝直遙反挈苦結反又音結壺音胡挈壺氏掌漏

朱氏曰令號令也猶召之也　瞿瞿驚顧之貌

程氏曰折柳以樊圃狂夫見之且驚瞿知其為限也柳柔脆易折之物折之以為藩籬非堅固也狂夫亦知其有限見之則瞿然而驚晝夜之限非不明也乃不能知而不早則晏言無節之甚○李氏曰言不能時節其夜之早晚不〻〻早則失之晚也

刻之官○東方未明，顛倒衣裳。上曰衣下曰裳箋云挈壺氏失漏刻之節東方未明而以為明故羣臣促遽顛倒衣裳羣臣之朝別色始入○倒都老反遽其慮反別彼列反顛之倒之，自公召之。箋云自從也羣臣顛倒衣裳而朝人又從君所來而召之漏刻失節君又早興○東方未晞，顛倒裳衣。晞明之始升○晞音希倒之顛之，自公令之。令告也○令力證反○折柳樊圃，狂夫瞿瞿。柳柔脆之木樊藩也圃菜園也折柳以為藩園無益於禁矣瞿瞿無守之貌古者有挈壺氏以水火分日夜以告時於朝箋云柳木之不可以為藩猶是狂夫不任挈壺氏之事○折之舌反注同圃布古反又音補樹菜蔬曰圃瞿俱具反脆七歲反藩方元反本又作蕃任音壬下同不能辰夜，不夙則莫。辰時夙早莫晚也箋云此言不任其事者恒失節數也○莫音暮

東方未明三章章四句

孔氏曰文姜由此道而歸魯矣襄公何為而復思之乎

呂氏曰上三章罪襄公所謂曷又懷止曷又從止者言其理如

南山刺襄公也。鳥獸之行，淫乎其妹。大夫遇是惡，作詩而去之。襄公之妹魯桓公夫人文姜也襄公素與淫通及嫁公謫之公與夫人如齊夫人愬之襄公襄公使公子彭生乘公而搤殺之夫人久留於齊莊公即位後乃來猶復會齊侯于禚于祝丘又如齊師齊大夫見襄公行惡如是作詩以刺之又非

三

是而襄公違之以淫泆何也下三章罪魯桓公所謂曷又鞠止曷又極止者言其理如是桓公縱之窮極其惡何也

朱氏曰從相從也

呂氏曰貴賤各有緌也屨與緌為耦雖五兩之多各相耦冠緌之雙自為耦也襄公文姜非其耦猶冠屨之不可雙也

朱氏曰蓺樹麻者必先縱橫耕治其田畝然後可以得麻人之欲娶妻者必先告之父母然後可以得妻也今魯桓公之娶文姜也既告而成禮矣曷為不能禁制

魯桓公不能禁制夫人而去之○之行下孟反適直革反責也又張革反乘繩證反一本作彭生乘公乘則依字讀搚於革反說文云搚也公羊傳云搚公幹而殺之沈又烏詣反拉音郎荅反復扶又反下皆同禚音灼地名行惡下孟反下之行皆同

○南山崔崔雄狐綏綏興也南山齊南山也崔崔高大也國君尊嚴如南山崔崔然雄狐相隨綏綏然無別失陰陽之匹箋云雄狐行求匹耦於南山之上形貌綏綏然興者喻襄公居人君之尊而為淫泆之行其威儀可耻惡如狐○崔子雖反又音佳別彼列反佚音逸下同惡烏路反又如字

魯道有蕩齊子由歸蕩平易也齊子文姜也箋云婦人謂嫁曰歸言文姜既以禮從此道嫁于魯侯也○蕩徒黨反徐敕黨反又湯浪反既曰歸止曷又懷止懷思也箋云懷來也言文姜既曰嫁于魯侯矣何復來為乎非其來也

○葛屨五兩冠緌雙止葛屨服之賤者冠緌服之尊者箋云葛屨五兩喻文姜與姪娣及傅姆同處冠緌喻襄公也五人為奇而襄公往從而雙之冠屨不宜同處猶襄公文姜不宜為夫婦之道○屨九具反兩王肅如字沈音亮緌如誰反傅姆上音付下音茂處昌慮反下同奇居宜反

魯道有蕩齊子庸止庸用也既曰庸止曷又從止箋云此言文姜既用此道嫁于魯侯襄公何復從而從之為淫泆之行

○蓺麻如之何衡從其畝蓺樹也衡獵之從獵之種之然後得麻箋云樹麻者必先耕治其田然後樹之以言人君取妻必先議於父母蓺魚世反本或作藝藝

東萊曰鞠告也納之
不正則窮有不敢制
者今魯侯既以正礼
納文姜當豫制之
爲又養其姦而至
於極也故後章曰曷
又極止
朱氏曰極窮也
李氏曰析薪者必用
斧亦猶娶妻者必
用媒既以媒而得之
矣曷爲使極其姦

字曰衡音橫注同亦作橫字又一音如字衡即訓爲橫韓詩云東西耕曰衡從足容反注同韓詩作由云南北耕曰由 取妻如之何必告父母必告父母廟箋云取妻之禮議於生者卜於死者此之謂告○取七喻反注下皆同 既曰告止曷又鞠止鞠窮也箋云鞠盈也魯侯女既告父母而取何復盈從令至于齊乎又非魯桓○鞠居六反令力呈反下同 ○析薪如之何匪斧不克克能也箋云此言析新必待斧乃能也○析星歷反 取妻如之何匪媒不得箋云此言取妻必待媒乃得也 既曰得止曷又極止極至也箋云女既以媒得之矣何不禁制而恣極其邪意令至齊乎又非魯桓○邪似嗟反【重言】匪斧不克匪媒不得二本詩一伐柯

蘇氏曰無田甫田田甫田
而力不給則莠盛矣無
思遠人思遠人而德不
及則心勞矣田必自
其小者始小田之有
餘而甫田可啓矣人
則必自其近者始近
者之既服而遠人自
至矣

南山四章章六句

甫田大夫刺襄公也無禮義而求大功不脩德而求諸侯志大心勞所以求者非其道也○無田甫田維莠驕驕興也甫大也大田過度而無人功終不能獲箋云興者喻人君欲立功致治必勤身脩德積小以成高大○莠羊九反無田音佃下同治直吏反 無思遠人勞心忉忉忉忉憂勞也箋云言無德而求諸侯徒勞其心忉忉耳○

釋文曰方言曰九卒相見謂之突
孔氏曰言有童子婉孌
總聚其髮以為兩角
丱然幼稚如此與別未
經幾時而更見之突然
已加弁為成人
蘇氏曰總角之童而至
於突然弁也言其求之
哉其道則有所必至也
君子之得諸侯亦未嘗
求之矣苟修其身而
治其政令諸侯不来
而将安往

孔氏曰犬有田犬守犬
戰國策云韓國盧
天下之駿犬東郭逡
海內之狡兔是盧為
田犬也
令令纓環聲環在
犬之頷下如人之冠
纓然

忉忉音刀。無田甫田維莠桀桀。桀桀猶驕驕也。桀居竭反，徐又居謁反。無思遠人勞心怛怛。怛怛猶忉忉也。怛旦末反。婉兮孌兮總角丱兮未幾見兮突而弁兮。婉孌少好貌。總角聚兩髦也。丱幼稚也。弁冠也。箋云：人君內善其身，外脩其德，居無幾何，可以立功，猶是婉孌之童子，少自脩飾，丱然而稚，見之無幾何，突耳加冠為成人也。婉於阮反。孌力轉反。總本又作揔，子孔反。丱古患反。幾居豈反，注同。見兮一本作見之。突吐活反，注同，方言云凡卒相見謂之突，吐訥反。弁皮眷反。髦音毛。少詩照反。○重言 婉兮孌兮二 本詩 候人

甫田三章章四句

盧令刺荒也襄公好田獵畢弋而不脩民事百姓苦之故陳古以風焉。畢噣也。弋繳射也。令音零，下同。好呼報反。風福鳳反。噣直角反，本亦作噣，畢星名，何音犢。繳音灼。○盧令令其人美且仁。盧田犬。令令纓環聲。言人君能有美德，盡其仁愛，百姓欣而奉之，愛而樂之，順時游田，與百姓共其樂，同其獲，故百姓聞而說之其聲令令然。纓於盈反，又於政反。樂音洛，下同。說音悅。○盧重環。重環子母環也。重直龍反，下同。○其人美且鬈。鬈好貌。箋云：鬈讀當為權。權勇壯也。○鬈音權

朱氏曰防所以止水閑所以扞物故防閑有禁制之意

胡氏曰以魴鰥爲比則鰥非大乃魚事者亦非矣子蓋魴鰥鱮及唯唯者皆魚之可制者也爲其笱之敝敗而不能制者也

張氏曰反歸於齊也

楊氏曰其從如雲其從如雨言從之者衆也許穆夫人思歸唁其兄許人尤之終以義不得而止若魯桓公剛而有制從魯人無肯從者如許人焉

說文云髮好貌○盧重鋂鋂一環貫二也○鋂音梅其人美且偲偲才也箋云多才也○偲七才反說文一云強也

盧令三章章二句

敝笱刺文姜也齊人惡魯桓公微弱不能防閑文姜使至淫亂爲二國患焉○敝笱婢世反徐符蔽反本又作弊并後也笱音古口反取魚器也惡烏路反

○敝笱在梁其魚魴鰥興也鰥大魚箋云鰥魚子也魴也鰥也魚之易制者然而敝敗之笱不能制興者喻魯桓微弱不能防閑文姜終其初時之婉順○魴音房鰥毛古頑反鄭古魂反易以豉反齊子歸止其從如雲如雲言盛也箋云其從姪娣之屬言文姜初嫁于魯桓之時其從者之心意如雲然雲之行順風耳後知魯桓微弱文姜遂淫恣從者亦隨之爲惡○從才用反注下皆同○敝笱在梁其魚魴鱮魴鱮大魚箋云鱮似魴而弱鱗○鱮象呂反爾雅云鰱也音連齊子歸止其從如雨如雨言多也箋云如雨言無常天下之則下不下則止以言姪娣之善惡亦文姜所使止○敝笱在梁其魚唯唯唯唯出入不制箋云唯唯行相隨順之貌○唯維癸反沈養水反韓詩作遺遺言不能制也齊子歸止其從如

孔氏曰唯唯魚行相隨之皃

則文姜雖欲適齊尚可得乎

孔氏曰謂以簟蔽車之後戶也鞹革也獸皮治去毛曰革

朱氏曰夕猶宿也發夕言離於所宿之舍

蘇氏曰襄公疾驅其車以會文姜文姜夕發於魯而往會之

釋文弟作悌

歐陽氏曰齊子豈弟文姜安然樂易無慙恥之色也

東萊曰齊子豈弟蓋於此而樂易也美惡不嫌同辭

李氏曰言行人之多以見其無恥也

水水喻衆也箋云水之性可停可行亦言姪娣之善惡在文姜也

敝笱三章章四句

載驅齊人刺襄公也無禮義故盛其車服疾驅於通道大都與文姜淫播其惡於萬民焉故猶端也○驅起具反又如字下皆同本亦作駈播波佐反

載驅薄薄簟茀朱鞹薄薄疾驅聲也簟方文席也車之蔽曰茀諸侯之路車有朱革之質羽飾箋云此車襄公乃乘焉而來與文姜會○薄蒲各反徐扶各反茀音弗鞹苦郭反革也魯道有蕩齊子發夕發夕自夕發至旦箋云襄公既無禮義乃疾驅其乘車以入魯竟魯之道路平易文姜發夕由之往會焉曾無慙恥之色○發韓詩云發旦也其乘繩證反或音繩竟音境本亦作境易夷豉反下樂易同重言魯道有蕩六本詩四南山二

○四驪濟濟垂轡濔濔四驪言物色盛也濟濟美貌垂轡轡之垂者濔濔衆也箋云此又刺襄公乘是四驪而來徒爲淫亂之行○驪力馳反濟子禮反注同爾爾本亦作濔同乃禮反徒一本作從兩通行下孟反魯道有蕩齊子豈弟言文姜於是樂易然箋云此豈弟猶言發夕也豈讀當爲闓闓弟古文尚書以弟爲圛圛明也○豈開改反樂也弟如字或音開易反樂音洛闓音開圛音亦

○汶水湯湯行人彭彭湯湯

朱氏曰遊敖猶翱翔也

朱氏曰抑而若揚美之盛也揚目之動也極稱其威儀技藝之美所以刺其不能以礼防其母也若曰惜乎其時少此耳名猶稱也言其威仪技藝之可名也清目清明也

孔氏曰正者侯中所射之處周禮大射則張皮侯而設鵠賓射則張布侯而畫正正以絲畫為之侯身長一丈八尺者正方六尺侯身長一丈四尺者正方四尺六寸侯身長一丈者

大貌彭彭多貌箋云汶水之上蓋有都焉襄公與文姜時所會○汶音問水名湯失章反彭必旁反魯道有蕩齊子翱翔翱翔猶彷徉也○彷音旁徉音羊○汶水滔滔行人儦儦滔滔流貌儦儦衆貌○滔吐刀反儦表驕反說文云行貌魯道有蕩齊子遊敖

載驅四章章四句

猗嗟刺魯莊公也齊人傷魯莊公有威儀技藝然而不能以禮防閑其母失子之道人以為齊侯之子焉○猗於宜反字或作歒技其綺反○猗嗟昌兮頎而長兮猗嗟歎辭昌盛也頎長貌箋云昌佼好貌○頎音祈佼古卯反本又作姣抑若揚兮抑美色揚廣揚○抑於力反美目揚兮好目揚眉巧趨蹌兮射則臧兮蹌巧趨貌箋云臧善也○趨本又作趍七須反又七遇反蹌七羊反○猗嗟名兮美目清兮目上為名目下為清儀既成兮終日射侯不出正兮展我甥兮二尺曰正外孫曰甥箋云成猶備也正所以射於侯中者天子五正諸侯三正大夫二正士二正外皆居其侯中參分之一焉展誠也姊妹之子曰甥容貌技藝如此誠我齊之甥言誠者拒時人言齊侯之子○射食亦反注所射侮

正方三尺三寸其外之廣雖不同其內皆方二尺

朱氏曰言稱其為齊之甥也而又贊其非齊侯之子此詩人之微辭也

范氏曰射足以禦亂而礼不足防淫故卒章深非之

孔氏曰糾糾猶繚之貌　朱氏曰糾糾繚戾寒涼之意

射同正音征注同畫五采曰正參七南反又音三○猗嗟孌兮孌壯好貌清揚婉兮婉好眉目也[重言]清揚婉兮二本詩一野有蔓草一舞則選兮射則貫兮選齊貫中也箋云選者謂於倫等最上貫習也○選雪戀反貫毛古亂反鄭古患反中張神反四矢反兮以禦亂兮四矢乘矢箋云反復也禮射三而止每射四矢皆得其故處此之謂復射必四矢若象其能禦四方之亂○反如字韓詩作變變易御禦魚呂反乘繩證反處昌慮反

猗嗟三章章六句

齊國十一篇三十四章百四十三句

魏葛屨詁訓傳第九○陸曰案魏世家及左氏傳云姬姓國也詩譜云周以封同姓其地虞舜夏禹所都之域也在古冀州雷首之北析城之西南枕河曲北涉汾水

毛詩國風　鄭氏箋

葛屨刺褊也魏地陿隘其民機巧趨利其君儉嗇褊急而無德以將之儉嗇而無德是其所以見侵削○屨俱具反褊必淺反陿音洽本或作狹依字應作陜隘於懈反巧如字徐苦孝反趨七須反徐七喻反嗇音色○糾糾葛屨可以履霜糾糾猶繚繚也夏葛

朱氏曰曲婦未廟見之稱　孔氏曰婦人之服不殊裳故鄭知男子之下服　范氏曰好人女而未婦爲容好者也　孔氏曰服之整治之也

蘇氏曰君子之爲國致隆而極廣焉故其降也猶可以不陷今葛屨而以屨霜及其渴也將安用矣婦之未廟見也而使之縫裳及其成爲婦也將安使之矣

朱氏曰揥所以摘髮用象爲之貴者之飾也

蘇氏曰女子始嫁而治其威儀其修如此可以賤事使之歟然褊者以爲夸是與益啟爲其益者而至於縫裳也唯君子則不然懼其不容降矣

屨冬皮屨葛屨非所以屨霜箋云葛屨賤皮屨貴魏俗至冬猶謂葛屨可以屨霜利其賤也○糾吉黝反沈居酉反繚音了沈音遼

摻摻女手，可以縫裳。摻摻猶纖纖也婦人三月廟見然後執婦功箋云言女手者未三月未成爲婦裳男子之下服賤又未可使縫魏俗使未三月婦縫裳者利其事也○摻所銜反又所感反徐又息廉反說文作攕山廉反云好手貌纖息廉反見賢遍反

要之襋之，好人服之。要褄也襋領也好人好女手之人箋云服整也褄也領也在上好人尚可使整治之謂屬著之○要於遙反襋紀力反屬音燭著直略反○

好人提提，宛然左辟，佩其象揥。提提安諦也宛辟貌婦至門夫揖而入不敢當尊宛然而左辟象揥所以爲飾箋云婦新至慎於威儀如是使之非禮○提徒兮反宛於阮反辟音避注同一音婢亦反揥勑帝反鏑音帝

維是褊心，是以爲刺。箋云魏俗所以然者是君心褊急無德教使之耳我是以刺之

葛屨二章，一章六句，一章五句。

汾沮洳，刺儉也。其君儉以能勤，刺不得禮也。○汾沮洳汾音扶云反沮音子預反洳音如預反其君子一本無子字

彼汾沮洳，言采其莫。汾水也沮洳其漸洳者莫菜也箋云言我也於彼汾水漸洳之中我采其莫以爲菜是儉以能勤○莫音暮漸如字又接廉反

彼其之子，美無

孔氏曰無度不可以尺寸量也
朱氏曰殊異乎公路言儉嗇不似貴人也

程氏曰桃果之賤者園有桃亦用其實以為殽興國有民雖寡能用則治今不能用其民故心憂之至歌且謠誦詠之為謠

度（箋云之子是子也是子之德美無有度言不可尺寸 重言彼其之子十四本詩三餘附四卷揚之水詩）美無度，殊異乎公路（路車也箋云是子之德美信無度矣雖然其采莫之事則非公路之禮也公路主君之軞車庶子為之官趙盾為軞車之族是也○軞本亦作旄音毛盾徒本反）○彼汾一方，言采其桑（箋云采桑親蠶事也）彼其之子，美如英（萬人為英）美如英，殊異乎公行（公行從公之行也箋云從公之行者主君兵車之行列○行戶郎反注同）○彼汾一曲，言采其藚（藚水舄也○藚音續一名牛脣說文音其或反舄音昔）彼其之子，美如玉，美如玉，殊異乎公族（公族公屬箋云公族主君同姓昭穆也○昭紹遙反說文作佋）

汾沮洳三章章六句

園有桃，刺時也。大夫憂其君國小而迫，而儉以嗇，不能用其民，而無德教，日以侵削，故作是詩也（重言刺時也附靜女詩）○

園有桃，其實之殽（興也園有桃其實之食國有民得其力箋云魏君薄公稅省國用不取於民食園桃而已不施德教民無以戰其侵削之由由是也○殽本又作肴音爻省色領反）心之憂矣，我歌且謠（曲合

王氏曰儉而非之則疑於驕

朱氏曰彼不知我心之所憂者反以我為驕慢而曰彼君之所為已是矣而子之言獨何為哉蓋舉國之人莫覺其非而反以憂之者為驕也故曰心之憂矣其誰知之重言其誰知之而曰蓋亦勿思蓋曰此之所憂較然易知彼之非我特未之思耳誠思之則將不暇非我而自憂矣

范氏曰謂我士也罔極言責君無已也

[illegible]曰歌徒歌曰謡箋云我心憂君之行奸此故歌謡以寫我憂矣○謡音遥行下孟反下文行國同[illegible]心之憂矣二十四本詩三辭附邪相削邪**不知我者謂我士也驕**箋云士事也不知我所爲歌謡之意者亦謂我於君事驕逸故○所爲于僞反下所爲皆同**彼人是哉子曰何其**夫人謂我欲何爲乎箋云彼人謂君也曰於也不知我所爲憂者既非責我又曰君儉而嗇所行是其道哉子於此憂之何乎○何其音基下章同夫人音符何爲如字**心之憂矣其誰知之**箋云如是則衆臣無知我憂所爲也**其誰知之蓋亦勿思**箋云無知我憂所爲者則宜無復思念之以自止也衆不信我或時謂我謗君使我得罪也○復符又反謗搏浪反毀也○**園有棘其實之食**棘棗也○棘紀力反從兩朿俗作𣗥同**心之憂矣聊以行國**箋云聊且略之辭也聊出行於國中觀民事以寫憂**不知我者謂我士也罔極**極中也箋云見我聊出行於國中謂我於君事無中正**彼人是哉子曰何其心之憂矣其誰知之其誰知之蓋亦勿思**

園有桃二章章十二句

陟岵孝子行役思念父母也國迫而數侵削役乎大國

蘇氏曰上猶尚也。

孔氏曰我欲行之時父教戒我曰嗟我從軍行役之時當早起夜寐無得已止。朱氏曰尚庶幾慎之哉猶可以來歸無止於彼而不來也蓋生則必歸死則止而不來矣

東萊曰母尚恩故曰無棄言無棄母而不歸也

蘇氏曰必偕必與同役者偕無獨行也

孔氏曰魏雖地狹民稠未必即然舉十畝地以喻其陿隘耳

父母兄弟離散而作是詩也役乎大國者爲大國所徵發○岵音户此傳及爾雅不同王肅依爾雅數音朔侵削本或作國小而迫數見侵削者誤○陟彼岵兮瞻望父兮山無草木曰岵箋云孝子行役思其父之戒乃登彼岵而以遥瞻望其父所在之處○處昌慮反父曰嗟予子行役夙夜無已箋云予我夙早夜莫也無已無解倦○莫音暮解音介上慎旃哉猶來無止旃之猶可也父尚義箋云止者謂在軍事作部列時○旃之然反○陟彼屺兮瞻望母兮山有草木曰屺箋云此又思母之戒而登屺山而望之也○屺音起母曰嗟予季行役夙夜無寐季少子也無寐無耆寐也○少詩照反耆常志反上慎旃哉猶來無棄母尚恩也○陟彼岡兮瞻望兄兮兄曰嗟予弟行役夙夜必偕偕俱也上慎旃哉猶來無死兄尚親也

陟岵三章章六句

十畝之間刺時也言其國削小民無所居焉○畝莫后反古作晦從作畝皆同[閑]同刺此汸二附靜反○十畝之間兮桑者閑閑兮閑閑然男女無

詩有說　陟岵　十畝之間　五　卷八

一九六

東萊曰魏地削小所謂十畝者特甚言之爾未可以爲定數也

朱氏曰檀木可以爲車者君子伐之以自給也

猗與兮同語辭也

按書斷斷猗無他技大學作兮

東萊曰坎坎伐檀兮寘之河之干兮河水清且漣猗悠然於河之干遺佚而不怨阨窮而不閔者也國人見君子在下者如此小人在位者如彼乃責之曰汝未嘗稼穡禾

別往來之貌箋云古者一夫百畝今十畝之間往來者閑閑然削小之甚○閒閒音閑本亦作閑別彼別反行與子還兮或行來者或來還者○還本亦作旋○十畝之外兮桑者泄泄兮泄泄多人之貌○泄以世反行與子逝兮箋云逝逮也○逮徒賚反又徒帝反

十畝之間二章章三句

伐檀刺貪也在位貪鄙無功而受祿君子不得進仕爾○檀徒丹反木名○坎坎伐檀兮寘之河之干兮河水清且漣猗坎坎伐檀聲寘置也干厓也風行水成文曰漣伐檀以俟世用若俟河水清且漣箋云是謂君子之人不得進仕也○坎苦感反寘之豉反漣力纏反猗於宜反本亦作漪同不稼不穡胡取禾三百廛兮不狩不獵胡瞻爾庭有縣貆兮種之曰稼斂之曰穡一夫之居曰廛貆獸名箋云是謂在位貪鄙无功而受祿也冬獵曰狩宵田曰獵胡何也貉子曰貆○廛本亦作壥又作㕓直連反古者一夫田百畝別受都邑五畝之地居之故孟子云五畝之宅是也縣音玄下皆同貆本亦作狟音桓徐郭音暄貉子也宵音消夜也貉戶各反依字作貈彼君子兮不素餐兮素空也箋云彼君子者斥伐檀之人仕有功乃肯受祿○餐七丹反說文作餐云或從水字林云吞食也

何為而積汝禾嘗狩獵貊何為而來汝獨不見夫彼河干之君子義不素飧親伐檀以自食者乎此特誇觀者之辭若所謂伐檀之君子方且陶陶不改其樂豈較短量長者哉孔氏曰三百億與三百廛三百囷相類若為登斛之數則太多不類故為禾秉之數謂刈禾之把數

飧音孫 ○ 坎坎伐輻兮寘之河之側兮河水清且直猗輻檀輻也側猶厓也直直波也 ○ 輻音福不稼不穡胡取禾三百億兮不狩不獵胡瞻爾庭有縣特兮萬萬曰億獸三歲曰特箋云十万曰億三百億禾秉之數彼君子兮不素食兮 ○ 坎坎伐輪兮寘之河之漘兮河水清且淪猗檀可以為輪漘厓也小風水成文轉如輪也 ○ 輪音倫漘順倫反本亦作脣淪音倫韓詩云順流而風曰淪淪文貌不稼不穡胡取禾三百囷兮不狩不獵胡瞻爾庭有縣鶉兮圓者為囷鶉鳥也 ○ 囷丘倫反圓倉君鶉音純彼君子兮不素飧兮熟食曰飧箋云飧讀如魚飧之飧 ○ 飧素門反字林云水澆飯也

重言 彼君子兮五本詩三句杕杜之扶

伐檀三章章九句

碩鼠刺重斂也國人刺其君重斂蠶食於民不脩其政貪而畏人若大鼠也 ○ 碩音石斂呂驗反下同 ○ 碩鼠碩鼠無食我黍三歲貫女莫我肯顧貫事也箋云碩大也大鼠大鼠者斥其君也女无復食我黍疾其稅斂之多也

東萊曰蓋言魏君捨克民當去之久矣始事之至於三歲而莫我肯顧也猶書所謂天惟五年須暇之之意也

朱氏曰爰諧聲也
范氏曰莫我肯德者不以我為德也民出力以事上不以為德而反蠶食之此所以去也爰得我直者欲適彼有道之國而赴愬之得其直而樂矣。
張氏曰碩鼠之詩聖人所為取者以君失道如此國人疾之甚而欲去之猶有所未忍絕也故著其情於詩著其情於詩乃其所未忍絕者也末章誰之永號謂我將去爾而適樂郊當誰復永號於爾之土者乎此則尤可見其情也

汝事女三歲矣曾无教令恩德來顧眷我又疾其不修政也古音三年大甘民或於是徙。貫古亂反徐音官復扶又反挑好挑反比毗志反

逝將去女適彼樂土箋云逝往也往矣將去女與之訣別之辭樂土有德之国。樂音洛注下同土如字他古反沈徒古反訣古穴反

樂土樂土爰得我所箋云爰曰也。

碩鼠碩鼠無食我麥三歲貫女莫我肯德箋云不肯施德於我

逝將去女適彼樂國樂國樂國爰得我直直得其直道箋云直猶正也。

碩鼠碩鼠無食我苗苗嘉穀也

三歲貫女莫我肯勞箋云不肯勞來我。勞如字又力報反注同徠本亦作來同力代反

逝將去女適彼樂郊箋云郭外曰郊

樂郊樂郊誰之永號號呼也箋云之往也永歌也樂郊之地誰獨當往而歌號者言皆喜說无憂苦。詠本亦作永同音詠號戶毛反注同呼火故反說音悅

碩鼠三章章八句

魏國七篇十八章百二十八句

纂圖互註毛詩卷第五

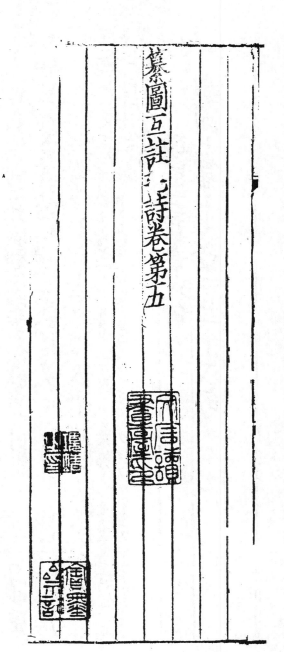

朱氏曰太康過於樂也
陳氏曰瞿瞿鳥前而啄却而顧之皃
張氏曰謂歲且晚矣不可以不念所以自樂者然樂不可過甚也於是而思

互註毛詩卷第六

唐蟋蟀詁訓傳第十○陸曰唐者周[illegible]弟叔虞所封也其地帝堯夏禹[illegible]漢曰大原郡在古冀州太行恒山之西大原大岳之[illegible]晉水叔虞之子燮父因改為晉侯至六世孫僖侯名司[illegible]遺化而不能以禮節之今詩本其風俗故云唐也

毛詩國風　鄭氏箋

蟋蟀，刺晉僖公也。儉不中禮，故作是詩以閔之，欲其及時以禮自虞樂也。此晉也而謂之唐，本其風俗，憂深思遠，儉而用禮，乃有堯之遺風焉。憂深思遠謂宛其死矣百歲之後之類也○蟋蟀上音悉下所律反說文蟀作䗉僖公許其反史記作釐侯中丁仲反樂音洛下皆同思息嗣反注同

蟋蟀在堂，歲聿其莫。今我不樂，日月其除。蟋蟀蛬也九月在堂聿遂除去也箋云我我僖公也蛬在堂歲時之候是時農功畢君可以自樂矣今不自樂日月且過去不復暇為之謂十二月當復命農計耦耕事○聿允橘反莫音暮除直慮反注同蛬俱勇反沈又九共反趨織也一名蜻蛚蛬復扶又反

無已大康，職思其居。已甚康樂職主也箋云君雖當自樂亦無甚大樂欲其用禮為節也又當主思於所居之事謂國中政令○大音泰徐勑佐反下同居義如字協韻

吾之所當思者夫有以自樂則庶幾節奏和諧而無拘迫之患樂而無荒則斯能周旋四顧而所憂者必得則夫政之所當務與夫患之所當防者斯可以次而理矣朱氏曰休休安閑之貌樂而有節不至於淫所以安也

蹶 好樂無荒良士瞿瞿 荒大也瞿瞿然顧禮義也箋云荒廢亂也良善也君之好樂不當至於廢亂政事當如善士瞿瞿然顧禮義也○好呼報反下同瞿俱具反【音】好樂無荒二並本詩 ○蟋蟀在堂歲聿其逝今我不樂日月其邁 邁行也 無已大康職思其外 外禮樂之外箋云外謂國外至四竟○禮樂此一樂字音岳 好樂無荒良士蹶蹶 蹶蹶動而敏於事○蹶俱衛反 ○蟋蟀在堂役車其休 箋云庶人乘役車役車休農功畢無事也 今我不樂日月其慆 慆過也○慆吐刀反 無已大康職思其憂 憂可憂也箋云憂者謂鄰國侵伐之憂 好樂無荒良士休休 休休樂道之心○休許虬反

蟋蟀三章章八句

山有樞刺晉昭公也不能脩道以正其國有財不能用有鍾鼓不能以自樂有朝廷不能洒埽政荒民散將以危亡四鄰謀取其國家而不知國人作詩以刺之也○樞本或作蓲烏侯反昭公左傳及史記作昭侯樂音洛下及注同朝直遥反廷徒佞反洒所懈反又所寄反下同埽蘇報反本又作埽

爾雅曰樞臼枌
孔氏曰曳者衣裳
在身行必曳之
走馬謂之馳策馬
馬謂之驅
朱氏曰山則有樞矣
隰則有榆矣子有
衣裳車馬而不服
不乘若一旦宛然
以死則它人取之以
為已樂矣
東萊曰詩人豈真
欲昭公馳驅飲樂
者哉蓋曰是物也
行且為他人所有
曾不若乃今為樂
之為愈耳激發
感切之者深矣
歐陽氏曰揚之水其力
弱不能流移白石以與
昭公微弱不能制曲
沃而桓叔之強於晉

不同○山有樞隰有榆興也樞荎也國君有財貨而不能用如山隰不能自用其財○榆以朱反荎田節反洓又直黎反子有衣裳弗曳弗婁子有車馬弗馳弗驅婁亦曳也○曳以世反婁力俱反馬云牽也宛其死矣他人是愉宛死貌愉樂也箋云愉讀曰偷偷取也○宛於阮反本亦作苑死愉手以朱反鄭作偷他侯反○山有栲隰有杻栲山樗杻檍也○栲音考杻女九反樗勑書反又他胡反檍於力反子有廷內弗洒弗埽子有鐘鼓弗鼓弗考洒灑也考擊也○廷音庭又徒佞反鼓如字本或作擊非灑色蟹反又所綺反宛其死矣他人是保保安也箋云保居也○山有漆隰有栗子有酒食何不日鼓瑟君子無故琴瑟不離於側○漆音七木名離力智反且以喜樂且以永日永引也宛其死矣他人入室

山有樞三章章八句

揚之水刺晉昭公也昭公分國以封沃沃盛彊昭公微弱國人將叛而歸沃焉封沃者封叔父桓叔于沃也沃曲沃晉之邑也○沃烏毒反重言揚之水

國如白石鑿鑿然見於水中爾其民從而樂之則詩文自見

董氏曰繡崔靈恩集註本作素衣朱綃　孔氏曰綃繒名　郊特牲疏曰魯詩云素衣朱綃

蘇氏曰命桓叔之政命也聞而不敢以告人為之隱也桓叔將以傾晉而民為之隱欲其成矣

三篇王風鄭風唐風刺晉昭公也一本詩椒聊○揚之水白石鑿鑿興也鑿鑿然鮮明貌箋云激揚之水激流湍疾洗去垢濁使白石鑿鑿然興者喻桓叔盛彊除民所惡民得以有禮義也○鑿子路反激經歷反湍吐端反洗蘇禮反又蘇典反去羌呂反垢古口反惡烏路反又如字素衣朱襮從子于沃襮領也諸侯繡黼丹朱中衣沃曲沃也箋云繡當為綃綃黼丹朱中衣中衣以綃黼為領丹朱為純也國人欲進此服去從桓叔○襮音博字林方沃反繡音秀依家申毛並依字下文同鄭改為綃黼音甫綃音消本作綃純真允反又真順反既見君子云何不樂箋云君子謂桓叔○樂音洛○揚之水白石皓皓皓皓絜白也○皓胡老反素衣朱繡從子于鵠繡黼也鵠曲沃邑也○鵠戶毒反既見君子云何其憂言無憂也○揚之水白石粼粼粼粼清澈也○粼利新反本又作磷同澈直列反或作徹誤我聞有命不敢以告人聞曲沃有善政命不敢以告人箋云不敢以告人而去者畏昭公謂己動民心

揚之水三章二章章六句一章四句

椒聊刺晉昭公也君子見沃之盛彊能脩其政知其蕃衍盛大子孫將有晉國焉○椒聊椒木名聊辭也蕃音煩衍延善反【重言】刺晉昭公也本詩前

董氏曰崔靈恩集註謂古者爲升上徑一寸下徑六分其深八分今以兩手爲掬則掬大於升矣

東萊曰三一見則非昏姻之時在天在隅在戶隨所見而互言之不必以爲時之先後方束薪而見三星慨然有感於男女失時而其不期而見又似於男女適然相遇也故歎息而言曰是夕也男女倘相見其樂當如何

篇○椒聊之實，蕃衍盈升。興也。椒聊，椒也。箋云：椒之性芬香而少實，今一捄之實，蕃衍滿升，非其常也。興者，喻桓叔晉君之支別耳，今其子孫衆多，將日以盛也。○捄音求，又其菊反。何音掬，於居六反。彼其之子，碩大無朋。朋，比也。箋云：之子，是子也。謂桓叔也。碩謂壯貌佼好也。大謂德美廣博也。無朋，平均不朋黨。○比，王肅、孫毓申毛必履反，謂無比例也。一音必二反，申毛作毗至反。佼古卯反。【重言】彼其之子十四本詩二十一餘附四卷揚之水。椒聊且，遠條且。條，長也。箋云：椒之氣日益遠長，似桓叔之德彌廣博。○且，子餘反，下同。○椒聊之實，蕃衍盈匊。兩手曰匊。○匊本又作掬，九六反。彼其之子，碩大且篤。篤，厚也。椒聊且，遠條且。言聲之遠聞也。

椒聊二章，章六句

綢繆，刺晉亂也。國亂則昏姻不得其時焉。不得其時，謂不及仲春之月。○綢繆，上直留反，下士侯反。○綢繆束薪，三星在天。興也。綢繆猶纏綿也。三星，參也。在天，謂如見東方也。男女待禮而成，若薪芻待人事而後束也。三星在天，可以嫁娶矣。箋云：三星謂心星也。心有尊卑、夫婦、父子之象，又爲二月之合宿，故嫁娶者以爲候焉。昏而天星不見，嫁娶之時也。今我束薪於野，乃見其在天，則三月之末、四月之中見於東方矣，故云不得

張氏曰今夕何夕見此良人言此時可以見也。王氏曰見此良人言女子之失時者也。孔氏曰子兮子兮自嗟歎也
曾氏曰子兮子兮如此良人何終不遂之辭也
王氏曰今夕何夕見此邂逅以失時也故思不期而會焉
王氏曰見此粲者言男子之失時也
李氏曰國語雖曰三女為粲而又曰粲美物也是言美女也

其時○參所金反始見賢遍反下不見見於東同芻楚俱反說文云芻刈草也象包束草之形㒰音秀 今夕何夕，
見此良人，良人美室也箋云今夕何夕者言此夕何月之夕乎而女以見良人言非其時 子兮子兮，
如此良人何。子兮者嗟茲也箋云子兮子兮者斥嫁取者子取後陰陽交會之月當如此良人何○後戶豆反
○綢繆束芻，三星在隅。隅東南隅也箋云心星在隅謂四月之末五月之中 今夕何
夕，見此邂逅。邂逅解說之貌○邂本亦作解戶懈反一音戶佳反覯本又作逅同胡豆反一音戶冓反邂覯解說
也韓詩云邂覯不固之貌解音蟹說音悅 子兮子兮，如此邂逅何。○綢繆束楚，
三星在戶。參星正月中直戶也箋云心星在戶謂五月之末六月之中○直音值又如字 今夕何夕，
見此粲者。三女為粲大夫一妻二妾○粲采旦反字林作㛑 子兮子兮，如此粲者何。
綢繆三章，章六句。
杕杜，刺時也。君不能親其宗族，骨肉離散，獨居而無兄
弟，將為沃所并爾。○杕杜徒細反本或作夷狄字非也下篇同并必政反 重言 杕杜二篇唐風一小雅
一有杕之杜一篇又係唐風刺時也十二餘附靜女詩有杕之杜六唐風四小雅二 ○有杕之杜，其葉

唐 椒聊 綢繆 杕杜 六 卷三

王氏曰湑湑潤澤貌
范氏曰比親也
東萊曰杜雖特生然此詩首云其葉湑湑其葉菁菁即非以比晉君不親宗族也蓋言晉公室枝葉凋落曾杕杜之不如也嗟行之人胡不比焉人無兄弟胡不佽焉蓋深曉晉君以行道之人必不相親比苟非兄弟必不相佽助信乎豈無他人不如我同父也

祛
說曰袂屬幅祛尺二寸也袖口
康成曰褎緣袂口也

湑湑。興也杕特生貌杜赤棠也湑湑枝葉不相比也○湑私敘反杕[illegible]反下同獨行踽踽豈無他人不如我同父踽踽無所親也箋云他人謂異姓也言昭公遠其宗族獨行於國中踽踽然此豈無異姓之臣乎顧恩不如同姓親親也○踽俱禹反遠于萬反嗟行之人胡不比焉箋云君所與行之人謂異姓卿大夫也比輔也此人女何不輔君爲政令人無兄弟胡不佽焉佽助也箋云異姓卿大夫女見君無兄弟之親親者何不相推佽而助之○佽音七利反○有杕之杜其葉菁菁菁菁葉盛也箋云菁菁希少之貌○菁本又作青同子零反獨行睘睘豈無他人不如我同姓睘睘無所依也同姓同祖也○睘本亦作煢又作焭求營反嗟行之人胡不比焉人無兄弟胡不佽焉

杕杜二章章九句

羔裘刺時也晉人刺其在位不恤其民也恤憂也○鄭本亦作卹荀律反

○重言刺時比附前篇

○羔裘豹祛自我人居居祛袂也本末不同在位與民異心自用也居居懷惡不相親比之貌箋云羔裘豹祛在位卿大夫之服也其役使我之民人其意居居然有悖惡之心不恤我之困苦○祛起

孔氏曰用使我之衆人居居然有悖惡之色不與民相親不憂我之困苦我豈無他人可歸往乎維子之故舊恩好不忍去耳

孔氏曰孫炎曰物叢生曰苞

孔氏曰悠悠乎蒼天何時使我得其所乎人窮則反本困則告天也

居反又丘據反袪末也○居如字又音據也惡志反悖補對反豈無他人維子之故箋云此民卿大夫采邑之民也故云豈無他人可歸往者乎我不去者乃念子故舊之人○羔裘豹褎自我人究究褎猶袪也究究猶居居也○褎徐究反本又作褎同究九又反爾雅云居居究究惡也豈無他人維子之好箋云我不去而歸往他人者乃念子而愛好之也民之厚如此亦唐之遺風○好呼報反注同

羔裘二章章四句

鴇羽刺時也昭公之後大亂五世君子下從征役不得養其父母而作是詩也大亂五世者昭公孝侯鄂侯哀侯小子侯○鴇音保似鴈而大無後指征役音征篇内注同養羊亮反鄂五各反重言刺時也十二餘附靜卌○肅肅鴇羽集于苞栩興也肅肅鴇羽聲也集止苞稹栩杼也鴇之性不樹止箋云興者喻君子當居安平之處今下從征役其爲危苦如鴇之樹止然稹者根相迫迮梱致也○苞補交反栩况羽反稹本又作縝之忍反又之人反說音田又六音振爾雅云櫟也杼食汝反茶治與反勇呂慮反迮側百反梱口本反致直置反下同重意集于苞栩二本詩一四牡一王事靡盬不能蓺稷黍父母何怙盬不攻致也怙恃也箋云蓺樹也我迫王事無不攻致故盡力焉既則罷倦不能播種五穀今我父母將

蘇氏曰行列也
朱氏曰嘗食也
范氏曰思得休息以
惡其常厭亂之甚也

孔氏曰左傳桓八年王
使立緡于晉至莊十
六年乃云王使虢公命
曲沃伯為晉侯
程氏曰武公始有晉國
而能請命天子故詩人
美之美其所可美也
孔氏曰就天子之使
請衣故云子之衣
蘇氏曰以晉之力豈

㭊苦乎。○盬音古蓺魚世反栩音戶鴇音保重言王事靡盬下三章四牡三四牡四采薇一杕杜三北山一悠悠蒼天曷其有所箋云曷何也何時我得其所哉重言悠悠蒼天本詩三黍離三○肅肅鴇翼集于苞棘王事靡盬不能蓺黍稷父母何食悠悠蒼天曷其有極箋云極已也○肅肅鴇行集于苞桑行翮也○行戶郎反注同翮音戶革反尔雅云羽本謂之翮王事靡盬不能蓺稻粱父母何嘗悠悠蒼天曷其有常

鴇羽三章章七句

無衣美晉武公也武公始幷晉國其大夫為之請命乎天子之使而作是詩也天子之使是時使來者也○幷卑政反下注同為于偽反使所吏反注同重言无衣二篇唐風一秦風一○豈曰無衣七兮侯伯之禮七命冕服七章箋云我豈无是七章之衣乎晉舊有之非新命之服不如子之衣安且吉兮諸侯不命於天子則不成為君箋云武公初幷晉国心未自安故以得命服為安○豈曰無衣六兮天子之卿六命車旗衣服以六為節箋云變七言六者謙也不敢必當侯

不足以為七章之衣兮然不如子賜我安且吉也

范氏曰杕杜陰至寡也然以生於道左而人得休息焉武公兼其宗族又不求賢以自輔孤特如此則是杜之不若也
蘇氏曰噬逝通
朱氏曰寡特不足恃賴則彼君子亦不肯適我矣
陳氏曰使武公誠實有好賢之心唯恐無以飲食賢者則賢者自來矣

伯得受六命之服列於天子之卿猶愈乎不○愈羊主反不如子之衣安且燠兮燠煖也○燠本又作燠於六反煖奴緩反

無衣二章章三句

有杕之杜刺晉武公也武公寡特兼其宗族而不求賢以自輔焉宗族本亦作宗矣【重言】有杕之杜六本詩二杕杜一小雅杕杜一○有杕之杜生于道左興也道左之陽人所宜休息也箋云道左之道東也日之熱恒在日中之後道東之杜人所宜休息也今人不休息者以其特生陰寡也興者喻武公初兼其宗族不求賢者与之在位君子不歸似乎特生之杜然○陰於鴆反又如字本亦作蔭同彼君子兮噬肯適我噬逮也箋云肯可適之也彼君子之人至於此国皆可來之我君所君子之人義之与[illegible]求者君不求之○噬市世反韓詩作逝逝及也比毗志反中心好之曷飲食之箋云曷何也言中心誠好之何但飲食之當盡礼極歡以待之○好呼報反下同飲於鴆反下文同食音嗣下同【重言】中心好之[illegible]詩二彤弓一○有杕之杜生于道周周曲也○周韓詩作右也彼君子兮噬肯來遊遊觀也○觀古乱反中心好之曷飲食之

唐 無衣 有杕 六巳五

程氏曰此詩思存者非悼亡者
葛之生託於物蘞之生依於地與婦人依君子
朱氏曰予之所美者獨不在是
程氏曰誰與乎獨處而已
范氏曰角枕之粲錦衾之爛則其嫁未久也
程氏曰獨旦獨處至旦也
朱氏曰夏之日日永之時也冬之夜夜永之時也
張氏曰以獻公之攻戰不休知其死亡之無日也百歲之後得同歸于丘而已

有杕之杜二章章六句

葛生刺晉獻公也好攻戰則國人多喪矣 喪弃亡也夫從征役弃亡不反則其妻獨居家而怨思○好呼報反攻音貢又如字喪息浪反注同又如字思息嗣反或如字

○葛生蒙楚蘞蔓于野 興也葛生延而蒙楚蘞生蔓於野喻婦人外成於他家○蔓音萬蘞力檢反又力儉反又徐又力劍反草木疏云似栝樓葉盛而細子正黑如燕薁不可食

予美亡此誰與獨處 箋云予我亡无也言我所美之人无於此謂其君子也吾誰與居乎獨處家耳從軍未還未知死生其今无於此

○葛生蒙棘蘞蔓于域 域塋域也

予美亡此誰與獨息 息止

○角枕粲兮錦衾爛兮 齊則角枕錦衾禮夫不在斂枕篋衾席韣而藏之箋云夫雖不在不失其祭也攝主主婦猶自齊而行事○齊側皆反本亦作齋下同篋口牒反韣本亦作獨又作韇徒木反

予美亡此誰與獨旦 箋云旦明也我君子无於此吾誰與齊乎獨自絜明

○夏之日冬之夜 言長也箋云思者於晝夜之長時尤甚故極言之以盡情

百歲之後歸于其居 箋云居墳墓也言此者婦人專一義之至情之盡○墳扶云反

○冬之夜夏之日百歲之後歸于其室 室猶居也箋云室猶冢壙○壙音曠

二二一

朱氏曰采有聽取之義故以采苓起興
歐陽氏曰戒獻公聞人之言且勿聽信置之且勿以爲然更考其言何所得謂徐察其虛實也
朱氏曰與許與也
東萊曰采苓采苦采葑不曰郊野而曰首陽者與采聽之當遠也孔子曰浸潤之譖膚受之愬不行焉可謂遠也已矣不輕聽妄動而徐觀其是非惟遠者能之毛氏以采苓爲細事首陽爲幽辟孔氏引而伸之謂讒言之起由君數聞小事於小人雖求之太過然實天下之名言也故附見焉

葛生五章章四句

采苓，刺晉獻公也。獻公好聽讒焉。○苓力丁反卽甘草葉似地黃好呼報反 重言 剌

笞獻公也二本詩上有葛生。○獻公好聽讒防有斷曰宣公多信讒

○采苓采苓，首陽之巔。興也。苓大苦也。首陽，山名也。采苓，細事也。首陽，幽辟也。細事喻小行也，幽辟喻無徵也。箋云：采苓采苓者，言采苓之人衆多非一也。皆云采此苓於首陽山之上，首陽山之上信有苓矣。然而今之采者未必於此山，然而人必信之。興者，喻事有似而非。○辟匹亦反，下同。行下孟反。

人之爲言，苟亦無信。舍旃舍旃，苟亦無然。苟，誠也。箋云：苟，且也。爲言謂爲人爲善言以稱薦之，欲使見進用也。旃之言焉也。舍之焉，舍之焉，謂謗訕人欲使見貶退也。此二者且無信受之，且無答然。○爲言于僞反，或如字，下文皆同。本或作僞字，非。舍音捨，下同。旃之然反。爲言謂爲人并于僞反。若經文依字讀，則此上爲字亦依字訓。所諫反。

人之爲言，胡得焉。箋云：人以此言來，不信受之，不答然之，從後察之，或時見罪，何所得。

○采苦采苦，首陽之下。苦，苦菜也。人之爲言，苟亦無與。舍旃舍旃，苟亦無然。無與，勿用也。人之爲言，胡得焉。

○采葑采葑，首陽之東。葑，菜名也。○葑孚容反。人之爲言，苟亦無從。舍旃舍旃，苟亦

唐

朱氏曰阪則有漆矣隰則有栗矣既見君子則並坐鼓瑟矣

范氏曰今者不樂恐失時也

無然人之爲言胡得焉

采苓三章章八句

唐國十二篇三十三章二百三句

秦車鄰詁訓傳第十一○陸曰秦者隴西谷名也在雍州鳥鼠山之東北昔臯陶之子伯翳佐禹治水有功舜命作虞賜姓曰嬴其末孫非子爲周孝王養馬於汧渭之閒封爲附庸邑于秦谷及非子之曾孫秦仲周宣王又命爲大夫仲之孫襄公討西戎救周周室東遷以岐豐之地賜之始列爲諸侯春秋時稱秦伯崔云秦在虞夏商爲諸侯至周爲附庸

毛詩國風　鄭氏箋

車鄰美秦仲也秦仲始大有車馬禮樂侍御之好焉○鄰本亦作隣又作轔栗人反始大絕句或連下句非○有車鄰鄰有馬白顛鄰鄰衆車聲也白顛的顙也○顛都田反的丁歷反顙桑黨反未見君子寺人之令寺人內小臣也箋云欲見國君者必先令寺人使傳告之時秦仲又始有此臣○寺如字又音侍本或作侍寺人奄人令力陳反注同又力政反沈力丁反韓詩作伶云使伶傳直專反重言未見君子十一本詩一篇附汝墳下○阪有漆隰有栗興也陂者曰阪下溼曰隰箋云

李氏曰逝者與日月逝矣之逝同皆言其歲月之往

東萊曰既見君子並坐鼓瑟簡易相親之俗也今者不樂逝者其耋悲壯感慨之氣也秦之強以此而止於秦者亦以此

孔氏曰每馬有二轡四馬當八轡矣諸文皆言六轡者以驂馬內轡納之於觖故在手者惟有六轡耳

朱氏曰媚子所親愛之人

朱氏曰牡獸之牡者也

興者喻秦仲之君臣所以各得其宜。阪音反又扶板反陂彼寄反又普羅反又彼皮反既見君子並坐鼓瑟又見其禮樂焉箋云既見既見秦仲也並坐鼓瑟君臣以閒暇燕飲相安樂也。閒音閑樂音洛下文並同【重言】既見君子二十一本詩二一餘附彼菁詩今者不樂逝者其耋耋老也八十曰耋箋云今者不於此君之朝自樂謂仕焉而去仕他國其徒自使老言將後寵祿也。耋田結反又一音天節反又湖耳遥反後胡豆反又如字。阪有桑隰有楊既見君子並坐鼓簧簧笙也簧音黃。今者不樂逝者其亡亡喪棄也

車鄰三章一章四句二章章六句

駟驖美襄公也始命有田狩之事園囿之樂焉始命命爲諸侯也秦始附庸也。驖田結反又吐結反驪驖馬也始命絕句囿音又又于六反又於救反樂音洛【重言】美襄公也一本詩一小戎一。駟驖孔阜六轡在手驖驪阜大也箋云四馬六轡六轡在手言馬之良也。阜符有反驪力知反公之媚子從公于狩能以道媚於上下者冬獵曰狩箋云媚於上下謂使君臣和合也此人從公往狩言襄公親賢也。媚眉冀反。奉時辰牡辰牡孔碩時是辰時也冬獻狼夏獻麋春秋獻鹿豕羣獸箋云奉是

車鄰　駟驖　六巳七　孔氏曰虞人奉是時節之牡獸驅以待公射之

董氏曰五御三曰逐禽左自左膘而射之達于右腢為上殺

朱氏曰鸞鈴也效鸞鳥之声鑣馬銜也　田事既畢故遊于北園以車載犬蓋以休其足力也

時牡者謂虞人也時牡甚肥大言禽獸得其所○饗許恚反**公曰左之舍拔則獲**拔矢末也箋云左之者從禽之左射之也拔括也舍拔則獲言公善射○舍音捨拔蒲末反射食亦反括古活反善射音社

孔氏曰以鏃為首故拔為末

遊于北園四馬既閑閑習也箋云公所以田則克獲者乃遊于北園之時時則已習其四種之馬○種章勇反**輶車鸞鑣載獫歇驕**輶輕也獫歇驕田犬也長喙曰獫短喙曰歇驕箋云輕車驅逆之車也置鸞於鑣異於乘車也載始也始田犬者謂達其搏噬始成之也此皆遊於北園時所爲也○輶由九反又以周反鑣彼驕反獫力驗反說文音力劒反歇本又作猲許謁反說文音火遏反驕本又作獢同許喬反輕遣政反又如字下同喙況廢反驅丘遇反或丘于反乘繩證反搏音博搏舊音付

駟驖三章章四句

小戎美襄公也備其兵甲以討西戎西戎方彊而征伐不休國人則矜其車甲婦人能閔其君子焉矜夸大也國人夸大其車甲之盛有樂之意也婦人閔其君子恩義之至也作者叙外內之志所以美君政教之功○小戎王云駕兩馬也矜居陵反夸苦花反樂音岳又音洛○**小戎俴收五楘梁輈**小戎兵車也俴淺收軫也五五束也楘歷錄也梁輈

孔氏曰俴淺也收軫也軫者車之前後兩端之横木也所以收斂所載故名收馬兵車當輿之内從前軫至後軫惟深四尺四寸大車前軫至後軫其深八

尺寸車之軫比之為淺。六書曰軫者輿四面木匡合成輿者也按考工記軫之方也以象地
孔氏曰輈者轅也梁輈輈上曲句衡衡者軛也轅從軫以前稍曲而上至衡則居衡之上而嚮下句之衡則橫居轅下如屋之梁然故謂之梁輈也一輈之上以皮革五處束之每束皆有文章歷録故謂之五楘也
陳氏曰車之進退以轅為主權輈之不堅也故以皮五束之。
六書曰輈自軏以前為轅鄭司農曰軏謂軾前也書或作軝康成曰軝法也謂輿下三面之材

輈上句衡也一輈五束束有歷録箋云此羣臣之兵車故曰小戎輈俴錢淺反收如字楘音木本又作鞪革歷録也曲轅上束也輈陟留反軫之忍反歷録一本作歷歷録句古侯反

游環脅驅，陰靷鋈續，

游環靷環也游在背上所以禦出也脅驅慎駕具所以止入也陰揜軓也靷所以引也鋈白金也續續靷也箋云游環在背上无常處貫驂之外轡以禁其出脅驅者著服馬之外脅以止驂之入揜軓在軾前垂輈上鋈續白金飾續靷之環。驅本亦作駈起俱反靷以忍反鋈音沃舊音悉續義如字徐辭豈反又靳環居覲反本又作勒沈云舊本皆作靳靳者言无常處在驂馬背上以驂馬外轡貫之止驂之出也左傳云如驂之有靳又无取於勒也禦魚呂反慎或作順義亦兩通揜於檢反軓音范又直晉反又丁谷反軾音式本亦作式

文茵暢轂，駕我騏馵。

文茵虎皮也暢轂長轂也騏騏文也左足白曰馵箋云此上六句者國人所矜。茵音因文茵以虎皮為茵茵車席也暢敕亮反轂工木反騏音其馵之樹反

言念君子，溫其如玉。

箋云言我也念君子之性溫然如玉玉有五德【互註】記聘義云昔者君子比德於玉焉溫潤而澤仁也詩云言念君子溫其如玉故君子貴之也

在其板屋，亂我心曲。

西戎板屋箋云心曲心之委曲也憂則心亂也此上四句者婦人所用閔其君子。

四牡孔阜，六轡在手。騏駵是中，騧驪是驂。

黃馬黑喙曰騧箋云赤身黑鬣曰駵中中服也驂兩騑也。駵音留騧古花反驪本又作驪力知反騑芳非反【重言】四牡孔阜三見本詩車

鄭氏曰陰揜軓也孔氏曰揜軓謂輿下三面材以板木橫側車前所以陰映此軓也驂馬頸不當衡別以皮為二靷繫於陰板之上令驂馬引之鋈沃也非白金之名謂銷白金以沃灌靷環靷言鋈續則是作環相接
朱氏曰轂所以貫車輪者
地理志云天水隴西民以板為屋

杜子春曰軝當作軏謂車前曰按軏乃輈當軾前之名。孔氏曰游環者以環貫靷游在服馬背上驂馬之外轡貫之游移無定處也所以御驂馬之出也脅驅者以一皮条上繫於衡後繫於軫當服馬之脅慎乘馬之身也所以止驂馬之■入也

朱氏曰觼環之有舌者。邑西鄙之邑也方將以何時為歸期乎何為使我念之極也
孔氏曰曲礼曰進戈者前其鐏進矛戟者前其鐓是矛之下端者當有鐓也鋭底曰鐏平底曰鐓
孔氏曰其弓則有虎皮之韔其馬則有金鏤之膺膺胷也鏤膺謂膺上有鏤是以金飾帶若金之要膺也
王氏曰韔必二弓如有副馬以備壞也
既夕禮說明器之弓云有柲注云柲弓檠也弛則縛之於弓裏備損傷也以竹為之引詩云竹閉緄縢然則竹閉一名柲也　朱氏曰檠弓體使正也

攻吉日各一○六轡在于二騑騑二本詩龍盾之合鋈以觼軜龍盾畫龍其盾也合合而載之軜驂內轡也箋云鋈以觼軜軜之觼以白金為飾也軜繫於軾前○盾順允反徐又音允觼古穴反軜音納言念君子溫其在邑在敵邑也方何為期胡然我念之箋云方今以何時為還期乎何以然于不來言望之也○俴駟孔羣厹矛鋈錞蒙伐有苑俴駟四介馬也孔甚也厹三隅矛也錞鐏也蒙討羽也伐中干也苑文貌箋云俴淺也謂以薄金為介之札介甲也甚羣者言和協也蒙厖也討雜也畫雜羽之文於伐故曰厖伐○俴駟韓詩云駟馬不著甲曰俴駟厹音求錞徒對反舊徒猥反一音敦說文云矛戟下銅鐏伐如字本或作戈音同中干也介音界中也錞徂寸反又子遜反札側八反厖莫江反虎韔鏤膺交韔二弓竹閉緄縢虎虎皮也韔弓室也膺馬帶也交韔交二弓於韔中也閉細緄繩縢約也箋云鏤膺有刻金飾也○韔敕亮反下同本亦作暢鏤魯豆反膺於陵反閉悲位反鄭注周礼云弓檠曰柲弛則縛於弓裏備頓傷也以竹為之柲音悲位反徐邊惠反一音必結反緄古本反縢直登反細息列反言念君子載寢載興厭厭良人秩秩德音厭厭安靜也秩秩有知也箋云此既閔其君子寢起之勞又思其性與德○厭於鹽反秩陳乙反知音智本亦作智

小戎三章章十句

東萊曰：此詩全篇皆比，猶鶴鳴之義。所謂伊人，猶曰所謂此理也，蓋指周禮也。

朱氏曰：伊人猶言彼人也。一方，彼一方也。

歐陽氏曰：蒹葭必待霜然後堅實，秦必用周禮以變其夷狄之俗。

程氏曰：順而求之則易且近，逆而求之則艱且遠。

程氏曰：淒淒，青蒼之間也。

朱氏曰：采采，言其盛而可采也。

蒹葭刺襄公也。未能用周禮，將無以固其國焉。秦處周之舊土，其人被周之德教日久矣。今襄公新爲諸侯，未習周之禮法，故國人未服焉。○蒹葭上古恬反，下音加。被皮寄反。

○蒹葭蒼蒼，白露爲霜。興也。蒹，薕；葭，蘆也。蒼蒼，盛也。白露凝戾爲霜，然後歲事成。國家待禮然後興。箋云：蒹葭在衆草之中蒼蒼然彊盛，至白露凝戾爲霜則成而黄。興者，喻衆民之不從襄公政令者，得周禮以教之則服。○蒹音兼。所謂伊人在水一方。伊，維也。一方，難至矣。箋云：伊當作緊，緊猶是也。所謂是知周禮之賢人，乃在大水之一邊。假喻以言遠。○緊，於奚反。[illegible]所謂伊人，本或作詩三白駁一所遡洄從之，道阻且長。逆流而上曰遡洄。逆禮則莫能以至也。箋云：此言不以敬順往來之，則不能得見。○遡，蘇路反。洄音回。上，時掌反。遡游從之，宛在水中央。順流而涉曰遡游。順禮求濟，道來迎之。箋云：宛，坐見貌。以敬順求之則近耳，易得見也。○宛，紆阮反，本亦作苑。易，以豉反。

○蒹葭淒淒，白露未晞。淒淒猶蒼蒼也。晞，乾也。箋云：未晞，未爲霜。○萋本亦作淒，七奚反。晞音希。所謂伊人，在水之湄。湄，水隒也。○湄音眉。隒，魚檢反，又音檢。遡洄從之，道阻且躋。躋，升也。箋云：升者，言其難至，如升阪。○躋本又作隮，子西反。遡游從之，宛在水中坻。坻，小渚也。○坻，直尸反。

○蒹葭采采，白露未已。采采猶淒淒也。未已猶未止也。所

秦　小戎　蒹葭　一又巳九

二一八

孔氏曰若正與相當行則易到今乃出其右是難至也

程氏曰終南崇高厚大以興君位之尊山之高大必生美材人君尊榮必有令德故宜稱顯服又美其容兒稱人君之位

東萊曰其君也哉猶書所謂孺子王矣戒之之辭也

程氏曰紀稜角堂平寬　朱氏曰紀山之廉角也堂山之寬平處也

朱氏曰將將佩玉聲也壽考不忘者欲其

謂伊人在水之涘涘厓也。涘音俟遡洄從之道阻且右右出其右也箋云右者言其迂迴也。迂音于遡游從之宛在水中沚小渚曰沚。沚音止

蒹葭三章章八句

終南戒襄公也能取周地始爲諸侯受顯服大夫美之故作是詩以戒勸之。終南何有有條有梅興也終南周之名山中南也條槄梅柟也宜以戒不宜也箋云問何有者意以爲名山高大宜有茂木也興者喻人君有盛德乃宜有顯服猶山之木有大小也此之謂戒勸。條本又作樤音同槄吐刀反山榎也柟音如塩反沈云孫炎稱荊州曰柟揚州曰梅重實揚州人不聞名柟君子至止錦衣狐裘錦衣采色也狐裘朝廷之服箋云至止者受命服於天子而來也諸侯狐裘錦衣以裼之。朝直遥反裼星歷反重言君子至止八本詩一庭燎一瞻彼落矣三顏如渥丹其君也哉箋云渥厚漬也顏色如厚漬之丹言赤而澤也其君也哉儀貌尊嚴也。渥於角反厚漬丹如字韓詩作沰音撻各反沰赭也宜之熱反又如字本亦作渥字漬疾賜反。終南何有有紀有堂紀基也堂畢道平如堂也箋云畢也堂也亦高大之山所宜有也畢終南之道名邊如堂之牆然。紀如字本亦作屺沉音起君子至止黻衣繡

居此位服此服長久而安寧也亦戒勸之辭

孔氏曰左傳文六年秦伯任好卒以子車氏之三子奄息仲行鍼虎爲殉皆秦之良也

李氏曰交交飛而往來之貌

王氏曰百夫之特則特出於百夫

朱氏曰此奄息之死若可以他人贖之則人雖有百身亦皆願贖之矣愛之甚也

裳黑与青謂之黻五色備謂之繡。黻音弗 佩玉將將壽考不忘。重言將七羊反。佩玉將將二有女同車一本詩一。○壽考不忘二本詩蓼蕭各一

終南二章章六句

黃鳥哀三良也國人刺穆公以人從死而作是詩也三良三善臣也謂奄息仲行鍼虎也從死自殺以從死。○行戶郎反下皆同鍼其廉反徐又音針壽詩音受又如字

○交交黃鳥止于棘興也交交小貌黃鳥以時往來得其所人以壽命終亦得其所箋云黃鳥止于棘以求安已也此棘若不安則移興者喻臣之事君亦然今穆公使臣從死刺其不得黃鳥止于棘之本意 誰從穆公子車奄息子車氏奄息名箋云言誰從穆公者傷之 維此奄息百夫之特乃特百夫之德箋云百夫之中最雄俊也 臨其穴惴惴其慄慄慄懼也箋云穴謂冢壙中也秦人哀傷此奄息之死臨視其壙皆爲之悼慄。○惴之瑞反慄音栗壙苦晃反 彼蒼者天殲我良人殲盡良善也箋云言彼蒼者天愬之。○殲子廉反徐又息廉反愬蘇路反 如可贖兮人百其身箋云如此奄息之死可以他人贖之者人皆百其身謂一身百死猶爲之惜善人之甚。○贖食燭反又音樹

○交交黃鳥止于桑誰從穆

朱氏曰以所見起興也陶淵明詩曰荊棘籠高墳黃鳥声正悲

孔氏曰尽殺我善人

秦 終南 黃鳥

東萊曰：訓防爲當者，蓋如隄防之防水。

王氏曰：百夫之禦，則能禦百夫者也。

程氏曰：以晨風之君子者，取其去來之疾。人君好賢待士有道，則賢者歸之。禮貌不至，則浩然去矣。林木茂盛，則飛鳥所集；與朝廷有道，則賢者所就也。如何如何，歎其如是也。此詩主賢者見棄之意而言，故云忘我。○東萊曰：此詩亦如權輿刺康公。

公子車仲行。箋云：仲行，字也。維此仲行，百夫之防。防，比也。箋云：防猶當也，言此一人當百夫。○防，徐云毛音方，鄭音房。臨其穴，惴惴其慄。彼蒼者天，殲我良人。如可贖兮，人百其身。○交交黃鳥，止于楚。誰從穆公？子車鍼虎。維此鍼虎，百夫之禦。禦，當也。○禦，魚呂反，注同。臨其穴，惴惴其慄。彼蒼者天，殲我良人。如可贖兮，人百其身。

黃鳥三章，章十二句

左氏文六年：秦伯任好卒，以子車氏之三子奄息、仲行、鍼虎爲殉，皆秦之良也。國人哀之，爲之賦黃鳥。

晨風，刺康公也。忘穆公之業，始棄其賢臣焉。○鴥彼晨風，鬱彼北林。興也。鴥，疾飛貌。晨風，鸇也。鬱，積也。北林，林名也。先君招賢人，賢人往之，駛疾如晨風之飛入北林。箋云：先君謂穆公。○鴥，說文作鴪，尹橘反，疾飛貌，字林于叔反。鸇，字又作鸇，之然反，草木疏云似鷂，青色，說文止仙反，字林口先反。駛，所吏反。未見君子，憂心欽欽。思望之，心中欽欽然。箋云：言穆公始未見賢者之時，思望而憂之。如何如何，忘我實多。今則忘之矣。箋云：此以穆公之意責康公，如何如何乎，女忘我之事實多。○

雅一 國風 詩秦風一 黃鳥三 小

與賢者有始而無終
未見君子憂心欽欽
言康公初立想望君
子如是之切也如何如
何忘我實多責其
不能終也
李氏曰苞叢生也
陸氏草木疏曰駁馬
駁馬梓榆也梓榆其
樹皮青白駁犖遥視
似駁馬故謂之駁馬
蘇氏曰山則有櫟隰則
有駁可以大國而獨無
其人乎
孔氏曰玉藻云纊爲襺
緼爲袍純著新綿名
爲襺雜用舊絮名
爲袍
蘇氏曰古者君與民
同其甘苦非謂其無
衣也然有是袍也願
與之同之故於王之
興師也民皆自修其
戈矛而與之同仇矣據
今無恩於民而用其死
也秦本周地故其民猶
思周之盛時而
稱先王焉。
范氏曰豈曰無衣與子同袍者上興下之辭也王于興師脩我甲兵與子同仇下興其上之辭也

山有苞櫟，隰有六駁。櫟木也。駁如馬，倨牙，食虎豹。箋云：山之櫟，隰之駁，皆其所宜有也。以言賢者亦國家所宜有之。○櫟，盧狄反。駁，邦角反。獸名。詩草木疏云：駁馬，木名，梓榆也。倨，音據。未見君子，憂心靡樂。如何如何，忘我實多。○樂音洛。○山有苞棣，隰有樹檖。棣，唐棣也。檖，赤羅。○棣音弟。檖音遂，或作遂。未見君子，憂心如醉。如何如何，忘我實多。

晨風三章，章六句

無衣，刺用兵也。秦人刺其君好攻戰，亟用兵，而不與民同欲焉。○好，呼報反，下注同。攻，古弄反，又如字，下注同。亟，欺冀反。重言 無衣二篇，唐風、秦風。

○豈曰無衣，與子同袍。興也。袍，襺也。上與百姓同欲，則百姓樂致其死。箋云：此責康公之言也。君豈嘗曰女無衣，我與女同袍乎？言不与民同欲。○袍，抱毛反。襺，古顯反，本亦作繭。王于興師，脩我戈矛，與子同仇。戈長六尺六寸，矛長二丈。天下有道，則禮樂征伐自天子出。仇，匹也。箋云：于，於也。怨耦曰仇。君不与我同欲，而於王興師，則云脩我戈矛，与子同仇，往伐之。刺其好攻戰。○仇音求。長，直亮反，又如字，下同。○豈曰無衣，與子同澤。

朱氏曰澤裏衣也以其親膚近於垢澤故謂之澤

董氏曰巾車金路以封同姓象路以封異姓革路以封四衛木路以封蕃國皆諸侯也故人君之車曰路車

王氏曰至渭陽者送之遠也悠悠我思者思之長也路車乘黃瓊瑰玉佩者贈之厚也

澤潤澤也箋云澤褻衣近汙垢○澤如字說文作襗云袴也褻私列反近附近之近汙音烏又汙穢之汙垢古口反王于興師脩我矛戟與子偕作作起也箋云戟車戟常也○豈曰無衣與子同裳王于興師脩我甲兵與子偕行行往也

無衣三章章五句

渭陽康公念母也康公之母晉獻公之女文公遭麗姬之難未反而秦姬卒穆公納文公康公時爲大子贈送文公于渭之陽念母之不見也我見舅氏如母存焉及其即位思而作是詩也○渭陽音謂水名水北曰陽麗本又作驪同力馳反難乃旦反大音泰

○我送舅氏曰至渭陽母之昆弟曰舅箋云渭水名也秦是時都雍至渭陽者蓋東行送舅氏於咸陽之地○雍於用反縣名今屬扶風何以贈之路車乘黃贈送也乘黃四馬也○乘繩證反下同【重言】何以贈之二並本詩○我送舅氏悠悠我思何以贈之瓊瑰玉佩瓊瑰石而次玉○思息嗣反瑰古回反【重言】悠悠我思四終風雄雉子衿本詩各一

孔氏曰夏屋王肅云大屋崔駰七依說宮室之美云夏屋渠渠。蘇氏曰渠渠深也。

朱氏曰四簋禮食之盛也

渭陽二章章四句

權輿刺康公也忘先君之舊臣與賢者有始而無終也

○權輿音餘權輿始也【箋】忘先君之舊臣與賢者有始而無終也附晨風詩末、

○於我乎夏屋渠渠

夏大也【箋】云屋具也渠渠猶勤勤也言君始於我厚設礼食大具以食我其意勤勤然○夏胡雅反屋如字具也渠其居反食音嗣注篇內同

今也每食無餘

【箋】云此言君今遇我薄其食我纔足且

于嗟乎不承權輿

承繼也權輿始也【箋】二

○於我乎每食四簋

四簋黍稷稻粱○簋音軌內方外圓曰簋以盛黍稷外方內圓曰簠用貯稻粱皆容一斗二升

今也每食不飽于嗟乎不承權輿

權輿二章章五句

秦國十篇二十七章百八十一句

秦

互註毛詩卷第六

無衣 渭陽 權輿 六卷 十二尾

李氏曰子稱幽公也
朱氏曰言幽公遊蕩於宛丘之上信有情思而可樂矣然無威儀可瞻望也
孔氏曰李巡孫炎注爾雅皆云中央下惟郭璞曰宛丘謂中央隆峻狀
朱氏曰值遇也言無時不遇其出遊而舞於是也

纂圖互註毛詩卷第七

陳宛丘詁訓傳第十二 ○陸曰陳者胡公嬀滿之所封也其先虞舜之胄有虞遏父者爲周陶正武王賴其器用以神明之後故妻以元女其子滿乃封於陳以備三恪其地伏羲之墟在古豫州之界宛丘之側

毛詩國風　鄭氏箋

宛丘刺幽公也淫荒昏亂遊蕩無度焉 ○宛丘怨阮反爾雅云宛中宛丘郭云中央隆高

○子之湯兮宛丘之上兮 子大夫也湯蕩也四方高中央下曰宛丘箋云子者斥幽公也游蕩无所不爲○湯他郎反舊他浪反

洵有情兮而無望兮 洵信也箋云此君信有淫荒之情其威儀无可觀望而則傚○洵音荀傚户教反

○坎其擊鼓宛丘之下 坎坎擊鼓声○坎苦感反

無冬無夏值其鷺羽 值持也鷺鳥之羽可以爲翳箋云翳首所持以指麾○值直置反鷺音路白鳥也一名舂鉏翳於計反麾毀危反字又作撝

○坎其擊缶宛丘之道 盎謂之缶○缶方有反盎本亦作盎烏浪反

無冬無夏值其鷺翿 翿翳也○翿音導又音陶

宛丘三章章四句

張氏曰婆娑不必是舞但徘徊翺翔之義士大夫之子不得過市今也遨遊於市井中
范氏曰市所以易貨聚民而婦人廢其紡績於此乎婆娑
歐陽氏曰子仲之子常婆娑於國中樹下以相誘說因道其相誘之語曰當以善旦期於國南之原野
下章又述其相約以往

東門之枌，疾亂也。幽公淫荒，風化之所行，男女棄其舊業，亟會於道路，歌舞於市井爾。○枌，符云反。亟，欺冀反。重意 幽公淫荒　雞鳴哀公荒淫怠慢。○風化之所行　七月風化之所由。

○東門之枌，宛丘之栩。枌，白榆也。栩，杼也。國之交會，男女之所聚。○栩，況甫反。杼，常与反，說文才与反。子仲之子，婆娑其下。子仲，陳大夫氏。婆娑，舞也。箋云：之子，男子也。○婆，步波反。說文作媻，音同。娑，桑何反。

○穀旦于差，南方之原。穀，善也。原，大夫氏。箋云：旦，明。于，曰。差，擇也。朝日善明，曰相擇矣，以南方原氏之女可以為上處。○旦，鄭音旦，本亦作且，子也反，苟且也。徐子餘反。差，鄭初佳反，注音嗟。韓詩作嗟，徐七何反。沈云：毛意不作嗟，案毛无改字，宜從鄭讀。曰相，背越下曰往矣同。不績其麻，市也婆娑。箋云：績麻者，婦人之事也。疾其今不為。

○穀旦于逝，越以鬷邁。逝，往。鬷，數。邁，行也。箋云：越，於。鬷，總也。朝日善明曰往矣，謂之所會處也。於是以總行，欲男女合行。○鬷，子公反。處，昌慮反。視爾如荍，貽我握椒。荍，芘芣也。椒，芬香也。箋云：男女交會而相說，曰我視女之顏色美如芘芣之華，然女乃遺我一握之椒，交情好也。此本淫亂之所由。○荍，祁饒反。郭云荊葵也。芘，音毗，又扶之反。芣，音浮，又芳九反。說，音悅。遺，唯季反。好，呼報反。

東門之枌三章，章四句。

孔氏曰衡古文横字故知横木為門
歐陽氏曰衡門雖淺陋亦可以遊息於其下泌水洋洋然閑之而樂則亦可以忘飢言陳國雖小苟有意於立事則亦可以有為
陸氏曰里語曰洛鯉河魴貴於牛羊則魴鯉乃魚之美者
歐陽氏曰其二章三章則又言何必大國然後可為譬如食魚者凡魚皆可食若必待魴鯉則不食魚矣譬言如娶妻諸姓之女皆可取若待齊宋之族則不取矣

衡門誘僖公也愿而無立志故作是詩以誘掖其君也誘進也掖扶持也○衡門如字衡横也沈云古文横字誘音酉愿音願謹也掖音亦

○衡門之下可以棲遲衡門横木為門言淺陋也棲遲遊息也箋云賢者不以衡門之淺陋則不遊息於其下以喻人君不可以國小則不興治致政化○棲音西遲直夷反泌之洋洋可以樂飢泌泉水也洋洋廣大也樂飢可以樂道忘飢箋云飢者不足於食也泌之水流洋洋然飢者見之可飲以療飢以喻人君慤愿任用賢臣則政教成亦猶是也○泌悲位反洋音羊樂本又作𤻲毛音洛鄭力召反沈云舊皆作樂字近詩本有作疒下樂以形聲言之殊非其義𤻲字當從疒下作尞案說文云𤻲治也療或𤻲字也則毛本止作樂鄭本作𤻲下注放此慤苦角反○豈其食魚必河之魴豈其取妻必齊之姜箋云此言何必河之魴然後可食取其口美而已何必大國之女然後可妻亦取貞順而已以喻君任臣何必聖人亦取忠孝而已妻七計反○魴音房取音娶下文同○豈其食魚必河之鯉豈其取妻必宋之子箋云宋子姓

衡門三章章四句

東門之池刺時也疾其君之淫昏而思賢女以配君子

蘇氏曰陳君荒淫無度不可告語故其君子思得淑女以化之於內婦人之於君子日夜處而無間庶可以漸革其暴如池之漚麻漸漬而不自知也
陸氏草木疏曰紵亦麻也宿根在地中至春自生不歲種
孔氏曰菅者已漚之名未漚則但名爲茅也

朱氏曰明星啓明也煌煌大明貌東門蓋男女親迎之所以其所見起興曰東門之楊則其葉牂牂矣昏以爲期而明星煌煌矣

也。孔安國云停水曰池。○重言刺時也十二附靜女詩以配君子二關雎本詩車舝

○東門之池，可以漚麻。興也。池，城池也。漚，柔也。箋云：於池中柔麻，使可緝績作衣服。興者，喻賢女能柔順君子，成其德教。○漚，烏豆反。緝，七立反。西州人謂績爲緝。彼美淑姬，可與晤歌。晤，遇也。箋云：晤猶對也。言淑姬賢女，君子宜與對歌相切化也。○淑音叔，本亦作叔。淑，善也。晤，五故反。

○東門之池，可以漚紵。彼美淑姬，可與晤語。○紵，直呂反。字又作苧。

○東門之池，可以漚菅。彼美淑姬，可與晤言。言，道也。○菅，古顏反。茅已漚爲菅。

東門之池三章，章四句

東門之楊，刺時也。昏姻失時，男女多違。親迎，女猶有不至者也。○迎，魚敬反，下注同。重言刺時也十二附靜女詩重意昏姻失時綢繆不得其時。

○東門之楊，其葉牂牂。興也。牂牂然，盛貌。言男女失時，不逮秋冬。箋云：楊葉牂牂，三月中也。興者，喻時晚也，失仲春之月。○牂，子桑反。昏以爲期，明星煌煌。期而不至也。箋云：親迎之禮以昏時，女留他色，不肯時行，乃至大星煌煌然。○煌音皇。

○東門之楊，其葉肺肺。肺肺猶牂牂也。○肺，普貝反，又蒲貝反。昏以爲

蘇氏曰夫陳佗也
程氏曰人情不修治則邪
惡生猶道路不修治則
荊棘生故以興焉墓門有
荊棘則當以斧斤開析之
佗才不善宜得賢師良
傅以道義輔正之今夫也
不良衆皆知之而不去自
昔誰如是乎此追咎自佗
幼小不擇師傅致成其
惡誰昔然矣猶云從來
誰如是乎
程氏曰梅美木生於墓門
荊棘荒蕪之處則惡鳥
萃矣雖有良心善性與
不善人處則惡歸矣
朱氏曰夫也不良則有歌
其惡以訊之者矣訊之
而不予顧至於顛倒然
後思予則豈有所及哉
亦追咎之辭也

期明星晢晢。晢晢猶煌煌也。○晢之世反。

東門之楊二章章四句

墓門刺陳佗也。陳佗無良師傅，以至於不義，惡加於萬民焉。不義者謂弑君而自立。○佗本亦作他同徒多反下文也史記以為厲公殺音試本又作弑同○墓門有棘，斧以斯之。興也。墓門，墓道之門。斯，析也。幽間希行，用生此棘薪，維斧可以開析之。箋云：興者，喻陳佗由不覩賢師良傅之訓道，至陷於誅絕之罪。○斯，所宜反，又如字，又音[illegible]。鄭注尚書云：斯，析也。竹離也。孫炎云：斯，析之離。讀者如字。析，星歷反。間音閑。睹，都魯反，本亦作覩。夫也不良，國人知之。夫，傅相也。箋云：良，善也。陳佗之師傅不善，羣臣皆知之，言其罪惡著也。○相，息亮反。知而不已，誰昔然矣。昔，久也。箋云：已猶去也。誰昔，昔也。國人皆知其有罪惡而不誅退，終致禍難，自古昔之時常然。○去，起呂反。難，乃旦反。○墓門有梅，有鴞萃止。梅，柟也。鴞，惡聲之鳥也。萃，集也。箋云：梅之樹善惡自耳，徒以鴞集其上而鳴，人則惡之，樹因惡矣。以喻陳佗之性本未必惡，師傅惡而陳佗從之而惡。○鴞，于驕反。萃，似醉反。柟，如鹽反。則惡，烏路反。夫也不良，歌以訊之。訊，告也。箋云：歌謂作此詩也。既作，又使工歌之，是謂之告。○訊，本又作誶，音信，徐息悴反，告也。韓詩：訊，諫也。訊予不顧，顛

二二九

歐陽氏曰讒言惑人如防之有鵲巢漸積構成之爾又如苕饒蔓引牽連將及我也

侜謂譸張迂迴誑罔人者必迂曲以致其惡予美心所賢者憂讒誣賢善也

中唐有甓非一甓也亦以積累而成綬草雜衆色以成文猶多言交織以成惑義與貝錦同

董氏曰鷊舊作鷊說文引詩亦作䲧

倒思予。箋云予我也歌以告之女不顧念我言至於破滅顛倒之急乃思我之言言其晚也

墓門二章章六句

防有鵲巢，憂讒賊也。宣公多信讒，君子憂懼焉。【重意】采苓獻公好聽讒

○防有鵲巢，邛有旨苕。因也防邑也邛丘也苕草也箋云防之有鵲巢邛之有美苕處勢自然興者喻宣公信多言之人故致此讒人○邛其恭反苕徒凋反 誰侜予美？心焉忉忉。侜張誑也箋云誰誰讒人也女衆讒人誰侜張誑欺我所美之人乎使我心忉忉然所美謂宣公也○侜陟留反說文云有廱蔽也予美韓詩作娓音尾娓美也忉都刀反憂也誑九況反

○中唐有甓，邛有旨鷊。中中庭也唐堂塗也甓瓴甋也鷊綬草也○甓蒲歷反鷊五歷反又今音零甋都歷反字書作甗綬音受 誰侜予美？心焉惕惕。惕惕猶忉忉也○惕吐歷反

防有鵲巢二章章四句

月出，刺好色也。在位不好德，而說美色焉。○好呼報反序同說音悅澤陂詩同【重意】女曰雞鳴不說德而好色也

○月出皎兮，興也皎月光也箋云興者喻婦人有美色之白皙○皦古

孔氏曰佼好之人
朱氏曰窈幽遠也糾愁結也。當月出之時而思佼人之好欲一見之以舒窈糾之情而不可得是以為之勞心悄然也。董氏曰皓月光。蘇氏曰懰好也。朱氏曰懮受憂思也。王氏曰慅言不安而騷動。蘇氏曰燎明也。朱氏曰夭紹糾緊之意。王氏曰慘言不舒而幽愁。
東萊曰此詩用字聱牙意者其方言歟

東萊曰國人問靈公胡為乎株林而從夏南乎詩人則為之隱曰靈公非適株林從夏南乃他有所往爾然而駕我乘馬則舍于株野矣乘我乘駒則又食于

了反本又作皦皆星歷反

佼人僚兮。舒窈糾兮。僚好貌舒遲也窈糾舒之姿也○佼字又作姣古卯反又方言云自關而東河濟之間凡好謂之姣僚本亦作嫽同音了窈烏了反又於表反糾其趙反又其小反一音其了反窈糾舒之姿說文音己小反又己召反

勞心悄兮。悄憂也箋云思而不見則憂○悄七小反

○月出皓兮。佼人懰兮。舒懮受兮。勞心慅兮。○皓胡老反懰本又作劉同力久反好貌埤蒼作懰妖也懮於久反舒貌慅七老反憂也

○月出照兮。佼人燎兮。舒夭紹兮。勞心慘兮。○燎力召反又力弔反夭於表反慘七感反憂也

月出三章章四句

株林刺靈公也。淫乎夏姬，驅馳而往，朝夕不休息焉。夏姬陳大夫妻夏徵舒之母鄭女也徵舒字子南夫字御叔○株[illegible]朱反株林夏氏邑也夏戶雅反往下同御魚呂反又如字[illegible]南出淫乎其妹

○胡為乎株林，從夏南。株林夏氏邑也夏南夏徵舒也箋云陳人責靈公君何為之株林從夏氏子南之母為淫佚之行○佚音逸行下孟反

匪適株林，從夏南。匪非也言我非之株林從夏氏子南之母為淫佚之行自之他耳觝拒之辭○觝都礼反

○駕我乘馬，說于株野。乘

巧

株矣雖欲為之隱亦不可得也

王氏曰東門之枌宛丘之應也澤陂株林之應也

蘇氏曰婦人之色如蒲荷思而不見故憂傷涕泗也

東萊曰變風始於雞鳴終於澤陂凡一百二十八篇而男女夫婦之詩四十有九男女者三綱之本萬事之先也正風之所以為正者舉其正者以勸之也變風之所以為變者舉其不正者以戒之也

我乘駒朝食于株大夫乘駒箋云我國人我君也君親乘君乘馬乘君乘駒變易車乘以至株林或說舍焉或朝食焉又責之也馬六尺以下曰駒○乘繩證反下乘驕注君乘馬車乘驕君乘並同說音稅舍也注同驕音駒沈云或作駒字是後人改之皇皇者華篇內同

株林二章章四句

澤陂刺時也言靈公君臣淫於其國男女相說憂思感傷焉君臣淫於其國謂與孔寧儀行父也感傷謂涕泗滂沱○陂彼皮反思息嗣反父音甫涕他弟反自目曰涕泗音四自鼻曰泗滂普光反沱徒何反下文同○彼澤之陂有蒲與荷興也陂澤障也荷芙蕖也箋云蒲柔滑之物芙蕖之莖曰荷生而佼大興者蒲以喻所說男之性荷以喻所說女之容體也正以陂中二物興者喻淫風由同姓生○荷音何障章亮反芙音符本亦作扶下同蕖其居反本亦作渠佼古卯反有美一人傷如之何傷無礼也箋云傷思也我思此美人當如之何而得見之【重言】有美一人四本詩二野有蔓草一寤寐無為涕泗滂沱自目曰涕自鼻曰泗箋云寤覺也○覺音教○【重意】關雎寤寐思服輾轉反側○彼澤之陂有蒲與蕑蕑蘭也箋云蕑當作蓮蓮芙蕖實也蓮以喻女之言信○蕑毛古顏反鄭改作蓮練田反有美

李氏曰儼者容貌儼然也

朱氏曰輾轉伏枕臥而不寐思之深且久也

范氏曰急於遊宴而怠於政治此賢人之

一人碩大且卷卷好貌○卷本又作婘同其員反寤寐無爲中心悁悁悁悁猶悒悒也○悁烏玄反○彼澤之陂有蒲菡萏菡萏荷華也箋云華以喻女之顏色○菡本又作莟又作菡戶感反萏本又作萏大感反有美一人碩大且儼儼矜莊貌○儼本又作曮魚檢反寤寐無爲輾轉伏枕○輾張輦反本又作展

澤陂三章章六句

陳國十篇二十六章百二十四句

檜羔裘詁訓傳第十三○陸曰檜本又作鄶古外反檜者高辛氏之火正祝融之後妘姓之國也其封域在古豫州外方之北滎波之南居溱洧之間祝融之故墟是子男之國後爲鄭武公所并焉王云周武王封之於濟洛河潁之間爲檜子

毛詩國風　鄭氏箋

羔裘大夫以道去其君也國小而迫君不用道好絜其衣服逍遙遊燕而不能自強於政治故作是詩也以道去其君者三諫不從待放於郊得玦乃去○好呼報反下注同治直吏反下注同玦古穴反○羔裘逍遙狐裘

所以去也夫忠臣之事君言不用而去之不得已也其心豈捨君哉故曰豈不爾思勞心忉忉

嚴氏曰羔裘之色潤澤如脂直以所漬

以朝羔裘以遊燕狐裘以適朝箋云諸侯之朝服緇衣羔裘大蜡而息民則有黃衣狐裘今以朝服燕祭服朝是其好絜衣服也先言燕後言朝見君之志不能自強於政治○朝直遙反下同下篇注亦同蜡仕詐反祭名也見賢遍反豈不爾思勞心忉忉國無政令使我心勞箋云爾女也三諫不從待放而去思君如是心忉忉然○忉音刀【重言】豈不爾思七本詩三竿一大車二東門之墠一○羔裘翱翔狐裘在堂堂公堂也箋云翱翔猶逍遙也豈不爾思我心憂傷【重言】我心憂傷四本詩正月小弁小宛各一○羔裘如膏日出有曜日出照曜然後見其如膏膏古報反○曜羊照反豈不爾思中心是悼悼動也箋云悼猶哀傷也

羔裘三章章四句

素冠刺不能三年也喪禮子爲父父卒爲母皆三年時人恩薄禮廢不能行也○爲于僞反下同

○庶見素冠兮棘人欒欒兮庶幸也素冠練冠也棘急也欒欒瘠貌箋云喪禮既祥祭而縞冠素紕時人皆解緩無三年之恩於其父母而廢其喪禮故覬幸一見素冠急於哀慼之人形貌欒欒然臞瘠也○欒力端反瘠情昔反縞古老反紕婢移反解佳賣反覬音冀臞本亦作瘦所救反勞心慱慱兮慱慱憂勞也箋云勞心者

張氏曰不能三年不期而除則未始用練冠○曾氏曰不能三年雖不知爲服歲月然宰我謂鑽燧改火期可已矣齊宣王曰爲期之喪猶愈於已乎古之不能三年意皆如此詩人思見練冠蓋當時亦爲一歲服歟

孔氏曰喪禮至朞而練至祥乃除練後常服此冠故爲練冠也

東萊曰鄭康成王肅皆以素冠為大祥之冠蓋引喪服小記除成喪者其祭也朝服縞冠之文其說誤矣唯其不能三年是以傷嗟不見既練之冠若除喪之縞冠雖使短喪其除之也蓋亦服是冠矣至於二章之素衣鄭說猶不通朝服緇衣素裳初無素衣之制遂轉衣為裳其牽合益甚矣三章之素韠於既練之服雖無所攷觀詩者當亦得其大旨不必委曲瑣細拘於禮文

東萊曰夭如殀草惟夭之夭謂萇楚始生之時也隰有萇楚猗儺其枝柔弱而蔓

夏反不肖見。傳徒端反。○庶見素衣兮素冠故素衣也箋云除成喪者其祭也朝服縞冠朝服緇衣素裳然則此言素衣者謂素裳也我心傷悲兮聊與子同歸兮願見有礼之人與之同歸箋云聊猶且也且与子同歸欲之其家觀其居處我心傷悲云本詩字誤四牡采薇杕杜各一重言。○庶見素韠兮箋云祥祭朝服素韠者韠從裳色。○韠音畢我心蘊結兮聊與子如一兮子夏三年之喪畢見於夫子援琴而絃衎衎而樂作而曰先王制礼不敢不及夫子曰君子也閔子騫三年之喪畢見於夫子援琴而絃切切而哀作而曰先王制礼不敢過也夫子曰君子也子路曰敢問何謂也夫子曰子夏哀已盡能引而致之於礼故曰君子也閔子騫哀未盡能自割以禮故曰君子也夫三年之喪賢者之所輕不肖者之所勉也箋云聊與子如一且欲與之居處觀其行也。○蘊紆粉反夏戶雅反下同見賢遍反下同援音袁下同衎苦旦反樂音洛夫音符其名丁盈反

素冠三章章三句

隰有萇楚疾恣也國人疾其君之淫恣而思無情慾者也恣謂狡佚淫戲不以礼也○萇直良反萇楚銚弋也本草云一名羊腸一名羊桃恣姿利反狡古卯反佚古快反本亦作溢古外反○隰有萇楚猗儺其枝興也萇楚銚弋也猗儺柔順也箋云銚弋之性始生正直及其長大

朱氏曰韠蔽膝也以韋為之冕服謂之韍

朱氏曰蘊結者思之不解也

蓋如人之多慾者矣及思始茁其牙未有牽蔓之時生意沃沃然蓋甚可愛也此所謂赤子之心也此檜君未有知識未有室家之時也曰無知無家無室者蓋疾其君之多慾故其辭過而激

則其枝猗儺而柔順不妄尋蔓草木興者喻人少而端愨則長大无情慾○猗於可反儺乃可反銚音遙長張丈反下同蔓音萬少詩照反下同。夭之沃沃，樂子之無知。夭少也沃沃壯佼也箋云知匹也疾君之恣故於人年少沃沃之時樂其無妃匹之意○夭於驕反沃烏毒反樂音洛注下皆同知音智○隰有萇楚，猗儺其華。夭之沃沃，樂子之無家。箋云無家謂無夫婦室家之道○隰有萇楚，猗儺其實。夭之沃沃，樂子之無室。

隰有萇楚三章，章四句。

朱氏曰周道適周之路也

程氏曰匪風不和之風匪車無法之車

范氏曰匪風發兮匪車偈兮猶惡政之及民也

程氏曰顧瞻盻戀思而傷怛也

朱氏曰顧瞻周道而思王室

程氏曰亨美好之物人所欲興善政人所思

匪風，思周道也。國小政亂，憂及禍難，而思周道焉。○難乃旦反。○匪風發兮，匪車偈兮。發發飄風非有道之風偈偈疾驅非有道之車○偈起竭反疾也驅丘遇反又如字。顧瞻周道，中心怛兮。怛傷也下國之亂周道滅也箋云周道周之政令也迴首曰顧○怛旦反又都達反慘怛也○匪風飄兮，匪車嘌兮。迴風為飄嘌嘌無節度也○飄符遙反又必遙反嘌本又作票匹遙反顧瞻周道，中心弔兮。弔傷也○誰能亨魚，溉之釜鬵。溉滌也鬵釜屬亨魚煩則碎治民煩則散知亨魚則知治民矣箋云誰能者言人偶能割亨者○亨普耕反注同溉朱氏曰：誰能亨魚乎？有則我願爲之溉其釜鬵；誰將西歸乎？有則我願慰勞之以好音。而勉之言有能與周道者，則己將歸之也。

朱氏曰：蜉蝣之羽翼，猶人衣裳之楚楚然也。然朝生暮死，蓋以比人之玩細娛而無遠慮者耳。

也。溉，本又作摡，古愛反。釜，符甫反。鬵，音尋，又音岑。說文云：大釜也。一曰鼎大上小下，若甑曰鬵。音才今反。又徐廉反。誰將

西歸，懷之好音。周道在乎西。懷，歸也。箋云：誰將者，亦言人誰能輔周道治民者也。檜在周之東，故言西歸。有能西仕於周者，我則懷之以好音，謂周之舊政令。

匪風三章，章四句

檜國四篇，十二章，四十五句

曹蜉蝣詁訓傳第十四 ○陸曰：曹者，武王之弟叔振鐸所封之國也，明爲伯，其封域在濟陰陶丘之北，荷澤之野，今濟陰定陶是也。　毛詩國風　鄭氏箋

蜉蝣，刺奢也。昭公國小而迫，無法以自守，好奢而任小人，將無所依焉。蜉蝣，上音浮，下音由。渠略也。國小，一本作昭公國小而迫。案鄭譜云：昭公好奢而任小人，曹之變風始作。此詩箋云：喻昭公之朝，是蜉蝣爲昭公詩也。譜又云：蜉蝣至下泉四篇，共公時作。今諸本此序多無昭公字，崔集注本有，未詳其正也。○蜉蝣之羽，衣裳楚楚。興也。蜉蝣，渠略也，朝生夕死，猶有羽翼以自脩飾。楚楚，鮮明貌。箋云：興者，喻昭公之朝，其羣臣皆小人也。徒整飾其衣裳，不知國之將迫脅，君臣死亡無日，如渠略然。○楚楚，如字。說文作䠞䠞云

東萊曰曹之賢者見其君危亡將至猶驕淫自喜而莫可告語也曰吾憂吾君危亡近在旦夕倘無所依其於我歸處乎

孔氏■曲禮疏曰戈鉤孑戟也如戟而橫安刃但頭不嚮上為鉤也直刃長八寸橫刃長六寸刃下接柄處長四寸並廣二寸芾是配冕之服形制同於韠祭服謂之芾他服謂之韠賢者不過候人是遠君子也曹朝三百人皆服赤芾是其近小人也諸侯之制大夫五人今有三百赤芾愛小人過度也

舍旦丑緑鮮色也。蜾本或作蜾音同其居反略本或作蝸音同沈云二字並不施虫是也朝直遥反下皆同一讀下朝夕字張遥反

心之憂矣於我歸處箋云歸依歸君當於何依歸乎言有危亡之難將無所就往○難乃旦反[illegible]

心之憂矣二十四本詩三餘附拍舟○蜉蝣之翼采采衣服采采衆多也心之憂矣於我歸息息止○蜉蝣掘閱麻衣如雪掘閱容閱也如雪言鮮絜箋云掘閱掘地解閱謂其始生時也以解閱喻君臣朝夕變易衣服也麻衣深衣諸侯之朝朝夕則深衣也○掘求勿反閱音悅解音蟹下同心之憂矣於我歸說箋云說猶舍息也○說音稅協韻如字

蜉蝣三章章四句

候人刺近小人也共公遠君子而好近小人焉○候人官名近附近之近下同共音恭下篇同遠于萬反下注同好呼報反■■遠君子而好近小人焉鳲鳩在位無君子鳲鳩象君子在野○彼候人兮何戈與祋候人道路送賓客者何揭祋殳也言賢者之官不過候人箋云是謂遠君子也○何何可反又音何祋都外反又都律反揭音竭又其謁反殳市朱反彼其之子三百赤芾曹■彼彼也芾韠也一命緼芾黝珩再命赤芾黝珩三命赤芾葱珩大夫以上赤芾乘軒箋云之子是子也佩赤芾者三百人○其音記下皆

歐陽氏曰此鵜當居泥水中以自求魚而食今乃邈然高處魚梁之上竊人之魚以食而得不濡其翼味如彼小人竊祿於高位而不稱其服也

張氏曰不遂其媾不稱其寵待也今人謂遂意音曰稱意

張氏詩曰林木南山薈蔚時工斤樵斧競朝隮攀知趨利青冥上不念幽居季女飢。陳氏曰壯者趨利於山則弱女飢窮於室小人肆志於上則君子困窮於下

同芾音弗韠謂之芾沈又甫味反韐音古洽反下亦明同緼音温何烏本反赤黄之色黝於糾反黑色衍音衡以下時掌反【重言】彼其之子十四本詩二篇見叨卷揚之水。○**維鵜在梁不濡其翼**鵜洿澤鳥也梁水之中梁鵜在梁可謂不濡其翼乎箋云鵜在梁當濡其翼而不濡者非其常也以喻小人在朝亦非其常○鵜徒低反洿音烏一音火故反**彼其之子不稱其服**箋云不稱者言德薄而服尊○稱尺證反注同【互注】左僖公二十四年鄭子好聚鷸冠鄭伯使盜誘之君子曰服之不衷身之災也詩曰彼記之子不稱其服記表記云君子衰絰則有哀色端冕則有敬色甲冑則有不可辱之色詩云維鵜在梁不濡其翼彼記之子不稱其服○**維鵜在梁不濡其咮**咮喙也○咮陟救反徐又都豆反喙音畧穢反又尺稅反又陟角反鳥口也**彼其之子不遂其媾**媾厚也箋云遂猶久也不久其厚言終將薄於君也○媾古豆反○**薈兮蔚兮南山朝隮**薈蔚雲興貌南山曹南山也隮升雲也箋云薈蔚之小雲朝升於南山不能為大雨以喻小人雖見任於君終不能成其德教○薈烏會反蔚於貴反隮子兮反**婉兮孌兮季女斯飢**婉少貌孌好貌季人之少子也女民之弱者箋云天無大雨則歲不熟而幼弱者飢猶國之無政令則下民困病○婉於阮反孌力轉反少詩照反下同【重言】婉兮孌兮本詩一見甫田

候人四章章四句

張氏曰：結云者，實而不它也。孔氏曰：謂堅牢不散，如物之累結。○陳氏曰：和順積中而英華發外，是以由其威儀一於外，則其心如結於内者從可知也。○孔氏曰：馬之青黑色謂之騏，此字從馬，則謂弁色如騏馬之文也。顧命云「四人騏弁執戈」，注云青黑曰騏。○鳲鳩常言在桑，其子每章異木，言子自飛去，母常不移也。○李氏曰：若母無常處，則其子不知所在。○朱氏曰：忒，差忒也。有常度而其心一，故儀不忒。儀不忒，則足以正四國矣。大學傳曰：其爲父子兄弟足法，而後民法之也。

鳲鳩，刺不壹也。在位無君子，用心之不壹也。○鳲音尸，本亦作尸。○

鳲鳩在桑，其子七兮。興也。鳲鳩，秸鞠也。鳲鳩之養其子，朝從上下，莫從下上，平均如一。箋云：興者，喻人君之德當均一於下也。以刺今在位之人不如鳲鳩。○秸，居八反，又音吉。鞠，居六反。莫音暮。下上，時掌反。淑人君子，其儀一兮。箋云：淑，善。儀，義也。善人君子，其執義當如一也。淑人君子七本詩四歲鍾二。其儀一兮，心如結兮。言執義一則用心固。○

鳲鳩在桑，其子在梅。飛在梅也。淑人君子，其帶伊絲。其帶伊絲，其弁伊騏。騏，騏文也。弁，皮弁也。箋云：其帶伊絲，謂大帶也。大帶用素絲，有雜色飾焉。騏當作璂，以玉爲之。言此帶弁者，刺不稱其服。○弁，皮彥反。騏音其。璂音其，說文作璂，云弁飾，往往冒玉也。或亦作琪，綦音其，又音忌。○

鳲鳩在桑，其子在棘。淑人君子，其儀不忒。忒，疑也。○忒，他得反。其儀不忒，正是四國。正，長也。箋云：執義不疑，則可爲四國之長。言任爲侯伯。○長，張丈反，下同。任音壬。

記經解：天子者，朝廷則道仁聖禮義之序，燕處則聽雅頌之音，行步則有環佩之聲，升車則有鸞和之音，居處有禮，進退有度，百官得其宜，萬事得其序。詩云：淑人君子，其儀不忒。其儀不忒，正是四國。此之謂也。又大學：詩云：其儀不忒，正是四國。其爲父子兄弟足法，而后民法之也。此謂治國在齊其家。

○鳲鳩在

朱氏曰：其帶伊絲，其弁伊騏，言有常度不差忒也。

李氏曰四方之遠猶且觀而象之況國人安得不視而傚之乎

孔氏曰稂一名童梁是禾之秀而不實者。周京與京周京師一也因異章而變文耳

程氏曰泉之潤物猶政令膏澤之及人泉寒冽則不能潤物在下則不能及物浸漬則害物苞稂叢生之茂者乃反害之是皆不得其所也慨然既寤而嘆念周道之衰也所

桑其子在榛淑人君子正是國人正是國人胡不萬年箋云正長也能長人則人欲其壽考○榛側巾反木名也又仕巾反字林云木叢生也字林云榛木之字從辛木云似梓實如小栗音壯巾反

鳲鳩四章章六句

下泉思治也曹人疾共公侵刻下民不得其所憂而思明王賢伯也○思治直吏反刻音克○冽彼下泉浸彼苞稂興也冽寒也下泉泉下流也苞本也稂童梁非溉草得水而病也箋云興者喻共公之施政教徒困病其民稂當作涼涼草蕭蓍之屬○冽音列寖本作浸子鴆反稂音郎徐又音良溉古愛反蓍音尸愾我寤嘆念彼周京箋云愾嘆息之意寤覺也念周京者思其先王之明者○愾苦愛反嘆息也說文云大息也音火既反覺音教○冽彼下泉浸彼苞蕭蕭蒿也○蒿好刀反愾我寤嘆念彼京周○冽彼下泉浸彼苞蓍蓍草也愾我寤嘆念彼京師○芃芃黍苗陰雨膏之芃芃美貌○芃薄工反又薄雄反膏古報反重言二本詩黍苗四國有王郇伯勞之郇伯郇侯也諸

謂思明王之時也陸氏曰蕭即白蒿有香氣故祭祀以脂爇之。朱氏曰黍苗既芃芃然矣而又有陰雨以膏之四國既有王矣而又有郇伯以勞之傷今之不然也

侯有事二伯述職箋大有王謂朝聘於天子也郇侯文王之子爲州伯有治諸侯之功。郇音旬勞力報反朝直遥反

下泉四章章四句

曹國四篇十五章六十八句

纂圖互註毛詩卷第七

書

程氏曰七月六章意深思遠欲成王知先公先王致王業之由民之勞力趨時稼穡之艱難如此。張氏曰七月之詩皆以夏正為斷。朱氏曰此詩月數皆以人正為紀。孔氏曰左傳張耀曰火星中而寒暑退服虔云火大火心也季冬十二月平旦正中在南方大寒退季夏六月黃昏火星中大暑退左傳又曰火猶西流謂火下為流。一之日二之日猶言一月之日二月之日故傳言一之日者是乃十外之餘謂數從一起而終於十更有餘月還以一二紀之也。董氏曰觱發說文作滭冹栗烈集注作栗冽按烈從火不得為寒氣。孔氏曰釋言云畯農夫也孫炎曰

纂圖互註毛詩卷之八

豳七月詁訓傳第十五 ○陸曰豳者戎狄之地名也夏道衰后稷之曾孫公劉自邰而出居焉其封域在雍州岐山之北原隰之野於漢屬右扶風郇邑周公遭流言之難居東都思公劉大王為豳公憂勞民事以比叙己志而作七月鴟鴞之詩成王悟而迎之以致太平故大師述其詩為豳國之風焉

毛詩國風　鄭氏箋

七月，陳王業也。周公遭變故，陳后稷先公風化之所由，致王業之艱難也。周公遭變者管蔡流言辟居東都。○王業于況反又如字下同 ○七月流火，九月授衣。火大火也流下也九月霜始降婦功成可以授冬衣矣箋云大火者寒暑之候也火星中而寒暑退故將言寒先著火所在 一之日觱發，二之日栗烈。無衣無褐，何以卒歲。一之日十之餘也一之日周正月也觱發風寒也二之日殷正月也栗烈寒氣也箋云褐毛布也卒終也此二正之月人之貴者無衣賤者無褐將何以終歲乎是故八月則當績也○觱音必說文作畢發音如字栗烈並如字說文作颲颲褐音曷 三之日于耜，四之日舉趾。同我婦子，饁彼南畝，田畯至

農夫田官也郭璞曰今之嗇夫是也。程氏曰歲過中而行暮矣當有卒歲之具禦冬之備故以七月流火為首。歐陽氏曰農夫在田婦子往饁田大夫見其勤農樂業而喜。朱氏曰遵循也、孔氏曰蘩白蒿所以生蠶今人猶用之。陸氏曰今洪蠶種尚用蒿。王氏曰以九月授衣也故春日載陽則求桑而蠶。春日遲遲然而舒緩采蘩者祈祈然而衆多女心感蠶事之勞苦時物之變化皆傷悲有與公子同嫁之志。程氏曰蠶月當蠶長之月也計歲氣之早晚不可指定幾月也。孔氏曰破斧傳曰隋銎曰斧方銎曰斨然則斨即斧也唯銎孔異耳

喜。三之日夏正月也豳土晚寒于耜始脩耒耜也四之日周四月也民無不舉足而耕矣饁饋也田畯田大夫也箋云同猶俱也喜讀為饎饎酒食也耕者之婦子俱以饟來至於南畝之中其見田大夫又為設酒食焉言勸其事又愛其吏也此章陳人以衣食為急餘章廣而成之○耜音似饁炎輒反野饋也字林于劫反畯音俊喜王申毛如字鄭作饎尺志反下同夏戶雅反下梁夏旻王同晚寒如字謂晚寒而氣寒也饋其媿反饟式亮反又為于偽反○七月流火九月授衣。箋云將言女功之始故又本作此春日載陽有鳴倉庚女執懿筐遵彼微行。爰求柔桑。倉庚離黃也懿筐深筐也微行牆下徑也五畝之宅樹之以桑箋云載之言則也陽溫也溫而倉庚又鳴可蠶之候也柔桑穉桑也蠶始生宜穉桑○離本又作鵹鳥作鸝同力知反穉直吏反本亦作稚春日遲遲采蘩祁祁女心傷悲殆及公子同歸。遲遲舒緩也蘩白蒿也所以生蠶祁祁衆多也傷悲感事苦也春女悲秋士悲感其物化也殆始及與也豳公子躬率其民同時出同時歸也箋云春女感陽氣而思男秋士感陰氣而思女是其物化所以悲也悲則始有與公子同歸之志欲嫁焉女感事苦而生此志是謂豳風○祁巨之反一音上之反殆音待○七月流火八月萑葦。薍為萑葭為葦豫畜萑葦可以為曲也箋云將言女功自始至成故亦又本於此○萑音丸葦韋鬼反亂五患反葭音加畜本又作蓄同勑六反下同蠶月條桑取彼斧斨。

孔氏曰月令季春云具曲植筐筥注云曲薄也植槌也薄用萑葦為之植直吏反槌直追反

七月十八巳一

孔氏曰遠者謂長枝去人遠也揚謂長條揚起者皆手所不及故枝落之而采其葉董氏曰齊詩猗彼女桑作椅蓋椅而束之也毛傳亦曰角而束之則毛亦爲椅也○王氏曰周官染人秋染夏夏五色也蓋於是時也五色皆可以染○爾雅釋草云華榮也木謂之華草謂之榮不榮而實者謂之秀○孟冬天子始裘而仲冬始捕獸者爲來年用之皮革踰歲乾久乃可用○程氏曰其同謂會聚共事也○王氏曰隕蘀則鳥獸氄毛於是乎可以取皮故以隕蘀爲取貉狐貍之候也○孔氏曰至二之日君民俱出田獵則繼續武事年常

以伐遠揚猗彼女桑斨方銎也遠枝遠也揚條揚也角而束之曰猗女桑荑桑也箋云條桑枝落采其葉也女桑少枝長條不枝落者束而采之○條徒彫反注條桑同又如字沈暢遥反斨七羊反猗於綺反徐於宜反銎曲容反說文云斧空也荑徒兮反

七月鳴鵙八月載績載玄載黄我朱孔陽爲公子裳鵙伯勞也載績絲事畢而麻事起矣玄黑而有赤也朱深纁也陽明也祭服玄衣纁裳箋云伯勞鳴將寒之候也五月則鳴豳地晚寒鳥物之候從其氣焉凡染者春暴練夏纁玄秋染夏爲公子裳厚於其所貴者說也○鵙圭覓反字林工役反纁許云反暴蒲卜反染如琰反

○四月秀葽五月鳴蜩八月其穫十月隕蘀不榮而實曰秀葽葽草也蜩螗也穫禾可穫也隕墜蘀落也箋云夏小正四月王萯秀葽其是乎秀葽也鳴蜩也穫禾也隕蘀也四者皆物成而將寒之候物成自秀葽■始葽於遥反蜩徒彫反穫户郭反下同隕于敏反蘀音託螗音唐墜直類反萯音婦

一之日于貉取彼狐貍爲公子裘于貉謂取狐貍皮也狐貉之厚以居孟冬天子始裘箋云于貉往搏貉以自爲裘也狐貍以共尊者言此者時寒宜助女功○貉户各反獸名貍力之反獸名搏音博舊音付自爲于僞反

二之日其同載纘武功言私其豵獻豣于公纘繼功事也豕一歲曰豵三歲曰豣大獸公之小獸私之箋云其同者君臣及民因習兵俱出田也不用仲冬亦豳地晚寒也豕生

習之使不忘戰也陸氏草木疏曰斯螽蝗類長而青長角長股股鳴者也五月中以兩股相切作声聞數十步莎雞如蝗而班色毛翅數重其翅正赤六月中飛而振羽索索作声。釋文曰屋四垂為宇。朱氏曰宇簷下也。孔氏曰月令季夏云蟋蟀居壁是從壁而出在野。熏鼠令其出窟。士虞礼云祝啓牖鄉注云鄉牖一名也為寒之備不塞南牖。朱氏曰塞向以當北風。孔氏曰改歲者以仲冬寒氣始萌可以為年之始。又告妻言我所以為此者為改歲大寒當入此居處也。孔氏曰晉宮閣銘云華林園中有車下李蘡李車下李即鬱薁李即薁。朱氏曰菽豆也。孔氏曰人年老者必有豪眉秀出者故知眉謂豪毛眉也

三日纘。○纘子管反豵子公反豣古牽反又音牽○五月斯螽動股六月莎雞振羽七月在野八月在宇九月在戶十月蟋蟀入我牀下斯螽蚣蝑也莎雞羽成而振訊之箋云自七月在野至十月入我牀下皆謂蟋蟀也言此三物之如此著將寒有漸非卒來也○螽音終莎音沙徐又素和反沈云舊多作莎今作沙音素何反宇屋四垂為宇韓詩云宇屋霤也蟋音悉蟀所律反蚣相容反又相工反蝑相魚反又相呂反訊音信本又作迅同卒寸忽反穹窒熏鼠塞向墐戶穹窮窒塞也向北出牖也墐塗也庶人蓽戶箋云為此四者以備寒○穹起弓反窒珍悉反徐得悉反熏許云反塞悉則反向如字北出牖也韓詩云北向窻也墐音覲牖音酉蓽音必嗟我婦子曰為改歲入此室處箋云曰為改歲者歲終而一之日觱發二之日栗烈當避寒氣而入所穹窒墐戶之室而居之至此而女功止○曰為上音越下于偽反一讀上如字下如字又漢書曰作聿下為二○六月食鬱及薁七月亨葵及菽八月剝棗十月穫稻為此春酒以介眉壽鬱棣屬薁蘡薁也剝擊也春酒凍醪也眉壽豪眉也箋云介助也既以鬱下及棗助男功又穫稻而釀酒以助其養老之具是謂豳雅○薁於六反亨普庚反菽音叔本亦作叔藿也剝普卜反注同介音界棣大計反蘡於盈反或於耕反醪老刀反穫戶郭反七月食瓜八月斷壺

七月　八六二三

孔氏曰壺與食瓜連文謂甘瓠可食者也。張氏曰食瓜斷壺皆去圃為場之漸

劉氏曰壺枯者可為壺嫩者可供茹八月宜斬其梢令勿復花實所以堅其壺而大其器今民皆取

程氏曰：自六月食鬱及薁已下，果蔬菜酒，皆為養老之具；自七月食瓜以下，皆為壯者之食，故云食我農夫。

孔氏曰：納謂納於場。李氏曰：說文云：禾之秀實者為稼，一曰在野曰稼。再言禾者，其餘稻秫苽粱之輩皆名為禾。朱氏曰：言納於場者，無所不備，則我稼同矣。李氏曰：田野入都邑，故謂之上。范氏曰：宮功，公室之役也。董氏曰：蓋官府之役也，古者用民之力不過三日，其此謂乎。程氏曰：綯，所用蓋屋。孔氏曰：汝又當急其升上野廬之屋而修治之，以待耘耔之時。

九月叔苴，采荼薪樗，食我農夫。壺，瓠也。叔，拾也。苴，麻子也。樗，惡木也。箋云：瓜瓠之畜，麻實之糝，乾荼之菜，惡木之薪，亦所以助男養農夫之具。○瓜，古花反。字或加艸，非。苴，七餘反。荼音徒。樗，勑書反，又他胡反。食音嗣。瓠，戶故反。拾音十。糝，素感反。

○九月築場圃，春夏為圃，秋冬為場。箋云：場圃同地。自物生之時，耕治之以種菜茹，至物盡成熟，築堅以為場。○場，直羊反，下同。本又作塲。塲，依字失陽反，亦音直羊反。圃，布古反，一音布。茹，如豫反。十月納禾稼，黍稷重穋，禾麻菽麥。後熟曰重，先熟曰穋。箋云：納，內也。治於場而內之囷倉也。○重，直容反，注同。本又作種，音同。說文云：禾邊作重是重穋之字，禾邊作童是種蓺之字，今人亂之已久。穋音六，本又作稑，音同。說文云：稑或從翏，後種先熟曰稑。囷，丘倫反。嗟我農夫，我稼既同，上入執宮功。入為上，出為下。箋云：既同，言已聚也，可以上入都邑之宅，治宮中之事矣。於是時男之野功畢。○上，時掌反，注同。晝爾于茅，宵爾索綯。宵，夜。綯，絞也。箋云：爾，女也。女當晝日往取茅，歸夜作絞索，以待時用。○索，素洛反。綯，徒刀反。絞，古卯反。亟其乘屋，其始播百穀。乘，升也。箋云：亟，急。乘，治也。十月定星將中，急當治野廬之屋。其始播百穀，謂祈來年百穀于公社。○亟，紀力反。祈，巨依反。○二之日鑿冰沖沖，三之日納于凌陰。四之日其蚤，獻羔祭韭。冰盛水腹，則命取冰於山林。沖沖，鑿冰之孔氏曰凌人十二月斬氷豳地晚寒故可夏正月藏氷。程氏曰其蚤用之於獻羔祭韭時夏須氷是其後用時也。孔氏曰月令仲春天子乃獻羔開氷先薦寢廟祭韭者蓋以時韭新出故薦之。孔氏曰肅嚴氣也。王氏曰公堂人君之堂也。程氏曰藏氷所以備暑而開氷必以春所以順時氣也。張氏曰民忠愛其君之甚相戒以速畢場功當自殺羔羊獻公以酒祝之萬壽

意凌陰氷室也箋云古者日在北陸而藏氷西陸朝覿而出之祭司寒而藏之獻羔而啓之其出之也朝之禄位賓食喪祭於是乎用之月令仲春天子乃獻羔開氷先薦寢廟周禮凌人夏頒氷掌事秋刷○上章備寒故此章備暑后稷先公禮教備也○鑿在洛反沖直弓反声也凌力證反又音陵說文作縢音陵蚤音早韭音九字或加艸非覿徒歷反祭司寒本或作祭寒朝直遥反刷所劣反爾雅云清也二三昏已云婦初

九月肅霜十月滌場朋酒斯饗曰殺羔羊

肅縮也霜降而收縮萬物滌埽也場功畢入也兩樽曰朋饗者鄉人以狗大夫加以羔羊箋云十月民事男女俱畢無飢寒之憂國君閒於政事而饗羣臣○滌直歷反婦也○曰音越人寶反非縮所六反閒音閑

躋彼公堂稱彼兕觥萬壽無疆

公堂學校也觥所以誓衆也疆竟也箋云於饗而正齒位故因時而誓焉飲酒既樂以欲大壽無竟是謂豳頌○躋子兮反升也兕徐履反本或作兕觥觵彭反本亦作觵疆居良反或音薑為境非扶戶勢反樂音洛

【重言】七月流火三九月授衣一二並本詩○饁彼南畝田畯至喜三本詩甫田大田○春日遲遲采蘩祁祁重見出車○以介眉壽重見載見○黍稷重穋重見閟宮○萬壽無疆六本詩天保南山有臺楚茨信南山甫田各一【重意】有鳴倉庚東山倉庚于飛○稱彼兕觥桑扈絲衣兕觥其觩【互注】禮籥章中春擊土鼓龡豳詩以逆暑中秋夜迎寒亦如之凡國祈年于田祖龡豳雅擊土鼓以樂田畯國祭蜡則龡豳頌擊土鼓以息老物○左昭四年大雨雹季武子問於申豐曰雹可禦乎對曰今藏川池之冰棄而不用風

歐陽氏曰鳥之愛其巢者呼鴟鴞而告之○今鴟鴞多攫鳥子而食○程氏曰鬻育也鴟鴞謂爲惡者子喻管蔡室喻王室○朱氏曰周公託爲鳥言以自比○呂氏曰殷民欲叛馮附二叔之親挾惑其人使之流言云周公將不利於孺子欲王取信兄弟之言中傷周公謀危王室也故周公曰管蔡親也爾既以惡汙染使陷於罪是殘毀民人吾國害我兄弟矣又欲危王室則不可也○歐陽氏曰金縢言周公先攝政中誅管蔡後爲詩以貽王鄭氏謂先爲家寄

不戢而散畜不發而泄霰雹之爲菑誰能禦之七月之卒章藏冰之道也

七月八章章十一句

鴟鴞周公救亂也成王未知周公之志公乃爲詩以遺王名之曰鴟鴞焉未知周公之志者未知其欲攝政之意○鴟鴞上尺之反下呼驕反鴟鴞鳥也遺唯季反本亦作貽此從尚書本也【序意】攝政近則王不知【又說】書金縢曰周公居東二年則罪人斯得于後公乃爲詩以貽王名之曰鴟鴞

○鴟鴞鴟鴞既取我子無毀我室興也鴟鴞鸋鴂也無能毀我室者攻堅之故也寧亡二子不可以毀我周箋云重言鴟鴞者將述其意之所欲言丁寧之也室猶巢也鴟鴞言已取我子者幸無毀我巢我巢積日累功作之甚苦故愛惜之也時周公竟武王之喪欲攝政成周道致太平之功管叔蔡叔等流言云公將不利於孺子成王不知其意而多罪其屬黨興者喻此諸臣乃世臣之子孫其父祖以勤勞有此官位土地今若誅殺之無絕其位奪其土地王意欲誚公此之由然○鸋乃丁反郭音甯鴂音決鸋鴂似黃雀而小俗呼之巧婦重直用反太平音泰孺本又作孺如住反誚在笑反

恩斯勤斯鬻子之閔斯恩愛鬻稚閔病也稚子成王也箋云鴟鴞之意殷勤於此稚子當哀閔之此取鴟鴞子者指稚子也以喻諸臣之先臣亦殷勤於此成王亦宜哀閔之○鬻由六反徐居六反一云賣也

○迨天

朱氏曰鬻養此子誠可憫憐

中避而出作詩貽王以
作詩後乃攝政而
誅管蔡非也
朱氏曰徹取也牖者
巢之通氣處户其
出入處也○孔氏曰以
勤勞之故猶此室巢
今巢下之民或敢侮
慢我欲毀我巢室
孔氏曰拮据以手爪
抅持草也○朱氏曰
捋取也荼萑苕華可
藉巢者○程氏曰
蓄租租取也○王
氏曰卒盡也○孔
氏曰瘏病也口病明
手亦病也○釋文曰
韓詩云口足為事
曰拮据
蘇氏曰為室之勞至
於羽殺尾敝室成而
風雨漂搖之則其音
得無急乎○程氏曰
此周公之詩所以
詩家而意切也

鴟

之未陰雨徹彼桑土綢繆牖户迨及徹剝也桑土桑根也箋云綢繆猶纏綿也此鴟
鴞自說作巢至苦如是以喻諸臣之先臣亦及文武未定天下積日累功以固定此官位与土地○迨音待徐又勑改反土音杜注
同小雅同韓詩作杜義同方言云東齊謂根曰杜字林作𣎼桑皮也音同綢繆上直留反下莫侯反今女下民或
敢侮予箋云我至苦矣今女我巢下之民寧有敢侮慢欲毀之者乎意欲恚怒之以喻諸臣之先臣固定此官位土地
小不欲見其絕棄○恚於季反○予手拮据予所捋荼予所蓄租予口卒
瘏拮据撠挶也荼萑苕也租為瘏病也手病口病故能免乎大鳥之難箋云此言作之至苦故能攻堅人不得取其子○拮音吉
又音結据音居韓詩云口足為事曰拮据○捋力活反荼音徒蓄勑六反本亦作畜租子胡反又作租如字韓詩云積也瘏者本又作
瘏音徒撠京劇反本亦作戟挶俱局反說文云持也萑音丸苕音條難乃旦反曰予未有室家謂我未有
室家箋云我作之至苦如是者曰我未有室家一本或重曰予未有室家壹見兩無正○予羽譙譙予尾翛
翛譙譙殺也翛翛敝也箋云手口既病羽尾又殺敝言已勞苦甚○譙本或作燋同在消反翛素彫反注同殺色界反又所例反
下同予室翹翹風雨所漂搖予維音嘵嘵翹翹危也嘵嘵懼也箋云巢之翹翹
而危以其所託枝條弱也以喻今我子孫不肖故使我家道危也風雨喻成王也音嘵嘵然恐懼告愬之意○翹祈消反漂匹遥反

錢氏曰零雨寒落之雨。王氏曰上使人毋為謂之勿孔氏曰大司馬大閱云遂鼓銜枚而進注云枚如箸銜之有繣結項中軍法止語為相疑惑。郭璞曰蠋桑虫如指似蠶。程氏曰烝猶進也蠋在桑中故云烝在桑野。敦獨處不移之皃。蘇氏曰東征之士皆西人也方其在東未嘗不曰歸耳而未可以歸故其心念西而悲范氏曰征役久則衣敝制彼裳衣歸士之情也。朱氏曰其在塗也覩物起興

嘵呼堯反 翛音蕭

鴟鴞四章章五句

東山周公東征也周公東征三年而歸勞歸士大夫美之故作是詩也一章言其完也二章言其思也三章言其室家之望女也四章樂男女之得及時也君子之於人序其情而閔其勞所以說也說以使民民忘其死其唯東山乎成王既得金縢之書親迎周公周公歸攝政三監及淮夷叛周公乃東伐之三年而後歸耳分別章意者周公於是志伸美而詳之。○歸勞力報反思息嗣反女音汝樂音洛說音悅下同縢徒登反叛彼列反伸音身○我徂東山慆慆不歸我來自東零雨其濛慆慆言久也濛雨貌箋云此四句者序歸士之情也我往之東山既久勞矣歸又道遇雨濛濛然是尤苦也。○慆吐刀反又他刀反濛莫紅反我東曰歸我心西悲公族有辟公親素服不舉樂為之變如其倫之喪箋云我在東山常曰歸也我心則念西而悲。○為于偽反制彼裳衣勿士行枚士事枚微也箋云勿猶無也女制彼裳衣而來謂兵服也亦初無行陳銜

而自歎曰彼蜎蜎
者蠋則在桑野矣
此敦然而獨宿者
則亦在車下也
東萊曰勿士行枚亦
歸士之情也自幸
全身而歸願勿從
事於行陳也
劉氏曰伊威者壁
落間小虫也無人掃
則出行于室蠨蛸
者小蜘蛛也無人行
則結網當戶。孔
氏曰伊威者在壁
根下甕底土中生
似白魚者是也蠨
蛸者俗呼為喜
子。王氏曰町畽者
畽之中無人焉故
鹿以為場也。董
氏曰畽為田里所
聚。孔氏曰本
草熠燿一名螢火
陳思王螢火論曰
秋陰沈數雨螢火
夜飛之時也故云宵行。程氏曰丁夫于役田事廢室廬遂荒果臝以下是也在彼思念其如此也

枚之事言前定也春秋傳曰善用兵者不嚇〇士行毛如字御鄭音
衘王户剛反枚莫杯反〇知注周礼大枚如箸横銜之於口以爲繣絜
於項中〇行户剛反 反陳直震反又下同

蜎蜎者蠋烝在桑野

蜎蜎蠋貌蠋桑蟲也烝寘也箋云蠋蜎蜎然特行久處桑野有似勞苦者古者聲寘塡塵同也〇蜎烏玄反蠋音蜀烝之丞反寘音田又音珍一音陳字書云塞也大千反從穴下真寘塡塵依字皆是田音又音珍亦音塵鄭云古聲同案陳完奔齊以国為氏而史記謂之田氏是古田陳聲同

敦彼獨宿亦在車下

箋云敦敦然獨宿於車下此誠有勞苦之心〇敦都回反注同

〇我徂東山慆慆不歸我來自東零雨其濛果臝之實亦施于宇伊威在室蠨蛸在戶町畽鹿場熠燿宵行

果臝括樓也伊威委黍也蠨蛸長踦也町畽鹿跡也熠燿燐也燐螢火也箋云此五物者家無人則然令人感思〇臝力果反施羊豉反伊威並如字或傍加虫者後人增耳字林或作蛜蝛音伊威蠨音蕭說文作蟰音夙蛸所交反町他頂反字又作圢音同畽本又作疃他短反又作㽨熠以執反燿以照反又以灼反下章皆同括古活反委於為反委黍鼠婦也本或並作虫邊踦起宜反長踦長腳蜘蛛也一曰綺又其宜反呂忱音同云一足言思也今詩義長踦長腳反又若綺反燐力刃反又力陳反螢惠冂反令力呈反思息嗣反下憂思同

不可畏也伊可懷也

箋云伊當作繄繄猶是也懷思也室中久無人故有此五物是不足

程氏曰：鸛知天將雨，故長鳴而喜也。〇王氏曰：垤是立垤。〇程氏曰：穹窒，謂鼠穴也。穹而塞者，室所塗土也。敦，圓成之狀，如苦瓜之苦者，蓄延蔓栗薪之上。有陰雨之候，則婦思念其夫勞而悲歎，又計其行之久，念其將至。我征聿至，謂我之行者其遂至也。念其將至而洒掃，復恨其留繫之久，見其思望之情切也。瓜之苦者，人所不取，常在其所，以比君子久留滯不還也。自我不見，于今三年矣。〇孔氏曰：昏禮言結帨，此言結縭，則縭當是帨。〇爾雅曰：婦人之褘謂之縭。縭，綾也。注：綾，繫也。

可畏，乃可為憂思。〇翳，於奚反，又作蠮。

〇我徂東山，慆慆不歸。我來自東，零雨其濛。鸛鳴于垤，婦歎于室。洒埽穹窒，我征聿至。垤，螘塚也。將陰雨則穴處先知之矣。鸛好水，長鳴而喜也。箋云：鸛，水鳥也。將陰雨則鳴，行者於陰雨尤苦，婦念之，則歎於室也。穹，窮；窒，塞；洒，灑；埽，拚也。穹窒，鼠穴也。而我君子行役，述其日月，今且至矣。言婦望也。〇鸛，本又作雚，古亂反。垤，田節反。洒，所懈反，洒，所寄反。埽，素報反。螘，本亦作蛾，又作蟻，魚綺反。好，呼報反。拚，甫問反。有敦瓜苦，烝在栗薪。敦猶專專也。烝，衆也。言我心苦，事又苦也。箋云：此又言婦人思其君子之居處，專專如瓜之繫綴焉。瓜之瓣有苦者，以喻其心苦也。烝，塵；栗，析也。言君子又久見使析薪，於事尤苦也。古者聲栗、裂同也。〇敦，徒端反，注同。栗，毛如字，鄭音烈，韓詩作蓼，力菊反，衆薪也。專，徒端反，下同。綴，張衛反。瓣，蒲遍反，又白莧反，說文云：瓜中實也。沈薄閑反。自我不見，于今三年。〇我徂東山，慆慆不歸。我來自東，零雨其濛。箋云：凡先著此四句者，皆為序歸士之情。〇為，于偽反。倉庚于飛，熠燿其羽。箋云：倉庚仲春而鳴，嫁取之候也。熠燿其羽，羽鮮明也。歸士始行之時，新合昏禮，今還，故極序其情以樂之。〇樂音洛，下同。之子于歸，皇駁其馬。黃白曰皇，騮白曰駁。箋云：之子于歸，謂始嫁時也。皇駁其馬，車服盛也。〇駁，邦角反。

重言　之子于歸　卌十二　下本詞一　餘附桃夭詩

親結其縭

朱氏曰九其儀十其儀言其儀之多也程氏曰其歸而成新昏且甚嘉其舊昏相見之歡當如何也

朱氏曰四國四方之國從管蔡之乱者言東征之役既破我斧而缺我斨其勞甚矣然周公之意盖將使四方莫敢不一於正而後已其哀我人也豈不大哉然則雖破斧而缺斨義有所不辭矣夫管蔡流言以謗周公而公征之不知者以爲公之爲是以救其身而已故爲此詩者爲之發明其心如此學者於此玩味而有得焉則正大而天下之情可見矣

九十其儀縭婦人之褘也母戒女施衿結帨九十其儀言多儀也箋云女嫁父母既戒之庶母又申之九十其儀喻丁寧之多○褘許韋反衿繫佩帶其鴆反帨始銳反其新孔嘉其舊如之何言久長之道也箋云嘉善也其新來時甚善至今則久矣不知其如何也又極序其情樂而戲之

東山四章章十二句

破斧美周公也周大夫以惡四國焉惡四国者惡其流言毀周公也○惡烏路反注同

○既破我斧又缺我斨隋銎曰斧斨民之用也礼義国家之用也箋云四国流言既破毀我周公又損傷我成王以此二者爲大罪○斨七羊反說文云方銎斧也隋徒禾反何場果反孔形狹而長也銎曲容反

周公東征四國是皇四国管蔡商奄也皇匡也箋云周公既反攝政東伐此四国誅其君罪正其民人而已哀我人斯亦孔之將將大也箋云此言周公之哀我民人其德亦甚大也重言亦孔之將重見正月

○既破我斧又缺我錡鑿屬曰錡○錡巨宜反字或作奇音同鑿屬也韓詩云木屬周公東征四國是吪吪化也○吪五戈反又作訛哀我人斯亦孔之嘉箋云嘉善也

○既破我斧又缺我銶木屬曰銶○銶音求徐又音虯韓詩云鑿屬也一解云今之獨

東山 破斧 八之六

范氏曰亦孔之休言四國平而天下和也。
董氏曰遒集本作揫

程氏曰伐柯乃既得罪人之後周公遲留未歸士大夫刺朝廷不知所以還周公之道。伐柯匪斧則不能取妻匪媒則不成言各有其道今欲周公之歸亦必有其道也
爾雅曰竹豆謂之籩木豆謂之豆
朱氏曰執柯以伐柯睨之手中之柯而得其法以比王欲迎周公亦不過反之於吾心則知所以迎之之道則我得見公而陳其籩豆之列將有日矣

頭斧

周公東征四國是遒遒固也箋云遒斂也○遒在由反徐又在幽反【重言】周公東征四國東山一

三木詩

哀我人斯亦孔之休休美也○休虛虯反【重言】哀我人斯四本詩一正月一

破斧三章章六句

伐柯美周公也周大夫刺朝廷之不知也成王既得雷雨大風之變欲迎周公而朝廷羣臣猶惑於管蔡之言不知周公之聖德疑於王迎之禮是以刺之○柯古何反朝直遥反注及下篇同【重言】美周公也三本詩九罭狼跋

○伐柯如何匪斧不克柯斧柄也禮義者亦治國之柄箋云克能也伐柯之道唯斧乃能之此以類求其類也以喻成王欲迎周公當使賢者先往○柄彼病反

取妻如何匪媒不得媒所以用禮也治國不能用礼則不安箋云媒者能通二姓之言定人室家之道以喻王欲迎周公當先使曉王與周公之意者又先往○取七喻反本亦作娶【重言】匪斧不克匪媒不得重見南山詩

○伐柯伐柯其則不遠以其所願乎上交乎下以其所願乎下事乎上不遠求也箋云則法也伐柯者必用柯其大小長短近取法於柯所謂不遠求也王欲迎周公使還其道亦不遠人心足以知之【四聲】遠人

中庸子曰道不遠人人之為道而遠人不可以為道詩云伐柯伐柯其則不遠執柯以伐柯睨而視之猶以為遠

我覯之子籩豆有踐踐行列貌箋云覯見也之子是子也斥周

爾雅曰緵罟謂之九罭九罭魚網也。孫炎曰謂魚之所入有九囊也。釋文曰袞衣六冕之第二者也畫爲九章天子畫升龍於上公但畫降龍。程氏曰鱒魴魚之美者施九罭之網則得鱒魴之魚用隆厚之禮則得聖賢我欲覯之子當用上公禮服往逆之。鴻飛戾天者也今乃遵渚言不得其所。陳氏曰今公未歸其所於女朝廷之臣信能自安處乎。程氏曰不復謂未還舊職宿留息也。陳氏曰宿猶處也

公也王欲迎周公當以殽燕之饌行至則歡樂以說之。覯古豆反賤賤淺反行户郎反饌士戀反樂音洛說音悅【重言】我覯之子重見九罭詩

伐柯二章章四句

九罭美周公也周大夫刺朝廷之不知也。罭本亦作域于逼反【重言】周大夫刺朝廷之不知也重見前詩

○九罭之魚鱒魴。興也九罭緵罟小魚之網也鱒魴大魚也箋云設九罭之罟乃後得鱒魴之魚言取物各有器也因以喻王欲迎周公之來當有其禮。○鱒才損反沈又音撰魴音房緵子弄反又子公反字又作緫罟音古今江南呼緵罟爲百囊網也

我覯之子袞衣繡裳。所以見周公也袞衣卷龍也箋云王迎周公當以上公之服往見之。○袞古本反六冕之第二者也畫爲九章天子畫升龍於衣上公但畫降龍字或作卷音同卷卷冕反

○鴻飛遵渚。鴻不宜循渚也箋云鴻大鳥也不宜與鳧鷖之屬飛而循渚以喻周公今與凡人處東都之邑失其所也。○鳧音符鷖烏音烏兮反又作鷖【重言】鳧鷖詩鳧鷖在渚

公歸無所於女信處。周公未得禮也再宿曰信箋云信誠也時東都之人欲周公留不去故曉之云公西歸而无所居則可就女誠處是東都也今公當歸復其位不得留也

○鴻飛遵陸。陸非鴻所宜止

公歸不復於女信宿

伐柯　九罭　八　卷七

程氏曰是以猶所以也朝廷所以有衮衣之章用尊礼聖賢無以以也無以是服逆我公來歸無使士民之心悲思望公也

程氏曰遜者避而弗居也○王氏曰几人所遇以為安故几几安也○程氏曰周公攝政居危疑之地雖成王不知四國流言終不能損其聖德者以其忠誠存於王家無貪欲之私心也狼獸之貪者猛於求欲故陷於機穽羅罟前跋後疐進退困險詩人取之以言夫狼之所以致禍難危困如是者以其有貪欲故也若周公者至公

宿猶處也○是以有衮衣兮無以我公歸兮無與公歸之道也箋云是是東都也東都之人欲周公留為之君故云是以有衮衣謂成王所賁來衮衣願其封周公於此以衮衣命留之无以公西歸○賁子西反本或作齎同無使我心悲兮箋云周公西歸而東都之人心悲恩德之愛至深也

九罭四章一章四句三章章三句

狼跋美周公也周公攝政遠則四國流言近則王不知周大夫美其不失其聖也不失其聖者聞流言不惑王不知不怨終立其志成周之王功致大平復成王之位又為之大師終始无愆聖德著焉○狼跋音郎獸名也跋音卜末反又蒲末反字或作拔同王功于況反大平音泰下大師大平同愆起然反鴟鴞詩成王未知周公之志

重意

○狼跋其胡載疐其尾興也跋躐疐跲也老狼有胡進則躐其胡退則跲其尾進退有難然而不失其猛箋云興者喻周公進則躐其胡猶始欲攝政四国流言辟之而居東都也退則跲其尾謂後復成王之位而老成王又留之其如是聖德无玷缺○疐本又作疐丁四反又陟值反躐力輒反跲其劫反又居業反難乃旦反玷丁簟反公孫碩膚赤舄几几公孫成王也豳公之孫也碩大膚美也赤舄人君之盛屨也几几絇貌箋云公周公也孫讀當如公孫于齊之孫孫之言孫遁也周公攝政七年致大平復成王之位孫

不私進退以道無利欲之蔽以謙遜自處不有其尊不矜其德故雖在危疑之地安步舒泰赤舄几几然也

箋此成公之大美欲老成王又留之以爲大師履赤舄几几然○孫毛如字鄭音遜舄音昔屨九具反絇其俱反道徒遜反○

狼疐其尾載跋其胡公孫碩膚德音不瑕瑕過也箋云不瑕言不可疵瑕也○疵才斯反【重言】公孫碩膚二並本詩

狼跋二章章四句

豳國七篇二十七章二百三句

纂圖互註毛詩卷之八

豳

東萊曰按楚辭屈原作離騷謂之經自宋玉九辯以下皆謂之傳以此例考之鹿鳴以下小雅之經也六月以下小雅之傳也文王以下大雅之經也民勞以下大雅之傳也孔氏謂凡書非正經者謂之傳善矣又謂未知此傳在何書則非也

董氏曰鼓瑟吹笙蓋燕樂也。程氏曰承以藉之筐以將之。朱氏曰將行也。程氏曰鹿食則相呼故以興燕樂和聲相呼共食野之苹物情相樂也君臣賓主相樂如此

朱氏曰周行大道也。

孔氏曰王肅曰羣臣宴嘉賓飲食以享之琴瑟以樂之幣帛以將之則庶乎好愛我

纂圖互註毛詩卷第九

鹿鳴之什詁訓傳第十六

陸曰什者若五等之君有詩各繫其國舉周南即題關雎至於王者施教統有四海歌詠之作非止一人篇數既多故以十篇編爲一卷名之爲什

毛詩小雅 陸曰從鹿鳴至菁菁者莪凡二十二篇皆正小雅六篇亡今唯十六篇從此至魚麗十篇是文武之小雅先其文王以治內後其武王以治外宴勞嘉賓親睦九族事非隆重故爲小雅皆聖人之迹故謂之正

鄭氏箋

鹿鳴燕羣臣嘉賓也既飲食之又實幣帛筐篚以將其厚意然後忠臣嘉賓得盡其心矣 飲之而有幣酬幣也食之而有幣侑幣也○飲於[illegible]反注同食音嗣注同筐丘方反篚音匪侑音又 重言 燕羣臣嘉賓也常棣燕兄弟也伐木燕朋友故舊也湛露天子燕諸侯也

○呦呦鹿鳴食野之苹 興也苹蓱也鹿得蓱呦呦然鳴而相呼懇誠發乎中以興嘉樂賓客當有懇誠招呼以成禮也箋云苹藾蕭○呦音幽苹音平蓱本又作萍薄丁反江東謂之薸薸音瓢扶遥反懇苦很反樂音岳又音洛藾音賴

我有嘉賓鼓瑟吹笙吹笙鼓簧承筐是將 簧笙也吹笙而

而示我以道矣

程氏曰二章又言所燕禮嘉賓問望昭明示民以厚之意使儀法之。范氏曰式燕以敖言其禮之從容也夫莊而不至於矜和而不至於流此其德之純也

范氏曰非止悦其体娱其外而已所以樂其心也

鼓簧笙簧屬所以行幣帛也箋云承筐奉也書曰篚厥玄黄○簧音皇人之好我示我周行周至行道也箋云示當作寘寘置也周行周之列位也好猶善也人有以德善我者我則置之於周之列位言已惟賢是用○好呼報反注同示毛如字鄭作寘之豉反行毛如字鄭胡郎反○呦呦鹿【重言】呦呦鹿鳴三並本詩我有嘉賓式本詩三雅丂三鳴食野之蒿蒿菣也○蒿呼毛反菣去刃反字又作藁同本或作牲藪非衍字耳我有嘉賓德音孔昭視民不恌君子是則是傚恌愉也是則是傚言可法傚也箋云德音先王道德之教也孔甚昭明也視古示字也飲酒之禮於旅也語嘉賓之語先王德教甚明可以示天下之民使之不愉於禮義是乃君子所法傚言其賢也○視音示恌他彫反傚胡教反愉他侯反又音踰我有旨酒嘉賓式燕以敖敖遊也【重言】我有旨酒二本詩○呦呦鹿鳴食野之芩芩草也○芩其今反說文云蒿也其今反我有嘉賓鼓瑟鼓琴鼓瑟鼓琴和樂且湛湛樂之久○樂音洛注下皆同湛都南反字又作耽我有旨酒以燕樂嘉賓之心燕安也夫不能致其樂則不能得其志不能得其志則嘉賓不能竭其力○夫音扶【重言】和樂且湛重見當不標

鹿鳴三章章八句

鹿鳴之什 小雅 鹿鳴 九卷 文武時

程氏曰倭遲回遠也。
朱氏曰駕此四牡而出使於外其道路之回遠如此當是時豈不思歸乎特以王事不可以不堅固不敢徇私而廢公是以內顧而傷悲也。范氏曰臣之事上也必先公而後私君之勞臣也必先恩而後義

陸氏曰今之駱馬最爲勞苦
范氏曰言其馬勞則人可知矣。李氏曰不遑啓處大意爲不暇居處之義
程氏曰雖翩翩或飛或下集於所安之處以興使臣之勤勞乃不暇遂其私至不得

四牡勞使臣之來也有功而見知則說矣文王爲西伯之時三分天下有其二以服事殷使臣以王事往來於其職於其來也陳其功苦以歌樂之。勞力報反篇末注同使所吏反下注皆同說音悅樂音洛【疏】勞使臣之來也。出車勞還率杕杜勞還役也。

四牡騑騑周道倭遲騑騑行不止之貌周道岐周之道也倭遲歷遠之貌文王率諸侯撫叛國而朝聘乎紂故周公作樂以歌文王之道爲後世法。騑芳非反倭於危反本又作委於危反遲直夷反韓詩作倭夷朝直遙反

豈不懷歸王事靡盬我心傷悲盬不堅固也思歸者私恩也靡盬者公義也傷悲者情思也。箋云無私恩非孝子也無公義非忠臣也君子不以私害公不以家事辭王事。○盬音古思息嗣反【疏】四牡騑騑三本詩一車華一。豈不懷歸七本詩三出車一小明一。王事靡盬十一本詩四餘附鴇羽集于苞栩重見鴇羽翩翩者鵻重見嘉魚。我心傷悲五本詩素冠草蟲采薇杕杜各一。

◎四牡騑騑嘽嘽駱馬嘽嘽喘息之貌馬勞則喘息白馬黑鬣曰駱。○嘽他丹反駱音洛喘川兗反鬣本又作䮩力輒反本又作髦音毛

豈不懷歸王事靡盬不遑啓處遑暇啓跪處居也臣受命舍幣于禰乃行。○跪求毀反郭巨几反沈其彼反舍音釋禰乃禮反

○翩翩者鵻載飛載下集于苞栩鵻夫不也。箋云夫不鳥之愨謹者人皆愛之可以不勞猶則飛則下止於栩木喻人雖無事其可獲安乎感厲之。○鵻音隹本又

將其父

孔氏曰臣有勞苦恩上不知今君勞使臣言汝曰豈不思歸作歌來告是探其情以勞之

朱氏曰此詩若以戒夫使臣者而託於其自道之辭以發之詩之忠厚如此　懷思也　程氏曰皇華之光明于野猶王澤之流布光華于天下也故以爲興○歐陽氏曰於原隰者其道所經也○程氏曰惟慮不能宣達是每懷靡及也

作隹鵻况甫反夫芳于反字又作鳺同不芳浮反又如字字又作鳺同草木疏云夫不一名浮鳩鵓起角反 王事靡

盬不遑將父將養也○養以尚反○翩翩者鵻載飛載止集

于苞杞杞枸檵也○杞音起枸音苟本亦作苟同檵音計 王事靡盬不遑將母○駕

彼四駱載驟駸駸駸駸驟貌○驟助救反又仕救反駸楚金反字林云馬行疾也七林反 豈不

懷歸是用作歌將母來諗諗念也父兼尊親之道母至親而尊不至聖人云諗告也君勞使臣述

字其情女曰我豈不思歸乎誠思歸也故作此詩之歌以養父母之志來告於君也人之思恒思親者再言將母亦其情也○諗音審

四牡五章章五句

皇皇者華君遣使臣也送之以禮樂言遠而有光華也

言臣出使能揚君之美延其譽於四方則爲不辱命也○使所吏反注下並同不辱命一本作不辱君命重遣使臣遣弃戰反

假也○皇皇者華于彼原隰皇皇猶煌煌也高平曰原下濕曰隰忠臣奉使能光君命無遠無

如華不以高下易其色毛云無遠無近維所之則然○煌音皇又音晃 駪駪征夫每懷靡及駪駪

衆多之貌征夫行人也每雖懷和也○每一云春秋外傳曰懷和爲每懷也和當爲私衆行夫既受君命當速行每人懷其私相稽留則

劉氏曰駒馬之嫩而壯者騏騅駱駰皆駟之良選所以貴使臣之行也○魯語曰忠信為周注云言當諮之於忠信之人○程氏曰諏謀度詢前載雖各有義要之詢訪耳採察求訪使臣之大務○李氏曰周者周徧其所而詢問之○東萊曰諏謀度詢必咨於周而詩文乃云周爰咨諏者古語多倒也

於事將無所及○駪所巾反 重言駪駪又重見水氏 我馬維駒六轡如濡 箋云如濡言鮮澤也○駒本亦作驕濡如朱反 載馳載驅周爰咨諏 忠信為周訪問於善為咨咨事為諏箋云[illegible]然也大夫出使馳驅而行見忠信之賢人則於之訪問求善道也○咨本亦作諮諏子須反爾雅云諏謀也說文云聚謀也 重言 載馳載驅四本詩三載馳一○我馬維騏六轡如絲 言調忍也○騏音其 載馳載驅周爰咨謀 咨事之難易為謀○易以豉反○我馬維駱六轡沃若載馳載驅周爰咨度 咨禮義所宜為度○沃烏毒反沃又作[illegible]度又度待洛反注同 重言 六轡沃若重見裳裳者華○我馬維駰六轡既均 陰白雜毛曰駰均調也○駰音因 載馳載驅周爰咨詢 親戚之謀為詢兼此五者雖有中和當自謂無所及成於六德也箋云中和謂忠信也五者咨也諏也謀也度也詢也雖得此於忠信之賢人猶當云己將無所及於事則成六德言須其事○詢音荀諮親為詢 五註 左襄公四年皇皇者華君教使臣曰必諮於周臣聞之訪問於善為咨咨親為詢咨禮為度咨事為諏咨難為謀臣獲五善敢不重拜

皇皇者華五章章四句

常棣燕兄弟也閔管蔡之失道故作常棣焉 周公弔二叔之不咸

歐陽氏曰：不韡韡者，韡韡也。古詩之語如此者多，何必改字為柎？蓋已言鄂則足見相承之意矣。○程氏曰：常棣，今所謂玉李花，鄂相承甚力，故以興兄弟。人當死生患難之可畏，則思兄弟之助；方窮困離散群聚於郊野之時，則求所親以相依恃。○程氏曰：言兄弟相須之急，猶脊令首尾相應，急難之際，其相應如是也。

而使兄弟之恩疏，召公為作此詩而歌之以親之。同左僖二十四年召穆公思周德之不類，故糾合宗族于成周而作詩曰：常棣之華，鄂不韡韡，凡今之人，莫如兄弟。其四章曰：兄弟鬩于牆，外禦其侮。如是，則兄弟雖有小忿，不廢懿親。○常棣大計反，字林大內反。召上照反。為于偽反。

○常棣之華，鄂不韡韡。興也。常棣，棣也。鄂猶鄂鄂然，言外發也。韡韡，光明也。箋云：承華者曰鄂。不當作拊。拊，鄂足也。鄂足得華之光明，則韡韡然盛。興者，喻弟以敬事兄，兄以榮覆弟，恩義之顯亦韡韡然。古聲不拊同。○鄂五各反。不如字，鄭改作拊，方于反。韡韋鬼反。常棣，棣也。本或作常移，移以支反，又是兮反。按爾雅云常棣棣，移常棣棣，作移者亦不柎。不音如字，又芳浮反，又方于反。聲相近也。柎亦作跗，前注同。一云不，方于反。

凡今之人，莫如兄弟。聞常棣之言為今也。箋云：聞常棣之言，始聞常棣華鄂之說也。如此則人之恩親無如兄弟之最厚。

○死喪之威，兄弟孔懷。威，畏。懷，思也。箋云：死喪可畏怖之事，維兄弟之親甚相思念。○怖普布反。

原隰裒矣，兄弟求矣。裒，聚也。求矣，言求兄弟也。箋云：原也，隰也，以相與聚居之故，能定高下之名，猶兄弟相求，故能立榮顯之名。○裒薄侯反。

○脊令在原，兄弟急難。脊令，雝渠也。飛則鳴，行則搖，不能自舍耳。急難，言兄弟之相救於急難。箋云：雝渠，水鳥，而今在原，失其常處，則飛則鳴，求其類，天性也。猶兄弟之於急難。○脊井益反，本亦作即，又作鶺，同。令，本亦作鴒，同。難如字，又乃旦反，下注同。雝於容反。搖又餘照反。處昌慮反。

每有良朋，況也永

小雅　皇皇者華　常棣　九卷之二

鹿鳴之什

范氏曰兄弟內鬩而猶外禦不敗親也外禦則他人不與故雖朋友猶無相也。王氏曰很于內非令兄弟也然及其禦侮則雖每有良朋曾不如不令兄弟之爲可恃也。陳氏曰兄弟之急難相求如此及其既安寧也乃謂兄弟不如友生可乎。蘇氏曰飫饜食也。程氏曰孺親慕之義小兒親慕父母謂之孺子　兄弟既皆來當和樂而相親慕也　言兄弟相樂則其妻子好合其和如琴瑟兄弟既志意翕合故以其和樂久而不厭

嘆矣況茲永長也箋云每有雖也良善也當急難之時雖有善同門來茲對之長嘆而已。況或作况非也嘆吐丹反又吐旦反以協韻○兄弟鬩于牆外禦其務鬩很也箋云禦禁務侮也兄弟雖內鬩而外禦侮也。鬩許歷反牆本或作廧在良反禦魚呂反務如字爾雅云侮也讀者又音侮此從毛傳及外傳之文很戶懇反每有良朋烝也無戎烝填戎相也箋云當急難之時雖有善同門來久也猶無相助己者古聲填寘塵同。烝之承反填依字音田與寘同又依古聲音塵塵久也故箋申之云古聲填寘塵同相如字又息亮反下同○喪亂既平既安且寧雖有兄弟不如友生兄弟尚恩怡怡然朋友以義切切然箋云平猶正也安寧之時以禮義相琢磨則友生急。切切然定本作切切偲偲然琢陟角反○儐爾籩豆飲酒之飫儐陳飫私也不脫屨升堂謂之飫箋云私者圖非常之事若議大疑於堂則有飫禮焉聽朝爲公。儐賓胤反飫於慮反朝直遥反兄弟既具和樂且孺九族會曰和孺屬也王與親戚燕則尚毛箋云九族從己上至高祖下及玄孫之親也屬者以昭穆相次序。樂音洛下皆同孺本亦作嬬如具反。○妻子好合如鼓瑟琴箋云好合志意合也合者如鼓瑟琴之聲相應和也王與族人燕則宗婦內宗之屬亦從后於房中。好呼報反應應對之應和胡臥反兄弟既翕和樂且湛翕合也。翕許急反湛都南反又作耽詩云樂之甚也重言和樂且湛重見鹿鳴。宜爾

范氏曰究窮也。程氏曰言能如是親睦其親族則能宜其室家樂其妻帑窮究是理圖念是事信其然乎言信然。

程氏曰山中伐木非一人能獨爲必與同志者共之既同其事則相親好成朋友之義伐木之人必有此義況士君子乎継言鳥鳴嚶嚶又以物情與朋友之好嚶嚶相應和之和声鳥声相應和自幽谷升喬木相追隨嚶然其鳴蓋求其應友聲謂應聲猶人之朋友相從也

家室樂爾妻帑。帑子也箋云族人和則得保樂其家中之大小○帑依字吐蕩反經典通爲妻孥字今讀音奴子也。［重意］宜爾室家桃夭宜其家室是究是圖亶其然乎。究深圖謀亶信也箋云女深謀之信其如是○亶都但反［illegible］［illegible］中庸君子之道辟如行遠必自邇辟如登高必自卑詩曰妻子好合如鼓瑟琴兄弟既翕和樂且湛宜爾室家樂爾妻帑子也言王家之道自近及遠

常棣八章章四句

伐木燕朋友故舊也。自天子至于庶人未有不須友以成者。親親以睦，友賢不棄，不遺故舊，則民德歸厚矣。○

伐木丁丁，鳥鳴嚶嚶。興也丁丁伐木聲也嚶嚶驚懼也箋云丁丁嚶嚶相切直也言昔日未居位在農之時與友生於山巖伐木爲勤苦之事猶以道德相切正也嚶嚶兩鳥聲也其鳴之志似於有友道然故連言之○丁陟耕反嚶於耕反［重意］則民德歸厚郭人亡則民德歸壹出自幽谷，遷于喬木。幽深喬高也箋云遷徙也謂鄉時之鳥出從深谷今移處高木○喬其驕反鄉本又作嚮同許亮反嚶其鳴矣，求其友聲。君子雖遷於高位不可以忘其朋友箋云嚶其鳴矣遷處高木者求其友聲求其尚在深谷者其相得則復鳴嚶嚶然○復扶又反相

小雅　常棣　伐木　九卷四

鹿鳴之什

程氏曰視鳥如是豈人而不求友乎朋友之信恒久不渝可質於神明

爾雅注云今俗呼五月羔為羜。朱氏曰諸父朋友之同姓而尊者也諸舅朋友之異姓而尊者也　言具酒食以樂朋友如此寧使彼不來而無使我恩意之不至也孔子曰所求乎朋友先施之未能也此可謂能先施矣

蘇氏曰衍多也　朱氏曰兄弟朋友之同儕者　無遠皆在也

相彼鳥矣猶求友聲矧伊人矣不求友生矧況也箋云相視也鳥尚知居高木呼其友況是人乎可不求之。相息亮反矧尸忍反神之聽之終和且平箋云以可否相增減曰和平齊等也此言心誠求之神若聽之使得如志則友終相助和而齊功也重言神之聽之三本詞一小明二。伐木許許釃酒有藇許許柹貌以筐曰釃以藪曰湑藇美貌箋云此言前者伐木許許之人今則有酒而釃之本其故也。許沈呼古反釃徐所宜反又所餘反葛洪所寄反謂以筐盪酒盪音藇音叙又音羊汝反柹孚廢反又側几反藪素口反湑思叙反既有肥羜以速諸父羜未成羊也天子謂同姓諸侯諸侯謂同姓大夫皆曰父異姓則稱舅國君友其賢者大夫士友其宗族之仁者箋云速召也有酒有羜今以召族人飲酒。羜直呂反寧適不來微我弗顧微無也箋云寧召之適自不來無使言我不顧念也。於粲洒埽陳饋八簋粲鮮明貌圓曰簋天子八簋箋云粲然已灑埽矣陳其黍稷矣謂為食禮。於舊音烏粲采旦反洒所懈反又所寄反埽素報反饋其位反簋居偉反灑所蟹反又所懈反饋本又作餽饌角問反食音嗣既有肥牡以速諸舅寧適不來微我有咎咎過也。伐木于阪釃酒有衍衍美貌箋云此言伐木于阪亦本之也籩豆有踐兄弟無遠踐陳列貌兄弟父之黨母之黨重言籩豆有踐重見伐柯民之

孔氏曰民之失德正由乾餱之食不分與人以獲愆過。程氏曰有盛具當以燕樂朋友無相疏遠民之失德故不能修親睦之道厚朋友故舊之禮全乾餱不相及蓋人之失德也豈當然乎故有酒則我湑之無酒則我酤我以至鼓舞我為之我及暇時則相與燕飲以篤恩意

歐陽氏曰天保六章其義一也皆下愛其上之辭也其文甚顯而易明大抵此詩六章文意重複以見其愛上深至如此爾

朱氏曰爾指君也

失德乾餱以愆乾餱食也箋云失德謂見謗訕也民尚以乾餱之食獲愆過於人况天子之饌反可以恨兄弟乎故不當遠之。○餱音侯爾雅云餱食也愆起虔反謗補浪反訕所諫反饌士戀反遠于萬反亦如字。有湑我無酒酤我湑莤之也酤一宿酒也箋云酤買也此族人陳王之恩也王有酒則泲莤之王無酒酤買之要欲厚於族人。○湑本或作醑思叙反酤毛音戶說文同鄭音顧又音沽莤所六反與左傳縮酒同義謂以茅泲之而去其糟也字從艸泲子礼反坎坎鼓我蹲蹲舞我蹲蹲舞貌箋云為我擊鼓坎坎然為我興舞蹲蹲然謂以樂樂己。○坎苦感反說文作墳音同一云舞曲也蹲七旬反本或作壿同爾雅云喜也說文云士舞也從士尊為于偽反下同樂樂上音岳下音洛迨我暇矣飲此湑矣箋云迨及也此又述王意也王曰及我今之閒暇共飲此湑酒欲其無不醉之意。○迨音待閒音閑

伐木六章章六句

天保下報上也君能下下以成其政臣能歸美以報其上焉下下謂鹿鳴至伐木皆君所以下臣也臣亦宜歸美於王以崇君之尊而福祿之以答其歌。○下下上遐嫁反並注下及下臣同【重意】臣能歸美以報其上焉吉日無不自盡以奉其上焉。○天保定爾亦孔之固固堅也箋云保安爾女也女王也天之安定女亦甚堅固【重言】天保定爾二本詩俾爾單厚何福不除俾使

程氏曰俾爾盡厚何福不除除更新也日進之義

程氏曰俾之多增益莫不繁庶
朱氏曰言天之安定我君使之如此也
戩穀盡善也
歐陽氏曰既曰何福不除矣又曰俾爾戩穀又曰無所不宜而受天百禄又曰降爾遐福其所以懇懇重複如此而猶曰維日不足
朱氏曰川之方至言其盛長之未可量也。孔氏曰若以四時當云祠禴嘗烝詩以便文故不依先後。朱氏曰先王太王以下也　君謂先公先王也卜猶期也

單信也或曰單厚也除開也箋云單盡也天使女盡厚天下之民
何福而不開皆開出以予之。俾必以反單丁但反鄭音丹除
治慮反注同俾爾多益以莫不庶庶衆也箋云莫無也使女每物益多以是故無不衆也。天
保定爾俾爾戩穀罄無不宜受天百禄戩福穀禄罄盡也箋云天使女所福
禄之人謂羣臣也其舉事盡得其宜受天之多禄。戩子淺反降爾遐福維日不足箋云遐遠也天
又下予女以廣遠之福使天下溥蒙之汲汲然如日且不足也。汲己及反。天保定爾以莫不興
箋云興盛也無不盛者謂萬物皆然草木暢茂禽獸碩大如山如阜如岡如陵言廣厚也高平曰陸大陸
曰阜大阜曰陵箋云此言其福禄委積高大也如川之方至以莫不增箋云川之方至謂其水縱長之
時也萬物之收皆增多也。縱足用反長張丈反。吉蠲為饎是用孝享吉善蠲絜也饎酒食也享
獻也箋云謂將祭祀也。蠲古玄反舊音圭饎尺志反享許丈反禴祠烝嘗于公先王春曰祠夏
曰禴秋曰嘗冬曰烝公事也箋云公先公謂后稷至諸盩。禴本又作礿餘若反祠嗣絲反烝之承反盩直留反周大王父名君
曰卜爾萬壽無疆君先君也尸所以象神卜予也箋云君曰卜爾者尸嘏主人傳神辭也。疆居良反
嘏古雅反傳直專反無疆下本詩一餘附七字詩萬壽。神之弔矣詒爾多福弔至詒遺

程氏曰質實也。朱氏曰言其質實無爲日用飲食而已。李氏曰百姓庶民也。朱氏曰偏爲爾德者言助爾爲德也。程氏曰如松柏之茂盛無不承其庇廕

朱氏曰文王既受命爲西伯得專征伐而其征伐也亦必稱天子之命以行之此足以見服事殷之實矣而或者謂文王受命而稱王則是二天子也而可乎

也箋云神至者宗廟致敬鬼神著矣此之謂也○弔都歷反詒以之反遺唯季反民之質矣日用飲食質成也箋云成平也民事平以禮飲食相燕樂而已○燕樂音洛羣黎百姓徧爲爾德百姓百官族姓也箋云黎衆也羣衆百姓徧爲女之德言則而象之○徧音遍○如月之恒如日之升恒弦升出也言俱進也箋云月上弦而就盈日始出而就明○恒本亦作緪同古鄧反沈古登反如南山之壽不騫不崩〔言〕騫虧也○騫起虔反〔重〕不騫不崩重見無羊如松柏之茂無不爾或承箋云或之言有也如松柏之枝葉常茂盛青青相承無衰落也

天保六章章六句

采薇遣戍役也文王之時西有昆夷之患北有玁狁之難以天子之命命將率遣戍役以守衛中國故歌采薇以遣之出車以勞還杕杜以勤歸也文王爲西伯服事殷之時也昆夷西戎也天子殷王也戍守也西伯以殷王之命命其屬爲將率將戍役禦西戎及北狄之難歌采薇以遣之杕杜勤歸者以其勤勞之故於其歸歌杕杜以休息之○薇音微昆本又作混古門反玁本或作獫音險狁音允本亦作允難乃旦反注皆同將子亮反率所類反

朱氏曰此設為戍役者之言也。程氏曰采薇采薇以薇為遣戍之候也曰歸曰歸深念歸時在歲暮也舍其室家不遑暇起居以玁狁之故也盡民不由上則人懷敵愾之心矣。李氏曰始遣戍役之時薇始生其後薇始長而柔又其後薇始壯而剛以見天時之變爾。蘇氏曰内憂歸期之遠而外為飢渴之所困亦甚病矣。朱氏曰雖憂之深然戍事未已將誰使歸問其室家之安否乎。程氏曰歸期須歲之陽王事不可盬也故啓處不遑憂心雖甚病我行不可歸也

本亦作剖同注及後篇將率皆同勞力報反後篇勞還皆同杕大計反○采薇采薇薇亦作止薇菜作生也箋云西伯將遣戍役先與之期以采薇之時今薇生矣先輩可以行也重言采薇者丁寧行期也○重直用反下重叙同曰歸曰歸歲亦莫止箋云莫晚也曰女何時歸乎亦歲莫之時乃得歸也又丁寧歸期定其心也○莫音暮本或作暮叶韻武博反靡室靡家玁狁之故不遑啓居玁狁之故玁狁北狄也箋云北狄今匈奴也靡無遑暇啓跪處也古者師出不踰時今薇生而行歲晚乃得歸使女無室家夫婦之道不暇跪居者有玁狁之難故曉之也重言不遑啓居重見出車。○采薇采薇薇亦柔止柔始生也箋云柔謂脆脆之時。○脆七歲反晚音晚或作早晚字非也曰歸曰歸心亦憂止箋云憂止者憂其歸期將晚憂心烈烈載飢載渴箋云烈烈憂貌則飢則渴言其苦也我戍未定靡使歸聘聘問也箋云戍守也我方守於北狄未得止息無所使歸問言所以憂。○靡使如字本又作靡所○采薇采薇薇亦剛止少而剛也箋云剛謂少堅忍時。○少詩照反忍音刃曰歸曰歸歲亦陽止陽歷陽月也箋云十月為陽時坤用事嫌於無陽故以名此月為陽。○坤本亦作巛困魂反王事靡盬不遑啓處箋云盬不堅固也處猶居也重言王事靡盬十二本詩一餘附鴇羽詩憂心孔疚我行

王氏曰：路，戎路也。孔氏曰：彼爾然而盛者何？木之華乎？維常棣之華也。彼路車者斯何人之車乎？維君子之車也。○朱氏曰：戎車既駕而四牡盛矣，則何敢以定居乎？庶乎一月之間三戰而三捷爾。○程氏曰：依，依止所處也。腓，從動之義，人之腓身行則從動，言君子所處，小人從而動也。腓，足肚也。○孔氏曰：弭者，弓弰之名，弛之則反曲，故云象弭為弓反末也。弭之用骨，自是弓之所宜，若鱗或有紛，可以助解之耳。○程氏曰：整練其車甲，修嚴其器械，日為戒備，玁狁之事甚急故也。

不來。疚，病。來，至也。箋云：我戍役，自我也。來，猶反也。據家曰來。○疚，久又反。【重言】憂心孔疚，重見杕杜。○彼爾維何？維常之華。爾，華盛貌。常，常棣也。箋云：此言彼爾者，乃常棣之華，以興將率車馬服飾之盛。○爾，乃禮反，注同。說文作薾。彼路斯何？君子之車。箋云：斯，此也。君子謂將率。【重言】君子之車，重見卷阿。戎車既駕，四牡業業。業業然，壯也。○業，如字，又魚及反，或五盍反。【重言】四牡業業，重見烝民。豈敢定居？一月三捷。捷，勝也。箋云：定，止也。將率之志，往至所征之地，不敢止而居處自安也，往則庶乎一月之中三有勝功，謂侵也，伐也，戰也。○三，息暫反，又如字。○駕彼四牡，四牡騤騤。君子所依，小人所腓。騤騤，彊也。腓，辟也。箋云：腓當作芘。此言戎車者，將率之所依乘，戍役之所芘倚。○騤，求龜反。腓，符非反，鄭必寐反，又何其綺反，[illegible]於幭反。【重言】駕彼四牡，三，下本詩車攻、信南山各一。○四牡騤騤，四，本詩六月、烝民、桑柔各一。四牡翼翼，象弭魚服。翼翼，閑也。象弭，弓反末也，所以解紛也。魚服，魚皮也。箋云：弭，弓反末彆者，以象骨為之，以助御者解轡紛，宜滑也。服，矢服也。○弭，彌氏反。紛音試，又音紛，本又作紛，芳云反。彆，弓彆反，又方血反，又邊之入聲。倉頡云：弓末反矢也。豈不曰戒？玁狁孔棘。箋云：戒，警敕軍事也。孔，甚。棘，急也。言君子小人豈不曰相警戒乎？誠曰相警戒也。玁狁之難甚急，豫述其苦以勸之。○曰，音越，又人栗反。警，音景。○昔我往矣，楊柳依依。今我來思，雨

六書曰：支條揚起者曰楊，弱而長條垂下者曰柳，亦謂垂楊。弱條脩直如蒲者謂之蒲柳，宜為矢笴。吴中種之水田中，如秧稻，織之為箱筐。

程氏曰春而往冬而旋行遠而時久言行道遲則見歸思之切。范氏曰人情之所患者莫切於飢渴莫知我哀言民之不得其所而無告也

程氏曰此詩所賦自受命至還歸其事有敘大要在歸功將帥。爾雅曰郊外曰牧。毛氏曰古者兵隱於民而馬則牧于野兵車之出則以車而就牧地也。天子紂也。歐陽氏曰南仲為將始駕戎車出至于郊則稱天子之命使我來將此衆遂戒其僕夫以趣王事之急難

雪霏霏。楊柳蒲柳也霏霏甚也箋云我來戍止而謂始反時也上三章言戍役次一章言將率之行故此章重序其往反之時極言其苦以說之。此皆韓詩云比始出而于行反霏芳非反說音悅【重言】昔我往矣我來思重見出車又小明昔我往矣行道遲遲載渴載飢。遲遲長遠也箋云行反在於道路猶飢渴言至苦也【重言】行道遲遲重見谷風我心傷悲莫知我哀。君子能盡人之情故人忘其死【重言】我心傷悲五本詩一餘附素冠詩

采薇六章章八句

出車勞還率也。遣將率及戍役同歌同時欲其同心也反而勞之異歌異日殊尊卑也禮記曰賜君子小人不同日此其義也○出車如字沈尺遂反勞力報反還音旋○我出我車于彼牧矣。出車就馬於牧地箋云上我我殷王也下我將率自謂也西伯以天子之命出我戎車於所牧之地將使我出征伐○牧音目【重言】我出我車本詩二自天子所謂我來矣。箋云自從也有人從王所來謂我來矣謂以王命召已將使為將率也先出我車乃召將率將率尊也召彼僕夫謂之載矣王事多難維其棘矣。僕夫御夫也箋云棘急也王命召己己即召御夫使裝載物而往王之事多難其召我必急欲疾趍之此序其忠敬也○難乃旦反注及下皆同裝側良反本又作莊○我出我車于彼郊矣設此旐矣建彼旄

程氏曰謂我命我也

東萊曰：以車設旐，彼車建旄，各事整飭。○孔氏曰：胡不，何不也。○王氏曰：未有事，故不旆也。○程氏曰：既受命而行，有旗章之盛，見付與之重，而憂勞其事也，其憂念之深，僕夫左右之人亦為之憂瘁。○蘇氏曰：彭彭，壯盛貌。○朱氏曰：天子命我城彼朔方者，文王以商王之命命南仲，而南仲語其軍士以天子之命也。○程氏曰：稱元帥之名，以顯其功，主言城而勝玁狁，禦戎之道，守備為本，不以攻擊為先。○劉氏曰：王事多難，言玁狁雖衰而西戎又入也，自北而西，不遑起居也。簡書謂王命，載之以竹簡也。

矣。龜蛇曰旐。旄，干旄。箋云：設旐者屬之於干旄，而建之戎車，將率既受命行乃乘焉。牧地在遠郊。○旐音兆，旄音毛，屬音燭，致也。

彼旟旐斯，胡不旆旆。鳥隼曰旟。旆旆，旒垂貌。○旟音餘，旆蒲具反，隼息允反，旒音留。

憂心悄悄，僕夫況瘁。箋云：況，茲也。將率既受命行，而憂臨事而懼也。御夫則茲益憔悴，憂其馬之不正。○悄七小反，瘁似醉反，本亦作萃，憔，依注作憔，悴音同，憔慈遙反，憂其馬之不正，一本作之不正也，一本作馬之之政。重言 憂心悄悄重見柏舟。

○王命南仲，往城于方，出車彭彭，旂旐央央。王，殷王也。南仲，文王之屬。方，朔方，近玁狁之國也。彭彭，四馬貌。交龍為旂。央央，鮮明也。箋云：王使南仲為將率，往築城于朔方，為軍壘以禦北狄之難。○央，本亦作英，同，於京反，又於良反。近，附近之近，下「近西戎」同。壘，力軌反。重言 旂旐央央重見采芑。

天子命我，城彼朔方。赫赫南仲，玁狁于襄。朔方，北方也。赫赫，盛貌。襄，除也。箋云：此我，我戍役也。戍役築壘，而美其將率自此出征也。○赫，本或作㬵，如字。

○昔我往矣，黍稷方華。今我來思，雨雪載塗。王事多難，不遑啟居。塗，凍釋也。箋云：黍稷方華，朔方之地，六月時也。以此時始出壘，征伐玁狁，因伐西戎，至春凍始釋而來反，其間非有休息。○雨，于付反，又如字。重言 昔我往矣、今我來思重見采薇。

豈不懷歸，畏此簡書。簡書，戒命也。鄰國有急，以簡書相告，則奔命救之。重言 豈不懷歸七，本詩一，四牡二，小明二。互注

小雅　采薇　出車　九卷八

程氏曰言兵出而衆和爲一方所傒望南仲之功於此尤盛草蟲阜螽其類相應民心之望王師猶是也此南仲之伐西戎也

朱氏曰豈既執玁狁而還師以伐昆夷也與

程氏曰訊問也 其魁首當訊問者醜徒衆也。歐陽氏曰述其歸時春日暄妍草木榮茂而禽鳥和鳴於此之時執訊獲醜而歸豈不樂哉

左傳閔公元年狄人伐邢管敬仲言於齊侯曰戎狄豺狼不可厭也諸夏親暱不可棄也宴安鴆毒不可懷也詩云豈不懷歸畏此簡書簡書同惡相恤之謂也請救邢以從簡書齊人救邢。**喓喓草蟲趯趯阜螽**箋云草蟲鳴阜螽躍而從之天性也喻近西戎之諸侯聞南仲既征玁狁將伐西戎之命則跳躍而鄉望之如阜螽之聞草蟲鳴焉草蟲鳴晚秋之時也此以其時所見而興之。喓於遥反趯吐歷反螽音終躍音藥鄉許亮反或作嚮音同興許膺反**未見君子憂心忡忡既見君子我心則降**。箋云君子斥南仲也降下也忡勑中反降戶江反又如字注下皆同【重言】喓喓草蟲趯趯阜螽未見君子憂心忡忡我心則降重見草蟲。既見君子二十二本詩一餘見汝墳詩**赫赫南仲薄伐西戎。春日遲遲卉木萋萋倉庚喈喈采蘩祁祁執訊獲醜薄言還歸**卉草也訊辭也箋云訊言醜衆也伐西戎以凍釋時反朔方之壘息戍役至此時而歸京師稱美時物以及其事喜而詳之也執其可言問所獲之衆以歸者當獻之也。卉許貴反萋七西反喈音皆蘩音煩祁巨移反訊音信【重言】春日遲遲采蘩祁祁重見七月詩。執訊獲醜重見采芑。薄言還歸重見采蘩**赫赫南仲玁狁于夷**夷平也箋云平者平之於王也此時亦伐西戎獨言平玁狁者玁狁大故以爲始以爲終

出車六章章八句

朱氏曰軍事在外其室家感時物之變而思之。李氏曰繼嗣我日言其行役以日繼日無有休息之期也
丘氏曰萋萋新葉
呂氏曰卉木亦萋然有葉則春將莫矣歲莫之期既不至將至春又莫猶未歸也
呂氏曰杞之可食春莫矣。孔氏曰伐檀云伐輪伐輻是檀可以爲車之輪輻大明云檀車煌煌。陳氏曰言夫之車然而當敝矣四牡當罷矣諒亦不遠當歸也。劉氏曰期逝者謂所期之日以逝

杕杜勞還役也役戍役也【重言】杕杜一唐風一又有杕之杜一篇小雅。○有杕之杜，有睆其實興也睆實貌杕杜猶得其時蕃滋役夫勞苦不得盡其天性。○睆華版反字從目或作日誤蕃音煩王事靡盬，繼嗣我日箋云嗣續也王事無不堅固我行役續嗣其日言常勞苦無休息。【重言】王事靡盬十二本篇三餘附鴇羽詩日月陽止，女心傷止，征夫遑止箋云十月爲陽遑暇也婦人思望其君子陽月之時已憂傷矣征夫如今已閒暇且歸也而尚不得歸故序其男女之情以說之陽月而思望之者以初時云歲亦莫止莫音暮本亦作暮。○閒音閑說音悅○有杕之杜，其葉萋萋，王事靡盬，我心傷悲箋云傷悲者念其君子於今勞苦。【重言】我心傷悲五本篇一餘見四牡詩【重】卉木萋止，女心悲止，征夫歸止箋云室家踰時則思。○思息嗣反又如字○陟彼北山，言采其杞，王事靡盬，憂我父母箋云杞非常菜也而升北山采之者託有事以望君子。○杞音起檀車幝幝，四牡痯痯，征夫不遠檀車役車也幝幝敝貌痯痯罷貌箋云不遠者言其來喻路近。○檀徒丹反幝尺善反又勑丹反說文云車敝皃從巾單韓詩作緣音同痯古緩反罷音皮○匪載匪來，憂心孔疚箋云君子至期不裝載意不爲來我念之憂心甚病。○疚居又反【重言】憂心孔疚重見采芑期逝不

鹿鳴什小雅　出車　杕杜　凡卷九

王氏曰會卜筮之言皆言近矣則庶幾征夫之歸近矣

程氏曰太平之時庶物蕃盛故能備禮六月序云魚麗廢則法度缺矣物不足則不能備法度也文武以天保以上治内以下傳詁者之言也不可取

孔氏曰釋器云嫠婦之笱謂之罶郭璞曰以薄取魚者名爲罶然則曲薄也以薄爲魚笱其功易成號之寡婦笱耳非寡婦所

至而多爲恤逝往恤憂也遠行不必如期室家之情以期望之卜筮偕止會言近止征夫邇止卜之筮之會人占之邇近也箋云偕俱會合也或卜之或筮之俱占之合言於繇爲近征夫如今近耳。繇直又反

杕杜四章章七句

魚麗美萬物盛多能備禮也文武以天保以上治内采薇以下治外始於憂勤終於逸樂故美萬物盛多可以告於神明矣内謂諸夏也外謂夷狄也告於神明者於祭祀而歌之。麗力馳反下同上時掌反逸本或作佚樂音洛憂戶雅反【重言】止告於神明重見闕雅

魚麗于罶鱨鯊麗歷也罶曲梁也寡婦之笱也鱨楊也鯊鮀也太平而後微物衆多取之有時用之有道則物莫不多矣古者不風不暴不行火草木不折不操斧斤不入山林豺祭獸然後殺獺祭魚然後漁鷹隼擊然後罻羅設是以天子不合圍諸侯不掩羣大夫不麛不卵士不隱塞庶人不數罟罟必四寸然後入澤梁故山不童澤不竭鳥獸魚鱉皆得其所然。罶音柳鱨音常草木疏云今江東呼黃鱨魚尾微黃大者長尺七八寸許鯊音沙亦作魦今吹沙小魚也體圓而有黑點文舍人云鯊石鮀也鮀徒何反太平音泰暴蒲卜反不操草刀反一本作不折不芟定本芟作操

作也
朱氏曰舊說君子有酒旨爲句且多爲句非是當以有酒爲旨旨且多爲句言酒旨而又多也且罍酒旨亦隔句協韻也。蘇氏曰多而能嘉旨而能齊有而能時言其全也
東萊曰有即所謂偕也物雖盛多而偕有必適當其時然後盡善

豺仕皆反獺他鎋反又他末反魚音魚一本作數同取魚也罶音
畏慮彌亡兮反本或作麛同卯魯短反隱如字本又作偃亦如字塞
𥳑鮮代反又新勒反數七欲反又所角反瑱氏云數細也罟音古**君子有酒旨且多**箋云酒美而此魚又多也
。有酒旨句絕句且多此二字爲句後放此異此讀則非魚麗君子有酒十一本詩二嘉魚四到兼內**。魚麗于**
罶魴鱧鱧鯛也。鱧音禮鯛直冢反**君子有酒多且旨**箋云酒多而此魚又美也**。魚**
麗于罶鰋鯉鰋鮎也。鰋音偃郭云今偃額白魚鮎乃兼反江東呼鮎爲鯷鯷音啼又在私反毛及前儒皆以鮎爲鰋鱧爲鯇鰋爲鯉唯郭注爾雅是六魚之名今目驗毛解與世不叶或恐古今名異逐世移耳**君子有酒旨且**
有箋云酒美而此魚又有**。物其多矣維其嘉矣**箋云魚既多又善**。物其旨**
矣維其偕矣箋云魚既美又齊等**。物其有矣維其時矣**箋云魚既有又得其時

魚麗六章三章章四句三章章二句

南陔孝子相戒以養也陔古哀反養餘尚反**白華孝子之絜白也**
魚麗白華二篇本詩一篇小雅十五卷一篇**。華黍時和歲豐宜黍稷也有其義**
而亡其辭此三篇蓋鄉飲酒燕禮用焉曰笙入立于縣中奏南陔白華華黍是也孔子論詩雅頌各得其所時俱在

自鹿鳴至魚麗皆文武時詩

耳篇第當在於此遭戰國及秦之世而亡之其義則與衆篇之義合編故存至毛公爲詁訓傳乃分衆篇之義各置於其篇端云又闕其亡者以見在爲數故推改什首遂通耳而下非孔子之舊○此三篇蓋武王之時周公制禮用爲樂章吹笙以播其曲孔子刪定有三百二十一篇內遭戰國及秦而亡子夏序詩篇義合編故詩雖亡而義猶在也毛氏訓傳各引序冠其篇首故序存而詩亡○縣音玄編必先反見賢遍反

鹿鳴之什十篇五十五章三百一十五句

纂圖互註毛詩卷第九

宋本纂圖互注毛詩

第二册

漢 毛氏傳 漢 鄭玄箋 唐 陸德明釋文

宋刻本（佚名批校）

山東人民出版社·濟南

釋文曰孫王肅云衆也
孔氏曰釋器云籗謂
之罩李巡曰籗編細
竹以爲罩捕魚也
范氏曰罩罩取之不
已也○丘氏曰君子成王
也嘉賓新進之賢也
東萊曰嘉魚負羣然
入於網罟罩之又罩取
之不竭以得賢之多
也賢才多寡繫君
上之好惡樂與賢則
得賢衆多不樂與賢
則亦從而衰少矣
陸氏曰君子求賢上籠

纂圖互註毛詩卷第十

南有嘉魚之什詁訓傳第十七

陸曰自此至菁菁者莪六篇并亡篇二是成王周公之小雅成王有雅名公有雅德二人協佐以致太平故亦並爲正也

毛詩小雅　鄭氏箋

南有嘉魚樂與賢也太平之君子至誠樂與賢者共之也樂得賢者與共立於朝相燕樂也○樂與音洛又音岳徐五教反序文同大平音泰後大平皆同朝直遥反下注同燕樂音洛下注皆同重言樂與賢也南山有臺樂得賢也菁菁者莪樂育材也卷阿言求賢用吉士也崧高任賢使能撫樸能官人也重言大平之君子重見鳧鷖○南有嘉魚烝然罩罩江漢之間魚所産也罩罩籗也箋云烝塵也塵然猶言久如也言南方水中有善魚人將久如而俱罩之遲之也喻天下有賢者在位之人將久如而並求致之於朝亦遲之也遲之者謂至誠也○烝之承反王衆也罩張教反徐又都學反字林竹卓反云捕魚器也籗助角反郭云捕魚籠也沈音穫又音護說其形狀罩也遲直冀反下同君子有酒嘉賓式燕以樂箋云君子斥時在位者也式用也用酒與賢者燕歡而樂也○樂音洛協句五教反得賢致酒歡情怡暢故樂重言君子有酒十一本詩四魚麗二瓠葉四○南有

之如罩，下擣之如汕。淮南子曰：罩者抑之，罾者舉之，為之雖異，得魚一也。○東萊曰：甘瓠則可食也。樛木下垂以興君，瓠之甘者以興賢，言相與固結而不可解也。李氏曰：賢者羣然如鵻之来集也。○孔氏曰：思皆為辭。嘉賓既来，用此酒與之燕，又燕也，頻與之燕，言親之甚也。

陸璣草木疏曰：臺，夫須也。夫須，莎草，可為蓑笠。　萊，草名，其葉可食，今兗州人烝以為茹，謂之萊烝。

嘉魚，烝然汕汕。汕汕，樔也。箋云：樔者，今之撩罟也。○汕，所諫反。樔，側交反，字或作罺，同。撩，力弔反，又力條反。沈，旋力到反。君子有酒，嘉賓式燕以衎。衎，樂也。○衎，苦旦反。○南有樛木，甘瓠纍之。興也。纍，蔓也。箋云：君子下其臣，故賢者歸往也。○樛，居虯反。瓠音護。纍，力追反，本亦作虆，同。下，遐嫁反。南有樛木，重見樛木。【重言】君子有酒，嘉賓式燕綏之。箋云：綏，安也。與嘉賓燕飲而安之。鄉飲酒曰：賓以我安。○翩翩者鵻，烝然來思。鵻，壹宿之鳥。箋云：壹宿者，壹意於其所宿之木也。喻賢者有專壹之意於我，我將久如而來，遲之也。○翩音篇。鵻音隹，本亦作隹。【重言】翩翩者鵻，重見四牡。【重言】烝然來思，白駒賁然來思。君子有酒，嘉賓式燕又思。箋云：又，復也。以其壹意，欲復與燕，加厚之。○復，扶又反，下同。

南有嘉魚四章，章四句。

南山有臺，樂得賢也。得賢則能為邦家立大平之基矣。人君得賢，則其德廣大堅固，如南山之有基趾。○為，如字，又于偽反。○南山有臺，北山有萊。興也。臺，夫須也。萊，草也。箋云：興者，山之有草木，以自覆蓋，成其高大，喻人君有賢臣，以自尊顯。○萊音來。夫音符。樂只君

歐陽氏曰高山多草木如周大國多賢才

東萊曰賢才之盛多如此樂哉王者誠可爲邦家之基誠可以萬壽無期矣

孔氏曰無期無期竟也

陸氏草木疏曰杞其樹如樗一名狗骨

程氏曰遐不眉壽猶云不遐遠眉壽乎

子邦家之基【重言】樂只君子十九本詩小雅采菽六八【互註】左襄二十四年夫令名德之輿也德國家之基也有基無壞無亦是務乎有德則樂樂則能久詩云樂只君子邦家之基有令德也夫上帝臨女無貳爾心有令名也夫○昭十三年仲尼謂子産於是行也足以爲國基矣詩曰樂只君子邦家之基子産君子之求樂者也樂只君子萬壽無期基本也箋云只之言是也人君既得賢者置之於位又尊敬以禮樂樂之則能爲國家之本得壽考之福○樂上音岳下音洛○南山有桑北山有楊樂只君子邦家之光樂只君子萬壽無疆箋云光明也政教明有榮曜○疆居良反【重言】邦家之光重見載芟○萬壽無疆六本詩一餘附七月○南山有杞北山有李樂只君子民之父母【重言】民之父母重見泂酌【互註】記大學詩云樂只君子民之父母民之所好好之民之所惡惡之此之謂民之父母樂只君子德音不已箋云已止也不止者言長見稱頌也○杞音起草木疏云其樹如樗一名狗骨○南山有栲北山有杻栲山樗杻檍也○栲音考杻女九反樗勑居反檍音億樂只君子遐不眉壽樂只君子德音是茂眉壽秀眉也箋云遐遠也遠不眉壽者言其近眉壽也茂盛也○南山有枸北山有楰枸枳枸楰鼠梓○枸俱甫反楰音庾楸屬枳諸氏反樂只君子

蘇氏曰諸侯來朝王者推恩以接之無所不及如零露之於蕭然其既見天子也其心莫不傾盡

遐不黃耇樂只君子保艾爾後黃黃髮也耇老艾養保安也〻耇音苟壽也艾五蓋反沈音刈

南山有臺五章章六句

由庚萬物得由其道也。崇丘萬物得極其高大也。

由儀萬物之生各得其宜也有其義而亡其辭此三篇者鄉飲酒燕禮亦用焉曰乃間歌魚麗笙由庚歌南有嘉魚笙崇丘歌南山有臺笙由儀亦遭世亂而亡之燕禮又有升歌鹿鳴下管新宮新宮亦詩篇名也辭義皆亡無以知其篇第之處。此三篇義與南陔等同依六月序由庚在南有嘉魚前崇丘在南山有臺前今同在此者以其俱亡使相從耳。間古莧反

蓼蕭澤及四海也九夷八狄七戎六蠻謂之四海国在九州之外雖有大者爵不過子虞書曰州十有二師外薄四海咸建五長。○蓼音六薄音博本作外敷注音芳夫反四海者晦也地險言其去中国險遠禀政教昏昧也長張丈反

○蓼彼蕭斯零露湑兮興也蓼長大貌蕭蒿也湑湑然蕭上露貌箋云興者蕭香物之微者喻四海之諸侯亦国君之賤者露者天所以潤萬物喻王者恩澤不爲遠国則不及也。○湑息敘反長如字又張丈反爲于僞反【重言】蓼彼蕭斯四並本詩既見君子我心寫兮輸寫其心也箋云既見君子者遠国之君朝見於天子也我心

蘇氏曰於其燕也極其笑語而無間

張氏曰有譽處兮謂君接以温厚則下情得伸讒毀不入而美名可保也。丘氏曰見天子之德無有差爽故皆願其壽考而永不忘於心也。董氏曰燕燕諸侯也。蘇氏曰兄弟同姓諸侯也。李氏曰天子既如是宜其有令善之德壽而且樂也

孔氏曰馬轡所靶之外有餘而垂者謂之革。鞗皮為之故曰鞗革。後漢志注曰子寶周礼注和鸞皆以金為鈴鸞者在衡和者在軾馬動則鸞鳴鸞鳴則和應。王氏曰有車馬則有鞗革和鸞矣

寫其情意无留恨也。○覯見古遘反下覯遘反下燕見同。○本詩

【重言】說見君子二十一卷本詩四牡附以廣詩。○我心寫兮之燕所以[?]莪揚從美使声與譽常處天子

車舝第二十一　燕笑語兮是以有譽處兮。箋云天子与之燕而笑語則遠國之君各得其所是以稱揚德美使声譽常處天子。○蓼彼蕭斯零露瀼瀼。

【重言】是以有譽處兮又重見裳裳者華。○瀼瀼露蕃貌。○瀼如羊反徐又乃剛反蕃音煩

既見君子為龍為光。龍寵也。箋云為寵為光言天子恩澤光耀被及己也。○被皮寄反

其德不爽壽考不忘。爽差也。○蓼彼蕭斯零露泥泥。泥泥霑濡也。○泥乃礼反

既見君子孔燕豈弟。豈樂弟易也。箋云孔甚燕安也。○豈開在反本亦作愷下同後豈弟放此弟本亦作悌音同後皆放此樂音洛下篇同易夷豉反

宜兄宜弟令德壽豈。為兄亦宜為弟亦宜。○蓼彼蕭斯零露濃濃。濃濃厚貌。○濃女龍反又女同反

既見君子鞗革忡忡和鸞雝雝萬福攸同。鞗轡也革轡首也忡忡垂飾貌在軾曰和在鑣曰鸞。箋云此說天子之車飾者諸侯燕見天子天子必乘車迎于門是以云然攸所也。○鞗徒彫反忡直弓反徐音同又勑弓反軾音式鑣彼苗反

【重言】萬福攸同又見采菽詩

蓼蕭四章章六句

歐陽氏曰露以夜降
者也因其夜飲故近
取以為比云湛湛之露
潤露於物非至曙則不
乾厭厭之飲恩被
於諸侯非至醉則不
止舉其■燕私懇懃
之意以見天子恩礼諸
侯之厚
歐陽氏曰言在彼豐草
杞棘者以露之被草木
如王恩被諸侯爾
范氏曰王者天下之宗
諸侯之所主也在宗載
考礼成而恩洽也
朱氏曰君子指諸侯為
賓者也。歐陽氏曰
令德令儀者言此與
燕之臣皆有令德令
儀爾。其桐其椅木
之美者其實離離然
亦喻諸侯在燕有威
儀爾

湛露天子燕諸侯也燕謂与之燕飲酒也諸侯朝覲會同天子与之燕所以示慈惠。湛直減反

○湛湛露斯匪陽不晞興也湛湛露茂盛貌陽日也晞乾也箋云興者露露雖湛湛然見陽則乾

之在物湛湛然使物柯葉低垂喻諸侯受燕爵其儀有似醉之貌諸侯旅酬之則猶然以天子與之酬爵則貌變肅敬承命有似露見日

而晞。晞音希厭厭夜飲不醉無歸厭厭安也夜飲私燕也宗子將有事則族人皆侍不醉而出是

不親也醉而不出是渫宗也箋云天子燕諸侯之禮亡此假宗子与族人燕為說尔族人猶群臣也其醉不出不醉出猶諸侯之儀

也飲酒至夜猶云不醉無歸此天子於諸侯之儀燕飲之禮宵則兩階及庭門皆設大燭焉。厭厭於監反又韓詩作愔愔和悅之貌渫

息列反○湛湛露斯在彼豐草厭厭夜飲在宗載考豐茂也夜飲必

於宗室也箋云豐草喻同姓諸侯也載之言則也考成也夜飲之礼

在宗室同姓諸侯則成之於庶姓其讓之則止昔者陳敬仲飲桓

公酒而樂桓公命以火繼之敬仲曰臣卜其晝未

卜其夜於是乃止此之謂不成也。飲於鴆反○湛湛露斯

在彼杞棘顯允君子莫不令德箋云杞也棘也異類喻庶姓諸侯也令善也無不善

其德言飲酒不至於醉○其桐其椅其實離離豈弟君子莫不令儀

離離垂也箋云桐也椅也同類而異名喻二王之後也其實離離

喻其薦俎禮物多於諸侯也飲酒不至於醉徒善其威儀而已謂

雅 音義 湛露 十巳二

李氏曰言者語辭也
王氏曰受言藏之者工成而獻王王受而藏之以待賜也
蘇氏曰其賜之也行之以饗礼。吕氏曰天子錫有功諸侯必曰中心貺之喜之好之者言其錫也非以爲儀然采吾情而非勉也饗之右之酬之者言功之大者情必厚情之厚者賜必多賜之多者儀必盛所謂本末情文無所不稱者也
王氏曰其藏弓也載以抗之櫜以韜之

陔節也。栘於宜反木名也陔古哀反字亦作械音同戒也 重言 豈弟君子十六本詩一青蠅一旱麓五泂酌三卷阿六

湛露四章章四句

彤弓天子錫有功諸侯也諸侯敵王所愾而獻其功王饗禮之於是賜彤弓一彤矢百玈弓矢千。凢諸侯賜弓矢然後專征伐。○彤徒冬反彤弓赤弓也愾古愛反很也杜預云很怒也說文作𢙼火既反一云怒戰也。玈音盧黑弓也本或作旅字誤

○彤弓弨兮受言藏之彤弓朱弓也以講德習射弨弛貌言我也箋云言者謂王策命也王賜朱弓必策其功以命之受出藏之乃反入也。弨尺昭反說文云弓反也字林充小反弛式氏反我有嘉賓中心貺之貺賜也箋云貺者欲加恩惠也王意殷勤於賓故歌序之 重言 我有嘉賓六本詩三鹿鳴三鍾鼓既設一朝饗之箋云大飲賓曰饗一朝猶早朝。○飲於鴆反 重言 鍾鼓既設四本詩二賓之初筵二

○彤弓弨兮受言載之載以歸也箋云出載之車也我有嘉賓中心喜之喜樂也。樂音洛○鍾鼓既設一朝右之右勸也箋云右之者主人獻之賓賓受爵奠于薦右既祭俎乃席末坐卒爵之謂也。○右毛音又鄭如字薦右也卒遵律反本或作啐者非也啐七內反

○彤弓弨兮受言櫜之櫜韜也。櫜古刀反韜本又作弢吐刀反弓衣也我有嘉賓中心好之好說

陳氏曰：小雅二十二詩，皆因其事而歌也。菁菁者莪之詩，則宜何歌？其天子行礼於學校，燕飲而歌之與。○韓氏曰：既見君子，樂且有儀，著天下美之之辭也。○孔氏曰：前漢食貨志：王莽置貝貨五品，大貝、壯貝、么貝、小貝，皆二枚為一朋，直錢有差；不成貝，漏度不得為朋，率枚直錢三文。王莽多舉古事而行，五貝故知古者貨貝焉。○朱氏曰：載沉載浮，以比未見君子而心未定也。

也。○好，呼報反。說音悅。【重言】中心好之，二本詩一有杕之杜一。鐘鼓既設，一朝醻之。醻，報也。箋云：飲酒之禮，主人獻賓，賓酢主人，主人又飲而酌賓，謂之醻。醻猶厚也，勸也。○醻，本又作酬，市由反。酢，才洛反。

彤弓三章，章六句

菁菁者莪，樂育材也。君子能長育人材，則天下喜樂之矣。樂育材者，歌樂人君教學國人，秀士、選士、俊士、造士、進士，養之以漸至於官之。○菁，子丁反。莪，五何反。長，張丈反，下注並同。樂音洛，下并注同。選，雪戀反。○菁菁者莪，在彼中阿。興也。菁菁，盛貌。莪，蘿蒿也。中阿，阿中也。大陵曰阿。君子能長育人材，如阿之長莪菁菁然。箋云：長育之者，既教學之，又不征役也。既見君子，樂且有儀。箋云：既見君子者，官爵之而得見也。見則心既喜樂，又以禮儀見接。【重言】既見君子，二十一本詩四，餘附後讀詩。○菁菁者莪，在彼中沚。中沚，沚中也。○沚音止。既見君子，我心則喜。喜，樂也。○菁菁者莪，在彼中陵。中陵，陵中也。既見君子，錫我百朋。箋云：古者貨貝，五貝為朋。賜我百朋，得祿多，言得意也。○汎汎楊舟，載沉載浮。楊木為舟，載沉亦浮，載浮亦浮。箋云：舟者，沉物亦載，浮物亦載，喻人君用士，文亦用，武亦用，於人之材無所廢。○汎，芳劍反。【重言】汎汎楊舟，載沉載浮。既

湛露　彤弓　菁菁者莪　十七四

朱氏曰既見君子心
休休然安定也

見君子我心則休箋云休者休休然○休虛虯反美也【互註】左文三年公如晉及晉侯盟晉侯饗公賦菁菁者莪莊叔以公降拜曰小國受命於大國敢不慎儀君貺之以大禮何樂如之抑小國之樂大國之惠也晉侯降辭登成拜公賦嘉樂

菁菁者莪四章章四句

六月宣王北伐也○從此至無羊十四篇是宣王之變小雅鹿鳴廢則和樂缺矣樂音洛篇末同缺苦悅反下同四牡廢則君臣缺矣皇皇者華廢則忠信缺矣常棣廢則兄弟缺矣伐木廢則朋友缺矣天保廢則福祿缺矣采薇廢則征伐缺矣出車廢則功力缺矣杕杜廢則師衆缺矣魚麗廢則法度缺矣南陔廢則孝友缺矣白華廢則廉恥缺矣華黍廢則蓄積缺矣蓄勑六反由庚廢則陰陽失其道理矣南有嘉魚廢則賢者不安下不得其所矣崇丘廢則萬物不遂矣南山有臺廢

劉氏曰六月建巳之月也。○蘇氏曰棲棲不安也。○李氏曰與論語栖栖同注栖栖猶皇皇言其不安也。○王氏曰騤騤者馬之強而有節也。○蘇氏曰既比其物而又四驪言馬有餘也。○孔氏曰戎車齊力尚強不取同色而言四驪者雖以齊力爲主亦不厭其同色也。○劉氏曰閑習之久則進退馳驅不失其則

則爲國之基隊矣（隊直類反）。由儀廢則萬物失其道理矣。蓼蕭廢則恩澤乖矣。湛露廢則萬國離矣。彤弓廢則諸夏衰矣（夏戶雅反）。菁菁者莪廢則無禮儀矣。小雅盡廢則四夷交侵中國微矣（六月言周室微而復興美宣王之北伐也）。○六月棲棲，戎車既飭。四牡騤騤，載是常服（棲棲簡閱貌。飭正也。日月爲常。服戎服也。箋云記六月者盛夏出兵明其急也。○棲音西。飭音勑，依字從力，脩飾之字從巾，不同也。今人食邊作力，以爲脩飾之字，借作勑，音耻。騤求龜反。閱音悅。四牡騤騤四本，詩采薇、烝民、桑柔各一）。重言玁狁孔熾，我是用急（熾盛也。箋云此序吉甫之意也。北狄來侵甚熾，故王以是急遣我。○熾尺志反）。王于出征，以匡王國（箋云于曰。匡正也。王曰今女出征玁狁，以正王國之封畿）。○比物四驪，閑之維則（物毛物也。則法也。言先教戰然後用師。○比毗志反，注同）。維此六月，既成我服。我服既成，于三十里（師行三十里。箋云王既成我戎服，將遣之，戒之曰日行三十里，可以舍息）。王于出征，以佐天子（出征以佐其爲天子也。箋云王曰今女出征伐以佐助我天子之事禦北狄也）。○四牡脩廣，其大

蘇氏曰有嚴有翼
言將帥之德也
朱氏曰■共與供同
顏師古鎬非豐鎬
之鎬。孔氏曰水北
曰陽 玁史記漢書
謂之獫獫與玁字雖
異音實同也。王
氏曰軍前曰啓後曰
殿。劉氏曰言玁狁
不度其力輕侮天子
整居焦穫又侵于
鎬漸進于方未已也
遂至于涇陽。朱氏
曰是以建旐旗選鋒
銳進声其罪而致討
焉

有顒脩長廣大也顒大貌。顒玉容反說文云大頭也薄伐玁狁以奏膚公奏爲膚大公功也

有嚴有翼共武之服嚴威嚴也翼敬也箋云服事也言今師之羣帥有威嚴者有恭敬者而共典是其事言文武之人備也嚴如字共鄭如字注下同于偽反將帥所類反下將帥同後篇放此下共武之服以定王國箋云定安也。玁狁匪茹整居焦穫侵鎬及方至于涇陽焦穫周地接于玁狁者箋云匪非茹度也鎬也方也皆北方名言玁狁之來侵非其所當度爲也乃自整齊而處周之焦穫來侵至涇水之北言其大恣也。茹如豫反徐音如穫音護爾雅十藪周有焦護鎬胡老反王云京師度徒洛反下同織文鳥章白旆央央鳥章錯革鳥爲章也白旆繼旐者也央央鮮明貌箋云織徽織也鳥章鳥隼之文章將帥以下衣皆著焉。織音志又尺志反注同白茷本又作旆蒲貝反繼旐曰茷左傳云蒨茷是也一曰旆與茷古今字殊央音英或於良反下篇同徽音煇將子亮反下大將同後篇將帥放此著知略反元戎十乘以先啓行元大也夏后氏曰鉤車先正也殷曰寅車先疾也周曰元戎先良也箋云鉤鞶行曲直有正也寅進也二者及元戎皆可以先前啓突敵陳之前行其制之同異未聞。乘繩證反行戶郎反注前行同夏戶雅反鉤古侯反服音古今經注作鞶字以先蘇薦反陳直覲反五

註左宣十二年傳我薄人无人薄我詩云元戎十乘以先啓行先人也。戎車既安如輊如軒

輊軒　凡寿高曰軒寿下曰輊

王氏曰非文無以附衆非武無以勝敵能文能武則萬邦以爲法矣。孔氏曰進諸友與俱飲以盡其歡

陳氏曰於諸友之中維誰在矣獨舉其孝友之賢者曰張仲以顯孝友之臣處内。東萊曰酒誥曰矧大史友内史友君固以臣爲友也

朱氏曰芑即今苦蕒菜軍行采之人馬皆可食

程氏曰薄言發語辭

師干猶今云兵甲也

試肄習也

四牡既佶既佶且閑輊摯佶正也箋云戎車之安從後視之如輊從前視之如軒然後適調也佶壯健之貌。輊竹二反佶其乙反又其吉反摯音志薄伐玁狁至于大原言逐出之而已。大音泰文武吉甫萬邦爲憲吉甫尹吉甫也有文有武憲法也箋云吉甫此時大將也吉甫燕喜既多受祉祉福也箋云吉甫既伐玁狁而歸天子以燕禮樂之則歡喜矣又多受賞賜也重言既多受祉垂見閟宫來歸自鎬我行永久飲御諸友炰鼈膾鯉御進也箋云御侍也王以吉甫遠從鎬地來又日月長久今飲之酒使其諸友恩舊者侍之又加其珍美之饌所以極勸之也。飲於鴆反注同炰白交反徐又甫九反鼈卑滅反膾古外反侯誰在矣張仲孝友侯維也張仲賢臣也善父母爲孝善兄弟爲友使文武之臣征伐與孝友之臣處内箋云張仲吉甫之友其性孝友

六月六章章八句

采芑宣王南征也芑音起徐又求己反。薄言采芑于彼新田于此菑畝興也芑菜也田一歲曰菑二歲曰新田三歲曰畬宣王能新美天下之士然後用之箋云興者新美之喻和治其家養育其身也士軍士也。菑側其反郭云反草曰菑畬音餘方叔涖止其車三千師干之試

孔氏曰方叔自乘其四騏之馬翼翼然甚壯健。蘇氏曰路車金路也金路赤飾
蘇氏曰中鄉民居在焉故其田尤治。孔氏曰四馬八鸞。朱氏曰鈴在鑣曰鸞馬口兩旁各一四馬故八也。命服所受命於天子之服。李氏曰葱珩乃蒼玉之珩也。朱氏曰葱如葱之色。孔氏曰玉藻云三命赤韍葱珩三命至九命皆葱珩非謂方叔唯三命也

方叔卿士也受命而爲將也涖臨師衆干扞試用也箋云方叔臨視此戎車三千乘其士卒皆有佐師扞敵之用爾司馬法兵車一乘甲士三人步卒七十二人宣王承亂羨卒盡起○莅本亦作涖音利又音類涖力二反扞胡旦反乘繩證反下一乘同卒子忽反下皆同羨延面反餘也又徐薦反

方叔率止乘其四騏四騏翼翼

箋云率者率此戎車士卒而行也翼翼壯健貌

路車有奭簟茀魚服鉤膺鞗革

奭赤皃鉤膺樊纓也箋云茀之言蔽也車之蔽飾象席文也魚服矢服也鞗革轡首垂也○奭許力反茀音弗鞗音條樊步干反馬大帶也

○薄言采芑于彼新田于此中鄉

鄉所也箋云中鄉美地名

方叔涖止其車三千旂旐央央

箋云交龍爲旂龜蛇爲旐此言軍衆將帥之車皆備【重言】旂旐央央重見出車

方叔率止約軝錯衡八鸞瑲瑲

軝長轂之軝也朱而約之錯衡文衡也瑲瑲声也○軝祁支反爾雅云軝篆錯如字沈七故反瑲本亦作鎗七羊反徐七美反【重言】八鸞瑲瑲重見烈祖又烝民八鸞鏘鏘庭燎鸞声將將

服其命服朱芾斯皇有瑲葱珩

朱芾黄朱芾也皇猶煌煌也瑲珩声也葱蒼也三命葱珩言周室之強車服之美也言其強美斯劣矣箋云命服者命爲將受王命之服也天子之服韋弁服朱衣裳也○芾本又作茀或作紱皆音弗下篇赤芾同韍本又作瑲亦作鎗同皆七羊反珩音衡煌音皇又音晃朱衣裳本或作朱衣纁裳纁衍字【重言】朱芾斯皇重見斯干○

孔氏曰約軝謂以皮纏之而上加以朱漆也錯者雜也雜物在衡是有文飾

陸氏草木疏曰隼鷂屬也或謂之雀鷹春化為布穀者是也程氏曰此章言雖將之才士之衆且勇進退得宜趨舍有節言隼之急疾亦集於所止與兵雖強用之有節而不過也其伐鼓也淵淵平和不暴急其振旅也鼓聲闐闐舒緩之狀

朱氏曰大邦猶言中國也。爾雅曰疾雷為霆。程氏曰卒章言成功因言其致伐之由蠢爾之蠻乃與大邦為讎方叔克壯其猷故征而執獲戎車之盛如霆如雷

鴥彼飛隼，其飛戾天，亦集爰止。戾，至也。箋云：隼，急疾之鳥也，飛乃至天，喻士卒勁勇能深攻入敵也。爰，於也。亦集於其所止，喻士卒須命乃行也。○鴥，唯必反。【重言】鴥彼飛隼，四本詩一沔水三。亦集爰止，重見卷阿。方叔涖止，其車三千，師干之試。箋云三乘此者重師也。方叔率止，鉦人伐鼓，陳師鞠旅。伐，擊也。鉦以靜之，鼓以動之。鞠，告也。箋云：鉦也鼓也，各有人焉。言鉦人伐鼓，互言爾。二千五百人為師，五百人為旅。此言將戰之日，陳列其師旅，誓告之也。陳師告旅，亦互言之。○鉦音征，說文云鐃也，又云鐲也。鞠，居六反。將戰此如字，餘並子匠反。顯允方叔，伐鼓淵淵，振旅闐闐。淵淵，鼓聲也。入曰振旅，復長幼也。箋云：伐鼓淵淵，謂戰時進士眾也。至戰止將歸，又振旅伐鼓闐闐然。振猶止也，旅，眾也。春秋傳曰：出曰治兵，入曰振旅，其禮一也。○闐，徒顛反。長，張丈反，下之長同。○蠢爾蠻荊，大邦為讎。蠢，動也。蠻荊，荊州之蠻也。箋云：大邦，列國之大者。○蠢，尺允反。爾雅：不遜也。方叔元老，克壯其猶。元，大也。五官之長，出於諸侯，曰天子之老。壯，大；猶，道也。箋云：猶，謀也。謀，兵謀也。方叔率止，執訊獲醜。箋云：方叔率其士眾，執將可言問所獲敵人之眾以還歸也。○訊音信。戎車嘽嘽，嘽嘽焞焞，如霆如雷。嘽嘽，眾也。焞焞，盛也。箋云：言戎車既眾盛，其威又如雷霆，言雖久在外，无罷勞也。○嘽，吐丹反，徐音他。焞，吐雷反，又他屯反，本又作啍，同。霆音廷，徐音

小雅　采芑　十卷上

朱氏曰方叔盖嘗與於北伐之功者是以蠻荆聞其名而皆来畏服也

程氏曰攻謂堅治。董氏曰考工記五工皆言攻則攻者治也治而成其良故曰攻

吕氏曰言備車馬以如東都也

孔氏曰田車田獵之車好善也阜盛大也東都之界有廣大之草可以就而田獵焉

又音定羆音皮鱣□如踶如雷三本詩雲漢常武各一

顯允方叔征伐玁狁蠻荆來威箋云方叔先与吉甫征伐玁狁今特往伐蠻荆皆使來服於宣王之威美其功之多也

采芑四章章十二句

車攻宣王復古也宣王能内脩政事外攘夷狄復文武之竟土脩車馬備器械復會諸侯於東都因田獵而選車徒焉東都王城也○攘如羊反除也竟音境械戶戒反王荅第六械揔名也說文云无所盛曰械復會扶又反選宣兗反數也沈思戀反下同

○我車既攻我馬既同攻堅同齊也宗廟齊毫尚純也戎事齊力尚強也田獵齊足尚疾也○毫豪戶刀反依字作毫也四牡龐龐駕言徂東龐龐充實也東洛邑也○龐鹿同反徐扶公反

○田車既好四牡孔阜東有甫草駕言行狩甫大也田者大芟草以為防或舍其中褐纏旃以為門裘纏質以為槸間容握驅而入擊則不得入左者之左右者之右然後焚而射焉天子發然後諸侯發諸侯發然後大夫士發天子發抗大綏諸侯發抗小綏獻禽於其下故戰不出頃田不出防不逐奔走古之道也箋云甫草者甫田之草也鄭有甫田○甫毛如字大也鄭音補謂甫田鄭藪也芟所銜反褐音曷槸魚列反何魚子反門中闑擊音討劉兆注

孔氏曰建立旐於車設牛尾於旐之首。東萊曰宣王之於東都以會諸侯為主因田獵而選車徒而二章三章先言田獵者蓋有司先為戒具以待會同畢而田獵也　朱氏曰繹陳列聯屬之貌。孔氏曰復會諸侯於東都此章是也　劉氏曰赤芾金舄者服其命服以見王也來會同之國非一故絡繹不絶也。孔氏曰射夫即諸侯以下也夫男子之揔名。程氏曰同謂同力如此故獲多。朱氏曰使諸侯之助而舉之言獲多也。程氏曰不猗不偏倚也。朱氏曰馳馳驅之法也。王氏曰舍矢如破言矢行巧而力也

毄梁云毄也本又作擊音同或古歷反射食亦反抗苦浪反牽也縱本亦作縱子住反下同頌否頌反甫田音甫徐音補十數所主反圃田下同毛依字甫大也【疏】田車既好四牡孔阜重見吉日又小戎四牡孔阜○之子于苗選徒嚻嚻之子有司也夏獵曰苗嚻嚻聲也維數車徒者為有聲也箋云于曰也○嚻五刀反或許驕反數所主反　建旐設旄搏獸于敖　敖地名箋云獸田獵搏獸也敖鄭地今近滎陽○搏音博舊音付近附近之近○駕彼四牡四牡奕奕　言諸侯來會也【疏】駕彼四牡二本詩采織郎南山各一○四牡奕奕重見韓奕　赤芾金舄會同有繹　諸侯赤芾金舄舄達屨也時見曰會殷見曰同繹陳也　箋云金舄黃朱色也○舄音昔繹音亦見賢遍反下同○決拾既佽弓矢既調　決鉤弦也拾遂也佽利也箋云佽謂手指相佽比也調謂弓彊弱與矢輕重相得○決本又作決或作抉同古穴反佽音次說文子利反一云便利也比毗志反　射夫既同助我舉柴　柴積也箋云既同已射同復將射之位也雖不中必助中者舉積禽也○柴子智反又才寄反說文作㧘子賜反又士賣反中丁仲反下中者同【疏】射夫既同重見賓之初筵○四黃既駕兩驂不猗　言御者之良也○猗於寄反又於綺反　不失其馳舍矢如破　言君子於射御法也箋云御者之良得舒疾之中射者之工矢發則中如椎破物也○舍音捨椎直追反○蕭蕭馬鳴悠悠旆旌　言不讙譁也○讙音歡又音喧譁音花　徒

朱氏曰徒步卒也御車御也驚如漢書夜軍中驚之驚大庖不盈言擇取而用之有度不極欲也此言畢事而頒禽也

孔氏曰君子宣王也

程氏曰有聞無聲聞師之行而不聞其聲言至肅也○朱氏曰信矣其君子誠哉其大成也此章序其事既畢而深美之也

徒御不驚，大庖不盈。徒輦也御御馬也不驚驚也不盈盈也一曰乾豆二曰賓客三曰充君之庖故自左膘而射之達于右腢為上殺射右耳本次之射左髀達于右𩩲為下殺面傷不獻踐毛不獻不成禽不獻禽雖多擇取三十焉其餘以與大夫士以習射於澤宮田雖得禽射不中不得取禽田雖不得禽射中則得取禽古者以辭讓取不以勇力取箋云不驚驚也不盈盈也反只言美之也射右耳本射當為達三十者每禽三十也●庖蒲交反膘頻小反又扶小反王肅云小腹兩邊肉也說文云脅後髀前肉也本亦作髀前蒲礼反或又作髃射食亦反下射左髀同腢本亦作髃音偶又五厚反謂肩前也說文同郭音偶謂肩前兩間骨何休注公羊自左膘射之達于右腢中心死疾鮮絜也又五回五公二反射右耳良小反髀本又作髀方尒反又傳礼反謂股外髀餘繞反又胡了反潮水濂也字書無此字一本作髎音羊紹反又羊招反呂忱于小反或作膘踐子淺反○之子于征，有聞無聲。有善聞而無諠譁之聲箋云晉人伐鄭陳成子救之舍於柳舒之上去穀七里穀人不知可謂有聞無聲也○聞音問注同本亦作問重言之子于征重見鴻雁允矣君子，展也大成。箋云允信展誠也大成謂致太平也

車攻八章章四句

吉日，美宣王田也。能慎微接下，無不自盡以奉其上焉。

孔氏曰馬祖謂之伯伯者長也夏官校人春祭馬祖注云馬祖天駟釋文云天駟房也孫炎曰龍爲天馬故房四星謂之天駟

蘇氏曰漆沮在渭北所謂洛水也○李氏曰書蹟云漆沮在涇水之東一名洛水職方氏所謂雍州其浸洛汭非河南之洛也

蘇氏曰燕樂也○孔氏曰中原之野禽獸大而甚有或三三爲群或二二爲友○張氏曰從王者視彼禽獸之多於是率其同事左右之人各共其事以樂天子也兕野牛也青色重千斤御進也○程氏曰以御賓客且以酌醴道宣王接下之誠意也

○吉日維戊，既伯既禱。維戊順類乘牡也伯馬祖也重物愼微將用馬力必先爲之禱其祖禱獲也箋云戊剛日也故乘牡爲順類也○禱丁老反馬祭也說文作禂爲之于僞反田車既好，四牡孔阜。升彼大阜，從其羣醜。箋云醜衆也田而升大阜從禽獸之羣衆也

○吉日庚午，既差我馬。外事以剛日差擇也獸之所同，麀鹿麌麌。鹿牝曰麀麌麌衆多也箋云同猶聚也麕牡曰麌麌復麌言多也○麀音憂麌愚甫反說文作麌云麌麋牝羣以相聚也麕本又作麇俱倫反復扶又反漆沮之從，天子之所。漆沮之水麀鹿所生也從漆沮驅禽而致天子之所○沮七徐反

○瞻彼中原，其祁孔有。祁大也箋云祁當作麎麎麋牝也中原之野甚有之○祁毛巨私反又上之反鄭改作麎麎音辰郭音脤訶止口反沈市尸反麋亡悲反儦儦俟俟，或羣或友。趨則儦儦行則俟俟獸三曰羣二曰友○儦本作麃又作儦表驕反趨也廣雅云行也俟音士行也俟音矣悉率左右，以燕天子。驅禽之左右以安待天子箋云率循也悉驅禽順其左右之宜以安待王之射也○射食亦反

○既張我弓，既挾我矢。發彼小豝，殪此大兕。殪壹發而死言能中微而制大也箋云豕牝曰豝○挾子洽反又子協反又户頰反豝音巴殪於計反兕徐履反本又作光中丁仲反以御賓客，且以酌醴。享醴天子之飲

酒也箋云御賓客者給賓客之御也賓客謂諸侯也酌醴酌而飲羣臣以爲俎實也【重言】田車既好四牡孔阜車攻及小戎四牡孔阜○美宣王也凡本詩有田字餘附魯頌詩亦不自足以奉其上焉鹿鳴忠臣嘉賓得盡其心矣天保臣能歸美以報其上焉

吉日四章章六句

南有嘉魚之什十篇四十六章二百七十二句

纂圖互註毛詩卷第十

南有嘉魚之什

歐陽氏曰之子使臣也朱氏曰征行也。蘇氏曰矜人人之可矜者也厲王之後人民離散譬如鴻之飛四方無所不往徙閒其羽聲肅肅未知所止也。劉氏曰宣王憂勤于上則使者劬勞于野不遑寧處焉爰及可矜之人鰥寡孤獨皆得其養以天子哀困窮為急務也

纂圖互註毛詩卷第十一

鴻鴈之什詁訓傳第十八　毛詩小雅　鄭氏箋

鴻鴈美宣王也〔重言〕美宣王也凡九本詩吉日庭燎雲漢崧高烝民韓奕江漢常武萬民離散不安其居而能勞來還定安集之至于矜寡無不得其所焉宣王承厲王衰亂之敝而起興復先王之道以安集衆民為始也書曰天將有立父母民之有政有居宣王之為是務〔勞〕力報反〔來〕力代反〔矜〕本又作鰥同古頑反徐又棘冰反篇內矜寡同老無妻曰矜老無夫曰寡

○鴻鴈于飛肅肅其羽興也大曰鴻小曰鴈肅肅羽聲也箋云鴻鴈知辟陰陽寒暑興者喻民知去無道就有道○〔肅〕所六反本或作鷫同〔重言〕鴻鴈于飛二並本詩之子于征劬勞于野之子侯伯卿士也劬勞病苦也箋云侯伯卿士謂國諸侯之伯與天子卿士也是時民既離散邦國有壞滅者侯伯久不述職王使廢於存省諸侯於是始復之故美焉○〔劬〕其俱反注及下文同韓詩云數也〔使〕所使反〔重言〕之子于征重見車攻爰及矜人哀此鰥寡矜憐也老無妻曰鰥偏喪曰寡箋云爰曰也王之意不徒使此為諸侯之事與安集萬民而已王曰當及此可憐之人謂貧窮者欲令賙餼之鰥寡則哀之其孤獨者收斂之使有所依附○〔矜〕棘冰反〔喪〕息浪反〔令〕力呈反〔賙〕音周救也〔餼〕許氣反

○鴻鴈于飛

蘇氏曰使者所至招來流民使反其都邑築其牆垣而安處之
朱氏曰究終也
王氏曰維此哲人謂我劬勞者以我于征于垣爲劬勞也維彼愚人謂我宣驕者以我矜憐撫奄爲宣驕也

程氏曰天下之事貴乎得中而可常是之謂宜苟以意之所欲而已靡不勤於始而息於終故其進銳者其退速宣王之於始不守法以治盡其力以勤於事固可知其不能於終也此所以方美其勤而遂以箴之也

集于中澤中澤澤中也箋云鴻鴈之性安居澤中今飛又集于澤中猶民去其居而離散今見還定安集之子于垣百堵皆作一丈爲版五版爲堵箋云侯伯卿士又於壞滅之國徵民起屋舍築牆壁百堵同時而起言趍事也春秋傳曰五版爲堵五堵爲雉雉長三丈則版六尺。○垣音袁堵丁古反【重言】百堵皆作【鎬詩】百堵皆興雖則劬勞其究安宅究窮也箋云此勸萬民之辭女今雖病勞終有安居。○究居又反●鴻鴈于飛哀鳴嗸嗸未得所安集則嗸嗸然箋云此之子所未至者。○嗸本又作敖五刀反聲也維此哲人謂我劬勞箋云此哲人謂知王之意及之子之事者我之子自我也維彼愚人謂我宣驕宣示也箋云謂我役作衆民爲驕奢

鴻鴈三章章六句

庭燎美宣王也【重言】美宣王也凡九附鴻鴈詩因以箴之諸侯將朝宣王以夜未央之時問夜早晚美者美其能自勤以政事因以箴者王有雞人之官凡國事爲期則告之以時王不正其官而問夜早晚。○燎力召反徐又力燒反鄭云在地曰燎執之曰燭又云樹之門外曰大燭於内曰庭燎皆是照衆爲明。○箴之金反諫誨之辭朝直遥反下皆同○夜如何其箋云此宣王以諸侯將朝夜起曰夜如何其問早晚之辭。○其音基辭也夜未央庭燎

鴻鴈　庭燎　十一卷

胡氏曰說文云央中央也廣雅云央極中也二章云未艾三章云鄉晨是從未央而至未盡未盡而至鄉明也

王氏曰：設庭燎者，謂將朝也。光者，燎盛也。晣晣則其衰也，煇則其光散矣。○蘇氏曰：宣王將視朝，不安於寢，而問夜之早晚，曰夜如何矣，則對曰夜未央，庭燎光，朝者至而聞其鸞声矣。○王氏曰：未艾者，未及盡也。○朱氏曰：晣晣，小明也。噦噦，近而聞其徐行有節之声也。鄉晨，近曉也。有煇，天明而光散也。

東萊曰：諸侯之於天子，如沔水之朝宗，其常理也。所以如飛隼載飛載止，去来不常者，其必有所以矣。嗟我兄弟邦人諸友，罔肯顧安寧，莫

之光，君子至止，鸞聲將將。央，旦也。庭燎，大燭也。君子，謂諸侯也。將將，鸞鑣聲也。箋云：夜未央，猶言夜未渠央也，而於庭設大燭，使諸侯早來朝，聞鸞聲將將然。○【央】於良反，說文云：久也，已也。王逸注楚辭云：央，盡也。【將】七羊反，本或作鏘，注同。【且】七也反，又子餘反，又音旦，經本作旦。【鑣】表驕反，又必苗反。【?】其據反。【重言】君子至止，八本詩三：終南二，瞻彼洛矣三。○【?】鸞聲將將，采芑、烝民、烈祖八鸞鶬鶬。○夜如何其？夜未艾，庭燎晣晣。君子至止，鸞聲噦噦。艾，久也。晣晣，明也。噦噦，徐行有節也。箋云：芟末曰艾，以言夜先雞鳴時。○【艾】毛五蓋反，鄭音刈。【晣】本又作晢，之世反。【噦】呼會反，徐又呼惠反。【芟】所銜反。【先】蘇薦反。○夜如何其？夜鄉晨，庭燎有煇。君子至止，言觀其旂。煇，光也。箋云：晨明也。上二章聞鸞聲，爾今夜鄉明，我見其旂，是朝之時也。朝禮別色始入。○【鄉】許亮反，字又作嚮。【煇】音暉。【別】彼列反。【旂】音祈。【重言】言觀其旂，重見采菽。

庭燎三章，章五句。

沔水，規宣王也。規者，正圓之器也。規主仁恩也，以恩親正君曰規。春秋傳曰：近臣盡規。○【沔】綿善反，徐莫顯反。

○沔彼流水，朝宗于海。興也。沔，水流滿也。水猶有所朝宗。箋云：興者，水流而入海，小就大也。喻諸侯朝天子亦猶是也。諸侯春見天子曰朝，夏見曰宗。○【朝】直遥反，注皆同。【見】賢遍反，下文同。鴥彼飛隼，載飛

肯念亂况誰無父母豈不顧惜乎然則其未服者蓋必有甚不得已也以深規宣王使之自反也。孔氏曰念彼不循道之諸侯。李氏曰當時諸侯有朝者有不朝者如第二章言念彼不蹟則是不朝也如此言鴥彼飛隼率彼中陵則是朝王也東萊曰當諸侯向背未定之際有恪守侯度如中陵之隼者夫豈易得民之訛言乃欲誣汚之寧可不深懲痛治以保持之乎若不懲之則諸侯皆不自堅各相語曰我友其敬戒矣讒言其將興矣雖為諸侯相語之辭實則規宣王當屏絶讒慝使忠順者安意肆志而無所懼也讒人在朝乃諸侯疑畏之本故於卒章明言之

載止箋云載之言則也言隼欲飛則飛欲止則止喻諸侯之自驕恣欲朝不朝自由無所在心也○【鴥】唯必反【隼】息尹反【重言】鴥彼飛隼四本篇二采芑一嗟我兄弟邦人諸友莫肯念亂誰無父母邦人諸友謂諸侯也兄弟同姓臣也宗邦者諸侯之父母也箋云我我王也莫無也我同姓異姓之諸侯女自恣聽不朝無肯念此於禮法爲亂者女誰無父母乎言皆生於父母也臣之道資於事父以事君○沔彼流水其流湯湯言放縱無所入也箋云湯湯波流盛貌喻諸侯奢僭既不朝天子復不事侯伯○【湯】失羊反【復】扶又反鴥彼飛隼載飛載揚言無所定止也箋云則飛則揚喻諸侯出兵妄相侵伐念彼不蹟載起載行心之憂矣不可弭忘不蹟不循道也弭止也箋云彼諸侯也諸侯不循法度妄興出兵我念之憂不能忘也○【弭】本亦作[illegible]彌氏反【忘】音亡。【重言】心之憂矣二十四本詩一篇附此相例篇○鴥彼飛隼率彼中陵箋云率循也隼之性待鳥雀而食飛循陵阜者是其常也喻諸侯之守職順法度者亦是其常也民之訛言寧莫之懲懲止也箋云訛僞也言時不令小人好詐僞爲交易之言使見怨咎安然無禁止○【好】呼報反【重言】民之訛言寧莫之懲重見正月又云正月云民之訛言我友敬矣讒言其興扶王不能察讒也箋云我我天子也友謂諸侯也言諸侯有敬其職順法度者讒人猶興其言以毀惡之王與侯伯不當察之○【惡】烏路反

庭燎　沔水　十一　卷二

三〇四

范氏曰檀木之堅者也是美木也

呂氏曰蘀落也落葉穢雜

李氏曰鶴鳴二章殊無一句序己意其詩最為難曉

東萊曰此詩既不見所指諸家雖互有所長然未必得詩人之意也毛氏最在衆說之先恐其傳有自

沔水三章二章章八句一章章六句

鶴鳴誨宣王也誨教也教宣王求賢人之未仕者○鶴鳴草木疏云鶴鳴聞八九里○

鶴鳴于九皐聲聞于野興也皐澤也言身隱而名著也箋云皐澤中水溢出所為坎自外數至九喻深遠也鶴在中鳴焉而野聞其鳴聲興者喻賢者雖隱居人咸知之○皐音羔韓詩云九皐九折之澤聞音問下同數色主反

魚潛在淵或在于渚良魚在淵小魚在渚箋云此言魚之性寒則逃於淵溫則見於渚喻賢者世亂則隱治平則出在時君也○見賢遍反治直吏反

樂彼之園爰有樹檀其下維蘀何樂於彼園之觀乎蘀落也尚有樹檀而下其蘀箋云之往爰曰也言所以之彼園而觀者人曰有樹檀檀下有蘀此猶朝廷之尚賢者而下小人是以往也○樂音洛注又五孝反注及下同爰音袁檀音壇蘀音託觀古亂反下同朝直遙反

它山之石可以為錯錯石也可以琢玉舉賢用滯則可以治國箋云它山喻異國○錯七落反說文作厝云厲石也字林同千故反琢陟角反○

鶴鳴于九皐聲聞于天箋云天高遠也

魚在于渚或潛在淵箋云時寒則魚去渚逃於淵

樂彼之園爰有樹檀其下維穀穀惡木也○穀工木反說文云楮也從木殸聲非從禾也以上章上檀下蘀類之取其上善下惡故知穀惡木也

它山之石可以攻

孔氏曰鳥用爪獸用牙以防衛此人自謂王之爪牙以鳥獸為喻也

李氏曰爪士爪牙之士也。劉氏曰尸主也

王氏曰勞役無有休息不得奉養而母反尸勞之事也

玉女錯也

鶴鳴二章章九句

祈父刺宣王也刺其用祈父不得其人也官非其人則職廢祈父之職掌六軍之事有九伐之法祈圻畿同【祈】勤衣反【父】音甫下同【重言】刺宣王也四本詩皆為黃鳥我行其野。祈父祈父司馬也職掌封圻之兵甲箋云此司馬也時人以其職號之故曰祈父書曰若疇圻父謂司馬司馬掌祿士故司士屬焉又有司右主勇力之士。【疇】此古疇字本或作壽按孔注尚書直留反馬鄭音受予王之爪牙胡轉予于恤靡所止居恤憂也宣王之末司馬職廢羌戎為敗箋云予我轉移也此勇力之士責司馬之辭也我乃王之爪牙爪牙之士當為王閑守之衛女何移我於憂使我無所止居乎謂見使從軍與羌戎戰於千畝而敗之時也六軍之士出自六鄉法不取於王之爪牙之士。【爲】于偽反下毋為父同。祈父予王之爪士士事也胡轉予于恤靡所底止底至也。【底】之履反。祈父亶不聰亶誠也。【亶】都但反胡轉予于恤有母之尸饔尸陳也熟食曰饔箋云已從軍而母為父陳饌飲食之具自傷不得供養也。【共】九用反【養】羊亮反

祈父三章章四句

呂氏曰賢者將去而不留我猶願繫維之以永今朝今夕而已逍遙者排徊少留之貌
程氏曰賁然光彩
孔氏曰二思皆助語
東萊曰三章言賢者賁然來我之舍去朝適野時事蓋可知矣爾公爾侯猶逸豫無期而不知懼乎於是乎與賢者決別慎爾優游言善自保護無以優游自逸而失衞生之節也勉爾遁思者言勉哉行矣自重也皆決別之辭也
程氏曰賢者遠遯空谷處困窮而享淡薄雖所享生芻一束而已然其人之美則如玉也賢者既遠遯矣國之好賢者猶望其相聞而不見絕也曰毋自貴重其音聲而有遠棄我之心

白駒，大夫刺宣王也。刺其不能留賢也。○白駒，馬五尺以上。一白駒【重言】刺宣王也四，餘附祈父詩。

○皎皎白駒，食我場苗。縶之維之，以永今朝。宣王之末，不能用賢，賢者有乘白駒而去者。縶，絆；維，繫也。箋云：永，久也。願此去者乘其白駒而來，使食我場中之苗，我則絆之繫之，以久今朝，愛之欲留之。○【皎】古了反，皎白也。【場】直良反。【縶】陟立反，徐丁歷反。【絆】音半，繫足曰絆。所謂伊人，於焉逍遙。箋云：伊當作繄，繄猶是也。所謂是乘白駒而去之賢人，今於何遊息乎？思之甚也。○【焉】於虔反，又如字，下同。【繄】烏兮反。【重言】所謂伊人五：本詩二，蒹葭三。

○皎皎白駒，食我場藿。縶之維之，以永今夕。藿猶苗也。夕猶朝也。○【藿】火郭反。所謂伊人，於焉嘉客。○皎皎白駒，賁然來思。賁，飾也。箋云：願其來而得見之。易卦曰山下有火賁，賁，黃白色也。○【賁】彼義反，徐音奔，毛、鄭全用易為釋。【重言】賁然來思，嘉魚烝然來思。爾公爾侯，逸豫無期。爾公爾侯邪，何為逸樂無期以反也。○【樂】音洛。慎爾優游，勉爾遁思。慎，誠也。箋云：誠女優游，使待時也。勉女遁思，度已終不得見，自訣之辭。○【遁】字又作遯，徒遜反，徐徒損反。【度】徒各反。【已】音紀。【訣】音決。

○皎皎白駒，在彼空谷。空，大也。生芻一束，其人如玉。箋云：此戒之也。女行所舍主人之餼雖薄，要就賢人，其德如玉然。○【芻】楚俱反。毋金玉爾音，而

孔氏曰無集于穀無集於我之穀木也
朱氏曰民適異國不得其所故呼黃鳥而告之曰爾無集于穀而啄我之粟此邦之人不以善道相與我亦不久於此而將歸矣無以侵迫為也
東萊曰人之所以相依者以其明足以知其緩急休戚故也不可與明則不可與處矣
王氏曰此民不安其居而適異邦從其昏姻而不見收恤之詩也

有遐心。箋云毋愛女聲音而有遠我之心以恩責之也。【毋】音無本亦作無字與父母之字不同宜詳之後皆倣此

白駒四章章六句

黃鳥刺宣王也。刺其以陰禮教親而不至聯兄弟之不固。【聯】音連【重言】黃鳥三篇秦風一篇。○刺宣王也四餘附祈父詩

黃鳥黃鳥無集于穀無啄我粟。興也黃鳥宜集木啄粟者喻天下室家不以其昔而相去是失其性。【啄】陟角反此邦之人不我肯穀。穀善也箋云不肯以善道與我言旋言歸復我邦族。宣王之末天下室家離散妃匹相去有不以禮者箋云宣言我復反也。○【妃】音配【重言】復我邦族又我行其野詩復我邦家。○黃鳥黃鳥無集于桑無啄我粱此邦之人不可與明。不可與明夫婦之道箋云明當為盟盟信也言旋言歸復我諸兄。婦人有歸宗之義箋云宗謂宗子也。○黃鳥黃鳥無集于栩【栩】況甫反無啄我黍此邦之人不可與處。處居也。○栩況甫反言旋言歸復我諸父。諸父猶諸兄也

黃鳥三章章七句

我行其野刺宣王也。刺其不正嫁娶之數而有荒政多淫昏之俗【重言】刺宣王也四餘附祈父詩

爾雅曰婦之父母壻之父母相謂為婚姻又曰婦之黨為婚壻之黨為姻。王氏曰樗惡木尚可託而息今以婚姻之故言就爾居而爾不我畜則樗之不如也。孔氏曰爾旣不我畜養當復反我之邦家矣。王氏曰遂惡卉也尚可采以治疾　言就爾宿則託宿而已非就之居也。蘇氏曰特匹也成依論語當作誠。王氏曰葍可采以禦飢。朱氏曰爾之不思舊姻而求新匹也雖實不以彼之富而厭我之貧亦祇以其新而異故爾此見詩人責人忠厚之意

○我行其野（重言）本詩三載馳一我行其野四

蔽芾其樗昏姻之故言就爾居樗惡木也箋云樗之蔽芾始生謂仲春之時嫁取之月婦之父壻之父相謂昏姻言我也我乃以此二父之命故我就女居我豈其無禮來乎責之也。○蔽必制反芾方四反又方味反樗勑書反爾不我畜復我邦家畜養也箋云宣王之末男女失道以求外昏棄其舊姻而相怨

○我行其野言采其蓫昏姻之故言就爾宿蓫惡菜也箋云蓫牛蘈也亦仲春時生可采也。○蓫勑六反本又作蓄蘈本又作蘈徒雷反爾不我畜言歸斯復復反也

○我行其野言采其葍不思舊姻求爾新特葍惡菜也新特外昏也箋云葍蕾也亦仲春時生可采也壻之父曰姻我采葍之時以禮來嫁女女不思女者父之命而棄我而求女外昏特來之女責之也不以禮嫁必無肯媵之。○葍音福蕾音富嫁女女竝音汝媵音孕又繩證反成不以富亦祇以異祇適也箋云女不以禮為室家成事不足以得富也女亦適以此自異於人道言可惡也。○祇音支惡烏路反

我行其野三章章六句

斯干宣王考室也考成也德行國富人民殷衆而皆佼好骨肉和親宣王於是築宮廟羣寢既成而釁

之歌斯干之詩以落之此之謂成室宗廟成則又祭先祖。○干古丹反。釁許靳反。落如字始也或作樂非。○秩秩斯干，幽幽南山。興也秩秩流行也干澗也幽幽深遠也箋云興者喻宣王之德如澗水之源秩秩流出無極已也國以饒富民取足焉如於深山。○秩直乙反。澗音諫。如竹苞矣，如松茂矣。苞本也箋云言時民殷衆如竹之本生矣其佼好又如松柏之暢茂矣。兄及弟矣，式相好矣，無相猶矣。猶道也。箋云猶當作瘉瘉病也言時人骨肉用是相愛好無相詬病也。○好呼報反。猶毛如字鄭改作瘉羊主反。詬呼豆反。○似續妣祖，似嗣也箋云似讀如巳午之巳巳續妣祖者謂已成其宮廟也妣先妣姜嫄也祖先祖也。○似毛如字鄭音巳午之巳。妣必履反。嫄本或作原音同。築室百堵，西南其戶。西鄉戶南鄉戶也箋云此築室者謂築燕寢也百堵百堵一時起也天子之寢有左右房西其戶者異於一房者之室戶也又云南其戶者宗廟及路寢制如明堂每室四戶是室一南戶爾。○鄉本又作嚮同許亮反下同。爰居爰處，爰笑爰語。箋云爰於也於是居於是處於是笑於是語言諸寢之中皆可安樂。○樂音洛。【重言】爰居爰處重見擊鼓。○約之閣閣，椓之橐橐。約束也閣閣猶歷歷也橐橐用力也箋云約謂縮板也椓謂搊土也。○閣音各。椓陟角反。橐音託本或作柝。縮所六反。搊側留反沈又牛反沈又楚救反說文音救周反引也嵩手留聲。風雨攸除，鳥鼠攸去，君子攸芋。芋大也箋云芋當作幠幠

孔氏曰斯此也。漸卦鄭注云干謂大水之傍。劉氏曰南山鎬京之陽終南之山也。董氏曰苞叢生而固也。歐陽氏曰猶圖也謀也。董氏曰宣王作室後臨水前對山其根基之厚如竹之苞其締蔭之廣如松之茂。李氏曰兄弟之居此室各相和好輯睦無有相圖。朱氏曰蓋頌禱之辭。曾氏曰似續妣祖以生民閟宫之詩考之豈謂姜嫄后稷與。孔氏曰天子之宫其室非一在北者南戶在東者西戶月令孫疏云猶南東其畝。孔氏曰約謂繩約板直則牆端正也。蘇氏曰閣閣上下相乘也。孔氏曰椓如椓杙之椓謂以杵築之也

蘇氏曰橐橐杵聲也。朱氏曰除亦去也

孔氏曰作群寢之時縮版杵築至群寢既成其墻屋弘殺則風雨之所除其築作堅緻則鳥鼠之所去。蘇氏曰君子於是居焉所以為尊且大也

孔氏曰如跂如人跂足直立。歐陽氏曰翼敬也棘急也矢行緩則棘急則直謂廉隅繩直如矢行也革變也宮寢之制度其嚴正如人跂而翼其四隅如矢行而直也其棟起如鳥驚而棟顧也其軒翔如翬之飛也。呂氏曰如翬斯飛覆以瓦而加丹雘有文采而將騫舉也。歐陽氏曰宜君子升而居之也。孔氏曰庭宮寢之前庭也。朱氏曰覺高大而直也。孔氏曰楹柱也。呂氏曰正謂正寢冥謂室之奥窔也。王氏曰噲噲其正則知噦噦其冥偏也噦噦其冥則知噲噲其正是明也。歐陽氏曰宜君子居之而安寧也

覆也寢廟既成其牆屋弘殺則風雨之所除也其堅緻則鳥鼠之所去也其堂室相稱則君子之所覆蓋○除直慮反去羌呂反芋毛香于反鄭火吳反或作吁殺所界反緻直置反本亦作緻同擲只諸反。○**如跂斯翼**，如人之跂竦翼爾。○跂音企竦息勇反。**如矢斯棘，如鳥斯革**，棘稜廉也革翼也箋云棘戟也如人挾弓矢戟其肘如鳥夏暑希革張其翼時。○棘居力反韓詩作朸朸隅也挾子洽反又子叶反又音協肘張九反。**如翬斯飛，君子攸躋**。躋升也箋云伊洛而南素質五色皆備成章曰翬此章四如者皆謂廉隅之正形貌之顯也翬者鳥之奇異者也故以成之焉此章主於宗廟君子所升祭祀之時。○翬音暉雉名說文云大飛也躋子西反。**殖殖其庭，有覺其楹**。殖殖言平正也有覺言高大也箋云覺直也。○殖市力反。**噲噲其正，噦噦其冥**。正長也冥幼也箋云噲噲猶快快也正晝也噦噦猶煟煟也冥夜也言居之晝日則快快然夜則煟煟然皆寬明之貌。○噲音快正音政噦呼會反冥莫形反鄭莫定反長丁丈反崔直良反幼一如字本或作窈崔音杳煟音謂呂沈二云火光貌。**君子攸寧**。箋云此章主於寢君子所安燕息之時。○**下莞上簟，乃安斯寢**。箋云莞小蒲之席也竹葦曰簟寢既成乃鋪席與羣臣安燕爲歡以落之。○莞音官徐又九完反草叢生水中莖圓江南以爲席形似小蒲而實非也鋪普吳反又音敷樂音洛本亦作落。**乃寢乃興，乃占我夢**。言善之應人也箋云

董氏曰下莞上簟鄭氏謂與羣臣安燕非也按几筵莞筵蒲筵則有之而簟竹無施於席則知所以爲寢也

歐陽氏曰六章以下至於卒章盛陳吉夢生子者謂安此寢而生男女男則為君王女子宜人之家室亦禱頌之辭也。王氏曰大人者當時在位之大人。朱氏曰子之生於是室者皆將服朱芾煌煌然有室有家為君為王矣。孔氏曰裼褓也縛兒被也。蘇氏曰衣之裼即用其所衣而無加也

王氏曰婦人尚静嘿不當有所是非尚質慤不當為威儀

與夙興也有吉夢則占之。○應應對之應**吉夢維何維熊維羆維虺維蛇**箋云熊羆之獸虺蛇之蟲此四者夢之吉祥也。○熊回弓反羆彼宜反虺許鬼反蛇市奢反**○大人占之**【重言】大人上占之重見無羊**維熊維羆男子之祥維虺維蛇女子之祥**箋云大人占之謂以聖人占夢之法占之也熊羆在山陽之祥也故為生男虺蛇穴處陰之祥也故為生女。○大音泰後大人同**○乃生男子載寢之牀載衣之裳載弄之璋**半圭曰璋裳下之飾也璋臣之職也箋云男子生而卧於牀尊之也裳晝日衣也衣以裳者明當主於外事也玩以璋者欲其比德焉正以璋者明成之有漸。○衣於既反注衣以裳下衣之裼同璋音章**其泣喤喤朱芾斯皇室家君王**箋云皇猶煌煌也芾者天子純朱諸侯黄朱室家一家之內宜王將生之子或且為諸侯或且為天子皆將佩朱芾煌煌然。○喤華彭反沈又呼彭反声也芾音弗煌音皇【重言】朱芾斯皇重見采芑**○乃生女子載寢之地載衣之裼載弄之瓦**裼褓也瓦紡塼也箋云卧於地卑之也褓夜衣也明當主於內事紡塼習其有所事也。○裼他計反韓詩作禘音同褓音保韓人名小兒被為褓紡芳罔反塼音專**無非無儀唯酒食是議無父母詒罹**婦人質無威儀也罹憂也箋云儀善也婦人无所專於家事有非非婦人也有善亦非婦人也婦人之事唯議酒食爾无

孔氏曰周礼牧人掌
牧六牲謂牛馬羊豕
犬雞此詩特舉牛
羊以為美也
歐陽氏曰吁牧人而
告之曰誰謂女無牛
羊乎其數若此之
多也○孔氏曰羊一
群有三百不知其群
之有多少也牛犉者
有九十亦不知其不
犉者之數也○王氏
曰濈濈和也謂羊聚
而不相觸也牛以耳澤
為善○蘇氏曰物類
也○劉氏曰牧之者曰
持雨具齎餱糧從牛
羊之所宜適以順其
性而蕃其息故牲有
餘備矣

遺以父母之憂○詒本又作貽以之反遺也罹本又作離力馳反遺唯季反

斯干九章四章章七句五章章五句

無羊宣王考牧也厲王之時牧人之職廢宣王始興而復之至此而成謂復先王牛羊之數○誰謂
爾無羊三百維羣誰謂爾無牛九十其犉黃牛黑脣曰犉箋云尒女也女宣王
也宣王復古之牧法汲汲於其數故歌此詩以解之也誰謂女无羊今乃三百頭為一羣誰謂女无牛今乃犉者九十頭言其多矣
足如古也○犉本又作犉而純反爾羊來思其角濈濈聚其角而息濈濈然箋云言此者美畜產
得其所○濈本又作湒亦作戢莊立反畜許六反爾牛來思其耳濕濕呞而動其耳濕濕然○濕
始立反又尸立反又敕立反呞本又作齝亦作齝丑之反一音初之反郭注尒雅云食已復出嚼之也今江東呼齝為齥音漏洩也
○或降于阿或飲于池或寢或訛訛動也箋云言此者美其无所驚畏也○訛五
戈反又五何反韓詩作譌譌覺也爾牧來思何蓑何笠或負其餱何揭也蓑所以
備雨笠所以禦暑箋云言此者美牧人寒暑飲食有備○何何可反又音河下及注同蓑素戈反草衣也笠音立餱音侯揭音竭反
其謁反三十維物爾牲則具異毛色者三十也箋云牛羊之色異者三十則女之祭祀索則有之

鄭氏曰牧人有餘力則取薪蒸以來歸也。○王氏曰及其將歸而又辨其雌雄者視其多寡之數也。歐陽氏曰衆維魚矣但言魚之多也。周官司常縣鄙建旐州里建旟。○朱氏曰占夢之説未詳豈古者卜筮之家有是説歟。○王氏曰此牧成而考之之詩也故以吉祥之事終焉

自六月至無羊十四篇是宣王之變小雅

○索色白反。爾牧來思，以薪以蒸，以雌以雄。箋云此言牧人有餘力則取薪蒸搏禽獸以來歸也。麤曰薪，細曰蒸。○蒸之丞反，搏音博，下同，本亦作捕，音步。爾羊來思，矜矜兢兢，不騫不崩。矜矜兢兢以言堅彊也。騫，虧也。崩，羣疾也。○兢其冰反。騫起虔反。[重言]不騫不崩重見天保。麾之以肱，畢來既升。肱，臂也。升，入牢也。箋云此言擾馴從人意也。○麾毀皮反。肱古弘反。馴音巡，又悉遵反。○牧人乃夢，衆維魚矣，旐維旟矣。箋云牧人乃夢見人衆相與捕魚，又夢見旐與旟。占夢之官得而獻之於宣王，將以占國事也。○旐音兆。旟音餘。大人占之，[重言]大人占之重見斯干。衆維魚矣，實維豐年。陰陽和則衆魚多矣。箋云魚者庶人之所以養也。今人衆相与捕魚，則是歲熟相供養之祥也。易中孚卦曰豚魚吉。○養羊亮反，下同。供九用反。旐維旟矣，室家溱溱。溱溱，衆也。旐旟所以聚衆也。箋云溱溱子孫衆多也。○溱側巾反。

無羊四章章八句

鴻鴈之什十篇三十二章二百三十三句

纂圖互註毛詩卷第十一

秦氏曰洪範曰師尹惟日此師尹不可指其人如此詩曰尹氏大師是尹氏為大師明矣春秋書曰尹氏卒譏世卿也其後又書尹氏立王子朝則尹氏之為世卿其來甚久○朱氏曰卒終也○蘇氏曰斬絕也陳氏曰南山國之望大師民之瞻民之瞻大師也見其所為如此憂心如火之燔灼莫畏其威不敢言爾國既至此終滅絕矣汝何不察也蘇氏曰山之實草木是也山之生物其氣平均如一凡生於其上者無不猗猗其長也○王氏曰不平謂何發問之辭也 薦瘥者乖氣之所生曰方薦瘥則以其薦瘥來矣○李氏曰民言無嘉蓋為民無善言但怨讟

纂圖互註毛詩卷之十二

節南山之什詁訓傳第十九

陸曰從此至何草不黃凡四十四篇前儒申毛皆以為幽王之變小雅鄭以十月之交以下四篇是厲王之變小雅漢興之初師移其篇弟毛為詁訓因改其第焉

毛詩小雅　鄭氏箋

節南山家父刺幽王也　家父字周大夫也○節在切反又如字又音截下及注同嶻峻貌韓詩云視也父音甫注及下同

○節彼南山維石巖巖　興也節高峻貌巖巖積石貌箋云興者喻三公之位人所尊嚴○巖如字本或作嚴音同　【重言】節彼南山本詩二

赫赫師尹民具爾瞻　【互註】記大學篇詩云節彼南山維石巖巖赫赫師尹民具爾瞻有國者不可以不慎辟則為天下僇矣

憂心如惔不敢戲談　赫赫顯盛貌師大師周之三公也尹尹氏為大師具俱瞻視惔燔也箋云此言尹氏女居三公之位天下之民俱視女之所為皆憂心如火灼爛之矣又畏女之威不敢相戲而言語疾其貪暴脅下以刑辟也○赫許百反惔徒藍反又音炎韓詩作炎字書作焱說文作炎字才廉反小熱也大音泰下皆同燔音煩脅詳業反本又作謵

國既卒斬何用不監　卒盡斬斷監視也箋云天下之諸侯日相侵伐其國已盡絕哉女何用為職不監察之○卒子律反監古銜反注同韓詩

耳。蘇氏曰：尹氏曾不懲創，洛嗟求所以自改也。李氏曰：憯莫懲嗟，以見尹氏為惡常自若。朱氏曰：弔，愍也。言尹氏大師維周之氐，而秉國之均，則宜有以維持四方，毗輔天子，而使民不迷，乃其職也。李氏曰：尹氏不能如此，則其乱必矣，故呼天而告之曰：昊天不弔，不宜如是之空我師。東萊曰：空我師，如空其國、空其地之類，蓋曰人之類將減矣，甚言之也。張氏曰：仕，猶事也。蘇氏曰：罔，欺也。朱氏曰：君子指王也。言尹氏委政於小人，而以其未嘗問、未嘗事者罔幽王而欺之，故戒之曰：汝之弗躬弗親，庶民已不信矣，其所[redacted]弗問弗事，則不可以罔君子也。

二云厲也。斮，都綴反。○**節彼南山，有實其猗。**實，滿；猗，長也。箋云：猗，倚也。言南山既能高峻，又以草木平滿其旁，倚之畎谷，使之齊均也。○猗，於宜反，倚，於綺反，下同。畎，本亦作甽，古犬反。**赫赫師尹，不平謂何。**箋云：責三公之不均，平不如山之為也。謂何，猶云何也。**天方薦瘥，喪亂弘多。**薦，重；瘥，病；弘，大也。箋云：天氣方今又重以疫病，長幼相亂而死，喪甚大多也。○薦，在薦反。瘥，才何反。重，直用反，下同。疫，音役，本又作疫。阻戢反，注及下箸箭往同。疢，勅覲反。長，張丈反。**民言無嘉，憯莫懲嗟。**憯，曾也。箋云：懲，止也。天下之民皆以災害相弔唁，無一嘉慶之言，無以恩德止之者，嗟乎奈何。○憯，本或作噆，七感反。歎也，亦𡪇服反，一云忠也，口唁。○**尹氏大師，維周之氐，秉國之均，四方是維，天子是毗，俾民不迷。**氐，本；均，平；毗，厚也。箋云：氐當作桎鎋之桎。毗，輔也。言尹氏作大師之官，為周之桎鎋，持國政之平，維制四方，上輔天子，下教化天下，使民無迷惑之憂，言任至重。○氐，丁礼反，徐云鄭音都履反。毗，婢尸反，王作埤，埤，厚也。埤，本又作俾，同，必尒反，後皆放此。桎，之實反，又丁履反。鎋，本又作手旁至者，誤也。鎋字又作轄，胡瞎反。**不弔昊天，不宜空我師。**弔，至；空，窮；師，眾也。箋云：至，猶善也。不善乎昊天，愬之也。不宜使此人居尊官，困窮我之眾民也。○弔，如字，又丁歷反，下同。昊，胡老反。空，苦貢反，注同。愬，蘇路反，本亦作訴，下同。○**弗躬弗親，庶民弗信。弗問弗仕，勿罔君子。**庶民之言不

小雅　節南山　十二　巳

朱氏曰當平其心視所任之人有不當者則已之無使小人之故而至於危殆其國也。鞫窮也訩乱也。蘇氏曰違遠也。朱氏曰昊天不均而降此窮極之乱昊天不順而降此乖戾之変蓋無所歸咎而歸之於天也雖然所以靖之者亦在夫人而已東萊曰幽王如懵然用其至則尹氏必不居位而民之怨息矣幽王如坦然平其心則尹氏自不能逃其罪而民之惡怒遠矣陳氏曰不憖弔昊天乱何時定方且與歲月俱生而使民不寧。王氏曰秉國之成者王之事也。東萊曰

信勿罔上而行也箋云仕察也勿當作末此言王之政不躬而親之則恩澤不信於衆民矣不問而察之則下民未罔其上矣。勿毛如字鄭音末**式夷式已無小人殆**式用夷平也用平則已無以小人之言至於危殆也箋云殆近也為政當用平正之人用能紀理其事者無小人近○以毛音以鄭音紀近附近之近又如字下同**瑣瑣姻亞則無膴仕**瑣瑣小貌兩壻相謂曰亞膴厚也箋云壻之父曰姻瑣瑣昏姻妻黨之小人無厚任用之置之大位重其祿也。○瑣素火反本或作𧴩非也𧴩音早亞於嫁反膴音武**○昊天不傭降此鞠訩昊天不惠降此大戾**傭均鞠盈訩訟也箋云盈猶多也戾乖也昊天乎師氏為政不均乃下此多訟之俗又為不和順之行乃下此乖爭之化病時民效為之謂其之於天。○傭勑龍反韓詩作庸庸易也鞠九六反訩音凶戾音麗行下孟反爭爭鬭之爭下皆同效下教反**君子如屆俾民心闋君子如夷惡怒是違**屆極闋息夷易違去也箋云屆至也君子斥在位者如行至誠之道則民鞫訩之心息如行平易之政則民乖爭之情去言民之失由於上可反復也。屆音戒闋苦穴反易以豉反下同復音服本又作覆芳服反**○不弔昊天乱靡有定式月斯生俾民不寧憂心如酲誰秉國成**病酒曰酲成平也箋云平至也至猶善也定止式用也不善乎昊天天下之乱無肯止之者用月此生言月月益甚也使民不得安我今憂之如病酒之酲矣觀此君臣誰能持

國之平乎言無有也。罹音呂毛【直】【言】憂心如酲又晨風憂心如醉不自為政卒勞百姓箋云卒終也昊天不自出政教則終窮苦百姓欲使昊天出圖書有所授命民乃得安。○駕彼四牡四牡項領項大也箋云四牡者人君所乘駕今但養大其領不肯為用喻大臣自恣王不能使也。為于偽反又如字【直】【言】駕彼四牡二本詩采薇車攻各一我瞻四方蹙蹙靡所騁騁極也箋云蹙蹙縮小之貌我視四方土地日見侵削於夷狄蹙蹙然雖欲馳騁無所之也。蹙子六反王于况反騁勑領反日而乙反縮所六反。○方茂爾惡相爾矛矣茂勉也箋云相視也方爭訟自勉於惡之時則視女矛矣言欲戰鬬相殺傷也。相息亮反注同矛亡侯反戈矛也既夷既懌如相醻矣懌服也箋云夷說也言大臣之爭本无大讎其已相和順而說懌則如賓主飲酒相醻酢也。懌音亦醻市由反又作醻說音悅下同已音以酢音昨。○昊天不平我王不寧不懲其心覆怨其正正長也箋云昊天乎師尹為政不平使我王不得安寧女不懲止女之邪心而反怨憎其正也。覆芳服反長張丈反邪似嗟反。○家父作誦以究王訩家父大夫也箋云究窮也大夫家父作此詩而為王誦之以窮極王之政所以致多訟之本意。為于偽反父音甫式訛爾心以畜萬邦箋云訛化畜養也。訛五戈反畜許六反

蓋深尤幽王之專任尹氏也誰云者不敢斥王之辭也　幽王既不悟賢者有去而已於是駕彼四牡而將行然我瞻四方則蹙蹙靡所騁蓋本根病則枝葉皆瘁是以無可往之地也。朱氏曰茂盛也言方盛其惡以相加則視其矛戟如欲戰鬬及既夷平悅懌則相與歡然如賓而相醻酢不以為怪也　尹氏之不平若天使之故曰昊天不平若是則我王亦不得寧矣。蘇氏曰然尹氏猶不自懲艾乃反怨人之正己者言其為惡無有已也　朱氏曰家父作為此誦以窮究王致昏乱之所由冀其改心易慮以畜養萬邦也

東萊曰窮其乱本而歸之王心焉致乱者雖尹氏而用尹氏者則王心之蔽也

節南山十章六章章八句四章章四句

正月大夫刺幽王也。正音政[重言]大夫刺幽王也十本詩十月之交雨無正小旻小宛四月北山車舝音轄瓠葉各一。正月繁霜我心憂傷正月夏之四月繁多也箋云夏之四月建巳之月純陽用事而霜多急恒寒若之異傷害萬物故心為之憂傷。繁扶袁反夏朔稚反下同已音以為于偽反[重言]我心憂傷四本詩羔裘小宛小弁各一民之訛言亦孔之將將大也箋云訛偽也人以偽言相陷入使王行酷暴之刑致此災異故言亦甚大也。酷苦毒反[重言]亦孔之將一本詩一餘見破斧詩念我獨兮憂心京京

王氏曰京京大也

我小心癙憂以痒京京憂不去也癙痒皆病也箋云念我獨兮者言我獨憂此政也。癙音鼠字林癙音恕痒音羊[重言]念我獨兮三本詩二小明一。父母生我胡俾我瘉不自我先不自我後父母謂文武也我我天下瘉病也箋云自從也天使父母生我何故不長遂我而使我遭此暴虐之政而病此何不出我之前居我之後窮苦之情苟欲免身。瘉音庾長張丈反下正長伯長長者皆同[重言]不自我先不自我後二本詩瞻卬好言自口莠言自口。莠醜也箋云自從也此疾訛言之人善言從女口出惡言亦從女口出如口一爾善也惡也同出其中讀其可賤。莠餘九反憂心愈愈是以有侮愈愈憂懼也箋云我心憂政如

孔氏曰昭十七年六月日食大史謂之正月周六月是夏四月謂之正月者以乾用事正純陽之月。呂氏曰癙憂幽憂也。范氏曰正月長養之月也繁霜肅殺之氣也。歐陽氏曰降霜非時天災可憂而民之訛言以害於國又甚於繁霜之害物也 念我獨兮憂心京京大夫言已獨為王憂耳以見幽王之朝多小人而君臣不知憂懼也。劉氏曰鼠病而憂在于内内人所不知也我有癙憂至於痒病人所不知也。王氏曰莠惡也蓋穀謂之善則莠惡可知也 愈愈憂憂甚之謂也 疾痛故呼父母而傷己適丁是時也。陳氏曰祿福也無

詩十二

祿猶言不幸也。○朱氏曰并俱也古者以罪人爲臣僕亡國所虜亦以爲臣僕故箕子曰商其淪喪我罔爲臣僕言不幸遭國之將亡與此無罪之民將隨以淪胥而并爲臣僕未知將復從何人而受祿如烏飛不知其將止於誰之屋也蘇氏曰中林之木莫不摧毀而惟薪蒸在焉其殘之也甚矣幽王播其虐於天下世族散爲皂隸亦猶是也民方危殆之中視天之夢夢若無能爲者不知此天理之未定故也方其未定何所不至及其既定人未有不爲天所勝者申包胥曰人衆則勝天天定亦能勝人不然天豈有所憎而禍之耶適當其未定故爾

是是與訛言若珠叅故用是見侵侮也。憂心惸惸，念我無祿。惸惸憂意也箋云無祿者言不得天祿自傷值今生也。○惸本又作煢其營反一云獨也篇末同民之無辜，并其臣僕。古者有罪不入於刑則役之圜土以爲臣僕箋云辜罪也人之尊卑有十等僕第九臺第十言王既刑殺無罪并及其家之賤者不止於所罪而已書曰越茲麗刑并制。○并必正反注并制同圜土音圓圜土獄也哀我人斯，于何從祿。箋云斯此于於也哀乎今我民人見遇如此當於何從得天祿免於是難。○難乃旦反下之難同【重言】哀我人斯四本詩一破斧三瞻烏爰止，于誰之屋。富人之屋烏所集也箋云視烏集於富人之屋以言今民亦當求明君而歸之。○瞻彼中林，侯薪侯蒸。中林林中也薪蒸言似而非箋云侯維也林中大木之處而維有薪蒸爾喻朝廷宜有賢者而但聚小人。○蒸之丞反與音預惡烏路反下之惡同朝直遙反下皆同【重言】瞻彼中林二本詩一桑柔各一民今方殆，視天夢夢。王者爲亂夢夢然箋云今民今且危亡視王者所爲反夢夢然而亂無統理安人之意。○夢莫紅反亂也沈莫滕反韓詩云惡貌也既克有定，靡人弗勝。勝乘也箋云王既能有所定尚復事之小者爾無人而不勝言凡人所定皆勝王也。○勝毛音升鄭尸證反下復扶又反篇末同有皇上帝，伊誰云憎。皇君也箋云伊讀當爲繄繄猶是也有君上帝者以情告天也使王暴虐如是其憎惡誰乎欲天指害其所憎而已。○繄烏兮反惡烏路反

王氏曰惸惸獨也

李氏曰：謂山為卑，則有為山脊者，有為大阿者，而皆以為卑。民之訛言變白為黑如此，乃不懲艾之，何也。○王氏曰：乱甚矣，不知與故老圖此，乃召而訊之占夢，則其迷亦甚矣。唯其迷甚，故君臣皆自謂聖，而上下同德，如烏雌雄無以相別也。○朱氏曰：方且召彼故老而問之以不急之事。

孔氏曰：局者，曲身也。○家語：不敢不局，不敢不蹐，言上下畏罪而無所自容也。○王氏曰：人號呼而出斯局蹐之言者，非誕也，乃有倫序，有脊理。 當是時也，人之害人者則為虺，畏人者則為蜴矣。○李氏曰：視彼阪田崎嶇之處，有菀然特盛之苗，亦猶昏乱之朝有挺然特立之賢者。特立之苗

○謂山蓋卑，為岡為陵。在位非君子，乃小人也。箋云：此喻為君子賢者之道，人尚謂之卑，況為凡庸小人之行。○卑本又作埤，同，皆婢又又支反。行，下孟反。民之訛言，寧莫之懲。箋云：小人在位，曰無以止衆民之為偽言相陷害也。【重言】民之訛言寧莫之懲，一。本詩沔水名下。○又民之訛言，一。召彼故老，訊之占夢。故老，元老。訊，問也。箋云：君臣在朝，侮慢元老，召之不問政事，但問占夢，不尚道德而信徵祥之甚。○訊本又作誶，音信。具曰予聖，誰知烏之雌雄。君臣俱自謂聖也。箋云：時君臣賢愚適同，如烏雌雄相似，誰能別異之乎。○別，彼列反。

○謂天蓋高，不敢不局。謂地蓋厚，不敢不蹐。維號斯言，有倫有脊。局，曲也。蹐，累足也。倫，道。脊，理也。箋云：局蹐者，天高而有雷霆，地厚而有陷淪也。此民疾苦王政上下皆可畏怖之言也。維民號呼而發此言，皆有道理所以至然者，非徒苟妄為誕辭。○局本又作跼，其欲反。蹐，井亦反，徐音積。說文：小步也。維號，音毫，家注同。霆，音廷，又音挺。淪，音倫，又倫峻反。怖，普故反。號呼，好路反。誕，音無。哀今之人，胡為虺蜴。蜴，螈也。箋云：虺蜴之性，見人則走。哀哉今之人，何為如是，傷時政也。○虺，暉鬼反。蜴，星歷反，字又作蜥。螈，音元。【重言】哀今之人，二。本詩、十月之交各一。

○瞻彼阪田，有菀其特。言朝廷曾無桀臣。箋云：阪田崎嶇墝埆之處，而有菀然茂特之苗，喻賢者在閒辟隱居之時。○阪，音反，又扶版反。菀，音鬱，徐又於阮反。崎，起宜反。嶇，丘俱反。墝，苦交反。埆，

特生於阪田之中而天為風雨以扤動之惟恐其不勝亦猶賢者之特立而小人成群思有以中傷之惟恐其不及也。蘇氏曰方其求我以為法也如恐失我爾。孔氏曰釋訓云仇仇敖敖傲也郭璞曰皆傲慢賢者。蘇氏曰曾不力用我也書曰凡人未見聖若不克見既見聖亦不克由聖孔氏曰結纏結也。歐陽氏曰正政古用字多通我心之憂如結而國之政何其惡也。李氏曰火之燎于原寧有能滅之乎今也赫赫然之宗周而乃為褒姒所滅誠可駭也。蘇氏曰幽王日為淫虐譬如行險而不知止君子永思其終知其必有大難故曰終其永懷又窘陰雨

户角反又苦角反又音角間音閑辟婢亦反**天之扤我如不我克**扤動也箋云我我特苗也天以風雨動搖我如將不勝我謂其迅疾也。扤五忽反徐又音月迅音峻**彼求我則如不我得**箋云彼彼王也王之欲求我如恐不得我言其禮命之繁多**執我仇仇亦不我力**仇仇猶敖敖言也箋云王既得我執留我其禮待我敖敖然亦不問我在位之功力言其有貪賢之名無用賢之實。敖言本又作慠五報反仇五刀反。**心之憂矣如或結之今茲之正胡然厲矣**厲惡也箋云茲此正長也心憂如有結之者憂今此之君臣何一然為惡如是。【重言】心之憂矣一十四本詩一餘附柏舟詩**燎之方揚寧或滅之**滅之以水也箋云火田為燎燎之方盛之時炎熾熛怒寧有能滅息之者言無有也以無有喻有之者為甚也。燎力召反徐力燒反熾尺志反熛必遙反**赫赫宗周褒姒威之**宗周鎬京也褒國也姒姓也威滅也有褒國之女幽王惑焉而以為后詩人知其必滅周也。褒補毛反姒音似鄭云字也威呼悅反齊人語也字林武劣反說文云從火戌聲火死於戌陽氣至戌而盡本或作滅鎬胡老反。**終其永懷又窘陰雨**窘困也箋云窘仍也終王之所行其長可憂傷矣又將仍憂於陰雨陰雨喻君有泥陷之難。窘君求隕反字林巨畏反泥乃計反**其車既載乃棄爾輔**大車重載又棄其輔箋云以車之載物喻王之任國事也棄輔喻遠賢也。遠于萬反**載輸爾載**

朱氏曰陰雨則泥濘而車易以陷也

孔氏曰輔是可解脫之物蓋如今人縛杖於輻以防輔車。董氏曰韓詩章句以窘為迫，

朱氏曰輔所以益輻也。
歐陽氏曰戒其無棄爾輔而益其輻又顧其僕使不覆所載者謂駕車者當如此猶恐覆敗而今乃履絶險而不以為意則宜其覆矣。

朱氏曰魚在于沼其為生已蹙矣是以匪克樂也。潛雖伏矣亦孔之炤以譬君子雖潛伏無所容也。蹙而困之如此故君子憂心慘慘念國之為虐也慘慘則幽愁之至也

歐陽氏曰大夫既自傷將及禍而又哀彼衆人不知危亡可憂而猶有以酒肴與其鄰里親戚為樂者而我獨憂也

將伯助予。將請伯長也箋云輸墮也棄女車輔則墮女之載乃請長者見助以言国危而求賢者已晚矣○輸載才再反注及下同將七羊反注皆同墮許規反本又作隳待果反○無棄爾輔，員于爾輻。員益也○員音云輻方六反屢顧爾僕，不輸爾載。箋云屢數也僕將車者也顧猶視也念也○屢力住反又作婁數音朔下同終踰絶險，曾是不意。箋云女不棄車之輔數顧女僕終是用踰度陷絶之險女不曾以是為意乎以商事喻治国也○魚在于沼，亦匪克樂。潛雖伏矣，亦孔之炤。沼池也箋云池魚之所樂而非能樂其潛伏於淵又不足以逃甚炤炤易見以喻時賢者在朝廷道不行无所樂退而窮処又无所止也○沼之紹反樂音洛注同炤音灼之若反易見以豉反下如字又賢遍反記中庸篇故君子之道闇然而日章小人之道的然而日亡君子之道淡而不厭簡而文溫而理知遠之近知風之自知微之顯可與入德矣詩云潛雖伏矣亦孔之炤故君子內省不疚无惡於志憂心慘慘，念國之為虐。慘慘猶戚戚也○慘七感反戚千歷反○彼有旨酒，又有嘉殽。言礼物備也箋云彼彼尹氏大師也○殽本又作肴户交反洽比其鄰，昏姻孔云。洽合鄰近云旋也是言王者不能親親以及遠箋云云猶友也言尹氏富與兄弟相親友為朋黨也○比毗志反云本又作員音同襄二十九年子大叔曰晉国不恤周宗之闕而夏肄是屏其兄弟諸姬亦可知也已諸

王氏曰佌佌者有家而蔌蔌者方且有祿未艾也而民反無祿。○蘇氏曰民方無福故天之夭孽並出而椓喪之富人猶可勝也惸獨甚矣。○朱氏曰椓害也

孔氏曰古之曆書亡矣是以漢世通儒未有以曆考此辛卯日食者張氏曰詩有夏正無周正獨此詩爲周正可乎

姻是弃其誰歸之吉也聞之弃同即異是謂離德詩曰協比其鄰民昬姻孔云昬不鄰矣其誰云之○僖二十二年詩曰協比其鄰昬姻孔云注云言王者爲政先和協近親則民昬姻甚相歸附也念我獨兮憂心慇慇慇慇然痛也箋云此賢者孤特自傷也○慇音殷又於謹反【重言】憂心慇慇重見桑柔詩○佌佌彼有屋蔌蔌方有穀佌佌小也蔌蔌陋也箋云穀祿也此言小人富而寠陋將貴也○佌音此說文作㑪音徙蔌音速方穀本或作方有穀非也寠其矩反一音屢民今之無祿天夭是椓君天之在位椓之箋云民於今而無祿者天以薦瘥夭殺之是王者之政又復椓破之言遇害甚也○夭於兆反又於遙反沴也椓丁角反哿矣富人哀此惸獨哿可獨單也箋云此言王政如是富人已可惸獨將困也○哿哥我反

正月十三章八章章八句五章章六句

十月之交大夫刺幽王也當爲刺厲王作詁訓傳時移其篇第因改之耳節刺師尹不平亂靡有定此篇譏皇父擅恣日月告凶正月惡褒姒滅周此篇疾豔妻煽方處又幽王時司徒乃鄭桓公友非此篇之所云番也是以知然○刺幽王毛如字鄭改爲刺厲王從此至小宛四篇皆然節在結反父音甫後皇父皆同惡烏路反番方袁反徐甫言反本或作潘音同韓詩作繁下同【重言】大夫刺幽王也十餘附正月詩○十月之交朔月辛卯日有

朱氏曰此則係乎人事之感陰盛陽微而日爲之食矣是以聖人於春秋每食必書而詩人亦以爲醜也○王氏曰月有盈虧虧則微矣彼月而微則固其所此日而微則非其常○王氏曰日月告凶不用其行則以四國無政不用其良故也月食非其常也然比日食則以陽侵陰猶爲常也此日而食則爲變大矣

朱氏曰寧安也令善也○孔氏曰幽王之時不但日食又有震電過常川騰溢山崩落高岸陷爲深谷深谷進出爲陵所陳皆當時實事○朱氏曰災異之衆如此是宜恐懼修省改紀其政而

食之亦孔之醜之交日月之交會醜惡也箋云周之十月夏之八月也八月朔日日月交會而日食陰侵陽臣侵君之象日辰之義日爲君辰爲臣辛金也卯木也又以卯侵辛故甚惡也○夏戶雅反彼月而微此日而微月臣道日君道箋云微謂不明也彼月則有微今此日反微非其常爲異尤大也今此下民亦孔之哀箋云君臣失道災害將起故下民亦甚可哀【重言】亦孔之哀重見小旻詩○日月告凶不用其行箋云告凶告天下以凶亡之徵也行道度也不用之者謂相干犯也四方之國四國無政不用其良無政治者由天子不用善人也○治直吏反彼月而食則維其常此日而食于何不臧箋云臧善也【互注】昭公七年晉侯問於士文伯曰詩所謂彼日而食于何不臧者何也對曰不善政之謂也國無政不用善則自取謫于日月之災故政不可不慎也務三而已一曰擇人二曰因民三曰從時○爗爗震電不寧不令爗爗震電貌震雷也箋云雷電過常天下不安政教不善之徵○爗于輒反百川沸騰山冢崒崩沸出騰乘也山頂曰冢箋云崒者崔嵬百川沸出相乘陵者由貴小人也山頂崔嵬者崩君道壞也○沸甫味反崒舊子恤反徐子綏反宜依爾雅音徂恤反本亦作卒頂丁冷反崔徂回反爾雅作厜才規反嵬五回反爾雅作㕒音五規反下高岸爲谷深谷爲陵言易位也箋云易位者君子居下小人處上之謂也○處昌呂反哀今

幽王曾莫之懲也
朱氏曰卿士六卿之外更為都官以揔六官之事也。王氏曰求变異所生以用七子七子所以見寵用事則以豔妻煽方處故也豔妻言其配王以之而已非以德也煽言其勢盛若火之煽然方處言方處勢未変徙也
朱氏曰抑發語辭作動也即就也卒盡也。范氏曰前章備舉其朝之小人而皇甫實尸之其餘則以類聚而已。王氏曰言皇父所為自以為是故作我以從而不即我謀乃徹我墻屋使我田不獲治卑者卒汙高者卒萊乃曰予不戕女下供上役禮則然矣然則皇父豈肯自以所為為不時乎

之人胡憯莫懲箋云憯曾懲止也變異如此禍乱方至哀哉今在位之人何曾無以道德止之○憯七感反亦作慘【重言】哀今之人重見正月詩○皇父卿士番維司徒家伯維宰仲允膳夫棸子内史蹶維趣馬楀維師氏豔妻煽方處豔妻褒姒美色曰豔煽熾也箋云皇父家伯仲允皆字番棸蹶楀皆氏厲王淫於色七子皆用后嬖寵方熾之時並處位言妻黨盛女謁行之甚也敵夫曰妻司徒之職掌天下土地之圖人民之數冢宰掌建邦之六典皆卿也膳夫上士也掌王之飲食膳羞内史中大夫也掌爵祿廢置殺生予奪之法趣馬中士也掌王馬之政師氏亦中大夫也掌司朝得失之事六人之中雖官有尊卑權寵相連朋黨於朝是以疾焉皇父則為之端首兼擅羣職故但目以卿士云○棸側留反蹶俱衛反趣七走反注同趣馬官名楀俱禹反豔餘贍反鄭云豔妻厲王后煽音扇說文作傓云熾盛也處一本作熾熾尺志反盛也嬖必計反朝直遥反下同擅市戰反○抑此皇父豈曰不時胡為我作不即我謀徹我牆屋田卒汙萊時是也下則汙高則萊箋云抑之言噫噫是皇父疾而呼之女豈曰我所為不是乎言其不自知惡也女何為役作我不先就與我謀使我得遷徙乃反徹毀我牆屋令我不得趨農田卒為汙萊乎此皇父所築邑人之怨辭○抑如字辭也徐音噫韓詩云意也汙音烏注同萊音來噫於其反下同令力呈反趣七住反本又作趨七俱反曰予不戕禮則然

王氏曰皇父甚愚而自謂甚聖故詩人因其自聖而譏之曰孔聖也作都于向從民而作其邑也。孔氏曰皇父封於畿內當三卿今立三有事是增一卿以比列國也。王氏曰不慭遺一老俾守我王者不自強留一老人以留衛王則又不忠敬之甚也

蘇氏曰噂聚也沓重複也無罪猶且見讒而況敢告勞乎下民之孽非天之所為也噂噂沓沓多言以相說而背相憎專力為此者人也而豈天哉

王氏曰幽王之時天下病矣而我所居里則又甚病矣。孔氏曰四方之民盡有饒餘

矣。箋云戕殘也言皇父既不自知不是反云我不殘敗女田業下供上役其道當然言文過也。戕在良反王本作臧臧善也孫毓評以鄭為改字共音恭本亦作供。皇父孔聖作都于向擇三有事亶侯多藏皇父甚自謂聖向邑也擇三有事有司国之三卿信維貪淫多藏之人也箋云專權足已自比聖人作都立三卿皆取聚斂之臣言不知厭也礼畿內諸侯二卿。向式亮反下及注同亶都但反信也藏才浪反注同厭於鹽反不慭遺一老俾守我王箋云慭者心不欲自彊之辭也言盡將舊在位之人与之皆去無留衛王。慭魚覲反爾雅云願也強也且也韓詩云閒也強其丈反擇有車馬以居徂向箋云又擇民之富有車馬者以往居于向也。黽勉從事不敢告勞箋云詩人賢者見時如是自勉以從王事雖勞不敢自謂勞畏刑罰也。黽民允反本又作僶同無罪無辜讒口嚻嚻箋云嚻嚻眾多貌時人非有辜罪其被讒口見椓譖嚻嚻然。嚻五刀反韓詩作嗸嗸下民之孽匪降自天噂沓背憎職競由人噂猶噂噂沓猶沓沓職主也箋云孽妖孽謂相為災害也下民有此言非從天隋也噂噂沓沓相對談語背則相憎逐爲此者由主人也。孽魚列反噂子損反說文作噂云聚也沓本又作䜚同徒荅反背蒲妹反隋徒火反悠悠我里亦孔之痗悠悠憂也里病也痗病也箋云里居也悠悠乎我居今之世亦甚困病。里如字本或作悝後人改

也。痗，莫背反，又音悔，本又作悔。四方有羨，我獨居憂。羨，餘也。箋云：四方之人盡有饒餘，我獨居此而
憂。真反。○羨，徐箭反。民莫不逸，我獨不敢休。箋云：逸，豫也。天命不徹，我不敢
傚我友自逸。徹，道也。親屬之臣心不能已。箋云：不道者，言王不循天之政教。傚，户教反。

十月之交八章，章八句。

雨無正，大夫刺幽王也。雨，自上下者也。衆多如雨，而非
所以爲政也。亦[illegible]王之所下教令甚多而無政也。○正，音政。[illegible]言大夫刺幽王也。[illegible]附正月詩。○
浩浩昊天，不駿其德，降喪饑饉，斬伐四國。駿，長也。穀不熟曰饑，蔬不熟曰
饉。箋云：此言王不能繼長昊天之德，至使昊天下此死喪饑饉之
災，而天下諸侯於是更相侵伐。○浩，古老反，又胡老反。昊，胡老反。駿，音峻。
饉，其靳反。更，古衡反。昊天疾威，弗慮弗圖。箋云：慮、圖，皆謀也。王既不駿昊天之德，今昊天又疾其政
以刑罰威恐天下而不慮不圖。○昊，又密巾反。本有作昊天，今若非也。恐，起勇反。舍彼有罪，既伏其辜。
若此無罪，淪胥以鋪。舍，除。淪，率也。箋云：胥，相。鋪，徧也。言王使此無罪者見牽率相引而徧得罪也。○
舍，音赦，一音捨。淪，音倫。胥，息呂反。鋪，普烏反，徧也。王云：病也。徧，音遍，下同。○周宗既滅，靡所止戾。

我獨居此憂民莫不得優游曰逸我獨不敢休息○王氏曰徹通也不通則以言其窮也其窮命也勉之而已故不敢傚我友自逸也
歐陽氏曰古之人於詩多不命題以篇名往往無義例今考詩七章都無此義與序絕異當缺其所疑
王氏曰浩浩廣大流通之意○孔氏曰昊天上有昊天○蘇氏曰舍置也淪陷也幽王之乱民之無罪而被禍災者無所歸咎曰天實爲之天之生物浩然其若無窮者柰何不長其德既又生之而又降喪乱饑饉以斬伐之哉豈天怒之迅烈曾弗之慮而弗之圖乎彼有罪者則既伏其辜矣置而勿疑可也若此無罪而使之相與陷溺無不偏焉何也

范氏曰周宗者周爲天下之宗也○王氏曰方是時周未滅而曰既滅者其滅之形成故也

孔氏曰三事大夫王肅以三事為三公大夫謂其屬。朱氏曰臧善也。范氏曰靡所止戾未知天之所命民之所定也正大夫離居去位也其下大夫勞於從事故曰莫知我勩三事大夫莫肯夙夜無在公之節也邦君諸侯莫肯朝夕無尊王之禮也幽王屏棄故老侮慢諸侯其大臣不使其諸侯不王故大夫憂之庶王之儆懼而用善反出於為惡莫之懲焉。蘇氏曰幽王日益不悛君子呼天而告之曰奈何哉法度之言王終莫肯信若如人之遠行而忘反我不知其所至矣既退憂之則一告其群臣使皆敬其身

孔氏曰兵寇已成而不能禦而退之飢困已成而不能恤而安之

朱氏曰凡百君子莫肯以是告王者雖王有問而欲聽其言則亦荅之而已不敢盡言也一有譖言及已則

云定也箋云周宗鎬京也是時諸侯不朝王民不堪命王流于彘無所安定也。○彘直例反正大夫離居莫知我勩勩勞也箋云正長也長官之大夫於王流于彘而皆散處無復知我民之見罷勞也。○勩夷世反又音曳長張丈反下同復扶富反罷音皮三事大夫莫肯夙夜邦君諸侯莫肯朝夕箋云王流在外三公及諸侯隨王而行者皆無君臣之禮不肯晨夜朝莫省王也。○朝直遥反售張遥反庶曰式臧覆出爲惡覆反也箋云人見王之失所庶幾其自改悔而用善人反出教令復爲惡也。○覆芳服反如何昊天辟言不信如彼行邁則靡所臻辟法也箋云如何乎昊天痛而愬之也爲陳法度之言不信之也我之言不見信如行而無所至也凡百君子各敬爾身胡不相畏不畏于天箋云凡百君子謂衆在位者各敬慎女之身正君臣之禮何爲上下不相畏乎上下不相畏是不畏于天

【重言】凡百君子三本詩二巷伯一

○戎成不退飢成不遂曾我暬御憯憯日瘁戎兵遂安也暬御侍御也瘁病也箋云兵成而不退謂王見流于彘無御止之者飢成而不安謂王在彘乏於飲食之蓄無輸粟歸餼者此二者曾但侍御左右小臣憯憯憂之大臣無念之者○退徐音退本又作退暬思列反憯千感反瘁似醉反餼許氣反曾在登反蓄敕六反凡百君子莫肯用訊聽言則荅譖言則退以言進退

皆退而離居莫肯夙夜朝夕於王矣其意若曰王雖不善而君臣之義豈可以若是恝乎
李氏曰非出於舌之難出於舌則躬受其瘁矣
朱氏曰依其身處於安樂之地○王氏曰言小人佞而獲福也○蘇氏曰人皆往仕曰曾不知仕之急且危也何者幽王之世直道者王之所謂不可使而枉道者王之所謂可使也直道者得罪于君而枉道者見怨於友此仕之所以難
蘇氏曰仕之多患也故君子有去者有居者不忍王之無臣與己之無徒也則告之使復遷于王都去者不聽而以無家辭之居者於是憂思泣血患其出言而舉皆疾之無與和之者

人也箋云訊告也衆在位者无肯用此相告語言不憂王之事也吝猶距也有可聽用之言則共以辭距而違之有譖毁之言則共爲排退之羣臣並爲不忠惡直醜正○訊音信徐息悴反又音碎排步皆反惡烏路反○哀哉不能言匪舌是出維躬是瘁哀賢人不得言不得出是舌也箋云瘁病也不能言言之拙也言非可出於舌其身旋見困病○出尺遂反音毛辭哿矣能言巧言如流俾躬處休哿可也可矣世所謂能言也巧言從俗如水轉流箋云巧猶善也謂以事類風切剴微之言如水之流忽然而過故不悖逆使身居安休休然乱世之言順說爲上○休虛虬反注同風福鳳反剴古愛反又古哀反一音祈悖補對反迕五故反本亦作逆說音悅【重意】巧言如流巧言詩又巧言如簧【互註】左昭公八年小人之言僭而无徵故怨咎及之詩曰哀哉不能言匪舌是出維躬是瘁哿矣能言巧言如流俾躬處休維曰于仕孔棘且殆云不可使得罪于天子亦云可使怨及朋友于往也箋云棘急也不可使者不正不從也可使者雖不正從也居今衰乱之世云往仕乎甚急迮且危急迮且危以此二者也○棘本又作迮側格反○謂爾遷于王都曰予未有室家賢者不肯遷于王都也箋云王流于彘正大夫離居同姓之臣從王思其友而呼之謂曰女今可遷居王都謂彘也其友辭之云我未有室家於王都可居也【重言】曰予未有室家重見鵲巢詩鼠思泣血無言不疾无声曰泣血无

蘇氏曰敢詰之曰昔爾之去也誰[redacted]爲爾作室者而今以是辞我哉

爾雅曰秋曰旻天

李氏曰幽王不畏天禍偃然自若信用邪謀則天之禍何時而止也

蘇氏曰歙歙言相和也訿訿言相詆

所言而不見疾也箋云鼠憂也既辭之以無室家爲其意恨又患不能距止之故云我憂思泣血欲遷王都見女今我無一言而不道疾者言已方困於病故未能也○思息嗣反泣憂思同爲于僞反距本又作拒音巨

昔爾出居誰從作爾室遭亂世義不得去思其友而不肯反者也箋云往始離居之時誰隨爲女作室女猶自作之爾今反以無室家距我恨之辭

雨無正七章二章章十句二章章八句三章章六句

小旻大夫刺幽王也所刺列於十月之交雨無正爲小故曰小旻亦當爲刺厲王○旻武巾反下同【疏】大夫刺幽王也十並附正月詩

○**旻天疾威敷于下土**敷布也箋云旻天之德疾王者以刑罰威恐萬民其政教乃布於下土言天下徧知○敷撫扶反徧音遍【疏】旻天疾威重見召旻

謀猶回遹何日斯沮回邪遹辟沮壞也箋云猶道沮止也今王謀爲政之道回辟不循旻天之德已甚矣心猶不悛何日此惡將止○遹音聿韓詩作敹義同沮在呂反邪似嗟反辟匹亦反下同悛七全反改也沈又七旬反

謀臧不從不臧覆用我視謀猶亦孔之邛邛病也箋云臧善也謀之善者不從其不善者反用之我視王謀爲政之道亦甚病天下○覆芳服反邛其凶反

潝潝訿訿亦孔之哀潝潝然患其上訿訿然思不稱乎上

也○王氏曰其俗如此亦孔之哀矣謀猶如此則亦何所至乎至於亂而已

孔氏曰謀而不行則於道不進言而無決則於事不成

朱氏曰先民古之聖賢也哀哉今之爲謀不以先民爲法不以大道爲常其所聽而爭者皆淺末之言

箋云臣不事君亂之階也甚可哀也○潝許急反訿音紫爾雅云潝潝訿訿莫供職也韓詩云不善之貌稱其只諮反一本作訾稱乎【重言】亦孔之哀重見十月之交謀之其臧則具是違謀之不臧則具是依我視謀猶伊于胡底箋云猶于往底至也謀之善者俱背違之其不善者依就之我視今君臣之謀道往行之將何所至乎言必至於亂○底之履反背音佩○我龜既厭不我告猶猶道也箋云猶圖也卜筮數而瀆龜龜靈厭之不復告其所圖之吉凶言雖得兆占繇不中○厭於豔反注同數音朔復扶又反繇音胄中丁仲反謀夫孔多是用不集集就也箋云謀事者衆而非賢者是非相奪莫適可從故所爲不成○適音的發言盈庭誰敢執其咎謀人之國國危則死之古之道也箋云謀事者衆訩訩滿庭而無敢決當是非事若不成誰云己當其咎責者言小人爭知而讓過○訩音凶當丁浪反如匪行邁謀是用不得于道箋云匪非也君臣之謀事如此與不行而坐圖遠近是於道路無進於跬步何以異乎○跬缺氏反舉足曰跬○哀哉爲猶匪先民是程匪大猶是經維邇言是聽維邇言是爭古曰在昔昔曰先民程法經常猶道邇近也爭爲近言箋云哀哉今之君臣謀事不用古人之法不猶大道之常而徒聽順近言之同者爭近言之異者言見動軔則泥陷不至於遠也○軔音刃礙車木也字林如戰反泥乃麗反如

朱氏曰如將築室而與行道之人謀之人人得為異論其能有成哉
蘇氏曰止定也。孔氏曰膴王肅讀為幠幠大也無大有人言少也。丘氏曰艾治也。朱氏曰淪陷也
呂氏曰今國與民皆有善有惡謀而擇其善可矣乃無所分別則善者亦混而同於惡如泉流之清淪而為濁也
范氏曰人皆知虎不可暴而河不可馮而不知小人之不可不畏也如臨深淵如履薄冰者懼之甚也

彼築室于道謀，是用不潰于成。潰遂也箋云如當路築室得人而與之謀所為路人之意不同故不得遂成也○潰户對反○國雖靡止，或聖或否。民雖靡膴，或哲或謀，或肅或艾。靡止言小也人有通聖者有不能者亦有明哲者有聰謀者艾治也有恭肅者有治理者箋云靡無止禮膴法也言天下諸侯今雖無禮其心性猶有通聖者有賢者民雖無法其心性猶有知者有謀者有肅者有艾者王何不擇焉置之於位而任之為治乎書曰睿作聖明作哲聰作謀恭作肅從作艾詩人之意欲王敬用五事以明天道故云然○否方九反徐音鄙膴王火吴反大也徐云鄭音謨又音武沈音無韓詩作靡膴猶無幾何也艾音刈治直吏反下皆同有知音智如彼泉流，無淪胥以敗。箋云淪率也王之為政當如源泉之流行則清無相牽率為惡以自濁敗〔重言〕如彼泉流重見抑詩○不敢暴虎，不敢馮河。人知其一，莫知其他。馮陵也徒涉曰馮河徒搏曰暴虎一非也他不敬小人之危殆也箋云人皆知暴虎馮河立至之害而無知當畏慎小人能危亡也○馮符冰反搏音博戰戰兢兢，戰戰恐也兢兢戒也○兢已冰反恐丘勇反○如臨深淵，恐隊也○隊直類反本亦作墜下篇同如履薄冰。恐陷也〔重言〕戰戰兢兢如履薄冰重見小宛詩〔互注〕左宣公十六年詩曰戰戰兢兢如臨深淵如履薄冰善人在上也善人在上則國無幸民諺曰民之多幸國之不幸也是無善人之謂也

小旻六章三章章八句三章章七句

小宛，大夫刺幽王也。亦當為刺厲王。○宛於阮反。[illegible] 大夫刺幽王也十並附十月篇 ○宛

彼鳴鳩，翰飛戾天。興也。宛，小貌。鳴鳩，鶻鵃。翰，高。戾，至也。行小人道，責高明之功，終不可得。○翰胡旦反 鶻音骨，鵃陟交反，何音彫，字林作鵃，云骨鵃，小種鳩也。草木疏云鳴鳩班鳩也。[illegible] 翰飛戾天，重見四月詩。我心憂

傷，念昔先人。先人，文武也。[illegible] 我心憂傷，二本詩正月、小弁各一。明發不寐，有懷二

人。明發，發夕至明。[illegible] 記祭義：文王之祭也，事死者如事生，思死者如不欲生，忌日必哀，稱諱如見親，祀之忠也，如見親之所愛，如欲色然，其文王與。詩云明發不寐，有懷二人，文王之詩也。○人之齊聖，飲酒溫克。齊，正。克，勝也。箋云中正通知之人，飲酒雖醉，猶能溫藉自持以勝。○溫王如字，柔也。鄭於運反，縕藉也。藉，在夜反，又慈夜反。彼昏

不知，壹醉日富。醉日而富矣。箋云童昏無知之人，飲酒一醉，自謂日益富，夸淫自恣，以財驕人。各敬爾

儀，天命不又。又，復也。箋云今女君臣各敬慎威儀，天命所去不復來也。○復扶又反，下同。○中原有

菽，庶民采之。中原，原中也。菽，藿也。力采者則得之。箋云藿生原中，非有主也，以喻王位無常家也，勤於德者則得之。○菽音叔。藿火郭反。螟蛉有子，蜾蠃負之。螟蛉，桑蟲也。蜾蠃，蒲盧也。負，持也。箋云蒲盧取桑蟲

蘇氏曰翰羽也。歐陽氏曰此鳩雖小鳥亦有高飛及天之志，而王不自勉強奮起，曾飛鳩之不如，以墜其先王之業。○葉曰念昔先人，搁周室之將亡，念其開創之人也，其人孰謂，即文王武王二人也。孔氏曰聖通也。蘇氏曰彼昏乍幽王也。陳氏曰富益也。朱氏曰言齊聖之人雖醉酒溫恭自持，以勝所謂不為酒困也。劉氏曰壹志于酒，日增其甚，故曰壹醉日富。孔氏曰菽者大豆，菽葉謂之藿。陸璣草木疏曰蜾蠃似蜂而小腰，取桑虫負之於木空中，七日而化為其子。蘇氏曰菽生中原，民無有不獲采者，螟蛉之子，蜾蠃負之以為己子，無難也

孔氏曰教誨萬民而言子者主爾云王者作民父母故以民為子。歐陽氏曰告其速自改悔云譬如脊令且飛且鳴自勤其身不少休息今日月之行甚速不可失時王亦宜夙夜汲汲勉厲庶無忝辱於先王云所生者謂宣王也交交者衆雜相亂之謂也。蘇氏曰岸亦獄也。劉氏曰穀善也。孔氏曰桑扈食肉者今循人之穀場而啄粟。歐陽氏曰有如國人失其常業而至於窮寠乃相與爭訟而入於岸獄云宜者謂其勢

之子負持而去煦嫗養之以成其子喻有萬民不能治則能治者將得之。○螟亡丁反蛉音零俗謂之桑蟃一名戎女蟃音萬蜾音果蠃力果反郎細腰蜂俗呼蠮螉是也蠮於結反螉音翁煦況甫反又况具反嫗紆甫反又紆具反鄭注禮記云以氣曰煦以體曰嫗

教誨爾子式穀似之箋云式用穀善也今有教誨女之萬民用善道者亦似蒲盧言將得而子也

○題彼脊令載飛載鳴題視也脊令不能自舍君子有取節爾箋云題之為言視睇也載之言則也則飛則鳴翼也口也不有止息。○題大計反令音零本亦作鴒注同舍音捨睇大計反

我日斯邁而月斯征箋云我我王也邁征皆行也王日此行謂日視朝也而月此行謂月視朔也先王制此礼使君與羣臣議政事日有所決月有所行亦無時止息。日而乙反下同朔音朔

夙興夜寐毋忝爾所生忝辱也。○毋忝上音無下他簟反字林他念反

○交交桑扈率場啄粟交交小貌桑扈竊脂也言上為亂政而求下之治終不可得也箋云竊脂肉食今無肉而循場啄粟失其天性不能以自活。○扈音戶場直良反啄陟角反竊音切治直吏反重言交交一桑扈二字本詩一桑扈一

哀我填寡宜岸宜獄握粟出卜自何能穀填盡岸訟也箋云仍得曰宜自從穀生也可哀哉我窮盡寡財之人仍有獄訟之事無可以自救但持粟行卜求其勝負從何能得生。○填徒典反韓詩作疹疹苦也岸如字韋昭注漢書同韓詩作犴音同云鄉亭之繫曰犴朝廷曰獄握於角反

○溫溫

不得不然也。朱氏曰言握粟以見其貧窶之甚下之曰何自而能善乎

孔氏曰此鳥名鷽而云斯者語辭猶蓼彼蕭斯菀彼柳斯以劉孝標之博學而類苑鳥部立鷽斯之目是不精也。董氏曰師曠禽經有鷽斯非以爲辭也爾雅亦曰鷽斯鵯鶋也

恭人溫溫和柔貌重言溫溫恭人謹見抑詩如集于木恐隊也惴惴小心如臨于谷恐隕也。惴之瑞反恐隕上丘勇反下于敏反戰戰兢兢如履薄冰箋云衰亂之世賢人君子雖無罪猶恐懼重言戰戰兢兢如履薄冰重見小旻

小宛六章章六句

小弁刺幽王也。大子之傅作焉。○弁步干反。樂也。下同。大音泰。注大子皆同。傅音付重言刺幽王也十八本詩巧言巷伯谷風蓼莪鼓鍾楚茨信南山甫田大田瞻彼洛矣裳裳者華桑扈鴛鴦魚藻采菽隰桑各

○弁彼鷽斯歸飛提提興也。弁樂也。鷽卑居。卑居雅烏也。提提羣貌。箋云樂乎彼雅烏出食在野甚飽暮則羣飛而歸提提然興者喻凡人之父子兄弟出入宮庭相與飲食亦提提然樂傷今大子獨不。○鷽斯音豫爾雅云小而腹下白不反哺者謂之雅烏說文云雅楚烏也一名鷽一名鵯居秦謂之雅一云斯語辭提是移反樂音洛下同卑本亦作鵯同音匹又必移反民莫不穀我獨于罹幽王取申女生大子宜咎又說褒姒生子伯服立以爲后而放宜咎將殺之箋云穀養于曰罹憂也天下之人無不父子相養者我大子獨不然曰以憂也。罹力知反取七住反大音泰說音悅重言民莫不穀凡四本詩一蓼莪一四月一何辜于天我罪伊何舜之怨慕日號泣于旻天于父母。○日號

孔氏曰擣如有物之擣心也。朱氏曰精神憒眊至於假寐之中不忘永嘆憂之之深未老而老也。孔氏曰疢首頭痛也。朱氏曰桑梓以遺子孫給蠶食具器用者也。孔氏曰屬連也。朱氏曰毛体膚之餘氣末屬也。王氏曰離麗也。朱氏曰裏心腹也。孔氏曰我生之辰有所值故知謂六物也六物者歲時日月星辰。蘇氏曰見父母之有所植猶不敢不敬況於父母之無不瞻依也哉然父母之不我愛豈我獨無所離屬乎。朱氏曰菀茂盛也

上布乙反下戶刀反旻亡巾反心之憂矣云如之何重言心之憂矣凡二十四本詩四餘附見用詩

○踧踧周道鞫為茂草踧踧平易也周道周室之通道鞫窮也箋云此喻幽王信褒姒之讒亂其德政使不通於四方。踧徒歷反鞫九六反易夷豉反我心憂傷惄焉如擣假寐永歎維憂用老心之憂矣疢如疾首惄思也擣心疾也箋云不脫冠衣而寐曰假寐疢猶病也。○惄乃歷反擣丁老反本或作𢣴同韓詩作疛除又反義同疢敕覲反又作疹同脫本又作挩他活反一音始銳反重言我心憂傷四本詩羔裘正月小宛各一

○維桑與梓必恭敬止父之所樹已尚不敢不恭敬。○梓音子木名靡瞻匪父靡依匪母不屬于毛不離于裏毛在外陽以言父裏在內陰以言母箋云此言人無不瞻仰其父取法則者無不依恃其母以長大者今我獨不得父皮膚之氣乎獨不處母之胞胎乎何曾無恩於我。○屬音燭注同離力智反又音麗裏音里長丁丈反胞音包胎他來反天之生我我辰安在辰時也箋云此言我生所值之辰安所在乎謂六物之吉凶

○菀彼柳斯鳴蜩嘒嘒有漼者淵萑葦淠淠蜩蟬也嘒嘒聲也漼深貌淠淠衆也箋云柳木茂盛則多蟬淵深而旁生萑葦言大者之旁無所不容。○菀音鬱蜩音條嘒呼惠反淠徐孚計反又匹計反譬彼舟流不知所屆屆至也箋云屆至也言今大

劉氏曰初猶假寐此則不遑其寐亟矣

蘇氏曰鹿走而留其群雉鳴而求其雌物無不有恩於其親者親之不可去非獨以其愛亦以其助也今王獨棄后而逐之子乃然如壞木之無枝而曾莫之顧何也○王氏曰其憂如此王晏然莫知也

孔氏曰墐埋藏之名○王氏曰兔見迫逐而投人人宜利而取之也乃或先之使得辟逃行路之死人人宜惡而違之乃或墐之使免暴露者惻隱之心人所宜有故也○朱氏曰幽王信讒棄逐其子曾視投兔死人之不如則其秉心亦忍矣○朱氏曰舒緩也究察也

子不爲王及后所容而見放逐狀如舟之流行無制也屆不知終所至也○譬本亦作辟匹致反下同屆音戒**心之憂**

矣不遑假寐箋云遑暇也○**鹿斯之奔維足伎伎雉之朝雊尚**

求其雌伎伎舒貌謂鹿之奔走其足伎伎然舒也箋云雊雉鳴也尚猶也鹿之奔走其勢宜疾而足伎伎然舒留其群也雉之鳴猶知求其雌今大子之放棄其妃匹不得與之去只鳥獸之不如○伎本亦作跂其宜反雊古豆反妃音配**譬彼**

壞木疾用無枝壞瘣也謂傷病也箋云大子放逐而不得生子猶內傷病之木內有疾故無枝也○壞胡罪反又如字說文作瘣云病也一曰腫旁出也又音回瘣胡罪反术瘤雖也爾雅云瘣木苻婁郭云謂樹木瘣瘻腫無枝條也**心之憂**

矣寧莫之知箋云寧猶曾也○**相彼投兔尚或先之行有死人尚**

或墐之墐路冢也箋云相視投掩行道也視彼人將掩兔尚有先驅走之者道中有死人尚有覆掩之成其墐者言此所不知其心不忍○相息亮反兔他故反先蘇薦反墐音覲說文作殣云道中死人人所覆也○歐起俱反又作驅同**君子**

秉心維其忍之箋云君子斥幽王也秉執也言王之執心不如彼二人**心之憂矣涕既**

隕之隕隊也○涕音替隕音殞隊直類反○**君子信讒如或醻之**箋云醻旅醻也如醻之者謂受而行之○醻市由反**君子不惠不舒究之**箋云惠愛究謀也王不愛大子故聞讒言則放之不舒謀也

孔氏曰幽王信褒姒之讒曾不思審得即用之如有人以酒相醻得即飲之幽王心不愛太子之故聞讒即逐不肯安舒

孔氏曰掎者倚也畏木倒以物倚其巔也。杝者施也言觀其裂而漸相施及。王氏曰舍彼有罪予之佗矣者言以不舒究之故舍彼有罪之讒人而加己以非其罪此所謂無礼也。陳氏曰由言言之所由發也。朱氏曰山極高矣而或陟其巔泉極深矣而或入其底故君子不可易於其言恐耳屬于垣者有所觀望左右而生讒譖也 王於是卒以褒姒為后伯服為太子。王氏曰毋逝我梁毋發我笱者太子放逐而其憂終不忘國我躬不閱遑恤我後者無如之何自決之辭

伐木掎矣析薪杝矣 伐木者掎其顛析薪者隨其理箋云掎其顛者不欲妄踣之杝謂觀其理也必隨其理者不欲妄挫折之以言今王之遇太子不如伐木析薪也。掎寄彼反杝勑氏反又又宅買反徐又直是反踣蒲北反挫子臥反。舍彼有罪予之佗矣 佗加也箋云予我也舍褒姒讒言之罪而妄加我太子。舍音捨注同又音赦佗吐賀反注同。莫高匪山莫浚匪泉 浚深也箋云山高矣人登其巔泉深矣人入其淵以言人無所不至雖逃避之猶有默存者焉。浚蘇俊反默本亦作嘿亡北反 君子無易由言耳屬于垣 箋云由用也王無輕用讒人之言人將有屬耳於壁而聽之者知王有所受之知王心不正也。易夷豉反屬音燭注同垣音袁 無逝我梁無發我笱 箋云逝之也之人梁發人笱此必有盜魚之罪以言褒姒淫色來嬖於王盜我大子毋之寵。笱古口反 我躬不閱遑恤我後 念父孝也高子曰小弁小人之詩也孟子曰何以言之曰怨。孟子曰固哉夫高叟之為詩也有越人於此關弓而射我我則談笑而道之無他疏之也兄弟關弓而射我則垂涕泣而道之無他戚之也然則小弁之怨親親也親親仁也固哉夫高叟之為詩曰凱風何以不怨曰凱風親之過小者也小弁親之過大者也親之過大而不怨是愈疏也親之過小而怨是不可磯也愈疏不孝也不可磯亦不孝也孔子曰舜其至孝矣五十而慕。箋云念父孝也大子念王將受讒言不止我死之後懼復有被讒者無如之何故自決云我身尚不能自容何暇乃憂我死之後

李氏曰：悠悠，言天遠大之意。歐陽氏曰：慎，謹慎也。大夫傷遭亂世，被讒毀，乃呼天而訴，曰：悠悠昊天，為我父母，我無罪辜而使我遭此乱之世。○李氏曰：上天降喪乱，亦甚威，甚大矣。然我其實畏謹無罪也。蘇氏曰：小人為讒於其君，必以漸入之。其始也，進而嘗之，君容之而不懼，知言之無憂，於是復進，既而君信之，然後乱成。○呂氏曰：君子，幽王也。

也。○閱音悅，容也。叟素口反。關烏環反，下同。本亦作弯。射食亦反，下同。大音符。幾居依反，又古愛反，一音祈。復扶又反。【重言】無逝我梁，無發我笱。我躬不閱，遑恤我後。二本詩谷風各一。【互註】左襄公二十五年，衛獻公自夷儀使與甯喜言，甯喜許之。大叔文子聞之曰：嗚呼！詩所謂我躬不閱，皇恤我後者，甯子可謂不恤其後矣。

小弁八章，章八句。

巧言，刺幽王也。大夫傷於讒，故作是詩也。【重言】刺幽王也十八，並附小弁。讒。【重意】大夫傷於讒。巷伯寺人傷於讒。

○悠悠昊天，曰父母且。無罪無辜，亂如此憮。憮，大也。箋云：悠悠，思也。憮，敖也。我憂思乎昊天，愬之也。始者言其且為民之父母，今乃刑殺無罪無辜之人，為亂如此甚敖慢無法度也。○且，徐七餘反，又傷何反。憮，韓詩箋意皆大也。父憮，火吳反，下同。思息嗣反，下同。傲五報反，下同。本又作敖，音同。愬音素。

昊天已威，予慎無罪。昊天大憮，予慎無辜。威，畏。慎，誠也。箋云：已、泰，皆言甚也。昊天乎，王甚可畏，王甚敖慢，我誠無罪而罪我。○大音泰，本或作泰。徐敕佐反。

○亂之初生，僭始既涵。僭，數。涵，容也。箋云：僭，不信也。既，盡。涵，同也。王之初生亂萌，羣臣之言不信與信，盡同之，不別也。○僭，毛側蔭反，鄭子念反。涵，毛音含，鄭音咸。韓詩作減，減，少也。數音朔，下同。不別，彼列反。

亂之又生，君子信讒。箋云：君子斥在位者也。

朱氏曰君子見讒人之言若怒而責之則亂庶幾遄沮矣見賢者之言若喜而納之則亂庶幾遄已矣今涵容不斷讒信不分是以讒者益勝而君子病也

朱氏曰然此讒人不能供其職事徒以為王之病而已

位者信讒人之言是復亂之所生。君子如怒，亂庶遄沮。遄疾沮止也箋云君子見讒人如怒責之則此亂庶幾可疾止也○遄市專反沮在呂反。君子如祉，亂庶遄已。祉福也箋云福者福賢者謂爵祿之也如此則亂亦庶幾可疾止也○祉音恥已音以【互注】左昭二十年仲尼之言其利博哉晏子一言而齊侯省刑詩曰君子如祉亂庶遄已其是之謂乎○文十七年范武子曰燮乎吾聞文喜怒以類者鮮易者實多詩曰君子如怒亂庶遄沮君子如祉亂庶遄已君子之喜怒以已亂也弗已者必益之○君子屢盟，亂是用長。凡國有疑會同則用盟而相要也箋云屢數也盟之所以數者由世衰亂多相背違時見曰會殷見曰同非此時而盟謂之數○屢本又作婁力住反長丁丈反又直良反要於遙反數音朔背音佩見賢遍反下同【互注】左襄二十九年鄭大夫盟於伯有氏禆諶曰是盟也其與幾何詩曰君子屢盟亂是用長今是長亂之道也禍未歇也○桓十二年冬又會于龜宋公辭平故與鄭伯盟于武父遂帥師而伐宋戰焉宋無信也君子曰苟信不繼盟無益也詩云君子屢盟亂是用長無信也君子信盜，亂是用暴。盜逃也箋云盜謂小人也春秋傳曰賤者窮諸盜盜言孔甘，亂是用餤。餤進也○餤沈旋音談徐音鹽【互注】記表記君子之接如水小人之接如醴君子淡以成小人甘以壞小雅曰盜言孔甘亂是用餤匪其止共，維王之邛。箋云邛病也小人好為讒佞既不共其職事又為王作病○共音恭本又作恭邛其恭反好呼朱氏曰秩秩序也。王氏曰莫定也。孔氏曰躍躍然跳疾遇犬著言兔逢犬則被獲耳。王肅云言其雖騰躍逃隱其迹或適與犬遇而見獲。○朱氏曰言讒人之心、既皆得之無所隱情而前後六句皆反覆興此耳行言行道之言也。歐陽氏曰蛇蛇乃舒遲安閑之貌。柔木比柔善之人王宜愛護使得樹立勿繼讒邪傷害之也往来行言心焉數之云者謂往来行路之言焉足聽納於心也。蘇氏曰小人蛇蛇然徐為大言。王氏曰讒人言巧其聽之可樂如笙簧然顔不知恥其顔厚矣。朱氏曰居河之麋則非高明爽愷之地也

報反今共音曰恭本亦作供共又為于僞反。○奕奕寢廟君子作之秩秩大猷聖人莫之他人有心予忖度之躍躍毚兔遇犬獲之奕奕大貌秩秩進知也莫謀也毚兔狡兔也箋云此四事者言各有所能也因已能忖度讒人之心故列道之爾猷道也大道治國之禮法遇犬犬之馴者謂田犬也。○奕音亦秩音帙莫如字又作漠同一本作謨爾雅謨謀莫胡反為勝忖本又作寸同七損反度待洛反注皆同躍他歷反毚仕咸反遇犬如字世讀作愚非也毚音智狡古卯反馴音旬又音巡
重意 奕奕寢廟 閟宮 新廟奕奕。○荏染柔木君子樹之往來行言心焉數之荏染柔意也柔木椅桐梓漆也箋云此言君子樹善木如人心思數善言而出之善言者往亦可行來亦可行於彼亦可於己亦可是之謂行也。○荏而甚反染音冉數所主反注同椅於宜反梓漆上音子下音七。蛇蛇碩言出自口矣蛇蛇淺意也箋云碩大也大言者言不顧其行徒從口出非由心也。○蛇以支反行下孟反。巧言如簧顔之厚矣箋云顔之厚者出口虛僞而不知慙於人。○簧音黃。
重意 巧言如簧 雨無正 巧言如流
○彼何人斯居河之麋水草交謂之麋箋云何人者斥讒人也賤而惡之故曰何人。○麋本又作湄音眉惡烏路反。無拳無勇職為亂階拳力也箋云言無力勇者謂易誅除也職主也此人主為亂作階言亂由之來也。○拳音權徐已袁反易夷豉反。既

小雅 巧言 十二 巳十四

焉歐陽氏於虔反

東萊曰：為謀雖曰大且多，爾所居之徒衆幾何？則為之謀者亦不衆也。此非特賤讒人之辭，蓋言其本易驅除，特王不悟耳。

微且尰，爾勇謂何？骭瘍為微，腫足為尰。箋云：此人居下濕之地，故生微尰之疾，人憎惡之，故言女勇伊何，何所能也。○尰市勇反，骭戶諫反，脚脛也。瘍音羊，本亦作瘍，音同，創也。尰諸勇反。為猶將多，爾居徒幾何。箋云：猶，謀。將，大也。女作讒佞之謀大多，女所與居之衆幾何人？傃能然乎？○幾居豈反，徒同。大音泰，又如字。傃音素。

巧言六章，章八句

朱氏曰：彼何人斯，不欲斥其人而言也。逝，之也。我梁則必過我門，然而不入者，其必有故矣。既而詰其所從者，則暴公也。夫以從暴公而不入我門，則暴公之譖己也明矣。

何人斯，蘇公刺暴公也。暴公為卿士而譖蘇公焉，故蘇公作是詩以絕之。暴也、蘇也，皆畿內國名。○彼何人斯？其心孔艱。胡逝我梁，不入我門？箋云：孔，甚。艱，難。逝，之也。梁，魚梁也，在蘇國之門外。彼何人乎？謂與暴公俱見於王者也。其持心甚難知，言其性堅固，似不安也。暴公譖己之時，女與之乎？今過我國，何故近之我梁而不入見我乎？疑其與之而未察，斥其姓名為大切，故言何人。○女與音豫，下疑其與之、女與於譖皆同。大音泰。【重言】彼何人斯，四本詩三，巧言一。伊誰云從？維暴之云。云，言也。箋云：譖我者是言從誰生乎？乃暴公之所言也。由己情而本之，以解何人意。○己音紀。

呂氏曰：始者與我情意厚，今乃不入我

二人從行，誰為此禍？胡逝我梁，不入唁我？箋云：二人者，謂暴公與其侶也。女相隨而行，見士誰作我是禍乎？時蘇公以得譴讓也。女即不為，何故近之我梁而不入弔唁我乎？○唁音彥。見，賢遍反。譴，遣戰反。女音汝。

門是始者不如今也其云不我可乎疑之矣

東萊曰謂汝行之緩乎何爲不少舍息而見我也謂汝行之急乎何爲猶有暇而脂車也○朱氏曰盱望也字林云盱張目也何不一來見我如何而使我望汝之切乎○

王氏曰倘汝還而入則我心悅易無疑今還而不入謂不譖我則難知○朱氏曰其或一來見我而使我心安乎

下注

始者不如今云不我可箋云女始者於我甚厚不如今日也今日云不我所行有何不可何者乎何更於己薄也○日而乙反己音紀○彼何人斯胡逝我陳我聞其聲不見其身陳堂塗也箋云堂塗者公館之堂塗也女即不爲何故近之我館庭使我得聞女之音聲不得覩女之身乎○睹丁古反本又作覩不愧于人不畏于天箋云女今不入唁我何所愧畏乎皆疑之未察之辭○媿九位反或作愧○彼何人斯其爲飄風胡不自北胡不自南胡逝我梁祇攪我心飄風暴起之風攪亂也箋云祇適也何人乎女行來而去疾於飄風不欲入見我何乃不從我國之南不則乃從我國之北何近之我梁適亂我之心使我疑也○飄避遥反疾風也沛又方賴反祇音支攪交卯反○爾之安行亦不遑舍爾之亟行遑脂爾車壹者之來云何其盱箋云遑暇亟疾盱病也女可安行乎則何不暇舍息乎女當疾行乎則又何暇脂女車乎極其情求其意終不得壹者之來見我於女亦何病乎○亟紀力反脂音支盱況于反○爾還而入我心易也還而不入否難知也壹者之來俾我祇也易說祇病也箋云還行反也否不通也祇安也女行反入見我我則解說也反又不入見我則我與女情不通女與於讒我與否復難知也壹者之來見我我則知之是使我心安也○易夷

朱氏曰：諒，誠也。○蘇氏曰：與汝義如兄弟，和如壎篪，勢相次比，如物之在貫。汝豈誠不我知而譖我哉？苟誠不我知也，則出犬豕雞三物以詛之可也。

歐陽氏曰：汝隱匿形迹，能使我不見不覺，如鬼蜮之難害於人乎？我則不得而知。汝今汝乃人爾，日以面目與我相視無窮極，不可隱揜，我安得不知汝之譖我乎？○孔氏曰：《說文》云：靦，面見人。姡，面醜也。然則靦與姡皆面見人之貌。

𨻶一叉反，本同。韓詩作施。施，善也。否方九反，一云鄭符鄙反。俾必爾反。祇祈支反，一云鄭止支反。說音悅，下同。解佳賣反。與音豫。復扶又反。下章同。

○伯氏吹壎，仲氏吹篪。土曰壎，竹曰篪。箋云：伯仲喻兄弟也。我與女恩如兄弟，其相應和如壎篪，以言俱為王臣，宜相親愛。○壎況袁反。篪音池。應應對之應。和胡臥反。及爾如貫，諒不我知，出此三物，以詛爾斯。三物，豕犬雞也。民不相信則盟詛之。君以豕，臣以犬，民以雞。箋云：及，與。諒，信也。我與女俱為王臣，其相比次，如物之在繩索之貫也。今女心誠信而我不知，且共出此三物以詛女之此事。為其情之難知，己又不欲長怨，故設之以此言。○貫古亂反。諒音亮。詛側助反，以禍福之言相要曰詛。比毗志反。索素洛反。為其于偽反。長如字，又張丈反。

○為鬼為蜮，則不可得。有靦面目，視人罔極。蜮，短狐也。靦，姡也。箋云：使女為鬼為蜮也，則女誠不可得見也。姡然有面目，女乃人也。人相視無有極時，終必與女相見。○蜮音或，沈又音域，狀如鼈，三足，一名射工，俗呼之水弩，在水中含沙射人，一云射人影。靦土典反。姡户刮反，面醜也。作此好歌，以極反側。反側，不正直也。箋云：好，猶善也。反側，輾轉也。作八章之歌，求女之情，女之情反側極於是也。○㠯音以，古以字，本作以。

何人斯八章，章六句

巷伯，刺幽王也。寺人傷於讒，故作是詩也。巷伯，奄官。寺人，內小臣也。

孔氏曰釋魚説貝文狀云餘蚳黃白文餘泉白黃文　陸璣疏云貝水介蟲也古者貨貝是也

陸氏曰南箕之星本非箕張大其口以成其名爾貝錦南箕皆已成是者言我本無是實因萋斐張大以成之爾

奄官上士四人掌王后之命於宮中爲近故謂之巷伯與寺人之官相近讒人譖寺人寺人又傷其將及巷伯故以名篇○巷伯官名也寺如字又音侍奄於檢反官本或將此注爲序文者近附近之近下近嫌同【重言】刺幽王也十八並附小弁詩【重意】寺人傷於讒巧言詩大夫傷於讒

○萋兮斐兮成是貝錦興也萋斐文章相錯也貝錦錦文也箋云錦文者文如餘泉餘蚳之貝文也興者喻讒人集作已過以成於罪猶女工之集采色以成錦文○萋七西反斐孚匪反本或作非餘蚳直基反貝黃白文曰餘蚳彼譖人者亦已大甚箋云大甚者謂使已得重罪也○大音泰注同徐勑佐反

○哆兮侈兮成是南箕哆大貌南箕箕星也侈之言是必有因也斯人自謂辟嫌之不審也昔者顏叔子獨處于室鄰之釐婦又獨處于室夜暴風雨至而室壞婦人趨而至顏叔子納之而使執燭放乎旦而蒸盡縮屋而繼之自以爲辟嫌之不審矣若其審者宜若魯人然魯人有男子獨處于室鄰之釐婦又獨處于室夜暴風雨至而室壞婦人趨而託之男子閉戶而不納婦人自牖與之言曰子何爲不納我乎男子曰吾聞之也男子不六十不閒居今子幼吾亦幼不可以納子婦人曰子何不若柳下惠然嫗不逮門之女國人不稱其亂男子曰柳下惠固可吾固不可吾將以吾不可學柳下惠之可孔子曰欲學柳下惠者未有似於是也箋云箕星哆然踵狹而舌廣今讒人之因寺人之近嫌而成言其罪猶因箕星之哆而又侈大之○哆昌者反說文云張口也玉篇尺紙反又昌可反侈尺是反又式是反辟音避下同釐力之反寡婦也依字作嫠放甫往反蒸之升反縮所

小雅　何人斯　巷伯　十二　卷十六

陳氏曰譖人者自謂得意更宜保慎爾言。

王氏曰不慎爾言則聽者有時而悟謂爾不信矣

王氏曰上好譖則國將受汝然好譖不已則遇譖之禍既而遷及汝矣。說文作㛤音幡㛤音幡語也。蘇氏曰草草憂也。王氏曰驕人譖行而得意勞人過譖而失度。李氏曰呼天而告曰察此驕人之有罪矜此勞人之無辜乎

孔氏曰鄉北有北寒鄉使凍殺之

王氏曰楊園下地以況畀人畝丘高地以況大臣欲淩畝丘則必道楊園言將譖大臣

卄六反又作㛤同閒閒則之閒又音閑嫗紒反又紒貝反本或作㷗況甫反踵章勇反又踵也徐音給 彼譖人者誰適與謀箋云適往也誰往就女謀乎怪其言多目巧○適如字王徐皆都歷反下同 ○緝緝翩翩謀欲譖人緝緝口舌聲翩翩往來貌○緝七立反說文作咠云聶語也又七立反翩音篇字又作偏 慎爾言也謂爾不信箋云慎誠也女誠心而後言王將謂女不信而不受欲其誠者惡其不誠也○惡烏路反 ○捷捷幡幡謀欲譖言捷捷猶緝緝也幡幡猶翩翩也○捷如字又音妾幡芳煩反 豈不爾受既其女遷遷去也箋云遷之言訕也王倉卒豈將不受女言乎已則亦將復訕誹女○訕所諫反又所姦反卒寸忽反誹芳味反 ○驕人好好勞人草草好好喜也草草勞心也箋云好好者喜讒言之人也草草者憂將妄得罪也 蒼天蒼天視彼驕人矜此勞人 ○彼譖人者誰適與謀取彼譖人投畀豺虎投棄也○畀必二反下同豺士皆反字或作犲 豺虎不食投畀有北北方寒涼而不毛 有北不受投畀有昊昊昊天也箋云付與昊天制其罪也 ○楊園之道猗于畝丘楊園園名猗加也畝丘丘名箋云欲之楊園之道當先歷畝丘以言此讒人欲譖大臣故從近小者始○猗於綺反徐於宜反 寺人孟子作為此詩

必始於卑人也。○孔氏曰：寺人字孟子。○劉氏曰：讒人罔極，不獨譖己而已，必將上及大臣骨肉，但先自己始也，故曰凡百君子敬而聽之。

凡百君子，敬而聽之。寺人而曰孟子者，罪已定矣，而將踐刑，作此詩也。箋云：寺人，王之正，內五人。作祀也，孟子起而爲此詩，欲使衆在位者愼而知之。既言寺人，復自著孟子者，自傷將去此官也。○作爲此詩，一本云作爲作詩。【重言】凡百君子三本詩一　雨無正二

巷伯七章，四章章四句，一章五句，一章八句，一章六句。

節南山之什十篇七十九章五百五十二句

纂圖互註毛詩卷第十二

孔氏曰谷風生長之風。取其朋友相長益也。雨得風乃行則潤澤亦由風故易曰潤之以風雨。○丘氏曰在危難恐懼則相親愛曰維予與汝謂與己厚也。○孔氏曰纔得且安且樂汝便轉更棄我。

孔氏曰孫炎曰迴風從上下曰頹迴風從下上曰猋

朱氏曰習習谷風維山崔嵬言其所被者

纂圖互註毛詩卷第十三

谷風之什詁訓傳第二十　毛詩小雅　鄭氏箋

谷風刺幽王也天下俗薄朋友道絶焉【重言】谷風二篇此一篇朋友道絶邶風夫婦失道。○習習谷風維風及雨興也風雨相感朋友相須箋云習習和調之皃東風謂之谷風興者風而有雨則潤澤行喻朋友同志則恩愛成。○谷音穀【重言】習習谷風四本詩二邶風一將恐將懼維予與女箋云將且也恐懼喻遭厄難勤苦之事也當此之時獨我與女爾謂同其憂務。○恐丘勇反又注下同女音汝下同厄本又作阨於革反難乃旦反將安將樂女轉棄予言朋友趨利窮達相棄箋云朋友無大故則不相遺棄今女以志達而安樂棄恩忘舊薄之甚。○樂音洛注下皆同。○習習谷風維風及頹頹風之焚輪者也風薄相扶而上喻朋友相須而成。○頹徒雷反上時掌反將恐將懼寘予于懷箋云寘置也置我於懷言至親己也。○寘之豉反將安將樂棄予如遺箋云如遺者如人行道遺忘物忽然不省存也。○習習谷風維山崔嵬無草不死無木不萎崔嵬山巔也雖

廣然猶無不死之草無不萎之木況於朋友豈可以忘大德而思小怨乎

歐陽氏曰周人苦於勞役不得養其父母者見彼蓼蓼然長大者非義即蒿。東萊曰義蒿不能報天地之生育猶人子不能報父母之劬勞也孟郊詩云誰言寸草心報得三春暉王氏曰缾譬則民也罍譬則君也缾之罄則罍之恥民之窮則君之羞。呂氏曰鮮猶窮獨之義言窮獨而從役其生不如死也

盛夏萬物茂壯萬物無有不死葉萎枝者箋云此言東風生長之風也山巔之上草木猶及之然而盛夏養万物之時草木枝葉猶有萎槁者以喻朋友雖以恩相養亦安能不時有小訟乎。崔徂回反嵬五回反又作峞萎於危反長張丈反下同槁苦老反忘我大德思我小怨箋云大德切瑳以道相成之謂也。瑳七河反

谷風三章章六句

蓼莪刺幽王也民人勞苦孝子不得終養爾不得終養者二親病亡之時時在役所不得見也。蓼莪上音六下五河反養餘亮反注除鞠養也穀養也二字餘並同【重意】其孝子不得終養亦陟岵孝子思念父母也鴇羽不得養其父母北山不得養其父母。蓼蓼者莪匪莪伊蒿興也蓼長大皃箋云我已蓼蓼長大皃視之以為非莪反謂之蒿興者喻憂思雖在役中心不精識其事。蒿呼毛反長張丈反下皆同思息嗣反哀哀父母生我劬勞箋云哀哀者恨不得終養父母報其生長己之苦。蓼蓼者莪匪莪伊蔚蔚牡菣也。蔚音尉菣去刃反哀哀父母生我勞瘁箋云瘁病也。瘁似醉反。缾之罄矣維罍之恥缾小而罍大罄盡也箋云缾小而盡罍大而盈言為罍恥者刺王不使富分貧眾恤寡。缾蒲丁反罄苦定反罍音雷鮮民之生不如死之乆矣鮮寡也箋

小雅　谷風　十三巳二

孔氏曰無父何所依怙無母何所倚恃。劉氏曰出則銜無窮之恤。曹氏曰入則靡至無所歸投也

孔氏曰拊循也。朱氏曰畜亦養也。孟氏曰顧旋視復反覆不能暫捨也。孔氏曰腹謂置之懷抱也

歐陽氏曰南山烈烈望之可畏也。飄風發發暴急而中人也。王氏曰民莫不穀我獨何害傷己獨不得終養也。南山之勢律律蓋崒嵂之謂也

一云此言供養日寡矣而我尚不得終養恨之言也。鮮息淺反供九用反**無父何怙無母何恃出則銜恤入則靡至**箋云恤憂靡無也孝子之心怙恃父母依依然以為不可斯須無也出門則思之而憂旋入門又不見如入無所至。怙音户韓詩云怙賴也恃恃負也。○**父兮生我母兮鞠我拊我畜我長我育我顧我復我出入腹我**鞠養腹厚也箋云父兮生我者本其氣也畜起也育覆育也顧旋視也復反覆也腹懷抱也。拊音撫畜喜郁反復音福覆芳福反**欲報之德昊天罔極**箋云之猶是也我欲報父母是德昊天乎我心無極。○**南山烈烈飄風發發**烈烈然至難也發發疾貌箋云民人自苦見役視南山則烈烈然飄風發發然寒且疾也。○飄避遙反後篇同本又作飃重言南山烈烈飄風發發四月詩冬日烈烈飄風發發**民莫不穀我獨何害**箋云穀養也言民皆得養其父母我獨何故覩此寒苦之害重言民莫不穀四本詩一小弁一四月。○**南山律律飄風弗弗**律律猶烈烈也弗弗猶發發也**民莫不穀我獨不卒**箋云卒終也我獨不得終養父母重自哀傷也。○卒子恤反重直用反

蓼莪六章四章章四句二章章八句

蘇氏曰：思先王之世，諸侯富足，其簋之飧饛然，其鼎之匕捄然。○李氏曰：在位之君子則履而行之，在下之小人則瞻而視之。

蘇氏曰：自周視諸侯皆東也。○孔氏曰：杼持緯者也。○董氏曰：柚卷經者。糾糾，疏貌。○朱氏曰：佻，輕薄不耐勞苦之貌。○呂氏曰：行即道也，周行，周之道路。○王氏曰：公子不宜服役，今公子行彼周之道路，則餘人可知矣。

大東，刺亂也。東國困於役而傷於財，譚大夫作是詩以告病焉。譚國在東，故其大夫尤苦征役之事也。魯莊公十年，齊師滅譚。○譚，徒南反，國名。音刺亂也以餘附此詩

○有饛簋飧，有捄棘匕。興也。饛，滿簋兒。飧，熟食，謂黍稷也。捄，長兒。匕所以載鼎實。棘，赤心也。箋云：飧者，客始至主人所致之禮也。凡飧饔饔以其爵等為之牢禮之數陳。興者，喻古者天子施予之恩於天下厚。○饛音蒙。簋音軌。飧音孫。捄音虯，又其牛反，下章同。匕，必履反。饔，於恭反。施，始豉反。

周道如砥，其直如矢。如砥，貢賦平均也。如矢，賞罰不偏也。○砥，之履反。

君子所履，小人所視。箋云：此言古者天子之恩厚也。君子皆法效而履行之，其如砥矢之平，小人又皆視之，共之无怨。○共音恭，本又作恭。

睠言顧之，潸焉出涕。睠，反顧也。潸，涕下兒。箋云：言，我也。此二事者在乎前世，過而去矣。我從今顧視之，為之出涕，傷今不如古。○睠音眷，本又作眷。潸，所姦反，說文作潸，云涕流兒，山晏反。出如字，徐尺遂反。涕音體。為，于偽反。

○小東大東，杼柚其空。空，盡也。箋云：小也，大也，謂賦斂之多少也。小亦於東，大亦於東，言其政偏失砥矢之道也。譚無他貨，維絲麻爾，今盡杼柚不作也。○杼，直呂反，說文云盛緯器。柚音逐，本又作軸。斂，力豔反，又後同。

糾糾葛屨，可以履霜。佻佻公子，行彼周行。佻佻，獨行兒。公子，譚公子也。箋云：葛屨，夏屨也。周行，周之列位也。言時財貨盡，雖公子衣屨不能備

朱氏曰奔走往來不勝其勞使我心憂而病也

朱氏曰載載以歸也。歐陽氏曰此告病之辭也。蘇氏曰薪已艾矣而復浸之則腐民已勞矣而復役事之則病故已艾則庶其載而畜之已勞則庶其息而安之

朱氏曰東人諸侯之子也。孔氏曰來勤釋詁文以衣被勞來為不見勤故采薇序曰杕杜以勤歸即是勞來也

歐陽氏曰周人方事侈富潔其衣服以相誇至

時乃見之葛屨今以履霜送轉餫因見使行周之列位甚而發憂焉言雖困之猶不得止。糾居黝反屨九具反佻徒彫反又徒了反洮又徒高反韓詩作嬥嬥往來皃也六句挑本或作窕非也行户郎反注周行下載芻之行并注同餫音運【重言】糾糾葛屨可以履霜重見葛屨。行彼周行卷耳寘彼周行既往既來使我心疚箋云既盡也疚病也言譖人自虛竭餫送而往周人則空盡受之曾无反幣復禮之惠是使我心傷病也。疚音救○有冽氿泉無浸穫薪契契寤歎哀我憚人冽寒意也側出曰氿泉穫艾也契契憂苦也憚勞也箋云穫落木名也既伐而析之以為薪不欲使氿泉浸之浸之則將濕腐不中用也今謂大夫契契憂苦而寤歎哀其民人之勞苦者亦不欲使周之賦斂小東大東極盡之則將困病亦猶是也。冽音列氿音軌字又作晷浸子鴆反漬也字又作浸穫户郭反毛刈也鄭落木名也字則宜作木傍契苦計反徐苦結反憚丁佐反徐又音但下同字亦作癉傷音軸朽也薪是穫薪尚可載也哀我憚人亦可息也載載乎意也箋云此薪是穫薪者析是穫薪也尚庶幾也庶幾析是穫薪可載而歸蓄之以為家用哀我勞人亦可休息養之以待國事。蓄勑六反○東人之子職勞不來西人之子粲粲衣服東人譚人也來勤也西人京師人也粲粲鮮盛皃箋云職主也東人勞苦而不見謂勤京師人衣服鮮絜而逸豫言王政偏甚也自此章以下言周道衰其不言政偏則言衆官廢職如是而已。來音賚注同

於操舟之賤亦不能羆
之裘而私家之人皆備
百官而祿食
孔氏曰楊泉物理論云
漢水之精也氣發而升
精華浮上宛轉隨流
名曰天河一曰雲漢孫
毓云織女三星跂然如隅
然則三星鼎足而成三
角望之跂然　肆謂
止舍處天有十二次日月
星辰所止舍也在天為次
在地為辰星之行晝夜
雖各六辰數者舉其終
始故七即自卯至酉也
朱氏曰東人或饋之以酒西
人曾不以為漿東人或與
之以鞙然之佩西人曾
不以為長維天之有漢
則庶乎其有以監我而
織女之七襄則庶乎其
能成文章以報我矣無
所[redacted]赴愬而言惟天庶
乎其恤我爾。呂氏曰
服箱猶言駕車也。

舟人之子，熊羆是裘。舟人舟楫之人熊羆是裘言富也箋云舟當作周裘當作求聲相近故也周人之子謂周世臣之子孫退在賤官使搏熊羆在冥氏穴氏之職。○羆彼皮反搏音博字又作捕近附近之近下同搏音博冥莫歷反

私人之子，百僚是試。私人私家人也是試用於百官也箋云此言周衰羣小得志。○僚力彫反字又作寮同。

或以其酒，不以其漿。或醉於酒或不得漿

鞙鞙佩璲，不以其長。鞙鞙玉皃璲瑞也箋云佩璲者以瑞玉為佩佩之鞙鞙然居其官職非其才之所長也徒美其佩而無其德刺其素餐。○鞙胡犬反字或作琄璲音遂

維天有漢，監亦有光。漢天河也有光而無所明箋云監視也喻王闓置官司而無督察之實。○監古暫反闓音開字亦作開

跂彼織女，終日七襄。跂隅皃襄反也箋云襄駕也駕謂更其肆也從旦至莫七辰辰一移因謂之七襄。○跂說文作跂丘豉反又丘婢反襄音庚歷也

雖則七襄，不成報章。不能反報成章也箋云織女有織名爾駕則有西無東不如人織相反報成文章

睆彼牽牛，不以服箱。睆明星皃河鼓謂之牽牛服牝服也箱大車之箱也箋云以用也牽牛不可用於牝服之箱。○睆華板反箱息羊反河鼓何可反又音何星名牝頻忍反

東有啓明，西有長庚。日旦出謂明星為啓明日既入謂明星為長庚庚續也箋云啓明長庚皆有助日之名而無實光也

有捄天畢，載施之行。捄畢

小雅　大東　十二之三

歐陽氏曰天雖有織女不能為我織而成章雖有牽牛不能為我駕車而輸物雖有啓明長庚不能助日為晝俾我營作雖有天畢不能為我掩捕鳥獸

歐陽氏曰雖有箕不能為我簸揚糠粃雖有斗不能為我挹酌酒漿箕斗非徒不可用而已箕引其舌反若有所噬斗西其柄反若有所挹取於東也

李氏曰乃夏之四月六月也

朱氏曰四月維夏則六月徂暑矣先祖豈非人乎而何寧忍使我遭此禍也無所歸咎之辭也○丘氏曰離離散也○杜氏左傳注曰禍亂於何所歸乎數之○家語作奚其適歸

朱氏曰穀善也民莫不善而我獨何以遭此害乎夏則

也畢所以掩兔也何嘗見其可用乎箋云祭器有畢者所以助載鼎實今天畢則施於而列而已○維南有箕不可以簸揚維北有斗不可以挹酒漿挹𨣛也○簸波我[illegible]反徐又府佐反斗都口反沈作主挹音揖𨣛矩于反廣雅云斟也本又作斞維南有箕載翕其舌維北有斗西柄之揭翕合也箋云翕猶引也引舌者謂上星相近○翕許急反柄彼病反揭居竭反徐起謁反

大東七章章八句

四月大夫刺幽王也在位貪殘下國構禍怨亂並興焉

○四月維夏六月徂暑徂往也六月火星中暑盛而往矣箋云徂猶始也四月立夏矣至六月乃始盛暑興人為惡亦有漸非一朝一夕○構古候反先祖匪人胡寧忍予箋云匪非也寧猶曾也我先祖非人乎人則當知患難何為曾使我當此難世乎○難乃旦反○秋日淒淒百卉具腓淒淒涼風也卉草也腓病也箋云具猶皆也涼風用事而衆草皆病興貪殘之政行而万民困病○淒本亦作悽七西反卉許貴反腓房非反韓詩云變也亂離瘼矣爰其適歸離憂瘼病適之也箋云爰曰也今政亂國將有憂病者矣自此禍其所之歸乎言憂病之禍必自之歸為亂○瘼音莫○冬日烈烈飄風發發箋云烈烈

暑秋則腓冬則烈
禍乱日進無時而
息也
六書曰卉草木叢
生也。李氏曰言山
有嘉卉是栗是
梅也今廢為殘賊
曾莫知其罪民猶
嘉卉也今君忍而殘
虐之曾莫知其所以
得罪之由也。李氏
曰我視彼泉水則
有清時則有濁時
不一於濁也幽王之
時皆濁無有或清
之時。朱氏曰我
乃日日構害則害
云能善乎。蘇氏
曰王者知江漢之紀
衆水使天下有所
宗而人有所賴
朱氏曰有識有也
今也盡瘁以仕而王
何其不我有哉

猶栗烈也發發疾貌言王為酷虐慘毒之政如冬日之烈烈矣其亟急行於天下如飄風之疾也。亟紀力反[音]冬日烈烈飄風發發音撥蓼莪。

民莫不穀我獨何害 箋云穀養也民莫不得養其父母者我獨何故睹此寒苦之害。養其餘亮反[音]民莫不穀四本詩一小弁蓼莪二

○山有嘉卉侯栗侯梅 箋云嘉善侯維也山有美善之草生於梅栗之下人取其實蹂踐而害之令不得蕃茂喻上多賦斂富人財不而弱民與受困窮。蹂如久反廣雅云腹也令力呈反蕃音煩斂音殮

廢為殘賊莫知其尤 廢伏也箋云尤過也言在位者貪殘為民之害無自知其行之過者言忍於惡。廢如字一音發伏時世反下同一本作殘大也賊是子栗義行下孟反下之行同

○相彼泉水載清載濁 箋云相視也我視彼泉水之流一則清一則濁刺諸侯並為惡曾不一善。相息亮反注同

我日構禍曷云能穀 構成曷逮也箋云構猶合集也曷之言何也穀善也言諸侯日作禍乱之行何者可謂能善。曷舊何葛反一云毛安葛反

○滔滔江漢南國之紀 滔滔大水貌其神足以綱紀四方箋云江也漢也南國之大水紀理衆川使不雝滯喻吳楚之君能長理旁側小國使得其所。滔吐刀反長張丈反

盡瘁以仕寧莫我有 箋云瘁病仕事也今王盡病其封畿之內以兵役之事使羣臣有上也曾无自保有者皆懼於危亡也吳楚舊名貪殘今周之政乃反不如。瘁本又作萃似醉反下篇同

○匪鶉匪鳶

劉氏曰言怨亂並興憂之辭也曾不為鶉鳶乎翰飛戾天曾不為鱣鮪乎潛逃于淵言非此四者則皆罹其患矣

蘇氏曰此詩以告其哀憐天下之志非以為其身也

李氏曰杞枸也左氏昭十年有圃生之杞杜元凱注云世所謂枸杞者

朱氏曰大夫行役陟彼北山采杞而食也

朱氏曰以王事而貽親憂也

翰飛戾天匪鱣匪鮪潛逃于淵鶉鵰也鵰鳶貪殘之鳥也大魚能逃處淵箋云翰高戾至鱣鮪大魚也言鵰鳶之鳥飛鱣鮪之處淵皆自然也非鵰鳶能高飛非鱣鮪能處淵皆驚駭辟害爾喻民性安土重遷今亦逃走亦畏亂政故○鶉徒丸反字或作鶉鳶以專反鴟也鱣張連反鮪于軌反鵰音彫【重言】翰飛戾天重見小宛詩○山有蕨薇隰有杞桋杞枸檵也桋赤楝也箋云此言草木尚各得其所人反不得其所傷之也○蕨居月反桋本亦作荑音夷枸音苟檵音計楝所革反郭霜狄反君子作歌維以告哀箋云告哀言勞病而愬之

四月八章章四句

北山大夫刺幽王也役使不均己勞於從事而不得養其父母焉○使如字又色吏反下注喻己同養餘亮反【重言】大夫刺幽王也十四見刺正月詩○不得養其父母重見蓼莪○陟彼北山言采其杞箋云言我也登山而采杞非可食之物喻己行役不得其事○杞音起○偕偕士子朝夕從事偕偕強壯貌士子有王事者也箋云朝夕從事言不得休止○偕音皆徐音諧說文云強也●王事靡盬憂我父母箋云靡無也盬不堅固也王事無不堅固故我當盡力勤勞於役久不得歸父母思己而憂○盬音古【重言】王事靡盬十二見今詩一餘附鴇篇鴇羽詩○溥天之下莫

朱氏曰言土之廣臣之衆而王不均平使我從事獨勞也不斥王而曰大夫詩人之忠厚如此

朱氏曰旅與膂同

李氏曰蓋王之意以我之力方且剛強可以經營四方而使之

李氏曰自此以下皆言役使不均

東萊曰或不知叫號謂深居安逸雖外之叫呼亦不知也

李氏曰有棲遲於家而偃仰者

非王土。率土之濱，莫非王臣。傳：率，循；濱，涯也。箋云：此言王之土地廣矣，王之臣又衆矣，何求而不得，何使而不行。○溥，音普。濱，音賓，涯，魚佳反，字又作崖。互註 左昭七年：天子經畧，諸侯正封，古之制也。封畧之內，何非君土；食土之毛，誰非君臣。故詩曰：溥天之下，莫非王土；率土之濱，莫非王臣。大夫不均，我從事獨賢。傳：賢，勞也。箋云：王不均大夫之使，而專以我有賢才之故，獨使我從事於役，自苦之辭。○四牡彭彭，王事傍傍。彭彭然不得息，傍傍然不得已。○傍，布彭反。得已，音以。重言 四牡彭彭，見烝民詩。嘉我未老，鮮我方將。將，壯也。箋云：嘉、鮮，皆善也。王善我年未老乎，善我方壯乎，何獨久使我也。○鮮，息淺反，沈云：鄭音仙。旅力方剛，經營四方。旅，衆也。箋云：王謂此事衆之氣力方盛乎，何乃勞苦使之經營四方。重言 經營四方，三見本詩、何草不黃、江漢詩各一。○或燕燕居息，或盡瘁事國。燕燕，安息貌。盡力勞病以從國事。或息偃在牀，或不已于行。箋云：不已，猶不止也。○或不知叫號，或慘慘劬勞。叫呼號召也。○叫，本又作嘂，古弔反。號，戶報反，協韻戶刀反。慘，七感反，字又作懆。○或棲遲偃仰，或王事鞅掌。鞅掌，失容也。箋云：鞅，猶何也；掌，謂捧持之也。負何捧持以趨走，言促遽也。○棲，音西。仰，本又作卬。鞅，於兩反。何，戶可反，又音河。捧，芳勇反。或湛樂飲酒，或慘慘畏咎。箋云

咎猶罪過也。○湛都南反樂音洛咎其九反或出入風議或靡事不爲箋云[illegible]猶放[illegible]

○風音諷議如字協句音宜

北山六章三章章四句三章章六句

無將大車大夫悔將小人也周大夫悔將小人幽王之時小人衆多賢者與之從事反見譖害自悔與小人並○無將大車祇自塵兮大車小人之所將也箋云將猶扶進也祇適也鄙事者賤者之所爲也君子爲之不堪其勞以喻大夫而進舉小人適自作憂累故悔之○祇音支累劣僞反協韻未同本或作宂無思百憂祇自疷兮疷病也箋云百憂者衆小事之憂也進舉小人使得居位不任其職愆負及己故以衆小事爲憂適自病也○疷都禮反任音壬愆起虔反○無將大車維塵冥冥箋云冥冥者蔽人目明令無所見也猶進舉小人蔽傷己之功德也○冥莫庭反又莫迥反令力呈反無思百憂不出于熲熲光也箋云思衆小事以爲憂使人蔽闇不得出於光明之道○熲古迥反沈又古頃反○無將大車維塵雝兮箋云雝猶蔽也○雝於勇反字又作壅又於用反無思百憂祇自重兮箋云重猶累也○重直龍反又直用反

孔氏曰大車平地載任之車其車駕牛祇適也。蘇氏曰將大車則塵汙之思百憂則病及之。李氏曰猶小人不可與之共事與之共事難及其身不可逃也

朱氏曰熲與耿同小明也在憂中耿耿然不能出也

無將大車三章章四句

小明大夫悔仕於亂世也名篇曰小明者言幽王日小其明損其政事以至於亂○明明上天照臨下土箋云明明上天喻王者當光明如日之中也照臨下土喻王者當察理天下之事據時幽王不能然故舉以刺之○重言照臨下土重見日月我征徂西至于艽野二月初吉載離寒暑艽野遠荒之地初吉朔日也箋云征行徂往也我行往之西方至於遠荒之地乃以二月朔日始行至今則更夏巳暑者冬寒矣尚未得歸詩人牧伯之大夫使述其方之事曹遭亂世勞苦而悔仕○艽音求更音庚心之憂矣其毒大苦箋云憂之甚心中如有藥毒也○大音泰重言心之憂矣二十四本詩二餘附此冊念彼共人涕零如雨箋云共人靖共爾位以待賢者之君子○共音恭注下皆同豈不懷歸畏此罪罟罟網也箋云懷思也我誠思歸畏此刑罪羅網我故不敢歸[illegible]罟音古重言豈不懷歸七本詩二四牡二出車一○昔我往矣日月方除曷云其還歲聿云莫除除陳生新也箋云四月爲除昔我往至於艽野以四月自謂其時將即歸何言其還乃至歲晚尚不得歸○除直慮反如字若依爾雅則宜餘[illegible]二[illegible]莫音暮注及下同○重言昔我往矣四本詩二采薇一念我獨兮我事孔庶心之憂矣憚我不

蘇氏曰艽地名也。朱氏曰二月建卯也孔氏曰離歷也。朱氏曰此大夫以二月西征至于歲暮而未得歸故呼天而訴之其毒太苦謂憂之甚。立氏曰共人謂温恭之人隱居不仕者也念彼不仕之友閑居自樂欲似之而不得故涕零如雨也。王氏曰世乱矣欲去而畏離罪也

朱氏曰昔以是時往至今未知何時可還而歲巳莫矣蓋身獨而事衆是以勤勞而不暇也

孔氏曰悔仕於乱故
念彼共人睠睠然
情懷反顧恨不
隱而遺此勞也我誠
思歸畏此譴怒而
不敢歸耳
朱氏曰今未知還期
而政事益以促急是以
至此歲莫采蕭穫
菽之時而不得歸
也。蘇氏曰念彼共
人興言出宿不安寢
也。朱氏曰畏此反覆
王政險側不可知也
王氏曰靖靜也。朱
氏曰以猶與也。歐陽
氏曰嗟爾君子無恒
安處乃是大夫自相
勞苦之辭云無苟偷
安但靖共爾位之職
惟正直是與則神將
佑爾以福也
東萊曰上三章皆悔
仕乱世欲安處休息

暇。憚勞也。箋云：孔，甚；庶，眾也。我事獨甚眾，勞我不暇，皆言王政不
均，臣事不同也。○憚，丁佐反，徐又音但，亦作癉，同。重言念我獨
兮二本詩正月各一念彼共人，睠睠懷顧。箋云：睠睠，有往仕之志也。○睠音眷豈不懷
歸？畏此譴怒。○昔我往矣，日月方奧。奧，煖也。○譴，棄戰反。煖，乃路反。奧，於六反。
煖音暄，又奴緩反。曷云其還？政事愈蹙。歲聿云莫，采蕭穫菽。蹙，促也。箋
云：愈，猶益也。何言其還，乃至於政事更益促急，歲晚乃至于采蕭穫菽，尚不得歸。○蹙，子六反。穫，户郭反。菽音叔。心之憂
矣，自詒伊戚。戚，憂也。箋云：詒，遺也。我冒亂世而仕，自遺此憂。悔仕之辭。○遺，唯季反，下同。冒，莫報反，又亡北反。
念彼共人，興言出宿。箋云：興，起也。夜臥起宿於外，憂不能宿於內也。豈不懷歸？畏
此反覆。箋云：反覆，謂不以正罪見罪。○覆，芳福反，注同。○嗟爾君子，無恒安處。箋云：
恒，常也。嗟女君子，謂其友未仕者也。人之居無常安之處，謂當安安而能遷。孔子曰：鳥則擇木。○處，昌慮反。靖共爾
位，正直是與。神之聽之，式穀以女。靖，謀也。正直爲正，能正人之曲曰直。箋云：共，具。
式，用；穀，善也。有明君謀具女之爵位，其志在於與正直之人爲治。神明若祐而聽之，其用善人則必用女，是使聽天任命，不汲汲求
仕之辭。言女位者，位無常主，賢人則是。○治，直吏反。祐音又。本或作右，又作佑，並同。重言神之聽之二本詩伐木一

互註

詩十三　七

三六一

而不可得全是知不
可去矣則與其同列
自相勞苦曰嗟爾君
子無恒欲安處也

孔氏曰鼓擊也
王氏曰幽王鼓鍾淮
水之上爲流連之樂
久而忘反故人憂傷
淑人君子懷允不忘
者傷今而思古也

王氏曰湝湝則既不
溢矣

孔氏曰水中可居曰洲
蘇氏曰言水落而洲
見也

記表記子曰事君不下達不尚辭非其人弗自
雅曰靖共爾位正直是與神之聽之式穀以女◎嗟爾君子無
恒安息息猶處也靖共爾位好是正直神之聽之介爾景福
介景皆大也箋云好猶與也介助也神明聽之則將助女以大福
謂遭是明君道施行也○好呼報反注同介者界重言介介景福
重見既
醉詩

小明五章三章章十二句二章章六句

鼓鍾刺幽王也重言刺幽王也
十八並附小弁○鼓鍾將將淮水湯湯憂
心且傷幽王用樂不與德比會諸侯于淮上鼓其淫樂以示諸侯
賢者爲之憂傷箋云爲之憂傷者嘉樂不野合犧象不出
門今乃於淮水之上作先王之樂失禮尤甚○將七羊反聲也注
同湯音傷流盛也下注同比毗志反爲于僞反下同犧素何反
皆講名王音義重言淮水湯湯
入雅江漢湯湯氓淇水湯湯淑人君子懷允不忘箋云淑
善懷至
也古者至人君子其用禮樂各得其宜至信
不可忘重言淑人君子七本篇三鳲鳩四○鼓鍾喈喈淮水
湝湝憂心且悲喈喈猶將將湝湝猶湯湯悲
猶傷也又皆音皆湝戶皆反淑人君子其德
不回回邪也○邪似嗟反重
言其德不回重見閟宮○鼓鍾伐鼛淮有三洲憂心且

王氏曰作樂當淮水之盖至淮水之降以言其久也其流連亦甚矣。○孔氏曰憂結於心為之變動容貌念古之善人君子其德不若幽王也

孔氏曰欽欽亦鐘聲也。○蘇氏曰雅二雅南二南。○朱氏曰僭亂也。○蘇氏曰言幽王之不德豈其樂非古歟樂則是而人則非也

呂氏曰楚茨極言祭祀所以事神受福之節致詳致備。○蘇氏曰凡詳言之者皆思而不得見之辭也

朱氏曰抽謂其條抽拔

孔氏曰介大也。○王氏曰今棘茨之所生乃自

妯。鼛大鼓也三洲淮上地妯動也箋云妯之言悼也○鼛古毛反長丈二尺妯敕留反徐又直留反鄭音具爾雅盧叔反又音迪

淑人君子，其德不猶。猶若也箋云猶當作瘉瘉病也○猶如字鄭改作瘉羊主反

○鼓鍾欽欽，鼓瑟鼓琴，笙磬同音。欽欽言使人樂進也笙磬東方之樂也同音四縣皆同也箋云同音者謂堂上堂下八音克諧○樂音岳縣音玄

以雅以南，以籥不僭。為雅為南也舞四夷之樂大德廣所及也東夷之樂曰昧南夷之樂曰南西夷之樂曰朱離北夷之樂曰禁以為籥舞若是為和而不僭矣箋云雅萬舞也萬也南也籥也三舞不僭言進退之旅也周樂尚武故謂萬舞為雅雅正也籥舞文樂也○籥以灼反樂器僭七心反說文子念反又楚林反韎本字又作昧音妹又莫戒反禁居蔭反

鼓鍾四章章五句

楚茨，刺幽王也。詩刺幽王也十八竝附小介

政煩賦重，田萊多荒，饑饉降喪，民卒流亡，祭祀不饗，故君子思古焉。田萊多荒茨棘不除也饑饉倉庾不盈也降喪神不與福助也○茨徐咨反萊音來田廢生草曰萊重音故君子思古焉重見信南山序又甫田君子傷今而思古焉

○楚楚者茨，言抽其棘。自昔何為，我蓺黍稷。楚楚茨棘貌抽

昔我蓺黍稷之地
孔氏曰我所種之黍稷蕃茂盛大皆得成就。王氏曰及其收也則我倉既盈無所藏之則露積為庾其數至億其成既如此然後可以致力於鬼神於是以為酒食以享以祀以妥以侑以介景福
劉氏曰絜若在滌而絜之也。蘇氏曰肆陳其骨体於俎也
朱氏曰明猶備也著也。孔氏曰古之明王其助祭之臣其儀濟濟然蹌蹌然乃絜所祀之牛羊為烝嘗之祭既絜此牲其治之亦各有職或解剝之者或亨煮之者或陳之者或奉持而進之者

除也箋云茨疾藜也伐除疾藜與棘自古之人何乃勤苦為此事乎我將樹黍稷焉言古者先王之政以農為本言楚楚者茨言抽其棘也○抽勑留反除直留反蓺魚世反蒺音疾藜音梨一音利**我黍與與我稷翼翼我倉既盈我庾維億**露積曰庾萬萬曰億箋云黍與與稷翼翼蕃廡貌陰陽和風雨時則萬物成萬物成則倉庾充滿矣倉言盈庾言億亦互辭喻多也十萬曰億○與音餘積如字又子賜反蕃音煩廡音無又音武**以為酒食以享以祀以妥以侑以介景福**妥安坐也侑勸也箋云享獻介助景大也以黍稷為酒食獻之以祀先祖既又迎尸使處神坐而食之為其嫌不飽祝以主人之辭勸之所以助孝子受大福也○妥湯果反侑音又坐才臥反為其于偽反【重言】以享以祀以介景福申見天保○**濟濟蹌蹌絜爾牛羊以往烝嘗或剝或亨或肆或將**濟濟蹌蹌言有容也亨飪之也肆陳將齊也或陳于牙或齊于肉箋云有容言威儀敬慎也冬祭曰烝秋祭曰嘗祭祀之禮各有其事有解剝其皮者有煑熟之者有肆其骨體於俎者或奉持而進之者○濟子禮反大夫之容也蹌七羊反士之容也亨普庚反注同肆音四飪本又作腍而甚反齊才細反下或齊同解剝上佳買反下邦角反有肆他歷反又解肆也奉芳勇反又如字【重言】濟濟蹌蹌公劉蹌蹌濟濟**祝祭于祊祀事孔明**祊門內也箋云孔甚也明猶備也絜也孝子不知神之所在故使祝博求之平生門內之旁待賓客之處祀禮於是甚明○祊補彭反說

王氏曰夫然故先祖是皇神保是饗而孝孫有慶矣。丘氏曰爲俎孔碩謂載牲体於俎甚大也東萊曰孔碩謂薦孰也或燔或炙謂從獻也鄭氏以爲一事誤矣燔肉與肝炙豈得謂之孔碩乎。孔氏曰九嬪贊后薦徹豆籩是后主供籩豆由后能清静篤敬故能爲豆甚多。朱氏曰爲賓爲客言既以此豆獻尸又與賓客相獻酬也獲得其宜也。孔氏曰執爨有俯仰之容君婦有清静之德俎豆肥美獻酬得法以事鬼神鬼神安之報以多福

說文曰暵乾皃。董氏曰式用也。李氏曰

文作鬃云門内祭先祖所彷徨也彷皇慮反

先祖是皇神保是饗皇大保安也箋云皇暀也先祖以孝子祀禮甚明之故精氣歸暀之其鬼神又安而享其祭祀○暀于况反下篇同【重言】祀事孔明先祖是皇重見信南山

孝孫有慶報以介福萬壽無疆箋云慶賜也疆竟界也○竟音境【重言】孝孫有慶重見閟宫。報爾介福萬壽無疆重見信南山

執爨踖踖為俎孔碩或燔或炙爨饔爨廩爨也踖踖言爨竈有容也燔取膟膋炙炙肉也箋云燔燔肉也炙肝炙也皆從獻之俎也其為之於爨必取肉也肝也肥碩美者。爨七亂反竈沈唯言爨竈一字七端反餘並同踖七夕反又七略反燔音煩廩力甚反膟音律膋音遼脂膏用炙之夜反

君婦莫莫為豆孔庶為賓為客莫莫言清静而敬至也豆謂肉羞庶羞也繹而賓尸及賓客箋云君婦謂后也凡適妻稱君婦事舅姑之稱也庶侈也祭祀之禮后夫人主共籩豆必取肉物肥腯美者也。莫音慕內羞如字又內羞房中之羞本或作肉羞非也適音的稱尺證反腯字又作侈昌紙反何沈都可反共亦作供音恭

獻醻交錯禮儀卒度笑語卒獲東西為交邪行為錯度法度也獲得時也箋云始主人酌賓為獻賓既酌主人主人又自飲酌賓曰醻至旅而爵交錯以徧卒盡也古者於旅也語。醻市由反又作酬度如字沈徒洛反邪似嗟反徧音遍下同

神保是格報以介福萬壽攸酢格來酢報也。我孔熯矣式禮莫愆

善於為祝者。朱氏曰卜猶期也。孔氏曰王肅云齊整也匡誠正也。陳氏曰極中也中者五福之所聚。蘇氏曰禮行既久筋力竭矣而式禮莫愆敬之至也於是祭將畢祝致神意以嘏主人曰爾飲食芬潔故報爾以福祿使其來如期其多如法。李氏曰奉其祭祀整齊急疾誠正慎固故錫爾中之福至於時萬時億之多也。朱氏曰鬼神無形言其醉而歸者誠敬之至如見之也皇尸者尊稱之也。孔氏曰鳴鼓鍾以送尸謂奏肆夏也

工祝致告徂賚孝孫熯敬也善其事曰工賚予也箋云我我孝孫也式法莫無愆過徂往也孝孫甚敬矣於禮法无過者祝以此故致神意告主人使受嘏既而以嘏之物往予主人○熯而善反又呼但反賚如字徐音來嘏古假反苾芬孝祀神嗜飲食卜爾百福如幾如式幾期式法也箋云卜予也苾苾芬芬有馨香矣女之以孝敬享祀也神乃歆嗜女之飲食今予女之百福其來如有期矣多少如有法矣此皆嘏辭之意○苾蒲蔑反一音蒲必反下篇同芬孚云反嗜市志反徐一云又巨之反下章同幾音機予羊汝反下同歆喜今反女音汝下同既齊既稷既匡既勑永錫爾極時萬時億稷疾勑固也箋云齊減取也稷之言即也永長極中也嘏之禮祝徧取黍稷牢肉魚擩于醢以授尸孝孫前就尸受之天子使宰夫受之以筐祝則釋嘏辭以嘏之又曰長賜女以中和之福是乃臣億言多无數○齊毛如字整齊也鄭音資一音才細反減之文刊此篇本亦作匡丘方反擩而專反又音芮又而緒反又何耳誰反醢音海○禮儀既備鍾鼓既戒孝孫徂位工祝致告致告告利成也箋云鍾鼓既戒戒諸在廟中者以祭禮畢孝孫往位堂下西面位也祝於是致孝孫之意告尸以利成○祭禮畢禮或作祀神具醉止皇尸載起鼓鍾送尸神保聿歸皇大也箋云具皆也皇君也載之言則也尸節神者也神醉而尸謖送尸而神歸尸出入奏肆夏尸稱君尊之也神安歸者歸於天也○謖所六反

孔氏曰：此受嘏之後，言祭畢告利成，送尸徹饌，與同姓燕之事。○董氏曰：稽首謂頭拜至地也。○朱氏曰：且於祭既受禄矣，故以燕為將受後禄而綏之也。爾殽既進，與燕之人無有怨者，而皆歡慶醉飽，稽首而言曰：向者之祭，神既嗜君之飲食矣，是以使君壽考也。又言君之祭祀甚順甚時，無所不盡，子子孫孫，當不廢而引長之也。

董氏曰：南山，終南山也。孔氏曰：信乎彼南山之野，本禹所治。曾者，重也，自曾祖以至無窮，皆得稱曾孫。○

起也。夏，尸雅反。諸宰君婦，廢徹不遲。箋云：廢，去也。尸出而可徹，諸宰徹去諸饌，君婦籩豆而已。不遲，以疾為敬也。○廢，方吠反。徹，直列反。去，起呂反，下同。諸父兄弟，備言燕私。燕而盡其私恩。箋云：祭祀畢，歸賓客之俎，同姓則留與之燕，所以尊賓客、親骨肉也。○樂具入奏，以綏後祿。爾殽既將，莫怨具慶。綏，安也。安然後受福祿也。將，行也。箋云：燕而祭時之樂，復皆入奏，以安後日之福祿。骨肉歡而君之福祿安。女之殽羞已行，同姓之臣無有怨者，而皆慶君，是其歡也。○復，扶又反。【重言】爾殽既將，重見既醉。既醉既飽，小大稽首。神嗜飲食，使君壽考。箋云：小大猶長幼也。同姓之臣燕已醉飽，皆再拜稽首曰：神乃歆嗜君之飲食，使君壽且考。此其慶辭。○長，張丈反。孔惠孔時，維其盡之。子子孫孫，勿替引之。替，廢。引，長也。箋云：惠，順也。甚順於禮，其得其時，維君德能盡之。願子孫勿廢而長行之。○替，天帝反。

楚茨六章，章十二句。

信南山，刺幽王也。不能脩成王之業，疆理天下，以奉禹功，故君子思古焉。【重言】刺幽王也，十八并附小弁。○故君子思古焉，重見楚茨。○信彼南山，維禹甸之。畇畇原隰，曾孫田之。甸，治也。畇畇，墾辟貌。曾孫，成王也。箋云：信乎彼

王氏曰疆若為之大界理者衡從其溝塗。劉氏曰南東其畝者順地勢及水之所趨也。爾雅曰冬為上天朱氏曰同雲雲一色也將雪之候如此

孔氏曰翼翼然閑整。丘氏曰與尸謂獻孰食并酌齊獻尸是也與賓謂助祭之賓酌齊獻尸尸因酌以酢賓并祭宋燕同姓於燕寢是也此祭始終用酒食之事

丘氏曰公田百畝內除二十畝為八家治田之廬董氏曰井九百畝其中為公田八家每家廬舍二畝半

孔氏曰瓜新孰獻於天子乃為菹以供祭祀

南山之野禹治而丘甸之今原隰墾辟則又成王之所佃言成王
乃遠脩禹之功今王反不脩其業乎六十四井為甸甸方八里居
一成之中成方十里出兵車一乘以為賦法○甸毛田見反鄭繩
證反畇音匀又作畇蘇遵反又音旬墾苦很反下辟亦反佃
音田本亦作田乘繩證反重言維禹甸之重見韓奕我疆我理疆畫經界也理分地理也南東其畝
或南或東○上天同雲雨雪雰雰雰雰雪貌豐年之冬必有積雪○雨于付反雪如字雰芳云反益
之以霢霂既優既渥小雨曰霢霂箋云成王之時陰陽和風雨時冬有積雪春而益之以小雨潤澤
則饒洽○霢亡革反霂音木優說文作瀀音憂渥烏學反既霑既足生我百穀○疆埸翼
翼黍稷彧彧埸畔也翼翼讓畔也彧彧茂盛貌○埸音亦下同彧於六反曾孫之穡以為
酒食畀我尸賓壽考萬年箋云斂稅曰穡畀予也成王以黍稷之稅為酒食至祭祀齊戒則以
賜尸與賓尊尸與賓所以敬神也敬神則得壽考萬年○畀必寐反并同齊側皆反○中田有廬疆埸有
瓜是剝是菹剝瓜為菹也箋云中田田中也農人作廬焉以便其田事於畔上種瓜成又入其稅天子剝削淹
漬以為菹貢四時之異物○廬力居反剝邦角反菹側居反便毗戰反削思約反淹英廉反漬子賜反淹也獻之皇
祖曾孫壽考受天之祜箋云皇君祜福也獻瓜菹於先祖者順孝子之心也孝子則獲福○祜音

立氏曰清酒清潔之酒也言祭則惟鬱鬯并五齊是用若玄酒示不忘古而已三酒諸臣之所酢非祭用也。孔氏曰鸞即鈴也謂刀環有鈴其聲中節。劉氏曰王躬執鸞刀以啓牲耳之毛豆薦其血蕭爇其膋。董氏曰苾苾芬芬香氣上達也。孔氏曰先祖於是美大之報以大福

卜重言受天之祜三本詩桑扈常武各一○祭以清酒，從以騂牡，享于祖考。周尚赤也箋云清謂玄酒也酒鬱鬯五齊三酒也祭之礼先以鬱鬯降神然後迎牲享于祖考納亨時○騂息營反字林許營反享許兩反徐許亮反注及下同鬱紆勿反齊才細反亨普庚反執其鸞刀，以啓其毛，取其血膋。鸞刀刀有鸞者言割中節也箋云毛以告純也膋脂膏也血以告殺膋以升臭合之黍稷實之於蕭合馨香也○膋音聊中丁仲反臭昌救反○是烝是享，苾苾芬芬，祀事孔明。烝進也箋云既有牲物而進獻之苾苾芬芬然香祀礼於是則甚明也先祖是皇，報以介福，萬壽無疆。箋云皇之言暀也先祖之靈歸暀是孝孫而報之以福○疆居良反重言祀事孔明先祖是皇報以介福重見楚茨○萬壽无疆凡六並附七月詩

信南山六章章六句

谷風之什十篇五十四章三百五十六句

纂圖互註毛詩卷第十二

孔氏曰甫大也。張氏曰一成之田九萬畝公取十千畝九一之法也。王氏曰介助也止息也。朱氏曰取其陳以食農人言積之久而有餘於是存其新而散其舊以補不足助不給也蓋以自古有年是以陳陳相因所積如此然其用之之節又合宜而有序如此則無紅腐而不可食之患矣

東萊曰今者指周盛王之時也言周王適南畝以勞農見農夫散布田野或耘或耔而其黍稷薿薿然而盛乃相助而休息之又於、閭進其髦俊者以勞勉之古者士出於農而工商不與焉管仲曰農之子

纂圖互註毛詩卷第十四

甫田之什詁訓傳第二十一

毛詩小雅　鄭氏箋

甫田，刺幽王也。君子傷今而思古焉。刺者，刺其倉廩空虛，政煩賦重，農人失職。

重言 刺幽王也十八並附小弁。○君子傷今而思古焉重見楚茨信南山各一。○倬彼甫田，歲取十千。倬明貌。甫田謂天下田也。十千言多也。箋云：甫之言丈夫也。明乎彼大古之時，以丈夫稅田也。歲取十千，於井田之法則一成之數也。九夫為井，井稅一夫，其田百畝。井十為通，通稅十夫，其田千畝。通十為成，成方十里，成稅百夫，其田萬畝。欲見其數，從井通起，故言十千。上地穀畝一鍾。○倬，陟角反。韓詩作菿，音同，云：菿，卓也。甫之田丈夫也，直兩反。依義丈夫是也。本又作大夫，一本甫之言丈夫也。又一本甫之言大也。大古音泰。見賢遍反。我取其陳，食我農人，自古有年。尊者食新，農夫食陳。箋云：倉廩有餘，民得賒貰，取食之，所以紓官之蓄滯，亦使民愛存新穀。自古者豐年之法如此。○食音嗣。賒音奢。貰音世，又食夜反。說文云：貰，貸也。紓音舒，何常汝反。蓄，敕六反。今適南畝，或耘或耔，黍稷薿薿。耘，除草也。耔，雝本也。箋云：今者，今成王之法也。使農人之南畝，治其禾稼，功至力盡，則薿薿然而茂盛。於古言稅法，今言治田，互辭

恒爲農野處而不暱其秀民之能爲士者必足賴也秀民即詩所謂髦士也

朱氏曰齊與粢同曲礼曰稷曰明粢此言齊明便文以協韻爾。孔氏曰羊言犧謂純色。立氏曰所以祭社與方者由我田盡善農夫喜慶之故也。孔氏曰至前孟春又以琴瑟及擊其土鼓以迎田祖之神而祭之以求甘澍之雨王肅云大得我稷黍以善我男女言倉廩實而知礼節也

王氏曰畝大抵以南爲正故每曰南畝。蘇氏曰攘取也。孔氏曰王肅云曾孫来止親循畎畝勸稼穡也農夫務事使其婦子並饁饋也。蘇氏曰於是田畯至而喜之

○耘音云沈又音運本又作芸音同耔音子沈音茲雝云木根也薿魚起反徐又魚力反**攸介攸止烝我髦士**烝進髦俊也治田得穀俊士以進箋云介舍也礼使民鋤作耘耔間暇則於廬舍及所止息之處以道藝相講肄以進其爲俊士之行○介音界士大也烝之承反髦音毛鋤本或作助同仕魚反間音閑處昌慮反肄以四反字亦作肆同行下孟反〔重言〕攸介攸止重見生民○**以我齊明與我犧羊以社以方**器實曰齊在器曰盛社后土也方迎四方氣於郊也箋云以絜齊豐盛與我純色之羊秋祭社與四方爲五穀成熟報其功也○齊本又作齍又作盛同音咨注同犧許宜反爲于僞反下爲農親爲爲之皆同**我田既臧農夫之慶**箋云臧善也我田事已善則慶賜農夫謂大蜡之時勞農以休息之也年不順成則八蜡不通○蜡仕詐反勞力報反篇末勞賜同**琴瑟擊鼓以御田祖以祈甘雨以介我稷黍以穀我士女**田祖先嗇也穀善也箋云御迎介助穀養也設樂以迎祭先嗇謂神農也以求甘雨佑助我禾稼我以養士女也周禮曰凡國祈年于田祖吹豳雅擊土鼓以樂田畯○御牙嫁反注同豳彼貧反本亦作邠以樂音洛○**曾孫來止以其婦子饁彼南畝田畯至喜攘其左右嘗其旨否**箋云曾孫謂成王也攘讀當爲饟饁饟皆饋也田畯司嗇今之嗇夫也喜讀爲饎饎酒食也成王來止謂出觀農事也親與后世子行使知稼穡之艱難也爲農夫之在南畝者取其左右之饋而嘗之以知其旨否。朱氏曰言其上下相親之甚也

蘇氏曰民盡力於禾其生竟畝如一庭無終善且有於是王無所譴者曰農夫敏矣。東萊曰言省耕之時王者在上耕者在下田畯往來其間勸勞而撫摩之熙然其若一家也　溥天之下莫非王土王土所生莫非曾孫之稼也鄭氏以稅言之陋矣孰訊獲醜戰士之慶也黍稷稻粱農夫之慶也。朱氏曰箱車箱也如茨言其密比也如梁言其穹然也。董氏曰如坻則鱗比而出也如京則絕高者亦非一矣。蘇氏曰言黍稷稻粱無所不有也。東萊曰自曾孫之稼以下所謂大福也

以饁以勸之司嗇至則又加之以酒食饋其左右從行者成王親爲嘗其饋之美否示親之也。饁于輒反畯子峻反本又作畯後篇同嘗毛如字鄭爲饎昌志反下篇同攘如羊反鄭讀爲饟式尚反王如字饋巨愧反從才用反【重言】曾孫來止重見大田。以其婦子饁彼南畝田畯至喜二本詩七月大田各一、

禾易長畝終善且有、易治也長畝竟畝也。易以豉反徐以赤反

曾孫不怒農夫克敏、敏疾也箋云禾治而竟畝成王則无所責怒謂此農夫能且敏也。

○曾孫之稼如茨如梁曾孫之庾如坻如京、茨積也梁車梁也京高丘也箋云稼禾也謂有藁者也茨屋蓋也上古之稅法近者納總遠者納粟米庾露積穀也坻水中之高地也。茨徐私反庾羊主反坻直基反積如字又子賜反下皆同藁古老反總作孔反

乃求千斯倉乃求萬斯箱、箋云成王見禾穀之稅委積之多於是求千倉以處之萬車以載之是言年豐收入踰前也。○委積如字又於偽反年收手又反又如字

黍稷稻粱農夫之慶報以介福萬壽無疆、箋云慶賜也年豐則勞賜農夫益厚既有黍稷加以稻粱報者爲之求福助於八蜡之神萬壽無疆竟也。○疆居良反竟如字【重言】報以介福萬壽無疆二本詩楚茨信南山各一、

甫田四章章十句

孔氏曰序不言思古者楚茨至此文指相類承上篇而略之也 種擇其種也○朱氏曰戒飭其具也
說文曰耜耒端之木也耒手耕曲木也

蘇氏曰取其利耜而始有事於南畝既耕而播之其耕之也勤而種之也時故其生者皆直而大以順王之所欲

孔氏曰舊說螟螣蟊賊一種蟲也如言寇賊姦宄內外言之耳故犍為文學曰此四種蟲皆蝗也

大田刺幽王也言矜寡不能自存焉幽王之時政煩賦重而不務農事蟲災害穀風俗不時萬民飢饉矜寡無所取活故時臣思古以刺之○矜古頑反注皆同字或作鰥 ○大田多稼既種既戒既備乃事箋云大田謂地肥美可墾耕多為稼可以授民者也將稼者必先相地之宜而擇其種季冬命民出五種計耦耕事脩耒耜具田器此之謂戒是既備矣至孟春土長冒橛陳根可拔而事之○種章勇反此注及下注擇種並同墾苦很反相息亮反長張丈反冒莫報反橛其月反以我覃耜俶載南畝覃利也箋云俶讀為熾載讀為菑栗之菑時至民以其利耜熾菑發所受之地趨農急也田一歲曰菑○覃以冉反徐以廉反俶載毛家並如字俶音尺叔反始也載事也鄭讀為熾菑熾音尺志反菑音緇栗音列鄭注周禮云讀如[illegible]之[illegible]列[重言]俶載南畝二本詩載芟良耜各一○播厥百穀既庭且碩曾孫是若庭直也箋云碩大若順也民既熾菑則種其衆穀衆穀生盡條直茂大成王於是則止力役以順民事不奪其時[重言]播厥百穀二本詩載芟良耜各一○既方既皁既堅既好不稂不莠實未堅者曰皁稂童粱也莠似苗也箋云方房也謂孚甲始生而未合時也盡生房矣盡成實矣盡堅熟矣盡齊好矣而無稂莠擇種之善民力之專時氣之和所致之○皁才老反稂音郎又音良童梁草也說文作蓈云稂或字也禾粟之莠生而不成者謂之童蓈也莠餘久反去其螟螣及其蟊賊無

小雅 甫田 大田 十四 巳二

三七四

孔氏曰蟲灾禾穉者偏甚。○朱氏曰田祖有神乎則爲我持此四蟲而付之炎火之中使消亡也此禱辭也

孔氏曰穧者禾之鋪而未束者秉刈禾之把也滯穗滯漏之禾穗也

國語内史過曰精意以享禋也。○劉氏曰王以其西成乃出郊省民之斂也。○孔氏曰時耕者皆以其婦之與子同饁彼農人於南畝之中田畯之官至喜樂其勤故得成穫。○陳氏曰王所來之方致其禋祀以爲報。○東萊曰來南方則用騂牲來北方則用黑牲獨舉

害我田穉。食心曰螟食葉曰螣食根曰蟊食節曰賊箋云此四蟲者恒害我田中之穉禾故明君以正己而去之○去起呂反注同螟亡丁反螣字亦作蟘說文作蟘字書本又作蟊莫侯反爾雅云蟦食爲蟊郭注云皆蝗類也穉音稚下同

田祖有神，秉畀炎火。炎火盛陽也箋云螟螣之屬盛陽氣嬴則生之今明君爲政田祖之神不受此害持之付與炎火使自消亡○秉如字執持也韓詩作卜卜報也畀必二反與也炎于廉反又于凡反嬴音盈

○有渰萋萋，興雨祁祁。雨我公田，遂及我私。渰雲興貌萋萋雲行貌祁祁徐也箋云古者陰陽和風雨時其來祁祁然而不暴疾其民之心先公後私令天主雨於公田因及私田爾此言民怙君德蒙其餘惠○渰本又作弇於檢反漢書作黤萋七西反興雨如字本或作興雲非也祁巨移反雨我于付反注內主雨同一本上作注雨如字

彼有不穫穉，此有不斂穧；彼有遺秉，此有滯穗，伊寡婦之利。秉把也箋云成王之時百穀既多種同齊孰收刈促遽力皆不足而有不穫不斂遺秉滯穗故聽矜寡取之以爲利○穫戶郭反斂力檢上力檢反下才計反又子計反穧穫也穗音遂把巴馬反矜音鰥〔禮記〕記坊記曰君子不盡利以遺民詩云彼有遺秉此有不斂穧伊寡婦之利

○曾孫來止，以其婦子，饁彼南畝，田畯至喜。箋云喜讀爲饎饎酒食也成王出觀農事饋食耕者以勸之也司嗇至則又加之以酒食勞倦之爾○饋食音嗣勞力報反重言饁彼南

騂黑者孔氏所謂略舉二方以為韻句是也。孔氏曰其牲或赤與黑與其黍稷之粢盛以獻以祀神饗之而報以大福、

王氏曰洛水東都之所在也。孔氏曰君子諸侯也奭赤貌

王氏曰瞻彼洛水而思古之明王見其地而不見其人也先王會諸侯於東都於是爵命諸侯君子至止福祿如茨者言能爵命之厚也韎韐有奭以作六師者使服韎韋之韐而作六師也周官凡有兵事韋弁服先儒以為左傳所謂韎韋之跗注是也

田畯至喜三本詩七月甫田各一來方禋祀以其騂黑與其黍稷以享以祀以介景福騂牛也黑羊豕也箋云成王之來則又禋祀四方之神祈報焉陽祀用騂牲陰祀用黝牲○禋音因享許兩反徐又許亮反黝伊糾反黑也【重言】以享以祀以介景福重見楚茨

大田四章二章章八句二章章九句

瞻彼洛矣刺幽王也思古明王能爵命諸侯賞善罰惡焉【重言】思古明王重見鴛鴦○瞻彼洛矣維水泱泱興也洛宗周溉浸水也泱泱深廣貌箋云瞻視也我視彼洛水灌溉以時其澤浸潤以成嘉穀興者喻古明王恩澤加於天下爵命賞賜以成賢者○泱於良反溉古愛反浸子鴆反灌古亂反君子至止福祿如茨箋云君子至止者謂來受爵命者也爵命為福賞賜為祿茨屋蓋也如茨言多也【重言】君子至止八本詩三終南二庭燎二車舝一韎韐有奭以作六師韎韐茅蒐染韋也一入曰韎韐所以代韠也天子六軍箋云此諸侯世子也除三年之喪服士服而來未遇爵命之時時有征伐之事天子以其賢任為軍將使代卿士將六軍而出韎韐者茅蒐染也茅蒐韎韐聲也韎韐祭服之韠合韋為之其服爵弁服紂衣纁裳也○韎音妹又亡界反韐音閣又古洽反奭許力反赤貌茅如字蒐所留反韠音畢任音壬將子匠反下同紂音緇纁許云反○

小雅　大田　卜四巳二

王氏曰鞞琫有珌者言既爵命又其賜予備物如此。劉氏曰天子尊賢樂善非徒爵命之於一時又將延永迨其子孫俾克安於封土焉

朱氏曰同猶聚也

丘氏曰家邦猶家室也

瞻彼洛矣維水泱泱君子至止鞞琫有珌鞞容刀鞞也琫上飾珌下飾也天子玉琫而珧珌諸侯璗琫而璆珌大夫璙琫而璆珌士珕琫而珕珌箋云此人世子之賢者也既受爵命賞賜而加賜容刀有飾顯其能制斷○鞞字或作鞸補頂反說文云刀室也琫字又作鞛必孔反佩刀削上飾珌字又作琕賓一反佩刀下飾珧音遥以蜃者謂之珧璗徒黨反字又作瑒音同爾雅云黃金謂之璗璆音虯又巨樛反又舊周反玉也或與彪反又與彪反又張疇反鐐音遼爾雅云白金謂之銀其美者謂之鐐徐何盧到反又力弔反本又作璙亦音遼又力小反說文云玉也字書力召反鏐力幽反又力幼反沈又力糾反黃金之美者鄭云紫磨金珕力計反說文云蜃屬斷丁亂反君子萬年保其家室箋云德如是則能長安其家室親家室親安之於難安則无篡殺之禍也○篡初患反殺本亦作弑同音試重同君子萬年下本詩一二既醉四鶩鶩四○瞻彼洛矣維水泱泱君子至止福祿既同箋云此人世子之能繼世位者也其爵命賞賜盡與其先君受命者同而已無所加也君子萬年保其家邦

瞻彼洛矣三章章六句

裳裳者華刺幽王也古之仕者世祿小人在位則讒諂

劉氏曰之子謂賢者功臣之子孫也。丘氏曰寫喜而舒寫也。譽處見蓼蕭。陳氏曰華葉上下相承而俱茂以興賢者前後相繼而榮顯也。朱氏曰夫能使見者悅慕如此則其有譽處宜矣

蘇氏曰黃色之上也有章有文也其文粲然如華之盛也。朱氏曰有文章斯有福慶矣

丘氏曰言白者取韻便也　駱解見四牡。朱氏曰言其車馬威儀之盛

並進棄賢者之類絕功臣之世焉古者古昔明王時也小人斥幽王也○諂勑險反○裳裳者華其葉湑兮興也裳裳猶堂堂也湑盛貌箋云興者華堂堂於上喻君也葉湑湑然於下喻臣也明王賢臣以德相承而治道興則讒諂遠矣○湑思敘反治直吏反遠于萬反又如字重言其葉湑兮重見車舝我覯之子我心寫兮我心寫兮是以有譽處兮箋云覯見也之子是子也謂古之明王也言我得見古之明王則我心所憂寫而去矣我心所憂既寫是則君臣相與聲譽常處也憂者憂讒諂並進○覯古豆反重言我覯之子凡九見本卷二伐柯二九罭一我心寫兮是亦有譽處兮又重見蓼蕭二句又見車舝○裳裳者華芸其黃矣芸黃盛也箋云華芸芸然而黃興明王德之盛也不言其葉微見無賢臣也○芸音云徐音運見賢遍反我覯之子維其有章矣維其有章矣是以有慶矣箋云章禮文也言我得見古之明王雖無賢臣猶能使其政有禮文法度政有禮文法度是則我有慶賜之榮也○裳裳者華或黃或白箋云華或有黃者或有白者興明王之德時有駁而不純○駁邦角反我覯之子乘其四駱乘其四駱六轡沃若言世祿也箋云我得見明王德之駁者雖無慶譽猶能免於讒諂之害守我先人之祿位乘其四駱之馬六轡沃若然○駱音洛沃若如字絲於縛反重言六轡沃若重見皇皇者華

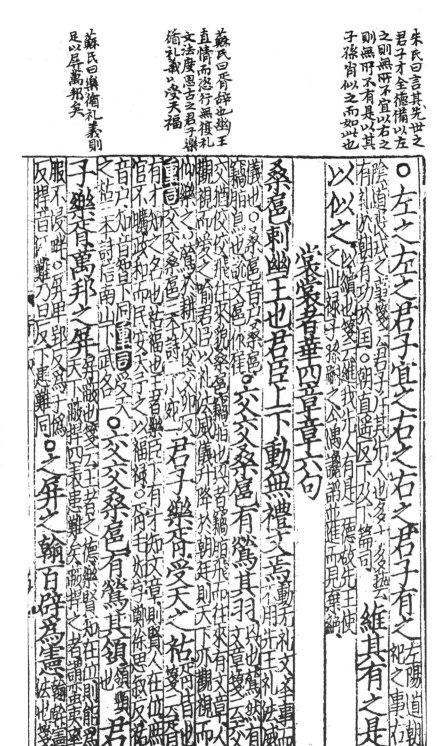

朱氏曰言其先世之君子才全德備以左之則無所不宜以右之則無所不有是以其子孫肖似之而如此也

蘇氏曰昏辭也幽王直情而逕行無復礼文法度思古之君子樂循礼義以受天福

蘇氏曰樂循礼義則足以屏萬邦矣

○左之左之君子宜之右之右之君子有之左陽道朝祀之事右陰道喪戎之事箋云君子斥其先人也多才多藝有礼於朝有功於国○朝直遥反下及下篇同維其有之是以似之似嗣也箋云維我先人有是二德故先王使之世禄子孫嗣之今遇讒諂並進而見棄絶

裳裳者華四章章六句

桑扈刺幽王也君臣上下動無禮文焉動無礼文舉事而不用先王礼法威儀也○桑扈音戶又作鳸竊脂鳥也說文扈作雇○交交桑扈有鶯其羽興也鶯然有文章箋云交交猶佼佼飛往來貌桑扈竊脂也興者竊脂飛而往來有文章人觀視而愛之喻君臣以礼法威儀升降於朝廷則天下亦觀視而仰樂之○鶯於耕反佼古卯反重言交交桑扈二本詩小宛一君子樂胥受天之祜胥皆也祜福也箋云胥有才知之名也祜福也王者樂臣下有才知文章則賢人在位庶官不曠政和而民安天予之以福禄○胥毛如字鄭徐思叙反祜音戶知音智下同重言受天之祜二本詩信南山下武各一○交交桑扈有鶯其領領頸也君子樂胥萬邦之屏屏蔽也箋云王者之德樂賢知在位則能爲天下蔽扞四表患難矣蔽扞之者謂蠻夷率服不侵畔○屏卑郢反爲于僞反扞音汗難乃旦反下患難同○之屏之翰百辟爲憲翰幹憲法也箋

蘇氏曰王者屏[redacted]翰四方而爲諸侯法苟不以禮自戢難而求肆情焉則亦不足以受多福矣

朱氏曰觩角上曲貌頌作捄春秋穀梁傳作斛與此字同音美也思語辭也。蘇氏曰旨酒之和柔而兕觥之設所以常自戢難也。朱氏曰交際之間無所傲慢則無事於求福而福反求之矣

呂氏曰自楚茨至鴛鴦八篇皆陳古以刺今也。○孔氏曰月令云羅罔畢翳注云罔小而柄長謂之畢釋器云鳥罟謂之羅畢羅異器

云辟君也王者之德外能捍四表之患難內能立功立事爲之楨幹則百辟卿士莫不脩職而法象之○翰戶旦反辟音璧注同

楨音貞不戢不難受福不那戢聚也不戢戢也不難難也那多也不多多也箋云王者位至尊天所子也然而不自斂以先王之法不自難以亡国之戒則其受福祿亦不多也○戢莊立反○兕觥其觩旨

酒思柔箋云兕觥罰爵也古之王者與羣臣燕飲上下无失禮者其罰爵徒觩然陳設而已其飲美酒思得柔順中和与共其樂言不憮敖自淫恣也○兕徐履反觥古横反以兕角爲之觩音虯本或作觓樂音洛憮火吳反敖五報反下交同重言兕觥其觩一天本詩一絲衣一彼交匪敖萬福來求箋云彼彼賢者也賢者居處恭執事敬与人交必以禮則万福之祿就而求之謂登用爵命加以慶賜互注左成十四年衛侯享苦成叔甯惠子相成叔傲甯惠子曰苦成家其亡乎古之爲享食也以觀威儀省禍福也故詩曰兕觥其觩旨酒思柔彼交匪傲万福來求今夫子傲取禍之道也

桑扈四章章四句

鴛鴦刺幽王也思古明王重言思古明王重見瞻彼洛矣交於萬物有道自奉養有節焉交於万物有道謂順其性取之以時不暴夭也○鴛於袁反徐又音溫下於崗反又於良反○鴛鴦于飛畢之羅之興也鴛鴦匹鳥太平之時交於万物有道取之以時於其飛乃畢掩而羅

張氏曰：禽鳥並棲，一顛一倒，各以左翼斂在內，以右翼防外患。○蘇氏曰：惟候其飛而後取，故其在梁者戢翼而安。○東萊曰：梁，橋梁輿梁皆是，不必專以為石絕水之梁也。

之。箋云：匹鳥，言其止則相耦，飛則爲雙，性馴耦也。此交於萬物之實也。而言匹鳥者，貴其義也。獺祭魚而後漁，豺祭獸而後田，此小者且猶纖散特也。○大音泰。捐，於檢反。馴音巡，又音脣。獺，他達反，又他末反。

君子萬年，福祿宜之。箋云：君子謂明王也。交於萬物，其德如是，則宜壽考受福祿也。【重言】君子萬年，十本詩四見，彼洛矣、既醉。

○鴛鴦在梁，戢其左翼。言休息也。箋云：梁，石絕水之梁。戢，斂也。鴛鴦休息於梁，明王之時，人不驚駭，斂其左翼，以右翼掩之，自若无恐懼。○戢，側立反。韓詩云：戢，捷也，捷其噣於左也。恐，丘勇反。【重言】鴛鴦在梁，戢其左翼，其重見白華。

君子萬年，宜其遐福。箋云：遐，遠也。遠猶久也。

○乘馬在廄，摧之秣之。摧，莝也。秣，粟也。箋云：摧，今莝字也。古者明王所乘之馬係於廄，无事則委之以莝，有事乃予之穀，言愛國用也。以興於其身亦猶然，齊而後三舉設盛饌，恒日則減焉。此之謂有節也。○乘馬，繩證反，四馬也。鄭如字，下同。廄音救。摧，采卧反，韓詩云委也。委，紆僞反。餧，食也。予音與。斎，側皆反，本亦作齋。饌，士戀反。減，古攬反。

君子萬年，福祿艾之。艾，養也。箋云：明王愛國用，自奉養之節如此，故宜久為福祿所養也。○艾，魚蓋反，徐又音刈。

○乘馬在廄，秣之摧之。君子萬年，福祿綏之。箋云：綏，安也。○綏，土果反，又如字。【重言】福祿綏之，樛木福履綏之。

鴛鴦四章，章四句。

董氏曰頍者圍項而結之也礼緇布冠頍弁無笄者著頍圍髮際結項中隅四綴則有笄者亦以固頍。孔氏曰諸公同姓之公也

朱氏曰非他人也。孔氏曰蔦與女蘿依於松柏松柏存而茂松柏殞而亡是存亡在松柏。陸璣疏云蔦一名寄生葉似當盧子如覆盆子赤黑恬美。蘇氏曰兄弟之於王譬如蔦與女蘿之託松柏耳不見則憂見則庶幾王樂之王奈何獨不顧哉

頍弁，諸公刺幽王也。暴戾無親，不能宴樂同姓，親睦九族，【重意】不能親睦九族又角弓不親九族數如雨雪也。○頍弁缺婢反著弁貌說文云舉頭貌燕樂音洛次章同燕又作宴雨于付反次章同孤危將亡，故作是詩也。戾虐也暴戾虐謂其政

○有頍者弁，實維伊何。興也頍弁貌弁皮弁也箋云實猶是也言幽王服是皮弁之冠是維何為乎言其宜以宴而弗為也礼天子諸侯朝服以宴天子之朝皮弁以日視朝○朝服直遙反下皆同爾酒既旨，【重言】尔酒既旨三並本詩爾殽既嘉。箋云旨嘉皆美也女酒已美矣女殽已美矣何以不用与族人宴也言其礼而弗為也【重言】尔殽既嘉重見鳧鷖豈伊異人，兄弟匪他。箋云此言王當所与宴者豈有異人疏遠者乎皆兄弟与王无他言兄弟親又刺其弗為也【重言】豈伊異人二並本詩蔦與女蘿，施于松柏。蔦寄生也女蘿菟絲松蘿也喻諸公非自有尊託王之尊箋云託王之尊者王明則榮王衰則微刺王不親九族孤特自恃不知己之將危亡也○蔦音鳥說文音弔寄生草也尔雅云寓木宛童是也女蘿力多反在草曰兔絲在木曰松蘿文唐蒙施以豉反下同未見君子，憂心弈弈。既見君子，庶幾說懌。弈弈然无所薄也箋云君子斥幽王也幽王以不与諸公宴諸公未得見幽王之時懼其將危亡已无所依怙故憂而心弈弈

楊氏曰爾殽既時君子之食惟其時物如春則食麥與羊之類是也

王氏曰有頍者弁實維在首言弁在首而不知用禮以稱之則刺之甚矣。劉氏曰甥舅謂母姑姊妹妻族也。陳氏曰霰雨雪之兆也。輔氏曰君子以先王之兆王睦兄弟甥舅之是知死之無日相見之無幾無所倚賴而相告曰苟今夕有酒也君子維以相宴而已不知其他矣

然故言我若已得見幽王諫正之則庶幾其變改意解懌也○亦音亦說音悅懌音亦本又作繹怙音戶恃音市重言未見君子十一既見君子二十二並詳見攷實○有頍者弁實維伺期箋云何期猶伊何也期辭也○期本亦作其音基字如字爾酒既旨爾殽既時時善也豈伊異人兄弟具來箋云具猶皆也蔦與女蘿施于松上未見君子憂心怲怲既見君子庶幾有臧怲怲憂盛滿也臧善也○怲兵命反○有頍者弁實維在首爾酒既旨爾殽既阜豈伊異人兄弟甥舅箋云阜猶多也謂吾舅者吾謂之甥如彼雨雪先集維霰霰暴雪也箋云將大雨雪始必微溫雪自上下遇溫氣而摶謂之霰久而寒勝則大雪矣喻幽王之不親九族亦有漸自微至甚如先霰後大雪○霰蘇薦反消雪也亦作霄見摶徒端反死喪無日無幾相見樂酒今夕君子維宴箋云王政既衰我無所依怙死亡無有日數能復幾何與王相見也且今夕喜樂此酒此乃王之宴禮也刺幽王將喪亡哀之也○喪息浪反幾居豈反注同樂音洛復扶又反

頍弁三章章十二句

車舝大夫刺幽王也褒姒嫉妒無道並進讒巧敗國德

朱氏曰間關設舝聲也。立氏曰昏君之心維婦人是從故思得盛德美色之女往迎之以配幽王也。朱氏曰匪飢也匪渴也望其德音來會而心如飢渴耳。孔氏曰九人之燕飲喜樂須賢友共之疾褒姒之甚思賢女之切若迎得此女雖無朋友亦將獨喜也

孔氏曰碩大也。立氏曰爾碩女也 茂盛之林集者維雉與王官之貴宜有碩女居之。朱氏曰以令德來配君子而教誨之是以式燕且譽而悦慕之無厭也 旨嘉皆美也言得賢女以配君子則其喜如此雖無旨酒嘉殽美德以及賓客然飲食歌舞有所不能自已 。王氏曰樂賢女如此則厭惡褒姒甚矣

澤不加於民周人思得賢女以配君子故作是詩也。舝胡瞎反車軸頭鐵也嫉音疾又音自妬丁故反服必邁反文如字下注同以配君子三關雎東門之墠也本詩各一○間關車之舝兮思孌季女逝兮間關設舝也孌美貌季女謂有齊季女也箋云逝往也大夫嫉褒姒之爲惡故嚴車設其舝思得孌然美好之少女有齊莊之德者往迎之以配幽王代褒姒也既幼而美又齊莊庶其當王意○孌力兗反文齊側皆反匪飢匪渴德音來括括會也箋云時下同少詩照反本亦作季女讒巧敗國下民離散故大夫汲汲欲迎季女行道雖飢不飢雖渴不渴覬得之而來使我王更脩德教合會離散之人○括古本又作括音活徐古活反雖無好友式燕且喜箋云式用也我得德音而來雖無同好之賢友我猶用是燕飲相慶且喜○好呼報反注下並同○依彼平林有集維鷸辰彼碩女令德來教依茂木貌平林林木之在平地者也鷸雉也辰時也箋云平林之木茂則耿介之鳥往集焉喻王若有茂美之德則其時賢女來配之與相訓誨以脩德教○鷸音驕式燕且譽好爾無射箋云爾女女王也射厭也我於碩女來教則用是燕飲酒且稱王之声文言我愛好王无有厭也○射音亦下同厭於豔反下同○雖無旨酒式飲庶幾雖無嘉殽式食庶幾雖無德與女式歌且

孔氏曰析伐其柞木以為薪其葉湑湑然茂盛。陳氏曰析薪者以興昏姻善乎我得見爾賢女則心輸寫而無所憂矣

朱氏曰景行大道也

孔氏曰四牡之馬騑騑行而不息六轡緩急調和如琴瑟之相應。

歐陽氏曰高山仰止景行行止者勉其不已之辭也以謂賢難得求之不已乃有得也故其下則云四牡騑騑六轡如琴者謂調和車馬往迎之如首章車舝也使我王得見此賢女為新昏則慰我心矣

無射。箋云諸大夫覲得賢女以配王於是酒雖不美猶用之燕飲殽雖不美猶食之人皆庶幾於王之變改得輔佐之雖无其德我與女用是歌舞相樂喜之至也。○樂音洛○陟彼高岡析其柞薪析其柞薪其葉湑兮。箋云陟登也登高岡者必析其木以為薪析其木以為薪者為其葉茂盛蔽岡之高也此喻賢女得在王后之位則必辟除嫉妬之女亦為其蔽君之明。○柞子洛反湑思叙反戎盛也為于偽反下亦為同辟婢亦反又音壁重言陟彼高岡重見卷耳。○其葉湑兮重見裳裳者華鮮我覯爾我心寫兮箋云鮮善覯見也善乎我得見女如是則我心中之憂除去也。○鮮息淺反徐音仙覯古候反女音汝行如是下孟反一本无行字重言我心寫兮四本詩蓼蕭各一裳裳者華二○高山仰止景行行止四牡騑騑六轡如琴景大也箋云景明也諸大夫以為賢女既進則王亦庶幾古人有高德者則慕仰之有明行者則而行之其御羣臣使之有禮如御四馬騑騑然持其教令使之調均亦如六轡緩急有和也。○仰本或作卬之景行下孟反注有明行同牡茂口反騑芳非反[illegible]音條和胡卧反二覯爾新昏以慰我心慰安也箋云我得見女之新昏如是則以慰除我心之憂也新昏謂季女也。○慰怨也於願反王申為怨恨之義韓詩作以愠我心愠恚也本或作慰怨安也是馬融義馬昭張融論之詳矣

車舝五章章六句

程氏曰讒人之情常欲汙白以為黑而其言不可以直達故必營營往來。東萊曰營營青蠅止于樊行且至于几席盤杅之間矣蓋憂之也。丘氏曰棘謂植棘為藩也。李氏曰四國四方也。前漢注曰若讒言無極則四國亦以交亂宜深察也。朱氏曰己與聽者為二人。孔氏曰謂見讒之人與人君也

歐陽氏曰詩人之作常陳古以刺今此詩五章其前二章陳古如彼其後三章刺時如此。丘氏曰左右謂擯道上左右之人

青蠅大夫刺幽王也。○蠅餘仍反 ○營營青蠅止于樊興也營營往來貌樊藩也箋云興者蠅之為蟲汙白使黑汙黑使白喻佞人變亂善惡也言止于藩欲外之令遠物也○營如字說文作營云小聲也樊音煩藩方元反一本甫煩反汙汙字亦作汙烏路反令力成反遠于万反豈弟君子無信讒言、箋云豈弟樂易也○豈開在反悌音弟樂音洛易以豉反【重言】豈弟君子十九並附湛露○營營青蠅止于棘讒人罔極交亂四國箋云極猶已也○營營青蠅止于榛榛所以為藩也○榛士巾反又側巾反讒人罔極構我二人箋云構合也合猶交亂也○構古豆反韓詩構亂也

青蠅三章章四句

賓之初筵衛武公刺時也幽王荒廢媟近小人飲酒無度天下化之君臣上下沈湎淫液武公既入而作是詩也淫液者飲酒時情態也武公入者入為王卿士○筵音延媟息列反近附近之近沈如字直林反字或作耽都南反湎音莫衍反飲酒齊其色曰湎順徐又並見頸反液音亦態他代反 ○賓之初筵左右秩秩秩秩然肅敬也箋云筵席

朱氏曰舉酬舉所奠之酬爵也夫既同比其耦也。射爵射不中者飲豐上之觶也射者與其耦拾發發矢之時各心競云我以此求爵女也。蘇氏曰先王將祭必大射以擇士將射必先行燕礼既安賓然後改縣以避射既旅然後張侯及弓比其射夫而耦之既耦然後拾發求勝以爵其不勝。東萊曰按大射儀雖前期三日張大侯然不繫左下綱與御射同雖不言將射命張侯遂繫左下綱亦可互見也鄭氏偶忘互相備之例遂以為舉鵠而棲之於侯殊不知舉二尺之鵠安得謂

也左右謂揖讓也秩秩然有次序也王將祭必射以擇士大射之礼賓初入門登堂即席其趨翔威儀甚審知言不失礼也射礼有三有大射有賓射有燕射。秩直乙反、鄭音智也折之舌反知音智下同**籩豆有楚殽核維旅**楚列貌殽豆實也核加籩也旅陳也箋云豆實葅醢也籩實有桃梅之屬凡非穀而食之曰殽。肴戶交反核戶革反葅側俱反**酒既和旨飲酒孔偕**箋云和旨猶調美也孔甚也王之酒已調美衆賓之飲酒又威儀齊一言主人敬其事而衆賓肅慎○偕音皆**鍾鼓既設舉醻逸逸**逸逸往來次序也箋云鍾鼓於是言既設者將射故縣也○醻市由反縣音玄【重言】鍾鼓既設重見彤弓**大侯既抗弓矢斯張**大侯君侯也抗舉也有燕射之礼箋云舉者舉鵠而棲之於侯也周礼梓人張皮侯而棲鵠天子諸侯之射皆張三侯故君侯謂之大侯大侯張而弓矢亦張節也將祭而射謂之大射下章言烝衎烈祖其非祭與○抗苦浪反斯張如字鵠戶沃反鵠鳥也說文云鵠鳴也小而難中又云鵠者覔也直也射者正直己志棲音西梓音子衎苦旦反祭與音餘本作乎又作也花非【重言】弓矢斯張重見公劉**射夫既同獻爾發功**箋云射夫衆射者也獻猶奏也既比衆耦乃誘射射者乃登射各奏其發矢中的之功。○發如字徐音發出也志一反中丁仲反【重言】射夫既同重見車攻**發彼有的以祈爾爵**的質也祈求也箋云發發矢也射者與其耦拾發發矢之時各心競云我以此求爵女爵射爵也射之礼勝者飲不勝所以養病也故論語曰下而飲其爭也君子

之大侯既抗乎王氏曰烈業也。孔氏曰有功烈之祖。立氏曰林衆也。朱氏曰錫神錫之也。朱氏曰嘏福也。蘇氏曰載則也。董氏曰仇匹也所謂耦也。王氏曰主人主黨也。蘇氏曰康安也。董氏曰崔靈恩集注以一章為大射二章為燕射。王氏曰大射礼為將祭擇士故也既祭矣於是乎又燕燕則又射。朱氏曰百礼礼之備也言其礼之盛大也既錫爾福及爾子孫皆獲湛樂也。王氏曰其湛曰樂各奏爾能則於是又射矣賓載手仇室人入又則賓主皆善射矣賓黨射則手献主黨入射則又手献

孔氏曰酌彼安体養病之爵以飲不中者也。蘇氏曰以奏爾時薦之以時物也

○勺音的本亦作的同祈音其拾其劫反更也歡於鵲反下同爭爭鬭之爭 ○**籥舞笙鼓樂既和奏**

烝衎烈祖以洽百禮秉籥而舞與笙鼓相應箋人先求諸陽故祭祀先奏樂也烝進衎樂烈美洽合也奏樂和必進樂其先祖於是又合見天下諸侯所獻之礼。○籥余若反衎苦旦反洽戶夾反應應對之應樂徒歷反又樂樂音洛下樂其湛樂喜樂下文曰樂皆同【重言】以洽百礼二本詩載芟豐年各一

百禮既至有壬有林壬大林君也箋云壬任也謂卿大夫也諸侯所獻之礼既陳於庭有卿大夫又有國君言天下徧至得万民之歡心。徧音遍

錫爾純嘏子孫其湛嘏大也箋云純大也嘏謂尸與主人以福也湛樂也王受神之福於尸則王之子孫皆喜樂也○錫音析嘏古雅反湛答南反

其湛曰樂各奏爾能賓載手仇奏大尔能者謂既湛之後各酌獻尸尸酢而卒爵也士之祭礼上嗣奉卑因而酌尸入子則有子孫獻尸之礼文王世子曰其登餕獻受爵則以上嗣是也仇讀曰鄭室人有室中之事者謂佐食也又復也賓手挹酒室人復酌為加爵。能如字徐奴代反又奴來反

室人入又手取也室人主人也主人請射於賓賓許諾自取其匹而射主人亦入于次又射以耦賓也箋云子孫各仇毛音求匹也鄭讀為鄭音俱謂挹取酒餕子峻反復扶又反下皆同挹一入反

酌彼康爵以奏爾時酒所以安体也時中者也箋云康虚也時謂心所尊者也加爵之閒賓與兄弟交錯相醻卒爵者酌之以其所尊亦交錯而已

孔氏曰此章陳幽王燕賓失禮之事。王氏曰僊僊軒舉之狀。蘇氏曰幡幡輕數也。孔氏曰舍其本坐遷徙他處。董氏曰秩序也

劉氏曰福謂徹俎歸胙也上下皆醉受福而歸可也。東萊曰並受其福當取劉執中鄭康成兩說合觀之其義乃足。朱氏曰飲酒之所以甚美者以其有令

又無次也。中張仲反。人無次也一本人作又賓之初筵溫溫其恭箋云此復言初筵者既祭王與族人燕之筵也下與族人燕以異姓爲賓溫柔和也重意溫溫其恭又小宛溫溫恭人其未醉止威儀反反曰既醉止威儀幡幡舍其坐遷屢舞僊僊反反言重愼也幡幡失威儀也遷徙屢數也僊僊然箋云此言賓初即筵之時能自勑戒以禮至於旅酬而小人之態出言王既不得君子以爲賓又不得有相之人所以敗亂天下率如此也。反反如字韓詩作昄昄音蒲板反善貌曰既音越下是曰皆同下章放此幡芳袁反舍音捨坐如字徐才卧反屢力具反注及下同本作婁僊音仙屢數音朔態他代反率音類又所律反重言威儀反反重見執競其未醉止威儀抑抑曰既醉止威儀怭怭是曰既醉不知其秩抑抑愼密也怭怭媟嫚也秩常也。抑於力反怭毗必反又符筆反說文作佖平一反媟息列反下音慢重言威儀抑抑重見假樂○賓既醉止載號載呶亂我籩豆屢舞僛僛是曰既醉不知其郵側弁之俄屢舞傞傞號呶號呼讙呶也僛僛舞不能自正也傞傞不止也。箋云郵過側傾也俄傾貌此更言賓既醉而異章者著爲無筭爵以後也。○號胡毛反注同呶女交反僛起其反注本正或作止按下傞傞是舞不止此宜爲正說文云醉舞也郵音尤俄五何反廣雅云哀傞素多反一音倉君柯反呼火故反嗟呼[illegible]反

儀爾今若此則無復有儀矣董氏曰立之監以監之佐之史以書之古之慎禮如此。式觧見式微。朱氏曰謂告也。王氏曰凡此飲酒則非特幽王之朝而已。立[illegible]本防人之失礼儀也不醉者正其禮儀則善也醉者失其禮儀則不善也今反以醉者為善恥彼不醉者而強之以酒。孔氏曰不醉者監與史反恥而罰之是使之小大盡醉舉坐皆稱在也。朱氏曰安得從而告之使勿至於大怠乎告之若曰所不當言者勿言所不當從者勿語醉而妄言則當罰汝使出童羖矣誤言必無

既醉而出並受其福醉而不出是謂伐德飲酒孔嘉維其令儀箋云出猶去也孔甚令善也賓醉則出與主人俱有美譽醉至若此是誅伐其德也飲酒而誠得嘉賓則於礼有善威儀武公見王之失禮故以此言箴之。○箴之林反。凡此飲酒或醉或否既立之監或佐之史彼醉不臧不醉反恥立酒之監佐酒之史箋云凡此者凡此時天下之人也飲酒於有醉者有不醉者則立監使視之又助以史使督酒欲令皆醉也彼醉則已不善人所非惡反復取未醉者恥罰之言此者疾之也。○令力呈反惡烏路反式勿從謂無俾大怠匪言勿言匪由勿語箋云式讀曰慝勿猶無也俾使由從也武公見時人多說醉者之狀或以取怨致讎故為設禁醉者有過惡女無就而謂之也當防護之無使顛仆至於怠慢也其所陳說非所當說無為人說之也亦無從而行之也亦無以語人也皆為其聞之將恚怒也。○式徐云毛如字又一云用也鄭讀作慝他得反惡也大音泰徐敕佐反語魚據反又如字故為于偽反下同顛都田反本作傎仆何音赴一音蒲北反說文云頓也語魚據反恚一瑞反怒也由醉之言俾出童羖羖羊不童也箋云女從行醉者之言使女出無角之羖羊脅以無然之物使戒深也羖羊之性牝牡有角。○出如字徐尺遂反羖音古公戶反脅許業反三爵不識矧敢多又箋云矧況又復也當言我於此醉者飲三爵之不知況能知其多復飲乎三爵

小雅 賓之初筵 十四卷之十

之物以恐之也女飲至三爵已昏然無復所識矣況敢又多飲乎又丁寧以戒之也

者獻也酬也酢也○矧失忍反

賓之初筵五章章十四句

甫田之什十篇三十九章二百九十六句

纂圖互註毛詩卷第十四

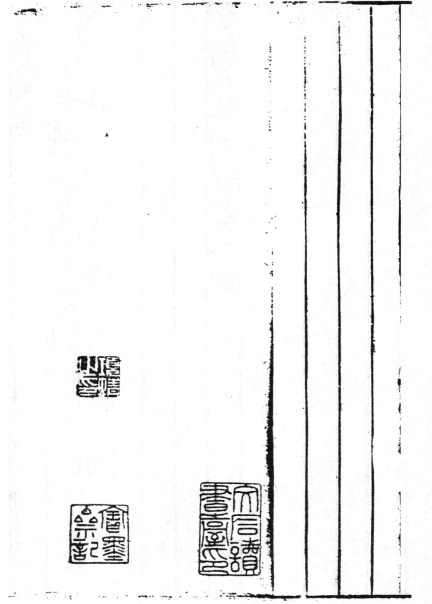

呂氏曰魚藻之詩與孟子所謂惟賢者而後樂此不賢者雖有此不樂也及王制旱乾水溢民無菜色然後天子食日舉以樂之義同

説文曰鎬武王所都在長安西上林苑中。歐陽氏曰魚在在藻者言萬物之得其性也王在在鎬者謂武王安其樂也。劉氏曰有莘其尾者飽滿無虞則戲於水面既升而露其首又降而露其尾莘然其長矣。李氏曰樂豈但倒其文

纂圖互註毛詩卷第十五

魚藻之什詁訓傳第二十二

毛詩小雅　鄭氏箋

魚藻刺幽王也言萬物失其性王居鎬京將不能以自樂故君子思古之武王焉万物失其性者王政教衰陰陽不和羣生不得其所也將不能以自樂言必自是有危亡之禍。藻音早鎬胡老反樂音洛篇內皆由八音之樂一字音岳餘並同【重言】刺幽王也十八並附前小弁詩此後不載。

魚在在藻有頒其首頒大首貌魚以依蒲藻爲得其性箋云藻水草也魚之依水草猶人之依明王也明王之時魚何所處乎處於藻既得其性則肥充其首頒然此時人物皆得其所正言魚者以潛逃之類信其著見。頒符云反説文同韓詩云衆貌見賢遍反

王在在鎬豈樂飲酒箋云豈亦樂也天下平安万物得其性武王何所處乎處於鎬京樂八音之樂與君臣飲酒而已今幽王惑於褒姒万物失其性方有危亡之禍而亦豈樂飲酒於鎬京而无悛心故以此刺焉。豈本亦作愷同苦在反樂也下同悛七全反改也沈又七旬反。

魚在在藻有莘其尾莘長貌。莘所巾反王在在鎬飲酒樂豈。魚在在藻依于

以便韻耳

孔氏曰：王肅云：筐筥受所采之菜。朱氏曰：黼如斧形，刺之於裳也。○劉氏曰：菽薄物，采以爲藿，然而不可不敬。或筐之，或筥之，况諸侯之君乎？故當有以厚錫予之也。○陳氏曰：雖無予之者，好之之心無已也。

其蒲。王在在鎬，有那其居。箋云：那，安貌。天下平安，王无四方之虞，故其居處那然安也。○那，乃多反，注同也。

魚藻三章，章四句

采菽，刺幽王也。侮慢諸侯，諸侯來朝，不能錫命以禮數，徵會之，而無信義。君子見微而思古焉。幽王徵會諸侯，爲合義兵征伐有罪，既往而无之，是於義事不信也。君子見其如此，知其後必見攻伐，將无救也。○菽，本亦作叔。侮，亡甫反。朝，直遥反，篇内皆同。數，色角反，音朔。爲，于偽反。○

采菽采菽，筐之筥之。興也。菽，所以芼大牢而待君子也。羊則苦，豕則薇。箋云：菽，大豆也。采之者，采其葉以爲藿。三牲牛羊豕，芼以藿。王饗賓客有牛俎，乃用鉶羹，故使采之。○筐，丘方反。筥，居呂反。芼，毛報反。藿，火郭反。鉶，音刑。羹，古衡反。君子來朝，何錫予之？雖無予之，路車乘馬。君子謂諸侯也。箋云：賜諸侯以車馬，言雖无予之，尚以爲薄。○乘，繩證反，下注「車乘」「驂乘」此皆同。重言路車乘馬，重見此故高。又何予之？玄袞及黼。玄袞，卷龍也。白与黑謂之黼。箋云：又，与也。加公袞玄衣而畫以卷龍也。黼黻謂絺衣也。諸公之服自袞冕而下，侯伯自鷩冕而下，子男自毳冕而下。王之賜，維用有文章者。○袞，古本反。玄袞，冕服。黼，音甫，徐又音補。卷，眷勉反，下同。季蘇氏曰駕者既服而三之曰驂四之曰駟。董氏曰載驂則驂也載駟則騑也。劉氏曰屆至也。朱氏曰觱沸檻泉則采其芹諸侯來朝則觀其旂見其旂聞其鸞聲嘒嘒又見其駕則知君子之至於是也

朱氏曰交際也言諸侯見于天子恭敬齊遬不敢紓緩也蓋因其服以起興曰赤芾在股則邪幅在下矣彼交匪紓則天子所予矣是以錫之命而申之以福祿也

又作衱緎音弗紼知里反本又作𦬊同紕知反鷖以𢧵反𦬊也毛𦬊尺銳反。○觱沸檻泉言采其芹觱沸泉出貌檻泉正出也箋云言我也芹菜也可以爲菹亦所用待君子也我使采其水中芹者尚絜清也周禮芹菹鴈醢○觱音必沸音弗檻泉銜覽反徐下斬反爾雅云正出涌出也芹巨斤反菹側魚反清如字一音才性反【重言】觱沸檻泉重見瞻卬君子來朝言觀其旂其旂淠淠鸞聲嘒嘒載驂載駟君子所屆淠淠動也嘒嘒中節也箋云屆極也諸侯來朝王使人迎之因觀其衣服車乘之威儀所以爲敬且省禍福也諸侯將朝于王則驂乘乘四馬而往此之服飾君子法制之極也言其尊而王今不尊也○旂巨機反淠匹弊反徐孚蓋反又芳計反嘒呼惠反驂七南反驂馬曰驂駟音四屆音界中丁仲反諸侯將朝于王一本无于字皆以王絕句一讀諸侯將朝絕句以王字下屬乘乘上音承證反下音繩【重言】言觀其旂三本詩庭燎泮水各一。○赤芾在股邪幅在下彼交匪紓天子所予諸侯赤芾邪幅幅偪也所以自偪束也紓緩也箋云芾大古蔽膝之象也冕服謂之芾其他服謂之韠以韋爲之其制上廣一尺下廣二尺長三尺其頸五寸肩革帶博二寸脛本曰股邪幅如今行縢也偪束其脛自足至膝故曰在下彼與人交接自偪束如此則非有解怠紓緩之心天子以是故賜予之○芾音弗股音古邪似嗟反注同幅音福紓音舒予音與偪彼力反大音泰韠音必廣光曠反下同長直亮反脛胡定反縢徒登反解古賣反樂只君子天子命

孔氏曰：軍行在後曰殿，取鎮重之義。朱氏曰：左右，諸侯之臣也。劉氏曰：葉之蓬蓬，反以衛其根株，而爲之堅固。猶天子寵錫諸侯，俾之茂盛，反能殿天子之邦，而益朝廷之固也。故曰樂只君子，殿天子之邦。樂只君子，萬福攸同。○左傳魏絳曰：詩曰便蕃左右，亦是帥從。

蘇氏曰：天下之諸侯，撫之則懷，棄之則去，亦如舟之無定耳。

歐陽氏曰：紼纚維舟，如天子以爵命維持諸侯爾。

王氏曰：君子所樂，樂王能以義揆之也。○丘氏曰：又以福禄厚之。

之。樂只君子，福禄申之。申，重也。箋云：只之言是也。古者天子賜諸侯也，以禮樂樂之，乃後命之也。天子賜之，神則以福禄申重之，所謂人謀鬼謀也。刺今王不然。○樂只，上音洛，下音止。重，直用反，下同。樂樂，上音岳，下音洛。【重言】樂只君子十九，本詩六，樛木二，南山有臺十。○維柞之枝，其葉蓬蓬。蓬蓬，盛貌。箋云：此興也。柞之幹猶先祖也，枝猶子孫也，其葉蓬蓬，喻賢才也。正以柞爲興者，柞之葉新將生，故乃落於地，以喻繼世以德相承者明也。○柞，子洛反，字音昨，木名。蓬，步公反，注同。樂只君子，殿天子之邦。樂只君子，萬福攸同。殿，鎮也。○殿，多見反，注同。鎮，陟真反，又音珍，本作填。【重言】萬福攸同，重見蓼蕭。【互注】左襄十一年詩曰：樂只君子，殿天子之邦。注云：謂諸侯有樂美之德，可以鎮撫天子之邦。殿，鎮也。平平左右，亦是率從。平平，辨治也。箋云：率，循也。諸侯之有賢才之德，能辨治其連屬之國，使得其所，則連屬之國亦循順之。○平，婢延反，又韓詩作便便，云閑雅之貌。○汎汎楊舟，紼纚維之。紼，繂也。纚，緌也。明王能維持諸侯也。箋云：楊木之舟，浮於水上，汎汎然東西無所定，舟人以紼繫其緌，以制行之，猶諸侯之治民，御之以禮法。○汎，芳劍反。紼音弗，爾雅云：紼，繂也。繂音律。纚，力馳反，韓詩云：筰也。筰音才各反。緌，如誰反。【重言】汎汎楊舟，重見菁菁者莪。樂只君子，天子葵之。樂只君子，福禄膍之。葵，揆也。膍，厚也。○葵，其維反。膍，頻尸反，韓詩作肶，音同。優哉游哉，亦是戾

朱氏曰：於是又數諸侯優游而至於此也。

朱氏曰：角弓，以角飾弓也。○孔氏曰：弓人以六材爲弓，謂幹、角、筋、膠、絲、漆也。翩，反貌。○歐陽氏曰：弓之爲物，其体往來，張之則內嚮而來，弛之則外反而去。○李氏曰：九族，我親之則附，疏之則離。○蘇氏曰：是以告之，使無相遠也。王與骨肉如此，則下民亦將傚上之所爲也。○王氏曰：此令兄弟，交相愛也；不令兄弟，交相惡也。民喪其良心，不參彼己之曲直，躬自薄而厚

矣。戾，至也。箋云：戾，止也。諸侯有盛德者，亦優游自安止於是，言思不出其位。

采菽五章，章八句

角弓，父兄刺幽王也。不親九族而好讒佞，骨肉相怨，故作是詩也。○好，呼報反。【重意】不親九族，骨肉相怨。狀杜不能親其宗族，骨肉離散。

○騂騂角弓，翩其反矣。興也。騂騂，調利也。不善紲檠巧用，則翩然而反。箋云：興者，喻王與九族不以恩禮御待之，則使之多怨也。○騂，息營反，沈又許營反。說文作弲，音火全反。翩，匹然反。紲，息列反，弓檠也。檠，音景，弓匣也。說文云：榜也，謂輔也。兄弟昏姻，無胥遠矣。箋云：胥，相也。骨肉之親，當相親信，無相疏遠。相疏遠則以親親之望易以成怨。○胥，息徐反。易，羊豉反。

○爾之遠矣，民胥然矣。爾之教矣，民胥傚矣。箋云：爾，女。女，幽王也。胥，皆也。言王女不親骨肉，則天下之人皆如之。見女之教令無善無惡，所尚者天下之人皆學之。言上之化下，不可不慎。○傚，戶教反。

○此令兄弟，綽綽有裕。不令兄弟，交相爲瘉。綽綽，寬也。裕，饒。瘉，病也。箋云：令，善也。○綽，處若反，寬大也。裕，羊樹反。瘉，羊主反。【重言】記坊記：故君子因睦以合族。詩云：此令兄弟，綽綽有裕，不令兄弟，交相爲瘉。

○民之無良，相怨一方。箋云：良，善也。民之意不獲，當反責之於身，思彼所以然者

責於人也則各相怨
於一方 受爵不
讓專利而有之也。
歐陽氏曰貪爭不
已至於亡身也
東萊曰言民不知長
少之義其快意不
顧如食者但知稱
其饇飽之欲酌者
但知多取曾不少
加斟量也○劉氏
曰小人之為不善皆其
所自能不必教之也
今幽王又殊薄骨肉
為不善於上以倡之
是教猱升木也小人
樂於不善而王又
益之以不善是教
是以塗塗附其
堅且相著不可
脫矣○王氏曰君
子有徽猷於此則
小人與屬於彼矣

而怨之無善心之人則族居一處
然恚之○處昌慮反恚一瑞反
受爵不讓至于己斯亡爵祿
不以相讓故怨禍及之比周而黨愈少鄙爭而名愈辱求
安而身愈危箋云斯此也○比毗志反鄙爭爭鬭之爭
○老馬反為駒不顧其後已老矣而孩童慢之箋云此喻幽王見老人
反侮慢之遇之如幼稚不自顧念後至年老
人之遇己亦將然○駒音拘本作
咳戶才反許慎云咳小兒笑也稱音稱
如食宜饇如酌孔取饇飽
也箋云王如食老者則宜令之飽如飲老者則當孔取孔取謂度
其所勝多少尤器之孔其量大小不同老者氣力弱故取義焉王
有族食族燕之禮○食音嗣注同宜如字本作儀注同韓詩云儀
我也饇於據反徐又於具反取如字沈又音娶令力呈反飫於僞
反度待洛反勝
音升量音亮
○毋教猱升木如塗塗附猱猿屬塗泥附著
也箋云毋禁猱緣
之性善登木若教使其為之必也附木桴也塗之性善著若以塗塗
附其著亦必也以喻人之心皆有仁義教之則進○猱乃刀反沈
乃遥反塗如字援音袁字或
作猿著直略反下同桴音孚
君子有徽猷小人與屬徽美也
箋云猷
道也君子有美道以得聲譽則小人亦樂與之而自連屬焉今無
良之人相怨王不教之○徽音暉屬音蜀注同讀者亦音樹樂音
洛又音岳又五
教反下樂善同
○雨雪瀌瀌見晛曰消晛日氣也箋云雨雪
之盛瀌瀌然至日將
出其氣始見人則皆稱曰雪今消釋矣喻小人雖多王若欲興善
政則天下聞之莫不曰小人今誅滅矣其所以然者人心皆樂善

蘇氏曰雨雪之瀌瀌盛也見日而消矣王族相怨毒王苟有意綏之亦釋然解

蘇氏曰遺予也今王曾莫予之居於其上而屢驕焉而何以化彼哉

歐陽氏曰言骨肉相視如夷狄無礼義仁恩也

孔氏曰王肅孫毓皆以上帝為斥王。歐陽氏曰靖安也。蘇氏曰君子之顧於於王譬如行道之人無不庶幾息於

王不啓教之。○雨于付反注及下同瀌符嬌反徐符彪反又方苗反雪盛貌晛如字下文同韓詩作曣音於見反云曣晛日出也晛乃見反曰音越下同韓詩作聿劉向同始見賢遍反又如字莫肯下遺式居婁驕箋云莫無也遺讀曰隨式用也婁斂也今王不以善政啓小人之心則無肯謙虛以礼相卑下先人後己用此自居處斂其驕慢之過者。下遐嫁反注卑下同又如字遺王申毛如字鄭讀曰隨婁力住反數也徐云鄭音樓斂也爾雅云裒鳩樓聚也沈力俱反。雨雪浮浮見晛曰流浮浮猶瀌瀌也流流而去也如蠻如髦我是用憂蠻南蠻也髦夷髦也箋云今小人之行如夷狄而王不能變化之我用是爲大憂也髦西夷別名武王伐紂其等有八國從焉。○髦舊音毛尋毛鄭如字沈意當與尚書同音莫侯反行下孟反

角弓八章章四句

菀柳刺幽王也暴虐無親而刑罰不中諸侯皆不欲朝言王者之不可朝事也。菀音鬱徐於阮反中丁仲反下注不中同朝直遥反篇内同有菀者柳不尚息焉興也菀茂木也箋云尚庶幾也有菀然枝葉茂盛之柳行路之人豈有不庶幾欲就之止息乎興者喻王有盛德則天下皆庶幾願在朝焉今幽王不然上帝甚蹈無自暱焉蹈動暱近

茂楙者。孔氏曰：王其心變動不恒，諸侯相戒無往親近之，必將得罪。○陳氏曰：且俾我安之，以待其改惡從善，而後致至焉。言朝王也。歐陽氏曰：後予邁焉，謂待其可往朝則往焉。

東萊曰：前二章猶欲靖以待幽王之改，然猶往朝。此章言幽王方且居以凶暴，驕矜其惡日熾也。於是絕意乎王室矣。

呂氏曰：都人士者，即衣服傳所謂都邑之士，所以別野人也。

孔氏曰：在上衣服有常，能使民德歸一。抑抑威儀，維德之隅，由德行有常，故服不變。

也。箋云：蹈讀曰悼。上帝乎者，愬之也。今幽王暴虐，不可以朝事，甚使我心中悼病，是以不從而近之。釋己所以不朝之意。○蹈，音悼，鄭作悼，病也。暱，女栗反，又女筆反，徐又乃吉反。**俾予靖之，後予極焉。**靖，治。極，至也。箋云：靖，謀。俾，使。極，誅也。假使我朝王，王留我，使我謀政事，王信讒，不察功考績，後反誅放我。是言王刑罰不中，不可朝事也。○俾，必爾反，本作卑。後皆同。極，毛如字，鄭音棘。**有菀者柳，不尚愒焉。**愒，息也。○愒，欺例反，徐立罽反。**上帝甚蹈，無自瘵焉。**瘵，病也。箋云：瘵，接也。○瘵，側界反，鄭音際。**俾予靖之，後予邁焉。**箋云：邁，行也。行亦放也。春秋傳曰：予將行之。**有鳥高飛，亦傅于天。彼人之心，于何其臻。**箋云：傅、臻，皆至也。彼人斥幽王也。鳥之高飛，極至於天耳。幽王之心，於何所至乎？言其轉側無常，人不知其所屆。○傅，音附。【重言】亦傅于天，重見卷阿。**曷予靖之，居以凶矜。**曷，害。矜，危也。箋云：王何為使我謀之，隨而罪我，居我以凶危之地，謂四裔也。○裔，以世反。

菀柳三章，章六句。

都人士，周人刺衣服無常也。古者長民，衣服不貳，從容有常，以齊其民，則民德歸壹。傷今不復見古人也。衣服謂冠弁朱氏曰黃黃狐裘色也不改有常也章文章也。丘氏曰不惟衣服容貌言語之有常其所行之行又歸於忠信表裏如一故爲下民所仰望而取法也。孔氏曰都邑之士近政化有道先被其德無道先化其淫此時奢淫巧僞都邑尤甚故舉古以駁今也

孔氏曰緇布冠制小故言撮。呂氏曰君子女者貴人之女所以別民女也　孔不下於庶人則長民者所齊野人有不與也

孔氏曰王肅云以美石爲瑱塞實其耳

衣裳也古者明王時也長民謂凡在民上倡率者也變易無常謂之貳從容謂休燕也休燕猶有常則朝夕明矣壹者專也同也○長張丈反注同貳音二從七容反復扶又反下注同倡率色類反朝夕直遥反○彼都人士狐裘黃黃

其容不改出言有章彼彼明王也箋云城郭之域曰都古明王時都人之有士行者冬則衣狐裘黃黃然取温裕而已其動作容貌既有常吐口言語又有法度文章疾今奢淫不自責以過差○出如字士行下孟反下文行歸注操行同衣於既反差初賣反又如字

行歸于周萬民所望周忠信也箋云于於也都人之士所行要歸於忠信其餘萬民寡識者咸瞻望而法效之又疾今不然○望如字協韻音亡　左襄十四年忠民之望也詩曰行歸于周萬民所望忠也

○彼都人士臺笠緇撮臺所以禦暑笠所以禦雨也緇撮緇布冠也箋云臺夫須也都人之士以臺皮爲笠緇布爲冠古明王之時儉且節也○臺如字爾雅作薹薹草名笠音立緇側其反撮七活反又夫音特本作撮亦作撮

彼君子女綢直如髮密直如髮也箋云彼君子女者謂都人之家女也其情性密緻操行正直如髮之本末無隆殺也○綢直留反密也致直置反本亦作緻隆俗本作降殺所界反又所例反

我不見兮我心不說箋云疾時皆奢淫我不復見今士女之然者心思之而憂也○我不見第一章作不見後三章作弗見一本四章同作不字說音悅

○彼都人士充耳琇實琇美石也箋云言以美石爲瑱瑱塞耳○琇音

朱氏曰尹吉未詳

孔氏曰我今不見古之士女德服如是我心爲之苑結

王氏曰是不可得見也得見則我從之邁也

蘇氏曰帶由其自餘而垂之髮由其自揚而卷之古人爲容者亦從其自然非強之也○朱氏曰言其自然閑美不假脩飾也

秀徐又音誘瑱州見反彼君子女謂之尹吉尹正也箋云吉讀爲姞尹氏姞氏周室昏姻之舊姓也人見都人之家女咸謂之尹氏姞氏之女言有禮法○吉毛如字鄭讀爲姞其吉反又其乙反我不見兮我心苑結箋云苑猶屈也積也○苑於粉反徐音鬱又於阮反○彼都人士垂帶而厲彼君子女卷髮如蠆厲帶之垂者箋云而亦如也而厲如鞶厲也鞶必垂厲以爲飾厲字當作裂蠆螫蟲也尾末揵然似婦人髮末曲上卷然○帶音帶本亦作帶厲如字鄭當作裂音列卷音權注及下同蠆勑邁反又勑界反蠆蟲也通俗文云長尾爲蠆短尾爲蝎蝎音虛伐反鞶薄寒反螫音釋本又作蠚呼莫反揵其言反又其偃反音虔漢書音義云舉也又渠偃反一音其蹇反時掌反我不見兮言從之邁箋云言亦我也邁行也我今不見士女出則思之欲從之行言已憂悶欲自殺求從古人○匪伊垂之帶則有餘匪伊卷之髮則有旟旟揚也箋云伊辭也此言士非故垂此帶也帶於禮自當有餘也女非故卷此髮也髮於禮自當有旟也旟拔揚貌也○旟音餘揚也我不見兮云何盱矣箋云盱病也思之甚云何乎我今已病也○盱香俱反重言云向盱矣卷耳云何吁矣

都人士五章章六句

小雅 都人七 十五卷五

爾雅曰菉王芻郭璞云菉蓐也今呼鴟脚莎

李氏曰薄辭也

蘇氏曰予髮曲局矣庶幾君子之歸而沐之

孔氏曰李巡云襜蔽膝也

朱氏曰襜與韂同五日為期去時之約也六日不詹過期而不見也。丘氏曰言是子往獵我則為之緇弓于韔中往釣[illegible]我則為之綸繩于竿令遠行從後久而不歸思其如此而不可得也

孔氏曰上章兼有狩此偏言釣者因上章釣文在下接而申之

董氏曰言其得魚之多使觀者樂也。

丘氏曰君子善釣如

采綠，刺怨曠也。幽王之時，多怨曠者也。怨曠者君子行役過時之所由也而刺之者譏其不但憂思而已欲從君子於外非禮也○曠苦晃反下皆同

○終朝采綠，不盈一匊。興也自旦及食時為終朝兩手曰匊箋云綠王芻也易得之菜也終朝采之而不滿手怨曠之深憂思不專於事○匊弓六反注本或一手曰匊芻楚俱反草也易以豉反

予髮曲局，薄言歸沐。局卷也婦人夫不在則不容飾箋云言我也禮婦人在夫家笄象笄今曲卷其髮憂思之甚也有云君子將歸者我則沐以待之○局其玉反卷音權下同又眷勉反沐其言反

○終朝采藍，不盈一襜。衣蔽前謂之襜箋云藍染草也○藍盧談反沈力甘反襜尺占反郭璞云今之蔽膝

五日為期，六日不詹。詹至也婦人五日一御箋云婦人過於時乃怨曠五日六日者五月之日六月之日也期至五月而歸今六月猶不至是以憂思○詹音占

○之子于狩，言韔其弓。之子于釣，言綸之繩。箋云之子是子也謂其君子也于往也綸釣繳也君子往狩與我當從之為之韔弓其往釣與我當從之為之繩繳今怨曠自恨初行時不然○狩尸救反韔勑亮反弢也沈治亮反本亦作鬯釣音弔綸音倫繳音灼亦作繳同與音餘下同為于偽反下同

○其釣維何？維魴及鱮。維魴及鱮，薄言觀者。箋云觀多也此美其君子之有技藝也釣必得魴鱮魴鱮是云其多者耳其眾雜魚乃眾多矣○魴音房

此今久而不歸故思而述之也

蘇氏曰宣王國申伯于謝使召公往營之召公之勞行者猶陰雨之膏黍苗哀今不能而思之也

丘氏曰蓋不定之辭也。王氏曰召伯之遇役夫如此。丘氏曰召伯知其勞苦憂思故皆憂勞而諭之曰我負任者我輓輦者我將車者我牽傍牛者俟我南行之功已集蓋云歸哉謂解之使說也

鰥音叔觀古玩反注同韓詩作覩說我其綸反【重言】其釣維何重見何彼襛矣

采綠四章章四句

黍苗刺幽王也不能膏潤天下卿士不能行召伯之職焉陳宣王之德召伯之功以刺幽王及其羣臣廢此恩澤事業也。膏古報反下同召上照反注及下同○芃芃黍苗陰雨膏之興也芃芃長大貌箋云興者喻天下之民如黍苗然宣王能以恩澤養育之亦如天之有陰雨之潤○芃蒲東反一音扶雄反長張文反【互注】左襄十九年季武子如【重言】芃芃黍苗陰雨膏之重見下泉晉拜師晉侯享之范宣子為政賦黍苗季武子興再拜稽首曰小國之仰大國也如百穀之仰膏雨焉若常膏之其天下輯睦豈唯敝邑賦六月悠悠南行召伯勞之悠悠行貌箋云宣王之時使召伯營謝邑以定申伯之國將徒役南行衆多悠悠然召伯則能勞來勸說以先之○勞力報反注及下篇注同營謝一本作營謝邑將徒役一本作將師旅來音賚說音悅又始銳反○我任我輦我車我牛我行既集蓋云歸哉任者輦者車者牛者箋云集猶成也蓋猶皆也營謝轉輦之役有負任者有輓輦者有將車者有牽傍牛者其所為南行之事既成召伯則皆告之云可歸哉刺今[illegible]使民行役曾無休止時○任音壬注同輦力展反沈連典反輓音晚本又作輓音晚傍蒲浪反為于偽反○我徒我

王氏曰召伯之遇征夫如此
朱氏曰謝功謝邑之事也。○王氏曰召伯營謝功之肅成征師之威定申伯之宅平淮夷故也

御我師我旅我行既集蓋云歸處徒行者御車者師者旅者箋云步行曰徒召伯營謝邑以兵衆行其士卒有步行者有御兵車者五百人爲旅五旅爲師春秋傳曰諸侯之制君行師從卿行旅從。○士卒尊忽反一本作士衆從才用反下同

肅肅謝功召伯營之烈烈征師召伯成之謝邑也箋云肅肅嚴正之貌營治也烈烈威武貌征行也美召伯治謝邑則使之嚴正將師旅行則有威武也。○

原隰既平泉流既清召伯有成王心則寧土治曰平水治曰清箋云召伯營謝邑相其原隰之宜通其水泉之利此功既成宣王之心則安也又刺今王臣無成功而亦心安。○治直吏反下同相息亮反

黍苗五章章四句

孔氏曰下濕曰隰桑宜在濕潤之所隰之近野且桑以今驗之實然也。○朱氏曰隰桑有阿則其葉有難美既見君子則其樂如何哉

隰桑刺幽王也小人在位君子在野思見君子盡心以事之【自意】小人在位君子在野候人遠君子而好近小人

○隰桑有阿其葉有難興也阿然美貌難然盛貌有以利人也箋云隰中之桑枝條阿阿然長美其葉又茂盛可以庇廕人興者喻時賢人君子不用而野處有覆養之德也正以隰桑興者反求此義則原上之桑枝葉不能然以刺時小人在位無德於民。○難乃多反庇必利反又彼備反廕於鴆反

既見君子其樂如何箋云思在野之君子而得見其在位喜樂無度。○樂音洛注下皆同【重言】

劉氏曰：沃謂長茂光潤，如膏之沃也。
王氏曰：德音孔膠者，其德音之所及，人附離之甚固也。
朱氏曰：謂猶言也。
李氏曰：我心誠愛君子，雖遠在野，豈不能遠告之哉。

程氏曰：詩以刺王，序誤作后字。自下國化之以下，言當時事，如此詩中所不及也。詩大意刺王專寵，失上下之分。○孔氏曰：褒國姒姓，言姒以其字者，婦人因姓為字也。孽者，蘖者，樹木斬而復生謂之蘖。

既見君子二十二本詩二三餘附波瓚詩 ○隰桑有阿，其葉有沃。沃，柔也。沃，烏酷反。○既見君子，云何不樂。○隰桑有阿，其葉有幽。幽，黑色也。幽，於求反。既見君子，德音孔膠。膠，固也。箋云：君子在位，民附仰之，其教令之行甚堅固也。○膠音交。【重意】德音孔膠，鹿鳴：德音孔昭。○心乎愛矣，遐不謂矣。中心藏之，何日忘之。箋云：遐，遠。謂，勤。藏，善也。我心愛此君子，君子雖遠在野，豈能不勤思之乎？宜思之也。我心善此君子，又誠不能忘也。孔子曰：愛之能勿勞乎？忠焉能勿誨乎？○藏，鄭子郎反，王才郎反。【互注】記表記：子曰：事君欲諫不欲陳。詩云：心乎愛矣，遐不謂矣，中心藏之，何日忘之。

隰桑四章，章四句。

白華，周人刺幽后也。幽王取申女以為后，又得褒姒而黜申后，故下國化之，以妾為妻，以孽代宗，而王弗能治。周人為之作是詩也。申，姜姓之國也。褒姒，褒人所入之女，姒其字也。是謂幽后。孽，支庶也。宗，適子也。王不能治，己不正故也。○華音花。取，七喻反。孽，魚列反。為，于偽反。適音的。○白華菅兮，白茅束兮。興也。白華，野菅也。已漚為菅。箋云：白華於野，已漚名之為菅。菅柔忍中用矣，而更取白茅收束之。茅比於白華為脆。興者，喻王取於陳氏曰我申后也。程氏曰白華則漚以爲菅白茅則用之裹束物之美惡其用各有所與尊卑上下各有其分今王乱貴賤之序而棄遠我俾我窮獨矣所也程氏曰天步時運也猶如也天之道雲露露降則菅茅皆被其潤王如以道則嫡妾當均被其寵今天運艱難而之子不猶是道也。丘氏曰碩人謂幽王也。程氏曰小水微流尚能浸漑稻田王之[illegible]崇高尊大而反不能通流其寵澤念此所以嘯歌而傷懷也。少儀云抱樵注云㭊燃曰樵。孔

申后禮儀備任姒后之事而更納褒姒褒姒爲孽卒至滅國。○姞音吉姒音似鳥媱反桑也忍首刃脆七歲反又音毳任姒后音壬一本作任王后

之子之遠俾我獨兮箋云之子斥幽王也俾使也王之遠外我不復答耦我意欲使我獨也老而無子曰獨俊褒姒譖申后之子宜咎奔申。○遠于萬反下注遠善同又如字注及下皆同俾必爾反復扶又反譖側鳩反咎音臯。○

英英白雲露彼菅茅英英白雲貌露亦有雲言天地之氣無微不著無不覆養箋云白雲下露養彼可以爲菅之茅使與白華之菅相亂易猶天下妖氣生褒姒使申后見黜。○英如字韓詩作泱泱同

天步艱難之子不猶步行猶可也箋云猶圖也天行此艱難之妖久矣王不圖其變之所由爾昔夏之衰有二龍之妖卜藏其漦周厲王發而觀之化爲玄黿童女遇之當宣王時而生女懼而棄之後褒人有獄而入之幽王幽王嬖之是謂褒姒。○夏戶雅反漦士其反沫也又尸醫反又爾雅云漦黿也黿音元黿音元嬖補計反又必計反。○

滮池北流浸彼稻田滮流貌箋云池水之澤浸潤稻田使之生殖喻王無恩意於申后滮池之不如也豐鎬之間水北流。○滮符彪反休二反浸子鴆反字亦作濅殖市力反鎬胡老反

嘯歌傷懷念彼碩人箋云碩大也妖大之人謂褒姒也申后見黜褒姒之所爲故憂傷而念之。○歗音嘯本亦作嘯妖古卯反本又作妖一音於驕反。○

樵彼桑薪卬烘于煁卬我烘燎也煁烓竈也桑薪宜以養人者也箋云人之樵取彼桑薪宜以炊饔饎之爨以養食人桑薪薪之善者也我反

氏曰煁烓竈也烓者無釜之竈其上燃火謂之烘上以照物若今之火炉也。歐陽氏曰桑薪宜爨烹飪而為燎燭棄爨自傷失職也。程氏曰言之子者直謂是人也言碩人者言其居尊大之位而所為如是也。立氏曰念幽王寵褒姒而遠我則嘗懆然而憂思幽王視我則傀邁邁然而疏遠也
孔氏曰梁魚梁也
蘇氏曰幽王進褒姒而黜申后譬之如養鶖而棄鶴也
程氏曰今王使我不得其所是以傷心。
王氏曰鴛鴦能好其匹於止得其所止雄雌相從不失其性也

以燎於烓竈用炤事物而已喻王始以禮取申后禮儀備今反黜之使為卑賤之事亦猶是。燋徂焦反炉中五爐反烘火東反徐又音洪說文巨以甘以二反孫炎音恭烓市林反燎音了又力弔力召二反烓音恚又口迥反鄭云三隅竈也說文云行竈也呂沈同音口頴反何康瑩反顧野王口井烏攜二反炊昌垂反注同饔於恭反饍尺志反爨七亂反食音嗣炤音照卑如字下又卑亡井注同

維彼碩人實勞我心【重言】實勞我心四本八詩一云燕燕雄雌各一。鼓鍾于宮聲聞于外有諸宮中必形見於外箋云王失禮於內而下國聞知而化之王弗能治如鳴鼓鍾於宮中而欲外人不聞亦不可止。聞音問見賢遍反

念子懆懆視我邁邁邁邁不說也箋云此言申后之忠於王也念之懆懆然欲諫正之王反不說於其所言。懆七感反說文七倒反云愁不申也亦作懆懆邁邁如字韓詩及說文並作怖怖孚吠反又孚葛反又四代反韓詩云意不說好也許云很怒也說音悅下同。

有鶖在梁有鶴在林鶖禿鶖也箋云鶖也鶴也皆以魚為美食者也鶖之性貪惡而今在梁鶴潔白而反在林興王養褒姒而餒申后近惡而遠善。鶖音秋鳥名鶴户各反禿吐木反潔音結餒奴罪反近附近之近

維彼碩人實勞我心。鴛鴦在梁戢其左翼箋云戢斂也斂左翼者謂右掩左也鳥之雌雄不可別者以翼右掩左雄左掩右雌陰陽相下之義也夫婦之道亦以禮義相下以成家道。別彼列反下遐嫁反下同【重言】鴛鴦在梁戢其左翼重見鴛鴦篇之子無

王氏曰幽王無良不一其德縱驁之不如也。蘇氏曰石之施於履者乘石也石之扁然下者可施於履之卑而不可施於貴。歐陽氏曰褒姒指此石常在人下如妾當在下爾今之子遠我而進彼使我病也

程氏曰詩序皆是同時所作然亦後人增加如綿蠻序不肯飲食教載之但見詩中云飲之食之教之誨之命彼後車謂之載之即云教載絕不成語也

嚴氏曰後車副車也。王氏曰道之云遠我勞如何則大臣我微賤者也我者內之也。陳氏曰飲食以慰藉之

良二三其德（箋云良善也王無答耦已之善意而變移其心志令我怨曠。○令力成反[illegible]二三其德重見氓詩）

○有扁斯石履之卑兮（扁扁乘石貌王乘車履石○箋云王后出入之禮與王同其行登車以履石申后始時亦然今也黜而卑賤。○扁邊顯反又必淺反）之子之遠俾我疧兮（疧病也箋云王之遠外我欲使我困病。○疧徐都禮反又祁支反）

白華八章章四句

緜蠻微臣刺亂也大臣不用仁心遺忘微賤不肯飲食教載之故作是詩也（微臣謂士也古者卿大夫出行士為末介士之祿薄或困乏於資財則當賙贍之幽王之時國亂禮廢恩薄大不念小尊不恤賤故本其亂而刺之。○緜蠻面延反下如字飲食上於鴆反下音嗣篇內皆同注字介音界賙音周贍市豔反）

○緜蠻黃鳥止于丘阿（興也緜蠻小鳥貌丘阿曲阿也鳥止於阿人止於仁箋云止謂飛行所止託也興者小鳥知止於丘之曲阿靜安之處而託息焉喻小臣擇卿大夫有仁厚之德者而依屬焉。○處昌慮反）道之云遠我勞如何飲之食之教之誨之命彼後車謂之載之（箋云在國依屬於卿大夫之仁者至於為末介從而行道路遠矣我罷勞則卿大夫之恩宜如

而曰受其教誨又命後車以載之哉夫臣之所當施於從行小臣之事也
孔氏曰從行遠道不應初即與車故言車敗則載之
李氏曰非敢憚行也但恐其疲勞而不能疾趨耳
國語云齊朝駕則夕極于魯國極之爲言至也非敢憚行但恐不能至其所也
王氏曰嘗其旨否然後行獻酬之禮。
杜預左傳注曰古者不以微薄廢禮雖瓠葉兔首猶與賓客享之。蘇氏曰傷幽王雖有牲牢饔餼而不肯用也

句乎得則予之飲飢則予之食事未至則豫教之臨事則誨之車敗則命後車載之後車倅車也。○罷音皮下同倅七對反副車首道之云云遠重見編維。○飲之食之四本詩二公闕下○緜蠻黄鳥止于丘隅箋云丘隅丘角也豈敢

[illegible]記大學詩云邦畿千里惟民所止詩云緜蠻黄鳥止于丘隅子曰於止知其所止可以人而何如鳥乎

憚行畏不能趨箋云憚難也我罷於勞倦又敗豈敢難徒行乎畏不能及時疾至也。○憚徒旦反下同難乃旦反下同飲之食之教之誨之命彼後車謂之載之○緜蠻黄鳥止于丘側箋云丘側丘旁也豈敢憚行畏不能極箋云極至也。○極如字飲之食之教之誨之命彼後車謂之載之

緜蠻三章章八句

瓠葉大夫刺幽王也上棄禮而不能行雖有牲牢饔餼不肯用也故思古之人不以微薄廢禮焉牛羊豕爲牲繫養者曰牢熟曰饔腥曰餼生曰牽不肯用者自養厚而薄於賓客。○瓠戶故反牢老刀反饔於恭反字又作雍餼許氣反腥音星○幡幡瓠葉采之亨之君子有酒酌言嘗之幡幡瓠葉貌庶人之菜也箋云亨熟也熟

小雅 白華 緜蠻 瓠葉 十五 卷九

孔氏曰斯此也。蘇氏曰有兔斯首言一兔也。李氏曰兔以首言猶魚以尾言也。蘇氏曰獻主人酌賓也

孔氏曰炕舉也謂以物貫之而舉於火上以炙之

瓠葉者以為飲酒之菹也此君子謂庶人之有賢行者也其農功畢乃為酒漿以合朋友習禮講道義也酒既成先與父兄室人亨瓠葉而飲之所以急和親親也飲酒而曰嘗者以其為之主於賓客賓客則加之以羞易象曰君子以朋友講習。幡芳煩反亨普庚反注同菹莊魚反行下孟反先悉薦反易卦名也訓悅嘗君子有酒十一本詩四魚麗二嘉魚四○有兔斯首炮之燔之君子有酒酌言獻之毛曰炮加火曰燔獻奏也箋云斯白也今俗語斯白之字作鮮齊魯之間聲近斯有兔白首者兔之小者也炮之燔之者將以為飲酒之羞也飲酒之禮既奏酒於賓乃薦羞每酌言言者禮不下庶人庶人依士禮立賓主為酢名○兔他故反下同斯首毛如字此也鄭作鮮音仙白首也炮本作炰白交反燔音煩近附近之近下遐嫁反○有兔斯首燔之炙之君子有酒酌言酢之炕火曰炙酢報也箋云報者賓既卒爵洗而酌主人也凡治兔之宜鮮者毛炮之柔者炙之乾者燔之○炙音隻酢才洛反炕苦浪反何沈又苦郎反炰燔之炙之楚茨行葦詩毛燔或炙○有兔斯首燔之炮之君子有酒酌言醻之醻道飲也箋云主人既卒酢爵又酌自飲卒爵復酌進賓猶今俗人勸酒○醻市周反道徒報反本亦作導同復扶又反俗之一本作俗人

瓠葉四章章四句

詩十五　十七

朱氏曰皇暇也
孔氏曰王肅云言遠
征我狄戎役不息乃
更漸漸之高石長
遠之山川維其勞
苦也。歐陽氏曰武
人東征不皇朝矣者
謂久處于外不得朝
見天子也。東萊
曰解經不必改字鄭
氏以勞為廣非也
然孔氏之說讀詩
者所當知
孔氏曰言所登歷何
時可盡徧也。歐陽
氏曰不皇出矣者謂
深入險阻之地將不
得出也。張氏曰
豕之負塗曳泥其
常性也今其足皆
白涉波而去水患
之多可知矣

漸漸之石，下國刺幽王也。戎狄叛之，荆舒不至，乃命將
率東征，役久病於外，故作是詩也。荆謂楚也舒舒鳩舒鄝舒庸之屬役謂士卒也
○漸漸士銜反沈時銜反亦作嶃嶃下同翟徒歷反本或作狄叛音畔將率上子見反下所類反注及後篇將率放此役久病於外
一本作役人久病人街字鄒音了本又作蓼士卒尊忽反下篇士卒同重直用反下國刺幽王也重見何草不黄○漸漸
之石，維其高矣。山川悠遠，維其勞矣。漸漸山石高峻箋云山石漸漸然高峻不
可登而上喻戎狄衆彊而無禮義不可得而伐也山川者荆舒之國所處也其道里長遠邦域又勞勞廣闊言不可卒服○勞如字
孫毓云鄭音遼上時掌反卒寸忽反武人東征，不皇朝矣。箋云武人謂將率也皇王也將率受王命
東行而征伐役人罷病必不能正荆舒使之朝於王○朝直遥反注同罷音皮○漸漸之石，維其卒矣。
山川悠遠，曷其沒矣。卒竟沒盡也箋云卒者崔嵬也謂山巔末也曷何也廣闊之處何時其可盡
服○卒毛子恤反鄭在律反崔罪回反嵬五回反本作崔嵬曷何葛反下同武人東征，不皇出矣。箋云
不能正之令出使聘問於王令力呈反下注同使所吏反○有豕白蹢，烝涉波矣。豕豬也蹢蹄也
將久雨則豕進涉水波箋云烝衆也豕之性能水又唐突難禁制
四蹄皆白曰駭則白蹢其尤躁疾者今離其繒牧之處與衆豕涉

小雅 魚藻 漸漸之石 十五卷十

孔氏曰離歷也。朱氏曰畢星名。歐陽氏曰豕涉波而月離畢將雨之驗也謂征役者在險阻之中推雨是憂不皇及他也履險遇雨征行所尤苦故以為言

陳氏曰此詩其辭簡其情哀周室將亡不可救矣詩人傷之而已

蘇氏曰言周室之衰如苕華也

豕之涉波漣矣喻荊舒之人勇悍捷敏其君猶白蹢之豕也乃率民去禮義之安而居亂亡之危賤之故比方於豕。○蹢音的都歷反烝之承反將如字一本作天將雨能奴代反本又作耐戶楷反豴雅說文皆作駭古哀反躁子到反難乃旦反箸在陵反豳雅豕所寢曰繒方言作橧從木音同漣音連一本作瀾力安反悍下旦反 月離于畢俾滂沱矣畢噣也月離陰星則雨箋云將有大雨徵氣先見於天以言荊舒之叛萌漸亦由王出也豕既涉波今又雨使之滂沱疾王甚也。○滂普郎反沱徒何反注同噣直角反又音晝本又作濁見賢遍反 武人東征不皇他矣箋云不能正之今其守職不下王命。○它音他

漸漸之石三章章六句

苕之華大夫閔時也幽王之時西戎東夷交侵中國師旅並起因之以饑饉君子閔周室之將亡傷己逢之故作是詩也師旅並起者諸侯或出師或出旅以助王距戎與夷也大夫將師出見戎夷之侵周而閔之今當其難自傷近危亡。○苕音條徐音韶草名苕華音花距音巨難乃旦反下之難同近附近之近【重意】西戎東夷交侵中國下篇四夷交侵中國以背叛○苕之華芸其黃矣興也苕陵苕也將落則黃箋云陵苕之華紫赤而繁興者

丘氏曰詩人言知我所遇之世如此不如不生之愈也

孔氏曰釋畜云羊牡羒牝牂。鄭氏曰三星心星也。蕭田鄭氏曰牝羊首小今也羸瘠反首大而身小。牂羊而墳首心星而照罶皆不久也以此與死亡之將至也

陳氏曰人可以食鮮可以飽言苟且一食無望其餘也

陵苕之幹喻如京師也其華猶諸夏也故或謂諸夏爲諸華華衰則黃猶諸侯之師旅罷病將敗則京師孤弱○芸音云沈音運夏戶雅反下同罷音皮心之憂矣維其傷矣【重言】箋云傷者謂國日見侵削○心之憂矣一十四本詩一餘附柏舟詩○苕之華其葉青青華落葉青青然箋云京師以諸夏爲障蔽今陵苕之華衰而葉見青青然喻諸侯微弱而王之臣當出見也○青青子零反注同鄭章亮反見賢遍反下同知我如此不如無生箋云我我王也知王之爲政如此則己之生不如不生也自傷逢今世之難憂閔之甚○牂羊墳首三星在罶牂羊牝羊也墳大也罶曲梁也寡婦之笱也牂羊墳首言無是道也三星在罶言不可久也箋云無是道者喻周已衰求其復興不可得也不可以久者喻周將亡如心星之光耀見於魚笱之中其去須臾也○牂子桑反墳扶云反罶音柳本又作霤牝頻忍反笱音苟復扶又反人可以食鮮可以飽治日少而亂日多箋云今者士卒人人於晏早皆可以食矣時飢饉軍興之少無可以飽之者○鮮息淺反治直吏反

苕之華三章章四句

何草不黃下國刺幽王也四夷交侵中國背叛用兵不息視民如禽獸君子憂之故作是詩也○背音佩【重言】下國刺幽王也重見

小雅 魚藻之什 苕之華 何草不黃 十五 已上

丘氏曰將亦行也

孔氏曰矜與鰥古今字

孔氏曰率循也。朱氏曰言征夫非兕非虎何為使之循曠野而朝夕不得閑暇也。

丘氏曰芃毛尾長貌

孔氏曰狐本是草中之獸人非獸何為行彼周道之上常在外野與狐在過草乎

漸漸之石。何草不黃何日不行箋云用兵不息軍旅自歲始草生而出至歲晚矣何草而不黃乎言草皆黃也於是下國將率何日不行乎言常行勞苦之甚何人不將經營四方言萬民無不從役○【音義】經營四方三本詩北山江漢各一。何草不玄何人不矜箋云玄赤黑色始春之時草牙孽者將生必玄於此時也兵猶復行無妻曰矜從役者皆過時不得歸故謂之矜○矜古頑反注同孽魚列反復扶又反哀我征夫獨為匪民箋云征夫從役者也古者師出不踰時所以厚民之性也今則草玄至於黃黃至於玄此豈非民乎○匪兕匪虎率彼曠野兕虎野獸也曠空也箋云兕虎比戰士也○兕徐履反哀我征夫朝夕不暇○有芃者狐率彼幽草有棧之車行彼周道芃小獸貌棧車役車也箋云狐草行草止故以比棧車輦者○芃薄紅反又扶東反棧士板反輦者一本作輦車

何草不黃四章章四句

魚藻之什十四篇六十二章三百二句

纂圖互註毛詩卷第十五

朱氏曰文王在上尊仰之辭也於昭于天歎其德之昭明上徹于天也言文王與天同德也。王氏曰周受封自后稷則其爲邦舊矣至文王而天命之肇造區夏則其命維新矣。○朱氏曰夫文王在上而於昭于天則有周之德豈不顯乎周雖舊邦而其命維新則上帝之命豈不時乎德顯命時間不容息蓋以文王德合乎天一陟一降常若在帝之左右與之同運而無違也

杜氏左傳注曰錫賜也。○李氏曰哉者語辭也。○朱氏曰所謂亹亹文王文王非有所勉也蓋其純亦不已而人見其亹亹也其德不已則令聞亦不已德盛

纂圖互註毛詩卷第十六

文王之什詁訓傳第二十三　毛詩大雅

陸曰自此以下至卷阿十八篇是文王武王成王周公之正大雅據盛隆之時而推序天命上述祖考之美皆國之大事故爲正大雅焉文王至靈臺八篇是文王之大雅下武至文王有聲二篇是武王之大雅

鄭氏箋

文王，文王受命作周也。受命受天命而王天下制立周邦。○王于況反。

文王在上，於昭于天。在上在民上也。於歎辭。昭見也。箋云文王初爲西伯有功於民其德著見於天故天命之以爲王使君天下也。崩謚曰文。○於音烏注及下於緝并注皆同。見賢遍反下著見同。著張慮反。謚時志反說文作諡云行之迹也生存之行終始是錄之以爲謚也。[重言]於昭于天重見此詩

周雖舊邦，其命維新。乃新在文王也。箋云大王聿來胥宇而國於周王迹起矣而未有天命至文王而受命言新者美之也。○大王音泰後大王皆同。[互註]大學康誥曰作新民詩曰周雖舊邦其命維新是故君子無所不用其極

有周不顯，帝命不時。有周周也。不顯顯也。顯光也。不時時也。時是也。箋云周之德不光明乎光明矣天命之不是乎又是矣

文王陟降，在帝左右。言文王升接天下接人也。箋云在察也。文王能觀知天意順其所爲從而行之。○

亹亹文王，令聞不已。

如是故上帝敷錫於周維以文王孫子觀之則可見矣蓋其本宗則百世為天子支庶則百世為諸侯皆天命也不惟如此而已又及其臣子使凡周之士亦世世脩德而與周匹休焉不顯亦世猶曰豈不顯乎其亦世也蓋言其傳世永久而以不顯二字歎之以見其辭也

顏氏漢書注曰皇美也美哉多士生此周王之國也。王氏曰楨國所恃以立也。○朱氏曰文王之國能生此眾多之士則可以為國之幹而文王亦賴以為安矣

孔氏曰於嘆美之辭。王氏曰緝續也。蘇氏曰熙光也。○朱氏曰繼續光明亦不已之意。孔氏曰止為語辭。

陳錫哉周，侯文王孫子。文王孫子，本支百世。陳敷也哉載也侯維也本本宗也支支子也箋云令善哉始侯君也勉勉乎不倦文王之勤用明德也其善聲聞日見稱歌無止時也乃由能敷恩惠之施以受命造始周國故天下君之其子孫適為天子庶為諸侯皆百世○亹音尾聞音問注同哉如字毛載也鄭始也左傳作載本又作載同敷音孚施始豉反適音的字或作嫡【重言】令聞不已重見江漢【互注】左宣十五年士伯庸中行伯君信之亦庸士伯此之謂明德矣文王所以造周不是過也故詩曰陳錫載周能施也率是道也其何不濟○又昭公六年夫謂固位者必度於本末而後立衷焉不知其本不謀知本之不枝弗強詩云本枝百世

凡周之士，不顯亦世。不世顯德乎士者世祿也箋云凡周之士謂其臣有光明之德者亦得世世在位重其功也

○世之不顯，厥猶翼翼。思皇多士，生此王國。王國克生，維周之楨。翼翼恭敬思辭也皇天楨幹也箋云猶謀也思願也周之臣既世世光明其為君之謀事忠敬翼翼然又願天多生賢人於此邦此邦能生之則是我周之幹事之臣○楨音貞為于偽反下天為此同

濟濟多士，文王以寧。濟濟多威儀也○濟子禮反後濟濟皆同【重言】濟濟多士三本詩清廟泮水各一【互注】左成二年楚令尹子重為陽橋之役以救齊將起師子重曰君弱群臣不如先大夫師眾而後可詩曰濟濟多士文王以寧夫文王猶用眾況吾儕乎

○穆穆文王，於緝熙敬止。

蘇氏曰假大也。孔氏曰不億其數至多不徒止於一億而已。朱氏曰穆穆然文王之德不已其敬如此是以大命集焉。歐陽氏曰大哉天命商之子孫數甚衆多而上帝乃命之爲周諸侯
朱氏曰京周之京師也。
孔氏曰爾祖文王也。
王氏曰天常命商使有九有之師矣今侯服于周所謂靡常也唯其靡常故商之子孫其爲士而膚美敏疾者乃反祼將于周京以助周祭也。董氏曰常服則不變其服存商制也。朱氏曰呼王之藎臣而告之曰得無念爾祖文王之德乎蓋以戒王而不敢斥言猶

假哉天命、有商孫子。穆穆美也緝熙光明也假固也箋云穆穆乎文王有天子之容於美乎又能敬其光明之德堅固哉天爲此命之使臣有殷之子孫。緝七入反熙許其反假古雅反【互註】記大學詩云穆穆文王於緝熙敬止爲人君止於仁爲人臣止於敬爲人子止於孝爲人父止於慈與國人交止於信

商之孫子、其麗不億、上帝既命、侯于周服。麗數也盛德不可爲衆也箋云于於也商之孫子其數不徒億多言之也至天已命文王之後乃爲君於周之九服之中。言衆之不如德也。麗力馳反沈又力知反

○侯服于周、天命靡常。則見天命之無常也箋云無常者善則就之惡則去之

殷士膚敏、祼將于京。厥作祼將、常服黼冔。殷士殷侯也膚美敏疾也祼灌鬯也周人尚臭將行京大也黼白與黑也冔殷冠也夏后氏曰收周曰冕箋云殷之臣壯美而敏來助周祭其助祭自服殷之服明文王以德不以彊。祼古亂反黼音甫冔況甫反字林作緝又火于反鬯敕亮反夏户雅反

王之藎臣、無念爾祖。藎進也無念念也箋云今王之進用臣當念汝祖爲之法王斥成王。藎才刃反爲之法一本作爲之法度

○無念爾祖、聿脩厥德。永言配命、自求多福。聿述求長言我也我長配天命而行爾庶國亦當自求多福箋云長猶常也王既述脩祖德常言當配天命而行則福祿自來。聿于必反【重言】永言配命重見下武【互註】左傳桓公六年鄭忽以其有功也

所謂敢告僕夫云爾。李氏曰：無念爾祖，言成王欲念爾祖，則在乎聿脩厥德而已。能脩德則可以長配天命，而福祿自來矣。孟子曰：禍福無不自己求之者。商自求禍，周自求福，天何容心於其間哉。○朱氏曰：殷未失天下之時，蓋常配上帝矣。今其子孫乃如此，宜以爲監而自省焉，則知天命之難保矣。○孔氏曰：宣昭，布明也。○朱氏曰：儀，象也。○歐陽氏曰：知天命之不易，無使天命至爾躬而止。○朱氏曰：當布明善問，而度殷之所以廢興由於天命者如此。○呂氏曰：凡欲配天命者，當法天。然天無声臭可求，苟儀刑文王，則天德全矣，此萬邦所以作孚。

怨故有鄙之所以公之未昏於齊也齊侯欲以文姜妻鄭太子忽忽辭人問其故忽曰人各有耦齊大非吾耦也詩云自求多福注言求福由已非由人也**殷之未喪師克配上帝**帝乙已上也箋云師衆也殷自紂父之前未喪天下之時皆能配天而行故不亡也○喪息浪反注同已上時掌反本作以紂直久反**宜鑒于殷駿命不易**駿大也箋云宜以殷王賢愚爲鏡天之大命不可改易○駿音峻又音俊易毛以豉反下不易言其難也鄭音亦言不可改易也下文及後不易維王同【互註】記大學詩云殷之未喪師克配上帝儀監于殷峻命不易道得衆則得國失衆則失國是故君子先慎乎德○**命之不易無遏爾躬宣昭義問有虞殷自天**遏止義善虞度也箋云宣徧有又也天之大命已不可改易矣當使子孫長行之無終女身則當徧明以禮義問老成人又度殷所以順天之事而施行之○遏於葛反或作謁同韓詩遏病也義毛音儀鄭如字度待洛反下同徧音遍下同**上天之載無聲無臭儀刑文王萬邦作孚**載事刑法孚信也箋云天之道難知也耳不聞聲音鼻不聞香臭儀法文王之事則天下咸信而順之【重意】儀刑文王曰我將儀式刑文王之典【互註】記中庸詩曰德輶如毛毛猶有倫上天之載無聲無臭至矣○周之典也其詩曰儀刑文王萬邦作孚言刑善也

文王七章章八句

大雅　文王　十六卷二

李氏曰易乃難易之易。朱氏曰挾謂挾而有之言在下者有明明之德則在上者有赫赫之命矣達于上下去就無常此天之所以難忱而為君之所以不易也。王氏曰今紂所居之尊則天位也所傳之正則殷適也使不挾四方其不可保恃如此

朱氏曰殷商殷商之諸侯也自周而言則諸侯皆商也。朱氏曰京周京也。蘇氏曰言文王之賢其所從來者遠自其父母而已然矣

杜氏左傳注韋帷也。蘇氏曰懷來也。李氏曰文王小心恭慎明事上

大明文王有明德故天復命武王也。二聖相承其明德日以顯其故曰大明。儐扶又反〔重意〕文王有明德下武武王有聖德。明明在下赫赫在上。明明察也文王之德明明於下故赫赫然著見於天箋云明明者文王武王施明德於天下其徵應炤晳見於天謂三辰效驗。赫呼伯反應應對之應炤章遙反本或作灼晳之設反見賢遍反天難忱斯不易維王天位殷適使不挾四方。忱信也紂居天位而殷之正適也挾達也箋云天之意難信矣不可改易者天子也今紂居天位而又殷之正適以其為惡乃棄絕之使教令不行於四方四方共叛之是天命無常維德是予耳言此者厚美周也。忱市林反適音的注同挾子燮反一作子協反。〔互注〕書咸有一德天難諶命靡常。○摯仲氏任自彼殷商來嫁于周曰嬪于京乃及王季維德之行。摯國任姓仲中女也嬪婦京大也王季大王之子文王之父也箋云京周國之地小別名也及與也摯國中女曰大任從殷商之畿內嫁為婦於周之京配王季而與之共行仁義之德同志意也。摯音至任音壬注同下大任皆放此嬪毗申反仲丁仲反下同大任音泰後大任大姒大姜皆同大任有身生此文王。大任仲任也身重也箋云重謂懷孕也。重直勇反又直龍反廣雅云有娠也下同孕以證反維此文王小心翼翼昭事上帝聿懷多福厥德不回以受

帝遂能懷來百福蓋其德不回故能朝諸侯受此四方來歸之國也。朱氏曰載年也。穀梁傳曰水北為陽。朱氏曰嘉昏禮也天之監照實在於下其命既集於周矣故於文王之初年而默定其配。王氏曰洽之陽渭之涘則莘國所在也。朱氏曰洽陽渭涘當文王將昏之期而大邦有子蓋曰非人之所能為矣孔氏曰説文云俔譬諭也蓋如今俗語譬諭物云磬作然也。朱氏曰文禮祥吉也。孔氏曰爾雅云天子造舟孫炎云造舟比舟為梁也即今之浮橋。王氏曰譬天之妹言其生德可以繼天也上天之載無聲無臭儀刑文王萬邦作孚然則既定矣則文王親迎于渭也

方國。回違也箋云小心翼翼恭慎貌昭明聿述懷思也方國四方來附者此言文王之有德亦由父母也【音】小心翼翼違同烝民【補】左昭二十六年齊有彗星齊侯使禳之晏子曰君無穢德又何禳焉若德之穢禳之何損詩曰惟此文王小心翼翼昭事上帝聿懷多福厥德不回以受方國君無違德方國將至何患於彗詩見旱麓篇。〇天監在下有命既集文王初載天作之合在洽之陽在渭之涘。集就載識合配也洽水也渭水也涘厓也箋云天監視善惡於下其命將有所依就則豫福助之於文王生適有所識則為之生配於氣勢之處使必有賢才謂生大姒。○洽戶夾反一音庚合反左馮翊有郃陽縣應劭云在郃水之陽郃戶荅反渭音謂涘音士妃音配字亦作配下皆同為于偽反下天為亦為同處昌慮反〇文王嘉止大邦有子。嘉美也箋云文王聞大姒之賢則美之曰大邦有子女可以為妃乃求昏〇大邦有子俔天之妹。俔磬也箋云既使問名還則卜之又知大姒之賢尊之如天之有女弟。○俔牽遍反磬也徐又下顯反說文云譬諭也韓詩作磬磬譬也文定厥祥。言大姒之有文德也祥善也箋云問名之後卜而得吉則文王以禮定其吉祥謂使納幣也親迎于渭。言賢聖之配也箋云賢女配聖人得其宜故備禮也○迎魚敬反造舟為梁不顯其光。言受命之宜王基乃始於是也天子造舟諸侯維舟大夫方舟士特舟造舟然後可以顯其光輝箋云迎大姒而更為梁者欲其昭著示後世敬昏禮也不明

大雅 大明 十六 卷三

非德可以繼天孰能為之配大姒能為之配故備其禮文往請昏焉以定其祥

朱氏曰行嫁也天既命文王於周之京矣而克纘大任之女事者惟此莘國以其長女來嫁於我也天又篤厚之使生武王保之助之命之而使之順天命以伐商也

孔氏曰牧野紂南郊地名。劉氏曰貳謂疑貳也。孔氏曰殷商之兵衆其會聚之時如林木之盛列於牧野。東萊曰紂以天子之威如林之衆來戰武王方自眇然諸侯而起苟較強弱而計衆寡其心必疑貳矣曰上帝臨女無貳爾心蓋誘慕勉之之辭以形容武王奉天討之心也。

孔氏曰彭彭強盛也。朱氏曰師尚父太公望

俔其禮之有光輝美之也天子造舟周制也殷時未有等制。造七報反又七道反毛云天子造舟方言云浮梁也廣雅作䑸音同說文䑸古造字音才早反俔[?]音睍[?]【重言】[?]不顯其光重見韓奕。有命自天命此文王于周于京纘女維莘長子維行【傳】纘繼也莘大姒國也長子長女也能行大任之德焉【箋】云天為將命文王君天下於周京之地故亦為作合使繼大任之女事於莘國莘國之長女大姒則配文王維德之行。纘子管反莘所巾反長張丈反注同。篤生武王保右命爾燮伐大商【傳】篤厚右助燮和也【箋】云天降氣於大姒厚生聖子武王安而助之又遂命之爾使協和伐殷之事協和伐殷之事謂合位三五也。右音佑字亦作佑注同燮蘇協反協戶頰反。殷商之旅其會如林矢于牧野維予侯興【傳】旅衆也如林言衆而不為用也矢陳興起也言天下之望周也【箋】云殷盛合其兵衆陳於商郊之牧野而天乃予諸侯有德者當起為天子言天去紂周師勝也。會古外反牧州牧之牧徐音目在朝歌南七十里是周武王與紂戰於牧野之地予毛羊汝反鄭羊呂反下不為予偽反又以汝字陳如字又直刃反。上帝臨女無貳爾心【傳】言無敢懷貳心也【箋】云臨視也女女武王也天護視女伐紂必克無有疑心【重言】[?]上帝臨女重見閟宮【互注】[?]見小雅南山有臺篇。牧野洋洋檀車煌煌駟騵彭彭【傳】洋洋廣也煌煌明也騵騮馬白腹曰騵言上周下殷也【箋】云言其戰地寬廣明不用權詐也兵[?]車為太師而號尚父也。莆田鄭氏曰會朝者會戰之朝。孔氏曰王肅云以甲子昧爽與紂戰不崇朝而殺紂天下乃大清明無復濁亂。前漢主莽傳詩云時惟鷹揚其佐武王注云亮助也

朱氏曰自從也土地也言周人始生在此沮漆之地也。孔氏曰陶說文云陶瓦器竈也蓋以陶去其土而為之故謂之陶。許氏淮南子注曰復重窟也。孔氏曰穴土室也。王氏曰先歲之世嘗大實歲之瓞則小末則復大周帝嚳之胄也中嘗衰後至於大王文王更大故以瓜瓞況之。蘇氏曰大王其始猶處於復穴無家室之盛及遷於岐周而後大興焉

鮮明馬又彊則暇且整○洋音羊檀徒丹反煌音皇騵音原駵音留維師尚父時維鷹揚涼彼武王師大師也尚父可尚可父鷹揚如鷹之飛揚也涼佐也箋云尚父呂望也尊稱焉鷹鷙鳥也佐武王者為之上將○涼本亦作諒同力尚反韓詩作亮云相也大音泰鷙之利反將子匠反肆伐大商會朝清明肆疾也會甲也不崇朝而天下清明箋云肆故今也會合也以天期已至兵甲之彊師率之武故今伐殷合兵以清明書牧誓曰時甲子昧爽武王朝至于商郊牧野乃誓○肆音四帥所類反亦作率坶音牧坶又作牧坶音姝

大明八章四章章六句四章章八句

緜文王之興本由大王也○緜彌延反由一本無由字大王也序舊無注本或有注者非○

緜緜瓜瓞民之初生自土沮漆興也緜緜不絕貌瓜紹也瓞瓝也民周民也自用土居也沮水漆水也箋云瓜之本實繼先歲之瓜必小狀似瓝故謂之瓞緜緜然若將無長大時興者喻后稷乃帝嚳之胄封於邰其後公劉失職遷於豳居沮漆之地歷世亦緜緜然至大王而德益盛得其民心而生王業故本周之興自於沮漆也○瓜古華反瓞田節反韓詩作瓝小瓜也沮七余反漆音七瓝蒲剝反長張丈反嚳苦毒反高辛氏帝也胄直又反邰他來反王于況反亦如字後王業同

古公亶父陶復陶穴未有家室古公豳公也古言久也亶父字或殷以名言質也

蘇氏曰：朝，早也。○莆田鄭氏曰：聿，遂也。○孔氏曰：古公避狄之難，其來以早朝之時，疾走其馬，循西方水厓沮漆之側，東行而至於岐山之下。東萊曰：來朝走馬，形容其初遷之時，略地相宅，精神風采也。鄭以爲避惡早且疾，苟如是之迫遽，則豈暇策去邠，雍容之氣象哉。莆田鄭氏曰：飴，餳也。○王氏曰：爰始爰謀，謀之人也；爰契我龜，謀之龜也。謀之龜，則又以爲吉，與人謀契也。曰止則命其臣民止乎茲也，曰時則命其臣民以土功之時也。築室于茲，則既命以土功之時，遂築室也。王氏曰：乃勞來其臣民而慰之，乃安集其臣

也。古公處豳，狄人侵之，事之以皮幣，不得免焉；事之以犬馬，不得免焉；事之以珠玉，不得免焉。乃屬其耆老而告之曰：狄人之所欲者，吾土地也。吾聞之，君子不以其所養人者害人。二三子何患乎無君？去之，踰梁山，邑于岐山之下。豳人曰：仁人也，不可失也。從之如歸市。古公陶其土而復之，陶其壤而穴之，室內曰家，未有寢廟，亦未敢有家室。箋云：古公據文王本其祖也。諸侯之臣稱其君曰公。復者，復於土上。鑿地曰穴，皆如陶然。其在豳時也。傳自古公處豳而下，爲二章發。○亶，都但反。父，音甫，本亦作甫。陶，音桃。復，音福。注同。累土於地上也。說文作覆，或殼以名言，絕句。翟，音狄。屬，音燭。岐，其宜反。壤，而丈反。鑿，在洛反。爲，于僞反。

○**古公亶父，來朝走馬，率西水滸，至于岐下。爰及姜女，聿來胥宇。**率，循也。滸，水涯也。姜女，大姜也。胥，相也。宇，居也。箋云：來朝走馬，言其辟惡早且疾也。循西水涯，沮漆水側也。爰，於也。及，與也。聿，自也。於是與其妃大姜自來相可居者，著大姜之賢知也。○朝，直遙反。滸，呼五反。辟，音避，本亦作避，後放此。相，息亮反。知，音智。

○**周原膴膴，堇荼如飴。爰始爰謀，爰契我龜。**周原，沮漆之間也。膴膴，美也。堇，菜也。荼，苦菜也。契，開也。箋云：廣平曰原。周之原地，在岐山之南，膴膴然肥美，其所生菜，雖有性苦者，甘如飴也。此地將可居，故於是始與豳人之從己者謀，謀從，又於是契灼其龜而卜之，卜之則又從矣。○膴，音武。韓詩同。堇，音謹，菜名，廣雅云：堇，藋也。今三輔之言猶然。藋，音徒弔反。荼，音徒。飴，音移。契，苦計反，本又作挈，音苦結反。灼，之略反。

曰止曰時，築室于茲。箋云：時，是也。茲

民而止之○孔氏曰據公宮在中民居左右故王肅云乃左右開地置邑以居其民○蘇氏曰疆畫經界也理分土宜也宣道溝洫也畝度廣狹也○莆田鄭氏曰於是從西往東之人徧執事矣言盡出力也

劉氏曰二章言遷三章四章言先營民之居處授民之耕種此章始營公室焉其繩則直授其基址必正也縮版以載築其垣墉必堅也

孔氏曰捄土實之於虆謂之捄捄之者衆多陾陾然既取得土送至墻上墻上之人受取而居於版中居之亟疾其聲薨薨然○李氏曰既捄之於版中則築之登登蘇氏曰既成而削之其声馮馮然堅也

此地卜從則曰可止居於是可作室家於此定民心也○迺慰迺止迺左迺右迺疆迺理迺宣迺畝自西徂東周爰執事慰安也止居也箋云時耕曰宣徂往也民心定乃安隱其居乃左右而處之乃疆理其經界乃時耕其田畝於是從西方而往東之人皆於周執事競出力也豳與周原不能為西東據至時從水滸言也○疆本亦作畺同居良反注及後放此○乃召司空乃召司徒俾立室家箋云俾使也司空司徒卿官也司空掌營國邑司徒掌徒役之事故召之使立室家之位處○俾必爾反其繩則直縮版以載作廟翼翼言不失繩直也乘謂之縮君子將營宮室宗廟為先廐庫為次居室為後箋云繩者營其廣輪方制之正也既正則以索縮其築版上下相承而起廟成則嚴顯翼翼然乘聲之誤當為繩也○繩如字本或作乘案經作繩傳作乘箋云傳破之矣後人遂誤改經文縮色六反廐音救庫苦故反沈又苦故反又桑洛反【重意】作廟翼翼與閟宮云新廟奕奕○捄之陾陾度之薨薨築之登登削屢馮馮捄虆也陾陾衆也度居也言百姓之勸勉也登登用力也削牆鍛屢之聲馮馮然箋云捄捊也度猶投也築牆者捊聚壤土盛之以虆而投諸版中○捄音俱呂沈同欲又音鳩陾耳升反又如之反說文云築牆聲也音而○度待洛反注同薨呼弘反沈呼崩反爾雅云衆也上云亟疾也屢力住反又力朱反注同馮扶冰反注同虆力追反沈云戈反字或作㦲或作壘音同劉熙云盛土籠也鍛丁亂反捊薄侯

王氏曰既作廟矣於是營宮室百堵皆興則營宮室也鼛鼓弗勝則人自勸功鼛鼓之節反弗勝也

王氏曰宗廟宮室內事也自內以及外故於卒言立冢土也

蘇氏曰殄絕也慍怒也孔氏曰拔拔然生柯葉也。丘氏曰混當為昆字之誤也。呂氏曰喙張喙而息也奔趨者其狀如此。朱氏曰大王所慍謂昆夷也言大王雖不能殄絕昆夷。陳氏曰亦不隕墜其聘問之好俟我之植木拔

反爾雅云裒聚也說文云引取土盛音成**百堵皆興鼛鼓弗勝**皆俱也鼛大鼓也長一丈二尺以鼛或鼓言勸事樂功也箋云五版為堵興起也百堵同時起鼛鼓不能止之使休息也凡大鼓之側有小鼓謂之應鼙朔鼙周禮曰以鼛鼓鼓役事。○堵丁古反鼛音羔勝音升謂之應應對之應小鼓也鼙薄甲反【重意】百堵皆興鴻鴈百堵皆作。**迺立皐門皐門有伉迺立應門應門將將**王之郭門曰皐門伉高貌王之正門曰應門將將嚴正也美大王作郭門以致皐門作正門以致應門焉箋云諸侯之宮外門曰皐門朝門曰應門內有路門天子之宮加以庫雉。○皐音羔伉本又作抗苦浪反韓詩作閌云盛貌將七羊反注同朝直遙反下同**迺立冢土戎醜攸行**冢大戎大醜眾也冢土大社也起大事動大眾必先有事乎社而後出謂之宜美大王之社遂為大社也箋云大社者出大眾將所告而行也春秋傳曰蜃宜社之肉。○大王泰下大社同蜃市軫反器名。**肆不殄厥慍亦不隕厥問柞棫拔矣行道兌矣**肆故今也慍恚隕墜也兌成蹊也箋云小聘曰問柞櫟也棫白桵也文王見大王立冢土有用大眾之義故不絕去其恚惡惡人之心亦不廢其聘問鄰國之禮今以柞棫生柯葉之時使大夫將師旅出聘問其行道士眾兌然不有征伐之意。○殄田典反慍紆問反隕韻謹反柞子洛反後同棫音域後同注[illegible]云棫即柞也字林于目反拔蒲具反又蒲蓋反下同兌吐外反又徒外反恚一遂反隊直類反蹊音兮櫟音歷桵如誰反後同去羌呂反惡惡上烏路反

然生柯葉，行道先然，成蹊徑，獨理其治，則昆夷疾奔而遠我矣。朱氏曰：混夷畏之而奔突竄伏，維其喙息而已。言德盛而混夷自服也。王氏曰：質厥成者，質其爭訟也。成與《周官》所謂書其刑殺之成同。生與《易》所謂觀我生同義。○張氏曰：虞芮質厥成，訟獄者不之紂而之文王。○東萊曰：虞芮質厥成，則道化行矣。文王蹶然震動，深省其所自生者，懼無以致之也。予曰有疏附，予曰有先後，予曰有奔奏，予曰有禦侮，言我無以致此，甚賴諸臣之力。蓋德盛而不居，此文王與人為善也，至公無我也，於穆不已也。

下，如字。脫，通外反，本亦作兌。○混夷駾矣，維其喙矣。駾，突。喙，困也。

【重意】柞棫拔矣，串夷喙矣。柞棫斯拔。○混夷，夷狄國也。見文王之使者將士眾過己國，則惶怖驚走，奔突入此柞棫之中而逃，甚困劇也。是之謂一。許伐混夷，犬王辟紂。文王伐混夷，成道興國，其志一也。○混，古昆反。駾，徒對反。喙，許穢反，徐又音尺銳反。使，所吏反。惶怖，上音皇，下普故反。○虞芮質厥成，文王蹶厥生。質，成也。成，平也。蹶，動也。虞芮之君相與爭田，久而不平，乃相謂曰：西伯仁人也，盍往質焉。乃相與朝周。入其竟，則耕者讓畔，行者讓路。入其邑，男女異路，斑白不提挈。入其朝，士讓為大夫，大夫讓為卿。二國之君感而相謂曰：我等小人，不可以履君子之庭。乃相讓，以其所爭田為閒田而退。天下聞之而歸者四十餘國。箋云：虞芮之質平，而文王動其縣縣民初生之道，謂廣其德而王業大。○芮，如銳反。蹶，俱衛反，又居衛反。盍，胡臘反。竟音境。挈，苦結反。閒音閑。予曰有疏附，予曰有先後，予曰有奔奏，予曰有禦侮。率下親上曰疏附。相道前後曰先後。喻德宣譽曰奔奏。武臣折衝曰禦侮。箋云：予，我也。詩人自我也。文王之德所以至然者，我念之曰：此亦由有疏附、先後、奔奏、禦侮之臣力也。疏附，使疏者親也。奔奏，使人歸趨之。○先，蘇薦反，注同。後，胡豆反，注先後同。本音奔，本亦作奔，注同。奏如字，本亦作走，音同，注同。禦，魚呂反，本又作禦，音同。侮，亡甫反。趨，七住反。相，息亮反。道音導，本亦作導。折，之設反。衝，昌容反。

緜九章，章六句。

歐陽氏曰：詩人言芃芃然棫樸茂盛，採之以備薪槱，以喻文王養育賢材美茂，官之以充列位，而王威儀濟濟然左右之臣趨而事之，以見君臣之盛也。歐陽氏曰：言在宗廟則奉璋助祭，皆賢俊之士。○朱氏曰：左右奉之，亦有趣向辟王之意。

王氏曰：涇在周地，興所見也。○陳氏曰：周王有所行邁，則六師汲汲然而及之，不待戒命而至。○歐陽氏曰：王所官人，入宗廟居軍旅，皆可用，文武之材各任其事也。○東萊曰：淠彼涇舟，烝徒楫之，以興周王于邁，六師及之之速也。

棫樸，文王能官人也。○棫，雨逼反。樸，音卜，沈又符卜反。○芃芃棫樸，薪之槱之。興也。芃芃，木盛貌。棫，白桵也。樸，枹木也。槱，積也。山木茂盛，萬民得而薪之；賢人衆多，國家得用蕃興。箋云：白桵相樸屬而生者，枝條芃芃然，豫斫以爲薪，至祭皇天上帝及三辰，則聚積以燎之。○芃，薄紅反。槱，音酉，字亦作槱，弋九反。說文云：積木燎也。祠以宗一反。蕃，音煩。屬，音燭，之欲反。斫，一本作斫。燎，力召反。濟濟辟王，左右趣之。趣，趨也。箋云：辟，君也。君王，謂文王也。辟王臨祭祀，其容濟濟然敬，左右之諸臣皆促疾於事，謂相助積薪。○辟，音璧，注及下同。趣，七喻反。○濟濟辟王，左右奉璋。半圭曰璋。箋云：璋，璋瓚也。祭祀之禮，王祼以圭瓚，諸臣助之，亞祼以璋瓚。○璋，音章。瓚，在但反，字或作贊。祼，古亂反。奉璋峨峨，髦士攸宜。峨峨，盛壯也。髦，俊也。箋云：士，卿士也。奉璋之儀峨峨然，故今俊士之所宜。○峨，本又作俄，五歌反。髦，音毛。○淠彼涇舟，烝徒楫之。淠，舟行貌。楫，櫂也。箋云：烝，衆也。淠淠然涇水中之舟順流而行者，乃衆徒船人以楫櫂之故也。興衆臣之賢者行君政令。○淠，匹世反，沈孚計反。涇，音經。烝，之承反。楫，音接，徐音集。方言云：楫謂之橈，或謂之櫂。郭注云：楫，橈頭索也。所以縣櫂謂之楫。說文云：楫，舟櫂也。釋名云：在旁撥水曰櫂，又謂之楫。櫂，直教反。周王于邁，六師及之。天子六軍。箋云：于，往。邁，行。及，與也。周王往行，謂出兵征伐也。二千五百人爲師。今王興師行者，殷末之制，未有周禮。周禮五師爲軍，軍萬二千五百人。○倬彼雲漢，爲章于天。

孔氏曰作人變舊造新之辭。董氏曰其遐不作人甚言其作也。歐陽氏曰雲漢在上爲天之文章猶賢人在朝爲國之光采

王氏曰文王作人以則使有文而則使有質。呂氏曰所以綱紀四方維持而不墜者皆官人之效雖文王無爲猶勉勉於斯而不已也

倬大也雲漢天河也箋云雲漢之在天其爲文章譬猶天子爲法度於天下○倬陟角反【重言】倬彼雲漢重見雲漢**周王壽考遐不作人**遐遠也遠不作人也箋云周王文王也文王是時九十餘矣故云壽考遠不作人者其政變化紂之惡俗近如新作人也【重言】本詩旱麓各一○**追琢其章金玉其相**追雕也金曰雕玉曰琢相質也箋云周禮追師掌追衡笄則追亦治玉也相視也猶觀視也追琢玉使成文章喻文王爲政先以心研精合於禮義然後施之萬民視而觀之其好而樂之如覩金玉然言其政可樂也○追對回反注同琢陟角反又丁角反注同雕都挑反相如字一云鄭息亮反研倪延反好呼報反樂音洛下同**勉勉我王綱紀四方**箋云我王謂文王也以罔罟喻爲政張之爲綱理之爲紀○罟音古

東萊曰周之先祖以下皆講師所附麗以爲文王之詩故有大王王季申以百福干祿之說於理雖無害然干祿百福之語則不辭矣

棫樸五章章四句

旱麓受祖也周之先祖世脩后稷公劉之業大王王季申以百福干祿焉○旱户但反麓音鹿本亦作鹿【重言】受祖也生民尊祖也○**瞻彼旱麓榛楛濟濟**旱山名也麓山足也濟濟眾多也箋云旱山之足林木茂盛者得山雲雨之潤澤也喻周邦之民獨豐樂者被其君德教○榛側巾反字林云木叢又仕人反楛音户草木疏云楛木莖似荊而赤其葉如蓍上黨人織以爲筥箱又屈以爲

丘氏曰此篇凡言君子者文王也○程氏曰瞻彼旱山之麓榛楛草木得蕃廣之氣濟濟茂盛興此周家之豈弟君子承其先祖豈弟之道所以興盛受福也

程氏曰縝密温潤之玉瓚其中所盛必黃流也豈弟君子則福祿所降也

程氏曰作興起之於善也○謝氏曰鳶飛戾天魚躍于淵猶韓愈謂魚川泳而鳥雲飛上下自然各得其所也詩人之意言如此氣象周家作人似之

朱氏曰備全具也○程氏曰此章言子孫承受其業致其誠孝之報後人載

斂也樂音洛下同被皮反爲反**豈弟君子干祿豈弟**干求也言陰陽和山藪殖故君子得以干祿樂易箋云君子謂大王王季以有樂易之德施於民故其求祿亦得樂易○豈弟本亦作愷又作凱苦亥反弟亦作悌徒禮反一音待豈樂也弟易也後豈弟皆同易以豉反下同**○瑟彼玉瓚黃流在中**玉瓚圭瓚也黃金所以飾流鬯也九命然後錫以秬鬯圭瓚箋云瑟絜鮮貌黃流秬鬯也圭瓚之狀以圭爲柄黃金爲勺青金爲外朱中央矣殷王帝乙之時王季爲西伯以功德受此賜○瑟所乙反又作璱黃金所以流鬯也一本作黃金所以爲飾流鬯也是後人所加秬音巨黑黍也鬯敕亮反以黑黍米擣鬱金草取汁而煮之和釀其酒其氣芬香調暢故謂之秬鬯勺上灼反字或作杓**豈弟君子福祿攸降**箋云攸所降下也○降如字又戶江反注同【重言】福祿攸降重見鳧鷖**○鳶飛戾天魚躍于淵**言上下察也箋云鳶鴟之類鳥之貪惡者也飛而至天喻惡人遠去不爲民害也魚跳躍于淵中喻民喜得所○鳶悅宣反鴟尺之反【音註】禮中庸詩云鳶飛戾天魚躍于淵言其上下察也君子之道造端乎夫婦及其至也察乎天地**豈弟君子遐不作人**箋云遐遠也言大王王季之德近於變化使如新作人【重言】遐不作人本詩棫樸各一【五註】左成八年詩曰豈弟君子遐不作人求善也夫作人斯有功績矣**○清酒既載騂牡既備**言年豐畜碩也箋云既載謂已在尊中也祭祀之事先爲清酒其次擇牲故舉二者○騂息營反字林火營反畜許又反**以享**

潔備牲以享祀其先君祖先饗報而子孫受福也

程氏曰瑟然茂盛之狀。孔氏曰上言祭以福此言得福之事柞棫所以得茂者正以為民所樵燎君子所以得福者正以為神所勞來

程氏曰施者謂依緣木之條幹。說文曰條幹也可為枚。程氏曰不回謂無邪回亡道也。李氏曰君子承其先祖之道以求福福其求福也無所回邪唯承其先祖之道而已

朱氏曰思語辭

以祀以介景福言祀所以得福也箋云介助景大也〇享許丈反徐許亮反介音界後同重言以享以祀以介景福三本詩並亦以田各一〇瑟彼柞棫民所燎矣瑟衆貌箋云柞棫之所以茂盛者乃人燎燎除其旁草養治之使無害也〇燎力召反又力弔反說文作寮一云柴祭天也又一云燎放火也字林同燎力召反燎音力小反燎許氣反炭草燒之曰燎何就煨則反豈弟君子神所勞矣箋云勞勞來猶言佑助〇勞力報反注同來力代反又本亦作倈同佑音又〇莫莫葛藟施于條枚莫莫施貌箋云葛也藟也延蔓於木之枝本而茂盛喻子孫依緣先人之功而起〇藟力軌反字又作蘽同施以豉反注同枚莫回反蔓音萬重意莫莫葛藟莫莫葛藟葛藟縣縣葛藟豈弟君子求福不回箋云不回者不違先祖之道重言豈弟君子十六本詩五篇附見云互註

記表記曰君子恭儉以求役仁信讓以求役禮不自尚其事不自尊其身儉於位而寡於欲讓於賢卑己而尊人小心而畏義求以事君得之自是不得自是以聽天命詩云莫莫葛藟施于條枚凱弟君子求福不回其舜禹文王周公之謂與有君民之大德有事君之小心詩云惟此文王小心翼翼昭事上帝聿懷多福厥德不回以受方國

旱麓六章章四句

思齊文王所以聖也言非但天性德有所由成〇齊側皆反本作齋齊莊也下同〇思齊

文淵　思齊中　十六　三六

孔氏曰京室京師王室之婦。朱氏曰百男舉成數而言其多也言其莊敬之大任乃文王之母實能媚于周姜而稱其為周室之婦。歐陽氏曰大姒每思慕任姜而繼其美聲有不妬忌之賢而子孫衆多。孔氏曰宗公是宗廟先公書序云班宗彝中庸云陳其宗器皆謂宗廟為宗。朱氏曰言文王上有聖母所以成之者遠內有賢妃所以助之者深故能順于先公而鬼神歆之無怨恫者其儀法內施於閨門而至于兄弟以御于家邦也朱氏曰不顯幽隱之處也。歐陽氏曰保守也言文王平居在宮中則雝雝然而和有事在

大任文王之母思媚周姜京室之婦齊莊媚愛也周姜大姜也京室王室也箋云京周地名也常思莊敬者大任也乃為文王之母又常思愛大姜之配大王之禮故能為京室之婦言其德行純備故生聖子也大姜言周大任言京見其謙恭自卑小也。○媚美記反後同就音目偪行下孟反見賢遍反大姒嗣徽音則百斯男大姒文王之妃也大姒十子衆妾則宜百子也箋云徽美也嗣大任之美音謂續行其善教令。○徽許韋反惠于宗公神罔時怨神罔時恫宗公宗神也恫痛也箋云惠順也宗公大臣也文王為政咨於大臣順而行之故能當於神明神明無是怨恚其所行者無是痛傷其將無有凶禍。○恫音通凶音凶本又作凶刑于寡妻至于兄弟以御于家邦刑法也寡妻寡有之妻言賢也御迎也箋云寡妻適妻也御治也文王以禮法接待其妻至于宗族以此又能為政治于家邦也書曰乃寡兄勗又曰越乃御事。○刑韓詩刑正也御毛牙嫁反鄭魚據反適丁歷反勗許玉反下同【互注】左僖十九年宋人圍曹討不服也子魚言於宋公曰文王聞崇德亂而伐之軍三旬而不降退脩教而復伐之因壘而降詩曰刑于寡妻至于兄弟以御于家邦今君德無乃猶有所闕而以伐人若之何。○雝雝在宮肅肅在廟雝雝和也肅肅敬也箋云宮謂辟廱宮也群臣助文王養老則尚和助祭於廟則尚敬言得禮之宜。○辟必亦反下同廱於容反【重言】雝雝在宮肅肅在廟雝雝詩有來雝雝至止肅肅不顯亦臨無射亦

宗廟則肅肅然而敬。
朱氏曰雖居幽隱亦常
若有臨之者雖無厭
斁亦常有所守焉言
其純而不已如是。
歐陽氏曰烈光也。陳
氏曰瑕玷也。歐陽氏曰
光大而無瑕也式法也
事雖未嘗聞擧必中
法又不待敎諫而入
於善。東萊曰戎疾
大患難也羑里之囚是
也昆夷玁狁之難則
其餘也文王之德如上
章所陳故雖遭大難
而不失其聖光大而不
可毀缺
朱氏曰冠以上爲成人
小子童子也。李氏曰
古之人指文王也惟文王
之德如此故士皆化之成
人則有德小子則有造。
朱氏曰凡所以致是者蓋
由文王之德純而不已無
有厭斁

保以顯臨之保安無厭也箋云臨視也保猶居也文王之在辟廱也有賢才之質而不明者亦得觀於禮於六藝無射才者亦得
居於位言養善使之積小致高大。射毛音亦厭也鄭食夜反又射藝厭於豔反下同一本作保安也射厭也非**肆戎疾**
不殄烈假不瑕肆故今也戎大也故今大疾害人者不絕之而自絕也烈業也假大也箋云厲假皆病也瑕已也
文王於辟廱德如此故大疾害人者不絕之而自絕爲厲假之行者不已之而自已言化之深也。烈毛如字鄭作厲力世反又音
賴假古雅反瑕音遐遠也鄭古雅反行下孟反下皆同●**不聞亦式不諫亦入**言性與天合也
箋云式用也文王之祀於宗廟有仁義之行而不聞達者亦用之助祭有孝弟之行而不能諫爭者亦得入言其使人器之不求備
也。弟音悌亦作悌諫爭爭鬪之爭也**肆成人有德小子有造**造爲也箋云成人謂大夫士也
小子其弟子也文王之在於宗廟德如此故大夫士皆有德子弟皆有所造成**古之人無斁譽髦斯**
士古之人無斁於有名譽之俊士箋云古之人謂聖王明君也口無擇言身無擇行以身化其臣下故令此士皆有名譽於天下
成其俊乂之美也。斁毛音亦厭也鄭作擇髦俊也一本此下更有古之人無斁於有譽之俊士也此王肅注今乂成反又音刈

思齊四章章六句故言五章二章章六句三章
章四句

程氏曰赫威明也下章云王赫斯怒究尋究也度謀度也。莆田鄭氏曰耆底定也。王氏曰大哉天乃赫然下視四方求民之所歸矣。程氏曰此泛言天佑下民作之君長使得安定也維此二國其政不獲維彼四國爰究爰度天惟求民所定故君不善則絶之如彼夏商二國不得其政則於四方之國求謀有德之君使王天下。莆田鄭氏曰天察四方之國而底定之憎其用大而爲虐者乃眷然西顧維此周雖小可與居天子位也孔氏曰作攻作之也屏除之也立死之木妨他木生長爲木

皇矣美周也天監代殷莫若周周世世脩德莫若文王監視也天視四方可以代殷王天下者維有周爾世世脩行道德維有文王盛爾。皇矣一本無矣字天監代殷莫若周絶句周世世脩德一讀莫若周世絶句周世脩德爲一句一本無下一世字義竝通崔集注莫若周也世世脩德王天下往況反下追王當王同。○皇矣上帝臨下有赫監觀四方求民之莫皇大莫定也箋云臨視也大矣天之視天下赫然甚明以殷紂之暴亂乃監察天下之衆國求民之定謂所歸就也維此二國其政不獲維彼四國爰究爰度二國殷夏也彼彼有道也四國四方也究謀度居也箋云二國謂今殷紂及崇侯也正長獲得也四國謂密也阮也徂也共也度亦謀也殷紂之君其行暴亂不得於天心密也阮也徂共之君於是又助之謀言同於惡也。政如字政教也鄭作正正長也究九又反度待洛反篇內皆同夏戶雅反下文長政同長張丈反篇內皆同共音恭下同行下孟反上帝耆之憎其式廓乃眷西顧此維與宅耆惡也廓大也憎其用大位行大政顧西顧也此宅居也箋云耆老也天須假此二國養之至老猶不變改憎其所用爲惡者浸大也乃眷然運視西顧見文王之德而與之居言天意常在文王所。耆音巨夷反鄭苦霍反又如字本又作鄭郭眷本又作睠又作券音卷同假戶嫁反又本又作暇遐子鳩反○作之屏之其菑其翳脩之平之其灌

之害故曰菑也生木自倒枝葉覆地爲陰翳故曰翳脩理之平治之也。程氏曰行生曰栵啓之辟之謂芟除也攘之剔之謂穿剔去其繁冗使成長也串夷也載路猶滿路也。歐陽氏曰此章乃本周作宅之始岐周之民樂就有德皆共刊除樹木而營理邑居。朱氏曰帝遷明德謂遷此明德之君於岐周也。呂氏曰串夷載路言民歸往也其來者習其平易。程氏曰天立厥配受命旣固言天以其德之配天而立之使王則其受命堅固而不易也言天命終歸之必成王業也

歐陽氏曰省視也。王氏曰拔者擢其脩幹之謂兌者悅澤外見之謂。程氏曰帝省其山言天視周家之治以山爲興也

其栵啓之辟之其檉其椐攘之剔之其檿其柘木立死曰菑自斃曰翳灌叢生也栵栭也檉河柳也椐樻也檿山桑也箋云天旣顧文王四方之民則大歸往之岐周之地險隘多樹木乃競刊除而自居處言樂就有德之甚。屏必領反又除直慮反菑本又作甾側吏反又音緇韓詩云反草也翳於計反爾雅云木自斃神蔽者爲翳郭云相覆蔽韓詩作殪殪因也因高填下也柛音申灌古亂反栵音例又音列辟婢亦反沈必亦反檉勑丁反椐羌居反又居庶反字林紀庶反又音舉攘如羊反剔他歷反或作鬄又作剃同檿烏簟反柘世反本或作殪必世反栭音而舍人注爾雅云江淮之間呼小栗爲栭栗樹去愧反又去軌反何音匱草木疏云節中腫似扶老即今靈壽是也今人以爲馬鞭及杖弭於媚反刊苦干反帝遷明德串夷載路徙就文王之德也串習夷常路大也箋云串夷即混夷西戎國名也路應也天意去殷之惡就周之德文王則侵伐混夷以應之。串古患反一本作患或云鄭音患混古本反此將在古反詩本皆作春孫毓評作應後之解者多以春爲蓋應應對之應下應和同天立厥配受命旣固配媲也箋云天旣顧文王又爲之生賢妃謂大姒也其受命之道已堅固也。配本亦作妃音同沼同媲普計反配也鄭讀音妃字林匹地反爲于僞反下爲此國君爲之立後同○帝省其山柞棫斯拔松柏斯兌兌易直也箋云省善也天旣顧文王乃和其國之風雨使其山樹木茂盛言非徒養其民人而已。省息井反拔蒲貝反兌徒外反易以豉反下施易同重意柞棫斯拔緜詩柞棫

孔氏曰王肅云太伯見王季之生文王知其天命之必在王季故去而適吳太王沒而不返而後國傳於王季周道大興。朱氏曰兄謂太伯
程氏曰載辭也錫予也 維此王季因心則友又述其事也。王氏曰因心則友者言其有天性因心則然非學而能也以太伯避季則季疑於弗友故特先言其友也。朱氏曰王季所以友其兄者因其心之自然既受太伯之讓則益脩其德以厚周家之慶而與其兄以讓德之光猶曰彰其知人之明不為徒讓耳其德如是故能受天祿而不失至于文武而奄有四方也
朱氏曰帝度其心猶言天誘其衷使能制義也。孔氏曰服虔云發號施令天下皆應和之莫然而定無讙譁也

拔矣帝作邦作對自大伯王季。對配也從大伯之見王季也箋云作為也天為邦謂興周國也作配謂為生明君也是乃自大伯王季時則然矣大伯讓於王季而文王起。○大音泰注大伯皆同維此王季因心則友則友其兄則篤其慶載錫之光因親也善兄弟曰友慶善也光大也箋云篤厚載始也王季之心親親而又善於宗族又尤善於兄。大伯乃厚明其功美始使之顯著也大伯以讓為功美王季乃能厚明之故傳世稱之亦其德也。○著張慮反傳直專反受祿無喪奄有四方喪亡也奄大也箋云王季以有因心則友之德故世世受福祿至於覆有天下。○【重言】奄有四方重見執競。維此王季帝度其心貊其德音其德克明克明克類克長克君心能制義曰度貊靜也箋云德正應和曰貊照臨四方曰明類善也勤施無私曰類教誨不倦曰長慶賞刑威曰君。○貊本作貊武伯反左傳作莫音同韓詩同云莫定也施始豉反王此大邦克順克比慈和徧服曰順擇善而從曰比箋云王君也王季稱王追王也。○王如字徐于況反比必里反徧音遍比于文王其德靡悔經緯天地曰文箋云靡無也王季之德比于文王無有所悔也必比于文王者德以聖人為匹既受帝祉施于孫子箋云帝天也祉福也施猶易也延也。○祉音恥施以豉反下同【互註】記樂記王者作為父子君臣以為綱紀綱紀既正天下大定天下大定然後正六律

和五声兹歌詩頌此之謂德音德音之謂樂詩云莫其德音其德克明克明克類克長克君王此大邦克順克俾俾于文王其德靡悔既受帝祉施于孫子此之謂也○左昭二十八年詩曰惟此文王帝度其心莫其德音其德克明克明克類克長克君王此大国克順克比比于文王其德靡悔既受帝祉施于孫子心能制義曰度德正應和曰莫照臨四方曰明勤施无私曰類教誨不倦曰長賞慶刑威曰君慈和徧服曰順擇善而從之曰比經緯天地曰文九德不愆作事无悔

○帝謂文王無然畔援無然歆羨誕先登于岸无是畔道无是援取无是貪羨岸高位也箋云畔援猶拔扈也誕大登成岸訟也天語文王曰女无如是拔扈者妄出兵也无如是貪羨者侵人土地也欲廣大德美者莫如先平獄訟正曲直也○援音袁又于願反鄭胡喚反韓詩云畔援武強也歆許金反羨錢面反誕徒旦反拔蒲末反扈音戶下同扈或作跋扈音戶

密人不恭敢距大邦侵阮徂共国有密須氏侵阮遂往侵共箋云阮也徂也共也三国犯周而文王伐之密須氏人乃敢距其義兵違正道是不直也○阮魚宛反共音恭注同毛云阮徂共皆国名鄭云徂共阮国之地名

王赫斯怒爰整其旅以按徂旅以篤于周祜以對于天下旅師按止也旅地名也對遂也箋云赫怒意斯盡也五百人為旅對荅也文王赫然与其羣臣盡怒曰整其軍旅而出以却止徂国之兵衆以厚周當王之福以荅天下鄉周之望○赫虎格反斯毛如字此也鄭音賜按安旦反本又作遏安葛反此二字俱訓止祜音戶鄉許亮反

程氏曰類肖也言王季既明又能類所以為至德。蒲田鄭氏曰能為人之長能為人之君故使之主此大邦又能惠順親比其民人也王季本非當立其立者天也。李氏曰後世亦繼其德比於文王其德無有可恨。程氏曰既受天福祿而能施及於孫子此二句結之而下述文王之事也

程氏曰畔近田援攀援畔援黨比也歆欲之動也羨貪羨也登岸既濟之義王氏曰經以涉川譬涉難登岸者無難之地。立氏曰赫怒貌。程氏曰天謂文王無黨援以為強無以貪欲而動惟是所先者濟天下於險難此謂順天征伐之道於是有密人不共拒我大邦之命文王赫然而怒整其師旅以遏止密人徂共之師救乱安人以厚周家之福以荅天下望周之心也此文王征伐之始也

程氏曰：依，憑也。○孔氏曰：京是周所都之邑。○張氏侵自阮疆，言文王都自阮疆而去伐密也。○王氏曰：池，水所聚也。○楊氏曰：聖人一視而同仁，則天下無彼我之異，陵阿泉池皆視之猶我。與毀其宗廟、遷其重器、虜其實，蓋戒其軍士無爲暴横之辭也。○蘇氏曰：文王既克密須，於是相其高原而徙都焉，所謂程邑是歟。○孔氏曰：背岐涉水，營建國都，乃爲萬邦之所法則，下民之所歸往。

程氏曰：天謂文王：予懷爾之明德。○東萊曰：不長夏以革，雖難強通，然須不大声以色，立文既同，訓詁亦當相類。聲音以色，謂聲音與笑貌也；夏以革，謂侈大與变革也。不大聲

本又作郷，許亮反，下同。○依其在京，侵自阮疆，陟我高岡。無矢我陵，我陵我阿；無飲我泉，我泉我池。京，大阜也。矢，陳也。箋云：京，周地名。陟，登也。矢猶當也。大陵曰阿。文王但發其依居京地之衆，以往侵阮國之疆，登其山脊而望阮之兵，兵無敢當其陵及阿者，又無敢飲食於其泉及池水者。小出兵而令驚怖如此，此以德攻，不以衆也。陵泉重言者，美之也。每言我者，據後得而有之而言。○疆，居良反。岳同。脊，井亦反。令，力呈反。重，直用反。鮮，息淺反。我高岡，在耳東秦陂後高岡。

度其鮮原，居岐之陽，在渭之將，小山別大山曰鮮。將，側也。方，則也。箋云：度，謀。鮮，善也。方猶鄉也。文王見侵阮而兵不見敵，知己德盛而威行，可以遷居，定天下之心，乃始謀居善原廣平之地，亦在岐山之南，居渭水之側，爲萬国之所鄉，作下民之君。後竟徙都於豐。○將，子匠反，又七羊反。鮮，息淺反，又音仙。別，彼列反。鄉，許亮反，注同。見，賢遍反。

萬邦之方，下民之王。○帝謂文王：予懷明德，懷，歸也。

不大聲以色，不長夏以革。不識不知，順帝之則。不大声見於色，革，更也。不以長大有所更。箋云：夏，諸夏也。天之言云：我歸人君有光明之德，而不虛廣言語以外作容貌，不長諸夏以變更王法者，其爲人不識古，不知今，順天之法而行之者。此言天之道尚誠實，貴性自然。○見，賢遍反。

疏 記中庸：君子篤恭而天下平。詩云：予懷明德，不大声以色。子曰：声色之於以化民，末也。○左僖公九年，詩曰：不記不知，順帝之則。文王之謂也。注云：言文

以色則不事外飾矣不長夏以革則不縱私意矣無外飾無私意此明德之實也。程氏曰不識不知順帝之則不作聰明順天理也帝謂文王當謀爾爲仇之方同爾兄弟之國以爾攻伐之具以伐爲仇之崇

程氏曰閑閑徐緩之狀安安不輕暴也。王氏曰致致其至也附使之内附也仡仡壯也。朱氏曰拂戾也。程氏曰崇侯迷惡當文王始伐之徐緩之時則不服故文王遂加之兵執訊連連之多聖人之伐殺其犯順者非輕肆殺戮也故於馘也安安然審重古者出征類于上帝禡于所征之地所以暴明其罪告之神明伐而告之神明其伐合神明之道也

王闇行自然合天之法帝謂文王詢爾仇方同爾兄弟以爾鉤援與爾臨衝以伐崇墉仇匹也鉤鉤梯也所以鉤引上城者臨臨車也衝衝車也墉城也箋云詢謀也怨偶曰仇仇方謂旁國諸侯爲暴亂大惡者女當謀征討之以和協女兄弟之國率與之往親親則多志齊心一也當此之時崇侯虎倡紂爲無道罪尤大也。詢音荀鉤古侯反又古侯反援音爰臨如字韓詩作隆衝昌容反說文作轒轒陷陣車也墉音容梯他兮反

○臨衝閑閑崇墉言言執訊連連攸馘安安是類是禡是致是附四方以無侮閑閑動搖也言言高大也連連徐也攸所也馘獲也不服者殺而獻其左耳曰馘於内曰類於野曰禡致致其社稷羣神附附其先祖爲之立後尊其尊而親其親。箋云言言猶孽孽將壞貌訊言也執所生得者而言問之及獻所馘皆徐徐以禮爲之不尚促速也類也禡也師祭也无侮者文王伐崇而無復敢侮慢周者。訊音信字又作誶亦同馘古獲反字又作聝字林截耳則作耳傍獻首則作首傍類如字或作禷說文作禷禡馬嫁反侮亡甫反又如字一音芋照反君羣神本或作羣臣孽魚列反又五割反

臨衝茀茀崇墉仡仡是伐是肆是絕是忽四方以無拂茀茀彊盛也仡仡猶言言也肆疾也忽滅也箋云伐謂擊刺之肆犯突也春秋傳曰使勇而無剛者肆之拂猶佹也言天下無復佹戾文王者。茀音弗佹九委反韓詩云茀茀然也說文作佹仡魚乞反肆音四拂符弗反王肅云違也刺七亦反佹

東萊曰所以謂之靈臺者不過如孟子曰文王以民力為臺為沼而民歡樂之謂其臺曰靈臺謂其沼曰靈沼而已自文王受命而民樂其有靈德以下皆講師之贊說也

蘇氏曰靈之言善也

杜氏曰經理而量度初始為靈臺之基趾也既度其處乃經理之營表之。王氏曰經其南北而四營之也。朱氏曰不日不終日也

東氏曰經始勿亟文王恐煩民令勿亟作也庶民子來如子趨父事不召而自來也

爾雅釋獸云麀牡麌牝麀。孔氏曰鄭駁異義云於臺下為囿沼。趙

九委反突也溲扶又反

皇矣八章章十二句

靈臺，民始附也。文王受命，而民樂其有靈德，以及鳥獸昆蟲焉。民者冥也，其見仁道遲，故於是乃附也。天子有靈臺者，所以觀祲象，察氣之妖祥也。文王受命而作邑于豐，立靈臺。春秋傳曰：公既視朔，遂登觀臺以望而書雲物，為備故也。○靈臺鄭注左傳云靈臺在始平鄠縣今屬京兆非附所管昆古門反又作崐鄭注禮記云明也蟲直弓反本或作虫非冥亡丁反冥冥無知冥字林云幽也又亡定反祲子鴆反陰陽氣相侵漸成祥觀古亂反下觀臺以觀同王受命重見文王有靈

【重言】之

○經始靈臺，經之營之。庶民攻之，不日成之。神之精明者稱靈，四方而高曰臺。經，度之也。攻，作也。不日有成也。箋云：文王應天命，度始靈臺之基趾，營表其位，衆民則築作，不設期日而成之。言說文王之德，勸其事，忘己勞也。觀臺而曰靈者，文王化行，似神之精明，故以名焉。○度待洛反下同亟亟勸之雅亟說音悅

○經始勿亟，庶民子來。箋云：亟，急也。度始靈臺之基趾，非有急成之意，衆民各以子成父事而來攻之。○亟居力反

【互註】左昭九年冬築郎囿，書時也。季平子欲其速成也，叔孫昭子曰：詩曰經始勿亟，庶民子來，焉用速成，以其勦民也？無囿猶可，無民其可乎？

王在靈囿，麀鹿攸伏。囿所以域

氏孟子注曰文王在此囿中麀鹿懷任安其所而伏不驚動也○鄭氏曰麀鹿之在囿不知囿之為囿亦如在於山林魚鱉之在沼不知沼之為沼亦如相忘於江湖自非文王之德上及飛鳥中及走獸下及蕃魚豈能及此朱氏曰樅業牙之樅樅峻倚貌也六書曰毛萇曰水旋丘如璧曰辟廱[illegible]曰按譙周曰成王作辟上宮周器之名多有曰王在雝上宮者辟雝蓋二宮名也古鼎銘又曰惟三月初吉王寓王在和宮大夫始錫作彝又曰王在辟宮獻工錫章雝和也和宮殆雝宮之異名歟漢儒本因皆水而生辟宮之說

囿養禽獸也天子百里諸侯四十里靈囿言靈道行於囿也麀牝也箋云攸所也文王親至靈囿視牝獸所遊伏之處言愛物也○囿音又徐于目反麀音憂[illegible]反牝牝頻忍反處昌慮反○**麀鹿濯濯白鳥翯翯**濯濯娛遊也翯翯肥澤也箋云鳥獸肥盛喜樂言得其所○濯直角反翯戶角反字林云鳥白肥澤曰翯高下伏反又樂音洛下文於樂皆同**王在靈沼於牣魚躍**沼池也靈沼言靈道行於沼也牣滿也箋云靈沼之水魚盈滿其中皆跳躍亦言得其所○沼之紹反牣音刃躍羊略反跳徒彫反○**虡業維樅賁鼓維鏞於論鼓鍾於樂辟廱**植者曰虡橫者曰栒業大版也樅崇牙也賁大鼓也鏞大鍾也論思也水旋丘如璧曰辟廱以節觀者箋云論之言倫也虡也栒也所以懸鍾鼓也設大版於上刻畫以為飾文王立靈臺而知民之歸附作靈囿靈沼而知鳥獸之得其所以為音聲之道與政通故合樂以詳之於得其倫理乎鼓與鍾也於喜樂乎諸在辟廱中者言感於和之至○虡音巨樅七凶反又音衝衝牙也沈又子容反賁符云反又字亦作鼖鏞音容於音烏鄭如字下於樂於論皆同論盧門反一云鄭音倫下同辟音璧注同植時職反栒旬尹反懸音玄○**於論鼓鍾於樂辟廱鼉鼓逢逢矇瞍奏公**鼉魚屬逢逢和也有眸子而無見曰矇無眸子曰瞍公事也箋云凡聲使瞽矇為之○鼉徒何反沈又音檀草木疏云形似蜥蜴四足長丈餘甲如鎧皮堅厚宜冒鼓逢薄紅反埤蒼云鼓聲也字作韸徐音豐矇音蒙瞍依字作叟素口反亦作瞍說文云無目

後之治龍者遂加广為龐其失滋甚矣

東萊曰樂者矇瞍之事也聞鼉鼓之聲知矇瞍方奏其事也

東萊曰下者繼上之辭也下武之繼文即頌所謂嗣武受之也。朱氏曰在天既沒而其神在天也。王氏曰大王王季文王以文德造始于上武王以武功纘終于下故曰下武維周世有哲王。陳氏曰哲王謂誰其在天則大王王季文王其在鎬京則武王是也在鎬京者足以配彼在天者

蘇氏曰作起也配命配天之命。李氏曰武王之所以配三后者則以維世德是求故也起而求其先世之德以繼之也。陳氏曰三后之孚若于民久矣至武王配天然後成王者之信。李氏曰下土之所以為式者以武王

也字林先幺反云目有眸無珠子也眸莫侯反

靈臺五章章四句

下武繼文也武王有聖德復受天命能昭先人之功焉繼文者繼文王之王業而成之昭明也。復扶又反王業于況反重意武王有聖德大明文王有明德。下武維周世有哲王武繼也箋云下猶後也哲知也後人能繼先祖者維有周家最大世世益有明知之王謂大王王季文王稍就盛也。哲陟列反本又作悊又作喆皆同知音智下同三后在天王配于京三后大王王季文王也王武王也箋云此三后既沒登假精氣在天矣武王又能配行其道於京謂鎬京也。假音遐已也本或作遐。王配于京世德作求箋云作為求終也武王配行三后之道於鎬京者以其世世積德庶為終成其大功也永言配命成王之孚箋云永長言我也命猶教令也孚信也此為武王言也今長我之配行三后之教令者欲以成我周家王道之信也王德之道成於信論語曰民無信不立。成王之孚如字又于況反後為如字重言永言配命則見文王詩。成王之孚下土之式式法也箋云王道尚信則天下以為法勤行之永言孝思孝思維則則其先人也箋云長我孝心之所思所思者其維則三后之所行子孫以順祖考為孝

○媚茲一人，應侯順德。一人，天子也。應，當。侯，維也。箋云：媚，愛。茲，此也。可愛乎武王，能當此順德，謂能成其祖考之功也。易曰：君子以順德，積小以高大。永言孝思，昭哉嗣服。箋云：服，事也。明哉武王之嗣行祖考之事，謂伐紂定天下。○昭茲來許，繩其祖武。許，進。繩，戒。武，迹也。箋云：茲，此。來，勤也。武王能明此勤行，進於善道，戒愼其祖考所履踐之迹，美其終成之。○來，本亦作徠，鄭如字，或音賚，下篇來孝同。於萬斯年，受天之祜。箋云：祜，福也。天下樂仰武王之德，欲其壽考之言也。○祜音戶，下同。○受天之祜，四方來賀。於萬斯年，不遐有佐。遠夫不遐有佐也。箋云：武王受此萬年之壽，不遠有佐，言其輔佐之臣亦宜蒙其餘福也。書曰：公其以予萬億年，亦君臣同福祿也。【音】[illegible]信附[illegible]樂音洛[illegible]

下武六章，章四句。

文王有聲，繼伐也。武王能廣文王之聲，卒其伐功也。繼伐，昔文王伐崇而武王伐紂。○文王有聲，遹駿有聲。遹求厥寧，遹觀厥成。箋云：遹，述。駿，大。求，終。觀，多也。文王有令聞之聲者，乃述行有令聞之聲之道所致也。所述者，謂大王、王季也。又述行終其安民之道，又述行多其成民之德，言周德之世益盛。○遹，尹橘反，又述。駿音峻。聞音問，本亦作問。文王烝哉。

云孝而民則之故也。蘇氏曰：天下思所以媚之者，維順其德以應之。然則武王之孝，豈嗣先王之事者，豈不明哉。陳氏曰：來，所自來也。許，語助也。○蘇氏曰：繩，約也。○陳氏曰：昭茲，承上昭哉嗣服而言也。武王昭哉嗣服，有自來矣。其道本於繩約其[illegible]祖先之蹤跡也。○朱氏曰：賀，朝賀也。○呂氏曰：不遐有佐者，四方皆來佐助，雖萬年不以爲遠也。

李氏曰：觀，當如字讀。蘇氏曰：文王之所以有聲者，能述大其先人之聲耳。凡求其所以安，觀其所以成，無非述之者。此文王之所以爲君也。說文曰：欥，詮詞也，從欠從曰。詩曰：欥求厥寧，余律切。

大雅　靈臺　下武　文王有聲　十六　七十四

説文曰鄷周文王所都在京兆杜陵西南

陳氏曰匹稱也作豐之制不為侈大唯其稱而已。朱氏曰非欲亟成己之所欲也述追先人之志而來致其孝耳王后亦指文王也

呂氏曰濯如滌言明白而不昧文王王業明建都邑示天下知所歸往天下皆倚以為賴。東萊曰王公如易所謂王公設險以守其國蓋統言之也

李氏曰指豐水以書武王之功。蘇氏曰豐水之所以東注者禹之功也四方之所以歸周者武王維君也

烝君也箋云君哉者言其誠得人君之道。烝之承反韓詩云烝美也

○文王受命有此武功既伐于崇作邑于豐箋云武功謂伐四國及崇之功也作邑者徙都于豐以應天命。應應對之應崇文王受命重見靈臺文王烝哉。

築城伊淢作豐伊匹匪棘其欲遹追來孝淢成溝也匹配也箋云方十里曰成淢其溝也廣深各八尺棘急來勤也文王受命而猶不自足築豐邑之城大小適與成偶也大於諸侯小於天子之制此非以急成從己之欲欲廣都邑乃述追王季勤孝之行進其業也。淢況域反成間有淢字又作洫韓詩云洫深池也。亟居力反下同或作棘欲音欲本亦作欲廣古曠反深尸鴆反○行下孟反王后烝哉后君也箋云變謚言王后者非其盛事不以義謚

○王公伊濯維豐之垣四方攸同王后維翰濯大翰幹也箋云公事也文王述行大王王季之王業其事益大作邑於豐城之既成又垣之立宮室乃為天下所同心而歸之王后為之幹者正其政教定其法度。○濯直角反韓詩云美也垣音袁幹古旦反徐音寒王后烝哉。

豐水東注維禹之績四方攸同皇王維辟績業皇大也箋云績功辟君也昔堯時洪水而豐水亦汎濫為害禹治之使入渭東注于河禹之功也文王武王今得作邑於其旁地為天下所同心而歸大王為之君乃由禹之功故引美之豐邑在豐水之西鎬京在豐水之東。○辟音壁注及下皆同又音婢亦反法也汎芳劍反字

劉氏曰武王自豐而作京于鎬以諸侯之朝覲四夷之來王非豐邑之可容也故越豐水之東作鎬京焉。張氏曰靈臺辟雍文王作之也辟雍之在鎬京者武王作之也。辟廱解見靈臺。張氏曰當武王作鎬京辟雍之時天下無思不服。朱氏曰無思不服心服也。呂氏曰言武王稽天命宅鎬京定都以為天下君也。陳氏曰詒遺也。孔氏曰豐水猶以潤澤生芑菜況武王豈不以澤及後人為事乎。蘇氏曰故遺其子孫之謀以安後世之敬者。東萊曰孫與子特互言之皆謂子孫也序言武王雖伐而此詩未嘗一言及武王之伐功何耶定都而無思不服創業而詒厥子孫皆非武王之前所能致也詩人之作蓋有本末具載精粗兼舉者矣亦有言其意而略其事者矣不可以一概求也

亦作淢洫力逼反此又以上言大者也欲如字皇王烝哉箋云皇王後言大王者武王之事又益大。鎬京辟廱自西自東自南自北無思不服武王作邑於鎬京箋云自由也武王於鎬京行辟廱之禮自四方來觀者皆感化其德心無不歸服者

互注記祭義曾子曰夫孝置之而塞乎天地溥之而橫乎四海施諸後世而無朝夕推而放諸東海而準推而放諸西海而準推而放諸南海而準推而放諸北海而準詩云自西自東自南自北無思不服此之謂也皇王烝哉。考卜維王宅是鎬京維龜正之武王成之箋云考猶稽也宅居也稽疑之法必契灼龜而卜之武王卜居是鎬京之地龜則正之謂得吉兆武王遂居之修三后之德以伐紂定天下成龍興之功而已則民臻善詩莫大於此○契苦計反灼之若反

互注記坊記子云善則稱人過則稱己則民讓善詩云考卜惟王度是鎬京惟龜正之武王成之。成鎬芙蓉君

武王烝哉。豐水有芑武王豈不仕詒厥孫謀以燕翼子芑草也仕事燕安翼敬也箋云詒猶傳也孫順也豐水猶以其潤澤生草武王豈不以其功業為事乎以之為事故傳其所以順天下之謀以安其敬事之子孫謂使行之也書曰厥考翼其肯曰我有後弗棄基。○芑音起草也仕音士毛如字鄭音事傳直專反下同

武王烝哉言皇王而變言武王者皇大也始大其業至武王伐紂成之故言武王也

互注記表記子言之曰仁有數義有長短小大中心憯

但愛人之仁也率法而強之資仁者也詩云豐水有芑武王豈不仕詒厥孫謀以燕翼子武王烝哉數世之仁也國風曰我今不閱皇恤我後終身之仁也

文王有聲八章章五句

文王之什十篇六十六章四百一十四句

纂圖互註毛詩卷第十六

朱氏曰民人也。孔氏曰外傳云精意以享曰禋禋祀祀郊禖也爾雅曰武迹也敏拇也。釋文曰震有娠也。王氏曰列子曰后稷生乎巨跡姜嫄履巨迹之拇以歆郊禖之神助祭而止則嫄而生育其所生育是為后稷載夙則言其疾而不遲也張氏曰生民之事不足怪人固有無種而生當民生之始何嘗便有種固亦因化而有

纂圖互註毛詩卷之十七

生民之什詁訓傳第二十四 陸曰自生民至卷阿八篇成王周公之正大雅

毛詩大雅　鄭氏箋

生民尊祖也后稷生於姜嫄文武之功起於后稷故推以配天焉。〇姜嫄音原姜姓嫄名有邰氏之女帝嚳元妃后稷母也【重言】早灑受祖也。

〇厥初生民時維姜嫄、生民本后稷也姜姓也后稷之母配高辛氏帝焉箋云厥其初始時是也言周之始祖其生之者是姜嫄也姜姓者炎帝之後有女名嫄當堯之時為高辛氏之世妃本后稷之初生故謂之生民。生民如何克禋克祀以弗無子。禋敬弗去也去無子求有子古者必立郊禖焉玄鳥至之日以太牢祠于郊禖天子親往后妃率九嬪御乃禮天子所御帶以弓韣授以弓矢于郊禖之前箋云克能也弗之言祓也姜嫄之生后稷如何乎乃禋祀上帝于郊禖以祓除其無子之疾而得其福也能若言齊肅當神明意也二王之後得用天子之禮。〇禋音因敬祭天名弗音拂注同去起吕反下同禖音梅下同祠嗣辭反亦作祀嬪婢人反韣音獨弓衣祓音拂又音廢下同齊側皆反本亦作齋篇末齊敬同履帝武敏歆攸介攸止載震載夙載生載育時維后稷履踐

朱氏曰先生首生也。孔氏曰羍小羊也從羊大聲羊子以生之易故比之坼副皆裂也又曰楚世家云陸終娶妻於鬼方氏曰女潰孕三年不乳乃剖其左脇獲三人焉剖其右脇獲三人焉禮記曰為天子削瓜者副之是副為裂也。孔氏曰婦人之生首子其產多難此后稷雖是最先生者其生之易如羊子之生其生之時不坼剖不副裂不其母故其母無災殃無患害是天意以此顯其有神靈也。朱氏曰上帝豈不寧乎不康我之禋祀乎而使我無人道而徒然生是子也

也帝高辛氏之帝也武迹敏疾也從於帝而見于天將事齊敏也歆饗介大攸止福祿所止也震動夙早育長也后稷播百穀以利民箋云帝上帝也敏拇也介左右也夙之言肅也祀郊禖之時時則有大神之迹姜嫄履之足不能滿履其拇指之處心體歆歆然其左右所止住如有人道感已者也於是遂有身而肅戒不復御後則生子而養長之名曰棄舜臣堯而舉之是為后稷○敏亡忍反歆許金反介音戒震音真又之慎反見賢遍反齊側皆反又如字長張丈反下同拇音母又大指也如字處昌慮反復扶又反下放此后[illegible]攸介攸止壹見甫田○**誕彌厥月先生如達**誕大彌終達生也姜嫄之子先生者也箋云達羊子也大矣后稷之在其母終人道十月而生生如達之生言易也○彌面支反達他末反沈他計反說文云小羊也沈云毛如字易以豉反下同**不坼不副無菑無害**言易也凡人在母母則病生則坼副災害其母橫逆人道○坼勅宅反副孚逼反說文云分也字林云判也四亦反菑音災本亦作災**以赫厥靈上帝不寧不康禋祀居然生子**赫顯也不寧寧也不康康也箋云康寧皆安也姜嫄以赫然顯著之徵其有神靈審矣此乃天帝之氣也心猶不安之又不安徒以禋祀而無人道居默然自生子懼時人不信也○**誕寘之隘巷牛羊腓字之**誕大寘置腓辟字愛也天生后稷異之於人欲以顯其靈也帝不順天是不明也故承天意而異之於天下箋云天異之故姜嫄置后稷以牛羊之徑亦所以異之寘之豉反下同隘於懈反巷戶降反腓符非反避也**誕寘之**

朱氏曰會值也無人道而生子或者以為不祥故棄之。王氏曰寘之寒冰而鳥覆翼之則為異甚矣。孔氏曰人往收取鳥乃飛去矣后稷遂呱呱然而泣矣

陳氏曰載路滿路也。匍匐見谷風。朱氏曰口食自能食也。孔氏曰上既言收取后稷此說其長養之事

王氏曰以就口食者言其稍長免乳以就口食也。孔氏曰周本紀棄為兒時其遊戲好種植麻麥麻麥美即此章是也又曰及為成人遂好耕農相地之宜宜穀者稼穡之民皆法之堯聞之舉棄為農師天下得其利下章是也

平林會伐平林。牛羊而辟人者異也置之平林又為人所收取之誕寘之寒冰鳥覆翼之大鳥來一翼覆之一翼藉之人而收取之又其理也故置之於寒冰。藉在夜反鳥乃去矣后稷呱矣。於是知有天異往取之矣后稷呱呱然而泣。呱音孤泣聲也尚書云啟呱呱而泣是也。○實覃實訏厥聲載路誕實匍匐克岐克嶷以就口食覃長訏大路大也岐知意也嶷識也箋云實之言適也覃謂始能坐也訏謂張口嗚呼也是時声音則已大矣能匍匐則岐岐然意有所知也其貌嶷嶷然有所識別也以此至于能就眾人口自食謂六七歲時。覃徒南反本或作譚訏況于反匍音蒲又音符本亦作扶匐蒲北反又音服本亦作服岐其宜反嶷魚極反說文作𡵉云小兒有知也長張丈反或如字別彼列反蓺之荏菽荏菽旆旆禾役穟穟麻麥幪幪瓜瓞唪唪荏菽戎菽也旆旆然長也役列也穟穟苗好美也幪幪然茂盛也唪唪然多實也箋云蓺樹也戎菽大豆也就口食之時則有種殖之志言天性也。蓺魚世反荏而甚反菽或作叔音同鄭箋云今胡豆是旆蒲貝反穟音遂幪莫孔反瓞田節反唪布孔反徐又薄孔反長如字又張丈反。○誕后稷之穡有相之道相助也箋云大矣后稷之掌稼穡有見助之道謂若神助之力也。相息亮反注同茀厥豐草種之黃茂實方實苞實種實褎實發實秀實

蘇氏曰黃茂嘉穀也。董氏曰集注以方爲房。朱氏曰苞甲而未拆也實方實苞此漬其種也種布種也褎漸長也。王氏曰發者■其華救也呂氏曰秀始穟也。王氏曰堅者其實堅也好者其形味好也　后稷既即有邰家室矣則又擇嘉種而誕降之以教民執　任者肩任之也負者背負之也。蘇氏曰任擔也編種之既成穫而棲之於畝負任以歸而始祭焉。王氏曰后稷始受國爲祭主故曰肇祀　劉氏曰蹂以脫其穗　或播以揚其糠。朱氏曰或蹂未取穀以繼之

堅實好實穎實栗即有邰家室茀治也黃嘉穀也茂美也方極畝也苞本也種雜種也褎長也發盡發也不榮而實曰秀穎垂穎也栗其實栗栗然邰姜嫄之國也堯見天因邰而生后稷故國后稷於邰命使事天以顯神順天命耳箋云豐苞亦茂也方齊等也種生不雜也褎枝葉長也發發管時也秀成就也后稷教民除治茂草使種黍稷黍稷生則茂好孰則大成以此成功堯改封於邰就其成國之家室无變更也○茀音弗韓詩作拂拂弗也種之勇反注種雜種生不雜下嘉種并注同褎徐秀反穎營井反穗也尚書云唐叔得禾異畝同穎是也邰吐來反姜嫄所封國也今在京兆武功縣○

誕降嘉種維秬維秠維穈維芑天降嘉種秬黑黍也秠一稃二米也穈赤苗也芑白苗箋云天應堯之顯后稷故爲之下嘉種○秬音巨黑黍也秠孚鄙反又孚眉反郭方婢反穈音門爾雅作虋同郭亡偉反赤粱粟也芑音起孫又巳反郭云白粱粟也郭音方子反書云公劉之德應天應也應嚮應爲子偽反下天爲巳同恒之秬秠

是穫是畝恒之穈芑是任是負以歸肇祀恒徧肇始也始歸郊祀也箋云任猶抱也肇郊之神位也后稷以天爲己下此四穀之故則徧種之成熟則穫而畝計之抱負以歸於郊祀天得祀天者二王之後也○恒古鄧反本又作亘穫戶郭反任音壬又同肇音兆徧音遍下同○誕我祀如何或舂或揄或簸或蹂釋之叟叟烝之浮浮揄抒臼也或簸糠者或蹂黍者釋淅米也叟叟

孔氏曰此言將祭之事以所得秬秠穈芑之粟或使人在碓而舂之或使人就臼而抒之

孔氏曰蹂舂得米乃浸之於盆淅而釋之其聲溲溲然又炊之於甑釁而烝之其氣浮浮然

朱氏曰謀惟戒祭祀之事也於是或取蕭以祭脂或取羝以軷或燔之或烈之四者皆祭祀之事

王氏曰我今盛于豆登謂周室尊祖以配天之祭也。朱氏曰臭香也其香始升而上帝已安饗之言應之疾也。李氏曰因郊天之祭而念后稷之始得百

聲也浮浮氣也箋云蹂之言潤也大矣我后稷之祀天如何乎美
一亦將說其事也舂而抒出之簸之又潤濕之將復舂之趨於鑿也
稃之烝之以爲酒及簠簋之實○舂傷容反揄音由又以朱反說
文作舀弋紹反簸波我反蹂音柔叟所留反字又作溞淅米聲也
爾雅作溞音同郭音騷烝之承反浮如字爾雅說文並作烰烝云烝
也抒食汝反又音佇顉篇云取出也糠音康字亦作康俗米旁作康非
淅星歷反說文云汰也汰音太又徒蓋反又反鑿子洛反精米也
字林作毇云糲米一斛舂爲八斗也子沃反又盧音甫簋音軌**載謀**
載惟取蕭祭脂取羝以軷載燔載烈嘗之日涖卜來歲之芟孫之日涖卜來歲
之戒社之日涖卜來歲之稼所以興來而繼往也穀熟而謀陳祭
而卜矣取蕭合黍稷臭達牆屋既奠而後爇蕭合馨香也羝羊牡
羊也軷道祭也傳火曰燔貫之加於火曰烈箋云惟思也烈之言
爛也后稷既爲郊祀之酒及其米則詒謀曰思念其礼至其時
取蕭草與祭牲之脂爇之於行神之位馨香既聞取羝羊之體以
祭神又燔烈其肉爲尸羞焉自此而往郊○羝都礼反亦作羝軷
蒲末反說文云出必告道神爲壇而祭爲軷字林同父末反燔音
煩後皆同涖音利又音類爇如悅反所御反息淺反奠徒練反爇如悅
反馨呼丁反傳音附**以興嗣歲**以來歲繼往歲也箋云嗣歲今
貫古亂反諏足須反新歲也以先歲之物齊敬祀戒
而祀天者將求新歲之豐年也孟春之○**卬盛于豆于豆于登其**
之月令曰乃擇元日祈穀于上帝
香始升上帝居歆胡臭亶時卬我也木曰豆瓦曰登豆薦葅醢也登[illegible]大羹也箋云胡之言何

穀以肇祀。○曾氏曰：自后稷肇祀，以衆前後相承，兢兢業業，惟恐一有罪悔，獲戾于天。閲數百年而此心不易，故曰庶無罪悔以迄于今。言周人世世用心如此也。

也。亶，誠也。我后稷盛菹醢之屬當于豆，若肉之登者，其馨香始上行，上帝則安而歆享之。何芳臭之誠得其時乎？羡之也。祀天用瓦豆，陶器質也。○卬，五郎反。盛，音成，注同。臭，香，一本作馨。亶，都但反。菹，莊居反。醢，音海。上，時掌反。

后稷肇祀，庶無罪悔，以迄于今。迄，至也。箋云：庶，衆也。后稷肇祀上帝於郊，而天下衆民咸得其所，无有罪過也，子孫蒙其福以至於今，故推以配天焉。○迄，許乙反。

生民八章，四章章十句，四章章八句。

行葦，忠厚也。周家忠厚，仁及草木，故能内睦九族，外尊事黄耇，養老乞言，以成其福禄焉。九族，自己上至高祖，下至玄孫之親也。黄，黄髮也。耇，凍梨也。乞言，從求善言可以爲政者，敦史受之。○行葦，韋鬼反。行，猶道也。葦，章也。耇，音苟。爾雅云：耇，壽也。梨，利知反，又利兮反。方言云：凍梨，老也。敦，如字，本又作惇，同。【互註】左隱公三年：風有采蘩、采蘋，雅有行葦、泂酌，昭忠信也。

○敦彼行葦，牛羊勿踐履，方苞方體，維葉泥泥。敦，聚貌。行，道也。葉初生泥泥。箋云：苞，茂也。體，成形也。敦敦然道旁之葦，牧牛羊者毋使躐履折傷之。草物方茂盛，以其終將爲人用，故周之先王爲此愛之，况於人乎？○敦，徒端反，注同。泥，乃禮反，注同。張揖作苨苨，二云苨苨，盛也。爲此，于僞反，注下「爲此」同。

●戚戚兄弟，莫遠具爾。

東萊曰：自周家忠厚以下，論成周盛德至治，則得之矣，非此詩之義也。意者講師見序有忠厚之語，而附益之歟。○朱氏曰：勿，戒止之辭也。○丘氏曰：苞，抱蘖也。○朱氏曰：泥泥，柔澤貌。○蘇氏曰：爾，近也。○李氏曰：此葦方苞方体，其葉又泥泥，而美又孰忍傷之哉。○陳氏曰：兄弟不可相遠劉氏曰肆之筵所以行燕禮也授之几者優尊之。陳氏曰非特肆筵而已又有重席非特授几而已又有侍御之人蘇氏曰醓醢蓋醢之多汁者也孔氏曰於獻酒之時則用醓醢以薦之或燔其肉或炙其肝以為羞肴所加殽則脾臄之嘉醻酒殽既備又作樂助歡

爾雅金鏃翦羽謂之鍭。孔氏曰鍭是矢參亭者也矢人為鍭矢三分一在前二在後彼注云三訂之而

或肆之筵或授之几戚戚內相親也肆陳也或陳設筵者或授几者箋云莫無也具猶俱也爾謂進之也王與族人燕兄弟之親無遠無近俱揖而進之年稚者為設筵而已老者加之以几○筵以然反席也鋪陳曰筵藉之曰席辟有吏反●肆筵設席授几有緝御設席重席也緝御踧踖之容也箋云緝猶續也御侍也兄弟之老者既為設重席授几又有相續代而侍者謂尃史也○緝七入反重直龍反下同踧子六反踖子亦反或獻或酢洗爵奠斝斝爵也夏曰醆殷曰斝周曰爵箋云進酒於客曰獻客荅之曰酢主人又洗爵醻客客受而奠之不舉也用殺爵者尊兄弟也○酢才洛反斝古雅反又音稼夏戶雅反醆側簡反字或作琖同●醓醢以薦或燔或炙嘉殽脾臄或歌或咢以肉曰醓醢臄函也歌者比於琴瑟也徒擊鼓曰咢箋云薦之禮韭菹則醓醢也燔用肉炙用肝以脾函為加故謂之嘉○醓他感反肉醬也鄭注儀禮云醓汁也醢呼改反脾婢支反臄其略反字或作醵咢五洛反毛云徒歌曰咢爾雅云徒擊鼓謂之咢徒歌謂之謠函胡南反向又戶咸反本又作圅同說文云函舌也又一云口裏肉也通俗文云口上曰臄口下曰函牡凼志反炙之夜反音或燔或炙重見楚茨○敦弓既堅四鍭既鈞舍矢既均敦弓畫弓也天子敦弓鍭矢參亭已均中蓺箋云舍之言釋也蓺質也周之先王將燕射先与群臣行射禮以擇其可與者以為賓○敦音彫注及下同徐又都雷反鍭音侯矢名鈞規旬反舍音捨注同

平者前有鐵重也
四矢皆輕重鈞亭
故言四鍭既鈞
丘氏曰均偏也謂四
鍭偏釋之射以中
多者爲賢。朱氏
曰既燕而射以爲
樂也。東萊曰此
兩章鄭玄以爲將
養老大射擇士王
肅以爲燕射以詩
之所叙考之儀禮
王肅之說是也
孔氏曰既句是引
滿時也。丘氏曰四
鍭如樹言皆著
於鍭如以手植立
朱氏曰不侮不以中
病不中者也射以中
多爲儁以不侮爲德
孔氏曰祈訓爲求
李氏曰成王之爲
主人而酒醴皆厚
矣。東萊曰酌
大斗而祈黃耇
缺之也

參七南反中丁仲反下皆同可與音預下與爲同一本直云可者無與字。**序賓以賢**言賓客次序皆賢孔子射於矍相之圃觀者如堵牆射至於司馬使子路執弓矢出延射曰僨軍之將亡國之大夫與爲人後者不入其餘皆入蓋去者半入者半又使公罔之裘序點揚觶而語曰幼壯孝弟耆耋好禮不從流俗脩身以俟死者不在此位蓋去者半處者半序點又揚觶而語曰好學不倦好禮不變耄期稱道不亂者不在此位也蓋僅有存焉箋云序賓以賢謂以射中多少爲次第○矍俱縛反相息亮反圃布古反又音布觀古亂反又音官堵丁古反賁音奮覆敗也將子匠反點都簟反觶之豉反爵名容三升語魚據反弟音悌耋徒節反好呼報反下皆同耆不弗武反下同耄莫報反字或作旄同八十曰耋勤音勤百年曰期頤僅其靳反○**敦弓既句既挾四鍭**天子之弓合九而成規箋云射禮搢三挾一个言已挾四鍭則偏釋之○句古豆反說文作彀法張弓曰彀挾子協反又子合反个古賀反亦作介徧音遍**四鍭如樹**言皆中也**序賓以不侮**言其皆有賢才也箋云不侮者敬也其人敬於禮則射多中也○**曾孫維主酒醴維醹酌以大斗以祈黃耇**曾孫成王也醹厚也大斗長三尺也祈報也箋云祈告也以我成王承先王之法度爲主人亦既序賓矣有醇厚之酒醴以大斗酌而嘗之而美故以告黃耇之人徵而養之以顯臣之禮曰告於先王君子可也○醹如主反說文得酒也字林同音女父反斗字又作枓都口反徐又音主三尺謂大斗之柄也醇音純○**黃耇台背以引以**

黃耇解見南山有臺　・董氏曰引謂引之以美翼謂輔翼之也

東萊曰前章言成王厚酒醴以酌黃耇此章言黃耇相導左右成王庶其壽考而介景福也

東萊曰醉酒飽德以下皆講師附益之辭。朱氏曰爾亦指工也。蘇氏曰周自文武至於成王而天下平無所復事故君子作詩言王與羣臣祭畢而燕於寢旅酬重無算爵醉之以酒而飽之以德也。王氏曰昭明明德也。朱氏曰融明之盛也。東萊曰周之

背台背大老也引長翼敬也箋云台之言鮐也大老則背有鮐文既告老人及其來也以禮引之以禮翼之○引以刃反翼○台湯來反徐又音臺爾雅云鮐背壽也鮐湯來反魚名一曰東**重言**以引以翼重見卷阿壽考維祺以介景福祺吉也箋云介助也養老人而得吉所以助大福也○祺音其介音戒毛大也後皆放此**重言**以介景福凡五見此楚茨詩

行葦八章章四句故言七章二章章六句三章章四句

既醉太平也醉酒飽德人有士君子之行焉成王祭宗廟旅酬下徧羣臣至于無筭爵故云醉焉乃見十倫之義志意充滿是謂之飽德○大平音泰後大平皆放此行下孟反第四章以下注皆同徧音遍下同見賢遍反**互注**左襄二十七年楚薳罷如晉涖盟晉侯享之將出賦既醉叔向曰薳氏之有後於楚國也宜哉

○既醉以酒既飽以德既者盡其禮終其事箋云禮謂旅醻之屬德謂惠流先後及歸俎之類○醻式盛反君子萬年介爾景福箋云君子斥成王也介助景大也成王女有萬年之壽天又助女以大福謂五福也**重言**介爾景福二小明一本詩一○既醉以酒爾殽既將將行也箋云爾女也殽謂牲體也成王之為羣臣俎實以尊卑差次行之君子萬年介爾昭明箋云昭光也昭

追王止於大王則宗廟之祭尸之尊者乃公尸也因既醉以酒至高朗令終皆祭畢而燕頌禱之辭也自令終有俶至於卒章皆追道祭之受福以明頌禱之實也朱氏曰朋友椅助祭者○蘇氏曰攝檢也○孔氏曰公尸以善言告者是何故乎由祭饌則潔清而美助祭者又相斂攝以威儀當神之意也○孔氏曰時謂時節○朱氏曰孝子主人之嗣子也儀禮祭祀之終有嗣舉奠○東萊曰成王與助祭者威儀既得其宜又有嗣子之孝舉奠於後其孝可謂源

明有融高朗令終融長朗明也始於饗燕終於饗食神箋云有又也天既助女以先明之道又使之長有高明之譽而以善名終是其長也

令終有俶公尸嘉告俶始也公尸天子以卿言諸侯也箋云俶猶厚也既始有善令終又厚之以公尸以善言告之謂嘏辭也諸侯有功德者入為天子卿大夫故云公尸公君也○俶尺叔反嘏古雅反

○其告維何籩豆靜嘉恒豆之菹水草之和也其醢陸產之物也加豆陸產也其醢水物也籩豆之薦水土之品也不敢用常褻味而貴多品所以交於神明者言道之徧至也箋云公尸所以善言告之是何故乎乃用籩豆之物絜清而美政平氣和所致故也○褻息列反精子性反

朋友攸攝攝以威儀言相攝佐者以威儀也箋云朋友謂羣臣同志好者也言成王之臣皆有仁孝君子之行其所以相攝佐威儀之事○好呼報反

○威儀孔時君子有孝子箋云孔甚也言成王之臣威儀甚得其宜皆君子之人有孝子之行

孝子不匱永錫爾類匱竭類善也箋云永長也孝子之行非有竭極之時長以與女之族類謂廣之以教道天下也春秋傳曰穎考叔純孝也施及莊公○匱求位反道音導施以豉反【互註】禮記坊記子云從命不忿微諫不倦勞而不怨可謂孝矣詩云孝子不匱左氏隱公元年穎考叔純孝也愛其母施及莊公詩曰孝子不匱永錫爾類其是之謂乎成公二年詩曰孝子不匱永錫爾類若以不孝令於諸侯其無乃非德類也乎

○其類維何室家之壼壼廣也箋云壼之言

既醉　十七卷五　源不竭矣神之錫汝以善宜其永永不替也○爾雅曰宮中巷謂之壼

四五八

朱氏曰祚福也胤子孫也錫之以善孰大於此

孔氏曰前章永錫祚胤謂祚及後胤也此章因其句末而轉之故云其胤維何其實先言祚耳。朱氏曰言當使爾被天祿而爲天命之所附屬下章乃言子孫之事

蘇氏曰與之以女士而其子孫無不賢者矣

張氏曰鳧鷖言天子之祭而言公尸何也當成王之時爲王尸者有文王武王其上皆公尸也故言公尸之尊者

梱也其與女文族類也云何乎室家先以相梱致已乃及於天下○壼苦本反鄭梱致也梱苦本反致直置反君子萬年永錫祚胤胤嗣也箋云永長也成王女有萬年之壽天又長予女福祚至于子孫○胤本又作胤以晉反胤羊刃反其胤維何天被爾祿祿福也箋云天予女以福祚至于子孫云何乎天覆被女以祿位使祿臨天下○被皮寄反注同君子萬年景命有僕僕附也箋云成王女既有萬年之壽天之大命又附著於女謂使爲政教○著直畧反下同【重言】君子萬年十篇四見被路矣一本詩四○其僕維何釐爾女士釐予也箋云天之大命附著於女云何乎予女以女而有士行者謂生淑媛使之爲妃○釐力之反媛于眷反妃音配又芳非反釐爾女士從以孫子箋云從隨也天既予女以女而有士行者又使生賢知之子孫以隨之謂傳世也○知音智傳直專反

既醉八章章四句

鳧鷖守成也太平之君子能持盈守成神祇祖考安樂之也君子斥成王也言君子者太平之時則皆然非獨成王也○鳧音符鷖烏兮反又烏雞反蒼頡解詁云鷖鷗也一名水鴞祇祁支反樂音洛篇末注同【重言】太平之君子一見嘉魚○鳧鷖在涇公尸來燕來寧鳧水鳥也

歐陽氏曰鳧鷖在涇在沙謂公尸和樂如水鳥在水中及水旁得其所爾在渚在潨在亹皆水旁爾鄭氏曲爲分別以譬在宗廟等處者皆臆說也○李氏曰公尸來燕來寧言公尸來燕飲而安寧○孔氏曰福禄來成汝孝子也

湑解見伐木

鷖鳧屬太平則萬物衆多箋云涇水名也水鳥而居水中猶人爲公尸之在宗廟也故以喻焉祭祀既畢明日又設禮而與尸燕成王之時尸來燕也其心安不以己實臣之故自嫌言此者美成王事尸之禮備 爾酒既清，爾殽既馨。公尸燕飲，福禄來成。馨香之遠聞也箋云爾者女成王也女酒殽清美以與公尸燕樂飲酒之故祖考以福禄來成女○聞音問或如字

○鳧鷖在沙，公尸來燕來宜。沙水旁也宜宜其事也箋云水鳥以居水中爲常今出水旁喻祭四方百物之尸也其來燕也心自以爲宜亦不以己實臣自嫌也 爾酒既多，爾殽既嘉。言酒品齊多而殽備美○齊才細反 公尸燕飲，福禄來爲。厚爲孝子也箋云爲猶助也助成王也○爲于僞反注同協句如字 重言 爾殽既嘉重見頍弁

○鳧鷖在渚，公尸來燕來處。渚沚也處止也箋云水中之有渚猶平地之有丘也喻祭天地之尸也以其至尊之故其來燕似若止得其處○渚之與反沚音止 爾酒既湑，爾殽伊脯。公尸燕飲，福禄來下。箋云湑酒之泲者也天地之尸尊事尊不以褻味泲酒脯而已○湑息呂反泲子禮反字又作醑音同

○鳧鷖在潨，公尸來燕來宗。潨水會也宗尊也箋云潨水外之高者也有瘞埋之象祭社稷山川之尸其來燕也有尊主人之意○潨在公反說文云小水入大水也徐云鄭音在容反水外之高者也瘞於例反埋亡皆反字亦作薶同 既燕于

莆田鄭氏曰既燕于宗宗廟也。呂氏曰崇積而高大也

陳氏曰民在下之民也人在位之人也。歐陽氏曰詩人假樂成王有顯顯之德以宜其民人而受天之祿朱氏曰天之於成王反覆眷顧之不厭既保之佑之命之而又

宗福祿攸降公尸燕飲福祿來崇崇重也箋云既盡也宗社宗也羣臣下及民盡有祭祀之禮而燕飲焉為福祿所下也今王祭社又以尸燕福祿之來乃重厚也天子以下其社神同故云然○降户江反又重直龍反下同【音義】福祿攸降重見旱麓○鳧鷖在亹公尸來止熏熏亹山絕水也熏熏和悅也箋云亹之言門也燕七祀之尸於門戶之外故以喻焉其來也不敢當王之燕禮故變言來止熏熏坐不安之意○亹音門熏許云反說文作醺云醉也說音悅旨酒欣欣燔炙芬芬公尸燕飲無有後艱欣欣然樂也芬芬香也無有後艱言不敢多祈也箋云艱難也小神之尸卑用美酒有燔炙可用數味也又不能致福祿但令王自今無有後艱而已○令力呈反【音義】公尸燕飲五章並本詩

鳧鷖五章章六句

假樂嘉成王也假音暇○假樂君子顯顯令德宜民宜人受祿于天假嘉也宜民宜人宜安民宜官人也箋云顯光也天嘉樂成王有光光之善德安民官人皆得其宜以受福祿於天保右命之自天申之申重也箋云成王之官人也羣臣保右而舉之乃後命用之又用天意申勑之如舜之勑伯禹伯夷之屬○右音又注同重直用反【正義】記中庸子曰舜其大孝也與德為聖人尊為天子富

中重之也
頌雅曰穆穆敬也
皇皇美也。孔氏
曰君諸侯也王天子
也。劉氏曰舊章
先王之禮樂政刑也
蘇氏曰成王干祿而
得百福故其子孫之
蕃至于千億適爲
天子庶爲諸侯無
不穆穆皇皇以遵
成王之法者
莆田鄭氏曰羣匹
君羣類也。歐陽氏
曰言成王有威儀有
令德其臨下無有怨
惡於人率用羣臣以
共治之王享其福
祿抑其綱紀而已。
董氏曰大作綱小作紀
綱爲統紀爲目。董
氏曰百辟諸侯也卿士
諸臣也。李氏曰紀
綱既正無爲在上與
臣下燕飲而樂之

有四海之內宗廟饗之子孫保之詩曰嘉樂君子憲憲令德宜民宜人受祿于天保佑命之自天申之故大德者必受命○干

祿百福子孫千億穆穆皇皇宜君宜王一云干求也十萬曰億宜君王天下也箋云天子穆穆諸侯皇皇成王行顯顯之令德求祿得百福其子孫亦勤行而求之得祿千億故或爲諸侯或爲天子言皆相勗以道○且君且王一本且並作宜字勗香玉反王詩文王孫子本支百世商之孫子其麗不億〔重意〕文不愆不忘率

由舊章愆過率循也成王之令德不過誤不遺失循用舊典之文章謂周公之禮法○愆起虔反威儀

抑抑德音秩秩無怨無惡率由羣匹抑抑美也秩秩有常也箋云抑抑密也秩秩清也成王立朝之威儀致密無所失教令又清明天下皆樂仰之無有怨惡循用羣臣之賢者其行能匹耦已之心○惡烏路反又如字注同朝直遙反緻直致反本或作致行下孟反受福無疆四方之綱○疆居良反下篇同

〔重意〕七月萬壽無疆○撫撲綱紀四方猶同四方爲綱○之綱之紀燕及朋友朋友羣臣也箋云成王能爲天下之綱紀謂立法度以理治之也其燕飲常與羣臣非徒樂族人而已○樂音洛百辟卿士媚于

天子〔重言〕媚于天子重見卷阿不解于位民之攸塈塈息也箋云百辟畿內諸侯也卿士卿士之有事也媚愛也成王以恩意及羣臣羣臣故皆愛之不解於其職位民之所以休息由此也○辟音壁注同媚眉備反注同解

假樂　十七之三　朱氏曰百辟卿士媚而愛之維欲其不解于位而爲民所安息也

孔氏曰：周本紀云：后稷生不窋，不窋生鞠陶，鞠陶生公劉，是后稷之曾孫也。后稷本封於邰。董氏曰：埸，畔也。疆，界也。積，委積也。餱，食也。糧，糗也。○朱氏曰：方，猶始也。○蘇氏曰：后稷始封於邰，傳子不窋而失其官，竄於戎狄之閒，再世不顯。其孫公劉復修后稷之業，始居於豳，故召公稱之以教成王。○朱氏曰：言厚哉公劉之於民也，其在

生買反，伐同。塈，許器反。【重言】民之攸塈，重洞酌。【互注】見小雅青菁者莪篇。又左成二年：蔡許之君一失其位，不得列於諸侯，況其下乎。詩曰：不解于位，民之攸塈。其是之謂矣。○哀五年：鄭駟秦富而侈，嬖大夫也，而常陳卿之車服於其庭，鄭人惡而殺之。子思曰：詩曰：不解于位，民之攸塈。不守其位而能久者鮮矣。

假樂四章，章六句。

公劉，召康公戒成王也。成王將涖政，戒以民事，美公劉之厚於民，而獻是詩也。公劉者，后稷之曾孫也。夏之始衰，見迫逐，遷於豳，而有居民之道。成王始幼少，周公居攝政，反歸之。成王將涖政，召公與周公相成王，為左右。召公懼成王尚幼稚，不留意於治民之事，故作詩，美公劉以深戒之。○公劉，王云：公，號；劉，名也。尚書傳云：公，爵；劉，名也。王基云：公劉，字也。召，本亦作邵，上照反，後皆同。涖，音利，又音類。乃迫反，又夏戶雅反，下夏人同。少，詩照反。相，息亮反。【重言】召康公戒成王也，三。下全詩洞酌、卷阿文合。

○篤公劉，匪居匪康。迺埸迺疆，迺積迺倉。迺裹餱糧，于橐于囊。思輯用光。篤，厚也。公劉居於邰，而遭夏人亂，迫逐公劉，公劉乃辟中國之難，遂平西戎，而遷其民邑於豳焉。迺埸迺疆，言脩其疆埸也。迺積迺倉，言民事時和，國有積倉也。小曰橐，大曰囊。思輯用光，言民相與和睦以顯於時也。箋云：厚乎公劉之為君也，不以所居為居，不以所

西戎不敢寧居以治其田疇實其倉廩既富且強迺裹其餱糧思以輯和其人民而光顯其國家於是以其弓矢斧鉞之備爰始啓行而遷國於豳焉

孔氏曰瑤是玉之別名○朱氏曰此章言至豳而相土也順猶安也宣居之徧維玉及瑤鞞琫容刀言公劉帶此佩而上下山原而相邑居之所也

安爲安郃國乃有疆埸也乃有積委及倉也安安而能遷爲遷爰人迫逐己之故不忍鬭其民乃裹糧食於橐囊之中棄其餘而去思在和其民人用光大其道爲今子孫之基○埸音亦裹音果餱音侯食也字或作餱本亦作糧音良𥫗也橐他洛反囊乃郎反說文云無底曰橐有底曰囊輯音集又七立反難乃旦反積子智反委於偽反爲于偽反又如字**弓矢斯張干戈戚揚爰方啓行**戚斧也揚鉞也張其弓矢秉其干戈戚揚以方開道路去之豳蓋諸侯之從者十有八國焉○箋云干盾也戈句孑戟也爰曰也公劉之去邰整其師旅設其兵器告其士卒曰爲女方開道而行明己之遷非爲迫逐之故乃欲全民也○戚七歷反鉞音越又如字孑字又作楯順允反又音允句音鉤孑子尊忽反下篇內士卒皆同爲于偽反下非爲爲公劉皆爲同【音】弓矢斯張黽見初樊

【音】○**篤公劉于胥斯原既庶既繁既順迺宣而無永歎**胥相宣徧也民無長歎猶文王之無悔也○箋云于於胥相也廣平曰原厚乎公劉之於相此原地以居民民既衆矣既順其事矣又乃使之時耕民皆安今之居而無長嘆思其舊時也○歎他安反字或作嘆徧音徧相息亮反下相此皆同**陟則在巘復降在原何以舟之維玉及瑤鞞琫容刀**巘小山別於大山也舟帶也瑤言有美德也下曰鞞上曰琫言有度數也容刀言有武事也箋云陟升降下也公劉之相此原地也由原而升巘復下在原言反覆之重居民也民亦愛公劉之如是故進玉瑤容刀之佩○巘本又作

蘇氏曰公劉之營京邑也審矣自下觀之則往百泉而望廣原自上觀之則陟南岡而觀京師審其可處矣則經畫以定之曰此可以居民此可以廬賓旅此可以施教令此可以議政事蓋自遷豳至此而始有朝廷邑居之壯焉。朱氏曰京師高丘而衆居之也董氏所謂京師者起於此其後世因以所都爲京師。陳氏曰蹌蹌濟濟者禮容之盛也。孔氏曰公劉使人爲之設筵設几。東萊曰公劉之爲君久矣於此始曰君之者言公劉之勤勞其民工則皆統於君下則各統其宗

魚菫反又音言又音魚偃反又音彥千云下小別於大山也與爾雅異復除音服又扶又反注復下同瑞音瑞鞞必頂反琫必孔反別彼列反復本亦作覆同芳福反○篤公劉逝彼百泉瞻彼溥原迺陟南岡乃覯于京傳溥大覯見也箋云逝往瞻視溥廣也山脊曰岡絕高爲之京厚乎公劉之相此原地也往之彼百泉之間視其廣原可居之處乃升其南山之脊乃見其可居者於京謂可營立都邑之處。○溥音普覯古豆反處昌慮反下之處同京師之野于時處處于時廬旅于時言言于時語語是京乃大衆所宜居之也廬寄也直言曰言論難曰語箋云于於時是也京地乃衆民所宜居之野也於是處其所當處者廬舍其賓旅言其所當言語其所當語謂安民館客施教令也○廬力居反論難盧困反下乃旦反館古亂反館客一本作館舍○篤公劉于京斯依蹌蹌濟濟俾筵俾几箋云蹌蹌濟濟士大夫之威儀也俾使也厚乎公劉之居於此京依而築宮室其既成也與羣臣士大夫飲酒以落之羣臣則相使爲公劉設几筵使之升坐○蹌七羊反【重意】楚茨濟濟蹌蹌既登乃依乃造其曹執豕于牢酌之用匏賓已登席坐矣乃依几矣曹羣也執豕于牢新國則殺禮也酌之用匏儉以質也箋云公劉既登堂負扆而立羣臣乃適其牧羣搏豕於牢中以爲飲酒之殽酌酒以匏爲爵言忠敬也○依毛如字鄭於豈反箋云或依字造七報反殽戶交反殺所戒反搏音博沈又音付食

蘇氏曰宮室既成則治其田原既廣且長矣於是考之日景參之以高岡以相其陰陽寒暖之宜水泉灌溉之利辨其土宜以授野人。○李氏曰周之徹法自公劉始。○蘇氏曰於是又度其山西之田以廣之而豳人之居於此益大。○朱氏曰民至此始受田有常產矣

朱氏曰此章極敘其所始終也亂舟之截流橫渡者涉渭取材而為之以往來取厲取鍛也厲砥石也鍛鐵也此言其始來居時以此成民居及宮室也既止基於此矣乃疆理其田野則日益繁庶富足其居有夾澗者有遡澗者

之飲之君之宗之為之君為之大宗也箋云宗尊也公劉雖去邰國來遷羣臣從而君之尊之猶在邰也○食音嗣飲於鴆反飲之食之四字兼二本詩一○篤公劉既溥既長既景迺岡相其陰陽觀其流泉既景乃岡考于日景參之高岡箋云厚乎公劉之居豳也既廣其地之東西又長其南北既以日景定其經界於山之脊觀相其陰陽寒暖所宜流泉浸潤所及皆為利民富國○相息亮反注同溉古愛反又乃營反浸子鴆反其軍三單度其隰原徹田為糧三單相襲也徹治也箋云邰后稷上公之封大國之制三軍以其餘卒為羨今公劉遷於山民始從之丁夫適滿三軍之數單者無羨卒也度其隰與原田之多少徹之使出稅以為國用什一而稅謂之徹魯哀公曰二吾猶不足如之何其徹也○單音丹度待洛反下同羨音賤又音衍下同之度其夕陽豳居允荒山西曰夕陽荒大也箋云允信也夕陽者豳之所處也度其廣輪豳之所處信寬大也○廣古曠反○篤公劉于豳斯館涉渭為亂取厲取鍛館舍也正絕流曰亂鍛石也箋云鍛石所以為鍛質也厚乎公劉於豳地作此宮室乃使人渡渭水為舟絕流而南取鍛厲斧斤之石可以利器用伐取材木給築事也○厲本又作礪鍛本又作碫丁亂反說文云碫厲石字林大喚反林木一本作材木止基迺理爰眾爰有夾其皇澗遡其過澗皇澗名也遡鄉也過澗名也箋云爰曰也止基

公劉　十七

朱氏曰其止居之衆日以益密乃復即芮鞫而居之豳地日以廣矣

作宮室之功止而後疆理其田野校其夫家人數日益多矣器物有足矣皆布居澗水之旁○夾古洽反又古協反澗古晏反過音素遡過古禾反涯同鄉本又作嚮許亮反今又與卷阿篇涯同校音教、**止旅迺密芮鞫之即**密安也芮水厓也鞫究也箋云芮之言內也水之內曰隩水之外曰鞫公劉居豳既安軍旅之役止士卒乃安亦就澗水之內外而居脩田事也○芮本又作汭如銳反鞫居六反涯五佳反亦作厓隩於六反又於報反字或作奧

公劉六章章十句

朱氏曰遠酌彼行潦挹之於彼而注之於此尚可以餴饎豈弟君子豈不為民之父母乎民歸之如父母則皇天親之饗之矣

泂酌召康公戒成王也言皇天親有德饗有道也○泂音迥

【互注】左隱公三年風有采蘩采蘋雅有行葦泂酌昭忠信也、

○**泂酌彼行潦挹彼注茲可以餴饎**泂遠也行潦流潦也餴餾也饎酒食也箋云流潦水之薄者也遠酌取之投大器之中又挹之注之於此小器而可以沃酒食之餴者以有忠信之德齊絜之誠以薦之故也春秋傳曰人不易物惟德繄物○潦音老挹音揖又音邑餴甫云反又作饙字書云一蒸米也饎尺志反字林充之反餾力又反又音留爾雅饙餾稔也孫炎云蒸之曰饙均之曰餾郭云餴熟為餾齊側皆反本又作齋繄於兮反**豈弟君子民之父母**樂以強教之易以說安之民皆有父之尊有母之親○樂音洛易以豉反說音悅

【互注】禮記表記子言之君子之所謂仁者其難乎詩云凱弟君子民之父母凱以強教之弟

張氏曰皇天親有德饗有道民之攸歸之類也

礼氏曰特牲注云濯溉也則溉亦是洗名

東萊曰其作詩之由當從朱氏其因卷阿飄風而發興當從毛氏以卷阿飄風而興求賢當如鄭氏之說

以說安之樂而毋荒有禮而親威莊而安孝慈而敬使民有父之尊有母之親如此而后可以爲民之父母矣○孔子閒居篇孔子閒居子夏侍子夏曰敢問詩云凱弟君子民之父母何如斯可謂民之父母矣孔子曰夫民之父母乎必達於禮樂之原以致五至而行三无以横於天下四方有敗以先知之此之謂民之父母矣○洞酌彼行潦挹彼注茲可以濯罍濯滌也罍祭器○罍音雷滌徒歷反豈弟君子民之攸歸○洞酌彼行潦挹彼注茲可以濯溉溉清也○溉古愛反清才性反又如字豈弟君子民之攸塈箋云塈息也【重言】豈弟君子十六本詩三篇附湛露詩○民之父母又見南山有臺○民之攸塈重見假樂

洞酌三章章五句

卷阿召康公戒成王也言求賢用吉士也吉猶善也○卷音權曲也篇內同阿大陵曰阿【重言】召康公戒成王也三本詩公劉洞酌○有卷者阿飄風自南興也卷曲也飄風迴風也惡人被德化而消猶飄風之入曲阿也箋云大陵曰阿有大陵卷然而曲迴風從長養之方來入之興者喻王當屈體以待賢者則猥來就之如飄風之入曲阿然其來也爲長養民○票避遥反本亦作飄被皮寄反長長張丈反下同猥烏罪反爲于僞反

朱氏曰豈弟君子指王也矢陳也疑召公從成王游於卷阿之上而賦其事因遂歌以為戒也

朱氏曰伴奐優游閑暇之意爾皆指王也。董氏曰能充其性則能似其先君矣。王氏曰彌者充而成之使無閒之謂也。東萊曰自此章以下皆召公陳其詠歌之辭也

蘇氏曰章著也。李氏曰成王承文武之緒其土宇大而且著其厚甚矣不可以有加矣

朱氏曰百神爾主矣為天地山川鬼神之主也

陳氏曰爾受天命累世已久福祿已安矣。蘇氏曰嘏福也常常享此福也。東萊曰自三章至此章皆嘆美祝戒之辭

豈弟君子，來游來歌，以矢其音。矢，陳也。箋云：王能待賢者如是，則樂易之君子來就王游而歌，以陳出其聲音，言其將以樂王也，感王之善心也。○樂易音洛，下樂王同。易音以豉反，後樂易皆放此。

○伴奐爾游矣，優游爾休矣。伴奐，廣大有文章也。箋云：伴奐，自縱弛之意也。賢者既來，王以才官秩之，各任其職，女則得伴奐而優游自休息也。孔子曰：無為而治者，其舜也與！恭己正南面而已。言任賢故逸也。○伴音判，徐音畔。奐音喚，徐音換。縱本又作弛，同，書氏反。任音壬，或如鴆反。治，直吏反，下為治同。與音餘。共音恭，本亦作恭。

豈弟君子，俾爾彌爾性，似先公酋矣。彌，終也。似，嗣也。酋，終也。箋云：俾，使也。樂易之君子來在位，乃使女終女之性命，無困病之憂，嗣先君之功而終成之。○酋，在由反，又子由反，又在幽反。

○爾土宇昄章，亦孔之厚矣。昄，大也。箋云：土宇，謂居民以土地屋宅也。孔，甚也。女得賢者與之為治，使居宅民大得其法，則王恩惠亦甚厚矣。勸之使然。○昄，徐符板反，又孫炎、郭璞方備反，字林方但反，又方旦反。

豈弟君子，俾爾彌爾性，百神爾主矣。箋云：使女為百神主，謂羣神受饗而佐之。

○爾受命長矣，茀祿爾康矣。茀，小也。箋云：茀，福。康，安也。女得賢者與之承順天地，則受久長之命，福祿又安女。○茀音弗，徐云鄭音廢，一云毛方味反，鄭芳廢反。

豈弟君子，俾爾彌爾性，純嘏爾常矣。嘏，大也。箋云：純，大也。予福

東萊曰彌爾性者祝其進益成就至於無虧闕之地也　天子者百神之主也苟以逸欲虧其性則天位難保將無以主百神矣上兩句嘆而美之下三句祝而戒之也前後兩章亦然

東萊曰至此章始明言賢者之益焉有馮有翼自成王言之也成王之左右前後當有所馮依有所輔翼必多得有孝者有德者然後可也以引以翼自賢者言之也有孝有德之人在王左右以引以翼然後王德固懋可以爲四方之法也顒顒卬卬與前章相承有馮有翼有孝有德以引以翼則顒顒卬卬如圭如璋令聞令望矣○陳氏曰爲四方之綱紀、蘇氏曰藹藹衆多也朱氏曰鳳凰于飛則翽翽其羽而集於其所止矣藹藹王多吉士則維王之所使而皆媚于天子矣○東萊曰自此以下廣言人材之盛也亦集爰止言其萃聚也

曰嘏使女大受神之福以爲常○**有馮有翼有孝有德以引以翼**有馮有翼道可馮依以爲輔翼也引長翼敬也箋云馮馮几也翼助也有孝斥成王也有德謂羣臣也王之祭祀擇賢者以爲尸尊之豫撰几擇佐食廟中有孝子有羣臣尸之入也使祝贊道之扶翼之尸至設几佐食助之尸者神象故事之如祖考○馮符冰反注同本又作憑撰士戀反又士轉反具也本亦作撰道從報反本亦作導【重言】以引以翼重見行葦**豈弟君子四方爲則**箋云則法也王之臣有是樂易之君子則天下莫不放效以爲法○放方往反○**顒顒卬卬如圭如璋令聞令望**顒顒溫貌卬卬盛貌箋云令善也王有賢臣與之以禮義相切瑳體貌則顒顒然敬順志氣則卬卬然高朗如玉之圭璋也人聞之則有善聲譽人望之則有善威儀德行相副○顒魚恭反卬五剛反聞音問本亦作問望如字協韻音亡瑳七何反或作磋論曹困反行下孟反【重意】淇奧如珪如璧板詩如璋如珪**豈弟君子四方爲綱**箋云綱者能張衆目【重言】豈弟君子十六本詩六餘附湛露詩【重意】愷樂四方之綱○**鳳皇于飛翽翽其羽亦集爰止**鳳皇靈鳥仁瑞也雄曰鳳雌曰皇翽翽衆多也箋云翽翽羽聲也亦與衆鳥也爰於也鳳皇往飛翽翽然亦與衆鳥集於所止衆鳥慕鳳皇而來喻賢者所在羣士皆慕而往仕也因時鳳皇至因以喻焉○翽呼會反說文云羽聲也字林云飛聲也火外反瑞垂僞反**藹藹王多吉士維君子使媚于天子**

卷阿　十七卷　十一

東萊曰亦傅于天布散也

朱氏曰鳳凰鳴矣一章興下章之事也

朱氏曰君子之車上章承上章之興也菶菶萋萋則雝雝喈喈矣君子之車馬衆多則亦足以待賢者矣。

東萊曰矢詩不多維以遂歌者召公言初以陳詩以戒王其辭本不多也意不能已遂歌而至於累章耳

藹藹猶濟濟也箋云媚愛也王之朝多善士藹藹然君子在上位者率化之使之親愛天子奉職盡力。○藹於害反爾雅云臣盡力也說文作𧨏藹云臣盡力之美也朝直遥反【重言】媚于天子一見假樂。○鳳皇于飛，翽翽其羽，亦傅于天。箋云傅猶附也。○傅音附【重言】亦傅于天重見菀柳。藹藹王多吉人，維君子命，媚于庶人。箋云命猶使也善事親愛庶人謂無擾之令不失職。○令力呈反下敘令同。○鳳皇鳴矣，于彼高岡。梧桐生矣，于彼朝陽。梧桐柔木也山東曰朝陽梧桐不生山岡太平而後生朝陽箋云鳳皇鳴于山脊之上者居高視下觀可集也喻賢者待禮乃行翔而後集梧桐生者猶明君出也生於朝陽者被溫仁之氣亦君德也鳳皇之性非梧桐不棲非竹實不食。○梧音吾被皮寄反棲音西。菶菶萋萋，雝雝喈喈。梧桐盛也鳳皇鳴也臣竭其力則地極其化天下和洽則鳳皇樂德箋云菶菶萋萋喻君德盛也雝雝喈喈喻民臣和協。○菶布孔反又薄孔反又蒲公反萋七西反喈音皆鳳皇鳴也。○君子之車，既庶且多。君子之馬，既閑且馳。上能錫以車馬行中節馳中法也箋云庶衆閑習也今賢者在位王錫其車衆多矣其馬又閑習於威儀能馳矣大夫有乘馬有貳車。○中丁仲反下同乘承證反。矢詩不多，維以遂歌。不多多也明王使公卿獻詩以陳其志遂為工師之歌焉箋云矢陳也我陳作此詩不復多也欲令遂為樂歌王日聽之則不揖令之成功也。○復，扶又反。

【重言】君子之車，重見采薇。

卷阿十章，六章章五句，四章章六句。

民勞，召穆公刺厲王也。厲王，成王七世孫也。時賦斂重數，繇役煩多，人民勞苦，輕為姦宄，强陵弱，衆暴寡，作寇害，故穆公以刺之。○民勞如字，從此至桑柔五篇是厲王之變大雅。斂，力驗反。數，音朔。繇，本亦作徭，音遥。宄，音軌，本亦作軌。

○民亦勞止，汔可小康。惠此中國，以綏四方。汔，危也。中國，京師也。四方，諸夏也。箋云：汔，幾也。康、綏皆安也。惠，愛也。今周民罷勞矣，王幾可以小安之乎？愛京師之人，以安天下。京師者，諸夏之根本。○汔，許乞反，說文巨乞反，爾雅反，下同。幾，音祈，下同。罷，音皮。【互註】左僖二十八年引詩云：惠此中國，以綏四方，不失賞刑之謂也。

無縱詭隨，以謹無良。式遏寇虐，憯不畏明。詭隨，詭人之善，隨人之惡者。以謹無良，慎小以懲大也。憯，曾也。箋云：謹猶慎也。良，善也。式，用。遏，止也。王為政無聽於詭人之善不肯行而隨人之惡者，以此敕慎無善之人，又用此止為寇虐，曾不畏敬明白之刑罪者，疾時有也。○詭，俱毀反。遏，於葛反。憯，七感反，本亦作噆。

柔遠能邇，【互註】柔遠能邇，書舜典一云：惇德允元。一云文侯之命一云：惠康小民。以定我王。柔，安也。箋云：能猶侞也。邇，近也。安遠方之國，順侞其近者，當以此定我國家為王之功，言我者，同姓親也。○揉，音柔，本亦作柔。能，徐云毛如字，鄭奴代反。

呂氏曰：五章章之始皆言民亦勞止，惠此中國者，欲王息民而固根本也。中言無縱詭隨，式遏寇虐者，欲王謹察小人，將以害政也。章末之言，皆丁寧反覆勸王之辭，使之去危即安，去惡從善也。○朱氏曰：詭隨，不顧是非而妄隨人也，能順習也。○東萊曰：一言而喪邦，曰予惟言而莫予違，則詭隨之人誠覆邦家之人也。無縱詭隨，乃所以謹無良而遏寇虐也。小人不畏天明，苟縱而不遏，其為惡無所限極也。

李氏曰敬慎威儀以近有德言王當敬慎其威儀則能近有德之人蓋禮貌苟衰則有德之人去之矣○東萊曰此章謙厲王遠小人近君子也

反從撿字書未見所出廣雅云如若也均也義音相似而字
異舊音如庶反義亦難見鄭注尚書云能恣也與此不同
傳左昭公二十年詩曰民亦勞止汔可小康惠此中國以綏四方施之以寬也毋從詭隨以謹無良式遏寇虐慘不畏明糾之以猛也柔遠能邇以定我王平之以和也
○民亦勞止汔可小休惠此中國以
為民逑休定也逑合也箋云休止息也合聚也○逑音求無縱詭隨以謹惛怓式
遏寇虐無俾民憂惛怓大亂也箋云惛怓猶讙譁也謂好爭訟者也俾使也○惛音昏說文作惽云怓也釋文惛亦不憭也怓女交反鄭云猶讙譊也說文云怓亂也讙音歡又許元反譊女交反本又作譁音花好呼報反爭爭鬭之爭
無棄爾勞以為王休休美也箋云勞猶功也無廢女始時勤政事之功以為女王之美述其始時者誘掖之也○休許虯反掖音亦○民亦勞止汔可小息惠此京師以綏四
國息止也無縱詭隨以謹罔極式遏寇虐無俾作慝慝惡也箋云罔無極中也無中所行不得中正○慝吐得反敬慎威儀以近有德求近德也○近附近之近注同○民亦勞止汔可小愒惠此中國俾民憂泄愒息泄去也箋云泄猶出也發也○愒起例反徐丘厲反泄以世反又息列反無縱詭隨以謹醜厲式遏寇

李氏曰國無有殘害國無殘敗之禍也。蘇氏曰繾綣小人之固結其君子者也。王氏曰正敗者敗而已未盡反而為不正也正反則無正矣。蘇氏曰欲使王德純備如玉也

朱氏曰天使下民皆病則反其常道矣天降禍如此可不慎哉吾出話以告之厲王不以為然而且肆於民上其所謀皆不遠惟耽樂於目前不知禍之將至也人苟知聖人之法度則必戰戰兢兢不敢苟作其心既無聖人矣則矯誣詐偽何所不至哉

虐無俾正敗醜眾厲危也箋云厲惡也春秋左氏曰其父為厲敗壞也無使先王之正道壞戎雖小子而式弘大戎大也箋云戎猶女也式用也弘猶廣也今王女雖小子自遇而女用事於天下甚廣大也易曰君子出其言善則千里之外應之況其邇者乎出其言不善則千里之外違之況其邇者乎是以此戒之。○應應對之應○民亦勞止汔可小安惠此中國國無有殘殘賊義曰殘箋云王愛此京師之人則天下邦國之君不為殘害無縱詭隨以謹繾綣式遏寇虐無俾正反繾綣反覆也。○繾綣上音遣下起阮反字或作卷覆芳服反王欲玉女是用大諫箋云玉者君子比德焉王乎我欲令女如玉然故作是詩用大諫正女此穆公至忠之言。○令力呈反【重言】是用大諫重見下篇

民勞五章章十句

板凡伯刺厲王也凡伯周同姓周公之胤也入為王卿士。○板音版○上帝板板下民卒癉出話不然為猶不遠板板反也上帝以稱王者也癉病也話善言也猶道也箋云猶謀也王為政反先王與天之道天下之民盡病其出善言而不行之也此為謀不能遠圖不知禍之將至。○卒子恤反癉本又作癉當但反沈本作擅出如字徐尺遂反話戶快反說文云會合善言也靡聖管管不實於亶

民勞　板　十七卷之十三

朱氏曰惟其謀猷如此不遠我是用大諫也○

蘇氏曰難艱難也蹶震動也厲王暴■虐恣行故告之曰天方為艱難以震動周室無為是憲憲而不顧沓沓而不已是不能以服民祗以速亂而已民之不順非有異志也畏王之無厭而求以自免耳苟無欲害之之心而出好言焉民今洽而定矣

呂氏曰我雖異事及爾同僚者與執政公卿言也不敢斥王託與執政公卿之言而風之也○王氏曰囂囂自大之意言自大而不遜不能用其謀也芻蕘尚所當詢況及爾同僚者乎

管管無所依也亶誠也箋云王無聖人之法度管管然以心自恣不能用實於誠信之言言行相違也○亶丁但反行下孟反

猶之未遠是用大諫　猶圖也箋云王之謀不能圖遠用是故我大諫王也【重言】是用大諫重見前詩○

天之方難無然憲憲天之方蹶無然泄泄　憲憲猶欣欣也蹶動也泄泄猶沓沓也箋云天斥王也王方欲艱難天下之民又方變更先王之道臣乎女無憲憲然無沓沓然為之制法度達其意以成其惡○憲許建反蹶俱衛反泄徐以世反呂忱云憲憲泄泄制法則也說文作呭云多言也為于偽反

辭之輯矣民之洽矣辭之懌矣民之莫矣　輯和洽合懌說莫定也箋云辭辭氣謂政教也王者政教和說順於民則民心合定此戒語時之大臣○輯音集又七入反繹音亦本亦作懌說音悅下同語魚庶反【互註】左襄三十一年叔向也子產有辭諸侯賴之若之何其釋辭也詩曰辭之輯矣民之叶矣辭之懌矣民之莫矣其知之矣○

我雖異事及爾同寮我即爾謀聽我囂囂　寮官也囂囂猶謷謷也箋云及與即就也我雖與爾職事異者乃與女同官俱為卿士我就女而謀欲忠告以善道女反聽我言謷謷然不肯受○僚字又作寮力彫反囂五刀反謷五報反道音導下篇道道民皆同【重意】抑詩聽我藐藐

我言維服勿以為笑先民有言詢于芻蕘　芻蕘薪采者箋云服事也我所言乃今之急事女無笑之古之賢者有言有疑

蘇氏曰謔謔戲侮也言天方將為虐安得以為戲而不信哉老者知其不可而盡其疑誠少者不信而驕之故曰非我老耄而妄言乃女以憂為戲耳夫憂未至而救之猶可為也苟俟其益多則如火之盛不可復救也○孔氏曰如人病甚不可救以藥

陳氏曰天方怒女輩汝宜誠實以應天無為便辟○王氏曰民方疾痛呻吟而莫敢揆其事者故民喪亂無資王曾莫惠我師多情罔詔也

孔氏曰半圭為璋合二璋則成圭

言[illegible]昏[illegible]寐者詩之匹夫匹婦或知及之況於我乎○天之

詢芻初俱反蕘如謠反說文云蕘草薪也如音譽又如字

方虐無然謔謔老夫灌灌小子蹻蹻謔謔然喜樂灌灌猶款款也蹻蹻驕貌箋云今王方為酷虐之政女無謔謔然以讒慝助之老夫諫女款款然自[illegible]也女反蹻蹻然如小子不聽我言○謔虛虐反灌古亂反蹻其畧反樂音洛

匪我言耄爾用憂謔多將熇熇不可救藥八十曰耄熇熇然熾盛也箋云將行也今我言非老耄有失誤乃告女用可憂之事而女反如戲謔多行熇熇慘毒之惡誰能止其禍○耄莫報反熇許酷反沈又許各反說文云火熱也

○天之方懠無為夸毗威儀卒迷善人載尸懠怒也夸毗以體柔人也箋云王方行酷虐之威怒女無夸毗以形體順從之君臣之威儀盡迷亂賢人君子則如尸矣不復言語時厲王虐而弭謗○懠才細反夸苦花反復扶又反弭彌耳反止也

民之方殿屎則莫我敢葵喪亂蔑資曾莫惠我師殿屎呻吟也蔑無資財也箋云葵揆也民方愁苦而呻吟則忽然有揆度知其然者其遭喪禍又素以賦斂空虛無財貨以共其事窮困如此又曾不肯惠施以賙贍衆民言無恩也○殿都練反郭音坫說文作唸屎許伊反郭音香指反說文作吚音伸吟如字本又作唫同度待洛反斂力驗反共音恭本亦作恭[illegible]式或反又賙音周贍市豔反

○天之牖民如壎如篪如璋

板　十七巻之十四

蘇氏曰攜取言其易也。李氏曰苟能順夫之理以牖則其教不肅而成其政不嚴而治苟將求益於民則牖民之道亦易矣益者言其無求多也特言攜者以帶上文言之耳今之民既多邪僻矣而王又為邪僻何以牖民哉

王氏曰价人善人也大師大衆也大宗■巨室也善人也大衆也大邦也巨室也王所恃以為藩垣屏翰也宗子同姓也。李氏曰宗子維城言同姓之宗子亦當以德懷之詩人以懷德維寧閒於中則宗子維城亦當以德懷之也。朱氏曰懷德維寧則德是五者之助不然則乖離而城壞城壞則

如圭如取如攜牖道也如壎如篪言相和也如璋如圭言相合也如取如攜言以從也箋云王之道民以禮義則民和合而從之如此○壎許元反篪音池攜戶圭反和如字又胡臥反〔重意〕卷阿如珪如璋攜無曰益牖民孔易民之多辟無自立辟辟法也箋云易易也女攜掣民東與西與民皆從女所為無曰是何益為道民在已甚易也民之行多為邪辟者乃女君臣之過無自謂所建為法也○孔易鄭音亦注易易也上字同又以豉反多辟匹亦反邪也注同立辟婢亦反注同易也以豉反下同掣本又作挈尺制反與音餘行下孟反邪似嗟反○价人維藩大師維垣大邦維屏大宗維翰价善也藩屏也垣牆也王者天下之大宗翰幹也箋云价甲也被甲之人謂卿士掌軍事者大師三公也大邦成國諸侯也大宗王之同姓世適子也王當用公卿諸侯及宗室之貴者為藩屏垣幹為輔弼無疏遠之○价音界說文同鄭作介藩方元反大師音泰注大師同垣音袁翰胡旦反徐音寒被皮寄反適丁歷反下同遠于萬反懷德維寧宗子維城無俾城壞無獨斯畏懷和也箋云斯離也和女德無行酷虐之政以安女國以畏為宗子之城使免於難遂行酷虐則禍及宗子是謂城壞城壞則乖離而女獨居而畏矣宗子謂王之適子○難乃旦反〔互註〕左昭六年左師曰女夫也必亡女喪而宗室於人何有人亦於女何有詩曰宗子維城無俾城壞毋獨斯畏女其畏哉○敬天之怒無敢戲豫敬

藩垣屏翰皆壞而獨居獨居而所可畏者至矣張氏曰在詩亦儘說鬼神如云昊天曰明及爾出王昊天曰旦及爾游衍言鬼神體着萬物鑒察只在左右

天之渝無敢馳驅戲豫逸豫也馳驅自恣也箋云渝變也○渝用朱反【互註】左昭三十二年魏子南面衛彪傒曰魏子必有大咎干位以令大事非其任也詩曰敬天之怒不敢戲豫敬天之渝不敢馳驅况敢干位以作大事乎

昊天曰明及爾出王昊天曰旦及爾游衍王往旦明游衍溢也箋云及與也昊天在上人仰之皆謂之明常與女出入往來游溢相從視女所行善惡可不愼乎○昊胡老反旦音誕下同衍餘戰反溢也一音延善反本或作衍

板八章章八句

生民之什十篇六十五章四百三十二句

纂圖互註毛詩卷之十七

歐陽氏曰：穆公見厲王無道，知其必亡而自傷周室爾，所以言不及厲王而遠思文王數商也。〇蘇氏曰：蕩之所以為蕩，由詩有蕩蕩上帝也。詩序以為天下蕩蕩無綱紀文章，則非詩之意矣。蕩蕩，廣大也。〇呂氏曰：蕩蕩乎上帝，吾王非下民之君乎？疾威乎上帝，吾王之命何多僻乎？窮而呼天之辭也。〇李氏曰：疾威上帝者，因厲王之疾威又呼天而告之也。〇朱氏曰：諶，信也。天生衆民，其命有不可信者，其降命之初無不善者，而人少能以善道自終，是以致此大亂，蓋始為無所歸咎之辭，而卒自解之如此。歐陽氏曰：二章以下乃條陳王者之過惡，言此等事皆殷紂所行，文王咨嗟以戒

纂圖互註毛詩卷之十八

蕩之什詁訓傳第二十五　毛詩大雅　鄭氏箋

蕩，召穆公傷周室大壞也。厲王無道，天下蕩蕩無綱紀文章，故作是詩也。〇蕩，唐黨反。召，時照反，本又作卲。卷內召公、召伯皆同。

〇蕩蕩上帝，下民之辟。上帝以託君王也。辟，君也。箋云：蕩蕩，法度廢壞之貌。厲王乃以此居人上，為天下之君，言其無可則象之甚。〇之辟，必亦反，注同。沈云：毛音壁，必益反。疾威上帝，其命多辟。疾，病人矣。威，罪人矣。箋云：疾病人者，重賦斂也。威罪人者，峻刑法也。其政教又多邪辟，不由舊章。〇辟，匹亦反，本又作僻，注同。斂，力艷反。峻，荀閏反，本又作峻。邪，似嗟反。天生烝民，其命匪諶。靡不有初，鮮克有終。諶，誠也。箋云：烝，衆。鮮，寡。克，能也。天之生此衆民，其教道之，非當以誠信使之忠厚乎？今則不然，民始皆庶幾於善道，後更化於惡俗。〇烝，之承反。諶，市林反。鮮，息淺反，注同。道音導，本亦作導。【重言】天生烝民，重見烝民。

〇文王曰咨，咨女殷商，曾是彊禦，曾是掊克，曾是在位，曾是在服。咨，嗟也。彊禦，彊梁禦善也。掊克，自伐而好勝人也。服，服政事也。箋云：厲王弭謗，穆公朝廷之臣，不敢斥言王之惡，故上陳文王咨嗟殷紂以切刺之。女音

於初而厲王既而狎之於終也。王氏曰所使在位在服皆彊禦掊克好勝之人也彊禦掊克是謂滔德々蘇氏曰天降是人以尊天下女又興而任之何哉。東萊曰力言任之堅也。朱氏曰而亦女也義類猶善道也懟怨也。王氏曰女爲人君以秉義類爲事彊禦多懟東萊曰與道之君雄猜忌克不責己而怨人故曰彊禦多懟其間根譏讒爲浮語以應之而心不在焉故曰流言以對

陳氏曰紂虐驕作氣於中國。朱氏曰斂怨以爲德多爲可怨之事而力行之也。李氏曰亂世之君是非顛倒邪正錯亂無人以輔弼之故也

任用身惡人使之處位執職事也。禦魚呂反掊蒲侯反聚斂也徐又甫垢反好呼報反謝直遥反下同天降滔德女興是力大君滔慢也箋云厲王施倨慢之化女羣臣又相與而力爲之言競於惡。○滔他刀反漫也漫亡諫反本亦作慢又作嫚下同一音亡半反倨居庶反○文王曰咨咨女殷商而秉義類彊禦多懟流言以對寇攘式內對遂也箋云義之言宜也類善式用也女執事之臣宜用善人反任彊禦衆懟爲惡者皆流言謗毁賢者王若問之又以對寇盗攘竊爲姦宄者而王信之使用事於內。○懟直類反攘如羊反宄音軌侯作侯祝靡屆靡究作祝詛也屆極究窮也箋云侯維也王與羣臣乖爭而相疑日祝詛求其凶咎無極已。○作側慮反注同本或作詛祝周救反注同本或作呪屆音界○文王曰咨咨女殷商女炰烋于中國斂怨以爲德炰烋猶彭亨也箋云炰烋自矜氣健之貌斂聚羣下不逞作怨之人謂之有德而任用之○炰白交反烋火交反注同彭蒲庚反亨許庚反彊其兩反不明爾德時無背無側背無臣側無人也箋云無臣無人謂賢者不用。○背布內反又蒲妹反後也爾德不明以無陪無卿無陪貳也無卿士也陪本又作培蒲回反○文王曰咨咨女殷商天不湎爾以酒不義從式義宜也箋云式法也天不同女顏色以酒有沈湎於酒者是乃過也

○蘇氏曰湎沉湎也止容止也。朱氏曰天不使爾沉湎於酒而惟不義之從也式用也法也

孔氏曰既愆汝之容止又與明無晦而飲酒不息叫號讙呼使晝日作夜不嘗視事

王氏曰昏乱如此故内自中國外及鬼方莫不怨也。孔氏曰覃及延及也

朱氏曰非上帝爲此不善之時但以殷不用舊致此禍爾

老成人舊臣典刑舊法也。王氏曰雖與老成人尚有先王舊政然典刑尚可循守也曾是莫聽此大命所以傾也

不宜從而法行之。○湎面善反徐莫顯反飲酒齊色曰湎韓詩云飲酒閉門不出客曰湎**既愆爾止靡明靡晦式號式呼俾晝作夜**使晝爲夜也箋云愆過也女既過沈湎矣又不明晦无有止息也醉則號呼相傚用晝日作夜不視政事○愆本又作諐同起連反號戶刀反注同呼火胡反又火故反注同崔本作謼或一本作或號或呼俾必爾反使也本亦作俾同沈本或作湛都南反又丁感反○**文王曰咨咨女殷商如蜩如螗如沸如羹**蜩蟬也螗蝘也箋云飲酒號呼之聲如蜩螗之鳴其笑語沓沓又如湯之沸羹之方熟○蜩音條螗音唐沸方味反蟬市延反字林丈一反蝘音偃蟬屬也草木疏云一名蝘虭青徐謂之螇螰楚人名之蟪蛄秦燕謂之蛥蚗或名之蜓蚞郭云俗呼爲胡蟬江南謂之螗蛦音夷蜓徒典反**小大近喪人尚乎由行**言居人上欲用行是道也箋云飲紂之時君臣失道如此且喪亡矣時人化之甚尚從而行之不知其非○近附近之近又如字注同**内奰于中國覃及鬼方**奰怒也不醉而怒曰奰鬼方遠方也箋云此言時人忕於惡雖有不醉猶好怒也○奰皮器反舊音備覃徒南反忕時制反又時設反說文云習也好呼報反○**文王曰咨咨女殷商匪上帝不時殷不用舊**箋云此言紂之乱非其生不得其時乃不用先王之故法之所致**雖無老成人尚有典刑**箋云老成人謂若伊尹伊陟臣扈之屬雖无此臣猶有常事故

歐陽氏曰枝葉未有害本實先撥者謂紂時宗廟社稷猶存天下諸侯未盡叛但王自為愚昏淫亂而禍敗爾蓋稱文王作詩時周室商存然知其必亡者以王為無道根本先壞爾王者國之本也又曰殷鑒不遠在夏后之世者言非獨文王之鑒殷殷之初興亦鑒夏之亡矣謂今既然則後之興者當又鑒厲王也此言傷之尤深者

吳氏曰德譬則宮城也儀譬則隅也視其隅則宮城之中可知矣有諸中必形於外故也

法可案用也〇扈音戶曾是莫聽大命以傾箋云莫無也朝廷君臣皆任喜怒曾無用典刑治事者以至誅滅〇文王曰咨咨女殷商人亦有言顛沛之揭枝葉未有害本實先撥顛仆沛拔也揭見根貌箋云揭蹶貌撥猶絕也言大木揭然將蹶枝葉未有折傷其根本實先絕乃相隨俱顛拔喻紂之官職雖俱存紂誅亦皆死〇顛都田反沛音貝揭紀竭反撥蒲末反仆蒲北反又音赴蹶皮八反又半末反見賢遍反揭歐蹶貌見王如字言可見殷其敗反沈居衞反音蹶【重言】人亦有言五本詩抑桑柔各一烝民二殷鑒不遠在夏后之世箋云此言殷之明鏡不遠也近在夏后之世謂湯誅桀也後武王誅紂今之王者何以不用為戒〇夏戶雅反注同

蕩八章章八句

抑衞武公刺厲王亦以自警也自警者如彼泉流无淪胥以亡〇抑於力反抑抑密也警居領反〇抑抑威儀維德之隅【重言】初筵假樂威儀抑抑人亦有言靡哲不愚抑抑密也隅廉也靡哲不愚国有道則知国无道則愚箋云人密審於威儀抑抑然是其德必嚴正也古之賢者道行心平可外占而知內如宮室之制內有繩直則外有廉隅令王政暴虐賢者皆佯愚不為容貌如不肖然〇哲本作悊

王氏曰庶人之愚亦職、維疾者則天性之疾也。孔子曰古者民有三疾。
李氏曰苟能得人則四方皆訓效之矣。歐陽氏曰覺警動也言德行修著可以動人、則四國服從矣。蘇氏曰人君必先任賢臣内秉德以服天下然後先事而大謀以定政命遠圖而時告之政事既修又能敬其威儀以爲民則則所以爲國者略備矣
歐陽氏曰一章二章皆泛論此章乃專以刺王
王氏曰其在于今興迷亂于政者今厲王興而迷亂于政也顛覆厥德以荒湛于酒 汝雖湛樂之從弗念爲人子孫當紹祖考言當念之也 弗念厥紹故

亦作哲陟列反智也下同則知音智人亦有言五篇本詩抑桑柔各一烝民二、【重言】庶人之愚亦職維疾。哲人之愚亦維斯戾。職主戾罪也箋云庶衆也衆人性无知以愚爲土言是其常也賢者而爲愚畏懼於罪也。○無競維人四方其訓之【重言】無競維人四方其訓之重見烈文有覺德行四國順之無競競也訓教覺直也箋云競彊也人君爲政無彊於得賢人得賢人則天下教化於其俗有大德行則天下順從其政言在上所以倡道。○行下孟反注同倡昌亮反道徒報反本亦作導下教道同【互註】記緇衣子曰上好仁則下之爲仁爭先人故長民者章志貞教尊仁以子愛百姓民致行己以說其上矣詩云有梏德行四國順之訏謨定命遠猶辰告。訏大謨謀猶道辰時也箋云猶圖也大謀定命謂正月始和布政于邦國都鄙也爲天下遠圖庶事而以歲時告施之。○訏況于反謨莫蒲反沈云本亦作謨音莫爲于僞反篇末今我爲王同。敬慎威儀維民之則箋云則法也【重言】敬慎威儀維民之則重見泮水。○其在于今興迷亂于政顛覆厥德荒湛于酒。箋云于今謂今厲王也興猶尊尚也王尊尚小人迷亂於政事者以傾覆其功德荒廢其政事又湛樂於酒言愛小人之甚。○覆芳服反下覆用并注同湛都南反注及下同樂音洛下文及注同女雖湛樂從弗念厥紹罔敷求先王克共明刑。紹繼共執

罔，永；先王，克共明刑也。克共者，不敢慢之謂也。王氏曰：肆皇天弗尚者，厲王所■爲如上所刺，故今皇天弗尚也。朱氏曰：弗尚，厭弃之也。天所不尚，則淪胥以亡，如泉流之易矣。言將者，戒之欲其不至是也。歐陽氏曰：淪胥以亡者，君臣皆將滅亡也。李氏曰：洒埽庭內，只是脩潔其朝廷爾。當時沉荒于酒，貪目前之樂而忘意外之變，故戒之以脩武備也。王氏曰：用據蠻夷而逖之也。蘇氏曰：侯度，天子所以御諸侯之度也。天子苟內失其人民，而外慢其諸侯，則將有不虞之禍起。朱氏曰：話，言也。東萊曰：柔者，巽順之辭也。

刑法也。箋云：罔，無也。女君臣雖好樂嗜酒而相從，不當念繼女之後人，將儆女所爲，無廣索先王之道與能執法度之人乎？以切責之也。○共，九勇反，注同。好，呼報反。嗜，市志反。儆，户敬反。索，所白反。○**肆皇天弗尚，如彼泉流，無淪胥以亡。**淪，率也。箋云：肆，故今也。胥，皆也。王爲政如是，故今皇天不高尚之，所謂仍下必偕也。王自絕於天，如泉水之流，稍就盡竭，無見率引爲惡者，皆與之以亡。戒羣臣不中行者，將并誅之。○淪音倫。[重意]小宛又無淪胥以敗。**夙興夜寐，洒埽廷內，維民之章。**洒灑章，表也。箋云：章，文章法度也。厲王之時，不恤政事，故戒羣臣掌事者以此也。○洒，色懈反，注同，又所寄反。埽，素報反。廷音庭。灑，所蟹反。[重言]夙興夜寐，一或小宛本詩。**脩爾車馬，弓矢戎兵，用戒戎作，用逷蠻方。**逷，遠也。箋云：逷當作剔。剔，治也。蠻方，蠻畿之外也。此時中國微弱，故復戒將率之臣以治軍實，女當用此備兵事之起，用此治九州之外不服者。○逷，他歷反，注同，七益反。復，扶又反。將，子匠反。帥，所類反，本或作率。○**質爾人民，謹爾侯度，用戒不虞。**質，成也。不虞，非度也。箋云：侯，君也。此時萬民失職，亦不肯趨公事，故又戒鄉邑之大夫及邦國之君，平女萬民之事，慎女爲君之法度，用備不億度而至之事。○非度，待洛反，下不億度同。**慎爾出話，敬爾威儀，**[重言]敬慎威儀，維民之則，重見泮水。**無不柔嘉。**話，善言也。箋云：話謂教令也。柔，安。嘉，善也。○話，户快反。[互註]詩緇衣子曰：君子道人以言，而禁人以行，故言

詩十八　卷三

朱氏曰玉玷尚可磨言語一失莫能救之其戒深切矣
孔氏曰王無得輕易於言語無得苟且如是假有不善人無執持我舌而不聽我言者言從則不可復改故須慎之 釋詁云朕我也自周以前朕為通言。李氏曰言行君子之樞機其施報必然不可悔也王苟能惠於朋友以及庶民小子則子孫繩繩然萬民亦莫不承順之矣惠之所及子孫且受其福則德之所積雖子孫亦受其福矣
孔氏曰朋友謂諸侯及卿大夫等下及庶民之子弟小子。蘇氏曰子孫繩繩而不絕也。
東萊曰由言言之所由出也
歐陽氏曰戒王起居

必慮其所終而行必稽其所敝則民謹於言而慎於行詩云慎尔出話敬尔威儀

白圭之玷尚可磨也斯言之玷不可為也玷缺也箋云斯此也玉之缺尚可磨鑢而平人君政教一失誰能反覆之○玷丁簟反沈丁念反說文作刮鑢音慮同復音服又豊服反本亦作覆【正義】曰僖公九年冬十月里克殺奚齊荀息將死之人曰不如立卓子而輔之荀息立公子卓以葬十一月里克殺公子卓于朝荀息死之君子曰詩所謂白圭之玷尚可磨也斯言之玷不可為也荀息有焉○記緇衣故君子寡言而行以成其信則民不得大其美而小其惡詩云白圭之玷尚可磨也斯言之玷不可為也○

無易由言無曰苟矣莫捫朕舌言不可逝矣莫無捫持也箋云由於也逝往也女無輕易於教令無曰苟且如是今人無持我舌者而自聽恣也教令一往行於下其過誤可得而已之乎○易以豉反注同捫音門

無言不讎無德不報惠于朋友庶民小子讎用也箋云惠順也教令之出如賣物物善則其售賈貴物惡則其售賈賤德加於民民則以義報之王又當施順道於諸侯下及庶民之子弟○讎市由反徐云鄭市又反售市又反一本作讎此音則與毛同賈九霸反下同

子孫繩繩萬民靡不承箋云繩繩戒也王之子孫敬戒行王之教令天下之民不承順之乎言承順也○靡一本作是【重意】螽斯宜尔子孫繩繩兮

○視爾友君子輯柔爾顏不遐有愆輯和也箋云柔安遐遠也

左右當友君子和柔
其顏以接之以蹔爲
善道則庶幾遠罪
也不遐遐也詩人語
常如此○朱氏曰視
爾獨居於室中之時
當庶幾不愧于屋漏
然後可無曰此非顯
明之處而莫予見
也當知神之至也不
可得而測度又豈可
厭倦而不敬乎此言
當戒懼乎其所不覩
恐懼乎其所不聞而
慎其獨也是則修之
至也○東萊曰思語
辭也此章戒厲王以
內外交修也
李氏曰辟君也人君之
爲德必臧善必嘉美
陳氏曰慎其容止不
過愆於威儀不僭
差不賊害則未有
不可以爲法者

今視女之諸侯及卿大夫皆脅肩諂笑以和安女顏色是於正道不遠有罪過乎言其近也○輯徐音集又七入反脅本又作脇香業反又虛劫反沈又於闔反諂勑檢反趙岐注孟子云脅肩竦體也諂笑強笑也近之附近之近一本無之字近則依字讀

相在爾室尚不愧于屋漏無曰不顯莫予云覯西北隅謂之屋漏覯見也箋云相助顯明也諸侯卿大夫助祭在女宗廟之室尚无肅敬之心不慙愧於屋漏有神見人之爲也女無謂是幽昧不明无見我者神見女矣屋小帳也漏隱也禮祭於奧既畢改設饌於西北隅而厞隱之處此祭之末也○相息亮反注同媿俱位反屋如字或云鄭於角反漏魯豆反覯古豆反奧烏報反西南隅謂之奧饌士眷反厞扶味反隱也沈云詩旨非反禮記中庸故君子內省不疚無惡於志君子所不可及者其唯人之所不見乎詩云相在爾室尚不愧於屋漏注云室西北隅謂之屋漏屋漏非有人也況有人乎

神之格思不可度思矧可射思格至也箋云矧況射厭也神之來至去止不可度知況可於祭末而有厭倦乎○度待洛反注度知同矧注忍反射音亦禮記中庸子曰鬼神之爲德其盛矣乎視之而弗見聽之而弗聞體物而不可遺使天下之人齊明盛服以承祭祀洋洋乎如在其上如在其左右詩曰神之格思不可度思矧可射思夫微之顯誠之不可揜如此夫

○辟爾爲德俾臧俾嘉淑慎爾止不愆于儀不僭不賊鮮不爲則女爲善則民爲善矣止至也爲人君止於仁爲

東萊曰爾以善而民
以善應之猶投桃報
李蓋必然之理彼小人
日導王爲不善而欲
民應之不悖是猶童
牛童羊而求其角天
下寧有此理哉潰亂
王聽使至傾覆者實
此曹耳
横渠張氏曰柔和之木
乃弓之材溫恭之人乃
德之質。東萊曰此
章言人之質有美有
惡故有可告語者有
不可告語者若厲王
蓋不可告語矣武公
猶拳拳不能自已焉
下章所言是也

人臣止於敬爲人子止於孝爲人父止於慈與國人交止於信僭差也箋云辟法也止容止也當審法度女之施儀使之爲民臣所
善所美女當善慎女之容止不可過差於威儀女所行不信不賊者少矣其不爲人所法。○譖本亦作僭子念反注及下我僭同
鮮息淺反少也**投我以桃報之以李**箋云此言善往則善來人無行而不得其報也投猶擲也。○擲
直赤反〔重言〕投我以木瓜投我以木桃**彼童而角實虹小子**童羊之無角者也而角自用也虹潰
也箋云童羊譬皇后也而角者喻與政事有所害也此人實是潰亂小子之政和因可末除恐彌小子。○虹戶公反鄭戶江反潰戶對
反。○**荏染柔木言緡之絲**〔重言〕荏染柔木重見巧言**溫溫恭人**〔重言〕溫溫恭人
重見小宛**維德之基**緡被也溫溫寬柔也箋云柔忍之木荏染然人則被之弦以爲弓寬柔之人溫溫然則能爲德
之基此言內有其性乃可以有爲德也。○荏而甚反染而漸反荏染柔意緡亡巾反共音恭本亦作恭被皮寄反下同忍音刃本亦
作刃〔互注〕記表記子曰恭近禮儉近仁信近情敬讓以行此雖有過其不甚矣夫恭寡過情可信儉易容也以此失之者不亦
鮮乎詩云溫溫恭人維德之基**其維哲人告之話言順德之行其維愚人**
覆謂我僭民各有心話言古之善言也箋云覆猶反也僭不信也語賢知之人以善言則順行之告
愚人反謂我不信民各有心一者意不同。○話古快反哲又作喆云語益言也語魚據反下音語之同知音智○**於乎小**

歐陽氏曰靡盈不自滿。朱氏曰人若不自盈滿能受教戒則豈有早知而反晚成者乎東萊曰武王之於厲王厚矣故不忍遽斷以為不可告語猶疑其未知臧否也

歐陽氏曰君暗於上臣憂於下臣言甚至而君聽甚忽不以為德而反以為罪也。王氏曰匪以我諄諄為教之也覆以我為虐之也。東萊曰既耄非謂其耄也猶今人責未更事者既甚大矣甚言之也

歐陽氏曰我所告爾者非我妄言皆據舊事之已然者庶幾聽我猶可不至於大悔也

子未知臧否匪手攜之言示之事匪面命之言提其耳箋云臧善也於乎傷王不知善否我非但以手攜掣之親示以其事之是非我非但對面語之親提撕其耳此言以教道之孰不可啓覺○於乎上音烏下音呼凡此二字相連皆放此其否音鄙注同臧善也否惡也攜戶圭反掣尺世反撕音西借曰未知亦既抱子借假也箋云假令人云王尚幼少未有所知亦以抱子長大矣不幼少也○借子夜反注及下同知如字沈音智下夙知亦同令力呈反少詩照反長丁丈反民之靡盈誰夙知而莫成莫晚也箋云當民之意皆持不滿於王誰早有所知而反晚成與言王之無成本無知故也○莫音暮本亦作暮[illegible]○昊天孔昭我生靡樂視爾夢夢我心慘慘夢夢亂也慘慘憂不樂也箋云孔甚昭明也昊天乎乃甚明察我生無可樂也視王之意夢夢然我心之憂悶慘慘然愬其自以不用忠臣○樂音洛注同夢莫紅反沈莫登反又亡工反注同慘七感反懣音悶本亦作悶誨爾諄諄聽我藐藐匪用為教覆用為虐藐藐然不入也箋云我教告王口語諄諄然王聽聆之藐藐然忽略不用我所言為政令反謂之有妨害於事不受忠言○諄之純反又之閏反說文作訰亂也也箋云告之諄諄藐藐美角反爾雅云悶悶也聆音零借曰未知亦聿既耄耄老也○耄莫報反○於乎小子告爾舊止聽用我謀庶

詩　十八卷五

蘇氏曰天方艱難周室言亡將喪其國譬如夏商其類不遠天豈復有差忒不然者哉然王曾不悟益爲邪僻之行使民至於困急而無告也

孔氏曰菀然而茂盛者彼桑也其葉稚而柔濡故菀然茂盛於此之時人息其下維可得蔭○王氏曰及採其劉則其下民爲日所暴不見芘蔭而瘼矣王者德剥喪無以芘蔭其民之譬也劉殺也殺言盡之也○蘇氏曰君子憂之不絕於心悲之益久而不已覆天而訴之也

無大悔箋云舊久也止辭也庶幸悔恨也天方艱難曰喪厥國箋云天以王爲惡如是或出艱難之事謂下災異生兵寇將以滅亡○曰喪上音越下息浪反韓詩作聿喪取譬不遠昊天不忒回遹其德俾民大棘箋云今我爲王取譬喻不及遠也維近耳王當如昊天之德有常不差忒也王反爲無常維邪其行爲貪暴使民之財匱盡而入困急○忒他得反遹于律反邪似嗟反行下孟反匱求位反

抑十二章三章章八句九章章十句

桑柔芮伯刺厲王也芮伯畿內諸侯王卿士也字良夫○芮如銳反國名○菀彼桑柔其下侯旬捋采其劉瘼此下民興也菀茂貌旬言陰均也劉爆爍而希也瘼病也箋云桑之柔濡其葉菀然茂盛謂蠶始生時也人庇陰其下者均得其所及已捋采之則葉爆爍而疏人息其下則病於爆爍興者喻民當被王之恩惠羣臣恣放損王之德○菀音鬱注同又於阮反旬如字又音荀捋力活反注同瘼音莫陰於鴆反本亦作蔭下同爆本又作暴同音剝下同爍本又作爍或作洛同音洛郭盧角反濡而轉反庇必寐反又音秘本亦作芘同彼寄反不殄心憂倉兄填兮倉兄喪也兄茲也填久也箋云殄絕也民心之憂無絕已喪亡之道滋久長○倉初亮反注同兄音況注同本亦作況填音塵倬彼昊天寧不我矜昊天斥王者也箋云倬明大貌昊天

王氏曰黎眾黑也周曰黎民秦曰黔首黎則黔首之謂也民靡有黎則是黔首靡有孑遺也○陳氏曰嗚呼可哀乎國運如此之頻促也

王氏曰欲避禍亂疑於所往天下皆是也則靡所止疑然但何往也○歐陽氏曰言君子本無強爭之心而何人生此禍亂之階爲今人之病意若禍有根原其來也遠而今人適遭之爾其實刺禍由王致也

孔氏曰念己之鄉土居宅也我生不得時正逢天之厚怒使我從西而往於東無所安定而居處是逢天怒時故遭此劳役也

刀悼然明天而不矜哀下民怨懟之言○倬陟角反○四牡騤騤【重言】四牡騤騤凡四見采薇六月桑柔烝民旟旐有翩亂生不夷靡國不泯騤騤不息也鳥隼曰旟龜蛇曰旐翩翩在路不息也夷平泯滅也箋云軍旅久出征伐而亂日生不平無國而不見殘滅也言王之用兵不得其所適長寇虐○騤求龜反旟音餘旐音兆翩音篇本亦作翩泯面忍反又名覓反徐又音民倖苟允反寇長丁丈反民靡有黎具禍以燼黎齊也箋云黎不齊也具猶俱也災餘曰燼言時民無有不被兵寇之害者俱遇此禍以爲燼者○黎力兮反燼才刃反本亦作燼同於乎有哀國步斯頻步行也頻急也箋云頻猶比也哀哉國家之政行此禍害比比然○比毗志反下如字下同廣雅云頻比也○國步蔑資天不我將靡所止疑云徂何往疑定也箋云蔑猶輕也將猶養也徂行也國家爲政輕蔑民之資用是天不養我也我從兵役無有止息時今復云行當何之往也○蔑音滅疑魚陟反復扶又反下不復崖嶺同君子實維秉心無競誰生厲階至今爲梗競彊厲惡梗病也箋云君子謂諸侯及卿大夫也其執心不彊於善而好以力爭誰始生此禍者乃至今日相梗不止○梗古杏反好呼報反爭爭鬭之爭下同○憂心慇慇【重言】憂心慇慇又見十月之交念我土宇我生不辰逢天僤怒自西徂東靡所

孔氏曰又自數傷多矣我之所遇之病也甚急矣我之在邊垂甚勞也
蘇氏曰王豈不為謀且慎哉然而不得其道適所以長乱而自削耳故告之以其所當憂誨之以敘爵曰誰能執熱而不濯若賢者之能已乱猶濯之能解熱耳今王之所任者其何能善哉則相與入於陷溺而已

蘇氏曰君子視厲王之乱閔然如遡風之唈而不息○李氏曰民有肅然之心本無怠慢而王乃使之至於不逮民無得以揚事於畎畝之間則其不逮者非民之罪也王使之也故芮伯告王曰

定處上守居僤厚也箋云居時也此士卒從軍久勞苦自傷之言○慇於巾反慭於謹反爾雅云殷憂也癉都但反又丁佐反本亦作亶同卒尊忽反自西徂東又見綿詩【重言】多我覯痻孔棘我圉圉垂也箋云痻病也圉當作禦多矣我之遇困病甚急矣我之禦寇之事○痻武巾反一音昬徂同圉魚呂反○為謀為毖亂況斯削毖慎也箋云女為軍旅之謀為重慎兵事也而乱滋甚於此日見侵削言其所任非賢○毖音秘削息略反告爾憂恤誨爾序爵誰能執熱逝不以濯濯所以救熱也禮所以救亂也箋云恤亦憂也逝猶去也我語女以憂天下之憂教女以次序賢能之爵其為之當如手持熱物之用濯謂治國之道當用賢者○濯直角反語魚據反【互注】左襄三十一年鄭有禮其數世之福也其無大国之討乎詩云誰能執熱逝不以濯礼之於政如熱之有濯也濯以救熱何患之有其何能淑載胥及溺箋云淑善胥相及與也女若云此於政事何能善乎則女君臣皆相與陷溺於禍難○難乃旦反下患難同○如彼遡風亦孔之僾民有肅心荓云不逮好是稼穡力民代食遡鄉僾唈也荓使也力民代食代無功者食天祿也箋云肅進逮及也今王之為政見之使人唈然如鄉疾風不能息也王為政民有進於善道之心當任用之反却退之使不及門但好任用是居家之吝嗇於聚斂作力之人令代賢者處位食祿明王之法能治人者食於人不能治人者食人今礼記曰與其有聚斂之臣寧

好是稼穡言不敢輕棄民力也其有功於民者則使之代食。歐陽氏曰稼穡可寶當以祿養賢才而刺王不然也

歐陽氏曰天降喪乱將滅亡我王室而歲又蝗螟為災稼穡盡病。朱氏曰旅與膂同言困之極無力以念天禍也。王氏曰穹蒼天也穹言形蒼言色也

李氏曰古者順道之君為百姓瞻仰者以其內能秉持其心外則宣諭謀猷于衆考察慎[redacted]擇其相

有益民聚斂之臣害民盜臣害財○嗣音素侯音奚并字又作迸音背耕反徐補耕反本或作拼同逮音代一音大計反好呼報反注但好同家王申毛音駕謂耕稼也鄭作家謂居家也下句家穡惟寶同穡本亦作嗇音色王申毛謂收穡也鄭云吝嗇也尋鄭家嗇一字本皆無禾者下稼穡卒痒始從禾鄉本又作嚮同許亮反下同喝烏合反令力呈反食不能治人者食於人音嗣稼穡維寶代食維好箋云此言王不尚賢但貴吝嗇之人與愛代食者而已○天降喪亂滅我立王降此蟊賊稼穡卒痒箋云滅盡也蟲食苗根曰蟊食節曰賊耕種曰稼收斂曰穡卒盡痒病也天下喪亂國家之災以窮民我王所恃而立者謂蟲孽為害五穀盡病○蟊莫侯反說文作蟊蟊音牟孽魚列反說文又作蠥云衣服謌謠草木之妖謂之蠥禽獸蟲蝗之怪謂之蠥

重言　天降喪亂重見

哀恫中國具贅卒荒靡有旅力以念穹蒼贅屬荒虛也穹蒼蒼天箋云恫痛也哀痛乎中國之人皆見繫屬於兵役家家空虛朝廷曾無有同力諫諍念天所為下此災○恫音通本又作恫贅之芮反又拙銳反穹起弓反朝直遥反下皆同與音餘下所行者惡與同○維此惠君民人所瞻秉心宣猶考慎其相相質也箋云惠順宣徧猶謀慎誠相助也維至德順民之君為百姓所瞻仰者乃執正心舉事徧謀於衆又考誠其輔相之行然後用之言擇賢之審○相毛如字鄭息亮反徧音遍下同行下孟反下注不毒之行時逆之行民之行皆同維彼不

朱氏曰自獨俾臧自以爲善也自有肺腸自有意見也狂惑也。東萊曰其肺腸不與人同不可曉解此民所以惑亂也

蘇氏曰朋友相譖不能相善者曾鹿之不如是以進退無不陷焉者。孔氏曰谷謂山谷墜谷是窮困之義

李氏曰聖人則遠知禍福於未萌其所瞻視而言者至於百里思遠不察也若夫愚人則反狂以喜所謂抱火厝之積薪之下火未及然猶謂之安者也。朱氏曰我非不能言也如此畏忌何言王暴虐人不敢諫也

孔氏曰荼苦菜毒螫蟲皆惡物故比惡行

順肩獨俾臧，肩有肺腸，俾民卒狂。箋云臧善也彼不施順道之君自多足獨謂賢言其所任之臣皆善人也不復考慎自有肺腸行其心中之所欲乃使民盡迷惑如狂是又不宜循。○肺本又作㭭芳廢反。○瞻彼中林，重言瞻彼中林重見下月甡甡其鹿。朋友已譖，不胥以穀。甡甡衆多也箋云譖不信也胥相也以猶與也穀善也視彼林中其鹿相輩耦行甡甡然衆多今朝廷群臣皆相欺背不相與以善道言其鹿之不如○甡所巾反声類云衆貌譖子念反本亦作僭相輩一本作相𠜂背音佩卒章同人亦有言，進退維谷。谷窮也箋云前無明君却迫罪役故窮也○罪役一本作罷役罷音皮重言人亦有言見蕩抑本詩各一烝民

二○維此聖人，瞻言百里。維彼愚人，覆狂以喜。瞻言百里遠慮也箋云聖人所視而言者百里言見事遠而王不用有愚闇之人爲王言其事淺且近耳王反迷惑信用之而喜○覆芳服反下及注除覆陰字皆同狂子居況反鄭求方反爲于僞反匪言不能，胡斯畏忌。箋云胡之言何也賢者見此事之是非非不能分別皁白言之於王也然不言之何也此畏懼犯顔得罪罰○別彼列反皁在早反○維此良人，弗求弗迪。維彼忍心，是顧是復。迪進也箋云良善也國有善人王不求索不進用之有忍爲惡之心者王反顧念之而重復之言其忽賢者而愛小人○迪徒歷反索素音色民之貪亂，寧

陳氏曰大風其徑隧由於空谷而起以興人之爲善爲不善皆有所從來也。○蘇氏曰垢穢也言善人之作也以用其善小人之行也以播其穢中垢發其中之所有於外也

蘇氏曰風之起也有道類之敗也有自貪人在上則類之所由敗也　誦言先王之言也。○李氏曰王之性本善但以貪人敗之故耳道聽之言則答之誦詩書之言以告之則如醉此所以見王之先入於貪人之言故也厲王既已不用其良反使我爲悖逆之行而從貪人之所爲也　○蘇氏曰朋友其僚友也。○東萊曰予豈不知而妄發哉如彼飛蟲時亦弋獲豈無一二或中者乎。○橫渠張氏曰既之陰女反予來赫聖誠審以天下之事忠告反謂予來相恐也

爲荼毒。箋云貪猶欲也天下之民苦王之政欲其亂亡故安爲苦毒之行相侵暴慍恚使之然○荼音徒慍紆運反大風有隧有空大谷。隧道也箋云西風謂之大風大風之行有所從而來必從大空谷之中喻賢愚之所行各由其性○大毛如字鄭音泰隧音遂維此良人作爲式穀維彼不順征以中垢。中垢言闇冥也箋云作起式用征行也賢者在朝則用其善道不順之人則行闇冥受性於天不可變也○垢古口反○大風有隧貪人敗類聽言則對誦言如醉。類善也箋云類等夷也對答也貪惡之人見道聽之言則應答之見誦詩書之言則冥臥如醉居上位而行如此人或效之○冥俱遂反注同應應對之應匪用其良覆俾我悖。覆反也箋云居上位而不用善反俾我爲悖逆之行是其敗類之驗○悖蒲對反 互注 左文元年殽之役晉人既歸秦帥秦大夫及左右皆言於秦伯曰是敗也孟明之罪也必殺之秦伯曰是孤之罪也周芮良夫之詩曰大風有隧貪人敗類聽言則對誦言如醉匪用其良覆俾我悖是貪故也孤之謂矣○嗟爾朋友予豈不知而作如彼飛蟲時亦弋獲。箋云嗟爾朋友者親而切嗟之也而猶女也我豈不知女所行者惡與直知之女所行如是猶鳥飛行自恣東西南北時亦爲弋射者所得言放縱久無所拘制則將遇伺女之間者得誅女也○間如字又音閑既之陰女反予來赫。赫炙也箋云之往也

纂·二十六　二十八四八

朱氏曰民之所以貪亂不知止者由此善背之人為民所不利[redacted]之事如恐不勝而力為之也　善背工為反覆也　民之所以邪僻者由此輩競用力而然也回遹邪僻也反覆其言所以深惡之也

蘇氏曰民之未定職上有盜賊之臣為之寇也。陳氏曰我諫告之以不可已為爾反背而見詈矣。朱氏曰雖汝能自文飾言此亂非我所致然我已作爾歌矣言已得其情其事已著明不可掩藏也

東萊曰宣王之小雅始於六月言其功也其大雅始於雲漢言其心也無是心安得

亡所人謂之[illegible]我恐女見弋獲既往覆陰女謂啓告之以患難也女反赫我言怒不受忠告。○陰鄭音蔭覆蔭也王如字謂陰知之赫赫炙也許白反炙也与王赫斯怒同義本亦作嚇鄭許嫁反莊子云以梁国嚇我是也嚇乃白反○民之罔極，職涼善背。涼薄也箋云職主涼信也民之行失其中者主由為政者信用小人互相欺違。○涼毛音良鄭音亮下同為民不利，如云不克。箋云克勝也為政者害民如恐不得其勝言至酷也。○酷口毒反民之回遹，職競用力。箋云競逐也言民之行維邪者主由為政者逐用強力相尚故也言民依邪用生多端。○邪似嗟反○民之未戾，職盜為寇。戾定也箋云爲政者主作盜賊為寇害令民心動搖不安定也。○令力呈反涼曰不可，覆背善詈。箋云涼善也我諫止之以信言女所行者不可反背我而大詈言距已諫之甚。○詈力智反雖曰匪予，既作爾歌。箋云予我也女雖觝距已言此政非我所為我已作女所行之歌女當受之而改悔。○觝距都礼反距或作拒

東萊曰十四章至十六章皆託與公卿僚輩言以反覆諷切之也

桑柔十六章，八章章八句，八章章六句。

雲漢，仍叔美宣王也。宣王承厲王之烈，內有撥亂之志，遇烖而懼，側身脩行，欲銷去之。天下喜於王化復行，百

有是功哉

孔氏曰倬然明大彼天之雲漢。○朱氏曰夜晴則天河明。○王氏曰瞻仰昊天不見雨候於昊數傷人之無辜而遇此喪乱饑饉也　神發然莫我聽

王氏曰旱既大甚矣則其氣蘊積隆盛蟲蟲而熱也。○李氏曰說文曰蟲蟲旱氣也

姓見憂故作是詩也仍叔周大夫也春秋魯桓公五年夏天王使仍叔之子來聘烈餘也○雲漢天河也自此至常武六篇宣王之變大雅仍叔而升反撥半末反行下孟反錫音消去起呂反復扶又反下注復重并篇末注同見憂並如字徐憂於救反重言美宣王也本詩一餘附為脈來詩○倬彼雲漢昭回于天回轉也箋云雲漢謂天河也昭光也倬然天河水氣也精光轉運於天時旱渴雨故宣王夜仰視天河望其候焉○倬陟角反王云著也說文云著大也揭苦蓋反賓也本又作渴苦葛反篇末同重言倬彼雲漢重見棫樸王曰於乎何辜今之人天降喪亂饑饉薦臻薦重臻至也箋云辜罪也王憂旱而嗟歎云何罪與今時天下之人天仍下旱災亡亂之道饑饉之害復重至也○饑音飢又音機饉其靳反薦在見反臻側巾反重直用反下同處音慮下所困同精誠与殺我与同靡神不舉靡愛斯牲圭璧既卒寧莫我聽箋云靡莫皆无也言王為旱之故求於羣神无不祭也无所愛於三牲禮神之圭璧又已尽矣曾无聽聆我之精誠而興雲雨○聽体寧反吐定反叶句吐丁反為于偽反下為旱同聆音零○旱既大甚蘊隆蟲蟲蘊蘊而暑隆隆而雷蟲蟲而熱箋云隆隆而雷非雨雷也雷声尚殷殷然○大音泰徐他佐反下大甚並同蘊紆粉反本又作熅紆文反韓詩作鬱同虫直忠反徐直冬反尔雅作爞二云熏也郭又徒冬反韓詩作烔音徒東反炏炏於謝反或如字然一本作雨雷之声當殷殷然不殄禋祀

王氏曰：自郊徂宮，上下奠瘞，則天神、地示、人鬼，內外上下無不禋祀矣。在宮之神莫尊於后稷，既無以勝旱災；在郊之神莫尊於帝，又不顧我也。○蘇氏曰：窮而無告，故曰與其耗斁下土，寧使我躬當之，無使人人被其患也。王氏曰：不可推，知其故也。○朱氏曰：孑然盡殲亡矣。亂之後，周之餘民僅有遺者，而上天又降旱災，使孑然而無復有遺。○蘇氏曰：天將不復使我有遺餘，胡為尚不相畏哉？先祖之業將於是摧落矣。

自郊徂宮，上下奠瘞，靡神不宗。上祭天，下祭地，奠其禮，瘞其物。宗，尊也。國有凶荒，則索鬼神而祭之。箋云：宮，宗廟也。為旱故，絜祀不絕，從郊而至宗廟，奠瘞天地之神，無不齊肅而尊敬之，言徧至也。○奠，徒薦反。瘞，於例反，埋也。索，色白反。齊，側皆反，本亦作齋。徧，音遍。后稷不克，上帝不臨。耗斁下土，寧丁我躬。丁，當也。箋云：克當作刻。刻，識也。斁，敗也。奠瘞羣神而不得雨，是我先祖后稷不識知我之所困與？天不視我之精誠與？猶以旱耗敗天下，為害曾使當我之身有此乎？先后稷後上帝，亦從宮之郊。○耗，呼報反。韓詩云：惡也。斁，丁故反。說文、字林皆作殬。○旱既大甚，則不可推。兢兢業業，【重言】兢兢業業，業業重見召旻。【互】【注】書皋陶謨：兢兢業業，一日二日萬幾。如霆如雷。【重意】江漢：如雷如霆。周餘黎民，靡有孑遺。推，去也。兢兢，恐也。業業，危也。孑然，遺失也。箋云：黎，衆也。旱既不可移去，天下困於飢饉，皆心動意懼，兢兢然業業然，狀如有雷霆近發於上。周之衆民多有死亡者矣，今其餘無有孑遺者，言又餓病也。○推，吐雷反，注同。兢，本又作矜，居陵反。業，如字，鄭五荅反。霆，音庭，又音廷，一音徒佞反。孑，居熱反。去，起呂反，下同。恐，丘勇反，下同。昊天上帝，則不我遺。胡不相畏，先祖于摧。摧，至也。箋云：摧當作嗺。嗺，嗟也。天將遂旱餓殺我與？先祖何不助我恐懼，使天雨也？先祖之神于嗟乎！告困之辭。○相，如字，鄭息亮反。摧，在雷反，又子雷反，鄭作嗺，子雷反。○旱既大甚，歐陽氏曰：父母先祖，胡寧忍予，詩人述宣王訴于父母及先祖爾。

李氏曰：羣公先正，則不我聞，亦上文意。○蘇氏曰：宣王所以祈旱者至矣，而莫之答，故曰：尚吾之不善不當天心，則寧使我遯去以避賢者，無以我苦此庶民也。

蘇氏曰：始以旱故欲遯去以避賢者，既又以為弃位以避憂患非人主之義，故黽勉不去以求濟，斯難畏不敢也。○朱氏曰：憯，曾也。王氏曰：胡寧瘨我以旱，憯不知其故，則王之自反也蓋以至矣

則不可沮。赫赫炎炎，云我無所。大命近止，靡瞻靡顧。沮，止也。赫赫，旱氣也。炎炎，熱氣也。大命近止，民近死亡也。箋云：旱既不可却止，熱氣大盛，人皆不堪。言我無所庇廕而處，衆民之命近將死亡，天曾無所視，無所顧於此國中，而哀閔之。○沮，在呂反。炎，于廉反，又本或作燄，音同。近，附近之近。庇，音祕，又必二反，本亦作芘。廕，於鴆反，本亦作蔭。羣公先正，則不我助。父母先祖，胡寧忍予。先正，百辟卿士也。先祖，文武，為民父母也。箋云：百辟卿士，雩祀所及者，今曾無肯助我憂旱。先祖文武又何為施忍於我，不使天雨。○辟，音壁，下同。雩，音于，祭名。○旱既大甚，滌滌山川。旱魃為虐，如惔如焚。我心憚暑，憂心如熏。滌滌，旱氣也。山無木，川無水。魃，旱神也。惔，燎之也。憚，勞也。熏，灼也。箋云：憚猶畏也。旱既害於山川矣，其氣生魃而害益甚，草木燋枯，如見焚燎然。王心又畏難此熱氣，如灼爛於火。言熱氣至極。○滌，徒歷反。魃，蒲末反。惔，音談，說文云：炎燎也。徐音炎。焚，本又作燓，同，扶云反，又憚手丁佐反。韓詩云：苦也。鄭徒旦反。熏，本又作燻，許云反。燎，力燒反，又力照反。燋，子消反。難，乃旦反。羣公先正，則不我聞。昊天上帝，寧俾我遯。箋云：不我聞者，忽然不聽我之所言也。天曾將使我心遯遯，慙愧於天下，以無德也。○遯，本亦作遁，徒困反。○旱既大甚，黽勉畏去。胡寧瘨我以旱，憯不知其故。箋云：瘨，病也。黽勉急禱請，欲

雲漢　卅八卷十

蘇氏曰旱既甚國用空竭無以紀綱羣臣朋友。橫渠張氏曰靡人不周無不能止自廢正而下皆使周急於民若供御之物則凡皆可止去

孔氏曰宣王以旱之故遂瞻望仰視於昊天唯見有嘒然光明之衆星未有雨徵。呂氏曰昭明也嬴餘也所以事神者無餘矣。朱氏曰大夫君子所以竭其精誠而助王昭

使所尤畏者去所尤畏者懸也天何曾病我以旱曾不知爲政所失而致此害。瘨弥忍反又音酉虐病亦正反杉又都薦反韓詩作㤠恥古谷反云重也憯七感反曾也禱丁老反或都報反**祈年孔夙方社不莫昊天上帝則不我虞敬恭明神宜無悔怒**悔恨也箋云虞度也我祈年甚早祭四方与社又不勝之曾不度知我心肅事明神如是明神宜不恨怒於我我何由當遭此旱也。莫音暮本亦作暮明神本或作明神後此篇乃路反度待洛反下同。**旱既大甚散無友紀鞫哉庶正疚哉冢宰趣馬師氏膳夫左右**歲凶年穀不登則趣馬不秣師氏弛其兵馳道不除祭事不縣膳夫徹膳左右布而不脩大夫不食梁士飲酒不樂箋云人君以羣臣爲友散无其紀者凶年祿餼不足人无賞賜也鞫窮也庶正衆官之長也疚病也窮哉病哉者念此諸臣勤於事而困於食以此言勞倦也。鞫居六反疚音救本或作疚又作宄同趣七口反趣馬官名秣音末殺馬也說文作餘𩜾式氏反本又作弛同懸音玄餼許氣反長丁丈反下之長同勞力報反**靡人不周無不能止**周救也无不能止言无止不能也箋云周當作賙王以諸臣困於食人人賙給之權救其急後日之无不能豫止。賙音周**瞻卬昊天云如何里**箋云里憂也王愁悶於不雨但仰天曰當如我之憂何。卬音仰本亦作仰下同里如字憂也本亦作𢙣爾雅作悝并同王曰悝病也。**瞻卬昊天有嘒其星大夫君子**

假于天者已無餘矣雖今死亡將近然不可以弃其前功當益求其所以昭假于上者而修之蓋者非求爲我之一身爾乃所以定衆正也瞻卬昊天果何時而惠我以安寧乎

【重言】大夫君子重見載驪**昭假無贏大命近止無棄爾成**嘒衆星貌假至也箋云假升也王仰天見衆星順天而行嘒嘒然意感故謂其卿大夫曰天之光耀升行不休无自贏緩之時今衆民之命近將死亡勉之助我无棄女之成功者若其在職復无幾何以勸之也○嘒呼惠反假音格沈云鄭古雅反贏音盈幾居豈反**何求爲我以戾庶正**戾定也箋云使女无棄成功者何但求爲我身乎乃欲以安定衆官之長憂其職事○爲于僞反注同**瞻卬昊天曷惠其寧**箋云曷何也王仰天曰當何時順我之求令我心安乎渴雨之至也得雨則心安○令力呈反【重言】瞻卬昊天二本詩二瞻卬

雲漢八章章十句

孔氏曰其山高大上至于天。王氏曰甫也申也其先實主嶽事故天祚其子孫則維嶽降神生甫及申也

崧高尹吉甫美宣王也天下復平能建國親諸侯褒賞申伯焉尹吉甫申伯皆周之卿士也尹官氏申国名○崧息忠反釋名云山松竦也甫本又作父音同後人名字放此復音服又扶又反褒保毛反○**崧高維嶽駿極于天維嶽降神生甫及申**崧高貌山大而高曰崧嶽四嶽也東嶽岱南嶽衡西嶽華北嶽恒堯之時姜氏爲四伯掌四嶽之祀述諸侯之職於周則有甫有申有許也駿大極至也嶽降神靈和氣以生申甫之大功箋云降下也四嶽卿士之官掌四時者也因主方嶽巡守之事在堯時

東萊曰甫申意者皆宣王時賢諸侯同有功於王室者甫雖不見於經以文意考之蓋當如此鄭氏乃遂取訓夏贖刑之甫侯殆非也。王氏曰蕃言扞蔽宣言敷播。蘇氏曰蔽其患難而宣其德澤於天下

孔氏曰申伯之賢當使南國法之。王氏曰爲申伯建國而曰邑者國之所都亦曰邑作邑于豐商邑翼翼是也。蘇氏曰謝周之南土也召伯召穆公也。孔氏曰王乃命召伯先營謝邑以定申伯之居。陳氏曰世執其功者以南邦傳嗣也

文王爲之德當由嶽神之意而福興其子孫歷虞夏商世有國于周之甫也申也齊也許也皆其苗胄。○嶽字亦作嶽魚角反白虎通云嶽者何埆功德也駿音峻守音狩本亦作狩夏户雅反下同

維申及甫，維周之翰。四國于蕃，四方于宣。翰幹也。箋云申申伯也甫甫侯也皆以賢知入爲周之楨幹之臣四國有難則往扞禦之爲之蕃屏四方恩澤不至則往宣暢之甫侯相穆王訓夏贖刑美此俱出四嶽故連言之。○翰户旦反又音寒蕃方元反亦作藩本或作[illegible]禎音貞難乃旦反扞户旦反相息亮反贖音樹一音常欲反

記孔子閒居注云言周道將興五嶽爲之生賢輔佐仲山甫及申伯爲周之幹臣天下之蕃衛宣德於四方以成其王功此文武之德也

○**亹亹申伯，王纘之事。于邑于謝，南國是式。**謝周之南國也。箋云亹亹勉也纘繼于往於式法也亹亹然勉於德不倦之臣有申伯以賢入爲王之卿士佐王有功王又欲使繼其故諸侯之事往作邑於謝南方之國皆統理施其法度時改大其邑使爲侯伯故云然。○亹亡匪反纘祖管反韓詩作踐踐往也

王命召伯，定申伯之宅。登是南邦，世執其功。召伯召公也。登成也。功事也。箋云之往也申伯忠臣不欲離王室故王使召公定其意令往居謝成法度於南邦世世持其政事傳子孫也。○離力智反下欲離同令力呈反下皆同傳直專反

○**王命申伯，式是南邦。因是謝人，以作爾庸。**庸城也。箋云庸功也召公既定申伯之居王乃親命

王氏曰遷其私人使就國也
李氏曰申伯之功言城謝之事乃召伯所營詩曰肅肅謝功召伯營之○
王氏曰俶始也
孔氏曰王於是發遣申伯令使之國故贈送之以大路之車皆命遣之辭○東萊曰介之爲言大也詩人特美大其圭而稱之非周官之介圭也
王氏曰王既餞之則申伯於是實歸其國也言信邁誠歸蓋以見王之數留疑於行之不果故也

之使爲法度於南邦今因是故謝邑之人而爲國以起文又以功勞言尤章顯也○傭本亦作墉音容王命召伯徹申伯土田徹治也箋云治者正其井牧定其賦稅○收手又反又如字後放此王命傳御遷其私人御治事之官也私人家臣也箋云傅御者貳王治事謂冢宰也○申伯之功召伯是營有俶其城寢廟既成俶作也箋云申伯居謝之事召公營其位而作城郭及寢廟定其人神所處○俶本又作淑尺叔反既成藐藐王錫申伯四牡蹻蹻鉤膺濯濯藐藐美貌蹻蹻壯貌鉤膺樊纓也濯濯光明也箋云召公營位築之已成以形貌告於王王乃賜申伯爲將遣之○藐亡角反蹻渠略反濯直角反沈直孝反樊步丹反爲于僞反○王遣申伯路車乘馬我圖爾居莫如南土乘馬四馬也箋云王以正禮遣申伯之國故復有車馬之賜因告之曰我謀女之所處無如南土之最善○乘繩證反注同後放此又反下同重言路車乘馬見采菽錫爾介圭以作爾寶寶瑞也箋云圭長尺二寸謂之介非諸侯之圭故以爲寶諸侯之瑞圭自九寸而下○介音界往近王舅南土是保近已也申伯宣王之舅也箋云近辭也聲如彼記之子之記保守也安也○近音記○申伯信邁王餞于郿郿地名箋云邁行也申伯之意不欲離王室王告語之復重於是意解而信行餞送行飲酒也時王蓋省岐周故于郿云○餞錢淺

王氏曰前曰徹申伯土田者乃始疆之也今曰徹申伯土疆則其疆定矣。東萊曰是詩徹封申伯如經營其私人以峙其粻莫不由盡宣王之待元舅其恩意周浹綜理纖悉盡如此也
朱氏曰嘽嘽者衆盛也。蘇氏曰申伯既入于謝周人皆曰汝有良翰矣文武是憲言其文武皆足法也
孔氏曰以此順直之德擾服萬邦不順之國使之皆順其聲譽聞達於四方。蘇氏曰肆極也
王氏曰此雅也而謂之風則以辭不迫切而能感動人之善心故謂之風也。孔氏曰以

一反沈祖見反一音賤字林子扁反云送去食也郿亡悲反又亡二反地名屬扶風今爲縣謝音魚據反重直用反解音蟹申伯還南謝于誠歸箋云還南者北就王命于岐周而還反也謝于誠歸誠歸于謝王命召伯徹申伯土疆以峙其粻式遄其行箋云粻糧式用遄速也王使召公治申伯土界之所至峙其糧者令廬市有止宿之委積用是速申伯之行。疆居良反峙如字本又作峙直紀反糧音良粻音張遄市專反委於僞反積子賜反○申伯番番既入于謝徒御嘽嘽番番勇武貌諸侯有大功則賜虎賁徒御嘽嘽徒行者御車者嘽嘽喜樂也箋云申伯之貌有威武番番然其入謝國車徒之行嘽嘽安舒言得禮也禮入國不馳。番音波嘽吐丹反賁音奔樂音洛周邦咸喜戎有良翰箋云周徧也戎猶女也翰幹也申伯入謝徧邦內皆喜曰女乎有善君也相慶之言。翰叶句音寒徧音遍下同不顯申伯王之元舅文武是憲不顯申伯顯矣申伯也文武是憲言有文有武也箋云憲表也言爲以文武之表式憲六月詩文武吉甫萬邦爲憲

○申伯之德柔惠且直揉此萬邦聞于四國箋云揉順也四國猶言四方也。揉本亦作柔如久反又如字一音柔不姓同聞音問吉甫作誦其詩孔碩其風肆好以贈申伯吉甫尹吉甫也作是工師之誦也肆長也贈增也箋云碩大也吉甫爲此誦也言其詩之意甚美大

贈申伯則以詩之作主
美申伯而已申伯有德
王能選之美申伯亦
所以美宣王終為宣
王詩也

陳氏曰崧高烝民二
詩皆尹吉甫贈行之
詩而序詩者皆以為
美宣王何也蓋人君
委任得人而僚友之間
賦詩以相娛樂則人
君之美莫大焉

楊氏曰近取諸身百
體五藏達之於君
臣父子夫婦長幼朋
友皆物也而各有則
視聽言動必由禮焉
此一身之則也○李氏
曰天視有周之德昭明
乎下用保茲天子而生
仲山甫

蘇氏曰力勉也○王氏
曰天子有明命則使仲
山甫賦之

風切申伯又使之長行善道以此贈申伯者送之令以為樂○風福鳳反注同王如字一云音也贈詩之本皆爾鄭王申毛並同崔集注本作贈增也崔云增益申伯之美〔重言〕吉甫作頌重見烝民

崧高八章章八句

烝民，尹吉甫美宣王也。任賢使能，周室中興焉。○烝之承反中張仲反

天生烝民，有物有則。民之秉彝，好是懿德。烝眾物事則法彝常懿美也箋云秉執也天之生眾民其性有物象謂五常仁義禮智信也其情有所法謂喜怒哀樂好惡也然而民所執持有常道莫不好有美德之人○彝以之反好呼報反注皆同知音智樂音洛惡烏路反〔重言〕天生烝民重見蕩

天監有周，昭假于下。保茲天子，生仲山甫。仲山甫樊侯也箋云監視假至也天視周王之政教其光明乃至于下謂及眾民也天安愛此天子宣王故生樊侯仲山甫使佐之言天亦好是懿德也書曰天聰明自我民聰明○假音格注同

○仲山甫之德，柔嘉維則。令儀令色，小心翼翼。箋云嘉美令善也善威儀善顏色容貌翼翼然恭敬〔重言〕小心翼翼重見大明

古訓是式，威儀是力。天子是若，明命使賦。古故訓道若順賦布也箋云故訓先王之遺典也式法也力猶勤也勤威儀者恪居

李氏曰王命仲山甫曰我以汝為百辟之長而繼女之祖考而保我王躬觀此則知山甫之祖考嘗為是官矣意山甫乃世其家也。朱氏曰出承而布之也納行而復之也喉舌所以出言也東萊曰式云者表率儀法之謂也保云者保其身躬傳之德義之謂也
李氏曰王之命肅肅然而嚴仲山甫將而行之。東萊曰明亦哲也並言之則明者哲之發哲者明之實也

孔氏曰人有常言人之恒性莫不柔者則茹食之剛者則吐出之喻見寡弱者則侵侮之彊盛者則避畏之雖有仲山甫則不然不侮不畏即是不茹不吐既言

官次不解于位也是順從行其所為也顯明王之政教使羣臣施行之○道音導解佳賣反本又作懈下文匪解同○王命仲山甫式是百辟纘戎祖考王躬是保戎大也箋云戎猶女也躬身也王曰女施行法度於是百君繼女先祖先父始見命者之功德王躬是安使盡心力於王室○辟音璧【重言】纘戎祖考重見韓奕

出納王命王之喉舌賦政于外四方爰發喉舌冢宰也箋云出王命者王口所自言承而施之也納王命者時之所宜復於王也其行之也皆奉順其意如王口喉舌親所言也以布政於畿外天下諸侯於是莫不發應○出納如字納亦作內音同喉音侯應應對之應

○肅肅王命仲山甫將之邦國若否仲山甫明之將行也箋云肅肅敬也言王之政教甚嚴敬也仲山甫則能奉行之若順也順否猶臧否謂善惡也○否音鄙惡也注同徐方九反王同云不也

既明且哲以保其身【互】【注】記中庸君居上不驕為下不倍國有道其言足以興國無道其默足以容詩曰既明且哲以保其身其此之謂與夙夜匪解【重言】夙夜匪解重見韓奕以事一人箋云夙早夜莫匪非也一人斥天子○莫音暮【互註】見昭南采蘩篇

○人亦有言柔則茹之剛則吐之箋云柔猶濡毳也剛堅強也剛柔之在口或茹之或吐之喻人之於敵強弱○茹音汝又如庶反廣雅云食也濡如朱反一音如兗反毛毳昌銳反本又作脆七歲反強其

其喻又言其實以充之

陳氏曰圖者圖謀之

朱氏曰其德如是故能補衮職之缺孟子曰惟大人為能格君心之非仲山甫有焉

蘇氏曰王命仲山甫城齊祖祭而行其馬業業而其徒捷捷而然猶常恐不及事也東方則齊也

良反下同哉其又反又維仲山甫柔亦不茹剛亦不吐不侮矜寡不畏彊禦〻〻○矜古頑反○人亦有言德輶如毛民鮮克舉之我儀圖之儀宜也箋云輶輕儀匹也人之言云德甚輕然而眾人寡能獨舉之以行者言政事易耳而人不能行者無其志也我與倫匹圖之而未能為也我吉甫自我也○輶餘久反又音由鮮息淺反我義毛如字宜也鄭作儀儀匹也易以豉反重言人亦有言五蕩抑桑柔各一本詩一維仲山甫舉之愛莫助之愛隱也箋云愛惜也仲山甫能獨舉此德而行之惜乎莫能助之者多仲山甫之德歸功言耳互注記表記子曰中心安仁者天下一人而已矣大雅言德輶如毛民鮮克舉之我儀圖之惟仲山甫舉之愛莫助之○注云時人無能助之者言賢者少衮職有闕維仲山甫補之有衮冕者君之上服也仲山甫補之善補過也箋云衮職者不敢斥王之言也王之職有闕輒能補之者仲山甫也○衮古本反冕服名○仲山甫出祖四牡業業重言四牡業業重見采薇征夫捷捷每懷靡及言述職也業業言高大也捷捷言樂事也箋云祖者將行犯軷之祭也懷私為每懷仲山甫犯軷而將行車馬業業然動眾行夫捷捷然至仲山甫則戒之曰戲受君命當速行每人懷其私而相稽留將無所及於事也○捷在接反軷步葛反道祭也重言每懷靡及重見皇華四牡彭彭重言四牡彭彭重見北山八鸞

朱氏曰：式遄其歸，不欲其久於外也。穆，深長也。永懷，既行而有所懷思也。○曾氏曰：賦政于外，雖亦仲山甫之職，然保王躬、補王闕，尤其所顧戀。徂東方，其心永懷，蓋有所不安者。尹吉甫深知之，作誦而告以遄歸，所以安其心也。

蘇氏曰：禹貢梁，謂治梁及岐者，在今同之韓城。將言韓侯，故先叙其國，曰梁山之下有偉然之道，此韓侯所從朝周以受命者也。○陳氏曰：梁山禹

鏘鏘。【重言】八鸞鏘鏘四：本詩一，韓奕一，采芑一。鏘字作瑲，烈祖一。鏘字作鶬。王命仲山甫，城彼東方。東方，齊也。古者諸侯之居逼隘，則王者遷其邑而定其居，蓋去薄姑而遷於臨菑也。箋云：彭彭，行貌。鏘鏘，鳴聲。以此車馬命仲山甫使行，言其盛也。○將，七羊反，本亦作鏘，同。逼，本亦作偪，彼側反。隘，於懈反。菑，側其反。臨菑，地名。○四牡騤騤，八鸞喈喈。仲山甫徂齊，式遄其歸。騤騤猶彭彭也，喈喈猶鏘鏘也。遄，疾也。言周之望仲山甫也。箋云：望之，故欲其用是疾歸。○騤，求龜反。喈，音皆。【重言】四牡騤騤四：采薇、六月、桑柔、本詩。○吉甫作誦，穆如清風。仲山甫永懷，以慰其心。清微之風，化養萬物者也。箋云：穆，和也。吉甫作此工歌之誦，其調和人之性，如清風之養萬物然。仲山甫述職，多所思而勞，故述其美以慰安其心。【重言】吉甫作頌，又見崧高。

烝民八章，章八句。

韓奕，尹吉甫美宣王也。能錫命諸侯。梁山於韓國之山最高大，為國之鎮，所望祀焉，故美大其貌奕奕然，謂之韓奕也。梁山，今左馮翊夏陽西北。韓，姬姓之國也，後為晉所滅，故大夫韓氏以為邑名焉。幽王九年，王室始騷，鄭桓公問於史伯曰：周衰，其孰興乎？對曰：武實昭文之功，文之祚盡，武其嗣乎？武王之子應韓不在，其晉乎？○奕奕，音亦。韓，姬姓國也。梁山奕奕然，為韓國之鎮，故曰韓奕。翊，音翼。騷，素刀反，動也。祚，祖路反。○奕奕梁山，維禹甸

治水其功有被
於此山者自禹之
後無傳焉。孔
氏曰王親自命之
云當紹繼汝祖
考之舊服復為
侯伯○王氏曰既
命之纘汝祖考
又戒使其無廢
朕命虔恭爾位
既戒以夙夜匪懈
虔恭爾位又戒
以朕命不複改易
當榦不庭方以
佐汝辟也不庭
方謂不享侯也

孔氏曰毛氏於崧
高以介圭為所
執之瑞則此言
介圭亦為瑞也

之又見信南山【重言】維禹甸之有倬其道韓侯受命奕奕大也甸治也禹治梁山除水災宣王
平大亂命諸侯有倬其道有倬然之道者也受命受命為侯伯也○箋云梁山之野堯時俱遭洪水禹甸之者決除其災使成平田定
貢賦於天子周有厲王之亂天下失職今有倬然者復禹之功者韓侯受王命為侯伯○甸徒遍反鄭繩證反一云鄭亦徒遍
反倬陟角反明貌韓詩作韓音義並同王親命之纘戎祖考【重言】纘戎祖考又見烝民無
廢朕命夙夜匪解【重言】夙夜匪解又見烝民虔共爾位戎大虔固共執也箋云戎猶女朕命不易
也朕我也古之恭字或作共○解音懈共毛九勇反鄭音恭一云古恭字【重意】虔共亦从小明靖共爾位
榦不庭方以佐戎辟庭直也箋云戎我之所命者勿改易不行當為不直違失法度之方作楨榦而正
之以佐助也戎汝君王自謂也○易以豉反辟音璧君也為于偽反楨音貞○四牡奕奕【重言】四牡奕奕又見
車攻孔脩且張韓侯入覲以其介圭入覲于王脩長張大覲見也箋云諸
侯秋見天子曰覲韓侯乘長大之四牡奕奕然以時覲於宣王而奉享禮貢國所出之寶善其尊宜王以常禮見之也書曰黑水西河
其貢璆琳琅玕此覲乃受命先言受命者尊其美也○見賢遍反下同○黑水西河一本黑水上有書曰二字璆其樛反又其休反琳字
又作玪音林孔安國云璆美玉也鄭注尚書云璆美玉琳美石也琅音郎玕音干琅玕珠也王錫韓侯淑

烝民　韓奕　十八之十五

五〇八

孔氏曰玄衮以玄爲衣而畫以衮龍赤舄赤色之舄○王氏曰淑旂綏章在綏後建之簟茀在後衡在左鉤膺鏤鍚鞹鞃淺幭鞗革金厄則皆在前

孔氏曰清美之酒乃多至於百壺

東萊呂曰覲禮稱來朝之諸侯皆曰侯氏然則此所謂侯氏或者專指

韵祖亦音雖

淑旂綏章簟茀錯衡玄衮赤舄鉤膺鏤鍚鞹鞃淺幭鞗革金厄淑善也交龍爲旂綏大綏也錯衡文衡也鏤鍚有金鏤其鍚也鞹革也鞃軾中也淺虎皮淺毛也幭覆式也厄烏蠋也箋云王爲韓侯以常職來朝享之故故多錫以厚之善旂旂之善色者也綏所引以登車有采章也簟茀漆簟以爲車蔽今之藩也鉤膺樊纓也眉上曰鍚刻金飾之今當盧也鞗革謂轡也以金爲小環往往纏搤之○綏本亦作緌毛如誰反鄭音蕤簟徒點反茀音拂錯七洛反雜也沈來故反舄音昔鏤音漏鍚音羊鞹苦郭反皮去毛曰鞹鞃苦弘反沈又音弘亦作軾沈胡肱反又弘三同幭莫歷反一音蔑本又作幦同鞗音條鞗革謂轡也厄於革反蠋音蜀爾雅作蠾蠾烏蠋也韓子云大如拇指似蠶沈旨畫寬字于僞反軓直遥反藩方袁反本又作蕃同樊步丹反搤於革反一本作厄同○韓侯出祖出宿于屠顯父餞之清酒百壺屠地名也顯父有顯德者也箋云祖將去而犯軷也既軷而反國以祖者尊其所往去則如始行焉祖於國外畢乃出宿示行不留於是也顯父周之公卿也餞送之故有酒○屠音徒父音甫本亦作甫注同其殽維何炰鱉鮮魚其蔌維何維筍及蒲其贈維何乘馬路車蔌菜殽也筍竹也蒲蒲蒻也箋云炰鱉以火孰之也鮮魚中膾者也筍竹萌也蒲深蒲也贈送也王既使顯父餞之又使送以車馬所以贈厚意也人君之車曰路車所駕之馬曰乘馬○肴户交反本亦作殽同炰鄭薄交反徐甫九反鱉卑滅反蔌

韓侯也歟。○朱氏曰：胥，皆也。

朱氏曰：韓侯既覲而還，遂以親迎也。○

孔氏曰：每車皆有八鸞之聲。其妻出於蹶父之門，諸娣隨而從之，如雲。韓侯於是回顧而視之，見其鮮明粲爛然，其盈滿於蹶父之門也。

東萊曰：靡國不到，特言涉歷邦國之[redacted]多，非必國國皆至也。

音速。筍字或作笋，□尹反。乘，繩證反，注同，下百乘亦同。韻音韻膾古外反。**籩豆有且，侯氏燕胥。**箋云：且，多貌。胥，皆也。諸侯在京師未去者，於顯父餞之時，皆來相與燕，其籩豆且然，榮其多也。○且，子餘反，又七敘反。胥，思徐反，又思呂反。

○韓侯取妻，汾王之甥，蹶父之子。汾，大也。蹶父，卿士也。箋云：汾王，厲王也。厲王流于彘，彘在汾水之上，故時人因以號之，猶言莒郊公、黎比公也。姊妹之子為甥。王之甥，卿士之子，言尊貴也。○取，七喻反，本亦作娶，下注同。汾，符云反。蹶，俱衛反。彘，直例反。黎，音犁，又力兮反，又作黎。比，音毗。劉以比邑君號也。

韓侯迎止，于蹶之里。百兩彭彭，八鸞鏘鏘，【重言】八鸞鏘鏘四本詩一，餘見烝民篇末。**不顯其光。**里，邑也。箋云：于蹶之里，蹶父之里。百兩言來。不顯，顯也。光猶榮也。氣有榮光也。○鏘，七羊反，本亦作將。【重言】不顯其光，又見大明。

諸娣從之，祁祁如雲。韓侯顧之，爛其盈門。祁祁，徐靚也。如雲，言眾多也。諸侯一取九女，二國媵之。諸娣，眾妾也。顧之，曲顧道義也。箋云：媵者必娣姪從之，獨言娣者，舉其貴者。爛爛，粲然鮮明且眾多之貌。○娣，大計反，妻之女弟為娣。從，才用反，注同。○如字。祁，巨移反。靚，音靜，又才性反。媵，音孕，又繩證反。曲顧，一本作回顧。道，如字，又音導。

○蹶父孔武，靡國不到。為韓姞相攸，莫如韓樂。姞，蹶父之姓也。箋云：相，視。攸，所也。蹶父甚武健，為王使於天下，國國皆至，為其女韓侯夫人姞氏視其所居，韓國最樂。○為韓，于偽反。

朱氏曰：慶，喜也。令，善也。喜其有此善居也。

朱氏曰：董氏曰：燕，召公之國也。疑韓初封時，王命以其衆爲築此城也。○蘇氏曰：王以韓侯之先因是百蠻而長之，故錫之以追、貊人，受之以北方之國，使復爲之伯焉。韓侯於是命諸侯各修其城池，治其田畝，正其税法，以時貢其所有於王。

注同。姞，其一反，又其乙反，又音吉。相，息亮反。注皆樂，音洛。注及下文注同。使，所吏反。孔樂韓土，川澤訏訏，魴鱮甫甫，麀鹿噳噳。重言 麀鹿噳噳又重見吉日。噳作麌。有熊有羆，有貓有虎。訏訏，大也。甫甫然，大也。噳噳然，衆也。貓，似虎淺毛者也。箋云：甚樂矣，韓之國土也。川澤寬大，衆魚禽獸備有，言饒富也。○訏，況甫反。魴，音房。鱮，音序。麀，音憂。噳，愚甫反，本亦作麌，同。熊，音雄。羆，彼皮反。貓，如字，又武交反，本又作猫，音同。爾雅云：虎竊毛曰虥貓。虥，音在叡反。慶既令居，韓姞燕譽。箋云：慶，善也。蹶父既善韓之國土，使韓姞嫁焉而居之。韓姞則安之，盡其婦道，有顯譽。○令，力呈反，使也。又力政反。令，命也。燕，於遍反，又於顯反，安也。譽，音餘。○溥彼韓城，燕師所完。師，衆也。箋云：溥，大。燕，安也。大矣彼韓國之城，乃古平安時衆民之所築完。○溥，音普。燕，於見反。注同。徐，一云鄭於顯反，王肅、孫毓並烏賢反，云：北燕國。完，音桓。以先祖受命，因時百蠻。王錫韓侯，其追其貊，奄受北國，因以其伯。韓侯之先祖，武王之子也。因時百蠻長，是蠻服之百國也。追也、貊也，戎狄國也。奄，撫也。箋云：韓侯先祖有功德者，受先王之命，封爲韓侯，居韓城，爲侯伯。其州界外接蠻服，因見使時節百蠻貢獻之往來。後君微弱，用失其業。今王以韓侯先祖之事如是，而韓侯賢，故於入覲使復其先祖之舊職，賜之蠻服追貊之戎狄，令撫柔其所受王畿北面之國，因以其先祖侯伯之事盡予之，皆美其爲人子孫，能興復先祖之功。其後追也、貊也爲玁狁

釋文曰壑城池也

王氏曰武夫滔滔則以其衆進也

蘇氏曰行者皆莫敢安徐曰吾之來也維淮夷是求是鋪言用命也○朱氏曰鋪陳也陳師以伐之也

所逼迫貊獮東北○追如字又都回反貊武伯反說文作貉云北方人也長張丈反令力呈反徐本亦作徹音殷允如字本亦作狁

實墉實壑實畝實藉實墉實壑言高其城深其壑也箋云實當作寔趙魏之東實寔同聲寔是也藉稅也韓侯之先祖微弱所伯之國多滅絕今復舊職興滅國繼絕世故築治是城濬修是壑井牧是田畝收斂是賦稅使如古常○實毛如字鄭作寔市力反下同壑火各反城池也濬音峻深也

獻其貔皮赤豹黃羆貔猛獸也追貊之國來貢而侯伯總領之○貔本亦作豼音毗即白狐也一名執夷草木疏云似虎或曰似熊遼東人謂之白羆

韓奕六章章十二句

江漢尹吉甫美宣王也能興衰撥亂命召公平淮夷召公召穆公也名虎○江漢二水名

○江漢浮浮武夫滔滔匪安匪遊淮夷來求浮浮衆強貌滔滔廣大貌淮夷東國在淮浦而夷行也箋云匪非也江漢之水合而東流浮浮然宣王於是水上命將率遣士衆使循流而下滔滔然其順王命而行非敢斯須自安也非敢斯須遊也主為來求淮夷所處據至其境故言來○滔吐刀反浦音普夷行下孟反將子匠反帥所類反或作率滔流如字本亦作順流為于僞反下主為同竟音境本亦作境既出我車既設我旟匪安匪舒淮夷來鋪鋪病也箋云令車戎車也鳥隼曰旟兵至竟

江漢 十八巳十七

孔氏曰湯湯然流盛

朱氏曰此下四章皆述王冊命召穆公與公拜手王休辭首尾大抵類今人所藏古器物銘識蓋古人文字之常體也再言江漢之滸者繫王事起下事也。蘇氏曰王命召公闢四方之侵地而治其疆界非以病之非以急之也使來於王國取中焉耳召公於是疆理其地至于南海而止

蘇氏曰宣布也。朱氏曰自江漢之滸言之故曰來言王命召虎來此江漢之滸徧治其事以布王命。陳氏曰汝

而斯役也其曰出宿車建旐又不曰安又不曰行者主為來○江漢伐討淮夷也據至此功也故又言來○鋪普吳反徐音孚

湯湯武夫洸洸經營四方告成于王洸洸武貌箋云召公既受命伐淮夷服之復經營四方之叛國從而伐之克勝則使傳遽告功於王○湯書羊反洸音光又音汪復扶又反傳張戀反以車曰傳遽其據反以馬曰遽鄭注玉藻云公以車馬給使者經營四方三比山何草不黃本詩

四方既平王國庶定時靡有爭王心載寧箋云庶幾時是也載之言則也召公忠臣順於王命此述其志也○爭爭鬭之爭重

【音】時靡有爭重見列文

○江漢之滸王命召虎式辟四方徹我疆土

匪疚匪棘王國來極召虎召穆公也箋云滸水涯也式法徹疚病棘急極中也王於江漢之水上命召公使以王法征伐開辟四方治我疆界於天下非可以兵病害之也非可以兵急躁切之也使來於王國受政教之中正而已齊桓公經陳鄭之間以伐北戎則違此言者○滸音虎沈又音許疆居良反注及下同疚音救王命行伐一本作王法征伐兵操躁音七刀反一本无兵字又一本兵操作急躁躁音早報反

于疆于理至于南海箋云于往也于於也召公於有叛疾之國則往正其境界脩其分理周行四方至於南海而功大成事終也○分符問反

○王命召虎來旬來宣文武受命召公維翰旬徧也召公召康公也箋云來勤也旬當作營宣徧也召康公

不必言事我小子之故自當繼似汝先祖康公
蘇氏曰汝敏於我事我是用錫汝以福秉
菜曰肇始也自召康公之後其風烈寖寥無聞矣至穆王始復敏於從事以繼其烈
孔氏曰釋器云卣中尊案樂爵人掌和鬱鬯以實彝而陳之則鬯當在彝而此及尚書左傳皆云秬鬯一卣者當祭之時乃在彝賜時未祭故卣盛之

名奭召虎之始祖也王命召虎女勤勞於經營四方勤勞於徼疆𤔲國昔文王武王受命召康公爲之楨榦之臣以正天下爲虎之勤勞故述其祖之功以勸之○來毛如字鄭音賚下同旬毛音巡又音荀鄭作營徧古旦反又音宣寔音編音遍下同爲于僞反下爲虎僞其同

無曰予小子召公是似肇敏戎公用錫爾祉

似嗣肇謀敏疾戎大公事也箋云戎猶女也女无自栽損曰我小子耳女之所爲乃嗣女先祖召康公之功今謀女之事乃有敏德我用是故將賜女福慶也王爲虎之志大謙故進之一公作○肇音兆韓詩云長也祉音恥福也大謙音忝

○釐爾圭瓚秬鬯一卣告于文人

釐賚也秬黑黍也鬯香草也築煮合而鬱之曰鬯卣器也九命錫圭瓚秬鬯文人文德之人也箋云秬鬯黑黍酒也謂之鬯者芬香條鬯也王賜召虎以鬯酒一鐏使以祭其宗廟告其先祖諸有德美見記者○釐力之反況又音賚瓚才旱反秬音巨鬯勅亮反卣音酉又音由中尊也本或作攸

互注 書文侯之命平王錫晉文侯秬鬯圭瓚王曰用賚介秬鬯一卣

錫山土田于周受命自召祖命

諸侯有大功德賜之名山土田附庸箋云周岐周也自用也宣王欲尊顯召虎故如岐周使虎受山川土田之賜命用其祖召康公受封之禮岐周周之所起爲其先祖之靈故就之○錫本或作錫之山川土田附庸者是因舊有之文安加也

虎拜稽首天子萬年

箋云拜稽首者受王命策書也臣受恩無可以報謝者稱言使君壽考而已

○虎拜稽首對

陳氏曰王休王之休命也召虎受此休命以對揚於王下以告成於召公。朱氏曰明明天子令聞不已矣其文德洽此四國此召虎所以稱頌其君之辭言武功之不可恃亦所以戒之也

朱氏曰詩中無常武字召穆公特名其篇孔氏曰赫赫明明者重王命將之辭也。王氏曰所命之卿士言其世則以南仲爲太祖言其官則大師言其字則皇父也。蘇氏曰當宣王命其卿士皇父南征徐方皇父以卿士而兼大師。孔氏曰當恭敬而臨之戒懼而處之。董

揚王休。作召公考。天子萬壽。明明天子。令聞不已。矢其文德。洽此四國。對遂考成矢陳也箋云對答休美作爲也虎既拜而答王策命之時稱揚王之德美君臣之言宜相成也王命召虎用召祖命故虎對王亦爲召康公受王命之時對成王命之辭謂如其所言也如其所言者天子万壽以下是也。休許虯反聞音問施始字尓雅作弛式氏反【重言】令聞不已重見文王詩【互註】記孔子閒居三代之王也必先其令聞詩云明明天子令聞不已三代之德也弛其文德協此四國大王之德也

江漢六章章八句

常武。召穆公美宣王也。有常德以立武事。因以爲戒然戒者王舒保作匪紹匪游徐方繹騷○繹音亦騷素刀反徐音蕭

○赫赫明明。王命卿士。南仲大祖。大師皇父。整我六師。以脩我戎。赫赫然盛也明明然察也王命南仲爲大祖皇甫爲大師箋云南仲文王時武臣也顯者乎昭察乎宣王之命卿士爲大將也乃用其以南仲爲大祖者今大師皇父是也使之整齊六軍之衆治其兵甲之事命將必本其祖者因有世功於是尤顯大師者公兼官也○赫火白反字又作爀大祖音泰下及注大師大祖皆同將子匠反第一章注同既敬既戒。惠此南國。箋云敬之言警也警戒六軍之

衆以惠淮浦之旁國謂敉以無暴掠為之害也毋輒名有將帥軍之將尊也○警音景掠音亮○**王謂尹氏命程伯休父左右陳行戒我師旅率彼淮浦省此徐土**尹氏掌命卿士程伯休父始命為大司馬浦涯也箋云尹氏天子世大夫也率循也王使大夫尹氏策命程伯休父於軍將行治兵之時使其士衆左右陳列而敕戒之使循彼淮浦之旁省視徐國之土地叛逆者軍禮司馬掌其誓戒○陳如字徐直覲反行户剛反列也浦音普涯也說文云水濱也**不留不處三事就緒**誅其君弔其民為之立三有事之臣箋云緒業也王又使軍將豫告淮浦徐土之民云不久處於是也女三農之事皆就其業為其驚怖先以言安之○為之于偽反下為其同將子匠反下同○**赫赫業業有嚴天子王舒保作匪紹匪遊徐方繹騷**赫赫然盛也業業然動也嚴然而威舒徐也保安也匪紹匪遊不敢繼以敖遊也繹陳騷動也箋云作行也紹緩也繹當作驛王之軍行其貌赫赫業業然有尊嚴於天子之威謂聞見者莫不憚之王舒安謂軍行三十里亦非解緩也亦非敖遊也徐國傳遽之驛見之知王兵必克馳走以相恐動○嚴毛魚檢反鄭如字○繹如字繹也徐云鄭尺遙反繹音亦鄭作驛音同謂傳驛也騷如字徐音蕭舒序也一本作舒徐也憚徒旦反解音懈傳張戀反恐丘勇反下同**震驚徐方如雷如霆徐方震驚**箋云震動也驛馳走相恐懼以驚動徐國如雷霆之恐怖人然徐國則驚動而將服罪○

氏曰伐其暴亂所以惠之也孔氏曰上命元帥必命司馬王謂其内史大夫尹氏使當為策書命此程國之伯字休父者為大司馬。蘇氏曰使之左右陳其行列而戒令之曰往循淮之上而視徐土無久留處其地以惠苦吾民。朱氏曰徐土徐州之土淮北之夷也下章所謂徐方徐國亦即此國王氏曰赫赫顯業業業大也。蘇氏曰紹急也說文曰紹糾緊也。朱氏曰繹連絡也。蘇氏曰王之南征也人望其赫赫業業之威而畏之曰有嚴哉天子也然王則徐而安行不急不緩而徐方之人莫不震動如雷霆作於其上不遑安矣孔氏曰如天之震雷其聲如人之勃怒其色言嚴威之可懼也。朱氏曰進鼓而進之也。王氏曰鋪敦厚集其陣。朱氏曰仍就也老子曰攘臂而仍之截然淮浦王師之所截然不可犯之貌

孔氏曰王旅王之師旅 兵法有動有靜靜則不可驚動故以山喻動則不可禦止故以水喻。李氏曰綿綿不可得而絕翼翼不可得而乱。朱氏曰不測不可知也不克不可勝也 。蘇氏曰猶道也。朱氏曰塞充塞也。劉氏曰武

霆音廷見乎色又雲漢如霆如霤【疏】如雷如霆重○王奮厥武，如震如怒。進厥虎臣，闞如虓虎。鋪敦淮濆，仍執醜虜。虎之自怒虓然。濆，涯。仍，就。虜，服也。箋云：進，前也。敦當作屯。醜，衆也。王奮揚其威武，而震雷其聲，而勃怒其色，前其虎臣之將，闞然如虎之怒，陳屯其兵於淮水大防之上，以臨敵就執其衆之降服者也。○如震如怒，一本此下如字皆作而。闞，呼檻反，徐火斬反，又火敢反，一音呼覽反。虓，火交反，虎怒貌。鋪，普吳反，徐音孚。陳屯，大斷反。敦，王申毛如字，厚也。韓詩作敦，云大也。韓詩云迫也，鄭作屯，徒門反。淮濆，符云反，鄭大防也。仍，如字，本或作扔，音同扔尒證反。降，户江反。截彼淮浦，王師之所。截，治也。箋云：治淮之旁國有罪者，就王師而斷之。○截，才結反。斷，端乱反。

○王旅嘽嘽，如飛如翰，如江如漢，如山之苞，如川之流。嘽嘽然盛也。疾如飛，摯如翰。苞，本也。箋云：嘽嘽，閒暇有餘力之貌。其行疾自發舉，如鳥之飛也。翰，其中豪俊也。江漢以喻盛大也。山苞以喻不可驚動也。川流以喻不可禦也。○嘽，[illegible]丹反。摯，音至。閒，音閑。緜緜翼翼，不測不克，濯征徐國。緜緜，靚也。翼翼，敬也。濯，大也。箋云：王兵安靚且皆敬，其勢不可測度，不可攻勝，既服淮浦矣，今又以大征徐國，言必勝也。○緜，如字，韓詩作民民同。度，待洛反。

○王猶允塞，徐方既來。猶，謀也。箋云：猶，尚。允，信也。士重與兵，雖臨之，尚守信自實其備，兵未陳而徐國已來告服，所謂善戰者不陳。○陳，直刃反，下同。徐方既同，天

成則戒驕故曰還歸者止於義也

歐陽氏曰述民呼天而仰訴之辭也言天不惠養我使久不安而降此大惡謂命幽王為君故使邦靡有定而士民病也○王氏曰瘵平也○孔氏曰蟊賊是害禾稼之蟲蟊疾是害禾稼之狀○蘇氏曰國有所定則民受其福無所定則民受其病於是有小人為之蟊賊刑罰為之罔罟凡此皆民之所以病也

子之功四方既平徐方來庭來王庭也徐方不回王曰還歸箋云回猶違也還歸振旅也

常武六章章八句

瞻卬凡伯刺幽王大壞也凡伯天子大夫也春秋魯隱公七年冬天王使凡伯來聘○卬音仰此及召旻二篇幽王之變大雅也

○瞻卬昊天重言 瞻卬昊天三 雲漢一 本詩一則不我惠孔填不寧重言 孔填不寧重見召旻降此大厲昊天斥王也填久厲惡也箋云惠愛也仰視幽王為政則不愛我下民甚久矣天下不安王乃下此大惡以敗亂之○昊戶老反塡音田下篇同邦靡有定士民其瘵蟊賊蟊疾靡有夷屆罪罟不收靡有夷瘳瘵病夷常也罪罟設罪以為罟瘳愈也箋云疾猶極也天下騷擾邦國無有安定者士卒與民皆勞病其為殘酷痛病於民如蟊賊之害禾稼然為之無常亦無止息時施刑罪以羅網天下而不收斂為之亦無常無止息時此自王所下大惡○瘵側界反字林側例反蟊本又作蟊音牟屆音界罟音古瘳勑留反卒尊忽反○人有土田女反有之人有民人女覆奪之箋云此言王削黜諸侯及卿大夫無罪者覆猶反也○覆芳服反服也注及下同此宜無

常武　瞻卬　十八卷二十

王氏曰幽王如工所剌則莠昏故也其莠昏則婦言是用故也。朱氏曰傾覆也。歐陽氏曰丈夫才智者則能興人之國。王氏曰婦人以無非無儀為善無所事哲哲則是以傾城而已。陳氏曰懿美也李氏曰漢谷永舉懿厥哲婦顏師古注云言幽王以哲婦為美。李氏曰婦人之多言乃為禍亂之階。歐陽氏曰婦寺者謂婦人與寺人言婦寺者舉類而言爾。蘇氏曰言王不用教誨之言維婦寺是聽也李氏曰其始也諧是人其終也又從而背之蓋其好惡予奪惟其口之出而已。陳氏曰極至也如是而窮

罪，女反收之。彼宜有罪，女覆說之。收，拘收也。說，赦也。○說，音稅，注同，一音他活反。

○哲夫成城，哲婦傾城。哲，知也。箋云：哲謂多謀慮也。城猶國也。丈夫陽也，陽動故多謀慮，則成國。婦人陰也，陰靜故多謀慮，乃亂國。○知音智下由中毛如字哲本亦作哲

■懿厥哲婦，為梟為鴟。箋云：懿，有所痛傷之聲也。厥，其也。其，幽王也。梟鴟，惡聲之鳥，喻懮也之言噫○懿於其反注同沈又如字梟古堯反鴟音以

婦有長舌，維厲之階。亂匪降自天，生自婦人。匪教匪誨，

時維婦寺。寺，近也。箋云：長舌喻多言語，是王降大厲之階，階所由上下也。今王之有此亂政，非從天而下，但從婦人出耳。又非有人教王為亂，語王為惡者，是惟近愛婦人，用其言故也。○寺，徐音侍，亦如字。近，附近之近，下近愛近同。上，時掌反。語，魚據反。

□鞫人忮忒，譖始竟背。豈曰不極，伊胡為慝。忮，害。忒，變也。箋云：鞫，窮也。譖，不信也。竟，猶終也。胡，何。慝，惡也。婦人之長舌者，多謀慮，好窮屈人之語，忮害轉化，其言無常，始於不信，終於背違。人豈謂其是，不得中正反云維我言何用為惡不信也。○鞫，居六反。忮，之豉反。忒，他得反。譖，本又作僭，子念反。背，音佩，注同。慝，他得反。好，呼報反。

如賈三倍，君子是識。婦無公事，休其蠶織。休，息也。婦人無與外政，雖王后猶以蠶織為事。古者天子為藉千畝，冕而朱紘，躬秉耒；諸侯為藉百畝，冕而青紘，躬秉耒，以事天地山川社稷先古。

人言曰不至矣乎何尚爲悉而未已也

蘇氏曰介大也弔閔也天何用責王神何用不富王哉凡以王信用婦人之故王曾不悟將有夷狄之大患舍之不忌而忌君子之正王者夫天之降不祥庶幾王懼而自脩今王遇災而不弔不慎其威儀 ○朱氏曰今王遇災而不弔不慎其威儀又無善人以輔之則國之殄瘁宜矣

敬之至也天子諸侯必有公桑蠶室近川而爲之築宮仞有三尺棘牆而外閉之及大昕之朝君皮弁素積卜三宮之夫人世婦之吉者使入蠶于蠶室奉種浴于川桑于公桑風戾以食之歲既單矣世婦卒蠶奉繭以示于君遂獻繭于夫人夫人曰此所以爲君服與遂副褘而受之少牢以禮之及良日后夫人繅三盆手遂布于三宮夫人世婦之吉者使繅遂朱綠之玄黃之以爲黼黻文章服既成矣君服之以祀先王先公敬之至也箋云識知也賈物而有三倍之利者小人所宜知也君子反知之非其宜也今婦人休其蠶桑織絍之職而與朝廷之事其爲非宜亦甚是也孔子曰君子喻於義小人喻於利。○賈音古注同爾雅云市也倍蒲罪反元與音預紘獲耕反耒力對反昕音欣奉芳勇反下同種章勇反戾力計反燥也食音嗣單音丹繭古顯反君服與音餘褘音揮副首飾褘是褘衣少詩照反繅素刀反本亦作繰同盆蒲門反絍女金反而與音預朝直遙反下朝廷同。○天何以刺

何神不富舍爾介狄維予胥忌刺責富福狄遠忌怨也箋云介甲也王之爲政既無過惡天何以責王見變異乎神何以不福王而有災害也王不念此而改脩德乃舍女被甲夷狄來侵犯中國者反與我相怨謂疾怨羣臣叛違也。○舍音捨注同介音界狄毛他歷反鄭如字謂夷狄見賢遍反被皮寄反

不弔不祥威儀不類人之云亡邦國殄瘁類善殄盡瘁病也箋云弔至也王之爲政德不至於天矣不能致徵祥於神矣威儀又不善於朝廷矣賢人皆言奔亡則天下邦國將盡困病。○弔如字又音的瘁似醉反 ○天之降

蘇氏曰：天降禍以執有罪，如罔之執禽獸也。優，多於前也。○東萊曰：前章曰不弔不祥，威儀不類，故此譬之曰維其優矣，維其幾矣。

朱氏曰：藐藐，高遠貌。鞏，固也。言天雖高遠，然仁愛人君，無不鞏固其命。○李氏曰：幽王苟能側身修行，上焉有以繼其祖宗，下焉亦可以救其子孫也。

蘇氏曰：因其首章稱旻天，卒章稱召公，故謂之召旻，以別小旻而已。

罔，維其優矣。人之云亡，心之憂矣。優，渥也。箋云：優，寬也。天下羅罔以取有罪，亦甚寬，謂但以災異譴告之，不指加罰於其身，疾王為惡之甚，賢者奔亡，則人心無不憂。○渥，於角反。譴，棄戰反。【重言】心之憂矣一十五。本詩一，餘附柏舟篇末。天之降罔，維其幾矣。人之云亡，心之悲矣。幾，危也。箋云：幾，近也。言災異譴告離人身近，愚者不能覺。○離，力智反。○觱沸檻泉，【重言】觱沸檻泉重見采菽。維其深矣。心之憂矣，寧自今矣。不自我先，不自我後。箋云：檻泉正出。涌出也。觱沸其貌，涌泉之源所由者深，喻己憂所從來久也。惡政不先己，不後己，怪何故正當之。○觱音必。沸音弗。觱沸，泉出貌。檻，胡覽反，徐音下斬反。不自我先，不自我後，重見正月。【重言】藐藐昊天，無不克鞏。藐藐，大貌。鞏，固也。箋云：藐藐，美也。王者有美德，藐藐然，無不能自堅固於其位者，微箴之也。○藐，亡角反。鞏，九勇反。箴，之林反。無忝皇祖，式救爾後。箋云：式，用也。後，謂子孫也。

瞻卬七章，三章章十句，四章章八句。

召旻，凡伯刺幽王大壞也。旻，閔也。閔天下無如召公之臣也。閔，病也。○召旻，上時照反，下密巾反，下同。○旻天疾威，【重言】旻天疾威二，小旻一，本詩一，雨無正。

陳氏曰凡言天者上天也

蘇氏曰小人爲蟊賊以潰其内椓夭椓也。朱氏曰昏椓昏亂椓喪之人也。朱氏曰昏椓暴不恭之人。孔氏曰潰潰然邪僻。王氏曰昏椓靡共潰潰回遹實靖夷我邦則言所使靖夷我者非其人也靖與俾予靖之靖同意夷與亂生不夷同意。東萊曰天降罪罟所謂天之降罔也

王氏曰皋皋然緩而不共訿訿然以苟訿爲事乃曾不知其爲玷也。朱氏曰小人在位自不知其缺也

旻天疾威天篤降喪瘨我饑饉民卒流亡箋云天斥王也疾猶急也瘨病也病乎幽王之爲政也急行暴虐之法厚下喪亂之教謂重賦稅也病國中以饑饉令民盡流移○瘨都田反沈又音殄令力呈反一本作今故民【重言】民卒流亡重見楚茨我居圉卒荒圉垂也箋云荒虛也國中至邊竟以此故盡空虛○中圉魚呂反竟音境本亦作境○天降罪罟蟊賊内訌訌潰也箋云訌爭訟相陷入之言也王施刑罪以羅罔天下衆爲殘酷之人雖外以害人又自内爭相讒惡○訌戶工反徐云鄭音工爭爭鬬之爭下同惡烏路反昏椓靡共潰潰回遹實靖夷我邦椓夭椓也潰潰亂也靖謀夷平也箋云昏椓皆奄人也昏其官名也椓椓毀陰者也王遠賢者而近任刑奄之人無肯共其職事者皆潰潰然維邪是行皆謀夷滅王之國○椓丁角反共音恭注皆同潰戶對反遹音聿一音述奄如字本又作閹遠于萬反近附近之近邪似嗟反○皋皋訿訿曾不知其玷皋皋頑不知道也訿訿窳不供事也箋云玷缺也王政已大壞小人在位曾不知大道之缺○皋音羔爾雅云刺素餐也訿音紫爾雅云莫供職也玷丁簟反窳音庾裴[illegible]云病也說文云嬾也一本又作愈兢兢業業【重言】兢兢業業重見雲漢孔填不寧我位孔貶貶隊也箋云兢兢戒也業業危也天下之人戒懼危怖甚久矣其不安也我王之位又甚隊矣言見侵侮政教不行後大戎伐之而周與諸侯無異○業如字一音五荅反貶彼檢反隊直[illegible]

王氏曰民携析離散無復生理故如彼棲草也

朱氏曰昔之富未嘗若今之疚也今之疚未有若此之甚也李氏曰小人當食蔬而乃食精粺以見小人食君子之祿也

蘇氏曰池之竭由外之不入泉之竭由内之不出○朱氏曰言禍亂有所從起也 小人猶頻專益大之是豈不烖我躬乎

反又作𢘅【重言】孔填不寧重見瞻卬【互注】書皋陶謨兢兢業業一日二日萬幾○如彼歲旱草不潰茂如彼棲苴潰遂也苴水中浮草也箋云潰茂之潰當作彙彙茂貌王無恩惠於天下天下之人如旱歲之草皆枯槁無潤澤如樹上之棲苴○潰毛户對反鄭作彙音謂棲音西謂棲息也苴士如反槁口老反我相此邦無不潰止箋云潰亂也無不亂者言皆亂也春秋傳曰國亂曰潰邑亂曰叛○相息亮反○維昔之富不如時往者富仁賢今也富讒佞箋云富福也時今時也維今之疚不如茲今則病賢也箋云茲此也此者此古昔明王○疚音救病也字或作宊彼疏斯粺胡不自替職兄斯引彼宜食疏今反食精粺替廢兄茲也引長也箋云疏粗也謂糲米也職主也彼賢者祿薄食粗而此昏椓之黨反食精粺女小人耳何不自發退使賢者得往乃茲復長此為亂之事乎責之也米之率糲十粺九鑿八侍御七○粺蒲賣反兄音況下同糲蘭末反沈音賴又音厲復扶又反下同長如字又張丈反率字又作䢦音類又音律又所律反鑿子洛反又音昨字林云糲米一斛舂為八斗音子沃反○池之竭矣不云自頻頻厓也箋云頻當作濱厓猶外也自由也池水之溢由外灌焉今池竭人不言由外無益者與言由之也喻王猶池也政之亂由外無賢臣益之○頻舊音云毛如字鄭作濱音賓頻一乙生也案張揖字詁云瀕今濱則瀕是古濱字者與音餘泉之竭矣不云自中泉水從中以益者也

李氏曰：維今之人不能尚舊德之臣。○蘇氏曰：世雖亂，豈不猶有舊德可用之人哉？言有之而不用耳。

箋云：泉者，中水生則益深，水不生則竭。喻王猶泉也，政之亂又由內無賢妃益之。溥斯害矣，職兄斯弘，不烖我躬。主大此爲亂之事，是不烖王之身乎？憤王也。烖，謂見誅伐。○溥，音普。烖，音災。徧，音遍，下同。箋云：溥，猶徧也。今時徧有此內外之害矣，乃茲復

○昔先王受命，有如召公，日辟國百里；今也日蹙國百里。辟，開。蹙，促也。箋云：先王受命，謂文王、武王時也。召公，召康公也。言有如者，時賢臣多，非獨召公也。今，今幽王臣。○辟，音闢。蹙，子六反。於乎哀哉！維今之人，不尚有舊。箋云：哀哉，哀其不高尚賢者，尊任有舊德之臣，將以喪亡其國。○喪，息浪反。

召旻七章，四章章五句，三章章七句。

蕩之什十一篇，九十二章，七百六十九句。

纂圖互註毛詩卷之十八

蘇氏曰周頌皆有所施於禮樂蓋因禮而作頌非如風雅有徒作而不用者也

釋文清廟者杜預云肅然清淨之稱也。蘇氏曰於乎美哉其祀文王於清廟也有肅其敬雝其和者實顯相其禮。東萊曰自主人之外餘皆助祭也。王氏曰秉文王之德故能對越文王在天之神駿奔走在廟

纂圖互註毛詩卷之十九

清廟之什詁訓傳第二十六　毛詩周頌

陸曰周頌三十一篇皆是周室太平德洽者成功之樂歌也名之曰頌頌者誦也容也歌誦盛德踐太平之形容也以此至美皆於神明皆成王周公時作也

鄭氏箋

清廟祀文王也周公既成洛邑朝諸侯率以祀文王焉 清廟者祭有清明之德者之宮也謂祭文王也天德清明文王象焉故祭之而歌此詩也廟之言貌也死者精神不可得而見但以生時之居立宮室象貌爲之耳成洛邑居攝五年時○廟本又作庿古今字也苗笑反清廟者杜預云肅然清淨之稱也雒音洛本又作洛水名字從水後漢都洛陽以火德爲水尅火故改爲各旁佳朝直遥反

○於穆清廟肅雝顯相 於歎辭也穆美肅敬雝和相助也箋云顯光也見也於乎美哉周公之祭清廟也其禮儀敬且和又諸侯有光明著見之德者來助祭○於音烏注同後發句皆放此以意求之相息亮反注同見賢遍反下著見同【重意】思文雝雝在宫肅肅在廟○雝詩有來雝雝至止肅肅濟濟多士秉文之德對越在天 執文德之人也箋云對配越於也濟濟之衆士皆執行文王之德文王精神已在天矣猶配順其素如生存【重言】濟濟多士三文王泮水駿奔走在廟

以承清廟之事也於是文王之德可謂顯矣成王率諸侯多士駿奔走在廟則可謂承矣顯也承也如此無射於人矣。朱氏曰斯語辭也

不顯不承無射於人斯駿長也顯於天矣見承於人矣不見厭於人矣箋云駿大也諸侯與衆士於周公祭文王俱奔走而來在廟中勤祭是不光明文王之德與言其光明之也是不承順文王志意與言其承順之也此文王之德人無厭之。駿音峻下篇同射音亦厭也見厭於豔下同與音餘下同

[重意]思齊詩不顯亦臨無射亦保

[互註]記大傳人道親親也親親故尊祖尊祖故敬宗敬宗故收族收族故宗廟嚴宗廟嚴故重社稷重社稷故愛百姓愛百姓故刑罰中刑罰中故庶民安庶民安故財用足財用足故百志成百志成故禮俗刑禮俗刑然後樂詩云不顯不承無斁於人斯此之謂也樂記清廟之瑟朱絃而疏越一倡而三嘆有遺音者矣註云清廟謂作樂歌清廟也仲尼燕居升歌清廟示德也

清廟一章八句

維天之命太平告文王也告太平者居攝五年之末也文王受命不卒而崩今天下太平故承其意而告之明六年制禮作樂。維韓詩云維念也大音泰後太平皆放此

〇維天之命於穆不已孟仲子曰大哉天命之無極而美周之禮也箋云命猶道也天之道於乎美哉動而不止行而不已於乎不顯文王之德之純

[互註]中庸詩曰維天之命於穆不已蓋曰天之所以為天也於乎不顯文王之德之純蓋曰文王之所以為文也純亦不已

程氏曰天命即天道也言天之自然者曰天道言天之賦與萬物者曰天命天命不已文王純於天道亦不已純則無二無雜不已則無間斷先後。蘇氏曰假大也。橫渠張氏曰純則舉大本也。朱氏曰溢盈而被於物也收受也言文王之德大而被及於我我既受之矣

假以溢我我其收之駿惠我文王純大假嘉

李氏曰後世當大順文王而厚之則可以保太平之業也。蘇氏曰惟爾子孫世益厚之

溢慎收聚也箋云純亦不已也溢盈溢之言也於乎不光明與文王之德之純乎美其與天同功也以嘉美之道饒衍與我我其聚斂之以制法度以大順我文王之意謂為周禮六官之職也書曰考朕昭子刑乃單文祖德○假音暇溢音逸徐云毛音謚慎市震反本或作順案爾雅云毖神溢慎也不作順

曾孫篤之

字士肅又催申毛止作順解也明與首餘單音丹成王能厚行之也箋云曾猶重也自孫之子而下事先祖皆稱曾孫是言曾孫欲使後王皆厚行之非維今也厚之一本作能厚行之也今或作能厚成之也○重直龍反

維天之命一章八句

王氏曰緝續熙廣也。朱氏曰此清明而緝熙者文王之典也。橫渠張氏曰肇禋始大祀文王也。蘇氏曰迄于周公遂以有成其成雖當周公之世然其禎祥見於文王矣。東萊曰周公宗祀文王於明堂以配上帝所謂肇禋以文王配帝始於此也

維清奏象舞也象舞象用兵時刺伐之舞武王制焉○刺七亦反

維清緝熙文王之典典法也箋云緝熙光明也天下之所以無敗亂之政而有征伐者文王之法故也文王受命七年五伐也○緝七入反熙許其反

肇禋肇始禋祀也箋云文王受命始祭天而征伐也周禮以禋祀祀昊天上帝○肇音兆禋音因徐又音烟

迄用有成維周之禎迄至禎祥也箋云文王造此征伐之法至今用之而有成功謂伐紂克勝也征伐之法乃周家得天下之吉祥○迄許乙反祺音其爾雅云同徐云本又作禎音貞崔本同重言維周之禎重見

文王

維清一章五句

孔氏曰有光明文章者君人之辟公。歐陽氏曰呼助祭之諸侯曰烈文辟公文武錫此祉福矣惠我君臣以無疆之休子孫其永保之。王氏曰戒之以無封以專利無靡以傷財則王之所崇也。朱氏曰崇尊尚也。蘇氏曰念其先祖之功則繼其序者益大矣。李氏抑詩解曰苟能得人則四方皆訓效之矣。李氏曰莫先顯者脩德也百辟其有不爲法乎。王氏曰無競維人四方其訓之者戒之以用人也不顯維德百辟其刑之者戒之以脩德也於乎前王不忘者言如上所云則前王所

烈文成王即政諸侯助祭也新王即政必以朝享之禮祭於祖考告嗣位也。○朝直遥反

○烈文辟公錫茲祉福惠我無疆子孫保之烈光也文王錫之箋云惠愛也光文百辟卿士及天下諸侯者天錫之以此祉福也又長愛之無有期竟子孫得傳世安而居之謂文王武王以純德受命定天位。○辟音壁注下皆同祉音恥疆居良反竟竟也傳直專反【重言】子〻孫〻以〻又見天作無封靡于爾邦維王其崇之念茲戎功繼序其皇之封大也靡累也崇立也戎大皇美也箋云崇厚也皇君也無大累於女國謂諸侯治國無罪惡也王其厚之增其爵土也念此大功勤事不廢謂卿大夫能守其職得繼世在位以其次序其君之若謂有大功王則出而封之。○累劣僞反下同無競維人四方其訓之【重言】無競維人四方其訓之重見抑詩不顯維德百辟其刑之於乎前王不忘競彊訓道也前王武王也箋云無彊乎維得賢人也得賢人則國家強矣故天下諸侯順其所爲也不勤明其德乎勤明之也故卿大夫法其所爲也於乎先王文王武王其於此道人稱頌之不忘。○於音烏【重言】閔予小子於乎皇王繼序思不忘【互注】記大斈欽論詩云於戲前王不忘君子賢其賢而親其親小人樂其樂而利其利此以沒世不忘也

烈文一章十三句

維清　烈文　十九卷二　念而不釋也

渤海胡氏曰：荒，奄也。大王遷居，奄有之。○蘇氏曰：大王遷於岐山，始荒而有之，亦既作之矣。文王從而安之，文王既逝矣，岐周之人世載其夷易之道，子孫保之不替也。

天作，祀先王先公也。先王謂大王已下，先公諸盩至不窋。○大音泰，大王、大祖皆同。盩，直留反，又音侜。窋，陟律反。

○天作高山，大王荒之。作，生。荒，大也。天生萬物於高山，大王行道，能安天之所作也。箋云：高山謂岐山也。書曰「道岍及岐，至于荊山」。天生此高山，使興雲雨，以利萬物。大王自豳遷焉，則能尊大之，廣其德澤，居之一年成邑，二年成都，三年五倍其初。○岐，其宜反。道音導。岍，口田反，又口見反。豳，彼貧反。

彼作矣，文王康之。彼徂矣，岐有夷之行。夷，易也。箋云：彼，彼萬民也。徂，往。行，道也。彼萬民居岐邦者，皆築作宮室，以為常居，文王則能安之。後之往者，又以岐邦之君有佼易之道故也。易曰：「乾以易知，坤以簡能。易則易知，簡則易從。易知則有親，易從則有功。有親則可久，有功則可大。可久則賢人之德，可大則賢人之業。」以此訂大王、文王之道，卓爾與天地合其德。○行，如字，注同，徐並音下孟反。夷易，以豉反，下除「易曰」皆同。佼，古卯反。乾，其連反。巛，苦魂反，又字亦作坤。訂，待頂反，徐又直丁反。說文云：訂，評議也。譜云：參訂時驗，謂平比之也。字書云：訂，平也。

子孫保之。【重言】子孫保之，重見烈文。

天作一章七句

昊天有成命，郊祀天地也。○昊天有成命，二后受之。成王不敢康，夙夜基命宥密。二后，文武也。基，始。命，信。宥，寬。密，寧也。箋云：昊天，天大號也。有成命者

孔氏曰：於，於乎，可歎美也。○蘇氏曰

單厥心肆其靖之，盡其心矣，故能定之也。○朱氏曰：宥密，宏深靜密也。天將祚周以天下，既有成命矣，文武受之，將成其王業，不敢康寧，夙夜積德以為受命之基者，至深遠矣。又繼而廣之，盡其心以定天命也。

蘇氏曰：奉其牛羊而獻之，曰天其尚右我而饗之乎？蓋不敢必也。○陳氏曰：法文王之典以安四方，歌是詩於文王，所以配享之意。

言周自后稷之生，而已有王天命也。文王武王受其業，施行道德，成此王功，不敢自安逸，早夜始順天命，不敢解倦，行寬仁安靜之政以定天下。寬仁所以止苛刻也，安靜所以息暴亂也。○成王，王如字，徐于況反。其，音基，本亦作基。宥，音又。于，于況反。解，音懈。下同。苛，音何。刻，音克。【互注】記：孔子間居，子夏曰：三無既得略而聞之矣，敢問何詩近之？孔子曰：夙夜其命宥密，無声之樂也。

於緝熙，單厥心，肆其靖之。緝，明；熙，廣；單，厚；肆，固；靖，和也。箋云：廣當為光，固當為故，字之誤也。於，美乎此成王之德也，既光明矣，又能厚其心矣，為之不解倦，故於其功終能和安之。謂夙夜自勤，至於天下太平。○單，都但反。注同。【重意】文王詩：於緝熙敬止。敬之：學有緝熙于光明。

昊天有成命一章七句

我將，祀文王於明堂也。

我將我享，維羊維牛，維天其右之。將，大；享，獻也。箋云：將猶奉也。我奉養我享祭之羊牛，皆充盛肥腯，有天氣之力助。言神饗其德而右助之。○將，如字。享，許丈反，徐許亮反。右，音又。注及下同。本亦作佑。腯，徒忽反。說文云：羊曰肥，豕曰腯。

儀式刑文王之典，日靖四方。【互注】左昭六年：鄭人鑄刑書。叔向使詒子產書曰：吾子相鄭國，作封洫，立謗政，制參辟，鑄刑書，將以靖民，不亦難乎？詩曰：儀式刑文王之德，日靖四方。又曰：儀刑文王，萬邦作孚。如是，何辟之有？民知爭端矣。

伊嘏文王，

天作　昊天有成命　我將　十九卷三

李氏曰雖曰享吾之祭亦豈可自滿哉故當夙與夜寐齋壹怵惕畏天之威。朱氏曰夙夜畏天之威然後天命可以長保矣

李氏曰薄言章解曰薄者語辭也。歐陽氏曰武王巡守諸國聲言[illegible]動之而諸侯皆震懼而修職也。李氏曰以諸侯則莫不畏威以百神則莫不懷柔人神各得其所詩人推美之曰信乎王能盡為君之道也。朱氏曰則又曰明昭乎有周也其巡守則以慶讓黜陟之典式序

既右饗之儀善刑法典常靖謀也箋云靖治也受福曰嘏我儀則式象法行文王之常道以日施政于天下維受福於文王文王既右而饗之言受而福之○嘏古雅反毛大也我其夙夜畏天之威于時保之箋云于於時是也早夜敬天於是得安文王之道【互註】左昭四年詩曰畏天之威于時保之敬主之謂也

我將一章十句

時邁巡守告祭柴望也巡守告祭者天子巡行邦國至于方嶽之下而封禪也書曰歲二月東巡守至于岱宗柴望秩于山川徧于羣神遠行也○巡音旬守手又反本或作狩注同柴仕佳反說文字林作祡行下孟反下出行同禪市戰反徧音遍

○時邁其邦昊天其子之實右序有周薄言震之莫不震疊懷柔百神及河喬嶽允王維后邁行震動疊懼懷來柔安喬高也高嶽岱宗也箋云薄猶甫也甫始也允信也武王既定天下時出行其邦國謂巡守也天其子愛之右助次序其事謂多生賢知使為之臣也其兵所征伐甫動之以威則莫不動懼而服者言其威武又見畏也王行巡守其至方嶽之下而來安羣神望于山川皆以尊卑祭之信哉武王之宜為君之美也○右音又注同助也疊徒協反柔如字本亦作儒兩通俱訓安也喬高音橋嶽本亦作嶽同音岳知音智明昭有周式序在位明矣知未然而昭然不疑也箋云昭見也王巡守而

諸侯之在位者歛其甲兵而收藏之與爲休息又益求懿德之行而脩之使廣被乎中國則信乎能保天下矣

明見天之子有周家也以其俊乂用次第處位○言此者著天其子愛之右序之效也**載戢干戈載櫜弓矢**戢聚櫜韜也箋云載之言則也王巡守而天下咸服兵不復用此又著震疊之效也○戢俱立反櫜音羔韜吐刀反復扶又反**我求懿德肆于時夏**夏大也箋云懿美肆陳也我武王求有美德之士而用之故陳其功於是夏而歌之樂歌大者稱夏○肆音四夏戶雅反下注同**允王保之**箋云允信也信哉武王之德能長保此時夏之美

互注 左宣公十二年夫文止戈爲武武王克商作頌曰載戢干戈載櫜弓矢我求懿德肆于時夏允王保之夫武禁暴戢兵保大定功安民和衆豐財者也故使子孫無忘其章

時邁一章十五句

朱氏曰武王持其自強不息之心故其功烈之盛天下莫得而競也其所以成大功而安之○李氏曰惟能如此故上帝美之所以集大命而有天下也○蘇氏曰周之興也遠矣至於武王成而安之然後能奄有四方使其明無所不至

執競祀武王也○執競其敬反執持也韓詩云執服也**○執競武王無競維烈**重言 無競維烈重見桓詩**不顯成康上帝是皇**無競競也烈業也不顯乎其成大功而安之也顯光也皇美也箋云競強也能持強道者維有武王耳不強乎其克商之功業言其強也不顯乎其成安祖考之道言其又顯也天以是故尊之予之福祿○功本或作其功 重言 閟宮上帝是依**自彼成康奄有四方斤斤其明**自彼成康用彼成安之道也奄同也斤斤明察也箋云四方謂天下也武王用成安祖考之道故受命伐紂定天下爲

李氏曰既醉既飽蓋祭終而飲福爾言祭祀之時鍾鼓管磬之樂皆和故神降之福祭終飲福威儀備具此福禄所以反復至三未艾也

朱氏曰思語辭也。克配彼天言其播種之功可以配天也。孔氏曰昔堯遭洪水后稷播殖百穀存立我天下衆民之命使衆民無不於爾后稷得其中正言民賴后稷得復其常性。蘇氏曰牟育徧養也。朱氏曰后稷貽我民以來牟之種。

明察之君斤斤如也○斤紀覲反[重言]奄有四方又見皇矣 鍾鼓喤喤磬筦將將降福穰穰降福簡簡威儀反反[重言]威儀反反重見初筵 既醉既飽福禄來反 喤喤和也將將集也穰穰衆也簡簡大也反反難也反復也箋云反反順習之貌武王既定天下祭祖考之廟奏樂而八音克諧神與之福又衆大謂如嘏辭也君臣醉飽禮無違者以重得福禄也○喤華彭反徐音皇又音横注同筦音管本亦作管同將七羊反注同說文作鏘鏘行貌穰如羊反反反如字沈符板反又音叛扳又反重也反音嘏重直用反

執競一章十四句

思文后稷配天也。○思文后稷克配彼天立我烝民莫匪爾極 極中也箋云克能也立當作粒烝衆也周公思先祖有文德者后稷之功能配天昔堯遭洪水黎民阻飢后稷播殖百穀烝民乃粒萬邦作乂天下之人無不於女時得其中者言反其性○烝之承反粒音立阻莊呂反難也馬融注尚書作祖云始也艾音刈鄭注尚書五盍反本或作乂音同 貽我來牟帝命率育無此疆爾界陳常于時夏 牟麥率用也箋云貽遺率循育養也武王渡孟津白魚躍入于舟出涘以燎後五日火流爲烏五至以穀俱來此謂遺我來牟天命以是循存后稷養天下之功而廣大其子孫之國無此封竟於女今之經界乃大有天下

李氏曰此乃天命后稷牟育斯民無有內外彼己之殊。陳氏曰遂使常道得陳於中國所謂富而後教之也

也用是故陳其久常之功於是夏而歌之夏之屬有九書說烏以穀俱來一云穀紀后稷之德○貽音夷字又作詒同牟亦如字字書作麰音同字或作麳孟子云麰大麥也廣雅云麳小麥麰大麥此疆居良反竟也介音界大也後放此夏戶雅反注同價徒亭反下同侯音七遼力召反竟音境本或作境

思文一章八句

清廟之什十篇十章九十五句

臣工之什詁訓傳第二十七　毛詩周頌　鄭氏箋

臣工諸侯助祭遣於廟也。○嗟嗟臣工敬爾在公【重言】敬爾在其公重見采蘩【重意】小星有駁夙夜在公王釐爾成來咨來茹嗟嗟勑之也工官也公君也箋云臣謂諸侯也釐理咨謀茹度也諸侯來朝天子有不純臣之義於其將歸故於廟中正君臣之禮勑其諸官卿大夫云敬女在君之事王乃平理女之成功女有事當來謀之來度之于王之朝無自專。○釐力之反茹如豫反徐音如度待洛反下同朝直遙反下皆同嗟嗟保介維莫之春亦又何求如何新畬田二歲曰新三歲曰畬箋云保介車右也月令孟春天子親載耒耜措之于參保介之御間莫晚也周之季春於夏為孟春諸侯朝周之春故晚春遣之勑其車右以時事女歸當何求於民將如新田畬田何急其教農趨時也介甲也車右勇力之士被甲執兵也○莫音暮本或作暮注同畬音

孔氏曰成王周公將遣諸侯不直戒其身戒其卿大夫以警切之。朱氏曰在公凡公家之事也。蘇氏曰釐賜也。朱氏曰保介者蓋保其君而戒之也高誘注云保介副也。蘇氏曰諸侯朝正於王因助祭於廟祭終而遣之遂戒其羣臣百工。曰戒爾公事王既錫爾成法有所不知則來咨度以定之。朱氏曰既又問之曰今既暮春矣爾之田事如何哉

執競　思文　臣工　十九　卷五

李氏曰既至其國界何求哉惟問其新畬之如何爾其土地或闢或荒也於乎美哉后稷教民稼穡求得來牟大受其明。東萊曰明昭上帝監我有周而賞賜之豐年也。朱氏曰文列同種也。王氏曰為天所厚迄至于今用康年也我使命衆人各庤乃錢鎛以治田奄忽之間則已觀銍艾其

餘耒力對反耜音似耜匕故反夏戶雅反撥皮苟反

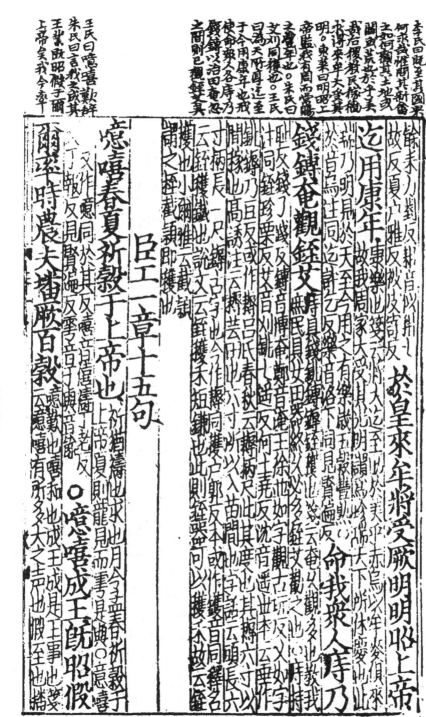

於皇來牟將受厥明明昭上帝

迄用康年康樂也箋云將大迄至也於美乎赤烏以牟麥俱來故我周家大受其光明謂為天下所休慶也此瑞乃明見於天至今用之有樂歲五穀豐熟於音烏注同迄許乞反樂音洛下同見賢遍反

命我衆人庤乃錢鎛奄觀銍艾庤具錢銚鎛鎒銍穫也箋云奄久觀多也教我庶民具女田器終久必多銍艾勸之也庤持里反錢子淺反鎛音博奄鄭音淹王徐也如字觀古亂反又如字汁同銍珍栗反艾音刈銚七遙反何士堯反沈音遙世本云垂作銚鎒乃豆反或作耨呂氏春秋云耨柄尺此其度也其耨六寸所以間稼也高誘注云耨芸苗也六寸所以入苗間也字書云頭長六寸柄長一尺鎒字也今作耨同穫戶郭反本或作鑊音同釋名云銍穫禾鐵也說文云銍穫禾短鎌也此則銍器可以穫禾故云銍穫也小爾雅云截穎謂之挃截穎即穫也

臣工一章十五句

王氏曰噫嘻歎辭朱氏曰言我之成其王業既昭假于爾上帝矣我今率

噫嘻春夏祈穀于上帝也祈猶禱也求也月令孟春祈穀于上帝夏則龍見而雩是與〇噫嘻又作譩同於其反嘻音熙禱丁老反令力呈反見賢遍反雩音于與音餘

〇噫嘻成王既昭假噫歎也嘻和也成王成是王事也箋云噫嘻有所多大之聲也假至也播

爾率時農夫播厥百穀

是農夫播其百穀曰爾其大發爾之私田終三十里而民亦皆服其耕事萬人畢出而並耕也二人並耕為耦

孔氏曰澤名為雝在西有此澤無取於西之義也

猶種也噫嘻乎能成周王之功其德已著至矣謂光被四表格于上下也又能率是主田之吏農夫使民耕田而種百穀也○成王上如字又于況反注同假鄭王並音格沈云毛如字播波佐反重言播厥百穀四大田本詩載芟良耜**駿發爾私終三十里亦服爾耕十千維耦**私民田也言上欲富其民而讓於下欲民之大發其私田耳終三十里言各極其望也箋云駿疾也發伐也亦大服事也使民疾耕發其私田竟三十里者一部一吏主之於是民大事耕其私田萬耦同時舉也周禮曰凡治野田夫間有遂遂上有徑十夫有溝溝上有畛百夫有洫洫上有涂千夫有澮澮上有道萬夫有川川上有路計此萬夫之地方三十三里少半里也耜廣五寸二耜為耦一川之間萬夫故有萬耦耕言三十里者舉其成數○駿本亦作畯音峻毛大也鄭云疾也發如字鄭云伐也一本無一發字徑古定反畛之忍反又之人反洫況域反澮古外反廣古曠反

噫嘻一章八句

振鷺二王之後來助祭也二王夏殷也其後杞也宋也○振鷺上之慎反下音路一名舂鉏水鳥也音盧夏戶雅反杞音起○**振鷺于飛于彼西雝我客戾止亦有斯容**興也振振群飛貌鷺白鳥也雝澤也客二王之後箋云白鳥集于西雝之澤言所集得其處也興者喻杞宋之君有絜白之德來助祭於周之廟得禮之宜也其至止亦有此容言威儀之善如鷺然○戾力計反重言我客戾止重見有瞽**在彼無**

毛下 噫嘻 振鷺等 十九卷 六

蘇氏曰：然猶庶幾其能夙夜以永終譽，言此愛之至也。

朱氏曰：亦，助語辭也。○孔氏曰：毛氏言廩所以藏穗，則廩唯藏粟也，而地官廩人注云藏米曰廩，明當兼米粟，廩則廩之所容兼米粟也。○王氏曰：豐年者，天之功。黍利高燥而寒者，黍利；下濕而暑者，稌多。黍多稌多，無所不利也。○李氏曰：我所以為此酒醴者，進與祖妣，以和洽百禮，降福無所不徧者，上帝之力也。

惡，在此無斁，庶幾夙夜，以永終譽。箋云：在彼，謂居其國无怨惡之者；在此，謂其來朝，人皆愛敬之，无厭倦之者。永，長也。譽，聲美也。○斁音亦，厭也。厭，於豔反。互注 詩中庸：君子動而世為天下道，行而世為天下法，言而世為天下則，遠之則有望，近之則不厭。詩曰：在彼无惡，在此无射，庶幾夙夜，以永終譽。君子未有不如此而蚤有譽於天下者也。

振鷺一章八句

豐年，秋冬報也。報者，謂嘗也、烝也。○烝，之丞反。

豐年多黍多稌，亦有高廩，萬億及秭。豐，大；稌，稻也。廩，所以藏齍盛之穗也。數萬至萬曰億，數億至億曰秭。箋云：豐年，大有年也。亦，大也。萬億及秭，以言穀數多。○稌音杜，徐他古反。廩，力錦反，又力甚反。秭，咨履反。一本作數億至億曰秭。韓詩曰：陳穀曰秭也。齍盛，上音咨，下音成。穗音遂。數，色主反，下數億同。為酒為醴，烝畀祖妣，以洽百禮，降福孔皆。皆，徧也。箋云：烝，進；畀，予也。○醴音禮。畀，必寐反，予也，注同。予音與。洽，胡甲反，本或作佮。徧音遍。重言 萬億及秭，為酒為醴，烝畀祖妣，以洽百禮。三初筵。載芟。重意 有客：降福孔夷。

豐年一章七句

朱氏曰磬石磬也。王氏曰喤喤厥聲美也。孔氏曰瞽人作樂者皆在周之廟庭業虡鼓磬柷圉皆設之於庭宇既備具乃使瞽人擊而奏之。王氏曰簫也管也求其器之小者言其小所以為備也。孔氏曰作之喤喤然和集諸聲皆肅敬和諧而鳴不相奪倫先祖之神於是降而聽之我客二王之後適來至此與聞此樂助祭之人多獨言我客者以二王之後尊故特言之。朱氏曰觀視也成成功也

有瞽始作樂而合乎祖也王者治定制禮功成作樂合者大合諸樂而奏之○瞽音古无目曰瞽眹音直忍反本或作䀢合乎祖也本或作合於大祖治直吏反

○有瞽有瞽在周之庭設業設虡崇牙樹羽應田縣鼓鞉磬柷圉瞽樂官也業大版也所以飾栒為縣也捷業如鋸齒或曰畫之植者為虡衡者為栒崇牙上飾卷然可以縣也樹羽置羽也應小鞞也田大鼓也縣鼓周鼓也鞉鞉鼓也柷木椌也圉楬也箋云瞽矇以為樂官者目無所見於音聲審也周禮上瞽四十人中瞽百人下瞽百六十人有視瞭者相之又設縣鼓田當作朄朄小鼓在大鼓旁應鞞之屬也聲轉字誤變而作田○虡音巨應應對之應注同田毛如字鄭作朄音胤縣音玄注皆同鞉字亦作鼗音桃柷尺叔反圉魚呂反植時力反又音值衡華庚反卷音權又起員反鞞步兮反椌苦江反楬苦瞎反矇音蒙有目眹而無見也瞭音了視瞭有目人也相息亮反

既備乃奏簫管備舉喤喤厥聲肅雝和鳴先祖是聽箋云既備者縣也朄也皆畢已也乃奏謂樂作也簫編小竹管如今賣餳者所吹也管如篴併而吹之○喤華盲反又音橫又音皇簫蕭彫反又必綿反吹昌睡反…連反字林…並布千反餳夕清反又徐盈反又音唐方言云張皇反卽乾餹也音唐篴字又作笛同徒歷反併步頂反

我客戾止永觀厥成箋云我客二王之後也長多其成功謂深感於和樂遂入善道終無愆過○觀古玩反又如字注同多如字樂音洛

[illegible]　豐年　有瞽　十九　卷七

五三八

王氏曰潛有多魚言取之深也

朱氏曰於歎辭也。
王氏曰廣壯碩大肥

字或音洛旅去連反【重言】我客戾止
重見振鷺【重意】文王有聲適觀厥成

有瞽一章十三句

潛季冬薦魚春獻鮪也冬魚之性定春鮪新來薦獻之者謂於宗廟也○潛在廉反尒雅作涔郭音潛又音岑韓詩云涔魚池小雅作槮時占反郭才感反○猗與漆沮潛有多魚有鱣有鮪鰷鱨鰋鯉漆沮岐周之二水也潛槮也箋云猗與歎美之言也鱣大鯉也鮪鮥也鰷白鰷也鰋鮎也○猗於宜反與音余漆音七沮七余反鱣張連反鰷音條鱨音常鰋音偃鯉音里槮素感反舊詩傳及尒雅本並作米旁參小爾雅云魚之所息謂之涔潛槮也謂積柴水中令魚依之止息因而取之也郭景純因改尒雅從小尒雅作木傍參音霜甚反又疏蔭反又心廩反字林作罧音山沁反義同鮥音洛尒雅云鮥叔鮪鮎乃謙反又沈又奴兼反【重言】見四月匪鱣匪鮪以享以祀以介景福箋云介助景大也【重言】以享以祀以介景福四楚茨大田旱麓

潛一章六句

雝禘大祖也禘大祭也大於四時而小於祫大祖謂文王○禘大計反大音泰祫户夾反合也大祭名也○有來雝雝至止肅肅肅【重言】有來雝雝至止肅肅見清廟篇末相維辟公天子

脩之謂也。朱氏曰其來也和其至也敬其助祭者公侯其主祭者天子也言諸侯助祭薦大牡以相予之祀也。王氏曰皇考武王也。陳氏曰孝子自謂也。蘇氏曰大哉皇考之安我也其臣明哲其君文武故能安人以及於天。王氏曰烈考謂文王也

王氏曰諸侯來見則曰求法度文章以歸治其國家也。孔氏曰央央然而有音聲。朱氏曰休美也。李氏曰烈大也

穆穆於薦廣牡相予肆祀相助廣大也箋云雝雝和也肅肅敬也有是來時雝雝然既至止而肅肅然者乃助王禘祭百辟與諸侯也天子是時則穆穆然於進大牡之牲百辟與諸侯又助我陳祭祀之饌言得天下之歡心○相息亮反注同辟音璧君也注同於鄭如字王音烏假哉皇考綏予孝子宣哲維人文武維后假嘉也箋云宣徧也嘉哉皇考斥文王也文王之德乃安我孝子謂受命定其基業也又徧使天下之人有才知以文德武功為之君故○假音暇徐古雅反哲本亦作悊同徧音遍下同知音智燕及皇天克昌厥後綏我眉壽介以繁祉燕安也箋云繁多也文王之德安及皇天謂降瑞應無變異也又能昌大其子孫安助之以考壽與多福祿○克昌如字或云文王名此諱於文王之詩也周人以諱事神不應犯諱當音處亮反應應對之應【重言】綏我眉壽重見烈祖既右烈考亦右文母烈考武王也文母大姒也箋云烈光也子孫所以得考壽與多福者乃以見右助於光明之考與文德之母歸美焉○右音祐下同助也大姒上音泰下音似文王妃

雝一章十六句

載見諸侯始見乎武王廟也○見賢遍反下同○載見辟王曰求厥章龍旂陽陽和鈴央央鞗革有鶬休有烈光載始也龍旂

朱氏曰廟制太祖居中左昭右穆周廟文王當穆武王當昭故康誥稱穆考文王而此詩及訪落皆謂武王為昭考也○李氏曰思皇與思皇多士同思語辭也皇美也美哉多福之如此也是天子之享其福也此又言光大文章之諸侯綏以多福俾緝熙廣大其純嘏謂君臣皆受其福也

蘇氏曰亦仍也言仍殷之舊也

央央言有文章也和在軾前鈴在旂上鞗革有鶬言有法度也箋云諸侯始見君王謂見成王也曰求其章也求車服禮儀之文章制度也○交龍為旂鞗革轡首也鶬金飾貌休者休然盛壯○辟音璧下同鈴音零左傳云錫鸞和鈴昭其聲也央於良反徐音英鞗音條鶬七羊反本亦作鎗同休許虯反又許求反注同軾音式**率見昭考以孝以享以介眉壽永言保之思皇多祜**昭考武王也享獻也箋云言我皇君也諸侯既以朝禮見於成王至於祭典伯又率之以見於武王廟使助祭也以致孝子之事以獻祭祀之礼以助壽考之福長我安行此道思使成王之多福○祜音戶福也朝直遙反下篇並同【重言】以介眉壽重見七月**烈文辟公綏以多福俾緝熙于純嘏**箋云俾使純大也祭有十倫之義成王乃光文百辟與諸侯安之以多福使光明於大嘏之意天子受福曰大嘏辭有福祚之言○俾必爾反本又作俾緝七入反嘏古雅反祚才故反【重意】列文詩烈文辟公錫茲祉福

載見一章十四句

有客微子來見祖廟也成王既黜殷命殺武庚命微子代殷後既受命來朝而見也○有客二王之後為客也見賢遍反序注同絀勑律反又作黜同○**有客有客亦白其馬有萋有且敦琢其旅**殷尚白也亦亦周也萋且敬慎貌箋云有客有客重言之者異之也亦亦武庚也武庚為二王後乘殷之

蕭郡張氏曰宿宿者凡一宿當再也信信者凡再宿者再也○朱氏曰追之恐其已去也蘇氏曰左右綏之言所以安之無方也○王氏曰統承先王用天子礼樂所謂淫威者淫威則所享宜盛大故降福孔易也

馬乃叛而誅不肖之甚也今微子代之亦乘殷之馬獨賢而見尊異故言亦駁而美之其來威儀萋萋且且盡心力於其事及選擇衆臣使入天子之賢者與之朝王言敦琢者以賢美之故王言之○萋七西反且七序反敦都回反徐又音彫琢陟角反重直用反肖音笑駁鄭邦角反又音角雜也**有客宿宿有客信信言授之縶以縶其馬**工伯曰宿再宿曰信欲縶其馬而留之箋云縶絆也周之君臣皆愛微子其所館宿可以去矣而言絆其馬意各殷勤○縶陟立反絆音半**薄言追之左右綏之**箋云追送也於微子去王始言餞以送之左右之臣又欲從而安樂之厚之無尸○餞音賤樂音洛**既有淫威降福孔夷**淫大威則夷易也箋云既有大則謂用殷正朔行其禮樂如天子也神與之福又甚易也言動作而有度○易以豉反下同重言豐年詩降福孔皆

有客一章十二句

蘇氏曰於乎大矣武王無競之功文王開之也○朱氏曰文王既開之矣武王嗣而受之勝殷止殺以致定其大功也○李氏曰武詩在於止殺

武奏大武也大武周公作樂所爲舞也○大如字徐音泰注同**○於皇武王無競維烈允文文王克開厥後**烈業也箋云皇君也於乎君哉武王也無彊乎其克商之功業言其強也信有文德哉武王也能開其子孫之基緒○於音烏注同重言無競維烈重見執競**嗣武受之勝殷遏劉耆定爾功**武迹劉殺耆致也箋云遏止耆老也嗣子武王受文王之業舉兵伐殷而勝之以止天下之暴虐而

臣衡曰煢煢在疚言成王喪畢思慕意氣未能平也蓋所以就文武之業崇大化之本也。蘇氏曰成王始見於宗廟自傷嬛嬛無所依怙曰於乎我皇考武王繼序能孝維念我皇祖文王以其直心陟降。朱氏曰今我夙夜敬止者思繼此而不

殺人者伻老小定女之此功言不汲汲於誅紂須暇五年。遏於萬反耆毛音指致也鄭云吳後反韓詩音同鄭云惡也汲音急

[疏]左宣十二年武王克商作武其卒章曰耆定爾功夫武禁暴戢兵保大定功安民和衆豐財者也

武一章七句

臣工之什十篇十章一百六句

閔予小子之什詁訓傳第二十八

毛詩周頌　　鄭氏箋

閔予小子嗣王朝於廟也。嗣王者謂成王也除武王之喪將始即政朝於廟也。○朝直遥反注同

○閔予小子遭家不造嬛嬛在疚。閔病造為疚病也箋云閔悼傷之言也造猶成也可悼傷乎我小子耳遭武王崩家道未成嬛嬛然孤特在憂病之中。○嬛其傾反崔本作㷀疚本又作㝌音救

於乎皇考永世克孝念茲皇祖陟降庭止。庭直也箋云茲此也陟降上下也於乎我君考武王長世能孝謂能以孝行為子孫法度使長見行也念此君祖文王上以直道事天下以直道治民信無私枉。○上時掌反又如字孝行下孟反

[重意]訪落陟降厥家敬之陟降厥士

維予小子夙夜敬止於乎皇

言月

孔氏曰釋詁云艾歷也。王氏曰紹庭紹皇祖之直。朱氏曰家猶言國也。王氏曰保其身無危亡之憂明其身無昏塞之患。蘇氏曰予將謀之於始以循我昭考武王之德。王氏曰歎昭考之道悠而自以為幼稚未有所歷也。李氏曰將勉強從就之以繼其道而恐泮渙不合也。王氏曰自以為幼稚未堪王室多難也。李氏曰紹文王直道

王繼序思不忘。序，緒也。箋云：夙，早。敬，慎也。我小子早夜慎行祖考之道，言不敢懈倦也。於乎君王，歎文王、武王也。我繼其序，思其所行，不忘也。○解，音懈。重言 維予小子三 敬之 訪落 本詩。○於乎皇王，繼序思不忘。烈文詩：繼序其皇之。於乎前王不忘。

閔予小子一章十一句

訪落，嗣王謀於廟也。謀者，謀政事也。

○訪予落止，率時昭考。於乎悠哉，朕未有艾。將予就之，繼猶判渙。訪，謀。落，始。時，是。率，循。悠，遠。猶，道。判，分。渙，散也。箋云：昭，明。艾，數。猶，圖也。成王始即政，自以承聖父之業，懼不能遵其道德，故於廟中與群臣謀我始即政之事。群臣曰：當循是明德之考所施行。故答之以謀曰：於乎遠哉，我於是未有數，言遠不可及也。故扶將我就其典法而行之，繼續其業，圖我所失分散者收斂之。○艾，五蓋反，徐音刈。判，普半反。渙，音奐。

維予小子，未堪家多難。箋云：多，衆也。我小子耳，未任統理國家衆難成之事，心有任賢待年長大之志。難成之事，謂諸侯之政有業未平者。○難，如字，協韻乃旦反，徐音王，下上二並如注皆同。長，張丈反。重言 維予小子三 閔予小子 本詩 敬之。○未堪家多難，見小毖。

紹庭上下，陟降厥家。休矣皇考，以保明其身。箋云：紹，繼也。厥家，謂群臣也。繼文王陟降庭止之道，上下群臣之[illegible]

予上下俯仰於家未嘗少離

朱氏曰思語辭也。李氏曰鄭氏以為變易之易不如杜元凱以難易之易。朱氏曰將進也羣臣進戒于王曰敬之哉敬之哉天道甚明其命不易保也無謂其高而不吾察王之一陟一降於其事天無日不臨監于此者王不可不敬也。孔氏曰王既承其戒答之以謙曰維我小子。朱氏曰我不聰而未能敬然願學焉庶幾日有所就月有所進。歐陽氏曰但當以日月勉強精學而增緝廣大而至於

以此公子者美公美我君宅武王能以此道尊安其身謂定天下居天子之位亦休詳此反重意陟降庭止見前詩

訪落一章十二句

敬之羣臣進戒嗣王也。○敬之一本無之字。敬之敬之天維顯思命不易哉互注左僖二十二年邾人以須句故出師公卑邾不設備而禦之臧文仲曰國無小不可易也無備雖衆不可恃也詩曰敬之敬之天維顯思命不易哉君其無謂邾小蠭蠆有毒而況國乎弗聽。成四年公如晉晉侯見公不敬季文子曰晉侯必不免詩曰敬之敬之天維顯思命不易哉夫晉侯之命在諸侯矣可不敬乎無曰高高在上陟降厥士日監在茲顯見士事也箋云顯光監視也羣臣見王謀即政之事故因時戒之曰敬之哉敬之哉天乃光明去惡與善其命吉凶不變易也無謂天高又高在上遠人而不畏也天上下其事謂轉運日月施其所行日日瞻視近在此也○易鄭音亦王以豉反見賢遍反遠于萬反下維予小時掌反重意陟降庭止見閔予小子陟降厥家見訪落子不聰敬止重言維予小子三見閔予小子訪落本詩各一日就月將學有緝熙于光明佛時仔肩示我顯德行小子嗣王也將行也光廣也佛大也仔肩克也箋云緝熙光明也佛輔也時是也仔肩任也羣臣戒成王以敬之敬之故承之以謙云我小子耳不聰達於敬之之意日就月行言當習

其道光明然更賴羣臣輔助我所負荷之任而善示我以顯然可修之德行也

之以積漸也臣欲學於有光明之光明者謂賢中之賢也輔佛是任示道我以顯明之德行是時自知未能成文武之功周公始有居攝之志○佛毛符弗反鄭音弼仔音兹毛云仔肩克也王二字共訓鄭亦同訓此二字云仔肩任也肩古賢反德行下孟反注同浸子鴆反道音導

王氏曰荓使也蜂之爲物善辛螫○朱氏曰既而悟其苦故曰予其懲於此而慎後患蜂不可使而使之則是自求辛螫矣王氏曰肇允彼桃蟲拚飛維鳥者成王於是始信小物之能成大不敢不毖也○東萊曰莫予荓蜂言莫如予前之使蜂自求辛螫謂信管蔡之時也

敬之一章十二句

小毖嗣王求助也 毖慎也天下之事當慎其小小時而不慎後爲禍大故成王求忠臣早輔助己爲政以救患難○毖音秘難乃旦反禍難之難皆同

予其懲而毖後患莫予荓蜂自求辛螫 毖慎也荓蜂摩曳也箋云懲艾也始者管叔及其羣弟流言於國成王信之而疑周公至後三監叛而作亂周公以王命舉兵誅之歷年乃已故今周公歸政成王受之而求賢臣以自輔助也曰我其創艾於往時矣畏慎後復有禍難羣臣小人無敢我摩曳謂爲譎詐誑欺不可信也女如是徒自求辛苦毒螫之害耳謂將有刑誅○懲直升反韓詩云荓使也荓普經反爾雅作甹音同蜂本又作夆孚逢反螫音釋韓詩作螫赦事也曳羊尺制反本又作掣□以制反艾音刈字或作乂下同創初亮反復扶又反譎音決誑九況反

肇允彼桃蟲拚飛維鳥 桃蟲鷦也鳥之始小終大者箋云肇始允信也始者信以彼管蔡之屬雖有流言之罪如鷦鳥之小不登誅之後反叛而作亂猶鷦之翻飛爲大鳥也鷦之所爲鳥題肩也或

蘇氏曰予方未堪多難而又集于辛苦之地其奈何捨我而弗助哉

曰鴞皆爲惡聲之鳥○拚芳煩反鷦子消反鷯始小後大者也未堪家多難予又集于蓼予我也我又集于蓼言辛苦也箋云集會也未任統理我國家衆難成之事謂使周公居攝時也我又會於辛苦遇三監及淮夷之難也○蓼音了重言未堪家多難又見訪落

小毖一章八句

載芟春籍田而祈社稷也籍田甸師氏所掌王載耒耜所耕之田天子千畝諸侯百畝籍之言借也借民力治之故謂之籍田○芟所銜反除草也甸田見反○載芟載柞其耕澤澤千耦其耘徂隰徂畛侯主侯伯侯亞侯旅侯彊侯以除草曰芟除木曰柞畛埸也主家長也伯長子也亞仲叔也旅子弟也彊彊力也以用也箋云載始也隰謂新發田也畛謂舊田有徑路者彊有餘力者周禮曰以彊予任民以謂閒民今時傭賃也春秋之義能東西之曰以成王之時萬民樂治田業將耕先始芟柞其草木土氣烝達而和耕之則澤澤然解散於是耘除其根株輩作者千耦言趨時也或往之隰或往之畛父子餘夫俱行彊有餘力者相助又取傭賃務疾畢已當種也○柞側格反除木也澤澤音釋釋注同爾雅作郝音同云耕也郭云言土解也耦五口反芸音云本又作耘除草也畛之忍反徐又音真彊其良反有餘力易本又作埸音亦長張丈反下同徑古定反閒音閑傭音容賃女鴆反烝音證解

李氏曰：嗿者，衆人飲食之聲也。婦人行饁，爲夫者則愛其婦，爲婦者亦依其夫，言相慰勞善也。孔氏■大田頌曰：王肅以俶爲始，載爲事。蘇氏曰：驛驛，苗生貌也。緜緜，詳密也。濟濟，人衆貌。○朱氏曰：積，露積也。○孔氏曰：農夫既去草木根株，以利耜始耕於南畝，以種其百穀也。李氏曰：其種皆函生氣而生長，而其苗則驛驛然達地而生。孔氏曰：有厭然而特茂者，其傑立之苗也。厭厭然而長者，其衆苗也。齊等之苗也。○王氏曰：前曰千耦其耘，則既耕而耘；今曰緜緜其麃，則既苗而耘。○孔氏曰：多於大數則稱秭。濟濟然

音有嗿其饁，思媚其婦，有依其士。嗿，衆貌。士，子弟也。箋云：饁，饋饟也。依之言愛也。婦子來饋饟其農人於田野，乃逆而媚愛之，言勸其事勞不自苦。○嗿，敕感反。饁，于輒反。饟，式亮反。有略其耜，俶載南畝。播厥百穀，實函斯活。略，利也。箋云：俶載當作熾菑。播猶種也。實，種子也。函，含也。活，生也。農夫既耘除草木根株，乃更以利耜熾菑之，而後種其種，皆成好含生氣。○略如字，字書作䂮，同。俶載，毛並如字，鄭作熾菑，下篇同。函，戶南反，下篇同。熾，尺志反，盛也。菑，側其反。種，章勇反，下其種同。株音誅。重言：俶載南畝，播厥百穀，實函斯活，重見良耜；大田重上二句，噫嘻重中二句。驛驛其達，有厭其傑。厭厭其苗，緜緜其麃。達，射也。有厭其傑，言傑苗厭然特美也。麃，耘也。箋云：達，出地也。傑，先長者。厭厭其苗，衆齊等也。○驛音亦，爾雅作繹，繹云生也。厭，於鹽反，下同。緜如字。爾雅云：麃，耘也。韓詩作民，民云衆貌。麃，表驕反，芸也。說文作穮，音同，云穮，耨鉏田也。字林云：穮，耕禾間也。方遙反。射，食亦反。長，張丈反。載穫濟濟，有實其積，萬億及秭。濟濟，難也。箋云：難者，穗衆難進也。有實，實成也。其積之乃萬億及秭，言得多也。○穫，戶郭反。積，子賜反，又如字，注同。秭音姊。爲酒爲醴，烝畀祖妣，以洽百禮。箋云：烝，進。畀，予。洽，合也。進予祖妣，謂祭先祖先妣也。以洽百禮，謂饗燕之屬。○烝，之承反。畀，必二反。洽，戶夾反。重言：萬億及秭，爲酒爲醴，烝畀祖妣，以洽百禮，重見豐年；賓之初筵重以洽百禮一句。有

載芟一章三十一句

王氏曰：以洽百禮，既烝畀祖妣，而達之祭祀賓客，無所不洽也。

李氏曰：其實之多，萬億及秭，故可爲醴而進與祖妣，以和百禮

朱氏曰以燕饗賓客則邦家之所以光也以養耆老則胡考之所安也。李氏曰非特此曰有此非特今日方有豐年其所由來遠矣。王氏曰振古則舉古也。陳氏曰振古以來皆如上之所謂也

孔氏曰畟畟是耜刃之狀今曰畟畟耜入地之貌

李氏曰載筐及莒其饟伊黍此則言

飶其香，邦家之光。飶芬香也箋云芬香之酒醴饗燕賓客則多得其歡心於國家有榮譽○飶蒲節反芳芬必說文云食之香也字又作苾音同一音蒲必反注同有椒其馨，胡考之寧。椒猶飶也胡壽也考成也箋云寧安也以芬香之酒醴祭於祖妣則多得其福佑○椒子消反徐子料反俶作俶尺叔反王云作俶椒若說也此論釀酒芬香無取椒氣之芳也案唐風椒聊箋云椒之性芬芳王注云椒芬芳之物此傳椒猶飶飶芬香椒見芬芳之物此正相協無故改字為俶俶始也非芬香之義馨呼庭反匪且有且，匪今斯今，振古如茲。且此也振自也箋云匪非也振亦古也饗燕祭祀心非云且而有且謂將有嘉慶禎祥先來見也心非云今而有此今謂嘉慶之事不聞而至也言修德行礼莫不獲報乃古古而如此所由來者久非適今時○且七也反又子餘反下同見賢遍反

載芟一章三十一句

良耜，秋報社稷也。○耜音似田器也

○畟畟良耜，俶載南畝。播厥百穀，實函斯活。畟畟猶測測也箋云良善也農人測測以利善之耜始是南畝也種此百穀其種皆成好含生氣言得其時○畟楚側反尔雅云畟畟耜也郭云言嚴利也種章勇反【重言】俶載南畝播厥百穀實函斯活重見載芟及大田重上二句意噫嘻中一句或來瞻女，載筐及筥。【重意】采蘋維筐及筥其饟伊黍。

婦子行饁之器與所盛之物也

孔氏曰及其成熟乃穫刈之既穫剪積聚之如城雉之厚壯其比迫如梳篦之相次○李氏曰於是開其室而納之百室既盈矣而婦子寧止蓋終歲勤勤不得安寧今農事已畢故各有其樂○蘇氏曰以嗣以續與來歲繼往歲也續古之人歲歲不替其業也

其笠伊糾其鎛斯趙以薅荼蓼、笠所以禦暑雨也趙刺也蓼水草也箋云瞻視也有來視女謂婦子來饁者也筐筥所以盛黍也豐年之時雖賤者猶食黍饁者見戴糾然之笠以田器刺地薅去荼蓼之事言閔其勤苦○筐丘方反筥紀呂反饟式亮反笠音立糾居黝反又其皎反鎛音博趙徒了反刺也又如字沈起了反又徒少反薅呼毛反說文云拔田草也又云或作茠休引此以茠荼蓼荼蓼上音徒下音了刺七亦反下同盛音成云起呂反荼蓼朽止黍稷茂止穫之挃挃積之栗栗其崇如墉其比如櫛以開百室、挃挃穫聲也栗栗衆多也墉城也箋云百室一族也草穢既除而禾稼茂禾稼茂而穀成熟穀成熟而積聚多如墉也如櫛也以言積之高大且相比迫也其已治之則百家開戶納之千耦其耘輩作尚衆也一族同時納穀親也百室者出必共洫閒而耕入必共族中而居又有祭酺合醵之歡○朽虛有反爛也挃珍栗反積子賜反比毗志反注同櫛側瑟反酺音蒲又音步醵其據反又其畧反合錢飲酒也百室盈止婦子寧止殺時犉牡有捄其角、以似以續續古之人牛黑脣曰犉社稷之牛角尺以似以續嗣前歲續往事也箋云捄角貌五穀畢入婦子則安無行饁於是殺牲報祭社稷嗣前歲者復求有豐年也續往事者復人也續古之人求有良司穡也○犉如純反本亦作犉捄音虯復扶又反下同

載芟 良耜 十

五五〇

呂氏曰自堂徂基乃所謂於彼乎於此乎。王氏曰自堂徂基自堂上降而徂基也自羊徂牛先小後大也鼐鼎及鼒先大後小也蓋先小後大或先大後小反復展視而以致勤敬也。孔氏曰觩然設兕觥徵。朱氏曰思語辭柔和也。橫渠張氏曰天子既以臣為尸不可終屈使出門而就臣位故其退尸也皆有漸言絲衣已是不著冕服言弁已是不冠冕也

良耜一章二十三句

絲衣繹賓尸也高子曰靈星之尸也繹又祭也天子諸侯曰繹以祭之明日卿大夫曰賓尸與祭同日周曰繹商謂之肜○繹絲衣繹祭之服○音亦祭之明日又祭也字書作繹融餘戎反尚書作肜音同

絲衣其紑載弁俅俅自堂徂基自羊徂牛鼐鼎及鼒絲衣祭服也紑絜鮮貌俅俅恭順貌基門塾之基自羊徂牛言先小後大也大鼎謂之鼐小鼎謂之鼒箋云載猶戴也弁爵弁也爵弁而祭於王士服也繹禮輕使士升門堂視壺濯及籩豆之屬降往於基告濯具又視牲從羊之牛反告充已乃舉鼎冪告絜禮之次也鼎圜弇上謂之鼒○紑孚浮反徐孚不反又音培又音弗載如字又音戴同弁皮變反俅音求恭慎也說又作絿同鼐乃代反郭音乃鼒音茲徐音災郭音才說文作鎡字音茲塾音孰門側堂也或音育冪亡歷反又本又作鼏圜音圓弇古掩字

兕觥其觩旨酒思柔不吳不敖胡考之休吳譁也考成也箋云柔安也繹之旅士用兕觥變於祭也飲美酒者皆思自安不讙譁不敖慢也此得壽考之休徵○兕字又作光徐履反觥古橫反罰爵也字又作觵同觩音虯本又作觩吳舊如字說文作吳吳大言也何承天云吳字誤當作吳從口下大故魚之大口者名吳胡化反此音恐驚俗也音話敖五誥反本又作傲注同譁音花讙火官反又火元反慢亡諫反〔重言〕兕觥其觩旨酒思柔重見桑扈〔重意〕泮水詩角弓其觩○又泮水

孔氏曰於歎美。朱氏曰鑠盛也。孔氏曰王師王肅云武王之衆也。歐陽氏曰遵養循養也。蘇氏曰熙光也。朱氏曰言武王之初有於鑠之師而不用。蘇氏曰退自循養與時皆晦而益明其後純光矣則天下無不助之者。歐陽氏曰我寵受之者謂武王之功興此王業成王寵受而承之也蹻蹻王之造言蹻蹻然武功成王之所爲也載用有嗣者謂後世能承其業爲有嗣矣實維爾公者武王用師實天下之至公信可謂王師矣

詩不吴不揚

絲衣一章九句

酌告成大武也言能酌先祖之道以養天下也周公居攝六年制禮作樂歸政成王乃後祭於廟而奏之其始成告之而已○酌音灼字又作汋大武字徐音泰

於鑠王師遵養時晦時純熙矣是用大介鑠美遵率養取晦昧也箋云純大熙興介助也於美乎文王之用師率殷之叛國以事紂養是闇昧之君以老其惡是周道大興而天下歸往矣故有致死之士助之○於音烏注同鑠舒灼反

我龍受之蹻蹻王之造載用有嗣龍和也蹻蹻武貌造爲也箋云龍寵也來助我者我寵而受用之蹻蹻之士皆爭來造王王則用之有嗣傳相致○蹻居表反造毛才老反鄭七報反嗣也傳直專反

實維爾公允師公事也箋云允信也王之事所以舉兵克敵者實維女之事信得用師之道

酌一章九句

桓講武類禡也桓武志也類也禡也皆師祭也○禡馬嫁反桓武志也本或以此句爲注○

綏萬邦婁豐年箋云綏安也婁亟也誅無道安天下則亟有豐熟之年陰陽和也○婁力住反亟欺冀反

絲衣 酌 桓 （二十九巳十四） 晁氏曰桓之序曰桓武志也或以爲注或以爲序失其傳多如此

王氏曰：天命匪解者，武王匪解，故天命亦匪解也。李氏曰：士與熊羆之士、虎賁之士同。蘇氏曰：武王桓桓保其有衆，用之四方之不服，以定其家，其德上昭于天，遂以代商有天下。

朱氏曰：敷，布也。時，是也。繹，尋繹也。蘇氏曰：思，辭也。文王勤勞天下至矣，其子孫應受而有之，然而不敢專也。朱氏曰：布此以賚有功，皆文王之功德在人而可尋繹者，所以求天下之安定而已。朱氏曰：此周之命也。又嘆使諸臣受封賞者繹思文王之德以戒之也。

【互註】見前時邁篇。天命匪解。桓桓武王，保有厥士，于以四方，克定厥家。士，事也。箋云：天命為善不解倦者，以為天子。我桓桓有威武之武王，則能安有天下之事。此言其當天意也。於是用武事於四方，能定其家，先王之業，遂有天下。○解音懈，下同。於昭于天，皇以間之。間，代也。箋云：于，曰也。皇，君也。於，明乎曰天也。紂為天下之君，但由為惡，天以武王代之。○於音烏，注同。間，閒廁之閒，注同。【重言】於昭于天，重見文王詩。

桓一章九句

賚，大封於廟也。賚，予也。言所以錫予善人也。大封，武王伐紂時封諸臣有功者。○賚，來代反，与也。徐又音來。○文王既勤止，【互註】左宣十一年郤成子曰：吾聞之，非德莫如勤，非勤何以求人。能勤有繼，其從之也。詩曰：文王既勤止。文王猶勤，況寡德乎。我應受之。敷時繹思，我徂維求定。勤，勞。應，當。繹，陳也。箋云：敷猶徧也。文王既勞心於政事，以有天下之業，我當而受之。敷是文王之勞心，能陳繹而行之，今我往以此求定，謂安天下也。○敷音孚。繹音亦。徧音遍，下篇同。時周之命，於繹思。箋云：勞心者，是周之所以受天命而王之所由也。於女諸臣受封者，陳繹而思行之，以文王之功業勸勸之。○於，鄭如字，王音烏。王，于況反，又如字，下篇同。【重言】時周之命，重見下篇。

王氏曰：嶞山謂之嶞，隋陿而長也。陟其高山、嶞山、喬岳，則巡守之所陟無所不至。蘇氏曰：猶，道也。翕河，大河受衆水者也。陟其山嶽而道於大河，思其有功於民，是以至於敷天之下無不總合其功者，此周之命也。○王氏曰：裒時之對者，裒其神而對之以祭祀也。時周之命者，能懷柔百神則受命長矣。

賚一章六句

般巡守而祀四嶽河海也。般，樂也。○般，薄寒反，又注同。守，手又反。般，樂也，音洛。崔集注本用此注為序文。

○於皇時周，陟其高山。嶞山喬嶽，允猶翕河。高山，四嶽也。嶞山，山之嶞嶞小者也。翕，合也。箋云：皇，君。喬，高。猶，圖也。於乎美哉，君是周邦而巡守，其所至則登其高山而祭之，望秩於山川。小山及高嶽皆信案山川之圖而次序祭之。河言合者，河自大陸之北敷為九，祭者合為一。○於音烏，注同。嶞，吐果反，注同。郭云：山狹而長也。又同果反，字又作嶞。喬嶽，上音橋，下音岳。翕，許及反。

敷天之下，裒時之對，時周之命。裒，聚也。箋云：裒，衆；對，配也。徧天之下衆山川之神皆如是配而祭之，是周之所以受天命而王也。○裒，蒲侯反。於繹思，毛詩無此句，齊魯韓詩之今毛詩有者，衍文也。崔集注本有，是採三家之本，崔因有故解之。

重言 時周之命 重見上篇

般一章七句

閔予小子之什十一篇十一章百三十七句

纂圖互註毛詩卷之十九

孔氏曰雖名爲頌而體實國風非告神之歌。朱氏曰其辭特以替美當時之事其體猶列國之風非商周天子之頌用於祭祀以歌詠先祖之功烈也

曾氏曰坰野乃魯人牧馬之常地耳

纂圖互註毛詩卷之二十

駉詁訓傳第二十九 陸曰本或作駉之什者是隨例而加耳商頌亦然

毛詩魯頌 魯者周公之子伯禽所封之國也周公有大勳勞於天下成王留之輔相而封伯禽焉其封域在禹貢徐州蒙羽之野十九世至僖公當周惠王襄王之時能遵伯禽之法外征淮夷內脩德教國人美之於是國卿季文子請周使史克作頌四篇夫子刪詩錄之皆以周公有致太平之勳成王命魯郊祭用天子禮樂故取魯頌而同於王者之後焉

鄭氏箋

駉頌僖公也僖公能遵伯禽之法儉以足用寬以愛民務農重穀牧于坰野魯人尊之於是季孫行父請命于周而史克作是頌 季孫行父季文子也史克魯史也。駉古熒反說文作驍又作駫同牧徐音目坰古熒反徐又苦營反或苦瓊反遠也下同。坰音埛注同

駉駉牡馬在坰之野 駉駉良馬腹幹肥張也坰遠野也邑外曰郊郊外曰野野外曰林林外曰坰箋云必牧於坰野者辟民居與良田也周禮曰以官田牛田賞田牧田任遠郊之地。牡茂后反草木疏云騭馬也說文同本或作牧

薄言駉者有驈有皇有驪有

五五五

王氏曰彭彭盛張也
孔氏曰薄言駉者有何馬也乃有驈有■皇有驪有黃此等用之以駕車則彭彭然
朱氏曰思無疆言其思之深廣無窮也

王氏曰思無期思之久也

王氏曰繹繹屬也
朱氏曰繹繹不絕皃

黃以車彭彭牧之坰野則駉駉然驪馬白跨曰驈黃白曰皇純黑曰驪黃騂曰黃諸侯六閑馬四種有良馬有戎馬有田馬有駑馬彭彭有力有容也箋云坰之牧地水草既美牧人又良飲食得其時則自肥健耳○驈戶橘反阮孝緒于密反顧野王餘橘反郭音述驪力知反沈又郎西反說文字林云深黑色馬也跨苦花反又苦故反又胡瓦反郭云髀間蒼頡篇云兩股間也騂息營反亦黃白曰騂下文同字林火營反種章勇反駑音奴飲食上音蔭下音嗣又並如字〔重言〕出車詩出車彭彭思無疆思馬斯臧箋云臧善也僖公之思遵伯禽之法反覆思之無有竟已乃至於思馬斯善多其所及廣博○疆居良反竟也覆芳服反○駉駉牡馬在坰之野薄言駉者有騅有駓有騂有騏以車伾伾蒼白雜毛曰騅黃白雜毛曰駓赤黃曰騂蒼騏曰騏伾伾有力也○騅音佳駓符悲反字又作駓郭云今之桃花馬也字林作駓音丕騏音其伾敷悲反說文同字林作駓走也父之反音丕祺音其字又作騏思無期思馬斯才才多材也○駉駉牡馬在坰之野薄言駉者有驔有駱有駵有雒以車繹繹青驪驎曰驔白馬黑鬣曰駱赤身黑鬣曰駵黑身白鬣曰雒繹繹善走也○驔徒河反說文云馬文如鼉魚也韓詩及字林云白馬黑髦也駱音洛驎良刃反爾雅亦作白馬黑鬣尾也駵音留字林云赤馬黑髦尾也雒音洛本或作駱同繹音亦善走也二本作善走也崔本作驛驛本亦作䮨郭良刃反毛色有深

蘇氏曰作奮起也

王氏曰思無邪一出於正曰蘇氏曰孔子曰詩三百一言以蔽之曰思無邪昔之爲詩者則未必知此也孔子讀詩至此而有會於其心是以取之蓋斷章云耳

孔氏曰四馬曰乘

歐陽氏曰明明脩明其政也振鷺取其脩潔翔集有威儀也

淺斑駁隱粼今之連錢驄也彊以良反孫炎音鄰郭云似魚鱗也彊力掌反思無斁思馬斯作作始也箋云斁猒也思遵伯禽之法無猒倦也作謂牧之使可乘駕也○斁音亦○駉駉牡馬在坰之野薄言駉者有駰有騢有驔有魚以車祛祛陰白雜毛曰駰彤白雜毛曰騢豪骭曰驔二目白曰魚祛祛強健也○駰舊於巾反讀者並音因騢音遐說文云赤白雜色文似鰕魚驔音簟徒點反字林云又音譚有魚如字字書作𩣡字林作䲔音並同毛云二目白曰魚爾雅云一目白瞯二目白魚瞯音閑祛起居反彤徒冬反赤也骭戶旱反思無邪思馬斯徂箋云徂猶行也思遵伯禽之法專心無復邪意也牧馬使可走行○邪似嗟反注同復扶又反

駉四章章八句

有駜頌僖公君臣之有道也○有道者以禮義相與之謂也駜備筆反又符必反字林父必反○有駜有駜駜彼乘黃駜馬肥強貌馬肥強則能升高進遠臣強力則能安國箋云此喻僖公之用臣必先致其祿食祿食足而臣莫不盡其忠○乘繩證反下同夙夜在公在公明明箋云夙早也言時臣憂念君事早起夜寐在於公之所在於公之所但明義明德也禮記曰大學之道在明明德○大學音泰振

五五七

蘇氏曰：在公明明，言未始不在公也。僖公於是燕之以禮樂，士之來者如鷺之集，其醉者或起舞以相樂，和之至也。

王氏曰：牡，剛強之材也。

李氏曰：載燕，亦飲酒也。○朱氏曰：頌禱之辭也。

王氏曰：思，發語辭也。

振振鷺，鷺于下。鼓咽咽，醉言舞。于胥樂兮。振振，羣飛貌。鷺，白鳥也，以興絜白之士。咽咽，鼓節也。箋云：于，於；胥，皆也。僖公之時，君臣無事，則相與明義明德而已。絜白之士羣集於君之朝，君以禮樂與之飲酒，以鼓節之咽咽然。至於無筭爵，則又舞燕樂以盡其歡。君臣於是則皆喜樂也。○咽，本又作鼘，同，烏玄反，又於必反。樂音洛，注「喜樂」、下「于胥樂兮」及注「安樂」同。朝，直遥反。○有駜有駜，駜彼乘牡。夙夜在公，在公飲酒。言臣有餘敬，而君有餘惠。振振鷺，鷺于飛。鼓咽咽，醉言歸。于胥樂兮。箋云：飛，喻羣臣飲酒醉欲退也。○有駜有駜，駜彼乘駽。青驪曰駽。○駽，呼縣反，徐又火玄反，又胡眄反，又音泫。夙夜在公，在公載燕。箋云：載之言則也。自今以始，歲其有。君子有穀，詒孫子。于胥樂兮。歲其有，豐年也。箋云：穀，善；詒，遺也。君臣安樂則陰陽和而有豐年，其善道則可以遺子孫也。○歲其有，本或作「歲其有矣」，又作「歲其有年」者，皆衍字。詒，以之反，或作貽。遺孫子，詒于孫子，皆是妄加也。遺，唯季反，下同。【重言】夙夜在公，五采蘩一，小星一。本詩二。【重意】桑扈：君子胥樂。

有駜三章，章九句

泮水，頌僖公能脩泮宮也。○泮，普半反。○思樂泮水，薄采其

王氏曰觀其旂其物
茷茷而有容聽其
鸞其聲噦噦而
有節。李氏曰茷
茷飛揚也無小無
大從公于邁國人無
長幼皆從公而往以見
國人從僖公之樂也

孔氏曰采蘋疏曰藻水
草也。蘇氏曰僖公
之至於泮宮好其顏
色和其笑語未嘗有
所怒也教之而已。王
氏曰載色載笑則洪
範所謂而康而色者
也夫然後能教也

蘇氏曰僖公與其羣臣
飲酒於泮宮既顧神
錫之以難老使之順
從長道以屈羣衆。

芹泮水泮宮之水也天子辟廱諸侯泮宮言水則采取其芹宮則采取其化箋云芹水菜也言己思樂僖公之脩泮宮之水復伯禽之法而往觀之采其芹也辟廱者築土雝水之外圓如璧四方來觀者均也泮之言半也泮水者蓋東西門以南通水北無也天子諸侯宮異制因形然○僖音喜頖音判本又作泮泮宮諸侯之學也泮半也半有水半無水也頖與泮禮記言頖宮班也所以班政教之宮也辟必亦反又音璧下同廱音邕觀古亂反又音官【重意】薄采其芹采藻言采其芹魯侯戾止言觀其旂其旂茷茷鸞聲噦噦無小無大從公于邁戾來止至也言觀其旂言法則其文章也茷茷言有法度也噦噦言有聲也箋云于往邁行也我采泮水之芹見僖公來至于泮宮我則觀其旂茷茷然鸞和之聲噦噦然臣無尊卑皆從君行而來稱言此者僖公賢君人樂見之○茷蒲害反又普貝反又本又作旆茷噦呼會反又【重言】言觀其旂三庭燎采叔本詩○思樂泮水薄采其藻魯侯戾止其馬蹻蹻其馬蹻蹻其音昭昭其馬蹻蹻言強盛也箋云其音昭昭僖公之德音○藻音早水草也蹻居表反昭之繞反載色載笑匪怒伊教色溫潤也箋云僖公之至泮宮和顏色而笑語非有所怒於是有所教化也○思樂泮水薄采其茆茆鳧葵也○茆音卯徐音柳韋昭萌藻反干寶云今之鳧葵草其為菹江東有之何承天云此菜出東海堪為菹醬也鄭小同云江南人名之蓴菜生陂澤中草木疏同又云或名水葵一云今之浮菜即豬蓴也

李氏曰一章言僖公之至泮水二章言僖公之教人三章則又言至泮水與賢者飲酒也○朱氏曰此章以下皆頌禱之辭也

朱氏曰祖周公魯公也靡有不孝僖公之孝也無所不至也○李氏曰自求伊祜魯侯之福祿乃自求之也

孔氏曰王制曰天子將出征受成於學出征執有罪反釋奠於學以訊馘告故僖公既伐淮夷而反在泮宮也○朱氏曰或謂僖公未嘗有淮夷之功而疑此詩之妄蓋未嘗深考此詩乃頌禱之辭爾

本章有烏奐闕弘景以入有名无用品辭者不同未詳其止既以下同及阜木疏所說爲得皃音将魯侯戾止在泮飲酒既飲旨酒永錫難老箋云在泮飲酒者徵先生君子与之行飲酒之礼而因以謀事也已飲美酒而長賜其難使老難使老者最壽考也長賜之者如王制所云八十月告存九十日有秩者与○者与音預齡順彼長道屈此羣醜箋云順從長遠屈治醜惡也是時淮夷叛逆既謀之於泮宮則從彼遠道往伐之治此羣爲惡之人○屈丘勿反鄭云治也徐求勿反韓詩云屈收也收斂得以衆聚○穆穆魯侯敬明其德敬愼威儀維民之則允文允武昭假烈祖假至也箋云則法也僖公之行民之所法傚也僖公信文矣爲脩泮宮也信武矣爲伐淮夷也其聰明乃至於美祖之德謂遵伯禽之法○假古百反行下孟反又如字重言敬愼威儀維民之則二抑本詩又民勞重上句靡有不孝自求伊祜祜福也箋云國人无不法傚之者皆庶幾力行自求福祿○祜音户○明明魯侯克明其德既作泮宮淮夷攸服箋云克能攸所也言僖公能明其德脩泮宮而德化行於是伐淮夷所以能服也重言皇矣其德克明矯矯虎臣在泮獻馘淑問如皐陶在泮獻囚矯矯武貌馘所格者之左耳淑善也問訊囚也箋云僖公既伐淮夷而反在泮宮使武臣獻馘又使善聽獄之吏如皐陶者獻囚

泮水　二十之三

其有是功耳下章倣此

北氏曰濟濟然多士皆能廣其德心謂心德寬廣而無褊躁狄彼東南遂服彼東南。朱氏曰烝烝皇皇盛也不吳不揚肅也。王氏曰不告于訩和也。李氏曰人心可謂廣矣惟爲血氣所使一有毫髮之利則忿而爭其心於是乎隘矣惟其心廣故其征伐有功遂淮夷之功烝烝皇皇不吳不揚未嘗爭訟惟在泮獻功而已

蘇氏曰觩弓健貌。朱氏曰博廣大也。蘇氏曰僖公安於精繇士卒競勸故能克淮夷甚善而不逆君子於是告之使益固其道庶幾淮夷可以盡得也。

於以獻囚言伐有功所任得其人○矯本又作嬌小作蹻居表反馘古獲反截耳也皋陶古報反皋陶唐虞之士官

○濟濟多士克廣德心桓桓于征狄彼東南桓桓威武貌箋云多士謂虎臣及如皋陶之屬征征伐也狄當作剔剔治也東南斥淮夷○狄王他歷反遂也孫毓同鄭作剔音同沈云毛如字未詳所出韓詩云鬄除也【重言】濟濟多士三文王清廟本詩

烝烝皇皇不吳不揚不告于訩在泮獻功烝烝厚也皇皇美也揚傷也箋云烝烝猶進進也皇皇當作暀暀暀暀猶往往也吳譁也訩訟也言多士之於伐淮夷皆勸之有進進往往之心不讙譁不大声僖公還在泮宮又无以爭訟之事告於治訟之官者皆自獻其功○烝之承反皇毛如字鄭作暀于况反吳吳鄭如字譁也又千旬反說作訩同揚余章反訩音凶讙音歡譁音華爭爭鬭之爭【重言】不吳不揚絲衣不吳不敖

○角弓其觩束矢其搜戎車孔博徒御無斁既克淮夷孔淑不逆觩弛貌五十矢爲束搜眾意也箋云角弓觩然言持弦急也束矢搜然言勁疾也博當作傅甚傅致者言安利也徒行者御車者皆敬其事又不厭倦也僖公以此兵眾伐淮夷而勝之其士卒甚順軍法而善无有爲逆者謂堙井刊木之類○觩音虯搜依字作搜色留反博徐云毛如字王同大也鄭作傅音附斁本又作射又作斁作懌皆音亦厭也施式氏反本又作弛同致直置反卒尊忽反堙音因塞也刊苦干反服虔云削也【重言】絲衣兕觥其觩

式固爾猶淮夷卒獲箋云式用猶謀

李氏曰喻淮夷亦革泮宫之化也憬說文曰覺悟也。孔氏曰淮夷来魯國獻其琛寶其所獻之物是大龜象齒又廣賂我以南方之金

也用堅固女爭謀之故淮夷民可復服也謀謂服已之德叢爭之罪以出兵也〇叟待洛反〇翩彼飛鴞，集于泮林，食我桑黮，懷我好音。翩飛貌鴞惡声之鳥也黮桑實也箋云懷歸也言鴞恒惡鳴今来止於泮水之木上食其桑黮為此之故改其鳴歸就我以善音喻人感於恩則化也〇翩音篇鴞于嬌反黮說文字林皆作葚時審反為于偽反

憬彼淮夷，来獻其琛。元龜象齒，大賂南金。憬遠行貌琛寶也元龜尺二寸賂遺也南謂荊揚也箋云大猶廣也廣賂者賂君及卿大夫也荊揚之州貢金三品〇憬九求反又況又乳求反說文作㦀音獷云闊也一曰貴人也琛勑金反瓃為金人一云美寶曰琛賂音路遺唯季反

泮水八章章八句

孔氏曰作者将美僖公追述遠祖上陳姜嫄后稷至於太王文武爰及成王封建之辞魯公蒙賜之命書其所以有魯之由。吕氏曰閟宫魯廟非姜嫄廟也書赫赫姜嫄者推本周家所由興朱氏曰閟宫者魯之羣廟也閟深閉也蘇氏曰實實鞏固也

閟宫頌僖公能復周公之宇也宇居也〇閟筆位反音秘同僖音希〇閟宫有侐，實實枚枚。閟閉也先妣姜嫄之廟在周常閉而无事孟仲子曰是禖宫也侐清淨也實實廣大也枚枚礱密也箋云閟神也姜嫄神所依故廟曰神宫〇侐况域反說文云静也一音火季反枚莫回反韓詩云閟閟无人之貌也嫄音元禖音梅又莫回反礱力東反斲竹角反赫赫姜嫄，其德不回，**重言**其德不回重見哉上緟又大明厥德不回上帝是依。**重意**赫赫戲上帝是皇無災無害，**重言**无災无害重見生民彌月不遲，上帝是依

李氏曰菽大豆。朱氏曰后稷生而享有百福播種五穀稙穉所降也奄有下國堯封之邰也

曹氏曰大王去邠居岐蓋諸侯之能興邦者本不必云肇王迹也武王既有天下推其寖盛之由故曰大王肇王迹所謂實始翦商者殆如肇王迹之語。王氏曰屆至也天命不妄所屬與皆其至也致其至者武王也。孔氏曰至於文王武王繼太王之業

依其子孫也箋云依依其身也彌終也赫赫乎顯著姜嫄也其德貞正不回邪天用是馮依而降精氣其任之又無災害不坼不副終人道十月而生子不遲晚○災字又作灾本亦作菑音同扒似逆反馮依本又作憑同皮陵反一本作馮依其身坼勅宅反裂也副孚逼反【重言】生民誕彌厥月

是生后稷降之百福黍稷重穋【重言】黍稷重穋重見七月

稙穉菽麥奄有下國俾民稼穡先種曰稙後種曰穉箋云奄猶覆也姜嫄用是而生子后稷天神多與之福以五穀終覆蓋天下使民知稼穡之道言其不空生也后稷生而名棄長大堯登用之使居稷官民賴其功後雖作司馬天下猶以后稷稱焉○重直容反本又作種同穋音六本又作稑音同稙徵力反徐時力反韓詩曰長稼也穉音雉韓詩云幼稼也菽音叔大豆也俾必尔反本又作卑下皆同長張丈反

有稷有黍有稻有秬奄有下土纘禹之緒緒業也箋云秬黑黍也緒事也堯時洪水為災民不粒食天神多予后稷以五穀禹平水土乃教民播種之於是天下大有故云纘禹之事也美之故申說以明之○秬音巨纘子管反繼也粒音立

○后稷之孫實維大王居岐之陽實始翦商翦齊也箋云翦斷也大王自豳徙居岐陽四方之民咸歸往之於時而有王迹故云是始斷商○大音泰後大王太平皆同翦子淺反鄭斷也斷音短下同豳彼貧反王于況反【重言】居岐之陽又見皇矣

至于文武纘大王之緒致天之屆于牧

於時商家暴虐天欲誅之武王乃致天之誅於牧野之地○朱氏曰敦治而勝之也咸厥功輔佐之臣咸有功而周公亦與焉故下章言封伯禽之事

導江解于氏曰錫之山川謂境內之山川也孟子曰天子之制地方千里公侯皆方百里伯七十里子男五十里凡四等不能五十里不達於天子附於諸侯曰附庸○孔氏曰其車載交龍之旂承奉宗廟祭祀所乘四馬其六轡耳耳然○李氏曰享祀無有差忒

李氏曰皇皇大之至也

之野無貳無虞上帝臨女虞誤也箋云屆極虞度也文王武王繼大王之事至武王受命致太平天所以罰極紂於商郊牧野其時之民皆樂武王之如是故戒之云無有二心也無復計度也天視護女至則克勝○屆音戒貳音二極紀力反下同度待洛反下同復扶又反重言上帝臨女又見大明敦商之旅克咸厥功箋云敦治旅衆咸同也武王克殷而治商之臣民使得其所能同其功於先祖也后稷大王文王亦周公之祖考也伐紂周公又與焉故述之以美大魯○敦鄭都回反注同王徐都門反厚也與音預○王曰叔父建爾元子俾侯于魯大啓爾宇為周室輔王成王也元首宇居也箋云叔父謂周公也成王告周公曰叔父我立女首子使為君於魯謂欲封伯禽也封魯公以為周公後故云大開女居以為我周家之輔謂封以方七百里欲其彊於衆國乃命魯公俾侯于東錫之山川土田附庸箋云東東藩魯國也既告周公以封伯禽之意乃策命伯禽使為君於東加賜之以山川土田及附庸令專統之王制曰名山大川不以封諸侯附庸則不得專臣也○藩方元反策初革反令力呈反周公之孫莊公之子龍旂承祀六轡耳耳春秋匪解享祀不忒周公之孫莊公之子謂僖公也耳耳然至盛也箋云交龍為旂承祀謂視祭事也四馬故六轡春秋猶言四時也忒變也○解音懈忒他得反皇皇后帝皇祖后稷享以

閟宮　二十卷之二九

五六四

李氏曰明堂位曰成王以周公有勳勞於天下是以命魯公孟春祀帝于郊配以后稷禮運曰魯之郊禘非禮也周公其衰矣孔氏以帝謂感生帝此則泥六天之說○孔氏曰將將盛美也大和中魯郡於地中得齊大夫子尾送女器有犧尊以犧牛為尊然則象尊尊為象形也阮諶禮圖云犧尊飾以牛象尊飾以象腹之上畫為牛象之形○朱氏曰三壽未詳或曰願公壽與岡陵等為三也此言僖公致敬郊廟而神降之福人稱願之如是也

騂犧是饗是宜降福既多騂赤犧純也箋云皇皇后帝謂天也成王以周公功大命魯郊祭天亦配之以君祖后稷其牲用赤牛純色與天子同也天亦饗之宜之多予之福○騂息營反赤色也犧許宜反純毛牲周公皇祖亦其福女秋而載嘗夏而福衡白牡騂剛犧尊將將毛炰胾羹籩豆大房萬舞洋洋孝孫有慶諸侯夏禘則不礿秋祫則不嘗唯天子兼之福衡設牛角以福之也白牡周公牲也騂剛魯公牲也犧尊有沙飾也毛炰豚也胾肉也羹大羹鉶羹也大房半體之俎也洋洋眾多也箋云比皇祖謂伯禽也載始也秋將嘗祭於夏則養牲福衡其牛角為其觸觝人也秋嘗而言始者秋物新成尚之也大房玉飾俎也其制足間有橫下有柎似乎堂後有房然萬舞干舞也○福音逼福衡也犧尊鄭素河反毛云有沙飾則宜同鄭王許宜反尊名也將七羊反炰蒲包反胾側吏反羹音庚又音衡洋音羊徐音翔禴羊灼反祫咸夾反福音逼有沙蘇河反刻鳳凰於尊其羽形婆娑然也一云畫也豚字又作純徒門反鉶字又作鈃音刑為其于偽反觝都禮反橫古曠反一音光柎方于反〔重言〕孝孫有慶重見楚茨俾爾熾而昌俾爾壽而臧保彼東方魯邦是常不虧不崩不震不騰三壽作朋如岡如陵震動也騰乘也壽考也箋云此皆慶孝孫之辭也俾使臧善保安常守也虧崩皆謂毀壞也震騰皆謂僭踰相侵犯也三壽三卿也岡陵取堅

朱氏曰英矛飾也縢
緄也。孔氏曰烝徒增
增進行之時增增然
衆多。蘇氏曰可以當
戎狄懲荆舒而莫之
禦也言其強也。孔氏
曰設辭慶之使汝昌
大而熾盛汝長壽而
冒反髮有黃色之髮
背有台文之背。蘇
氏曰壽胥與試者願
其壽而相與試其才以
為之用也。孔氏曰無
有害無有患害。蘇
氏曰此章言僖公治其
軍旅繕其車甲器械
故其民無不欲其昌
大壽考而試之以為
安也
孔氏曰泰山之高巖巖
巖然泰山在齊魯之
界二國皆以為望也。
朱氏曰詹與瞻同

閟也。○熾，尺志反。僭，子念反。○公車千乘，朱英綠縢，二矛重
【重言】如岡如陵，重見天保。
弓。大國之賦千乘。朱英，矛飾也。縢，繩也。重弓，重於鬯中也。箋云：二矛重弓，備折壞也。兵車之法，左人持弓，右人持矛，中人御。○乘
繩證反，注同。英如字，徐於耕反。縢，徒登反。重直龍反，注同。鬯，敕亮反，弓衣也，字或作韔，同。公徒三萬，貝胄
朱綅，烝徒增增。貝胄，貝飾也。朱綅，以朱綅綴之。增增，衆也。箋云：萬二千五百人為軍，大國三軍，合三萬七千五
百人，言三萬者，舉成數也。烝，進也。徒，進行，增增然。○胄，直又反。綅
息廉反，說文云綫也，沈又蒼林反，又音侵。烝，之升反。增，如字。綴，沈
知稅反，又張劣反。戎狄是膺，荆舒是懲，則莫我敢承。膺，當也。承，止也。箋云：懲，艾也。僖公
與齊桓舉義兵，北當戎與狄，南艾荆及羣舒，天下無敢禦也。○艾音刈。【重意】長發：則莫我敢曷。俾爾昌而熾，
俾爾壽而富，黃髮台背，壽胥與試。箋云：此慶僖公勇於用兵討有罪也。黃髮台背，
皆壽徵也。胥，相也。壽而相與試，謂講氣力不衰。俾爾昌而大，俾
耇。○台，他來反，下音貝。【重意】行葦：黃耇台背。
爾耆而艾，萬有千歲，眉壽無有害。箋云：此又慶僖公勇於用兵討有罪也。中時魯
微弱，為鄰國所侵削，今乃復其故，故喜而重慶之。俾爾，猶使
女也。眉壽，秀眉，亦壽徵。○艾，五蓋反。中，張仲反。重，直用反。○泰
山巖巖，【重言】節南山：維石巖巖。魯邦所詹。奄有龜蒙，遂荒大東，至

朱氏曰願其有功如此。朱氏曰徐宅謂徐國也。孔氏曰莫敢不諾有命則莫敢不應。李氏曰惟魯侯是順也。蘇氏曰龜蒙鳧繹魯之四山其餘則東南勢相聯屬可以服從之國也。朱氏曰令妻令善之妻也壽母壽考之母也僖公娶於齊曰聲姜母曰成風。孔氏曰宜其大夫之與衆士祝慶使與之相宜也邦國是有魯之邦國僖公常保有之。蘇氏曰常許魯之故地而未復者也願其壽考以復魯之侵地宜其室家臣庶以保有其國也

于海邦淮夷來同莫不率從魯侯之功詹至也龜山也蒙山也荒有也箋云荒奄也大東極東海邦近海之國也來同爲同盟也率從相率從於中國也魯侯謂僖公○大音泰本又作泰下注大室皆同荒如字韓詩作荒云至也近附近之近○保有鳧繹遂荒徐宅至于海邦淮夷蠻貊及彼南夷莫不率從莫敢不諾魯侯是若鳧山也繹山也宅居也淮夷蠻貊而夷行也南夷荊楚也若順也箋云諾應辭也是若者是僖公所謂順也○鳧音符山名也繹音亦一音夕字又作嶧同山名也貊字又作貉武伯反行下孟反應應對之應○天錫公純嘏眉壽保魯居常與許復周公之宇常許魯南鄙西鄙箋云純大也受福曰嘏許許田也魯朝宿之邑也常或作嘗在薛之旁春秋魯莊公三十一年築臺于薛是與周公有嘗邑許田未聞也六國時齊有孟嘗君食邑於薛○嘏古雅反朝直遙反薛字又作辥息列反是與音餘魯侯燕喜令妻壽母宜大夫庶士邦國是有既多受祉黃髮兒齒箋云燕燕飲也令善也僖公燕飲於內寢則善其妻壽其母謂爲之祝慶也與羣臣燕則欲與之相宜亦祝慶也是有常有也兒齒亦壽徵○兒五兮反齒落更生細者也字書作齯音同音如字爲于僞反祝之又反下同□同既多受祉重見六甫○徂徠之松新甫之柏是斷是度

孔氏曰僖公修造寢廟取徂來之松新甫之柏於是斬斷之量度之。朱氏曰新廟僖公所修之廟。孔氏曰奕奕然廣大。朱氏曰萬民是若順萬民之望也

是尋是尺徂來山也新甫山也八尺曰尋○斷音短度待洛反松桷有舄路寢孔碩桷榱也舄大貌路寢正寢也新廟閔公廟也有大夫公子奚斯者作是廟也箋新廟奕奕奚斯所作云孔甚碩大也奕奕姣美也脩舊曰新新者姜嫄廟也僖公承衰亂之政脩周公伯禽之教故治正寢上新姜嫄之廟姜嫄之廟廟之先也奚斯作者教護屬功課章程也至文公之時大室屋壞○桷音角方曰桷舄音昔徐七夕反寢亦作寑奕音亦榛絶迨反姣古卯反屬音燭課苦臥反言奕奕寢廟孔曼且碩萬民是若曼長也箋云曼脩也廣也且然也國人謂之順也○曼音萬

閟宮八章二章章十七句一章章十二句一章三十八句二章章八句二章章十句

駉四篇二十三章二百四十三句

那詁訓傳第三十

毛詩商頌陸曰商者契所封之地名成湯伐桀王天下遂以為國號後世有中宗高宗中興時有作詩頌之者當周宣王之時宋大夫正考父校商之名頌十二篇於周之大師以那為首歸而祭以祀先

王氏曰美商之樂歎而多之也。朱氏曰置讀如置器之置。歐陽氏曰湯孫序主祀之時王稱自太甲以下至紂皆可為湯孫不知所序者何王稱。朱氏曰奏假奏進以感格于祖考也。王氏曰淵淵深也深以言其聞之遠嘒嘒細也。橫渠張氏曰玉磬聲清之最和平者養心。歐陽氏曰其述樂器聞稱湯孫至于再三者蓋詩無定体作者之意或然也。蘇氏曰商人尚聲臭味未成滌蕩其聲樂三闋然後出迎牲故其祀成湯也奏

王孔子錄詩之時止五篇而已乃列之以備三頌。

鄭氏箋

那祀成湯也微子至于戴公其間禮樂廢壞有正考甫者得商頌十二篇於周之大師以那為首禮樂廢壞者君怠慢於為政不修祭祀朝聘養賢待賓之事有司忘其禮之儀制樂師失其聲之曲折由是散亡也自正考甫至孔子之時又無七篇矣正考甫孔子之先也其祖弗甫何以有宋而授厲公。那乃河反微子名啓紂庶兄周武王封之於宋為殷後正考父音甫本亦作甫宋湣公之曾孫孔子七世祖大音泰後大中大古大戊大祖皆放此朝直遥反折之設反

○猗與那與置我鞉鼓猗歎辭那多也鞉鼓樂之所成也夏后氏足鼓殷人置鼓周人縣鼓箋云置讀曰植植鞉鼓者為楹貫而樹之美湯受命伐桀定天下而作濩樂故歎之多其改夏之制乃始植我殷家之樂鞉與鼓也鞉雖不植貫而搖之亦植之類。○猗於宜反與音余下同置毛如字殷人置鼓鄭作植時職反又音值鞉音桃小鼓也夏戶雅反注同縣音玄下同搖音遥楹音盈柱也貫古亂反濩戶故反殷湯樂曰大濩奏鼓簡簡衎我烈祖湯孫奏假綏我思成衎樂也烈祖湯有功烈之祖也假大也箋云奏鼓奏堂下之樂也烈祖湯也湯孫大甲也假升綏安也以金奏堂下諸縣其聲和大簡簡然以樂我功烈之祖成湯湯孫大甲又奏升堂之樂弦歌之乃安我心所思而成之謂神明來格也禮記曰齊之日思其居處思其笑語思其

樂以樂其烈祖成湯於是鞉鼓管籥作於堂下其声依堂上之玉磬無相奪倫者至於九獻之後鍾鼓交作萬舞陳於庭而祀事畢矣於時王者之後皆來助祭無不和悅者○朱氏曰閔馬父曰先聖王之傳恭猶不敢專稱曰自古古曰在昔昔曰先民○蘇氏曰將奉也湯其尚顧予烝嘗哉此湯孫之所奉者庶幾其顧之也○孔氏曰王制祭統言四時祭名皆曰秋嘗冬烝

志意思其所樂思其所嗜齊三日乃見其所為齊者祭之日入室僾然必有見乎其位周旋出户肅然必有聞乎其容声出户而聽愾然必有聞乎其歎息之声此之謂思成○衎苦旦反假毛古雅反鄭作格升也樂音洛下以樂我同齊側皆反本亦作齋下同耆市志反為于偽反僾音愛愾苦代反【重言】衎我烈祖重見初筵【重意】烈祖賚我思成

鞉鼓淵淵嘒嘒管聲既和且平依我磬聲嘒嘒然和也平正平也依倚也磬声之清者也以象万物之成周尚臭殷尚声○箋云磬玉磬也堂下諸縣與諸管声皆和平不相奪倫又與玉磬石之声相依亦謂和平也玉磬尊故異言之○淵古玄反又烏玄反嘒呼惠反倚於綺反【重意】伐木終和且平

於赫湯孫穆穆厥聲庸鼓有斁萬舞有奕於赫湯孫盛矣湯為人子孫也大鍾曰庸斁斁然盛也奕奕然閑也箋云穆穆美也於盛矣湯孫呼太甲也此樂之美其声鍾鼓則斁斁然有次序其于舞又閑習○於音烏注同庸如字依字作鏞大鍾也斁亦作繹並音亦繹字又作懌同

我有嘉客亦不夷懌自古在昔先民有作溫恭朝夕執事有恪夷說也先王稱之曰自古古曰在昔昔曰先民有作有所作也恪敬也○箋云嘉客謂二王後及諸侯來助祭者我客之來助祭者亦不說懌乎言說懌也乃大古而有此助祭之禮非專於今也其禮儀溫溫然恭敬執事薦饌則又敬也○恪苦各反說音悅下同薦箋箭反本又作薦同饌士戀反

顧予烝嘗湯孫之將箋云顧猶念也將猶扶助也

那　二十　卷八

歐陽氏曰序言烈祖祀中宗則嗟嗟烈祖者中宗也如丙以甲爲祖戊亦可以丙爲祖矣湯之後故以湯爲祖中宗之後世以中宗爲祖此常事也。蘇氏曰嗟乎我烈祖成湯有秩秩然常享之福可以申錫於無疆以及爾之所。歐陽氏曰爾時主祀之主也。孔氏曰既載清酒於樽以酌獻故神明賜之我所思而得成。朱氏曰戒夙戒也平平和也。歐陽氏曰上言既載清酤下言亦有和羹乃是直陳祭時酒與羹爾　執事之人總無喧譁又不交

客念我殷家有時祭之事而來者乃大甲之扶助也序助者爽之意也。烝之丞反【重言】顧予烝嘗湯孫之將重見烈祖

那一章二十二句

烈祖祀中宗也中宗殷王大戊湯之玄孫也有桑穀之異懼而脩德殷道復興故表顯之號爲中宗。烈祖有功烈之祖後扶又反下亦復同。嗟嗟烈祖有秩斯祜申錫無疆及爾斯所既載清酤賚我思成秩常申重酤酒賚賜也箋云祜福也賚讀如往來之來嗟嗟乎我功烈之祖成湯既有此王天下之常福天又重賜之以無竟界之期其福乃及女之此復女女中宗也言成湯之業能與之也既載清酒於尊酌以祼獻而神靈來至我致齊之所思則用成重言嗟嗟美歎之深。祜音户賚居良反竟也下同酤音户賚毛依字鄭音來申重直用反下皆同王于况反竟音境本又作境祼古亂反齊側皆反本又作齋亦有和羹既戒既平鬷假無言時靡有爭綏我眉壽黃耇無疆戒至鬷總假大也總假無言無爭也箋云和羹者五味調腥熟得節食之於人性安和喻諸侯有和順之德也我既祼獻神靈來至亦復由有和順之諸侯來助祭也其在廟中既恭肅敬戒矣既齊立乎列矣至于設薦進俎又總升堂而齊一皆服其職勸其事寂然無言語者無爭訟者此由其心平性和神靈用之故安我以壽考之福歸美焉。鬷子東反假毛古雅反鄭音格至也下以假以享同爭爭鬭之爭注

侵其職位以見在廟之人皆肅恭而舉動得禮所以神明錫以眉壽黃耇之福也。約軧錯衡八鸞鶬鶬、者此始謂助祭之諸侯也以假以享者謂諸侯既至而助享也。蘇氏曰溥將溥且大。歐陽氏曰我時王受天命溥將天降豐年穰穰使我備物而祭。歐陽氏曰上云以享者謂諸侯者來助致享於神也下云來饗者謂神來至而歆饗也。蘇氏曰庶幾祖宗來格而享其祭報之以福曰其尚顧予烝嘗哉此湯孫之所奉也王氏曰祀中宗而曰湯孫者有天下以湯故也

同綏音妥安也耇音苟總音揔調音條祼音灌【重言】時靡有爭重見江漢。綏我眉壽時重見臨【互注】左昭二十年詩曰亦有和羹既戒既平注云言中宗能與賢者和齊可否其政和羹敬戒且平鬷嘏無言時靡有爭

約軧錯衡八鸞鶬鶬【重言】約軧錯衡八鸞鶬鶬重見采芑

以假以享我受命溥將自天降康豐年穰穰八鸞鶬鶬言文德之有聲也假大也箋云約軧轂飾也鸞在鑣四馬則八鸞假升也享獻也將猶助也諸侯來助祭者乘篆轂金飾錯衡之車駕四馬其鸞鶬鶬然聲和言車服之得其正也以此來朝升堂獻其國之所有於我受政教至祭祀又專助我言得萬國之歡心也天於是下平安之福使年豐。軧祁支反錯如字徐又采故反鶬七羊反本又作鏘溥音普穰如羊反轂飾古本反下音式鑣彼苗反篆直轉反朝直遙反

來假來饗降福無疆箋云饗謂獻酒使神歆饗之也諸侯助祭者來升堂來獻酒神靈又下與我久長之福也。假音格鄭云升也王云至也

顧予烝嘗湯孫之將箋云此祭中宗諸侯來助之此言湯孫之將者中宗之饗此祭由湯之功故本言之【重言】顧予烝嘗湯孫之將重見那

烈祖一章二十二句

玄鳥祀高宗也祀當爲祫。祫，合也。高宗，殷王武丁，中宗玄孫之孫也。有雊雉之異，又懼而脩德，殷道復興

王氏曰玄鳥祀高宗之詩而工頌其祖下稱其孫子而已盖上有以紹其祖下有以貽其孫子是乃高宗之功美也○李氏曰生契而謂之商者契封於商也○王氏曰古帝命武湯言古者上帝命武湯也○李氏曰正域彼四方正其四方之疆域○朱氏曰商世諸侯多矣而止千乘者疑諸侯當朝者歲以服數為節又使分助四方之祭故與○蘇氏曰湯始受命以正域四方之諸侯四方之君罔不受命遂奄九州而有之其後世世受天命無有危殆以至武丁之子孫○曾氏曰所謂武王者皆成湯耳冉言武丁

故亦表顯之號爲高宗云崩而始合祭於契之廟歌是詩焉古者君喪三年既畢禘於其廟而後合祭於太祖明年春禘於羣廟自此之後五年而再殷祭一禘一祫春秋謂之大事○玄鳥燕也一名鳦音乙祀毛如字鄭作祫户夾反三年喪畢之祭也雊古豆反之異尚書云高宗祭成湯有飛雉升鼎耳而雊是也復扶又反契息列反殷之始祖也本又作偰同又作卨古字也後放此古者喪三年既畢祫于太祖明年禘于羣廟本亦作古者君喪三年既畢禘于其廟而後祫祭于太祖明年春禘于羣廟案此序一注舊有兩本前祫後禘是前本禘夾一祫是後本也

○**天命玄鳥降而生商宅殷土芒芒**玄鳥鳦也春分玄鳥降湯之先祖有娀氏女簡狄配高辛氏帝帝率與之祈于郊禖而生契故本其爲天所命以玄鳥至而生焉芒芒大貌箋云降下也天使鳦下而生商者謂鳦遺卵娀氏之女簡狄吞之而生契為堯司徒有功封商堯知其後將興又錫其姓焉自契至湯八遷始居亳之殷地而受命國日以廣大芒芒然湯之受命由契之功故本其天意○芒莫剛反後同娀夙忠反契母之本國名郊禖音梅本亦作高禖卵力管反亳蒲各反地名**古帝命武湯正域彼四方**

命厥后奄有九有正長域有也九有九州也箋云古帝天也天帝命有威武之德者成湯使之長有邦域爲正於天下方命其君謂徧告諸侯也湯有是德故覆育九州爲之王也○長張丈反下同徧音遍【重言】皇矣執競奄有四方長髮九有有截**商之先后受命不殆在武丁孫子**武丁高宗也箋云后君也商之先君

孫子嘗念其祖也武王靡不勝言湯無敵於天下也鄭氏謂高宗之孫子有武功有王德於天下者必非所以稱繼體守文之君況肇域彼四海殷受命咸宜豈所以稱武丁孫子哉邦畿千里維民所止人於其所歸赴則止焉商之盛時邦畿千里民所歸赴也。釋文曰維河王肅以爲河水。蘇氏曰其至者祈祈而多其大而均如衆水之赴河。朱氏曰咸宜無不宜也。東萊曰武丁孫子猶作頌之商王也武王靡不勝而下皆稱先代之[redacted]盛以勉時王也

受天命而行之不解殆者在高宗之孫子言高宗興湯之功法度明也。○解音懈**武丁孫子武王靡不勝龍旂十乘大糦是承**勝任也箋云交龍爲旂糦黍稷也高宗之孫子有武功有王德於天下者無所不勝服乃有諸侯建龍旂者十乘奉承黍稷而進之者亦言得諸侯之歡旂十乘者二王後八州之大國○武王于況反又如字注同勝毛音升鄭式證反乘繩證反注同糦尺志反韓詩云大糦大祭也任音壬下何任同**邦畿千里維民所止肇域彼四海**畿疆也箋云止猶居也肇當作兆王畿千里之內其民居安乃後兆域正天下之經界言殷爲政自內及外○疆居良反**四海來假來假祁祁景員維何殷受命咸宜百祿是何**景大員均何任也箋云假至也祁祁衆多也員古文作云河之言何也天下既蒙王之政令皆得其所來朝覲貢獻其至也祁祁然衆多其所貢於殷大至所云維言何乎言殷王之受命皆其宜也百祿是何謂當擔負天之多福○假音格下同祁巨移反或上之尺之二反員毛音圓鄭音云河王以爲河水本或作何何音何可反本亦作苛音同鄭云擔負也下篇何天同朝直遙反擔都藍反下篇同【重言】長發百祿是遒百祿是總【互註】左隱公三年宋穆公卒殤公即位君子曰宋宣公可謂知人矣立穆公其子饗之命以義夫商頌曰殷受命咸宜百祿是荷其是之謂乎

玄鳥一章二十二句

孔氏曰幅如布帛之幅故為廣也帝堯之末有大水芒芒然禹敷廣下土以正四方京師之外大國於是畫其疆境令使中國廣大均平既已長遠矣於是時契已佐禹異其祥久見也又說商興之由有娀方將帝立子生商謂上天祐契使賢而生有商國也
歐陽氏曰書稱格王寧王蓋古人往往以美稱加王爾玄者深微之謂也老氏言玄之又玄是矣不必為黑也。
蘇氏曰桓武也○王氏曰受小國是達受大國是達者隨所受大小能達其道也○王氏曰率履不越者循行無所踰也○
朱氏曰言契能率履不越遂視其民則既發以應之矣

長發大禘也大禘郊祭天也禮記曰王者禘其祖之所自出以其祖配之是謂也○長如字禘大計反王云殷祭也王者于況反又如字○濬哲維商長發其祥洪水芒芒禹敷下土方外大國是疆幅隕既長濬深也洪大也諸夏為外幅廣也隕均也箋云長猶久也隕當作圓圓謂周也深知乎維商家之德也久發見其禎祥矣乃用洪水禹敷下土正四方定諸夏廣大其竟界之時始有王天下之萌兆歷虞夏之世故為久也○濬音峻哲本又作悊同芒音亡依韻音忙疆居良反竟界也幅力目反隕依韻音圓徐于貧反夏戶雅反下皆同圓音還又音圓知音智見賢遍反禎音貞祥也竟音境王天下于況反下湯王言王之王德皆同有娀方將帝立子生商有娀契母也將大也契生商也箋云帝黑帝也禹敷下土之時有娀氏之國亦始廣大有女簡狄吞鳦卵而生契堯封之於商後湯王因以為天下號故云帝立子生商○玄王桓撥受小國是達受大國是達率履不越遂視既發玄王契也桓大撥治履禮也箋云承黑帝而立子故謂契為玄王遂循編也發行也玄王廣大其政治始堯封之商為小國舜之末年乃益其土地為大國皆能達其教令使其民循禮不得踰越乃徧省視之教令則盡行也○撥本末反韓詩作發發明也徧音遍下同治直吏反相土烈烈海外有截相土契孫也烈烈威也箋云截整齊也相土居夏后之世承契之業入為王官之伯出長諸侯其威武之盛烈烈然

蘇氏曰商之先祖既有明德天命未嘗去之至於湯而王業成與天命會焉。朱氏曰降猶生也。王氏曰昭假昭假上帝也。鮮于氏曰假言感假。李氏曰式法也。朱氏曰湯生也應期而降適當其時其聖敬又日躋升以至昭假于天遲遲久也言其純亦不已也。王氏曰以能祗上帝故帝命式于九圍也式與成王之孚下土之式同意

王氏曰小球大球小國大國所贄之瑞也。孔氏曰諸侯心繫天子如旌旗之旒綴著於縿。李氏曰諸侯皆服屬於我此所以荷其天之福也。孔氏曰又述湯不爭競不急躁不太剛猛不太柔弱

四海之外率服截爾整齊。相息亮反注相土比皆同截才結反長張丈反○**帝命不違至于湯齊**今至湯與天心齊箋云帝命不違者天之所以命契之事世行之其德浸大至於湯而當天心○湯齊如字浸子鴆反**湯降不遲聖敬日躋昭假遲遲上帝是祗帝命式于九圍**不違言疾也躋升也九圍九州也箋云降下假暇祗敬式用也湯之下士尊賢其疾其聖敬之德日進然而以其德聰明寬暇天下之人遲遲然言急於己而緩於人天用是故愛敬之也天於是又命之使用事於天下言王之也○日躋子兮反鄭注禮記讀上爲湯躋讀此爲日齊齊莊也假古雅反鄭云暇也徐云毛古格反鄭音暇案王肅訓假爲至格是上音也沈云鄭箋云寬暇以此義訓非韓字也祗諸時反下土假嫁反記孔子閒居子夏曰敢問何謂三無私孔子曰天無私覆地無私載日月無私照奉斯三者以勞天下此之謂三無私其在詩曰帝命不違至于湯齊湯降不遲聖敬日躋昭假遲遲上帝是祗帝命式于九圍是湯之德也○**受小球大球爲下國綴旒何天之休**球玉綴表旒章也箋云綴猶結也旒旌旗之垂者也休美也湯既爲天所命則受小玉謂尺二寸圭也受大玉謂珽也長三尺執圭搢珽以與諸侯會同結定其心如旌旗之旒縿著焉擔負天之美譽爲衆所歸鄉○球音求美玉也下同綴陟劣反徐又張衛反毛云表也鄭云結也二同休虛虯反珽吐頂反大圭玉笏長三尺杼上終葵首長直亮反縿所銜反著直略反鄉本亦作嚮許亮反下篇同**不競不絿不剛**

長發二十巳十二

孔氏曰敷陳政教則優優而和故百祿聚而歸之

王氏曰小共大共小國大國所共之貢也。孔氏曰荷天之榮寵。李氏曰又陳進其勇不可震不可動不戁恐不竦懼毅然以天下自任雖有恐懼之心百福所以總而歸之也

東萊曰虔敬也有虔秉鉞敬天討也。王氏曰曷者誰何之謂也。朱氏曰蘖旁生萌蘖也言一本生三蘖也本則夏桀蘖則韋也顧也昆吾也皆桀之黨也湯既受命征不義桀與三蘖皆不能遂其惡而天下截然歸商矣韋顧既伐而昆吾夏桀次之此紀當時用師之序也

不柔敷政優優百祿是遒。絿急也優優和也遒聚也箋云競逐也不逐不與人爭前後○絿音求徐音虯遒子由反又在由反【互注】左昭二十年仲尼曰寬以濟猛猛以濟寬政是以和詩曰不競不絿不剛不柔布政優優百祿是遒和之至也○成公二年今吾子求合諸侯以逞無疆之欲詩曰布政優優百祿是遒子實不優而棄百祿諸侯何害焉

○受小共大共爲下國駿厖何天之龍。共法駿大厖厚龍和也箋云共執也小共大共猶所執搢小球大球也駿之言俊也龍當作寵寵榮名之謂○小共大共毛音恭鄭音拱執也一云毛亦音拱駿音峻鄭俊也又一云毛亦作俊讀厖莫邦反徐云鄭音武講反是叶拱及寵龍韻也龍毛如字鄭作寵

敷奏其勇不震不動不戁不竦百祿是總。戁恐竦懼也箋云不震不動不可驚憚也○傅音孚本亦作敷戁奴版反竦小勇反總子孔反又作騣音宗恐曲勇反憚用末反【重意】玄鳥百祿是何

○武王載旆有虔秉鉞如火烈烈則莫我敢曷。武王湯也旆旗也虔固曷害也箋云有之言又也上既美其剛柔得中勇毅不懼於是有武功有王德及建旆興師出伐又固持其鉞志在誅有罪也其威勢如猛火之炎熾誰敢禦害我○旆蒲貝反鉞音越中張仲反【重意】閟宮則莫我敢承

苞有三蘖莫遂莫達九有有截。苞本蘖餘也箋云苞豐也天豐大先三正之後世謂居以大國行天子之禮樂然而無有能以德自遂達於天者故天下歸鄉湯九州齊一截

孔氏曰震懼也昔在中商之世湯未興之前國弱而危懼也。朱氏曰承上文而言昔在則前此矣豈謂湯之前世中衰時與允也天子則湯也降猶維嶽降神之降言天賜之也卿士則伊尹也言至於湯得伊尹而有天下也。劉氏曰禘于太祖則功臣與祭故言伊尹也

蘇氏曰自盤庚沒而殷道衰楚人叛而高宗撻然用武以伐其國。東萊曰其阻裒荆之旅謂入罙亦其衆無所遁逃窮而保聚如勾踐棲於會稽之類也

然。蘖五曷反韓詩云絕也**韋顧既伐昆吾夏桀**有韋國者有顧國者有昆吾國者箋云韋豕韋彭姓也顧昆吾己姓也三國黨於桀惡湯先伐韋顧克之昆吾夏桀則同時誅也韋顧二國名也漢書古今人表作韋鼓音紀又音把○**昔在中葉有震且業允也天子降予卿士**葉世也業危也箋云中世謂相土也震猶威也相土始有征伐之威以爲子孫討惡之業湯尊而興之信也天命而與之下予之卿士謂生賢佐也春秋傳曰畏君之震師徒撓敗。○中如字又張仲反撓女教反一音女卯反亂也【寔】韋攻允矣天子**實維阿衡實左右商王**阿衡伊尹也左右助也箋云阿倚衡平也伊尹湯所依倚而取平故以爲官名商王湯也○左音佐注同右音又注同倚於綺反下同

長發七章一章八句四章章七句一章九句一章六句

殷武祀高宗也。**撻彼殷武奮伐荆楚罙入其阻裒荆之旅**撻疾意也殷武殷王武丁也荆楚荆州之楚國也罙深裒聚也箋云有鍾鼓曰伐罙冒也殷道衰而楚人叛高宗撻然奮揚威武出兵伐之冒入其險阻謂踰方城之隘克其軍率而俘虜其士衆。○撻他達反韓詩云達也罙面規反說文作罙從內土小云

長發　殷武　二十巳十二

朱氏曰湯孫之緒業皆高宗之功

孔氏曰首章言伐楚之功二章言責楚之義○王氏曰荊楚居國南鄉比之氐羌則近國爾成湯之時自彼氐羌莫敢不來享莫敢不來王謂四夷事中國乃常道也

蘇氏曰荊楚既服天命諸夏之君凡建國于禹迹者咸以歲事來見於王以祈王之不譴曰予稼穡匪解庶可以免咎矣○李氏曰言夷狄率服則天下無事所先者農事耳

朱氏曰天視自我民視天聽自我民聽天命之降監皆在下民則下民有嚴矣惟不

冒也罙莊呂反深也裒蒲侯反冒莫報反下同濫於辭反突也俘音孚內也**有截其所湯孫之緒**箋云緒業也武丁所伐之處國皆服其罪更自敕整截然齊壹是乃湯孫太甲之等功業○罙莫呂反下同**○維女荊楚居國南鄉昔有成湯自彼氐羌莫敢不來享莫敢不來王曰商是常**鄉所也箋云氐羌夷狄國在西方者也享獻也世見曰王維女楚國近在荊州之域居中國之南方而背叛乎成湯之時乃氐羌遠夷之國來獻來見曰商王是吾常君也此所用責楚之義女乃遠夷之不如○氐都黎反世見賢遍反而背音佩**○天命多辟設都于禹之績歲事來辟勿予禍適稼穡匪解**辟君適過也箋云多眾也來辟猶來王也天命乃令天下眾君諸侯立都於禹所治之功以歲時來朝覲於我殷王者勿罪過與之禍適徒勑以勸民稼穡非可解倦時楚不脩諸侯之職此所用告曉楚之義也禹平水土弼成五服而諸侯之國定是以云然○多辟音璧下同注放此王云辟邪也適直革反徐張革反注同韓詩云數也解音懈注同朝直遙反**○天命降監下民有嚴不僭不濫不敢怠遑命于下國封建厥福**嚴敬也不僭不濫賞不僭刑不濫也封大也箋云降下遑暇也天命乃下視下民有嚴之君能明德慎罰不敢怠惰自暇於政事者則命之於小國以為天子大立其福謂命湯使由七十里王天下也時楚僭號王

僭不濫不敢怠遑則天命之於下國而封建厥福此高宗所以受命中興也
孔氏曰赫赫顯盛也声美声也濯濯光明也靈神靈也。朱氏曰赫赫厥声濯濯厥靈言高宗中興之盛如此壽考且寧云者蓋高宗之享國五十有九年我後生謂後嗣子孫也
朱氏曰景山大山也寢廟中之寢也。孔氏曰又方正而斲之。朱氏曰虔亦斲截。孔氏曰以松為屋之榱桷有梴然而長桷者椽也椽以長為善陳列其楹有閑然而大。朱氏曰安所以安高宗之神也此蓋廟成始祔而祭之之詩也

殷武

出此又所用告曉楚之義。僭子念反王天下于況反【互注】哀六年子思曰商頌曰不僭不濫不敢怠皇命以多福○左襄二十六年善為國者賞不僭刑不濫賞僭則懼及淫人刑濫則懼及善人若不幸而過寧僭無濫與其失善寧其利淫無善人則因從之商頌有之曰不僭不濫不敢怠遑命于下國封建厥福此湯所以獲天福也○商邑翼翼四方之極赫赫厥聲濯濯厥靈壽考且寧以保我後生商邑京師也箋云極中也商邑之禮俗翼翼然可則傚乃四方之中正也赫赫乎其出政教也濯濯乎其見尊敬也王乃壽考且安以全守我子孫此又用商德重告曉楚之義我○重直用反【重意】伐木既安且寧矣○陟彼景山松柏丸丸是斷是遷方斲是虔松桷有梴旅楹有閑寢成孔安丸丸易直也遷徙虔敬也梴長貌旅陳也寢路寢也箋云椹謂之虔升景山掄材木取松柏易直者斷而遷之正斲於椹上以為桷與衆楹路寢既成王居之甚安謂施政教得其所也高宗之前王有廢政教不修寢廟者高宗復成湯之道故新路寢焉○斷音短注同斲陟角反說文云斫也虔其連反爾雅作榩桷音角梴丑連反又力鱣反柔挻物同耳字音羶俗作埏以豉反下同椹陟金反掄盧門反擇也徐音倫理出

殷武六章三章章六句二章章七句一章章五句

那五篇十六章百五十四句

毛詩二十卷終